Elisabeth Büchle
Die Magd des Gutsherrn

Über die Autorin

Elisabeth Büchle ist Mutter von fünf Kindern im Alter zwischen 5 und 16 Jahren. Die gelernte Bürokauffrau und examinierte Altenpflegerin ist seit ihrer Kindheit ein Bücherwurm und hat schon früh angefangen, selbst zu schreiben. Sie lebt mit ihrem Mann und ihren Kindern im süddeutschen Raum.

Elisabeth Büchle

Die Magd des Gutsherrn

Roman

Verlagsgruppe Random House FSC®N001967

© 2016 Gerth Medien GmbH, Dillerberg 1, 35614 Asslar,
in der Verlagsgruppe Random House GmbH

2. Taschenbuchauflage 2016
Bestell-Nr. 817164
ISBN 978-3-95734-164-8

Umschlaggestaltung: Hanni Plato
Umschlagfoto: Getty Images, George Dunlop Leslie
Satz: DTP-Verlagsservice Apel, Wietze
Druck und Verarbeitung: GGP Media GmbH, Pößneck
Printed in Germany

www.gerth.de

Für Niklas

Einführung

Historischer Hintergrund:
Die Habsburger Monarchie (Franz Joseph I. von Österreich und seine Frau Elisabeth, genannt Sissi) galt nach der Revolution im Jahr 1848 als Hindernis für einen gesamtdeutschen Nationalstaat, wie ihn Preußen gerne unter preußischer Führungsposition (norddeutsche Hohenzollern-Linie) gesehen hätte.

In Otto von Bismarck hatte König Wilhelm von Preußen einen Mann gefunden, der versuchen wollte, keine „großdeutsche" Lösung mit Österreich, sondern einen deutschen Nationalstaat mit einer „kleindeutschen" Lösung zu gründen – notfalls auch mit Waffengewalt gegen den „Vorsitzenden" des Deutschen Bundes, den österreichischen Kaiser.

Der Krieg Österreichs und Preußens gegen Dänemark, in dem sie Schleswig und Holstein annektierten (30. Oktober 1864, Friede von Wien) und Schleswig von Preußen, Holstein von Österreich verwaltet werden sollte, ließ nach außen hin weiterhin auf eine Geschlossenheit innerhalb des Deutschen Bundes schließen. Doch gerade die Schleswig- und Holstein-Frage bot dem gerissenen Politiker Bismarck, der damals Ministerpräsident und Außenminister von Preußen war, einen guten Hintergrund, sich gegen die Donaumonarchie zu stellen. Das Letzte, was Bismarck in seinem Streben nach einem gestärkten, vergrößerten Preußen wollte, war ein von Österreich verwalteter Staat in Norddeutschland.

Bismarck begann seine diplomatischen Fähigkeiten auszuspielen, indem er sich bei Napoleon III. die Zusage zu Frankreichs Neutralität holte und ein Bündnis mit Italien einging, das jedoch gegen die Verfassung des Deutschen Bundes verstieß.

Durch geschicktes politisches Taktieren beruhigte Bismarck

seine politischen Gegner, gleichzeitig strebte er Reformen innerhalb des Deutschen Bundes an. Eine der Reformen sollte ein deutsches Parlament bringen, das durch das allgemeine Wahlrecht einberufen wurde. Diese Veränderung entsprang jedoch weniger Bismarcks Sinn für Demokratie, sondern hatte die Verdrängung Österreichs zum Ziel.

Der Deutsche Bruderkrieg begann am 14. Juni 1866 und dauerte über sechs Wochen. Am 3. Juli 1866 wurde bei Königgrätz die entscheidende Schlacht gekämpft und schließlich von den Preußen gewonnen. Die norddeutschen Verbündeten rückten fast bis Wien vor, ehe am 26. Juli 1866 in einem Vorfrieden in Nikolsburg der Deutsche Krieg beendet wurde. Der Deutsche Bund wurde aufgelöst. Es entstand ein Norddeutscher Bund unter der Führung Preußens/Berlins, dem sich nach und nach immer mehr süddeutsche Landesteile anschlossen.

Ein kleiner Hinweis noch zur Fahrrad-Szene: Hierbei habe ich zeitlich geschummelt. Fahrräder in dieser Form gab es erst einige Jahre später.

Historische Personen:
Otto von Bismarck, *1815, † 1898:
preuß. Ministerpräsident, später Bundeskanzler des Norddeutschen Bundes und Gründer des Dt. Reiches, Begründer der sozialen Gesetzgebung (Kranken- und Unfallschutz, Schutz für Alter und Todesfall)

Wilhelm I. von Preußen, *22.03.1797, † 09.03.1888:
König Wilhelm I. von Preußen, ab 1871 dt. Kaiser

Ferdinand Cohen-Blind:
Tübinger Student, der am 7. Mai 1866 ein Attentat auf Bismarck unternahm und anschließend Selbstmord beging

Amnesie:
Als Amnesie wird eine bestimmte Form der Gedächtnisstörung bezeichnet, die sich über das zeitliche und/oder inhaltliche Erinnerungsvermögen erstrecken kann. Die Symptome dieser Erkrankung betreffen in den seltensten Fällen das Kurzzeitgedächtnis. Auch das Gedächtnis, in dem Alltagstätigkeiten gespeichert werden, ist meist nicht betroffen.

In der Regel erleben die Erkrankten starke Einschnitte beim episodischen Gedächtnis, welches Details über das persönliche, aber auch über das erlebte öffentliche Leben speichert.

Die Erkrankung kann bei den Betroffenen (und deren Angehörigen) einen enormen Leidensdruck hervorrufen und zu schweren psychischen Problemen führen.

Ich gehe nur oberflächlich auf diesen Leidensdruck ein, da der Roman in erster Linie auf spannende und vergnügliche Weise unterhalten möchte, ohne jedoch die Problematik dieser Erkrankung herunterspielen zu wollen.

1864/1865

~

In jeder Nacht, die mich umfängt,
darf ich in deine Arme fallen,
und du, der nichts als Liebe denkt,
wachst über mir, wachst über allen.
Du birgst mich in der Finsternis.
Dein Wort bleibt noch im Tod gewiss.

JOCHEN KLEPPER

Prolog

Der Sturm rüttelte an den geschlossenen Fensterläden und brachte das Gebälk des Gutshauses zum Knacken, vermochte jedoch nicht das nicht mehr enden wollende Schreien und schmerzvolle Schluchzen zu übertönen. Mehrere Tischlampen rußten unbeachtet vor sich hin, und die Flammen darin warfen ein unruhiges Licht auf die junge Frau in dem großen, von einem hellen Baldachin überspannten Bett. Ihre Haare waren nass geschwitzt und lösten sich allmählich aus dem locker geflochtenen Zopf, um wirr über die hölzerne Bettkante hinunterzuhängen. Wieder stöhnte sie laut auf, und ihre Hände fuhren in hastigen Bewegungen über den gewölbten Bauch, als wolle sie das Ungeborene dazu bringen, endlich seinen Weg in das Leben zu finden.

Lukas Biber, der die ganze Zeit am Bett seiner jungen Ehefrau gesessen hatte, sprang auf die Beine und entlockte Klara, der Frau des Gutshofbauern, die sich als Hebamme angeboten hatte, durch seine heftige Bewegung einen Schreckensruf. „Es ist genug! Ich hole jetzt den Arzt!"

„Aber Lukas …"

Der groß gewachsene Mann winkte mit einer herrisch wirkenden Handbewegung ab und wandte sich an seine Frau, die sich zwischen den zerwühlten Decken hin und her wälzte. „Ich gehe den Arzt holen, Marianne. Halte noch ein wenig durch."

„Der Sturm, Lukas! Der Sturm!", brachte sie unter Schmerzen hervor und streckte ihm ihre Hand entgegen.

Eilig nahm er diese und ließ sich noch einmal auf der Bettkante nieder, die schweißnasse und erschreckend kalte Hand seiner Frau küssend. „Der Sturm kann mir nichts anhaben, meine Liebste. Aber du brauchst einen Arzt", flüsterte er ihr zu.

„Vielleicht ist es tatsächlich an der Zeit", raunte Klara.

Lukas Biber warf einen letzten Blick auf das Profil des geröteten, glänzenden Gesichts seiner Frau und erhob sich ein weiteres Mal, um eilig das Schlafzimmer zu verlassen. Mit weit ausholenden Schritten stürmte er den Flur entlang. Dann donnerten seine Schritte über die Holzstufen in die Eingangshalle hinunter, wo er schnell in seine Stiefel stieg und bereits im Gehen nach dem warmen, mit Fell gefütterten Mantel griff.

Als er die Tür öffnete, wurde sie ihm vom Sturmwind aus der Hand gerissen. Mit einem heftigen Krachen schlug sie gegen die Außenwand. Der junge Mann stemmte sich mit weit nach vorne gebeugtem Körper gegen den Wind, während die Schneegraupeln wie unendlich viele feine Nadeln in sein Gesicht stachen. Schnee wirbelte in die kleine Halle hinein, und nur unter Mühen gelang es dem kräftigen Mann, die Tür gegen den Widerstand der Naturgewalten wieder hinter sich zu schließen.

Geduckt und ganz dicht an der Hauswand des u-förmig gebauten Gutshauses entlang arbeitete er sich, durch den hohen Schnee stapfend, in Richtung Stallungen vor. Dort angekommen, ließ er sich keuchend vor Anstrengung gegen das derb gezimmerte Holz des Pferdestalles fallen.

Heftig atmete er ein und aus. Mit dem Ärmel seines Mantels wischte er sich den Schnee aus dem Gesicht und spürte, wie die Nässe von seinen schwarzen Haaren an seinem Nacken entlang unter den Kragen des Mantels lief. Der Wind pfiff zwischen den Fugen des Nebengebäudes hindurch, und das Holz knackte bedenklich unter der Last, die es in dieser Nacht auszuhalten hatte.

Trotz des heulenden Sturmes und des lauten, wilden Rauschens der hinter dem Gutshaus stehenden großen, dunklen Fichten konnte er die Pferde im Inneren des Stalles unruhig rumoren hören. Er entschied, dass es sicherer war, den Weg hinunter in die kleine Stadt ohne ein vom Wetter verängstigtes Pferd zu bewältigen, und setzte sich ein weiteres Mal dem Tosen und Wüten des Schneesturmes aus.

Mühsam kämpfte er sich Schritt für Schritt den Hügel hinunter.

Unbarmherzig dem Schneegestöber ausgeliefert, versuchte er nicht einmal, den ausgetretenen Pfad zu finden, der an der Kirche vorbei in die Stadt führte. Die Schneedecke war zu dick und das Schneetreiben zu gewaltig, als dass er etwas sehen konnte.

Da er bis weit über die Knie im Schnee einsank, kam er nur mühsam voran, doch als er plötzlich den Halt unter den Füßen verlor und eine kleine Böschung hinabrutschte, wusste er zumindest, dass er bereits an der kleinen Kirche vorbeigekommen sein musste, denn der Fluss, in dessen Bett er gerutscht war, führte unterhalb des Gotteshauses vorbei.

Die Eisschicht auf dem Wasser brach unter seinem Gewicht ein und sofort sogen sich seine Hose und die Stiefel mit eiskaltem Wasser voll.

Angetrieben von der Angst um seine Frau und das ungeborene Kind, stapfte er weiter, arbeitete sich auf allen vieren die Böschung am gegenüberliegenden Ufer wieder hoch und versuchte sich zu orientieren, doch außer den umherwirbelnden Schneeflocken konnte er in der Dunkelheit nichts erkennen.

Mit zusammengepressten Lippen, den Kopf wieder gesenkt, wandte er sich ein wenig nach links. Weiter stapfte er in die Nacht hinein und eine innere Stimme trieb ihn immerfort zur Eile an.

Völlig entkräftet stolperte Lukas die Treppe hinauf. Eilig rappelte er sich wieder auf und taumelte gegen die schwere hölzerne Eingangstür des Arzthauses. Mit beiden Fäusten hämmerte er schließlich gegen das Holz.

Als ihm endlich geöffnet wurde, fiel er mitsamt einer Unmenge Schnee und einer wild aufheulenden Windbö in den Flur des Hauses.

Erschrocken sprang der Arzt zurück, bemühte sich jedoch sofort darum, die Tür hinter dem Mann zu schließen. Er nahm eine

Petroleumlampe von einem Tisch neben der Tür und hielt sie in die Höhe, um das Gesicht des Besuchers erkennen zu können. „Lukas Biber? Bist du das? Meine Güte, was treibt dich bei diesem Schneesturm hierher? Ist etwas mit Marianne?"

Lukas rollte sich auf die Seite und schob sich mühsam auf die Beine. Er zitterte. Erst jetzt spürte er die eisige Kälte, die tief in seine Glieder gekrochen war. „Sie hat Wehen, Dr. Städler. Schon seit über sechzehn Stunden und das Kind kommt einfach nicht."

„Sie bekommt ihr erstes Kind, Lukas. So schnell geht das nicht."

„Irgendetwas stimmt nicht." Lukas blickte in das runde, von Bartstoppeln überzogene Gesicht des Arztes.

„Bei Frauen geht das nicht so reibungslos wie bei deinem Vieh, Lukas. Du bist Veterinär. Überlass die Menschen lieber mir."

„Deshalb bin ich ja hier", stöhnte der werdende Vater. Wenig zusammenhängend, vor Kälte zitternd und noch immer vollkommen außer Atem berichtete er vom Zustand seiner Frau.

Der Arzt runzelte erst die Stirn und schüttelte dann langsam den Kopf. „Ich ziehe mich rasch an, und dann versuchen wir, den Weg zurück auf euren Hügel zu finden", murmelte er schließlich und stapfte in seinen karierten Hausschuhen davon.

Erleichtert schloss Lukas die Augen. Er spürte tiefe Müdigkeit in sich aufziehen. Endlos lange Minuten verharrte der junge Mann in dem nur spärlich beleuchteten Flur, und obwohl die Kälte und die Schmerzen immer mehr Besitz von ihm ergriffen, flogen seine Gedanken zu Marianne zurück. Er presste die geballten Hände gegen seine eiskalte Stirn und flehte Gott um Hilfe an.

Über eine Stunde hatten die beiden Männer benötigt, bis sie endlich das Gutshaus erreicht hatten. Nun saß Lukas in zwei Decken gewickelt und mit einem leeren Schnapsglas in den Händen in der Wohnstube. Den Kopf gegen die Lehne des Sofas gelegt, bestürmte er Gott erneut, seine Frau und das ungeborene Kind zu retten.

Nach geraumer Zeit stand Lukas schließlich auf, stellte das Glas beiseite, hielt mit beiden Händen die Decken um seinen Leib und begann auf und ab zu gehen. Abgesehen von den heftigen Geräuschen des Sturmes war es im Südflügel des Hauses beängstigend ruhig. Klara war inzwischen zu ihrer Familie nach Hause gegangen und den Arzt hatte er nicht mehr zu Gesicht bekommen.

Unwillkürlich zog es ihn zum Kamin hinüber, in dem ein langsam niederbrennendes Feuer vor sich hinknackte. Auf dem Sims des aus rotem Stein erbauten Kamins stand ihr Hochzeitsfoto.

Mit einem stechenden Schmerz in seinem Inneren betrachtete er die beiden fröhlich lachenden Menschen, die ihm auf dem leicht verschwommenen Schwarz-Weiß-Foto entgegenstrahlten. Ein eiskalter Schauer durchfuhr ihn. Würde er Marianne am Ende verlieren? Mit einer heftigen Bewegung wandte er sich um und nahm seinen unruhigen Gang wieder auf.

„Lukas?"

Er fuhr herum. Im Türrahmen stand Dr. Städler mit einem in ein weißes Tuch gewickelten Bündel. Unfähig, sich zu rühren, blieb Lukas stehen und beobachtete mit geballten Fäusten, wie der Arzt mit sorgenvollem Blick auf ihn zukam.

War das Kind etwa tot? Marianne hatte sich doch so sehr auf ihr Kleines gefreut.

Schweigend hob er seine Hände, als Dr. Städler ihm das Bündel entgegenstreckte. Das Neugeborene war federleicht und seine Haare standen wild von dem winzigen Kopf ab. Einzelne Strähnen waren blutverkrustet, während das rundliche, bleiche Gesichtchen bereits gewaschen worden war.

Es lebte!

Ein Lächeln legte sich auf Lukas' Gesicht. Mit einem überschwänglichen Glücksgefühl betrachtete er das Kind in seinen Händen, das Gott nicht vollendeter hätte schaffen können und das ein Beweis der tiefen Liebe zwischen ihm und Marianne war.

Der Arzt räusperte sich. „Marianne ... sie hat es nicht geschafft, Lukas", sagte er. „Es tut mir sehr leid."

Lukas' Kopf fuhr ruckartig in die Höhe. Sein Lächeln verschwand, als er den ruhig vor ihm stehenden, erschöpften Arzt musterte.

Er drückte ihm das Kind in den Arm, lief aus der Wohnstube in die Halle und donnerte, immer zwei Stufen auf einmal nehmend, die Treppe in den ersten Stock hinauf.

Wenige Momente später hallte ein lauter, schmerzgepeinigter Schrei durch den Südflügel des Gutshauses, der jedes noch so laute Heulen des Sturmes, welcher den Schwarzwald in eine dicke Schneedecke hüllte, übertönte.

1866

*Und ich will ihnen ein anderes Herz
geben und einen neuen Geist in sie geben
und will das steinerne Herz
wegnehmen aus ihrem Leibe
und ihnen ein fleischernes Herz geben.*

Hesekiel 11,19

Kapitel 1

Thomas Wieland drückte sich gegen die Wand des alten Gemäuers und schob sich ein wenig weiter auf die Tür zu. Die Stimmen im Inneren des Gebäudes wurden lauter, und doch konnte er noch immer nicht verstehen, worüber die beiden Männer sich so sehr erregten.

Der junge Mann atmete tief ein und aus und beobachtete, wie die Atemwolke in der Dunkelheit verschwand. Er zitterte leicht. Dieser Auftrag war weitaus brisanter als alle, die er bisher bekommen hatte. Es galt, das Gespräch zwischen einem preußischen Spion und einem österreichischen Offizier zu belauschen und die erhaltenen Informationen an das Außenministerium weiterzugeben.

Schritt für Schritt tastete er sich weiter an die einen Spaltbreit offen stehende Tür heran, bis er direkt daneben stand. Er presste seinen Rücken gegen das kalte Gemäuer, schloss die Augen und versuchte, den stetig zunehmenden Wind und die Geräusche, die dieser verursachte, zu ignorieren und sich ganz auf die aufgeregten Worte des Preußen und des Mannes mit dem deutlichen Wiener Akzent zu konzentrieren.

„Sie kennen das Abkommen von Wien?"

„Was denken Sie denn?", brummte der Österreicher.

Thomas hoffte, dass der Preuße noch mehr zu bieten hatte als die Information über den sogenannten Frieden von Wien, der ohnehin bereits über ein Jahr alt war.

„Preußen will mehr als die Annexion Schleswig-Holsteins von den Dänen und die von Preußen und Österreich verwalteten Herzogtümer."

„Was wissen Sie?"

„Die Gerüchte besagen, dass Graf von Bismarck Gespräche mit

Napoleon III. aufgenommen hat, um sich mit diesem zu verbünden oder sich zumindest Frankreichs Neutralität versichern zu lassen."

„Weshalb?"

„Können Sie sich das nicht denken? Erklärt Frankreich seine Neutralität gegenüber Preußen, kann Österreich bei einem Krieg nicht auf die Hilfe der Franzosen rechnen. Wenn sich auch noch die Russen auf die Seite der Deutschen schlagen, kann Bismarck Schleswig-Holstein und weitere Herzogtümer einfordern."

„Wie sicher sind diese Gerüchte?"

„Gerüchte – wie sicher sind die schon?", lachte der Preuße.

„Was soll ich also tun?", fragte der Österreicher in seinem weichen Akzent.

„Halten Sie die Ohren offen. Sobald Bismarck und Napoleon zu einem einvernehmlichen Ergebnis kommen, werde ich Sie informieren. Und dann möchte ich von Ihnen wissen, ob irgendwelche beunruhigenden oder warnenden Gerüchte oder Gespräche bis nach Wien vordringen. Graf von Bismarck und König Wilhelm würden es nicht gerne sehen, wenn ihre Pläne aufgrund einer Intervention Österreichs vereitelt werden."

Thomas entschied, dass er genug gehört hatte, und trat den langsamen, leisen Rückweg an. Erst als er sich mehrere Meter von dem Gebäude entfernt hatte, wandte er sich um und begann zu laufen, um innerhalb von Sekunden zwischen den dicht stehenden Bäumen des Waldes zu verschwinden.

Thomas verließ das Außenministerium und begab sich auf den Heimweg. Er war missmutig gestimmt, da sein direkter Vorgesetzter ihn nur kurz angehört hatte und die Informationen, die Thomas erlangt hatte, längst nicht so beunruhigend fand wie er selbst. Doch jetzt freute er sich erst einmal auf ein Frühstück, und so nahm er eine Droschke und ließ sich bis vor das große Anwesen nahe des

Wienerwalds fahren, auf dem er mit seinen Eltern und seinen beiden jüngeren Schwestern lebte.

Nachdem er sich gewaschen und umgezogen hatte, sprang er die breite, leicht geschwungene Treppe, die in die weitläufige Eingangshalle führte, hinunter und betrat das Esszimmer. Seine Schwester Marika stand am Fenster, eine Tasse Tee in den Händen, und blickte tief in Gedanken versunken in den Garten.

Thomas lächelte und näherte sich ihr leise von hinten. Die Wintersonne war inzwischen so hoch gestiegen, dass sie ihre freundlichen Strahlen zu den hohen Fenstern des Esszimmers hereinschickte und die kunstvoll am Hinterkopf aufgesteckte rotbraune Lockenpracht der jungen Frau in ein Flammenmeer zu verwandeln schien.

„Hallo, Feuerkopf", brummte Thomas der Frau in den Nacken.

Diese fuhr erschrocken zusammen und drehte sich so hastig um, dass der cremefarbene Rock heftig um ihre Beine tanzte. „Tommy, wie kannst du mich so erschrecken?"

„Ich kann, wie du bemerkt haben dürftest, sehr gut", lachte der junge Mann und drückte ihr einen flüchtigen Kuss auf die Stirn.

Die junge Frau quittierte seine Frechheit mit einem leichten Klaps gegen seine Brust. Dann ging sie zum Tisch hinüber und setzte sich. „Wieder zurück von deinen heimlichen Spionageausflügen?", fragte sie und betrachtete mit leicht zur Seite geneigtem Kopf prüfend sein Gesicht.

Erschrocken blickte der junge Mann zu den beiden offen stehenden Türflügeln hinüber. „Nicht so laut, Marika, bitte. Du weißt, dass ich außer dir niemanden eingeweiht haben möchte."

„Das verstehe ich nur zu gut. Du könntest dir bei Vater gewaltigen Ärger einhandeln und Mutter würdest du unsäglich ängstigen."

„Dann sei doch bitte etwas leiser, ja?"

„Alle anderen schlafen doch noch, Tommy. Erzählst du mir ein wenig von deiner Nacht?"

Thomas ging zu den beiden Türen und schloss sie sorgfältig, ehe er sich einen Kaffee und eine Scheibe Brot mit Käse vom Büfett holte und sich neben Marika an den Tisch setzte. Er berichtete kurz von dem Gespräch, das er mit angehört hatte, nachdem er zuvor die halbe Nacht dem Preußen gefolgt war.

Marika kniff die Augen zusammen und schüttelte leicht den Kopf. „Und dein Vorgesetzter hat deinem Bericht keine Bedeutung beigemessen?"

„Nein, offenbar hielt er die Informationen für zu vage."

„Mir macht es Angst", entgegnete die junge Frau.

„Was macht dir Angst?"

„Das weißt du genau."

„Sag es mir."

„Wenn sich die Preußen bei den Franzosen und Russen um Neutralität bemühen mit dem Ziel, sich Schleswig-Holstein und andere vom Deutschen Bund und Österreich verwaltete Gebiete einzuverleiben, könnte das Krieg bedeuten. So einfach werden sich die Österreicher nicht dieser Gebiete berauben lassen. Und wenn ich dich richtig verstanden habe, gibt es einige Fürstentümer und Königreiche innerhalb des Deutschen Bundes, die sich mit Österreich gegen den immer größer werdenden Einfluss Preußens stellen würden. Sollte es so weit kommen, würde der Deutsche Bund auseinanderfallen, die preußischen Korps der Bundesarmee würden gemeinsam mit ihren nördlichen Verbündeten gegen Österreich und deren Verbündeten kämpfen, und somit hätten wir einen Bürgerkrieg ähnlich dem, wie er in den Vereinigten Staaten von Amerika getobt hat."

Thomas schwieg.

„Und weshalb ist dein Vorgesetzter im Außenministerium nicht daran interessiert?"

Wieder blickte sich Thomas unbehaglich um. „Das weiß ich nicht", flüsterte er und stand auf, um sich ein weiteres Brot an den Tisch zu holen. Als er zurückkam, sah er seine Schwester eindringlich an. „Kann ich mich denn darauf verlassen, dass du unseren Eltern nichts erzählst?"

„Ich habe es dir doch versprochen, Tommy. Denkst du, ich will miterleben, wie Vater dir den Hosenboden versohlt? Und Mutter würde weinen, weil du dich mit deiner Tätigkeit den Österreichern zur Verfügung stellst, während dein Herz doch für ihre Heimat Ungarn schlagen sollte."

„Ungarn ist im Moment nicht das Problem."

„Ungarn könnte sehr schnell ein Problem für dich werden. Es ist ebenso unsere Heimat. Wie wirst du dich entscheiden, wenn du vor die Wahl gestellt wirst? Ungarn oder Österreich?"

„Ich lebe seit vielen Jahren in Österreich", murmelte Thomas, fühlte aber eine tiefe Unruhe in sich aufsteigen. Marika hatte recht. Sie waren ebenso Ungarn wie Österreicher, und ihr Vater bemühte sich in seiner Funktion als österreichischer Botschafter seit Jahren um eine friedliche politische Beziehung zwischen den beiden Ländern, doch das war nicht immer einfach.

Während Thomas noch seinen Gedanken nachhing, stand Marika auf. „Ich muss los, damit ich meine Schützlinge für den Unterricht fertig machen kann. Am Freitagabend bin ich wieder hier." Sie gab ihm einen Kuss auf die Wange. Thomas blickte ihr lächelnd nach, wie sie mit fliegendem Rock aus dem Zimmer stürmte, um die Kinder einer am österreichischen Hofe lebenden Herzogsfamilie zu betreuen.

Nachdenklich und übermüdet ließ er sich auf seinen Stuhl zurückfallen und rieb sich mit den Handflächen über das Gesicht.

Einer der Hausbediensteten erschien im Esszimmer und reichte ihm eine schriftliche Nachricht. „Von einem Ihrer Studienkollegen, Herr Wieland", erklärte der livrierte Diener ihm. „Er wartet draußen in einem Landauer auf Sie."

„Danke", erwiderte Thomas und öffnete das gefaltete Papier. Wie er vermutet hatte, war der Mann, der draußen auf ihn wartete, keiner seiner Studienkollegen, sondern ein Mitarbeiter des Außenministeriums. In der schriftlichen Nachricht bat er ihn mitzukommen, um an einer dringenden Besprechung teilzunehmen.

Thomas zerknüllte das Papier und warf es in die Flammen des offenen Kamins, von denen es sofort restlos aufgefressen wurde.

Kapitel 2

Obwohl es bereits Ende März war, wehte ein eiskalter Wind durch die Straßen Wiens. Marika Wieland hielt mit einer Hand ihren Hut fest, während sie mit der anderen den sechsjährigen Konrad förmlich hinter sich herzog. Sie ließen die neue Staatsoper hinter sich und bogen in das Wohnviertel ein.

„Mir ist so kalt, Marika!", rief der kleine Junge an ihrer Seite und zog sich sein vornehmes rotes Jackett ein wenig fester um seine magere Brust.

„Ich weiß, Konrad. Mir auch. Aber wir sind gleich zu Hause. Dann kannst du dich aufwärmen."

„Aber es hat Spaß gemacht", lachte der Junge auf und drückte die Hand seiner Erzieherin ein wenig fester. Munter begann er, von den Instrumenten zu plaudern, die er hatte ausprobieren dürfen.

„Dein Bruder hat genauso rote Haare wie du, Marika", lachte er und begann übermütig zu rennen. Die junge Frau zog eine Grimasse. Die Reaktion ihres Schützlings zeigte deutlich, dass er wusste, wie ungern sie ihre Haare als rot betitelt haben mochte.

„Und er nannte dich Feuerkopf", rief Konrad über seine Schulter zurück. „Ich habe es genau gehört."

„Du hörst immer all die Worte, die nicht für deine Ohren bestimmt sind!", lachte Marika. Auch sie ging ein wenig schneller, um mit dem Jungen mithalten zu können. Ihr Kleid wogte dabei um ihre Beine und behinderte sie ein wenig beim Gehen, doch da sie erbärmlich fror, war sie erleichtert, dass der Junge zu laufen begonnen hatte.

Seine älteren Schwestern hatten an diesem Vormittag Schulprüfungen zu schreiben, und so hatte sie sich entschlossen, den Jungen auf einen kleinen Ausflug mitzunehmen, sodass die Mädchen die nötige Ruhe hatten. Sie waren bei der noch im Bau befindlichen neuen Universität und in der Staatsoper gewesen, um dort einer Probe beizuwohnen. Ihr Bruder, der zu einem Ensemble gehörte, das dort spielte, hatte ihnen diesen Besuch ermöglicht.

Endlich erreichten sie das herrschaftliche Haus und wurden von der Wache mit einem freundlichen Nicken durch das hohe schmiedeeiserne Tor in den wunderbaren parkähnlichen Garten eingelassen. Marika führte ihren Schützling um das Haupthaus herum, um durch einen der Seiteneingänge den Wohntrakt zu betreten.

Das Kindermädchen blieb im Flur an einen der großen Fenstersimse gelehnt stehen, als Konrad wie auch seine vier älteren Schwestern in ihren Zimmern verschwanden, um sich für die anstehende Mittagsmahlzeit angemessen zu kleiden.

Sie selbst würde später im Bedienstetentrakt ihr Essen bekommen. Sie hatte kurz nach ihrer Einstellung vor mehr als fünf Jahren darauf bestanden, ihre Mahlzeiten nicht gemeinsam mit der Familie einnehmen zu müssen. Die strenge, fast kalte Atmosphäre während des Essens hatte ihr zu Beginn ihrer Tätigkeit beinahe Angst gemacht.

Ihre Mutter hatte sie damals davor gewarnt, sich in dieser Weise gegen die Wünsche ihrer Arbeitgeber zu stellen, doch sie setzte meist ihren Kopf durch – mal auf höflichem, diskretem Weg, nicht selten jedoch auch mit ausgesprochen großer Energie und viel Temperament und Konfrontationsbereitschaft. Das war neben den roten Haaren ein weiterer Grund, weshalb ihr Bruder sie gerne Feuerkopf nannte.

Minuten später ging sie mit den fünf Kindern den langen, von vielen Ahnenbildern geschmückten Flur entlang und die breite geschwungene Treppe hinunter in die riesige Eingangshalle. Von dort aus betraten sie den festlich geschmückten Speiseraum, in welchem trotz des hellen Tageslichts unzählige Kerzen entzündet worden waren.

„Herzlichen Dank, Fräulein Wieland", wurde Marika von der Frau des Hauses empfangen. Die Mädchen gingen zu ihr hinüber, um ihre Mutter zu begrüßen.

Marika hielt den Jungen mit einer Hand an der Schulter zurück und flüsterte: „Vergiss nicht: Unser kleiner Ausflug bleibt unser beider Geheimnis."

„Ich vergesse es schon nicht, Feuerkopf", erwiderte er frech, woraufhin Marika ihm einen leichten Klaps auf den Rücken gab. Konrad warf ihr ein breites, fröhliches Lächeln zu, ehe auch er langsam und gesittet zum Tisch ging, um seine Eltern zu begrüßen.

Das Kindermädchen wandte sich um, verließ leise den Raum und zog die große Tür ein wenig mühsam hinter sich zu. „Na warte, Bursche", murmelte sie vor sich hin.

„Meinen Sie mich, Fräulein Wieland?"

Marika schrak zusammen. Sie hatte den jungen Mann in Uniform nicht gesehen, der nun vor ihr stand und sie mit einem amüsierten Lächeln bedachte. Sie kannte ihn, wusste, dass er der Sohn eines militärischen Beraters am österreichischen Hof war und offenbar in dessen Fußstapfen treten wollte.

„Keineswegs", erwiderte sie und blickte neugierig zu dem Mann hinauf, der sich leicht verbeugte.

Thomas ballte seine Hände zu Fäusten, als er die beiden aus dem Haus in den Garten treten sah. Die junge Frau war unverkennbar seine Schwester und der Mann neben ihr zweifellos der Wiener, den er in regelmäßigen Abständen zu überwachen hatte.

Misstrauisch beobachtete er, wie der Wiener sich zu seiner zierlichen Schwester hinunterbeugte und auf sie einsprach, während sie ihm ein fröhliches Lächeln schenkte. Thomas runzelte die Stirn. Selbstverständlich hatte Marika in diesem Haus hin und wieder Kontakt zu mehr oder weniger wichtigen Militärs und Politikern, und doch war es ungewöhnlich, dass einer von ihnen sie auf ihrem Weg vom Haupthaus zum Bedienstetentrakt begleitete.

Thomas betrachtete seine Schwester mit ihrem kindlich wirkenden, hübschen Gesicht und den rotbraunen Haaren, die sich nur widerspenstig in ihre hochgebundene Frisur einfügten. Es war keinesfalls verwunderlich, dass sich die Männer für Marika interessierten, der es jedoch mit ihrem temperamentvollen Wesen bislang immer gelungen war, alle Bewerber in die Flucht zu schlagen.

Thomas zog die Augenbrauen in die Höhe, als die beiden, nachdem sie gemächlich über die Parkwiese geschlendert waren, vor dem Nebeneingang ankamen. Sie unterhielten sich offenbar angeregt, und wieder konnte er sehen, wie seine Schwester fröhlich auflachte, woraufhin der Uniformierte ihre rechte Hand in seine nahm und an seine Lippen führte.

Der heimliche Beobachter brummte ungehalten vor sich hin.

Endlich betrat die junge Frau das Haus und ihr Begleiter wandte sich mit einem eigentümlichen Lächeln auf den Lippen zackig um. Eigentlich hätte Thomas dem Mann augenblicklich folgen müssen, doch da er wusste, wo der Österreicher für gewöhnlich seine Mittagsmahlzeiten einnahm, wagte er es, ihn erst einmal ziehen zu lassen.

Ungesehen huschte er zum Bedienstetentrakt und verschaffte sich unerlaubt Eintritt. Er ging über den breiten Flur zu der ausgetretenen Holztreppe hinüber, sprang diese hinauf und lief den oberen Flur entlang, bis er vor der Tür zu Marikas Zimmer stand. Da er nicht gesehen werden wollte, huschte er ohne anzuklopfen hinein und entlockte Marika damit einen erschrockenen Ausruf.

„Ich bin es nur", zischte Thomas und schloss eilig die Tür hinter sich.

„Das sehe ich. Aber erschreckt hast du mich trotzdem. Was machst du hier? Wenn dich hier jemand sieht, werde ich entlassen!", schimpfte sie und zog vorsichtshalber die beiseitegeschobenen Gardinen zu.

„Was hast du mit diesem Mann zu schaffen?", zischte Thomas.

Marika war sofort klar, auf wen ihr Bruder anspielte. „Was geht dich das an?", erwiderte sie.

„Bitte beantworte meine Frage."

„Er hat mich lediglich hierherbegleitet. Gibt es daran etwas auszusetzen?"

„Du bist meine Schwester und –"

„Das gibt dir noch lange nicht das Recht, mir hinterherzuschleichen und dich in mein Leben einzumischen, großer Bruder."

„Jetzt lass mich doch erst einmal ausreden."

„Bitte." Marika wandte sich um, goss aus einem weißen Krug Wasser in eine Schüssel und wusch sich darin ihre Hände.

Thomas ärgerte sich über ihr deutlich demonstriertes Desinteresse, und so nahm er sie an den schmalen Schultern und drehte sie zu sich um. „Halte dich von diesem Mann fern, Marika."

Ihre braunen Augen, die den seinen sehr ähnlich waren, blickten zu ihm auf. „Was soll das, Tommy? Er hat sich nur ein wenig mit mir unterhalten."

„Du gefällst ihm."

„Und das gefällt dir nicht?"

„Nein, denn ich habe Grund zur Annahme, dass er nicht der ist, der er vorgibt zu –"

„Tommy, das geht mich alles nichts an."

„Es geht dich etwas an, wenn du dich für diesen Mann interessieren solltest, Marika. Ich darf dir nicht mehr erzählen und kann dich nur bitten, dich von ihm fernzuhalten."

„Das hast du jetzt ja getan", erwiderte die junge Frau.

„Gut."

„Sieh zu, dass du ungesehen wieder hier herauskommst."

„Das ist eine Kleinigkeit für mich."

„Wie ich dich bewundere, o großer Spion", spottete die junge Frau.

„Wenn ich dir noch einen Rat geben darf, kleine Schwe–"

„Ich will mal nicht so sein und dir diese Bitte gewähren, großer Bruder."

„Gewöhne dir endlich ab, andere immerfort zu unterbrechen. Irgendwann wirst du einmal an einen Gesprächspartner geraten, dem es nicht gefällt, wenn du ihm ständig ins Wort fällst."

Marika lächelte ihn entwaffnend an, sodass er mit einem lauten Seufzen die Schultern nach oben zog. „Bis morgen früh", murmelte er schließlich und ging.

Kapitel 3

Nach nur wenigen Bissen schob Lukas Biber den Teller von sich und schüttelte entschlossen den Kopf.

„Ich werde sie entlassen müssen, Karl."

„Das sehe ich genauso", erwiderte sein Freund und schob ihm den Teller wieder hin.

„Iss etwas, Lukas", bat ihn die mit ihrem fünften Kind schwangere Klara, die der Überzeugung war, dass ihr Nachbar nicht gut genug für sich sorgte.

„Mir ist der Appetit vergangen", murmelte der Tierarzt und betrachtete seine großen, schwieligen Hände. „Ich habe nichts getan, was diese Frau hätte veranlassen können, mitten in der Nacht kaum bekleidet in mein Schlafzimmer zu kommen und neben mir ins Bett zu kriechen."

„Das hast du sicher nicht", erwiderte Karl mit leicht spöttischem Unterton und Klara seufzte leise auf.

Sie und ihr Mann bedrängten Lukas nun schon seit einigen Wochen, sich endlich einmal wieder unter die Leute zu wagen und den Menschen in der Stadt die Möglichkeit zu geben, sich mit ihm zu unterhalten. Vor allem Klara war darauf aus, ihn wieder in ein normales Leben zurückzuführen und vielleicht einer anderen Frau die Möglichkeit zu geben, das Herz dieses Mannes zu gewinnen.

Klara Rieble wendete den Speck, griff nach der Dose mit dem

Salz und beobachtete aus dem Augenwinkel, wie sich Lukas über seinen unmöglichen Vollbart strich. Er war seit Mariannes Tod nicht mehr zum Gottesdienst gegangen und hatte seine Gespräche mit den Menschen in dieser Gegend auf das rein Geschäftliche reduziert. Er lachte nicht mehr, wie er es früher so gern getan hatte, und war stattdessen immerzu ernst und traurig. Nicht einmal die kleine Anna schien ihm Freude bereiten zu können, obwohl das Mädchen ausgesprochen liebenswert war.

Das Kind war von Klara, die ein halbes Jahr zuvor ihren Gerd zur Welt gebracht hatte, mit gestillt und von einer älteren Frau, die Lukas als Hauswirtschafterin und Kindermädchen eingestellt hatte, wunderbar versorgt und erzogen worden. Doch vor ein paar Wochen war die ältere Frau zu ihrem Sohn und dessen Familie nach Freudenstadt gezogen, und Lukas hatte eine wesentlich jüngere Witwe eingestellt, die in der vergangenen Nacht offenbar versucht hatte, sich als zukünftige Frau Biber anzubieten.

Klara nahm die schwere gusseiserne Pfanne vom Herd und trug sie zu dem großen Holztisch hinüber, um sie direkt vor Lukas' Teller zu stellen. „Das schaffst du doch, oder?", fragte sie, drehte sich aber sofort wieder enttäuscht um, als sie in die traurigen, beinahe gleichgültigen Augen des Mannes blickte, den sie bewunderte und liebte, als sei er ihr Bruder. „Ich muss zu den Hühnern", murmelte sie, griff nach einem Eimer und verließ mit Tränen in den Augen die warme Küche durch die kleine Nebentür, die direkt nach draußen führte.

Die ersten Schneeglöckchen und Krokusse duckten sich im kühlen Wind, der seit dem Vortag die ersten Frühlingsboten wieder in den Boden zu stampfen versuchte. Die großen dunkelgrünen Fichten, die vor dem bewölkten Himmel fast bedrohlich wirkten, rauschten laut, und die Baumkronen schwankten beständig hin und her, als winkten sie ihr traurig zu. In einigen Senken und entlang des Waldes lagen noch Reste von Schnee, und der Nordhang des Hügels, auf dem das Gutshaus stand, war von einer vollkommen weißen Schicht bedeckt.

Nachdenklich blickte sie zu dem ihrem Bauernhof zugewandten Nordflügel des Gebäudes hinauf, in dem Lukas' jüngerer Bruder Markus und dessen Frau Isolde lebten. Ein weiteres Mal fragte sie sich, warum Lukas das kleine Mädchen nicht den beiden anvertrauen wollte. Solange kein Kindermädchen im Gutshaus lebte, zog Isolde das Kind morgens an und gab ihm sein Frühstück, doch dann wurde es zu ihr heruntergebracht. Irgendetwas schien zwischen den Brüdern vorgefallen zu sein. Der Tierarzt sprach nicht darüber, doch offenbar wollte er das Kind lieber in seiner Nähe und von einer Haushälterin erzogen wissen als von den beiden Verwandten.

Die frische, klare Luft tief ein- und ausatmend, wandte sie sich dem Gehege der Hühner zu, griff in den Holzeimer in ihrer Hand und streute den Tieren die Körner in eine Ecke, damit sie den Rest des Geheges sowie das Hühnerhaus nach Eiern absuchen konnte.

Während der Arbeit betete sie inständig darum, dass Lukas endlich den Schmerz über den Tod seiner jungen Frau würde überwinden können. Er konnte und durfte sich nicht ein Leben lang Vorwürfe machen und vor allem sollte er um seiner Tochter willen wieder einen normalen Umgang mit den Menschen in der Stadt aufnehmen.

Klara hob den Kopf, als sie aus dem Augenwinkel die große, noch immer schwarz gekleidete Gestalt Lukas' über den Fußpfad den Hügel hinauf in Richtung Gutshaus gehen sah. Er schien sich heftig gegen den Wind stemmen zu müssen, doch die junge Frau wusste, dass seine gebeugten Schultern nicht von dieser Anstrengung stammten.

Lange stand sie da, ließ den Wind an ihrer Bluse und ihrem einfachen grauen Rock zerren und beobachtete wehmütig die schweren, scheinbar unsicheren Schritte des Mannes, während dieser den steilen Hügel hinaufstieg.

Das schmatzende Geräusch schwerer Stiefel, die durch die durchnässte Erde gingen, ließ sie den Blick von Lukas abwenden. Karl kam langsam auf sie zu, wobei auch er die Augen auf den inzwischen nur noch als schmale Gestalt erkennbaren jungen Mann gerichtet hatte.

„Was meinst du, wird er Anna jetzt doch seiner Schwägerin zur Aufsicht anvertrauen?", fragte er.

„Ich weiß es nicht, Karl. Ich weiß überhaupt nichts mehr, wenn es um Lukas geht."

Karl schüttelte traurig den Kopf und zog sie in seine Arme. Klara erwiderte die Umarmung und legte ihren Kopf an die muskulöse Schulter ihres Mannes. Mariannes Tod hatte nicht nur Lukas seine Frau, sondern auch ihrem Mann einen besonderen Gesprächspartner und Freund genommen.

„Lukas ist ein Wunder an Selbstbeherrschung. Diese Witwe ist nicht gerade unattraktiv und er schmeißt sie einfach aus dem Bett."

„Karl!" Klara drückte sich ein wenig von ihrem Mann fort.

„Sieh mich nicht so entsetzt an, Klara. Lukas ist seit über einem Jahr ohne Frau."

„Vielleicht wäre das für dich ein Problem, für ihn offensichtlich nicht", lachte Klara.

„Was denkst du, warum er immer wieder in aller Frühe hier auf dem Hof ist, um mir zu helfen? Wenn du nicht schlafen würdest wie ein Bär im Winterschlaf, hättest du vielleicht mitbekommen, dass er fast die gesamte Nacht wie ein Verrückter hier im Stall geschuftet hat."

Klara hob die Augenbrauen und blickte ihren Mann prüfend an. Tatsächlich war sie in letzter Zeit abends so erschöpft, dass sie nicht einmal die heftigen Gewitter hörte, die hier nicht selten vorkamen. Sie hatte tatsächlich nie mitbekommen, dass Lukas nachts auf ihrem Hof schuftete, um sich abzulenken. „Vielleicht hätte er das sein lassen sollen. Dann wüsstest du, wohin mit all deiner Energie", erwiderte sie und strich sich mit einer vielsagenden Geste über den gewölbten Bauch. Ein belustigtes Lächeln legte sich auf das wettergegerbte Gesicht ihres Mannes, und sie konnte nicht anders, als zu ihm hinaufzulachen. „Ich liebe dich, Karl."

„Das hoffe ich doch", erwiderte dieser knapp.

Wieder blickten sie beide zum Hügel hinüber und konnten gerade noch sehen, wie die dunkle Gestalt hinter dem Nordflügel verschwand.

„Was Lukas dringend braucht, ist ein Wunder! Und ich werde nicht aufhören, dafür zu beten!"

Kapitel 4

Der Wald um ihn herum rauschte, und die Kälte ergriff langsam Besitz von Thomas Wieland, der sich müde mit den Händen über die Augen fuhr. Der Baumbewuchs im Wienerwald war dicht, und so gab es noch reichlich schneebedeckte Flächen, da die Sonne noch nicht die Kraft und Ausdauer besessen hatte, diese wegzuschmelzen. Seine Schuhe waren bereits durchnässt und dies förderte nicht gerade sein Wohlbefinden.

Seit er – nach dem kurzen Gespräch mit seiner Schwester – Anton Faber in dessen Lieblingsrestaurant an der Donau wiedergefunden hatte, war er ihm den ganzen Tag über gefolgt. Inzwischen war es Abend geworden und zwischen den hohen, leise vor sich hinrauschenden Bäumen war die Dunkelheit vollkommen. Der Uniformierte hatte ihn direkt zum Wald geführt, wo er sein Pferd festgebunden hatte, um zu Fuß weiterzugehen. Sein Verfolger hatte es ihm gleichgetan.

Thomas bemühte sich, leise zu sein, allerdings wollte er keinen zu großen Abstand zwischen sich und dem Wiener entstehen lassen. Vermutlich würde Faber sich wieder mit dem Preußen treffen und er wollte kein Wort von dem Gespräch zwischen den beiden verpassen.

Schließlich erreichten sie ein im Wald versteckt liegendes altes Haus. Hinter einem breiten Haselnuss-Strauch notdürftig versteckt, beobachtete Thomas, wie sich die Tür des heruntergekommenen Gebäudes öffnete. Der helle Schein eines Kaminfeuers drang für einen kurzen Augenblick in die Dunkelheit des Waldes, bevor er von dem Schatten des Österreichers verdeckt und die Tür wieder geschlossen wurde.

Thomas arbeitete sich eilig näher an das alte Steinhaus heran. Da er sich außerhalb des Hauses unbeobachtet fühlte, wagte er es entgegen seiner sonstigen Vorsicht, direkt auf das Haus zuzulaufen. Er war keine zehn Meter mehr von diesem entfernt, als aus der Dunkelheit ein erschrockener Ruf drang.

Thomas fuhr zusammen und schaute sich hektisch um. Der Preuße war an diesem Abend offensichtlich nicht allein gekommen und nun hatte sich sein Begleiter warnend bemerkbar gemacht. Der junge Mann warf sich herum und ergriff die Flucht.

Die Tür wurde aufgerissen und für einen kurzen Augenblick wurde er vom hellen Schein des Feuers erfasst. Dabei leuchteten seine rotbraunen Haare mit den Flammen um die Wette. Aufgeregte Stimmen hallten durch den Wald, und das heftige Knacken von Ästen verriet ihm, dass er verfolgt wurde.

Er lief zwischen den Baumstämmen und durch das dichte Unterholz hindurch bis zum Waldrand und hielt von dort direkt auf das Wohnviertel zu, in dem auch das Haus seiner Eltern stand. Dort, inmitten der kleineren und größeren herrschaftlichen Häuser, Parkanlagen und Gärten, würde er mit Leichtigkeit irgendwo untertauchen können.

Thomas lief und spürte allmählich ein Ziehen in seiner Lunge. Ob es nötig war, dass er sich so sehr verausgabte? Er wurde ein wenig langsamer und lauschte in die Dunkelheit hinein. Erschrocken stellte er fest, dass seine Verfolger gefährlich nahe waren, und sofort zwang er sich weiterzulaufen.

Als er die ersten Häuser erreicht hatte, sprang er über einen niedrigen hölzernen Zaun, lief durch den Garten und drang, über einen weiteren Zaun springend, in ein Nebengrundstück ein.

Noch immer konnte er die eiligen, festen Schritte hinter sich hören. Er sprang mit einem gewaltigen Satz über eine Mauer auf die Straße. Nach einiger Zeit kam Thomas an dem hell erleuchteten Wohnhaus seiner Eltern vorbei und bog in einen kleinen Fußweg ein, der ihn in eine weitere benachbarte Straße bringen würde.

Inzwischen heftig atmend und mit einem unangenehmen Brennen in der Lunge wechselte er auf den Zufahrtsweg zu einem Haus über, das von einer hohen Mauer umgeben war. Er wusste, dass das große Holztor darin nie verschlossen wurde. Hinter dem Tor drückte er sich gegen die Mauer und drang langsam und leise in eine dichte Thujahecke ein, die ihm zwischen der kalten Mauer und der Hecke selbst einen schmalen, etwa einen Meter breiten Platz als Versteck bot. Bemüht, sein schnell schlagendes Herz zu beruhigen, kauerte er sich mit dem Rücken gegen die Steinwand.

Kapitel 5

Ein paar Tage nachdem er die Witwe entlassen und eine Anzeige wegen der frei gewordenen Stelle als Hausmagd in die Zeitung gesetzt hatte, ritt Lukas Biber hinunter in die Stadt, um in Erfahrung zu bringen, ob sich bereits jemand auf diese gemeldet hatte. Er band sein Pferd vor dem Haus des Arztes an und überquerte, ohne auf die großen Pfützen und schlammigen Löcher zu achten, die Straße.

„Grüß Gott, Lukas", sprach ihn unvermutet eine weibliche Stimme an.

Als er den Kopf hob, entdeckte er vor dem Gemischtwarenladen Bettina Schaller, die jüngere Schwester von Marianne.

„Grüß dich", erwiderte er mürrisch.

Er wollte sich gerade wieder umdrehen und in Richtung der kleinen Zweigstelle der Zeitung gehen, als Bettina fragte: „Hast du es eilig, Lukas?" Sie betrachtete ihn prüfend, bevor sie fortfuhr: „Meine Eltern und ich würden dich und die kleine Anna gerne einmal zu einem Sonntagskaffee einladen."

Mit forschendem Blick musterte Lukas die Tochter des Bürgermeisters und zuckte leicht mit den Achseln.

Diese Geste veranlasste Bettina, ein wenig näher an ihn heranzutreten. „Ich respektiere deine Trauer, Lukas", sagte sie leise. „Aber vergiss bitte nicht, dass meine Eltern die Großeltern der kleinen Anna sind. Ich finde, sie haben das Recht, das Kind regelmäßig zu sehen."

„Sicher", brummte Lukas und kniff die Augen zusammen. „Nächsten Sonntag?", fragte er knapp.

Bettina lächelte ihn erleichtert an. „Ich werde es ihnen ausrichten, Lukas. Vielleicht gegen drei Uhr?"

Er nickte nur, drehte sich um und betrat die kleine Zweigstelle der Zeitung.

„Grüß Gott, Dr. Biber. Ich habe leider nichts für Sie", wurde er von Herrn Brändle begrüßt.

„Schade", murmelte Lukas in seinen dunklen Bart hinein und wandte sich auf der Stelle wieder um.

„Will die Frau vom Bauern Rieble das Mädchen nicht zu sich nehmen und gelegentlich bei Ihnen Ordnung machen? Er bewirtschaftet doch immerhin Ihre Ländereien. Da könnte sie doch nach dem Kind und dem Haus sehen."

„Klara erwartet ihr fünftes Kind. Sie hat genug zu tun. Zudem ist der Platz meiner Tochter bei mir", erwiderte er kurz angebunden. Er mochte es nicht, wenn sich andere Leute in seine Angelegenheiten einmischten. Grußlos verließ er das kleine Gebäude und ließ den kopfschüttelnden Herrn Brändle zurück.

Lukas blickte zum Himmel hinauf. Eine dunkle Wolkenfront schob sich vom nördlichen Schwarzwald kommend heran und der auffrischende Wind führte eine unangenehme Kälte mit sich. Sollte es tatsächlich noch einmal schneien, obwohl sie bereits die erste Aprilwoche hinter sich hatten?

Wenig begeistert ging er zurück zu seinem Pferd und schwang sich in den Sattel. Er würde noch beim Bauern Huber vorbeimüssen und nach einer Sau sehen, die Probleme machte, ehe er Anna bei Klara abholte.

Als Lukas eine Stunde später in Richtung Gutshof ritt, heulte der Wind bereits mit mächtiger Kraft über das Land hinweg. Das vom Winter noch braune Gras duckte sich unter den starken Böen und das Reitpferd musste sich kräftig gegen den heftigen, kalten Gegenwind anstemmen. Vor dem Kuhstall war Karl gerade dabei, die große, schwere Tür zu schließen.

„Kann ich dir noch etwas helfen?", rief Lukas gegen das Tosen des Sturmes und das Klappern der Fensterläden an.

Karl fuhr herum, zog den Kopf schützend zwischen die Schultern und trat zu seinem Freund, der scheinbar gelassen dem heftigen Wüten des Windes trotzte. Der Landwirt stellte sich in den Windschatten des großen Warmblutpferdes. „Mach, dass du nach Hause kommst, dann ist mir geholfen!", rief er ihm zu und deutete mit dem Kopf in Richtung der fast schwarzen Wolkenmassen. „Das sieht mir nach einem Gewitterschneesturm aus. Also sieh zu, dass du den Hügel hinaufkommst."

„Ich muss Anna noch holen!", brüllte Lukas zurück und schwang sich aus dem Sattel. Mit eiserner Hand hielt er die nervös auf der Stelle tretende Stute fest.

„Bei diesem Wetter?", rief Karl gegen den Wind an. „Willst du sie nicht lieber über Nacht hierlassen? Morgen, wenn der Sturm vorbei ist, kannst du sie noch immer holen."

„Ich nehme sie jetzt mit", erwiderte Lukas mit fester Stimme, drückte seinem Freund die Zügel in die Hand und ging auf die Haustür zu. Dabei fragte er sich, weshalb er auf Karls Angebot so unwirsch reagiert hatte. Lag es an dem drohenden Gewitter? Erinnerte ihn dieser heftige Sturm zu sehr an die Nacht vor 15 Monaten, in der Marianne gestorben war? Ohne anzuklopfen, polterte er in den Hausflur und folgte den fröhlichen Stimmen der Kinder, die aus der Wohnstube der Familie Rieble kamen.

Anna saß, umgeben von zwei Jungen und zwei Mädchen, auf einem kleinen Flickenteppich in der Mitte des Raumes und verteilte großzügig Bauklötze an die Nachbarskinder. Als sie ihren Vater im Türrahmen entdeckte, wurde ihr Gesicht von einem fröhlichen Lächeln erhellt.

„Hallo, Anna, hallo, Kinder", brummte der Tierarzt ein wenig verlegen in die Runde und die vier Rieble-Kinder erwiderten wohlerzogen seinen Gruß. Das ältere Mädchen, Marga, erhob sich, nahm Anna auf den Arm und trug sie zu ihrem Vater hinüber. Anna streckte ihre pummeligen kurzen Ärmchen aus, und Lukas nahm das Mädchen auf den Arm, bevor er sich wortlos umwandte.

Im Türrahmen versperrte ihm Klara den Weg und blickte ihn ernst an. „Entweder du kommst bei so einem Wetter früher oder du lässt das Kind hier bei uns. Wie willst du dieses arme Wesen durch den Sturm nach da oben schaffen?"

„So, wie ich sie auch heruntergebracht habe", erwiderte Lukas und ging auf Klara zu. Diese blieb jedoch im Türrahmen stehen und stemmte ihre Hände in die rundlichen Hüften. Sie war nicht gewillt, ihm Platz zu machen. „Hast du jemanden für sie gefunden?"

„Leider nicht."

„Du darfst sie gerne bis morgen hierlassen. Sie kann am Fußende von Margas Bett schlafen."

„Sie gehört nach Hause zu ihrem Vater."

„Zu ihrem Vater? Dann sei ihr endlich auch einer", murmelte Klara, hob resigniert die Schultern und gab den Durchgang frei.

„Ich hoffe, ich finde bald jemanden für sie", murmelte der junge Mann versöhnlicher gestimmt vor sich hin.

„Sie macht mir keine Mühe, Lukas. Sie ist ein kleiner, fröhlicher Sonnenschein – im Gegensatz zu dem Mann, der sich ihr Vater nennt."

„Ich gebe mir Mühe, Klara", verteidigte sich Lukas.

„Nein, das tust du nicht. Hat Anna jemals in ihrem Leben ein

Lächeln auf deinem Gesicht gesehen, falls sich unter all diesem Gestrüpp überhaupt noch ein Gesicht verbirgt?"

Lukas dachte an den Augenblick, in dem Dr. Städler ihm das Neugeborene in die Arme gelegt hatte, an diesen kurzen Moment des Glücks. Sofort wurde er von tiefer Trauer übermannt. „Ja, das hat sie", erklärte er unwirsch und verließ mit dem Mädchen auf dem Arm die Wohnstube.

„Gern geschehen!", rief Klara ihm sarkastisch nach, sodass sich Lukas beim Hinausgehen noch einmal umwandte und ihr dankend zunickte.

Karl war mit der unruhigen Stute beschäftigt und fühlte sich ein wenig überfordert, als sein Freund ihm auch noch das etwas widerspenstige Mädchen in die Arme drückte.

Der Witwer schwang sich in den Sattel, zwang die Stute energisch zum Stillstehen und streckte Karl die Hände entgegen, der ihm das Mädchen hinaufreichte. Lukas setzte das Kind verkehrt herum vor sich und hüllte es in seinen Mantel. Schließlich blickte er noch einmal zu seinem Freund hinunter. „Sag Klara, sie hat recht."

Karl sah aufmerksam zu ihm hinauf. „Klara trauert auch, Lukas. Sie trauert um den Freund, der du uns einmal warst. Und sie betet jeden Tag für dich und die Kleine."

Lukas wandte sich ein wenig zur Seite, damit der Wind ihm nicht direkt ins Gesicht wehen konnte. Diese Worte berührten ihn tief in seinem Inneren und er fühlte trotz der eisigen, stürmischen Kälte um sich herum eine wohlige Wärme in sich. Nachdenklich senkte er den Kopf und blickte auf den dunklen Haarschopf hinunter, der sich Schutz suchend an ihn drückte. Dieses angenehme Gefühl von Wärme hatte er schon lange nicht mehr verspürt. Er hatte schon angenommen, Marianne habe es mit sich ins Grab genommen. In diesem Augenblick wurde ihm klar, dass er mehr verloren hatte als nur seine Frau. Und daran war er offenbar selbst Schuld.

„Danke, Karl", murmelte er, ohne sich sicher sein zu können, dass dieser die Worte über dem steten Heulen des Windes und dem lauten Rauschen der Fichten überhaupt hören konnte. Als die ersten Blitze den nachtschwarzen Himmel erhellten, trieb er sein Pferd die kurze Strecke zum Gutshaus hinauf.

Nach einem einfachen Abendbrot legte Lukas seiner Tochter ein wenig unbeholfen eine neue Windel an, die die Nacht wohl kaum überstehen würde, und brachte sie in das kleine Bett, das in dem früheren Ankleidezimmer neben seinem Schlafraum stand.

Gehorsam blieb das Kind liegen. Es brabbelte noch eine Weile vor sich hin und schlief schließlich trotz des heftigen Tobens und Donnerns um das Haus herum ein.

Erleichtert ging Lukas in sein Zimmer hinüber, setzte sich auf das von einem Baldachin überspannte Bett und griff – zum ersten Mal seit über einem Jahr – nach der ledergebundenen Bibel, die er und Marianne zur Hochzeit geschenkt bekommen hatten. Vielleicht würde er noch einmal diese wunderbare Wärme in sich spüren können, die ihn überkommen hatte, als ihm klar geworden war, dass es Menschen gab, die für ihn beteten …

Kapitel 6

Die Beamten verließen das Haus der Wielands und Franz Wieland, Thomas' Vater, brachte seine heftig weinende Frau nach oben ins Schlafzimmer.

Theresa saß auf dem Sofa und verbarg ihr Gesicht in ihren Händen. Ihre bebenden Schultern waren ein deutliches Zeichen dafür, dass auch sie weinte.

Hilflos wandte sich Thomas einem der hohen Fenster zu und

blickte auf den großen Garten hinaus, der von einigen hochgewachsenen Pappeln umgeben war. Seit der Nacht, in der seine Verfolger unerklärlicherweise nicht einmal in die Nähe seines Verstecks hinter der Thuja gekommen waren, war Marika verschwunden. Das war nun vier Tage her.

Weder die Polizei noch die von seinem Vater zu Hilfe geholten Freunde hatten eine Spur der jungen Frau finden können, und allmählich breitete sich in ihm der Verdacht aus, dass sie ein Opfer seiner Verfolger geworden war. War Marika im Garten oder vor dem Haus gewesen, als er es auf seiner Flucht passiert hatte? Zwar war Marika kleiner und schmächtiger als er, doch in einer dunklen Nacht mochte vor allem eines aufgefallen sein: das im Licht eines Feuers oder einer Lampe aufflammende Rot ihres Haars, das dem seinen sehr ähnlich war. Und sehr viel mehr als die auffällige Haarfarbe hatten die Männer bei dem kleinen Haus im Wald vermutlich nicht von ihm sehen können! Es gab in Krisenzeiten und Kriegen immer wieder Frauen, die sich an gefährlichen Spionagetätigkeiten beteiligten, und selbst wenn die Männer ihren Irrtum irgendwann erkannt haben sollten, so konnten sie Marika wohl kaum mehr freilassen – immerhin kannte sie Anton Faber.

Thomas ballte seine Hände zu Fäusten und drückte sie gegen den Fenstersims, bis die Schmerzen an seinen Fingerknöcheln unerträglich wurden. Hatten seine Verfolger sie geschnappt? Was war nur mit ihr geschehen? Lebte sie überhaupt noch?

Thomas warf einen kurzen Blick auf die leise weinende Theresa, dann wandte er sich um und ging in Richtung Eingangshalle.

„Wo willst du hin?", fragte Theresa.

Als er sich zu ihr umdrehte, zog sich sein Herz heftig zusammen. Unter den schwarzen, wirren Haaren blickten ihn braune Augen an, die durch Schmerz und Angst jeglichen Glanz verloren hatten.

„Ich muss zur Universität", erwiderte er knapp.

„Wie kannst du an dein Studium denken, wo Marika verschwunden ist?"

„Ich kann nicht ewig fehlen, Theresa."

Theresa nickte nur und wieder liefen die Tränen ungehindert über ihre rundlichen Wangen.

Von tiefen Schuldgefühlen geplagt, verließ Thomas fluchtartig das Haus und machte sich auf den Weg zum Außenministerium. Er konnte seinen Eltern nichts über seinen Verdacht erzählen, da er dann seine geheime Tätigkeit würde preisgeben müssen, und dazu war er im Moment noch nicht bereit. Aber er konnte seine Kollegen und seine Vorgesetzten informieren und sie bitten, bei ihren weiteren Nachforschungen rund um Faber und seine Treffen mit den Preußen das Verschwinden seiner Schwester im Gedächtnis zu behalten. Vielleicht konnten sie ja etwas über ihren Verbleib in Erfahrung bringen. Er jedenfalls würde sich an Anton Fabers Fersen heften.

Thomas zog sich die gefütterte Jacke ein wenig enger um seinen schlanken Körper und betete, während er die Straße hinuntereilte, dass Marika noch am Leben war.

Kapitel 7

Lukas Biber fuhr in die Höhe und blickte sich verwirrt um. Die Petroleumlampe auf seinem Nachttisch verbreitete einen ruhigen, warmen Schein, während draußen der Wind heftig an den Fensterläden rüttelte und dem Kamin ein lang gezogenes, tiefes Heulen entlockte.

Langsam erhob er sich, sodass die Bibel, die aufgeschlagen auf seinen Beinen gelegen hatte, herunterrutschte und mit einem dumpfen Aufschlag auf den mit einem Teppich versehenen Holzboden fiel. Er war während des Lesens eingeschlafen, doch nun hatte ihn irgendetwas aufgeschreckt.

Lukas beugte sich nach vorne, hob die Bibel auf und legte sie auf den Nachttisch. Auf Strümpfen schlich er zum Ankleidezimmer hinüber, um nach Anna zu sehen, doch das Mädchen schlief tief und fest. Was war es dann gewesen, was ihn geweckt hatte? Das Gebäude war erfüllt von unterschiedlichen Geräuschen verschiedener Intensität und der heftig gegen die Wände drückende Sturmwind ließ das Gebälk protestierend knacken und knarren.

Ein lauter Knall ließ den Mann herumfahren, und auch das Kind zuckte, ohne jedoch aufzuwachen, kurz im Schlaf zusammen. Offenbar hatte sich einer der großen Holzläden gelöst und schlug nun mit jeder stärkeren Bö gegen die Hauswand.

Lukas verließ das Ankleidezimmer und öffnete die Tür zum benachbarten Raum. Doch dort war alles in Ordnung, und so trat er wieder in den Flur hinaus und öffnete eine der Türen auf der gegenüberliegenden, dem See zugewandten Seite. In diesem Zimmer war es stockdunkel. Lukas hatte die vier Läden vor den Fenstern darin bereits vor Monaten fest geschlossen. Er atmete tief ein und aus, doch der Duft von Marianne, den er wahrzunehmen hoffte, war nicht mehr da. Zu lange hatte sie dieses Zimmer nicht mehr betreten, in dem sie gerne am Fenster gesessen und genäht oder gelesen hatte.

Gerade als er sich wieder umdrehen wollte, klappte einer der Läden auf und schlug mit Wucht gegen die Außenwand. Für einen kurzen Moment drang das vom frisch gefallenen Schnee reflektierte bläuliche Licht zu ihm herein, und als der Fensterladen zurückdonnerte, erzitterten die Scheiben erneut. Mit ein paar Schritten war Lukas am Fenster und stieß es hastig auf. Eiskalter Wind, gespickt mit unzähligen kleinen Schneeflocken, schlug ihm entgegen, und er beeilte sich, nach dem losen Laden zu greifen. Doch was war das?

War unterhalb des steilen Abhangs eine der Weiden dem Sturm zum Opfer gefallen und ragte nun, mit ihren Zweigen heftig um sich schlagend, halb in den kleinen See hinein? Lukas hielt den Laden mit eiserner Hand fest und kniff die Augen zusammen, um sie vor dem Wind und Schnee zu schützen. Konzentriert verfolgte er die Bewegungen des dunklen Schattens am Seeufer und brummte zornig auf. Vermutlich hatte sich eines der Tiere vom Bauernhof befreit und verwirrt die von der Anhöhe etwas geschützte Stelle unterhalb des Südflügels als Zuflucht gesucht, nicht ahnend, dass dort der See zur Gefahr werden konnte. Oder waren wieder einmal Jugendliche aus der Stadt heraufgekommen, um an dem See eine ihrer verrückten Mutproben durchzuführen?

Schnell befestigte er den Laden, schlug das Fenster zu und eilte aus dem Zimmer, den Flur entlang und die Stufen in die Eingangshalle hinunter. Dort nahm er sich zwar die Zeit, in seine Stiefel zu schlüpfen, doch um sich einen Mantel zu holen, hatte er es entschieden zu eilig.

Er verließ den an den Südflügel anschließenden Garten durch das gusseiserne Tor in der grauen Mauer und rutschte mehr, als dass er ging, den von Schneeverwehungen bedeckten Hügel in Richtung See hinunter. Auf halber Höhe hielt er inne und schüttelte dann mit grimmiger Miene den Kopf. Diese schwarze Gestalt, die dort am Rande des Sees hilflos gegen die aufgewühlten Wellen ankämpfte, war mit Sicherheit keine Kuh. Der Bursche würde eine gehörige Abreibung bekommen, wenn er ihn erst einmal gerettet hatte.

So schnell es der heftige Wind und die teilweise sehr tiefen Schneeverwehungen zuließen, eilte er den Abhang hinunter. Keuchend erreichte er die Ebene und duckte sich unter ein paar wild mit ihren Zweigen um sich schlagenden Weiden hindurch. Einen Moment hielt er inne und blickte sich suchend um. Hatte der Junge inzwischen den Kampf gegen das eiskalte Wasser aufgegeben? Schließlich entdeckte er nur wenige Schritte entfernt die reglos daliegende Person und kniete sich neben sie.

„Was treibst du denn hier bei diesem Wetter?", rief Lukas gegen das Tosen des Sturmes an. „Den Hosenboden sollte ich dir versohlen."

Die schmale Gestalt hob langsam den Kopf, wobei die Kapuze herunterrutschte und eine Flut von dichten, langen Locken hervorquoll. Mit weit aufgerissenen Augen blickte ihn eine junge Frau verwirrt an.

„Was machen Sie denn hier?", murmelte er schließlich und fasste der Frau unter beide Arme, um sie hochzuziehen. Sie war federleicht, und das, obwohl ihr Umhang und ihr Kleid klitschnass und inzwischen auch starr vor Kälte waren.

„Können Sie gehen, Fräulein? Wir müssen diesen Hügel hinauf!", rief er ihr zu und schob sie ein wenig von sich, damit er in ihr Gesicht sehen konnte. Noch immer waren ihre Augen weit aufgerissen, und sie war offenbar nicht fähig, ihm zu antworten. Doch ein angedeutetes Nicken war ihm genug, und so umfasste er sie mit einem Arm um die schmale Taille und gemeinsam arbeiteten sie sich den steilen Hügel hinauf. Wieder und wieder knickte sie ein, und Lukas konnte förmlich spüren, wie jegliche Kraft aus ihrem Körper wich. Sie keuchte heftig und nahm immer wieder ihre eiskalten Hände zu Hilfe, um sich weiter den Hügel hinaufzuarbeiten. Lukas bewunderte ihre Ausdauer und den offenbar unerschütterlichen Willen, ihr Ziel zu erreichen.

Als sie endlich das halbrunde Gatter unter dem gemauerten Torbogen erreicht hatten, fiel sie erschöpft in den Schnee und blieb dort einfach liegen.

„Gleich haben Sie es geschafft!", rief er ihr aufmunternd zu und kniete sich neben die junge Frau. Doch diese war nicht einmal mehr in der Lage, ihren Kopf anzuheben, der wie auf ein weiches Kissen gebettet im Schnee lag. Ihre dunklen Augen blickten ihn mit einer Gleichgültigkeit an, die ihn um ihr Leben fürchten ließ. Offenbar war sie kurz vor dem Erfrieren.

Lukas drehte sie auf den Rücken, schob seinen linken Arm unter ihre Schulter, den rechten unter ihre Oberschenkel und hob sie in die Höhe. Mühsam gelangte er bis zur Tür. Es war nicht einfach, diese zu öffnen und die Frau hindurchzutragen, doch es gelang ihm gerade noch rechtzeitig, bevor der Wind sie mit lautem Donnern wieder hinter ihnen ins Schloss jagte.

Hilflos blickte Lukas auf das Mädchen hinunter. Wohin sollte er nun mit ihr? In die Küche, in der vielleicht der Herd noch ein wenig glimmte? Es würde nicht schwer sein, schnell ein neues Feuer zu entfachen. Doch die Gestalt in seinen Armen wirkte so hinfällig, dass er befürchten musste, dass sie weder auf einem der Küchenstühle noch auf der Holzbank würde sitzen können. Dann war da noch das Sofa in der Wohnstube, aber in dem Kamin dort hatte den ganzen Tag über kein Feuer gebrannt, und vermutlich war es unangenehm kalt.

Lukas verzog das Gesicht und nahm das Mädchen, das langsam aus seinen Armen zu rutschen drohte, mit einem leichten Ruck wieder ein wenig höher. Ein verhaltenes Aufstöhnen ließ ihn schließlich handeln. Wenig begeistert, dennoch überzeugt, das einzig Richtige zu tun, betrat er mit ihr die Eingangshalle, trug sie die Stufen hinauf und öffnete mit dem Ellenbogen die Tür zu seinem Schlafzimmer. Erleichtert stellte er fest, dass der Sturm es offenbar noch immer nicht vermocht hatte, seine kleine Tochter zu wecken.

Er betrat das Zimmer und legte die kalte, nasse Gestalt auf sein Bett. Schnell richtete er sich wieder auf und betrachtete im Schein der leicht flackernden Lampe die wilde Lockenmähne, die sich nass über sein Kopfkissen ausbreitete. Nun erst sah er, dass die junge Frau am Hinterkopf blutete.

Mit gerunzelter Stirn setzte er sich auf die Bettkante und hob mit spitzen Fingern einige der dunklen, dichten Haarsträhnen an, um eine zwar kleine, aber unschöne Kopfverletzung freizulegen.

Die junge Frau stöhnte leise auf und Lukas ließ schnell die Haare los und erhob sich. Ein wenig hilflos stand er nun da, die Hände hinter dem Rücken verschränkt, und blickte auf die verschmutzte, nasse und am ganzen Leib zitternde Frau hinunter. Das Stöhnen, der tobende Sturm draußen und dieses Gefühl des Überfordertseins erinnerten ihn schmerzlich an die Nacht, in der Marianne gestorben war.

„Reiß dich zusammen. Vielleicht kannst du das Mädchen ja retten", murmelte er und breitete erst einmal eine leichte Decke über den heftig zitternden Körper. Dann verließ er das Zimmer und lief mit schweren Schritten die Treppe hinunter. In der Küche heizte er zunächst den Ofen nach und legte ein paar Backsteine an das Feuer. Anschließend erwärmte er einen großen Topf Wasser, füllte dieses in eine Zehn-Liter-Milchkanne, nahm sich noch eine große Schüssel aus dem Schrank und eilte wieder nach oben.

Das Mädchen rührte sich nicht mehr. Offenbar hatte es inzwischen das Bewusstsein verloren.

Lukas goss Wasser aus der Milchkanne in die Schüssel und tauchte erst einmal nacheinander die eiskalten Hände hinein, um diese anschließend mit einem Handtuch trocken zu reiben. Danach schnürte er der jungen Frau die schwarzen Stiefel auf und ließ diese achtlos vor das Bett fallen. Vorsichtig, da er das Schlimmste befürchtete, rollte er ihr die Strümpfe von den Unterschenkeln und Füßen. Erleichtert atmete er auf. Die Zehen waren zwar eiskalt, doch sie waren keinesfalls in einem Zustand, der ihn befürchten lassen musste, dass die junge Frau sie verlieren würde. Langsam zog er ihre Füße über die Bettkante, um sie in die Schüssel mit dem Wasser zu tauchen, die er zuvor auf den Boden gestellt hatte. Nachdem er auch diese wieder trocken gerieben hatte, zog er ihr das vor Kälte starre Kleid und das mit Fischbein gestärkte Mieder aus. Schließlich entledigte er die junge Frau unzähliger Schichten einstmals weißer Unterröcke und ihrer spitzenbesetzten Unterwäsche. Nachdem er den kalten Körper in trockene Decken gewickelt und auf die zweite, noch trockene Matratze hinübergerollt hatte, massierte er abwechselnd ihre noch immer klammen, jedoch nicht mehr so erschreckend weißen und eiskalten Finger und Zehen und deckte sie mit allen Decken zu, die er finden konnte.

Schließlich eilte er hinunter, um die am Feuer angewärmten Backsteine zu holen. Als er erneut das Schlafzimmer betrat, lag die Frau noch immer so da, wie er sie zurückgelassen hatte, und einen Moment lang fragte er sich, ob sie überhaupt noch am Leben war. Aber die Bettdecke hob und senkte sich über ihrer Brust in beruhigender Regelmäßigkeit.

Erleichtert trat er an das Bett heran, schlug die Decken zurück, verteilte die Backsteine um den kalten Körper und deckte die junge Frau wieder zu. Obwohl auch er vom Schnee durchnässt war, lief ihm inzwischen der Schweiß über die Stirn.

Lukas nahm die Lampe, ging um das Bett herum und betrachtete noch einmal die kaum noch blutende Kopfverletzung.

Schließlich betrat er das Ankleidezimmer, sah nach der noch immer schlafenden Anna und eilte erneut in die Küche hinunter. Dort entledigte er sich seiner nassen und verschmutzten Kleidung bis auf die Unterwäsche, wusch sich, nahm seine Arzttasche von der Küchenbank und machte sich wieder auf den Weg nach oben. Nachdem er aus seinem Arbeitszimmer ein paar Kleinigkeiten geholt hatte, ging er zurück ins Schlafzimmer.

Dort warf er sich einen Morgenmantel über, den er ganz hinten aus der Kommode ziehen musste, da er ihn seit Jahren nicht mehr gebraucht hatte, und kniete sich auf die leere Matratze. Er stellte seine Tasche neben sich und breitete seine chirurgischen Instrumente aus. „Tut mir leid, ich bin nur ein Veterinär", flüsterte er in seinen Bart hinein und begann, die Wunde notdürftig zu säubern und zu versorgen.

Während er einen leichten Kopfverband anlegte, überlegte er, wie sich das Mädchen diese Verletzung wohl zugezogen hatte.

Da sie noch immer heftig zitterte, schob Lukas seine großen Hände unter die Decken und legte sie auf den rechten Unterschenkel der jungen Frau. Von diesem ging noch immer eine erschreckende Kälte aus. Er zögerte einen Moment, dann löschte er die Lampe, hob die drei Decken an, die er über sie gebreitet hatte, und legte sich neben seinen unangenehm kalten Gast. Langsam schob er seinen rechten Arm zwischen der Matratze und ihren Schulterblättern hindurch und rollte den leblos wirkenden Körper in seine Arme.

Die Haare der jungen Frau, die inzwischen halbwegs getrocknet waren, rochen nach Erde, Wald und Seewasser, und als Lukas seinen zweiten Arm um den leichten, schmalen Körper legte, um ihm noch ein wenig mehr Wärme spenden zu können, schien sie sich an ihn zu schmiegen wie eine Katze an einen angenehm warmen Ofen.

Kapitel 8

Der Uniformierte hinter dem gewaltigen, von Papieren überhäuften Schreibtisch tippte nervös mit einem Glasgriffel auf die Kante eines Buches, das direkt vor ihm lag. „Das mit Ihrer Schwester tut mir leid. Ich habe selbst Schwestern und kann sehr gut nachempfinden, wie es Ihnen geht. Ich werde Ihr Anliegen weitergeben, wobei ich mir nicht vorstellen kann, weshalb sich die Preußen eine Frau an Ihrer statt greifen sollten."

„Es gibt genug Frauen in jedem vom Krieg bedrohten Land, die für die eine oder die andere Seite spionieren", warf Thomas frustriert ein, da er das Gefühl nicht loswurde, nicht ernst genommen zu werden. Schnell fuhr er fort: „In dieser Nacht – und vor allem auch im Wald – herrschte vollkommene Dunkelheit. Ich vermute, Faber und die Preußen konnten in mir nur eine dunkle Gestalt mit roten Haaren erkennen. Vielleicht war meine Schwester im Garten, als ich an unserem Haus vorbeilief, und wurde mit mir verwechselt."

„Ihre Schwester weiß demnach nichts Entscheidendes?"

„Sie weiß, was ich tue, aber das ist auch schon alles", beteuerte Thomas verzweifelt und verbarg für einen kurzen Moment das Gesicht in seinen Händen.

„Selbstverständlich gibt es sehr patriotische Frauen, die viel für ihr Land wagen", murmelte sein Gegenüber vor sich hin, und erneut hatte Thomas das Gefühl, als höre der Mann ihm nicht aufmerksam zu.

„Ich gebe Ihr Anliegen in jedem Falle weiter. Allerdings müssen

Sie sich im Klaren darüber sein, dass unsere militärischen und politischen Ziele Vorrang haben."

„... und dass Marika notfalls auch für diese Ziele geopfert werden müsste? Wollen Sie das sagen?"

„So ist das in einer politischen Lage wie der unsrigen, Herr Wieland, so leid es mir tut."

Thomas untersagte es sich zu fragen, ob das auch noch gälte, wenn einer seiner Schwestern ein ähnliches Schicksal widerfahren würde.

Geschäftsmäßig beugte sich der Uniformierte ein wenig nach vorne. „Doch nun zu dem eigentlichen Grund, weshalb ich Sie habe kommen lassen. Erst heute Morgen erreichte uns die Nachricht, dass die Preußen mit Italien einen Pakt geschlossen haben. Die Mitteilung ist noch nicht bestätigt, und doch erhärtet sich der Verdacht, dass die Italiener sich verpflichtet haben, uns im Falle eines preußisch-österreichischen Krieges ebenfalls den Krieg zu erklären."

Thomas nickte nachdenklich. Preußen hatte inzwischen die Zusage einer Neutralität Frankreichs. Russland war wenig an diesem Interessenstreit um Schleswig und Holstein interessiert und die Italiener schlugen sich auf die Seite der Preußen. Für Österreich sah es nicht gut aus, sollten die Norddeutschen tatsächlich versuchen, das inzwischen von Österreich verwaltete Holstein zu annektieren. „Wie lautet mein Auftrag?", fragte er.

„Sie werden in die Höhle des Löwen reisen und sich dort genau umhören und umsehen. Ihnen stehen zwei Kuriere zur Verfügung, die uns Ihre Nachrichten überbringen werden."

„Sie wollen, dass ich Österreich verlasse und nach Preußen reise?"

„Unsere Armee ist Teil des Deutschen Bundes und wir haben aus politischen wie auch strategischen Gründen in der unmittelbaren Nähe Bismarcks und König Wilhelms einige offizielle Militärs. Die sind jedoch nicht dazu ausgebildet, im Untergrund herumzustochern. Ich gebe Ihnen ein Empfehlungsschreiben mit. Sie können sich der vollen Unterstützung unserer Generäle sicher sein.

Offiziell werden Sie als einer der Adjutanten für General Meierling eingeführt. Allerdings müssen Sie versuchen, einen Wechsel in eine dort ansässige Musikakademie zu vollziehen, um Ihr Weggehen begründen zu können."

„Bei allem Respekt, aber in unserer momentanen familiären Situation würde ich Wien nur ungern verlassen."

Der hochrangige Offizier strich sich über die Knöpfe seiner Uniform und betrachtete Thomas mit zusammengezogenen Augenbrauen. Schließlich huschte ein Lächeln über sein Gesicht. „Ich habe Ihnen versprochen, mich hier um Ihre familiären Angelegenheiten zu kümmern."

„So deutlich haben Sie das bisher noch nicht gesagt."

„Nein? Das tut mir leid. Dann will ich jetzt sehr deutlich werden: Sie haben dieser Aufforderung Folge zu leisten, da ich das Recht dazu habe, Sie an den Nordpol zu schicken, sollte mir danach zumute sein. Im Moment möchte ich Sie aber in Preußen haben, also werden Sie in den nächsten Tagen dorthin aufbrechen. Und bedenken Sie: Ihre Schwester wurde vermutlich von den beiden Preußen entführt, die Sie verfolgt haben. Wo könnten diese sie hingebracht haben, sofern sie noch am Leben ist?"

Thomas nickte nachdenklich. Da er noch einige Angelegenheiten zu regeln hatte, sprang er eilig auf, bedankte sich bei seinem Vorgesetzten, entbot einen militärischen Gruß und verließ mit eiligen Schritten das Arbeitszimmer.

Kapitel 9

Lukas Biber spürte die warme, weiche Haut neben sich und überlegte einen Moment lang, ob er einfach noch ein wenig liegen bleiben sollte. Doch der Morgen graute bereits, und es würde dieses Mädchen vermutlich furchtbar erschrecken, wenn es neben einem wildfremden Mann aufwachen würde. Also rollte er sich vorsichtig zur Seite und verließ das Bett.

Weiße Schultern und ein glatter, gerader Rücken hoben sich kaum von der weißen Bettwäsche ab, und die noch immer verschmutzten und blutverkrusteten Haare, die sich in wilden Locken um den Kopf und auf den Laken ausgebreitet hatten, schimmerten in einem interessanten Rotbraun.

Er beugte sich ein wenig über das Bett und zog die Decke höher, sodass nur noch die Haare zu sehen waren. Dann versorgte er sich – so leise es ihm möglich war – mit frischer Kleidung aus der Kommode und betrat das Ankleidezimmer, um nach seiner Tochter zu sehen. Anna schlief noch fest, und so ging er hinunter in die Küche. Dort entfachte er erst einmal ein Feuer im Herd, um sich anschließend anzuziehen.

Als er fertig angekleidet war, schob er den Vorhang vor dem Küchenfenster ein wenig beiseite und blickte auf die weiße Schneedecke, die den Innenhof zierte. In der Nacht musste eine Menge Schnee gefallen sein, und wenn es weiterhin so kalt blieb, würde dieser wohl auch eine ganze Zeit lang liegen bleiben.

Schließlich wandte er sich wieder vom Fenster ab und begann sich ein Frühstück zu richten. Als er seine Kaffeetasse auf den Tisch stellte, betrachtete er diese einen Moment lang, bevor er eine zweite danebenstellte. „Blödsinn", brummte er schließlich, räumte die zweite Tasse wieder in den Schrank und goss sich das schwarze Gebräu ein. Selbstverständlich würde er der Fremden ein Frühstück anbieten müssen, bevor sie sich auf den Weg nach Hause machte. Er konnte nur hoffen, dass dieses Mädchen nicht für irgendein Tier einen Tierarzt gebraucht hatte. Denn wenn es sich in einer solch stürmischen Nacht auf den Weg gemacht hatte, um ihn zu holen, musste es ein dringender Fall gewesen sein, und das Tier war vermutlich inzwischen verendet.

Wenigstens hatte die junge Frau überlebt. Nachdenklich rieb er sich den Nacken und überlegte, wer sie wohl war. Womöglich die Frau eines Jungbauern aus einem der umliegenden Dörfer.

Allerdings trug sie keinen Ring, und eigentlich schien sie auch noch zu jung, um bereits verheiratet zu sein. Vielleicht war sie die Tochter eines Bauern oder sie gehörte zu einer Familie des Landadels; immerhin waren ihr Kleid und ihre Schuhe einmal ausgesprochen vornehme Stücke gewesen.

Lukas hob den Kopf und blickte auf die Tür zu dem Wirtschaftsraum hinüber, in welchem die verschmutzten, nassen Kleider der Frau achtlos auf dem Boden lagen. Sie würde etwas zum Anziehen benötigen, wenn sie heute Morgen noch den Heimweg antrat.

Entschlossen trank er seine Tasse leer, stellte sein Geschirr in den Spülstein und ging, so leise es ihm auf der knarrenden Treppe möglich war, die Stufen hinauf.

Er blickte in das ehemalige Ankleidezimmer. Anna schlief noch immer, und in der Gewissheit, dass seine Schwägerin in einigen Minuten in den Südflügel herüberkommen würde, um die Kleine anzukleiden und ihr Frühstück zu richten, schloss er die Verbindungstür zum Schlafzimmer. Ein belustigtes Grinsen legte sich dabei auf sein Gesicht. Was würde Isolde denken, wenn sie eine Frau in seinem Bett entdeckte? Sich durchaus bewusst, dass diese Tatsache ihn mehr belustigte als erschreckte, verließ er das Haus.

Mit einer Schaufel räumte er erst einmal den Weg von der Haustür des Südflügels bis zu den etwas unterhalb gelegenen Stallungen frei, ehe er den Pferden Wasser und frisches Heu gab. Anschließend stapfte er an den Ausläufern des Mischwaldes entlang zum Bauernhaus hinüber, aus dessen Kamin sich eine weiße Wolkensäule in den grauen Himmel erhob.

„Morgen, Lukas!", rief ihm Karl aus dem Kuhstall entgegen, aus dessen offener Schiebetür kleine, kaum sichtbare Dunstwölkchen emporstiegen.

„Morgen. Hast du Zeit für eine kleine Pause?"

„Vesper? Immer!", lachte der junge Mann, steckte seine Heugabel in den dampfenden Misthaufen und trottete, die Hände tief in den Taschen seiner Arbeitshosen vergraben, langsam heran, wobei er einen missbilligenden Blick auf die schneebedeckten Felder warf. „So ein Wetter. Dabei haben wir fast Mitte April", brummte er und deutete mit einer Kopfbewegung zu den sanft abfallenden Hügeln hinüber.

„Was willst du? Letztes Jahr hast du über die viel zu trockene Erde nach dem schneearmen Winter gejammert", konterte Lukas.

Karl zog erstaunt die Augenbrauen in die Höhe. „Hat dir der Sturm etwa deine allmorgendliche schlechte Laune verdorben?"

Lukas grinste verhalten und fuhr sich mit der Hand über den Bart. Tatsächlich fühlte er sich an diesem Morgen recht gut, und die drückende Schwere, die lange Zeit in seinem Kopf geherrscht hatte, schien sich ein wenig gelichtet zu haben.

Die beiden Männer zogen im Flur ihre Stiefel aus und gingen in die Küche, wo Klara gerade ihre beiden ältesten Kinder für die Schule fertig machte.

„Morgen, Lukas. Du bist aber früh dran. Willst du mir Anna schon bringen?"

„Guten Morgen, Klara. Anna schläft noch."

„Möchtest du Frühstück?"

„Wenn ich eins bekomme."

„Nur wenn du nicht wieder alles stehen lässt", murmelte die Frau und gab Marga und Helmut jeweils einen Kuss auf die Stirn, bevor die beiden lachend davonstoben.

„Sie halten dich für einen Waldkrattler! Wann rasierst du dir endlich dieses Gestrüpp aus dem Gesicht?"

„Vielleicht solltest du deine Kinder einfach besser erziehen?", erwiderte Lukas und Klara wandte sich überrascht um. Die junge Frau blickte ihn prüfend an und zuckte dann leicht verwirrt mit den Schultern.

„Mach dich am Herd zu schaffen, Weib, und beleidige meinen Gast nicht", rügte Karl und schob sich auf die Küchenbank, während er mit dem Fuß den Stuhl, auf dem Lukas für gewöhnlich Platz nahm, etwas nach außen drückte.

„Dein Gast", höhnte Klara und ließ das Fett in die heiße Pfanne laufen.

„Ich brauche ein Kleid von dir, Klara", erklärte Lukas unvermittelt und ohne sie dabei anzusehen. Er war entschlossen, diese für ihn doch etwas peinliche Angelegenheit schnell hinter sich zu bringen.

Während Klara die Eier in die Pfanne schlug, fragte sie, ohne sich umzuwenden: „Kannst du mir das vielleicht ein wenig genauer erklären?"

Lukas seufzte leise auf und lehnte sich auf seinem Stuhl zurück, um seine langen Beine weit unter den Tisch zu schieben. „Heute Nacht hat sich im Sturm einer der Fensterläden losgerissen, und als ich ihn wieder schließen wollte, habe ich eine Gestalt am See entdeckt. Ich bin sofort hingelaufen und habe am Ufer dieses fremde Mädchen gefunden ..."

„Bei dieser Eiseskälte?", entfuhr es Klara. Sie wandte sich Lukas nicht zu, da sie noch immer mit ihrer heißen Pfanne beschäftigt war.

„Sie konnte sich alleine ans Ufer retten und mit meiner Hilfe sogar noch den Hügel hinaufgehen, doch dann musste ich sie tragen. Schließlich hat sie das Bewusstsein verloren." Lukas zögerte und blickte zu Karl hinüber, der ihn mit zusammengezogenen Augenbrauen musterte. Schließlich fuhr er fort: „Ihr Kleid ist ruiniert und ich kann das Mädchen ja wohl kaum in meinen Sachen heimlaufen lassen."

„Wo ist sie jetzt? Werden ihr meine Kleider überhaupt passen? Wo kommt sie her? Kennst du sie?" Klara stellte die schwere Pfanne lautstark direkt vor Lukas auf den Tisch.

„Meine Güte, Klara, immer eine Frage nach der anderen", brummte Lukas und nahm sich mit seiner Gabel ein Spiegelei aus der Pfanne.

„Warum hast du ihr nicht eins von Mariannes Kleidern gegeben?"

Lukas warf seinem Freund einen bösen Blick zu, den dieser, wie auch die ganzen vergangenen Monate schon ignorierte. Wie konnte Karl annehmen, dass er diesem wildfremden Mädchen eines der Kleider seiner Frau anbieten würde? „Marianne war sehr groß. Dieses Mädchen geht mir gerade einmal bis zur Brust." Lukas schob sich einen gewaltigen Bissen Brot in den Mund und beendete damit jede weitere Diskussion.

„Ich gehe etwas heraussuchen. Sie wird mehr brauchen als nur ein Kleid", murmelte Klara und verschwand in den Flur.

Eine Weile herrschte Schweigen in der Küche. Schließlich wagte Karl zu fragen: „Wie geht es dem Mädchen jetzt? Das Wasser muss eiskalt gewesen sein. Was hast du mit ihr gemacht?"

„Was macht man mit einem unterkühlten Menschen?", brummte Lukas, dem die Fragen zunehmend unangenehm wurden.

„Lauwarmes Wasser, Decken, heiße Backsteine. Als ich gestern ganz durchgefroren aus dem Stall kam, bin ich im Bett sehr nah an meine wunderbar warme Frau herangekrochen."

„Was fragst du dann?"

„Meine Güte! Wenn das Klara wüsste."

„Deshalb habe ich ja nichts gesagt."

Karl musterte ihn prüfend, und Lukas konnte nicht anders, als ihn schief anzulächeln. Schließlich schob sich der Witwer einen letzten Krümel des leckeren Brotes in den Mund und stand auf. „Ich muss zurück. Klara findet den Weg ja alleine. Das Mädchen ist noch in meinem Schlafzimmer. Danke für das Frühstück." Lukas verließ eilig die Küche, zog seine Stiefel und die Jacke wieder an und verließ das Bauernhaus.

Der Veterinär hatte kaum die Tür hinter sich zugezogen, als Klara mit einem Bündel Kleidung im Arm zurück in die Küche kam und sich auf den Stuhl fallen ließ, auf dem kurz zuvor noch Lukas gesessen hatte. „Wo ist er hin?"

„Wo soll er schon hin sein? Nach Hause", schmunzelte ihr Mann und rieb sich über das mit Bartstoppeln versehene Kinn.

„Was wohl in ihn gefahren ist? Kommt hierher, will für eine Frau, die ihn eigentlich nichts angeht, ein Kleid haben, isst alles auf, was ich ihm auftische, gibt Widerworte und –"

„… ist ein kleines bisschen so wie früher? Vielleicht ist das Wunder, für das du so lange gebetet hast, nun eingetroffen?"

„In Form dieses Mädchens?" Klara blickte mit großen Augen zu ihrem Mann hinüber, der sich langsam erhob, da er im Stall noch eine Menge zu tun hatte.

„Du musst doch zugeben, dass er heute Morgen irgendwie verändert war", bemerkte Karl.

Klara blickte ihn nachdenklich an und strich ihm mit der freien Hand kurz über den muskulösen Arm. „Das war er tatsächlich. Vielleicht hat die Tatsache, dass er eine Frau aus diesem Schneesturm retten konnte, dazu beigetragen, dass er Mariannes Tod ein wenig verarbeiten kann."

Karl zog die breiten Schultern leicht nach oben und wandte sich der Tür zu. „Beten wir weiter für ihn", sagte er nur und schloss die Tür hinter sich.

Lukas blieb zögernd auf der obersten Stufe der Treppe stehen. Seine Arzttasche, die er dringend benötigte, befand sich noch im Schlafzimmer. Aber konnte er diesen Raum einfach betreten?

Langsam ging er den Flur entlang. Er wollte erst einmal in das Ankleidezimmer, um von dort aus zu horchen, ob die Fremde wach war. Erstaunt stellte er fest, dass Annas Kleider noch über dem Stuhl hingen, und als er sich dem kleinen Kinderbett zuwandte, saß dort das Mädchen mit einer Puppe im Arm und blickte ihn aus seinen blauen Augen fragend an.

War das Kind schon lange wach? Wo blieb Isolde? Sonst saß sie um diese Zeit doch schon längst mit dem Kind unten in der Küche beim Frühstück.

„Papapapa", brabbelte die Kleine, ließ die Puppe fallen, zog sich am Bettgitter in die Höhe und streckte ihre kleinen, pummeligen Hände nach ihm aus.

„Na, zumindest hast du nicht geschrien, während du so alleine warten musstest", murmelte Lukas und hob das Mädchen aus dem Bett. Anna schlang ihre weichen, warmen Arme fest um seinen Hals und drückte ihr Gesicht gegen seins. Bewegungslos blieb Lukas stehen. Nach einigen verwirrenden Augenblicken fragte er sich, ob Anna ihm das erste Mal diese Zärtlichkeiten entgegenbrachte oder ob er für diese wunderbare, angenehme Zuwendung zuvor nie empfänglich gewesen war.

„Papapapa", wiederholte das Mädchen etwas leiser und ihr Atem kitzelte ihn am Hals.

Lukas lächelte. Ob Klaras Vermutung stimmte und er seine Tochter seit damals, als er sie das erste Mal in den Arm gelegt bekommen hatte, noch nie angelächelt hatte? Er hielt den kleinen Körper etwas von sich weg und lächelte das Mädchen an, das als Antwort mit einer Hand nach seinem Mund patschte und ihn ein wenig grob in die Unterlippe kniff.

„Klara hat wohl recht", brummte er. Mit dem Kind auf dem Arm trat er an die Verbindungstür, um diese leise zu öffnen. Erstaunt und beunruhigt zugleich stellte er fest, dass die junge Frau noch immer in seinem Bett lag und sich nicht einmal bewegt zu haben schien.

Leise betrat er den Raum, wobei die Dielenbretter unter seinen großen Füßen laut knarrten. Ein leises Stöhnen vom Bett her war die Antwort. Lukas hielt einen Augenblick inne, ehe er weiterging und sich nach der auf dem Boden stehenden Arzttasche bückte. Anna, die sich an seinem Hemd festkrallte, lachte belustigt auf.

Erschrocken blickte Lukas wieder zum Bett hinüber. Ein schmaler weißer Arm schob sich unter der Decke hervor, und als Lukas sich aufrichtete, blinzelten ihn unter einer Fülle von dunklen Locken zwei dunkelbraune Augen verwirrt und verängstigt an.

„Entschuldigen Sie bitte. Ich wollte Sie nicht wecken, Fräulein.

Ich brauche nur meine Arzttasche und schon lasse ich Sie weiterschlafen."

„Ist es schon hell?", fragte die junge Frau in fremdem, leicht melodiösem Tonfall.

„Es ist nach acht Uhr, Fräulein."

„Sind Sie Arzt? Ich dachte, Sie sind der Mann, der mir gestern den Berg hinaufgeholfen hat?"

„Beides", erwiderte Lukas knapp und wollte es dabei belassen. Vielleicht sah sie ihm seine Anwesenheit nach, wenn sie annahm, einen Humanmediziner statt eines Veterinärs vor sich zu haben.

Die junge Frau sah sich in dem Raum um, soweit es ihr im Liegen möglich war, bevor ihr Blick wieder ihn traf. Eigentlich hatte er gehofft, sein Schlafzimmer schnell wieder verlassen zu können, doch die junge Frau ließ das nicht zu.

„Was ist denn geschehen?", fragte sie.

„Ich habe Sie von hier oben am See gesehen. Sie haben eine üble Kopfwunde, Fräulein", erwiderte er auf seine gewohnt knappe Art.

„Eine Kopfwunde?" Prüfend griff sie sich mit ihrer schlanken rechten Hand an den Kopf. Durch die Bewegung rutschte die Decke bis ans Schlüsselbein hinunter.

Lukas wandte sich ab und griff eilig nach der Tasche, was Anna erneut zu einem fröhlichen Jauchzen veranlasste.

„Warten Sie bitte, Doktor. Ich habe so viele Fragen."

Lukas wandte sich um, seufzte innerlich und ließ Anna auf den Boden hinunter, wo diese genügsam mit den Fransen des Teppichs zu spielen begann, während er sich auf die äußerste Kante des Stuhles setzte, der am Bettende stand.

„Wo bin ich hier?"

„In meinem Gutshaus."

„Gutshaus?" Die junge Frau hob die schmalen, schön geschwungenen Augenbrauen, doch schon diese kleine Bewegung schien ihr Schmerzen zu bereiten, denn sie schloss schnell die Augen, um sie nach einigen Sekunden mühsam wieder zu öffnen.

„Wollten Sie denn gar nicht zu uns hier herauf? Weshalb waren Sie dann mitten in der Nacht hier in der Gegend unterwegs?"

„Ich war ...?" Sie stockte, schloss erneut für einige Sekunden die Augen und riss sie schließlich weit auf.

Lukas bemerkte, wie sie heftig zu zittern begann, und rieb sich hilflos den Nacken. War ihr inzwischen klar geworden, dass sie sich bei dem hier in der Gegend als mürrisch und unfreundlich verschrienen Tierarzt befand? Allerdings kannte er sie nicht, und ihre gepflegte Erscheinung und ihr Akzent ließen vielmehr darauf schließen, dass sie nicht aus der Gegend stammte und vermutlich dem Landadel angehörte. „Wo kommen Sie denn her, wenn Sie nicht zu uns hier heraufwollten?", fragte er schließlich.

Die junge Frau hielt krampfhaft ihre Decke fest und zog leicht die Schultern nach oben. Ihr Blick verriet ihre Angst.

Lukas, der diese Angst auf seine Anwesenheit bezog, bückte sich, nahm zuerst die Tasche und anschließend das kleine Mädchen hoch und wandte sich dann der Tür zu. „Sie machen auf mich nicht den Eindruck, als ob Sie heute sehr weit laufen könnten, Fräulein. Wenn Sie mir einfach sagen, wen ich verständigen kann, damit Sie abgeholt werden, dann will ich das im Laufe des Vormittags tun."

Die Fremde mit dem wirren, schmutzigen Lockenkopf und dem kindlich runden Gesicht schwieg und starrte mit finsterer Miene an die Decke, bis sie langsam beide Hände vor ihr Gesicht legte und zu weinen begann.

Verunsichert blieb Lukas stehen. Was hatte sie? Schämte sie sich wegen ihres Zustandes und weil ihr bewusst wurde, dass er sie in der vergangenen Nacht entkleidet haben musste? Unbehaglich bewegte er sich langsam ein wenig weiter auf die Tür zum Ankleidezimmer zu.

„Was ist mit meinen Kleidern? Hat Ihre Frau sie?", fragte die Fremde leise.

Lukas runzelte die Stirn. „Das Kleid ist vollkommen ruiniert, Fräulein. Eine Nachbarin, die eine ähnliche Statur hat wie Sie, wird nachher eines ihrer Kleider für Sie bringen."

„Was hatte ich denn dabei?"

„Bitte?" Lukas ließ das zappelnde Kleinkind wieder auf den Boden, wo es einige Sekunden lang stand, bis es mit seiner vollkommen durchnässten Windel aufs Hinterteil fiel.

„Kennen Sie mich?"

„Nein, obwohl ich weit in der Gegend herumkomme, da ich der einzige ... Arzt bin", stotterte Lukas und schüttelte verwirrt den Kopf. Was stellte diese Frau für seltsame Fragen und was hatte die Panik in ihrem Blick zu bedeuten?

Sie drückte beide Hände gegen ihre Schläfen. „Ich verstehe das nicht, Herr Doktor. Ich weiß nicht, was geschehen ist. Ich habe keine Ahnung, was ich nachts an diesem See wollte und woher ich gekommen bin." Eine einzelne Träne der Verzweiflung und Hilflosigkeit rollte über ihre Wange hinunter. „Ich kann Ihnen nicht einmal meinen Namen sagen. Er will mir einfach nicht einfallen!"

Geraume Zeit herrschte Schweigen in dem Raum.

„Lukas? Bist du hier oben?" Klaras Ruf riss ihn schließlich aus seiner Verwirrung. Erneut nahm er das Kind und seine Tasche auf und verließ eilig das Schlafzimmer. Als er in den Flur trat, standen Klara und ihre beiden Jüngsten bereits vor ihm.

„Anna ist ja noch gar nicht angezogen", stellte die vierjährige Lisa mit einem Blick fest.

„Wo ist deine Schwägerin?", fragte Klara verwundert.

„Ich weiß es nicht. Vielleicht war sie schon hier, als ich bei euch drüben war, und ist wieder gegangen, weil Anna noch schlief."

„Oder weil sie das Mädchen in deinem Bett entdeckt hat?"

Lukas schüttelte mit zusammengezogenen Augenbrauen warnend den Kopf und deutete auf die Tür zu seinem Schlafzimmer.

„Zuerst muss ich das arme Ding von den nassen Windeln befreien", entschied Klara, legte die mitgebrachten Kleider auf eine Kommode im Flur und nahm ihm Anna ab.

Sie gingen in das Ankleidezimmer und Klara goss frisches Wasser in eine Schüssel.

Lukas wusch sich darin die Hände, während Klara das Kind

säuberte und rasch anzog. „Lisa, Gerd, geht doch bitte mit Anna in der Wohnstube spielen. Lukas bringt sie euch hinunter."

Die beiden Kinder stürmten davon, worauf Lukas erneut seine Tochter gereicht bekam.

„Ich sehe jetzt einmal nach dem Mädchen."

„Es gibt da ein Problem, Klara."

„Welches?"

„Offenbar kann sie sich an gar nichts erinnern. Sie weiß nicht, woher sie kommt, und nicht einmal ihr Name will ihr einfallen."

„Sie weiß nicht, wer sie ist?" Klara, die bereits die Türklinke in der Hand hatte, wandte sich um und blickte verwundert zu ihm auf. „Gibt es so etwas überhaupt?"

„Ja. Ich dachte daran, Dr. Städler zu informieren. Vielleicht weiß er, was zu tun ist."

„Bring du erst mal Anna nach unten und gib ihr etwas zu essen. Ich sehe mir das Mädchen einmal an. Wir sprechen nachher unten in der Küche darüber."

Lukas nickte, erleichtert darüber, dass sich Klara dieser jungen Frau annehmen würde und er nicht ein weiteres Mal zu ihr in das Schlafzimmer hineingehen musste. Er war es einfach nicht mehr gewohnt, sich mit Menschen – außer über deren krankes oder verletztes Vieh – zu unterhalten.

Kapitel 10

Mit düsterer Miene ging Thomas Wieland in dem großen Wohnzimmer auf und ab, vernahm das verhaltene Schluchzen seiner Schwester und die leise gemurmelten Gebete seiner Mutter, doch wesentlich eindrücklicher wirkte auf ihn das eisige Schweigen seines Vaters.

Vor wenigen Minuten hatte er seiner Familie offenbart, dass er nach Berlin gehen würde, um dort sein Musikstudium fortzusetzen. Seitdem hatten weder seine Schwester noch seine Eltern ein Wort mit ihm gesprochen. Wie er vermutet hatte, verstanden sie nicht, dass er ausgerechnet jetzt, da Marika vermisst wurde, an eine Universität in Preußen wechseln wollte.

„Weshalb, Thomas? Wir brauchen dich hier! Jetzt mehr denn je. Ich möchte nicht noch ein Kind verlieren", flüsterte seine Mutter schließlich leise. Ihre dunklen, tränennassen Augen blickten mit einer Mischung aus Verzweiflung und Trauer zu ihm herüber. Thomas ging auf das Sofa zu, kniete sich vor seine Mutter und nahm ihre Hände, die eine Bibel hielten, in seine.

„Was kann ich hier denn noch für Marika tun, *Édesanya**?"

„Du kannst hier bei uns bleiben und mit uns dafür beten, dass Marika wohlbehalten zurückkehrt", schluchzte Theresa, die neben ihrer Mutter saß, und streckte ihm bittend ihre Hände entgegen.

Thomas löste eine Hand aus dem Griff seiner Mutter und umfasste die beiden zarten Hände seiner jüngsten Schwester. „Ich kann auch in Preußen für sie beten."

„Das ist so schrecklich weit fort. Warum gehst du nicht nach Budapest, wenn du meinst, dein Studium an einer anderen Musikakademie fortsetzen zu müssen? Das ist nicht ganz so weit weg."

„Berlin wurde mir angeboten, kleine Theresa", flüsterte Thomas und wand sich innerlich über diese Halbwahrheiten. Was die Fortsetzung seines Studiums betraf, wusste er nicht einmal, ob er von einer preußischen Universität überhaupt angenommen werden würde. Zu gerne wollte er seiner Mutter und seiner Schwester mitteilen, dass er dort viel mehr tun konnte, um Marika zu finden, doch er untersagte es sich. Wahrscheinlich würden sie auch nicht verstehen, dass er sich mehr für die Belange Österreichs als für die Ungarns einsetzte, und das Wissen um seine geheimnisvolle Tätigkeit im Nachrichtendienst konnte auch sie in Gefahr bringen.

Marika hatte irgendwann einmal durchschaut, dass er nicht

---

* Ungarisch für Mutter

einfach nur seinem Studium nachging, ihn beobachtet und immer wieder bohrende Fragen gestellt, sodass er schließlich gezwungen gewesen war, sie einzuweihen. Doch vielleicht war es genau dieses Wissen, das sie nun in Gefahr gebracht hatte.

„Komm mit in mein Arbeitszimmer", herrschte ihn sein Vater unvermutet an.

Thomas stand langsam auf.

„Bitte, *Kedvenc***. Thomas ist noch jung. Er muss seine Flügel ausstrecken und seinen Weg finden. Sei nicht allzu streng mit ihm."

„Er kann seine Flügel ausstrecken, wenn seine Familie ihn nicht so dringend braucht wie im Moment, Katharina. Ich hatte bisher nicht den Eindruck, dass er sein Studium sehr ernst nimmt. Weshalb also plötzlich dieser seltsame Wechsel in ein Königreich, das Österreich immer aggressiver gegenübersteht? Vermutlich sucht er das Abenteuer, und auch du wirst es nicht gutheißen, wenn er sich ohne zwingenden Grund in Gefahr begibt."

Wenige Minuten später standen sich Vater und Sohn im Arbeitszimmer gegenüber.

„Du hättest dir keinen ungünstigeren Zeitpunkt dafür aussuchen können", erklärte Franz Wieland.

Thomas blickte seinen Vater ernst an. „Das tut mir leid, Vater. Aber ich bin erwachsen und es geht um *meine* Zukunft und um *mein* Leben."

„Aber dein Leben ist mit dem deiner Familie verknüpft. Ich bin sehr in meine Arbeit eingespannt und die beiden Frauen brauchen jetzt deine moralische Unterstützung."

„Mama ist stark und Theresa noch ein halbes Kind. Sie werden zurechtkommen", erwiderte Thomas. Wieder wünschte er sich, er könnte offen über die Möglichkeiten reden, die sich ihm durch seinen Umzug boten.

Franz Wielands Blick war erschreckend kalt. „Du lässt deine

** Ungarisch für Liebling

Familie im Stich, und ich bin nicht gewillt, dir das durchgehen zu lassen."

„Du weißt nicht, was du da sagst, Vater. Ich habe für Marika getan, was ich tun konnte, und werde noch viel mehr tun. Aber ich kann jetzt nicht einfach hierbleiben und untätig herumsitzen."

„Hier gibt es viel für dich zu tun, bis wir etwas über Marikas Verbleib erfahren haben."

Thomas ballte die Hände hinter seinem Rücken zu Fäusten. Er wollte seinen Vater nicht noch mehr gegen sich aufbringen. Er verstand ihn nur zu gut, und doch konnte, ja, durfte er nicht in Wien bleiben. „Ich werde nach Berlin gehen, Vater", erwiderte er schließlich leise.

Franz Wieland wandte sich wortlos um und starrte aus einem der Fenster seines Arbeitszimmers auf die Straße hinunter.

Betrübt ging Thomas zur Tür und öffnete sie. Als er sich noch einmal nach seinem Vater umdrehte, sagte dieser, immer noch den Blick nach draußen gerichtet: „Wenn du wirklich gehst, brauchst du nicht mehr zurückzukommen."

Kapitel 11

Lukas war kaum in der Küche angekommen, als er die festen Schritte Klaras auf der Treppe vernahm. Er wandte sich der Tür zu und blickte der Frau seines Freundes mit düsterer Miene entgegen. Dass sie seinen Gast so schnell wieder allein gelassen hatte, bedeutete vermutlich nichts Gutes. Vielleicht aber, und das wäre ausgesprochen positiv, kannte sie das Mädchen, und das würde bedeuten, dass er in ein paar Stunden wieder Ruhe im Haus und sein Schlafzimmer für sich haben würde.

Klara kam in die Küche gestürmt und baute sich heftig schnaufend, mit in die breiten Hüften gestemmten Händen vor ihm auf.

„Mädchen? Wie kommst du dazu, sie als ein Mädchen zu bezeichnen? Wem wolltest du damit etwas vormachen?"

„Was ist los?", brummte er.

„Ich hatte angenommen, dass es sich um ein junges Mädchen von vielleicht vierzehn Jahren handelt."

„Was ist los?", fragte er noch einmal und lehnte sich mit dem Rücken gegen den Spülstein. Er würde es nie zugeben, doch vor der gelegentlich sehr resoluten Klara hatte sogar er Respekt.

„Das in deinem Bett ist eine erwachsene Frau! Wie konntest du sie ganz allein, ohne die Mithilfe einer weiblichen Person … Sieh nur zu, dass sie das niemals erfährt", murmelte sie schließlich leise und taxierte ihn mit ihren blauen Augen. Als sie sich umwandte, um wieder hinaufzugehen, glaubte Lukas, ein flüchtiges belustigtes Lächeln über ihre Gesichtszüge huschen zu sehen. „Ich brauche heißes Wasser, Seife und Tücher … und deine Anna braucht ein Frühstück!", rief sie noch, als sie bereits in der Eingangshalle war.

Irritiert blickte er noch lange Zeit auf die inzwischen geschlossene Küchentür, ehe er sich dem Brotbehälter zuwandte, um seiner Tochter endlich ein Frühstück zuzubereiten.

Die hohe, stuckverzierte Decke war von einigen langen, schmalen Rissen durchzogen und die zart geblümte Tapete an den Wänden wirkte bereits ein wenig vergilbt. Dieses Gutshaus hatte mit Sicherheit schon bessere Tage gesehen. Die Fenster konnten einen neuen Anstrich und vor allem auch einen Putzlappen vertragen, während der Raum selbst aufgeräumt und sauber wirkte. Die Beobachtungen erschöpften sie und erneut fühlte sie diese seltsame Leere in sich. Sofort riss sie ihre Augen weit auf, doch sie konnte nichts anderes sehen als die Decke und die geblümte Tapete.

Die junge Frau ballte die Hände zu Fäusten. Jede Bewegung

schien sie unendlich anzustrengen und der stechende Kopfschmerz nahm ständig zu.

Nachdem der Arzt das Zimmer verlassen hatte, war eine hochschwangere Frau eingetreten, die jedoch sehr schnell wieder davongestürmt war. Dieses Verhalten verwirrte sie zusätzlich.

Wo war sie hier nur? Wie war sie hierhergekommen? Zumindest war sie sich sicher, nie zuvor in diesem Zimmer gewesen zu sein. Auch der Arzt hatte ihr bestätigt, dass er sie nicht kannte, zudem sprach er einen anderen, für sie schwer verständlichen Dialekt.

Langsam hob sie den linken Arm und tastete mit der Hand über den Kopfverband. Diese Bewegung bereitete ihr zusätzliche Schmerzen. Ihre Haare fühlten sich verklebt an, vermutlich von Schmutz und Blut. Hatte der Arzt nicht etwas von einer Kopfwunde gesagt? Voller unbeantworteter Fragen senkte sie den Arm wieder.

Schließlich wanderte ihr Blick zu der Fensterreihe und die junge Frau presste die Lippen fest aufeinander. An den unteren Rand der Querverstrebungen schmiegte sich eine kleine Schicht weißen Schnees. War es nicht bereits Frühling gewesen? Wo war sie hier nur? Erneut stieg panische Angst in ihr auf, und angestrengt versuchte sie sich zu erinnern, wo sie herkam, wohin sie gehörte und wie ihr Name lautete.

Leise wurde die Tür geöffnet und die schwangere Frau trat wieder ein. Vorsichtig legte sie einen Stapel Wäsche auf den Stuhl am Bettende. Ob dies die Nachbarin war, von der der Arzt gesprochen hatte?

Die Frau in dem einfachen grauen Rock und der weißen Bluse, über die sie eine ebenfalls weiße Schürze gezogen hatte, trat heran, setzte sich ungeniert auf die Bettkante und lächelte sie an. „Guten Morgen, Fräulein. Ich bin Klara Rieble, die Nachbarin dieses bärbeißigen Tierarztes."

Die junge Frau zog kurz die Augenbrauen in die Höhe, doch ein heftiger Schmerz in ihrem Kopf bestrafte sie für diese Bewegung. „Er ist ein Tierarzt? Ich hatte angenommen, er sei ein Humanmediziner."

„Das war wohl ein Missverständnis", lächelte Frau Rieble. „Lukas sagte mir, Sie können sich an nichts mehr erinnern."

Die junge Frau nickte schwach und wurde erneut von heftigen Schmerzen überfallen. Sie musste erst einmal die Tatsache verdauen, dass der Mann, der sie in der vergangenen Nacht entkleidet hatte, um sie zu versorgen, nur ein Tierarzt war. Allerdings musste sie ihm zugutehalten, dass er ihr durch sein Handeln wahrscheinlich das Leben gerettet hatte. „Ich weiß nicht einmal meinen Namen", brach es schließlich aus ihr heraus, und obwohl sie es nicht wollte, rollten ihr ein paar Tränen der Verzweiflung über die Wangen.

Klara Rieble griff nach den Händen der jungen Frau. „Ich kann mir vorstellen, dass das sehr beängstigend für Sie sein muss. Leider können wir Ihnen nicht helfen. Wir kennen Sie nicht, und Ihrem Dialekt nach zu urteilen, sind Sie nicht aus dieser Gegend."

„Ich denke, Sie haben recht. Ich verstehe Sie nur sehr schlecht. Ich komme wahrscheinlich wirklich nicht von hier."

„Wir sind hier in Württemberg, Fräulein. Im Schwarzwald."

„Was soll ich denn jetzt tun?"

„Zuerst einmal hole ich das heiße Wasser, das Lukas inzwischen hoffentlich aufgesetzt hat, und wir werden Sie gründlich waschen. Dann bekommen Sie eines meiner Kleider und –"

„Ich denke nicht, dass ich aufstehen kann, Frau Rieble. Entschuldigen Sie bitte die Umstände, die ich Ihnen bereite, aber ich habe fürchterliche Kopfschmerzen."

„Nun gut, dann bleiben Sie eben, wo Sie sind, aber waschen sollten Sie sich trotzdem ein wenig. Ihre Haare sehen schrecklich aus. Schauen Sie nur, wie das Kopfkissen aussieht. Ich hole eben Wasser, Seife und Tücher, dazu frische Bettwäsche. Und dann helfe ich Ihnen ein wenig."

„Danke, Frau Rieble, vielen Dank. Und sagen Sie dem ... Tierarzt bitte, dass ich auch ihm herzlich danke. Ich nehme an, er hat mir das Leben gerettet."

Klara Rieble, die noch immer die zarten weißen Finger in ihren von der Arbeit rauen Händen hielt, musterte sie erneut mit leicht geneigtem Kopf, lächelte dann vor sich hin und erhob sich eilig.

Wieder fiel der verwirrten Frau der Zustand ihrer Helferin ins Auge und langsam hob sie ihren linken Arm. „Ich möchte nicht, dass Sie zu viel tun, Frau Rieble. Denken Sie an Ihr ungeborenes Kind. Bitte tragen Sie das Wasser nicht herauf. Nicht, dass dem Kind oder Ihnen etwas geschieht."

Klara Rieble winkte ab und erklärte: „Ich bin es gewohnt, bis kurz vor der Geburt schwer zu arbeiten, junge Frau. Mein Viertes habe ich beinahe auf dem Feld bekommen." Sie drehte sich um und ging zur Tür hinaus. „Ich bin sofort wieder hier", rief sie noch über ihre Schulter zurück.

Mit noch feuchten Haaren, schmerzendem Kopf, aber angenehm sauber und frisch gebettet, blinzelte sie müde und erschöpft dem älteren Arzt entgegen, den der Hausherr geholt hatte.

„So, Fräulein Namenlos", begrüßte er sie mit tiefer, ruhiger Stimme.

Sie brachte ein zaghaftes Lächeln zustande.

„Zuerst möchte ich mir die Kopfwunde ansehen, dann höre ich Sie ab, prüfe einige Reflexe und anschließend unterhalten wir uns ein wenig über Ihre Gedächtnislücken. Einverstanden?"

Die Frau wagte aufgrund ihrer Kopfschmerzen nicht mehr zu nicken, und so bejahte sie nur leise.

Klara Rieble hatte den Kopfverband, nachdem sie ihr vorsichtig die Haare gewaschen hatte, nicht wieder angebracht, sodass der Arzt die Wunde begutachten konnte. „Das hat er ausgesprochen sauber hinbekommen, unser Viehdoktor", befand er schließlich. „Ich hätte es nicht besser machen können, Fräulein. Jetzt richten Sie sich bitte einmal auf."

Die junge Frau versuchte sich vorzubeugen. Dabei jagte erneut ein stechender Schmerz durch ihren Kopf und sie konnte sich gegen die über sie hereinbrechende Dunkelheit nicht zur Wehr setzen.

Als sie wieder zu sich kam, lag die dicke Federbettdecke unangenehm schwer auf ihrem schlanken Körper, und ihr Kopf schien zerbersten zu wollen. Die Vorhänge waren zugezogen worden, was sie als ausgesprochen angenehm empfand.

„Wieder munter, Fräulein?", hörte sie eine leise, deutlich besorgt klingende Stimme fragen. Nach mehrmaligem Blinzeln konnte sie eine junge, schwangere Frau erkennen, in deren Arm ein schlafendes kleines Mädchen lag. „Ich bringe Anna schnell ins Bett, dann sehe ich nach Ihnen, Fräulein", erklärte die Frau, und langsam konnte sie sich daran erinnern, dass diese zuvor schon da gewesen war und sich ihr als Klara Rieble vorgestellt hatte.

Wenige Augenblicke später war Frau Rieble wieder an ihrer Seite und betrachtete sie mit besorgt gerunzelter Stirn. „Sie haben eine leichte Gehirnerschütterung, und Dr. Städler befürchtet, Sie könnten noch eine schlimme Erkältung bekommen. Wir sollen Sie warm halten und zusehen, dass Ihre Lungen gut arbeiten."

„Ist er denn schon wieder fort?", fragte die junge Frau enttäuscht.

„Er musste zu anderen Patienten, Fräulein. Sie waren über zwei Stunden ohne Bewusstsein."

„Er wollte mit mir noch über meine fehlende Erinnerung sprechen."

„Das hat er mit mir und Lukas getan. Sind Sie zu erschöpft, oder soll ich Ihnen erzählen, was er uns gesagt hat?"

„Bitte!", sagte die junge Frau und blickte Klara mit ihren braunen Augen flehend an. Sie wollte endlich wissen, was mit ihr geschehen war. Weshalb konnte sie sich an nichts mehr erinnern, was ihre Person betraf, und wie lange würde dieser schreckliche Zustand andauern?

„Dr. Städler meinte, dass Sie vermutlich aufgrund Ihrer starken Verletzung am Hinterkopf einen Teil Ihrer Erinnerung verloren haben. Soviel er weiß, kehrt die Erinnerung in den meisten Fällen sehr schnell wieder zurück und –"

„In den meisten Fällen? Nicht immer? Und was bedeutet sehr schnell?"

„Das konnte er nicht sagen, Fräulein. Er wird eine Meldung bei der nächsten Gendarmerie machen. Von dort wird sie dann nach Freudenstadt weitergeleitet. Das ist die nächstgrößere Stadt. Am wichtigsten ist jetzt aber erst einmal, dass Sie viel Ruhe bekommen, und wir werden versuchen, eine Erkältung von Ihnen abzuhalten."

Wenig befriedigt murmelte die junge Frau ihre Zustimmung und kämpfte schwer gegen ihre Tränen an. Sie fühlte sich so hilflos und unendlich verwirrt. Und sie spürte eine tiefe Angst in sich, die sie erneut erzittern ließ. Sie war ein Nichts. Ein Niemand. Ein Fräulein Namenlos, und das vielleicht für sehr lange Zeit. Vielleicht sogar für immer. Wie sollte sie in diesem beängstigenden, verwirrenden Zustand weiterleben? Was sollte sie nur tun?

Von Angst und Schmerzen gepeinigt, schloss sie die Augen und hoffte, wieder schlafen zu können, doch ihre Gedanken trieben sie in eine immer größere Unruhe. Ein Gefühl, als ob ihr Brustkorb zugeschnürt würde, überfiel sie, und beinahe panisch schnappte sie nach Luft.

Wieder nahm Klara Rieble ihre beiden Hände und drückte diese fest. „Lukas ist als junger Bursche weit herumgekommen", erklärte sie mitfühlend. „Er vermutet, dass Sie einen Wiener Dialekt sprechen. Allerdings scheint sich da noch ein anderer Akzent mit eingeschlichen zu haben. Ihren gepflegten Händen und Ihren teuren Kleidern nach zu urteilen, sind Sie in einer sehr guten, wenn nicht sogar reichen Familie zu Hause. Diese Informationen, gemeinsam mit der Beschreibung Ihres Äußeren, werden die Wachtmeister mit Sicherheit weitergeben. Man wird Sie doch da, wo Sie zu Hause sind, vermissen und suchen, Fräulein."

„Vielen Dank", murmelte die junge Frau.

„Dr. Städler hat vorgeschlagen, dass wir Ihnen, bis Sie zu Ihrer eigenen Identität zurückgefunden haben, einen Namen geben. Vielleicht möchten Sie sich selbst einen aussuchen?"

„Vielleicht", murmelte die verzweifelte Frau und wünschte sich, die freundliche Helferin an ihrer Seite würde endlich gehen.

„Mir gefällt ja Maria, aber Karl, mein Mann, findet, das sei zu katholisch. Immerhin sind wir evangelisch." Die werdende Mutter strich sich über den gewölbten Bauch.

„Maria ist hübsch", entgegnete die junge Frau und wagte ein zaghaftes Lächeln, wenngleich sie weiterhin die Augen geschlossen hielt. Offenbar wollte Frau Rieble sie ein wenig ablenken, doch sie konnte sich kaum mehr auf das Gespräch konzentrieren.

„Gibt es einen Namen, der Ihnen besonders gefällt, Fräulein?"

„Ich weiß nicht", murmelte sie und versuchte sich Gedanken darüber zu machen, welchen Namen sie tragen sollte, bis sie sich wieder an ihren richtigen erinnern konnte. „Theresa gefällt mir, oder … ach, ich weiß nicht. Suchen Sie einen Namen aus. Niemand gibt sich selbst einen Namen", flüsterte sie erschöpft und schlief schließlich ein.

Trotz aller Bemühungen von Klara und Lukas hatte sich bei der jungen Frau, der Klara den Namen Theresa gegeben hatte, eine schwere Erkältung eingestellt. Sie bekam hohes Fieber und hustete stark.

Lukas Biber lieferte Anna am Sonntag bei ihren Großeltern ab und verbrachte den Rest des Tages damit, die junge Frau in seinem Schlafzimmer zum Trinken zu bewegen und ihr kalte Wadenwickel anzulegen. Er war gerade dabei, wieder einmal die warm gewordenen Tücher von ihren Beinen zu wickeln, als es an der Tür klopfte und seine Schwägerin Isolde Biber den Kopf hereinstreckte.

„Was tust du denn da?", rief sie erschrocken und stürmte in den Raum.

„Ich mache Wadenwickel, Isolde."

„Klara Rieble hat mich unterrichtet. Aber du kannst doch diese fremde Frau nicht einfach –"

„Du hast dich in den letzten Tagen rargemacht. Und Klara hat mit ihrer Bande und dem Hof genug zu tun."

„Dann stell endlich wieder eine Hauswirtschafterin ein", entgegnete Isolde pikiert und zog die Decke über die schlanken Beine der Fremden.

„Wenn du mir sagst, wen. Du hast mich ja auch im Stich gelassen."

„Ich bin selbst schwanger, Lukas. Ich kann Anna morgens nicht mehr anziehen und ihr Frühstück machen."

„Dann sag es eben", brummte der Tierarzt wenig freundlich und machte keine Anstalten, ihr zu ihrem Zustand zu gratulieren. Beinahe grob schob er seine Schwägerin beiseite, griff nach den kalten Tüchern und deckte Theresas Beine wieder auf, damit er weitere Wickel anlegen konnte.

„Das gehört sich einfach nicht, Lukas."

„Außer mir ist niemand hier. Oder willst du ihre Pflege übernehmen? Ich wäre dir ausgesprochen dankbar, denn ich habe auch noch einen Beruf, dem ich nachgehen muss."

„Ich fühle mich zu elend, das sagte ich dir doch bereits", murmelte Isolde, drehte sich um und machte sich wieder auf den Weg zurück in den Nordflügel des Gutshauses.

Gegen Abend kamen Klara und Karl vorbei und betrachteten den müde aussehenden Freund mit teilnehmendem Blick.

„Wie geht es Theresa?", fragte Klara besorgt.

„Nicht gut, fürchte ich. Sie spricht nicht, obwohl sie gelegentlich die Augen öffnet, und ihr Fieber ist noch weiter angestiegen."

„War Dr. Städler noch mal hier?"

„Ja, aber er sagt, er kann im Moment nichts für sie tun. Ich soll ihr ihre Medizin und Wadenwickel geben und zusehen, dass sie viel trinkt. Aber selbst das ist schwierig."

„Ich sehe einmal nach ihr." Klara wandte sich der Treppe zu und stieg diese mühsam hinauf.

„Wie willst du das weiter schaffen, Lukas? Du hast die Kleine und nun auch noch diese kranke Frau zu versorgen."

„Ich weiß es nicht, Karl. Isolde ist mir auch keine Hilfe mehr. Sie ist schwanger und fühlt sich nicht wohl."

„Du meine Zeit!", murmelte Karl, enthielt sich jedoch eines weiteren Kommentars. „Gibt es niemanden in der Stadt, den du um Hilfe bitten könntest?"

„Wen denn?", brummte Lukas, wenig begeistert über die Aussicht, noch mehr Menschen um sich herum ertragen zu müssen.

„Wie wäre es mit Bettina? Sie ist doch zu Hause und weiß nichts Rechtes mit ihrem Tag anzufangen."

„Ich weiß nicht …"

„Frag sie doch einfach", gab Karl ein wenig ungeduldig zurück und ging auf die Wohnstube zu, da es seinem Freund offenbar nicht einfiel, ihm eine Sitzgelegenheit anzubieten.

Kurz darauf wurde die große Glocke vor dem Haupteingang gezogen. Lukas ging zur Tür und öffnete sie. Ein kalter Wind schlug ihm entgegen, und vor ihm standen sein Schwiegervater und Bettina, die Anna, in eine warme Decke eingehüllt, auf dem Arm trug.

Lukas warf einen prüfenden Blick auf seine Tochter. Es schien ihr gut zu gehen, und sie machte einen fröhlichen, wenn auch müden Eindruck.

„Willst du uns nicht hereinlassen?", fragte der Bürgermeister und deutete mit dem Kopf auf die halb offene Tür, die Lukas mit seinem großen Körper verdeckte.

Zögerlich trat Lukas beiseite, sodass die unwillkommenen Besucher eintreten konnten. Sie gingen direkt durch die Eingangshalle auf die Wohnstube zu.

„Hier hat sich wenig verändert", bemerkte Heinrich Schaller und öffnete die Tür zur Wohnstube.

Karl, der dort auf seinen Freund gewartet hatte, stand sofort auf, um den Bürgermeister zu begrüßen.

Bettina blieb vor der Tür stehen und wandte sich an Lukas. „Anna hatte bereits ihr Abendessen", sagte sie. „Meine Mutter hat sie frisch gewickelt und umgezogen. Du kannst sie gleich zu Bett bringen."

„Gut", erwiderte der Hausherr kurz angebunden und wenig freundlich. Er nahm die herzhaft gähnende Anna entgegen.

„Papapa", murmelte das Mädchen, schmiegte den Kopf an seine Schulter und ließ sich in das Ankleidezimmer hinauftragen. Als Lukas die Kleine hingelegt und zugedeckt hatte, kam Klara aus dem Schlafzimmer herüber und betrachtete kritisch das Kind. „Hörst du sie überhaupt, wenn sie nachts weint?"

„Sie schläft durch."

„Ja, zurzeit. Aber sobald die nächsten Zähne kommen, ist es damit vorbei. Nimm das Bett, und trag es in das Gästezimmer hinüber, in dem du in den letzten Nächten, seit Theresa da ist, geschlafen hast."

„Ich habe unten auf dem Sofa geschlafen."

Klara sah ihn mit einem Blick an, den Lukas schon bei ihr gesehen hatte, wenn sie ihren Ältesten wieder einmal für irgendeinen Streich gerügt hatte. „Ich richte dir eines deiner schönen Gästezimmer her", erklärte Klara ungehalten und nahm das schon halb schlafende Kind aus dem Bett.

Widerwillig trug Lukas das Kinderbett hinter seiner Nachbarin her, die am hinteren Ende des langen Flures die Tür zum ersten Gästezimmer öffnete. Er stellte das Bett ab und Klara legte das Kind hinein. Während die resolute Frau frische Bettwäsche aus einer Kommode nahm und sich daranmachte, das Bett zu beziehen, stahl Lukas sich leise aus dem Zimmer.

Etwas hilflos stand er in dem dunklen Flur und fragte sich, ob nun die Frauen das Regiment in diesem Teil des Hauses zu übernehmen gedachten.

Langsam ging er den Flur entlang, stieg die knarrenden Stufen in die Halle hinunter und betrat seine Wohnstube, in der Karl und der Bürgermeister saßen und sich angeregt unterhielten. Bettina stand mit dem Rücken zu ihm vor einem der Fenster und blickte in die dunkle Landschaft hinaus.

„Ach, Lukas", begann Heinrich Schaller. „Bettina und ich haben entschieden, dass sie ab morgen ein paar Tage hier bei Anna verbringen wird. Sie kann ein wenig nach deinem Haushalt und nach dem Mädchen sehen, natürlich auch nach der Frau, die der Sturm dir hereingeweht hat."

Lukas seufzte innerlich auf. Noch eine Frau mehr im Haus. Allerdings musste er sich eingestehen, dass er sich kaum ausreichend um Anna kümmern konnte. Wie sollte er dann auch noch diese kranke Frau versorgen? „Wenn ihr meint", stimmte er emotionslos zu.

Nachdem seine Gäste das Haus wieder verlassen hatten, kehrte Lukas in seine Stube zurück und ließ sich vollkommen erschöpft in einen Sessel fallen. Nachdenklich blickte er eine Zeit lang in das fast vollständig niedergebrannte Feuer im Kamin. Schließlich hob er den Blick, um die Schwarz-Weiß-Fotografie auf dem Kaminsims anzusehen.

Ein junger Mann und eine junge Frau lächelten ihm ausgelassen entgegen. In diesem Moment wurde ihm klar, dass es nicht nur diese Frau nicht mehr gab, sondern dass auch der Mann gestorben war. Er war tot. Allerdings hatte es in den letzten Tagen zwei kurze Momente gegeben, in denen er sich wieder ein wenig lebendiger gefühlt hatte. Das eine Mal war der kurze Augenblick gewesen, in dem Anna ihm zum ersten Mal richtig gezeigt hatte, dass sie ihn liebte und brauchte. Der andere Moment war der gewesen, als Karl ihm gesagt hatte, dass Klara für ihn betete. Und als er anschließend nach mehr als fünfzehn Monaten endlich einmal wieder seine Bibel zur Hand genommen und darin gelesen hatte, war ihm bewusst geworden, dass ihm auch die Beziehung zu Gott, die er ebenso wie alle anderen Beziehungen vernachlässigt hatte, fehlte.

Lukas richtete sich auf und erhob sich schließlich. Er verspürte keinen Hunger und beschloss, gleich zu Bett zu gehen. Allerdings wollte er zuvor noch ein wenig in der Bibel lesen, die sich jedoch in seinem Schlafzimmer befand. Da er ohnehin noch einmal die Wadenwickel des fremden Mädchens wechseln musste, ging er hinauf und betrat leise das Zimmer.

Theresa war wach und blinzelte mehrmals gegen das Licht der Lampe in seiner Hand an. Wortlos nahm er die warmen Tücher von ihren Beinen und ersetzte sie durch frische. Dann griff er nach seiner Bibel und wollte das Zimmer wieder verlassen, als die junge Frau ihn leise bat, doch noch zu bleiben und ihr etwas aus dem Buch vorzulesen.

Widerwillig blieb er stehen. Doch dann setzte er sich auf den Stuhl neben dem Bett und begann, aus dem Lukasevangelium vorzulesen, wobei er sich nach und nach entspannte.

Dabei störte es ihn nicht, dass seine Zuhörerin zwischendurch einmal einschlief.

Nachdem die Buchstaben immer mehr vor seinen übermüdeten Augen verschwammen, erhob er sich schließlich und zog sich zurück.

Mit dem Gedanken, dass es vielleicht doch erstrebenswert sein konnte, sein Leben wieder ein wenig lebendiger zu gestalten, schlief er ruhig ein.

Kapitel 12

Die Tage vergingen und allmählich vertrieb eine angenehm warme, helle Sonne die dunkle Wolkenwand über dem Schwarzwald. Innerhalb von zwei Tagen war sämtlicher Schnee geschmolzen, und als die Schneeglöckchen und Krokusse ihre zarten Blütenköpfe aus der Erde schoben und die Wiesen und Gärten ein wenig bunter machten, besserte sich auch Theresas Zustand.

Die junge Frau saß aufrecht im Bett und blinzelte gegen die Sonne an, die ihre Strahlen durch das Fenster hereinschickte. Fasziniert blickte sie über die sich in unterschiedlich hohen Hügeln ausbreitende Waldfläche, die hauptsächlich aus majestätischen dunkelgrünen Fichten bestand.

Über den Nadelbäumen stritt sich eine Krähe mit einem Bussard und die wilden Flugmanöver der beiden brachten die junge Frau zum Lächeln. Plötzlich flogen beide davon und entschwanden aus ihrem doch recht eingeschränkten Gesichtsfeld.

Langsam schob Theresa die Beine aus dem Bett und richtete sich auf. Ein leichter Anflug von Übelkeit überkam sie, und betreten stellte sie fest, dass sie sich vollkommen kraftlos und schwindelig fühlte und ihre Beine heftig zu zittern begannen. Sie war nun seit etwas mehr als einer Woche in dem Gutshaus und hatte die ganze Zeit über nur gelegen. Minutenlang saß sie auf dem Bettrand, bis das Zittern allmählich aufhörte und das leere Gefühl in ihrem Kopf nachließ.

Noch immer von einer leichten Übelkeit ergriffen, wagte sie es schließlich aufzustehen, doch sofort wurde es ihr schwarz vor Augen. Sie ließ sich kraftlos nach hinten fallen und landete auf dem Bett, das leicht quietschte, während der Baldachin heftig zu wackeln begann.

Wieder verharrte sie einige Minuten regungslos, um dann entschlossen einen weiteren Versuch zu wagen. Sie richtete sich erneut auf und stellte sich auf ihre Füße. Dieser grässliche Schwindel, der sie zuvor überfallen hatte, blieb dieses Mal aus. Allerdings fühlte sie sich noch immer unsicher, und so ging sie langsam und sich immer wieder an den verschiedenen Möbeln abstützend bis zum nächstgelegenen Sprossenfenster und hielt sich mit beiden Händen an der breiten hölzernen Fensterbank fest.

Sie atmete tief ein und blickte begeistert auf die von der Sonne mit Millionen von golden glitzernden Sternen überzogene Oberfläche des Sees, auf die noch blätterlosen, sich im leichten Wind wiegenden Weiden und den schwarz glänzenden Steg unterhalb des recht steil abfallenden Hügels, der zum In-der-Sonne-Verweilen einlud. Ein Schwanenpaar glitt mit elegant gebogenen Hälsen über das glitzernde und funkelnde Wasser hinweg. Das Gras am Ufer, das noch kurz und mehr braun als grün war, ging in ein brachliegendes Feld über, um weiter entfernt einem offenbar nicht enden wollenden dunklen Fichtenwald zu weichen.

Voller Begeisterung über die wunderschöne Landschaft trat Theresa an das nächste und schließlich an das übernächste Fenster heran.

Da sich ihre Augen an der Schönheit dieses Ortes nicht sattsehen konnten, beschloss sie, ein Zimmer zu suchen, das ihr eine andere Aussicht bieten würde.

Sie blickte an sich herunter. Sie trug nur ein Nachthemd, das sie von Frau Rieble bekommen hatte. Die gutmütige Nachbarin hatte Anna zu sich geholt, Herr Biber war bei einem Bauern in der Nachbargemeinde, um nach dessen Kuh zu sehen, und Frau Schaller war bei ihren Eltern in der Stadt. Demnach befand sie sich allein in diesem Teil des großen Hauses, und so griff sie nur nach einer der rauen braunen Wolldecken auf ihrem Bett und wickelte sich in diese ein.

Langsam bewegte sie sich zur Tür, die in den breiten Flur hinausführte, und von dort wandte sie sich in Richtung Treppenhaus. Vor der letzten Tür blieb sie schließlich stehen. Sie griff nach der Klinke und drückte sie herunter.

Erschrocken hielt sie inne. In dem Raum stand ein gewaltiger Schreibtisch und an den beiden fensterlosen Wänden ragte ein übervolles Bücherregal bis unter die hohe Decke. Offenbar handelte es sich um das Arbeitszimmer des Hausherrn, und darin hatte sie nun wirklich nichts zu suchen.

Schnell schloss sie die Tür wieder und wandte sich enttäuscht um. Sie wagte es nicht mehr, in eins der anderen Zimmer zu schauen, doch ihre Neugier war noch immer nicht befriedigt.

Sie ging auf die Treppe zu, legte die freie Hand, die sie nicht dazu benötigte, die Wolldecke um ihren schlanken Körper festzuhalten, auf den runden, aus dunklem Holz gefertigten Handlauf und bewegte sich Schritt für Schritt die breiten Stufen hinunter.

Etwa auf der Hälfte der Treppe überkam sie erneut eine unangenehme Übelkeit, und in dem Moment, in dem sie unwillig beschloss, ihren Erkundungsausflug abzubrechen, gaben ihre Knie nach ...

Lukas Biber brachte seine Stute in ihre Box und bedankte sich gedanklich bei Karl, der die Pferde, die den Tag auf der Koppel verbracht hatten, bereits eingefangen und hierher zurückgeführt hatte. Sorgfältig verschloss er die Stalltür und blickte dann prüfend zum Haus hinauf. Ob Bettina Anna bereits bei den Riebles abgeholt und zurück ins Haus gebracht hatte?

Leise aufseufzend ging er auf den Südflügel zu. Bettina schien mit Anna klarzukommen, sie war eine gute Köchin, und sie hatte es tatsächlich geschafft, alle Fenster so sauber zu putzen, dass man wieder ungehindert auf die reizvolle Frühlingslandschaft sehen konnte. Zudem verbesserte sich unter ihrer Pflege der Gesundheitszustand Theresas zusehends, und obwohl Lukas ihr dankbar sein sollte, wurde er ihr gegenüber von Tag zu Tag missmutiger. Wahrscheinlich hatten ihr Vater und sie das Angebot, ihm zu helfen, gut gemeint, doch inzwischen zeigte die junge Frau durch ihre Gesten, Blicke und winzigen Andeutungen, dass sie sich in dem

Haus, bei Anna und offenbar auch bei ihm recht wohlfühlte. Das mochte für die meisten Menschen nicht nachvollziehbar sein, doch Bettina kannte ihn noch aus seinen glücklichen Tagen, und in diesen war er tatsächlich ein anderer Mensch gewesen. Er jedoch fühlte sich in der Gegenwart seiner Schwägerin zunehmend unwohl, und das lag vor allem daran, dass er sich wohl niemals auf eine Beziehung mit der jüngeren Schwester seiner verstorbenen Frau würde einlassen können.

An diesem Tag hatte Bettina um einen freien Nachmittag gebeten und Anna war zu den Riebles gebracht worden. Da Lukas überraschend früh wieder zu Hause war, hoffte er, einmal wieder über einen gewissen Zeitraum seine eigenen vier Wände für sich alleine beanspruchen zu können. Von der letzten im Haus verbliebenen Frau würde er ohnehin nichts mitbekommen, da sie noch immer das Bett hütete, wenngleich es ihr schon etwas besser ging.

Die Haustür war verschlossen. Erleichtert, dass Bettina offensichtlich noch nicht aus der Stadt zurückgekehrt war, zog er den Schlüssel hinter dem großen Blumenkasten hervor und öffnete die Tür. Gleich hinter der Eingangstür zog er seine schmutzigen Stiefel aus und trat in die Halle. Dort blieb er überrascht stehen.

Am Fuß der Treppe lag eine braune, zerknüllte Decke, und als Lukas irritiert näher trat, sah er den weißen, schlanken Fuß einer Frau darunter hervorblicken. Erschrocken eilte er auf die Gestalt zu, und als er sich neben sie kniete, hob sich ihm ein bleiches rundliches Gesicht mit großen braunen Augen entgegen.

„Was tun Sie hier unten? Ist Ihnen Ihr Bett nicht mehr bequem genug?"

„Seit mehr als einer Woche starre ich nun schon diese Decke an. Ich wollte endlich einmal etwas anderes sehen", erwiderte sie im gleichen herausfordernden Tonfall.

„Oben gibt es ein Dutzend Zimmer, die alle mit Fenstern ausgestattet sind."

Theresa musterte ihn einen Moment, dann schob sie sich, so weit es ging, in die Höhe und blickte die Stufen hinauf.

„Wollen Sie das Bett doch dieser Schlafstätte vorziehen?", stichelte Lukas.

„Ich denke schon, vor allem, da ich befürchten muss, hier immer wieder von Ihnen überrascht zu werden."

„Ich helfe Ihnen auf", bot Lukas an und freute sich darauf, dass er, sobald die junge Frau erst wieder im Schlafzimmer war, zumindest diesen unteren Stock für sich alleine hatte.

„Ich fürchte, ich habe mir beim Sturz mein Bein verstaucht. Ich kann nicht richtig auftreten und habe einfach nicht die Kraft, mich mit nur einem Bein nach oben zu schaffen."

Nun erst wurde Lukas klar, dass die Frau nicht hier in der Halle ohnmächtig geworden, sondern anscheinend die Treppe heruntergestürzt war. Er sah sie kopfschüttelnd an. „Jetzt geht es Ihnen gerade besser und dann verstauchen Sie sich den Knöchel. Wollen Sie dieses Haus denn gar nicht mehr verlassen, Fräulein Theresa?"

„Nicht, bevor ich aus allen Fenstern gesehen habe, Herr *Tierarzt.*"

Lukas schluckte hörbar. Seine Worte waren nicht eben höflich gewesen, da ihm ausgesprochen unwohl bei dem Gedanken war, sowohl dieses Mädchen als auch Bettina noch länger im Haus behalten zu müssen. Doch die junge Frau ging leichthin über seine Unverschämtheit hinweg und blieb bei ihren spitzfindigen, spöttischen Antworten.

„Soll ich Sie tragen?", fragte er knapp.

„Ich denke, es würde genügen, wenn Sie mich ein wenig stützen."

Lukas Biber stand auf und zog sie mit sich hoch. Dabei glitt die Wolldecke zu Boden und vor ihm stand eine erschreckend dünne junge Frau in einem viel zu weiten weißen Nachthemd. Eine leichte Röte legte sich augenblicklich auf ihre Wangen und bildete einen merkwürdigen Kontrast zu dem Braunrot ihrer Haare, die in wilden, unbändigen Locken bis auf ihre Hüften hinunterfielen.

Schnell bückte er sich und hob die Decke auf, um diese wieder um ihre Schultern zu legen. Die verletzte Frau legte ihren linken Arm um seinen Nacken, und er half ihr bei ihrem Versuch, die

Stufen hinaufzugehen. Doch obwohl er sie im Rücken stützte und mit seinem kräftigen Arm vorwärtsschob, spürte er, wie sie bei jeder Bewegung schwächer wurde und schließlich vor Anstrengung zu zittern begann.

Er nahm die Frau mit einer schnellen Bewegung auf seine Arme und trug sie ohne viel Mühe die Stufen hinauf. Vor der Schlafzimmertür setzte er sie vorsichtig ab. „Legen Sie sich wieder hin. Ich komme gleich und sehe mir Ihren Fuß an."

„Sie, Dr. *Tierlieb*?", fragte sie und zeigte damit deutlich, wie entrüstet sie darüber war, dass er sie anfangs in dem Glauben gelassen hatte, er sei Humanmediziner.

Lukas Biber drehte sich wortlos um und stapfte davon. Als er den Treppenabsatz erreicht hatte, blickte er in den Flur zurück und sah gerade noch ein letztes Flattern des weiten Nachthemdes, ehe sie im Zimmer verschwunden war.

Langsam fuhr er sich mit der Hand durch seinen Bart, und als er diese wieder senkte, lag ein belustigtes Grinsen auf seinem Gesicht. Diese zierliche Person zeigte keinerlei Respekt vor ihm, und dies gefiel und imponierte ihm.

Der Tierarzt war inzwischen wieder gegangen, und obwohl Theresa sich gerne noch ein wenig mit ihm unterhalten hätte oder sich von ihm aus der Bibel hätte vorlesen lassen, konnte sie ihn nicht länger aufhalten. Er war offenbar in Eile, und die leicht spöttische, aber auch amüsierte Art, die er kurz zuvor noch an den Tag gelegt hatte, hatte sich wieder in diese seltsam verbissene Traurigkeit verwandelt, die sie bisher an ihm kennengelernt hatte. Sowohl Klara Rieble als auch Frau Schaller hatten sie darauf hingewiesen, dass ihr unfreiwilliger Gastgeber erst nach dem Tod seiner jungen Frau so mürrisch und unfreundlich geworden war.

Theresa lächelte die inzwischen vertrauten Risse an der Decke an. Mochte dieser Lukas nach außen hin den harten, unfreundlichen und mürrischen Witwer spielen, so hatte sie doch schnell die Risse in dieser Fassade erkannt. Zum einen hatte er sich ausgesprochen fürsorglich und gewissenhaft um sie gekümmert, obwohl er sie doch gar nicht kannte und sie ihm sicherlich ungelegen kam, zum anderen wurde seine Stimme, wenn er längere Zeit aus der Bibel vorlas – was er jetzt allabendlich tat –, ausgesprochen sanft und freundlich. Und obwohl er ihr gegenüber eher schweigsam oder nur kurz angebunden war, hatte sie hin und wieder durch die Tür gehört, wie liebevoll er mit seiner kleinen Tochter sprach, die selbst wenig mehr als „Papapa" von sich gab.

Langsam kehrten Theresas Gedanken zu ihren eigenen Sorgen zurück. Der Tierarzt hatte von einem baldigen Verlassen seines Hauses gesprochen, doch wohin sollte sie gehen? Noch immer verweigerte ihr Gehirn jegliche Information über ihre Person, ihre Herkunft oder den Grund, weshalb sie hier im Schwarzwald war, wenn sie doch offensichtlich aus Wien oder der Gegend um Wien herum stammte.

Welcher Akzent war es, der sich anscheinend ihrem Dialekt beimischte? Hatte sie womöglich nur einige Zeit in Wien verbracht, stammte aber ursprünglich aus einer anderen Gegend? Doch woher? War ihre Familie in Wien nicht auffindbar und würde deshalb die Suche nach ihren Angehörigen dort im Sande verlaufen?

Die junge Frau schloss verzweifelt die Augen und bemühte sich, irgendeinen kleinen Erinnerungsfetzen zu erhaschen, doch dieses bohrende Grübeln brachte ihr nur erneut Kopfschmerzen ein.

Vorsichtig wandte sie den Kopf und blickte auf den Nachttisch, auf dem noch vom Vorabend die Bibel lag. Langsam streckte sie ihren Arm unter der Decke hervor und legte ihre schmale weiße Hand auf den dunklen Ledereinband. War sie früher gläubig gewesen? Zumindest kannte sie fast all die Texte, die Lukas Biber ihr vorgelesen hatte, und sie spürte das wohlige Gefühl des Geborgenseins in sich aufkeimen, wenn sie den vertrauten Worten lauschte.

Langsam wanderte ihr Blick zu den Fenstern hinüber, während

ihre Hand auf dem warmen Einband liegen blieb. „Wer bin ich, Gott?", fragte sie leise und schloss die Augen, die sich mit Tränen füllten. Doch es waren in diesem Moment keine verzweifelten Tränen, denn mit ihrer Frage hatte sie erkannt, dass es jemanden gab, der wusste, wer sie war.

Zwei Tage später saß Theresa auf einem gepolsterten, bequemen Gartenstuhl in der angenehm warmen Aprilsonne. Ihre Beine lagen auf einem zweiten Stuhl und waren mit einer bunt gewebten Decke zugedeckt. Sie ließ ihren Blick über den Garten schweifen, der von einer hohen Mauer aus unterschiedlich großen grauen Quadern umgeben war, an welcher sich wilder Wein emporrankte. Zum See hin konnte man den einstmals gepflegten, jetzt mit Löwenzahn, kleinen Kiefern und wild wucherndem Gras bewachsenen Garten durch einen Torbogen verlassen, der von einem gusseisernen Tor verschlossen wurde. An der Mauer entlang wuchsen Buchsbaum- und Thujasträucher, Forsythien- und Jasminbüsche, und auf einer Grünfläche standen eine schlanke Birke, eine gewaltige Buche und eine Roteiche, die, wenn sie erst einmal wieder ihre Blätter trug, vor dem hügeligen und mit dunklen Fichten geschmückten Wald sicherlich wunderschön anzusehen sein würde.

Auf einem der mit Kies bestreuten Fußwege, die durch die Wiesenfläche führten, saß die kleine Anna und spielte hingebungsvoll mit den blau und grau schimmernden Steinen. Bettina Schaller saß ganz in ihrer Nähe und beobachtete, mit einer begonnenen Näharbeit in den Händen, den Flug der Amseln und Spatzen am wolkenlosen Himmel.

Theresa hatte Anna einige Zeit besorgt bei ihrem Spiel zugesehen. Es gefiel ihr nicht, dass sich das Kind immer wieder kleine Kieselsteine in den Mund schob, doch Frau Schaller, die es beaufsichtigen sollte, schien diesbezüglich keine Bedenken zu haben, und so entspannte sich Theresa ein wenig.

Theresas Blick wanderte zu der Schwägerin ihres Gastgebers hinüber. Bettina Schaller war vermutlich etwas jünger als sie. Sie sprach wenig und lachte kaum einmal. Die wunderschönen, glatten schwarzen Haare umspielten ihr ebenmäßiges Gesicht mit dem vornehm blassen Teint, der durch ihre weiße Bluse besonders gut zur Geltung kam. Nicht einmal die graue Arbeitsschürze über dem in viele Falten gelegten, bodenlangen Rock vermochte ihrer eleganten Schönheit einen Abbruch zu tun.

Theresa konnte nicht sagen, ob sie die junge Frau mochte oder nicht. Immerhin hatte sie sie tagelang gepflegt und konnte deshalb ihre Dankbarkeit erwarten. Doch im Gegensatz zu Frau Rieble hatte sie nie ein aufmunterndes Wort oder ein Lächeln für sie übrig gehabt, und selbst die etwas spöttische, manchmal unfreundlich wirkende Art des Hausherrn war ihr noch lieber gewesen als das unwillig anmutende Schweigen ihrer Pflegerin.

Plötzlich hörte Theresa Anna husten und nach Luft japsen. Die junge Frau sprang auf die Beine und taumelte mehr auf das Kind zu, als dass sie lief. Doch Frau Schaller war schneller, griff nach dem Kind, fuhr ihm mit den Fingern in den Mund und holte den Stein heraus. Anna begann lauthals zu brüllen und Theresa blieb wacklig stehen.

„Bleiben Sie doch sitzen, Fräulein Theresa. Ich passe schon auf das Kind auf. Wir möchten doch, dass Sie bald wieder gesund sind." Mit diesen Worten setzte Bettina sich wieder hin und widmete sich erneut ihrer Arbeit.

Theresa beobachtete die Frau. Hatte sie richtig verstanden? Wollte auch Bettina Schaller, dass sie möglichst schnell gesund wurde, damit sie dieses Haus endlich wieder verlassen konnte? Erneut überfiel sie die Angst vor der Zukunft. Wohin sollte sie gehen, wenn es ihr wieder gut ging?

Langsam schritt sie zu dem kleinen Mädchen hinüber, das noch immer vor sich hin weinte und sie aus tränennassen blauen Augen halb ängstlich, halb um Hilfe bittend ansah. „Ich weiß, du kennst mich im Grunde gar nicht, Anna. Ich möchte dir keine Angst machen. Ich setze mich jetzt einfach hier zu dir auf den Weg und sehe zu, dass du keine Steine mehr in den Mund nimmst. Einverstanden?"

„Brrr", antwortete das Mädchen, warf noch einmal einen prüfenden Blick auf die Frau neben sich und griff mit den Händen wieder in den Kies.

Das Mädchen beschäftigte sich weiterhin versonnen mit den Steinen, und immer wenn es seine kleine, fleischige Faust an den Mund führte, drückte Theresa diese sachte, mit einem klaren Nein und einem leichten Kopfschütteln wieder hinunter. Das Kind ließ sich das jedes Mal ohne Murren gefallen.

Nach einiger Zeit kam Bettina Schaller zu ihnen herüber und sagte: „Wenn Sie sich ohnehin um Anna kümmern, kann ich schon mal hineingehen und das Abendessen vorbereiten."

„Ich weiß nicht recht, Fräulein Schaller. Anna kennt mich doch kaum. Sie wird vermutlich nicht bei mir bleiben wollen."

„Sie sitzen doch schon die ganze Zeit neben ihr."

„Aber sie hatte Sie im Blick."

„Das wird schon gehen. Das Kind ist gut erzogen." Ohne auf eine weitere Entgegnung zu warten, nahm Fräulein Schaller ihre Flickarbeit auf, ging an Theresa und Anna vorbei und betrat den Südflügel durch eine kleine Nebentür.

Anna, die während des Wortwechsels zwischen den beiden Frauen munter weitergespielt hatte, hob den Kopf und blinzelte gegen die Sonnenstrahlen an. Suchend wandte sie sich um, und als ihr Blick auf Theresa fiel, runzelte sich ihre kleine rundliche Stirn. „Papapa", sagte sie in weinerlichem Tonfall und schob sich geschickt auf Knie und Hände, um eilig in Richtung Nebentür zu krabbeln.

Theresa stand auf und hinkte dem Mädchen hinterher. Da das Kind die drei steilen Stufen zur Tür hinaufkrabbeln wollte, blieb ihr nichts anderes übrig, als es auf die Arme zu nehmen, um es vor dem Herunterfallen zu schützen.

Anna versteifte sich in ihrem Arm und drückte ihre Hände gegen Theresas Schultern, um sich von ihr fortdrehen zu können. Doch Theresa blieb unnachgiebig, und während sie ganz ruhig mit der Kleinen sprach und ihr erklärte, dass sie nun einen Moment bei ihr bleiben müsse, hinkte sie zu ihren beiden Stühlen zurück, setzte sich und nahm das Mädchen auf den Schoß. Leicht mit den Füßen wippend, sodass Anna auf ihren Oberschenkeln auf und ab hüpfte, sang sie ein kleines Reiterlied, und als das Kind leise auflachte, wagte sie es, eine Hand loszulassen und mit dieser vor dem Gesicht des Mädchens einige zum Lied passende Fingerbewegungen zu machen.

Nach einiger Zeit griff Anna begeistert nach der sich bewegenden Hand. Ermutigt durch das begeisterte Strahlen in den blauen Augen des Kindes, wechselte Theresa zwischen weiteren Fingerspielen und Reimen ab und sang dabei alle Kinderlieder, die ihr einfielen.

„Sie kennen aber eine Menge Kinderlieder", lachte plötzlich eine weibliche Stimme.

Theresa schrak zusammen. Sie blickte auf und entdeckte vor sich Klara Rieble mit einem Wäschekorb in den Armen. „Ich habe Sie gar nicht kommen hören."

„Ich habe heute auch meine laute Rasselbande unten auf dem Hof gelassen", lachte Klara und setzte den Wäschekorb ab. Die Bäuerin nahm Anna hoch, um sie zu begrüßen, gab sie daraufhin jedoch sofort wieder an Theresa zurück. Offenbar war ihr das aufgeregt zappelnde Kind in ihrem Zustand doch etwas zu schwer. „Es freut mich, dass Sie so munter sind, Fräulein Theresa."

„Danke. Mir geht es jeden Tag besser", erwiderte sie, doch mit diesen Worten legte sich ein ängstlicher Ausdruck auf ihr Gesicht.

Klara, die dies bemerkte, setzte sich auf einen zweiten Stuhl und legte ihre Hände auf ihren gewaltigen Bauch. „Was ist mit Ihnen, Fräulein Theresa?"

„Dr. Biber erwähnte, dass ich, sobald ich vollständig genesen sei, das Haus verlassen könne."

„Sehen Sie ihm seine Eile nach, Fräulein Theresa. Er ist seit dem Tod seiner Frau ein Eigenbrötler geworden – ein mürrischer und unfreundlicher dazu."

„Ich respektiere seinen Wunsch, Frau Rieble. Aber ich weiß nicht, wohin ich gehen soll."

Klara Rieble sah sie nachdenklich an und nickte mehrmals. „Das ist natürlich ein Problem, das nicht so einfach zu lösen sein wird. Und wie ich Lukas einschätze, macht er sich darüber keine Gedanken. Vermutlich will er einfach nur wieder sein ruhiges, einsames Leben zurückhaben", bemühte sich Klara zu erklären. „Ich würde Sie gerne bei uns aufnehmen, Fräulein Theresa. Ihre Art, mit diesem Kind umzugehen, zeigt mir, dass Sie wohl auch mit meinen vier Rackern fertig werden würden. Ein bisschen Hilfe im Haushalt könnte ich gut gebrauchen, wenn erst mal dieses hier auf der Welt ist." Liebevoll strich sie sich über ihren Bauch. „Aber was ist danach? Um ehrlich zu sein, müssen wir im Moment selbst kämpfen, um einigermaßen über die Runden zu kommen, zumal für die Kinder wieder die Anschaffung neuer Schuhe und neuer Sommerkleidung ansteht. Sie wachsen im Frühjahr wie das junge Gemüse!"

„Wenn Sie die Stoffe kaufen, könnte ich Kleidung für Ihre Kinder nähen, Frau Rieble", schlug Theresa eilig vor.

„Können Sie nähen? Ich bin darin recht ungeschickt. Es reicht gerade so zum Stopfen und Flicken."

Theresa neigte den Kopf leicht zur Seite. „Ich denke schon, dass ich das könnte", murmelte sie, obwohl sie sich plötzlich gar nicht mehr so sicher war. Wie kam sie dazu, dieser Frau eine Dienstleistung anzubieten, von der sie nicht einmal wusste, ob sie sie überhaupt erbringen konnte?

„Das würde für uns eine große Einsparung bedeuten, dennoch, fürchte ich, würde sich dadurch Ihr Aufenthalt bei uns nicht wesentlich verlängern lassen."

„Zumindest ein paar Tage", bat Theresa und ließ das unruhig werdende Kind wieder auf ihren Knien hüpfen.

„Jetzt warten Sie erst einmal ab, Fräulein Theresa. Vielleicht findet sich ja noch eine andere Möglichkeit." Klara klopfte sich auf die rundlichen Oberschenkel und erhob sich ein wenig mühsam. „Ich bringe die Wäsche schnell in den Südflügel. Vielleicht kann Fräulein Schaller sie ja selbst in die Schränke und Kommoden räumen, dann kann ich etwas schneller wieder zurück."

„Ich dachte, Fräulein Schaller wollte die Wäsche waschen", wunderte sich Theresa.

„Ich möchte ja nicht schlecht über jemanden reden, Fräulein Theresa, aber Fräulein Schaller macht sich nicht so gerne die Hände schmutzig", lachte Klara.

Theresa betrachtete den Bauch der Schwangeren und schüttelte leicht den Kopf. „Ich fürchte, allein schaffe ich es mit meinem verstauchten Fuß auch nicht, aber lassen Sie uns den Korb wenigstens gemeinsam ins Haus tragen, Frau Rieble, dann übernehme ich das Einräumen. Immerhin wird es Zeit, dass ich mich auch etwas nützlich mache."

„Wird das mit Ihrem Fuß auch wirklich gehen?"

„Er schmerzt ein wenig, doch einen Teil werde ich wenigstens erledigen können, bevor ich schmerzgepeinigt zusammenbreche", lachte Theresa und stand mit Anna im Arm auf.

„Das ist auch eine Möglichkeit, Ihren von Lukas geplanten Rauswurf noch ein wenig hinauszuzögern", erwiderte Klara Rieble, ebenfalls fröhlich auflachend.

Kapitel 13

Aus dem Kuhstall waren die für diese Tageszeit nicht ungewöhnlichen unruhigen Geräusche zu vernehmen, und der Geruch von Dung, den Tieren selbst und dem nach diesem intensiven Winter nicht mehr ganz trockenen Stroh schlug Klara Rieble entgegen, als sie durch das große, weit offen stehende Scheunentor ging. Die durch die Fenster schräg einfallenden Sonnenstrahlen malten helle Vierecke auf den unebenen, festgetretenen Fußboden und in ihrem Schein tanzte der Heustaub munter umher.

„Du bist spät dran, Klara", drang ihr die Stimme ihres Mannes ein wenig vorwurfsvoll entgegen.

Mit einem leisen Seufzen ergriff sie einen der Melkschemel und einen Eimer und machte sich daran, ihrem Mann zu helfen, die prall gefüllten Euter der Kühe zu entleeren. „Ich bin nicht mehr die Schnellste!", rief sie auf die gegenüberliegende Seite hinüber, wo Karl gerade zur nächsten Kuh wechselte.

„Was musst du auch noch Lukas' Wäsche machen? Er hat zwei Weibsleute da oben auf seinem Hügel."

„Die eine ist noch nicht ganz genesen und die andere macht sich nicht gerne ihre feinen Hände schmutzig."

„Da sind mir Hände wie deine viel lieber, Klara, Hände, die von der Arbeit gezeichnet sind. Ich würde sie gegen keine anderen eintauschen wollen."

Klara lächelte und klopfte Luisa auf den Hinterschenkel, da diese ihr ständig mit ihrem Schwanz über den Arm wischte. „Lukas kann es wohl nicht schnell genug gehen, bis er die arme Theresa vor die Tür setzen kann."

„Wie kommst du darauf?" Karls Stimme klang auf einmal ganz nah und Klara hob erstaunt den Kopf. Ihr Mann stand direkt neben ihr. „Gib mir deinen Eimer. Ich trage ihn hinüber", bot er ihr an.

Dankbar lächelte Klara zu ihm hinauf und schob ihm den vollen Eimer entgegen, dessen Inhalt er in die großen Behälter umfüllte, während sie sich Emma zuwandte.

„Lukas hat es ihr gegenüber wohl angedeutet", führte Klara ihr Gespräch fort, als Karl sich neben Paula niedergelassen hatte.

„Verknöcherter Kerl", brummte ihr Mann und schwieg dann eine Weile.

Klara, die wusste, wie sehr ihr Mann seinen einst so fröhlichen Freund vermisste, seufzte ein weiteres Mal leise auf. „Sie hat Angst,

Karl. Sie hat doch noch immer keine Ahnung, wer sie ist und wo sie hingehört."

„Das arme Kind."

Klara grinste, ließ ihren Mann, der Theresa immer noch nicht zu Gesicht bekommen hatte, jedoch in der irrigen Annahme, dass sie ein junges Mädchen war. Dann wurde sie wieder ernst und meinte zaghaft: „Ich würde ihr gerne anbieten, bei uns zu bleiben."

„Klara, ich weiß, du könntest gut Hilfe im Haus brauchen, aber ich kann mir zurzeit nicht einmal einen Knecht leisten. Selbst wenn wir sie für ihre Tätigkeit ausschließlich mit einem Dach über dem Kopf und drei Mahlzeiten entlohnen würden … Das geht nicht, Klara."

„Dann soll Lukas seine Pacht oder seine Ernteeinnahmen senken."

„Er kann sie nicht noch weiter senken, Klara. Das Gutshaus verschlingt Unsummen, und er hat bereits im letzten Jahr angedeutet, dass er es vielleicht nicht mehr lange halten kann."

„Aber die Forstwirtschaft ging doch in den letzten Jahren gut."

„Das weiß ich nicht. Darum kümmert sich Markus."

„Markus und Isolde wohnen ebenfalls im Gutshaus. Tragen sie nicht auch etwas zu dessen Erhalt bei?"

„Frag Lukas, wenn du dich traust", lachte Karl und nahm ihr erneut den gefüllten Eimer ab, um die Milch umzufüllen, während Klara ihren Schemel packte und langsam und schwerfällig, ihren schmerzenden Rücken weit durchbiegend, zu Cordula hinüberging. „Wir müssen zusehen, dass sie dort oben bleiben kann", überlegte sie laut.

„Wie willst du das anstellen?"

„Darüber denke ich doch gerade nach."

„Ich könnte mir vorstellen, dass es doch noch eine Möglichkeit gibt. Aber weshalb sollte sie es länger als unbedingt nötig dort oben aushalten wollen? Immerhin ist Lukas nicht die Freundlichkeit in Person."

Klara hörte auf zu melken und setzte sich aufrecht hin. „Weil ich davon überzeugt bin, dass sie das Wunder ist, für das ich gebetet habe."

„Das Mädchen?"

„Genau dieses Mädchen. Und welche Möglichkeit meinst du?"

„Ich habe Lukas in der Stadt getroffen. Er wollte sich noch mal erkundigen, ob sich jemand auf seine Zeitungsanzeige gemeldet hat, doch das war nicht der Fall."

„Natürlich!" Klaras Blick hellte sich auf. „Lukas sucht jemanden für Anna und für die Arbeit im Haus! Warum bin ich nicht von allein darauf gekommen?"

„Weil er Bettina hat?"

„Bettina? Sie ist nicht gerade das, was man eine großartige Hilfe nennt."

„In der Stadt wird getratscht, dass Lukas und Bettina … du weißt schon."

„Das würde Lukas nie in den Sinn kommen, Karl. Bettina ist Mariannes Schwester."

„Sag das den Leuten … oder Bettina."

„Bettina?"

„Ich habe den Eindruck, dass Lukas Bettina lieber heute als morgen aus dem Haus hätte … und dieses Mädchen dann gleich übermorgen."

„Dieser Mann ist eine Katastrophe!"

„Nein, Klara, er ist ein armer Kerl, der um seine Frau trauert, und das weißt du auch."

„Selbstverständlich weiß ich das. Aber wenn er nicht endlich einen Weg findet, über seine beinahe selbstzerstörerische Trauer hinwegzukommen, dann werde ich eben ein wenig nachhelfen."

„Kann das Mädchen denn mit Kindern umgehen?"

„Ich habe sie mit Anna gesehen, Karl. Obwohl die Kleine sie bisher kaum zu Gesicht bekommen hat, konnte Theresa sehr schnell ihr Vertrauen gewinnen. Sie hat mit ihr gespielt und ihr vorgesungen, als habe sie ihr Leben lang nichts anderes getan, als sich mit Kindern zu beschäftigen."

„Vielleicht hat sie viele Geschwister?"

„Möglich wäre es", überlegte Klara und griff wieder an Cordulas Euter.

„Und wie willst du Lukas überreden, sie dortzubehalten?"

„Lass mich das nur regeln", erwiderte Klara nachdenklich.

Lukas trat in die Halle und hob verwundert den Kopf. Theresa hatte einen gewaltigen Weidenkorb unter dem rechten Arm, während sie sich mit dem linken auf das Geländer stützte und ein wenig mühsam die Stufen hinaufhinkte.

„Was tun Sie denn da?", rief er ihr ungehalten zu.

Erschrocken fuhr Theresa herum. Beinahe wäre ihr der Wäschekorb entglitten, und er konnte an den weißen Knöcheln ihrer schlanken Hand erkennen, wie krampfhaft sie sich am Geländer festhalten musste.

„Wollen Sie schon wieder die Treppe hinunterstürzen?"

„Wenn Sie mich nicht so erschreckt hätten, hätte da keine Gefahr bestanden, Herr *Tierarzt*!", gab die junge Frau energisch zurück.

„Das bezweifle ich aber sehr, Fräulein *Fuchs*."

„Fuchs?" Das Mädchen trat an die vordere Kante der breiten Stufe und blickte ihn mit weit aufgerissenen Augen prüfend an.

Lukas zog eine kleine Grimasse. Theresas Haarfarbe hatte ihn auf diesen Namen gebracht, denn sie erinnerte ihn an ein glänzendes rotbraunes Fuchsfell. Doch offenbar nahm Theresa an, er habe etwas über ihre Herkunft erfahren. „Ihre Haare. Sie würden ein prima Fuchsfell abgeben", erklärte er deshalb schnell.

„Meine Haare sind vollkommen in Ordnung, so wie sie sind ... im Gegensatz zu Ihren Manieren. Anstatt mich zu erschrecken, mich mit irgendwelchen Namen aufzuziehen und sich über meine Haarfarbe lustig zu machen, hätten Sie mir schon längst diesen schweren Korb abnehmen können. Immerhin ist das hier Ihre Wäsche."

Lukas zog seine verschmutzten Stiefel aus, schlüpfte in bequemere Schuhe und ließ sich Zeit damit, der Aufforderung der jungen Frau nachzukommen. Es fehlte noch, dass diese Fremde das Kommando in diesem Haus übernahm. „Darf ich fragen, weshalb Sie meine Wäsche spazieren tragen?"

„Frau Rieble hat sie vorbeigebracht. Sie könnten auf den Zustand Ihrer Nachbarin ruhig ein wenig mehr Rücksicht nehmen und sie nicht auch noch diese Wäschekörbe den Hügel hinaufschleppen lassen."

„Klara?" Lukas blieb zwei Stufen unter Theresa stehen und blickte sie irritiert an. „Weshalb macht Klara die Wäsche?"

Jetzt war es an Theresa, überrascht zu sein. Wusste er gar nicht, dass seine Nachbarin für ihn die Wäsche machte?

„Wo ist meine Schwägerin?", brummte er ungehalten und ignorierte das erschrockene Zurückweichen der jungen Frau. Er spürte Unverständnis und Wut in sich aufsteigen, und dies umso mehr, weil Bettina die Schmutzwäsche, die sie hätte waschen sollen, zu Klara gebracht hatte und darüber hinaus die verletzte Besucherin tatkräftig hatte mithelfen lassen. Immerhin bezahlte er sie für diese Tätigkeiten, wenngleich er es gewesen war, der auf dieser Regelung bestanden hatte.

„Vorhin hat sie Anna gebadet. Vielleicht bringt sie das Kind zu Bett", erwiderte Theresa. Ihre Stimme hatte jeden herausfordernden Klang verloren.

„Nun geben Sie mir endlich den Korb, bevor ich Sie doch wieder unten auflesen muss", brummte er und nahm die Wäsche entgegen.

Ein wildes Bellen kam aus dem Hof zwischen dem Haupthaus und dem Nord- und Südflügel und wurde von den Hausfronten zurückgeworfen. Der leichte Abendwind brachte die Ulmen zum

Rauschen, und Klara wünschte sich, erst einmal auf einer der rund um die Bäume verlaufenden Holzbänke Platz nehmen zu können. Doch ihr Mann war bereits an dem Gatter vorbei, in dem Lukas immer wieder verletzte Tiere unterbrachte, und öffnete die noch nicht verschlossene Eingangstür zum Südflügel.

„Kommst du, Klara?"

„Wie ich heute schon einmal sagte, lieber Ehegatte: Ich bin nicht mehr die Schnellste", keuchte Klara und hielt sich mit beiden Händen die Seiten, die sich in gleichmäßigem Rhythmus mit Schmerzen abwechselten.

„Ich rieche Pfannkuchen", lachte Karl.

Klara schüttelte den Kopf. Hatte dieser Mann nicht gerade eben vier große Brotscheiben ihres selbst gebackenen Brotes verschlungen und dazu Bartkartoffeln und eine ganze Schwarte Speck?

Karl wartete im Türrahmen auf sie. Plötzlich schien er es gar nicht mehr so eilig zu haben, das Haus zu betreten. Er ließ ihr den Vortritt, und Klara wusste auch, weshalb. Es war ihm unangenehm, sich in die Angelegenheiten seines Freundes einzumischen – so wie sie es vorhatte –, selbst wenn auch er auf eine Veränderung hoffte.

Klara ging mit energischen Schritten durch die Halle, klopfte an die angelehnte Küchentür und nahm das missmutige Knurren, das als Antwort zu ihr herausdrang, als Aufforderung, diese zu betreten.

„Was gibt es, Fräulein Fuchs?", fragte Lukas, ohne sich umzudrehen.

Klara hob erschrocken die Augenbrauen. Hatte Lukas etwa doch schon eine Magd gefunden?

„Pfannkuchen, offenbar", lachte Karl über Klaras Schulter hinweg.

Lukas drehte sich eher gemächlich auf seinem Stuhl nach ihnen um. Das Feuer im Herd beschien sein Gesicht und Erleichterung war in diesem zu erkennen. „Ich dachte schon, das Mädchen sei wieder heruntergekommen", murmelte er und deutete mit einer Hand auffordernd auf die Küchenbank.

„Wieso nennst du sie Fräulein Fuchs?", fragte Karl und nahm im Vorbeigehen einen Teller von der Arbeitsplatte.

„Ihre Haare haben die Farbe eines Fuchsfelles."

„So", murmelte Karl und griff ungeniert nach einem der fertigen Pfannkuchen, die auf einem Teller mitten auf dem Tisch standen. „Essen die beiden Frauen nicht mit dir?"

„Bettina hat mit Anna bereits zu Abend gegessen, und dieses Fräulein Fuchs – ich weiß nicht, ob sie überhaupt etwas zu sich nimmt."

„Was bist du für ein garstiger Gastgeber!", rügte Klara ihn und schob sich neben ihren Mann auf die Bank.

„Richtig. Hast du nicht auch ein Bier für mich?", fragte ihr Mann und deutete auf die ungeöffnete Flasche, die vor Lukas stand.

Dieser betrachtete die Flasche, als habe er einen kostbaren Schatz vor sich, und schob sie schließlich seinem Freund hinüber. „Das ist seit fast eineinhalb Jahren die erste Flasche Bier, die ich mir gönne, und jetzt muss ich sie auch noch mit meinem Pächter teilen!", brummte Lukas.

Klara lächelte vor sich hin. Immerhin hatte sich Lukas an diesem Abend etwas Besonderes gönnen wollen, und das erfüllte sie mit ein wenig Hoffnung für ihn.

Karl öffnete den Verschluss, nahm das noch leere Glas, das vor Lukas stand, und füllte es ganz. Dann hielt er die Flasche gegen das Licht der an der Decke hängenden Lampe, bewegte sie prüfend hin und her und setzte sie schließlich an die Lippen.

„Entschuldige, Klara, dass Bettina dir die Wäsche gebracht hat. Sie hat sich offenbar nichts dabei gedacht", murmelte Lukas unvermutet in ihre Richtung und griff nach dem gläsernen Bierkrug.

„Sie …?" Klara schluckte den Rest ihrer Frage hinunter und spürte ein klein wenig Zorn über Fräulein Schaller in sich aufsteigen. Sie war davon ausgegangen, dass Lukas sie darum gebeten hatte, die Wäsche noch einmal zu übernehmen – zumindest hatte Bettina sie das glauben lassen.

„Ich habe Fräulein Schaller vorhin mit ihrem Koffer aus dem

Haus gehen sehen, als ich die Pferde von der Koppel geholt habe. Geht sie zu ihren Eltern in die Stadt zurück? Sie wirkte etwas ... sagen wir, aufgebracht."

„Ich habe sie nach Hause geschickt, nachdem sie Anna zu Bett gebracht hatte. Was soll sie noch hier, wenn sie ohnehin Klara die schwerste Arbeit überlässt?"

Klara atmete hörbar ein und aus. Dieser Mann war einfach unmöglich. Vielleicht sollte sie ihre Pläne fallen lassen und der armen Theresa ermöglichen, dieses Haus bald zu verlassen. Aber was sollte dann aus Anna werden, die dringend jemanden brauchte, der nach ihr sah – und Theresa konnte dies ganz offensichtlich besonders gut. Wer sollte Lukas den Haushalt führen, wenn er keine Hausmagd fand?

„Besser eine Hilfe im Haus, die unzureichend arbeitet, als gar keine. Was wird denn aus der Kleinen?", fragte Karl seinen Freund und blickte ein wenig neidisch auf dessen noch halb volles Glas.

„Ich werde sie mitnehmen müssen, wenn ich zu den Bauern in der Gegend reite, um nach ihrem Vieh zu sehen", erwiderte Lukas übellaunig.

Klaras Kopf fuhr in die Höhe. „Das ist doch unverantwortlich. Das arme Kind immer auf deinem Schoß auf dem Pferd! Wind und Wetter ausgesetzt. Steckst du sie zu den Ferkeln in die Ställe, während du nach der alten Sau siehst? Wie stellst du dir das vor?"

„Es wird schon nicht für lange sein."

„Ich werde das nicht zulassen!"

„Ich kann es dir nicht zumuten, sie weiterhin zu betreuen, Klara."

„Sie ist keine Zumutung, du Rabenvater!"

„Beruhige dich, Klara. Das tut dir nicht gut." Karl griff nach ihrer Hand.

Klara sah ihn erzürnt an und entzog sie ihm wieder. Sie atmete einmal tief durch und fragte dann an Lukas gewandt: „Was ist mit Theresa?"

„Was soll mit ihr sein? Sie konnte heute schon einen Wäschekorb die Stufen hinaufschleppen, demnach ist sie gesund genug, um das Haus morgen verlassen zu können."

„Und das hast du ihr bereits gesagt?"

„Vor etwa einer Stunde, ja."

Klara schüttelte verständnislos den Kopf.

Diesmal kam ihr jedoch unerwartet ihr Mann zu Hilfe: „Prima! Dann wird sie bei uns nach den Kindern sehen, solange Klara es nicht kann."

„Du hast doch gesagt, wir können sie nicht aufnehmen, Karl", flüsterte Klara und blickte ihn mit zusammengezogenen Augenbrauen an.

„Wenn sie wirklich nichts isst, wie Lukas behauptet, wird es schon für ein paar Tage gehen." Karl lehnte sich bequem zurück.

„Aber was wird dann aus ihr werden? Sie kann doch nirgendwohin. Wo wolltest du sie denn morgen hinbringen?", fragte Klara an Lukas gewandt, der schweigend das Gespräch verfolgt hatte.

„Hinbringen? Sie kann wieder recht gut gehen und kommt alleine bis in die Stadt."

„Und von dort aus?"

„Das weiß ich doch nicht, Klara."

„Und sie? Weiß sie es?"

Lukas fuhr sich mit der Hand über das bärtige Kinn. „Vermutlich nicht. Am besten, sie meldet sich bei der Gendarmerie. Vielleicht bringen sie Theresa nach Freudenstadt oder sogar direkt nach Wien."

„Und wenn sie da ist? Soll sie dann in eins dieser Frauen- oder Armenhäuser?"

Lukas stand wütend auf, wobei sein Stuhl laut über den Holzboden schabte. „Willst du noch Pfannkuchen?", fragte er an Karl gerichtet.

„Nein, danke. Aber wenn du noch ein Bier hättest …"

„Das habe ich nicht!" Lukas ging ans Fenster und blickte in die inzwischen hereingebrochene Dunkelheit hinaus. Er hatte seine Hände tief in den Hosentaschen vergraben und die Hosenträger über dem karierten Baumwollhemd zogen sich dabei heftig in die Länge.

„Sie kann wunderbar mit Anna umgehen", wagte Klara nun zu sagen. „Ich habe es heute gesehen, als ich die Wäsche brachte."

„Das wäre doch eine ausgezeichnete Lösung, Lukas. Für deinen Haushalt und für deine Anna!", rief Karl plötzlich, als sei ihm erst soeben dieser Gedanke gekommen.

Klara blickte ihren Mann verwundert von der Seite an. So kannte sie ihren ruhigen, gelegentlich sehr einsilbigen Mann gar nicht.

„Du meinst, diese Theresa soll nach Anna und nach meinem Haushalt sehen?", murmelte Lukas wenig begeistert.

„Weshalb nicht? Sie weiß nicht, wohin sie soll, solange ihr ihre Erinnerung fehlt. Der Wachtmeister weiß, wo er sie finden kann, wenn er irgendetwas herausfindet, und dein Haushalt und Anna sind in dieser Zeit ebenfalls versorgt."

„Auf gar keinen Fall", brummte Lukas und wandte sich wieder dem Fenster zu.

Karl sah über diese ablehnende Antwort so enttäuscht aus, dass Klara sich ein Lächeln nur schwer verkneifen konnte. Aber so schnell wollte sie nicht aufgeben. „Auch ich würde es schön finden, Lukas. Ich fühle mich mit euch beiden Männern hier oben oft etwas einsam und Theresa ist eine nette Gesprächspartnerin. Zudem könnte ich ihr immer wieder meine vier Kinder anvertrauen, wenn das Neueste erst mal da ist."

Lukas Biber schwieg und Karl und Klara Rieble blickten sich erwartungsvoll an.

„Na, vielleicht ist das eine Möglichkeit", sagte der Tierarzt schließlich. „Zumindest so lange, bis Fräulein Theresa ihre Erinnerung zurückhat oder bis sich eine geeignete andere Hilfe auf meine Anzeige gemeldet hat. Und sie kam mit Anna wirklich gut zurecht?"

„Sehr gut."

„In Ordnung. Ich werde Fräulein Theresa fragen."

„Was möchten Sie mich fragen?"

Alle drei wandten ihre Köpfe zur Tür, in deren Rahmen Theresa in einem viel zu weiten Kleid von Klara stand. In den Armen hielt sie ein Bündel sauber zusammengelegter Wäsche.

„Klara!", flüsterte Karl und zog seine Frau heftig am Ärmel. Als sie sich zu ihm hinüberbeugte, fragte er leise: „Ist das diese Theresa? Ich dachte, wir sprechen von einem jungen Mädchen. Sie kann unmöglich mit Lukas alleine hier oben bleiben."

„Weshalb nicht?"

„Sie ist eine *Frau*, Klara!"

„Das ist mir durchaus bewusst, lieber Ehegatte."

„Sie wird ... sie kann ... sie darf ..."

„Genau das ist doch der Sinn der ganzen Angelegenheit, Karl. Sie ist das Wunder, um das ich Gott gebeten habe. Sie ist ganz anders als Marianne – in ihrem Wesen und in ihrem Äußeren. Nichts an ihr erinnert an Marianne. Außerdem können die beiden sich gegenseitig helfen."

„Was werden die Leute in der Stadt sagen?"

„Das hat Lukas noch nie gestört. Warum sollte es dann uns stören?"

Karl sah sie zweifelnd an und blickte dann irritiert auf die schlanke, hübsch anzusehende Erscheinung in Lukas' Küche. Sein Freund hatte ihr inzwischen seine und Klaras Idee vorgetragen.

„Das ist ein nettes Angebot, Herr Doktor. Aber ich möchte Ihnen nicht zur Last fallen", erwiderte Theresa gerade leise, während sie das Bündel Wäsche fest gegen ihre Brust drückte, als müsse sie an diesem Halt suchen.

Klara schüttelte leicht den Kopf. Sogar Theresa hatte bereits bemerkt, dass dieser Mann lieber alleine war, und würde das für sie ausgesprochen gute Angebot lieber ablehnen, als gegen den Willen des Hausherrn zu bleiben – auch wenn sie nicht wusste, wohin sie gehen sollte.

„Anna braucht jemanden und ich kann Klara nicht auch noch meinen Haushalt aufbürden. Sie können hier wohnen und essen und erhalten außerdem einen angemessenen Lohn", erwiderte Lukas, der inzwischen wieder am Fenster stand und in die Dunkelheit hinausblickte.

Theresas Blick ging fragend zu Klara hinüber, die ihr aufmunternd zunickte. „Lukas lebt sehr zurückgezogen", erklärte die Schwangere. „Aber er ist ein gutmütiger Mann. Sie werden keinen Ärger mit ihm haben, Fräulein Theresa."

„Wenn du Fräulein Theresa so zureden musst, damit sie mein Angebot annimmt, sollte sie es vielleicht nicht tun", knurrte Lukas vom Fenster her.

Theresa schien ein wenig unschlüssig zu sein. Dann jedoch machte sie einen Schritt in Lukas' Richtung und sagte: „Gut, ich bleibe, Herr Doktor. Aber ich möchte keine Entlohnung für meine Arbeit. Ich bin dankbar, dass Sie mich hier aufgenommen haben, und möchte mich gerne für Ihre Hilfe erkenntlich zeigen."

„Natürlich werden Sie bezahlt. Wir führen doch hier nicht wieder die Leibeigenschaft ein, Fräulein Theresa!" Lukas fuhr herum und taxierte die junge Frau mit seinen blauen Augen, dass es Klara ganz angst und bange um ihren so weit geglückten Plan wurde.

Doch die fremde junge Frau war offenbar nicht so schnell einzuschüchtern. „Wenn Sie darauf bestehen, Herr Doktor. Aber eine Bedingung habe ich auch: Annas Bett wird wieder in das Ankleidezimmer gebracht, damit ich sie nachts höre, und Sie werden das Gästezimmer ganz am anderen Ende des Flurs beziehen, damit Sie nicht in meiner unmittelbaren Nähe sind."

Klara beobachtete mit einem belustigten Lächeln auf den Lippen, wie der Tierarzt erneut die unerschrockene junge Frau musterte und dann mit einer ungewohnt hilflos anmutenden Geste die Schultern nach oben zog.

„Ich werde wieder hinaufgehen", erklärte Theresa. „Anna schläft sehr unruhig. Vielleicht sollten Sie dafür sorgen, dass sie heute noch in ihr kleines, hübsches Zimmer zurückkann. Immerhin kann ich nicht ständig in Ihr Schlafzimmer gehen."

„*Sie* liegen in meinem Schlafzimmer, wenn ich Sie daran erinnern darf", merkte Lukas an, nickte jedoch auf ihren Wunsch hin zustimmend.

Nun wandte sich Theresa an Klara. „Das sind Ihre restlichen Kleider, Frau Rieble. Ich wollte sie Ihnen eigentlich zu Ihrem Hof hinunterbringen."

„Behalten Sie sie. Ich passe ohnehin nicht mehr hinein."

„Wirklich?" Ein Lächeln legte sich auf das Gesicht der jungen Frau. „Dann darf ich sie etwas umnähen?"

„Gerne. Und gleich morgen früh werden wir gemeinsam in die Stadt hinuntergehen und für Sie etwas einkaufen. Außerdem besorgen wir Stoffe für die Kinder, wenn Ihr Angebot, Kleider für sie zu nähen, noch gilt."

„Oh ja", lachte Theresa, doch sofort wurde ihr Gesicht wieder nachdenklich, und sie wandte sich langsam zu Lukas um, der sie mit hochgezogenen Augenbrauen erwartungsvoll anblickte. „Dann müsste ich Sie allerdings um einen kleinen Gehaltsvorschuss bitten, Herr Doktor."

„Das fängt ja gut an", knurrte dieser.

„Warum gibst du ihr nicht die Kleider von Marianne? Sie hängen doch sicherlich alle oben auf dem Dachboden", schlug Karl leise vor, wohl wissend, dass er damit den geballten Zorn seines Freundes auf sich ziehen konnte.

Dieser warf ihm nur einen kurzen, anklagenden Blick zu und schüttelte dann leicht den Kopf. „Sie sind viel zu groß für Fräulein Theresa." Er begann, den Tisch abzuräumen, und sagte dabei in Richtung seiner neuen Magd: „Ich lege morgen früh, bevor ich das Haus verlasse, etwas Geld auf den Küchentisch."

„Komm, Karl, wir helfen oben, Anna wieder in ihr Zimmer zu bringen, und dann müssen wir auch nach Hause", schlug Klara vor, die sich sehr erschöpft fühlte, und verließ gemeinsam mit Theresa die Küche.

„Das war Ihre Idee, nicht wahr, Frau Rieble?", fragte Theresa, kaum dass sie durch die Tür hindurch waren.

„Mit dieser Lösung ist Ihnen beiden geholfen, wenngleich ich mir nicht so sicher bin, ob ich Ihnen damit wirklich einen Gefallen getan habe, so griesgrämig, wie Lukas sich verhält."

„Er ist nicht so schlimm, wie er sich gibt, Frau Rieble. Außerdem kann ich mich gegen ihn behaupten. Machen Sie sich also keine Gedanken. Ich bin froh, erst einmal bleiben zu können."

„Gut", seufzte Klara erleichtert auf und nebeneinander gingen sie die Stufen in den ersten Stock hinauf.

Wenig später schritten Klara und Karl den steilen Weg zu ihrem Bauernhaus hinab, wobei er sie ein wenig stützte. Die Luft war kalt, und so genoss Klara die wärmende Umarmung ihres Mannes.

„Ich weiß nicht, ob das gut geht, Klara", unterbrach Karl plötzlich die Stille. „Lukas ist nun einmal sehr direkt und dabei nicht gerade höflich. Doch diese Theresa gibt ordentlich zurück. Vielleicht würden die beiden besser miteinander klarkommen, wenn Theresa eine ruhige, nachgiebige Person wäre."

„Ich widerspreche dir ja nur ungern, lieber Karl. Aber das sehe ich anders. Gerade die Tatsache, dass Theresa sich von seiner brummigen Art nicht einschüchtern lässt und ihm Kontra gibt, kann vielleicht etwas bei ihm bewirken."

„Kontra geben? Das tust du doch schon seit einem Jahr."

„Ich bin aber nicht mehr frei", lachte Klara und stieß ihrem Mann den Ellenbogen fest in die Seite.

„Du willst die beiden …?"

Klara blickte zu dem funkelnden Meer aus Sternen hinauf und zuckte leicht mit den Schultern. „Es würde mir schon genügen, wenn es ihr gelingt, sein Herz ein wenig zu erweichen, sodass er zumindest erkennt, dass es auch noch andere Frauen auf der Welt gibt und das Leben für ihn weitergeht – auch ohne Marianne an seiner Seite."

„Aber was ist, wenn Theresa sich in Lukas verliebt?"

Klara sah ihren Mann nachdenklich an. Dann zog sie die Schultern in die Höhe. „Ich kenne Theresa noch nicht gut, aber sie macht mir nicht den Eindruck, als ob sie sich Hals über Kopf in einen Mann verlieben könnte. Vermutlich wird sie so lange auch gar nicht hier sein. Und du musst zugeben, dass Lukas nicht gerade dazu einlädt, sich in ihn zu verlieben."

„Der Lukas von heute nicht, aber wenn dein ‚Wunder' tatsächlich in der Lage ist, ihn zu verändern, dann könnte durchaus wieder der fröhliche, liebenswerte Mann von früher zutage treten."

Kapitel 14

Theresa blickte mit schmerzverzerrtem Gesicht auf ihre blutigen Hände hinunter und presste heftig die Lippen aufeinander. Jetzt wusste sie, warum Klaras Hände so rau und schwielig waren. Die hausfraulichen Tätigkeiten brachten ihr Schmerzen in den Händen, Armen und im Rücken ein und nun hatte sie sich zudem an dem Waschbrett mehrere Finger aufgeschabt.

Mit einer verzweifelten Geste warf sie die nasse, schmutz- und dungverkrustete Baumwollhose auf den Stapel der noch ungewaschenen Wäsche und blickte diesen böse an. Es war ihr ein Leichtes, Anna zu wickeln, ihr beim Essen zu helfen und mit ihr zu spielen. Auch das Wechseln der Bett- und Tischwäsche sowie das Putzen im Haus gingen ihr gut von der Hand, doch sie hatte keinerlei Ahnung von Gartenarbeit oder davon, wie man eine dreckige Hose wieder ordentlich sauber und nach dem Trocknen wieder richtig glatt bekam. Und die erste warme Mahlzeit, die sie für Anna und sich zubereiten sollte, hatte sich ebenfalls als eine große Herausforderung dargestellt. Was auch immer sie in ihrem vorherigen Leben getan hatte, es konnte keinesfalls mit einer hauswirtschaftlichen Tätigkeit verbunden gewesen sein.

Nachdenklich blickte sie auf die teilweise stark verschmutzte Wäsche und entschied sich, diese erst einmal in einen großen Zuber mit Wasser zu legen. Vielleicht würde sich dadurch der gröbste Schmutz schon einmal so weit lösen, dass sie nicht zu heftig mit Seife und Waschbrett würde hantieren müssen.

Sie holte von der Wasserpumpe in der Waschküche einige Eimer Wasser, schüttete das Wasser in einen der riesigen Zuber und brach ein kleines Stück Seife ab, das sie ebenfalls hineinfallen ließ. Nachdem sie die Wäsche tief ins Wasser gedrückt hatte, trocknete sie ihre Hände ab, nahm die bereits gewaschenen Wäschestücke und stieg mit diesen aus dem Keller in die Halle hinauf, wo Anna brav mit ihrer Holzpuppe gespielt und auf sie gewartet hatte. „Komm, Anna", sagte sie, „wir gehen jetzt in den Garten, die Wäsche aufhängen."

Theresa nahm Anna auf ihre Hüfte, schob sich etwas mühsam den Wäschekorb auf die rechte Seite und verließ durch die Nebentür das Haus. Da es zu umständlich war, Anna und die Wäsche gleichzeitig zu tragen, setzte sie das Mädchen auf den Boden, eilte zur Wäscheleine, stellte den Korb dort ab und holte dann das langsam in ihre Richtung krabbelnde Kind nach.

Sie breitete eine Decke auf der Wiese aus, setzte das Kind darauf und reichte ihm ein paar Wäscheklammern. „Hier, Anna. Damit kannst du spielen", erklärte sie.

Begeistert begann das Kind, sich mit den Holzklammern zu beschäftigen, und Theresa schüttelte die Hemden, Kleider und Hosen aus und bemühte sich darum, sie möglichst glatt aufzuhängen.

Nach getaner Arbeit legte sie sich neben Anna auf die Decke, und gemeinsam betrachteten sie die winzigen Gänseblümchen um sie herum und die violetten Krokusse, die inzwischen ihre Köpfe aus der Erde schoben.

Irgendwann schlief Anna dabei ein. Theresa drehte sich auf den Rücken und blickte an den Zweigen vorbei in den Himmel hinauf. Nachdenklich sah sie den wenigen weißen Wolkenfetzen zu, die langsam über den blauen Himmel hinwegzogen, bis auch sie schließlich eindöste.

Theresa erwachte, als das Gartentor in der Mauer quietschte. Erschrocken fuhr sie in die Höhe. Unter dem gemauerten Torbogen stand Lukas Biber und in seiner Begleitung befanden sich zwei aufgeregt um ihn herumspringende Hunde.

Beschämt darüber, dass sie am helllichten Tag eingeschlafen war, erhob sie sich eilig und strich ihr Kleid glatt. Dann blickte sie auf das Mädchen hinab, das gerade ebenfalls erwachte und seinem Vater noch etwas schlaftrunken entgegenstrahlte.

Plötzlich kam einer der Hunde auf sie zugesprungen. Erschrocken nahm Theresa Anna auf den Arm und wich einige Schritte nach hinten aus, bis sie beinahe in einen Beerenbusch gefallen wäre.

„Cäsar, zurück!", befahl Lukas mit lauter Stimme. Der große Hund lief augenblicklich zu dem Tierarzt hinüber und legte sich neben dessen Füße auf den Kiesweg. „Keine Angst. Die Hunde tun Ihnen nichts. Sie reagieren ausschließlich auf Befehle."

„Ich fürchte, ich mag keine Hunde – vielleicht sogar überhaupt keine Tiere", murmelte Theresa und hielt Anna, die nicht auf ihrem Arm bleiben wollte, krampfhaft fest.

Lukas lachte einmal kurz auf. „Sie befinden sich hier in einem Gutshaus. Und ich bin Tierarzt. Sie sind umgeben von den verschiedensten Tieren, Fräulein Fuchs."

Theresa warf ihm einen bösen Blick zu. Diese Tatsache war ihr durchaus bekannt, doch sie hatte nicht angenommen, dass die Tiere bis in diesen Garten kommen würden. Immerhin war dieser von einer Mauer umgeben.

„Wie sieht es mit einem Abendessen aus? Haben Sie Ihren Schönheitsschlaf nicht ein wenig zu lang ausgedehnt? Außerdem sollten Sie mit Ihrer bleichen Winterhaut nicht stundenlang in der Sonne liegen."

Theresa ließ die zappelnde Anna endlich hinunter. Ohne Furcht vor den großen Hunden zu zeigen, krabbelte diese zu ihrem Vater hinüber, zog sich an dessen schmutzigen Hosenbeinen auf die Füße und ließ sich von ihm hochnehmen.

Theresa warf einen prüfenden Blick auf die in der Frühlingssonne trocknenden Wäschestücke, raffte die Decke, auf der sie und Anna gelegen hatten, zusammen und eilte auf die Nebentür zu.

Lukas folgte ihr mit großen Schritten, und so kamen sie zeitgleich an der Tür an. Da sie nicht mit ihm zusammenstoßen wollte, zögerte sie.

„Bitte." Lukas deutete mit der freien Hand in die Halle hinein. „Ich vermute, Sie haben es ein wenig eilig."

„Sie werden schon nicht vom Fleisch fallen, wenn Sie sich noch ein wenig gedulden müssen", erwiderte Theresa und ging mit großen Schritten durch die Halle in die Küche hinüber, um sich erst einmal ihre Hände zu waschen.

Schnell ergriff sie die weiße Küchenschürze, die hinter der Tür hing, und wandte sich dem Ofen zu. Sie schichtete Brennholz aus dem Korb in die Öffnung, griff nach den Zündhölzern und blickte prüfend in die schwarze Öffnung. Vermutlich würde sie erst einmal etwas leichter Brennbares benötigen, um ein Feuer in Gang zu bringen.

Sie sah sich um und zog schließlich aus dem Brennholzkorb eine alte Zeitung hervor, die sie zerriss und zwischen die Holzscheite drückte. Dann entzündete sie ein Zündholz und warf es zwischen das Holz und die Zeitung. Die Flammen züngelten gierig in die Höhe, verschlangen das Papier und verloschen schließlich wieder.

Theresa runzelte die Stirn und griff gerade nach einem weiteren Stück Zeitung, als Lukas Biber mit Anna hereinkam.

„Bis jetzt haben Sie ja noch nicht viel zustande gebracht", rügte er und aus seiner Stimme war der Spott deutlich herauszuhören.

„Ich habe dieses Kleid umgenäht, war mit Klara, ihren Kindern und Anna in der Stadt, habe für Anna ein neues Sommerkleid genäht, ihr eine Mahlzeit zubereitet, mit ihr gegessen und die Wäsche gewaschen und aufgehängt."

„Und einen ausgedehnten Mittagsschlaf gehalten", spottete er und setzte Anna auf den Boden.

„Ich war sehr müde." Ihre Stimme war nun sehr viel leiser als zuvor. „Entschuldigen Sie bitte."

„Sie sind noch immer nicht ganz gesund und der weite Weg bis in die Stadt hinunter war vielleicht noch ein wenig verfrüht", gestand er ihr in versöhnlicherem Tonfall zu. Er trat neben sie und schob sie mit seinem linken Bein einfach beiseite, sodass sie sich mit einer Hand abstützen musste, um nicht umzufallen.

„Ich bin doch kein Hund, den Sie mit einem Bein beiseiteschieben können, wenn er Ihnen im Weg liegt", empörte sie sich.

Lukas, der inzwischen neben ihr in die Hocke gegangen war, blickte sie mit weit hochgezogenen Augenbrauen unbeeindruckt an. „Weniger Holz zu Anfang", sagte er nur. „Das Feuer braucht mehr Luft zum Atmen." Dann zog er einige der Holzscheite aus dem Ofen heraus und streckte ihr fordernd seine flache Hand entgegen.

Bemüht, ihn nicht zu berühren, legte sie die Streichholzschachtel auf seine Handfläche.

„Was ist denn das?" Lukas Biber griff nach ihrer Hand und drehte sie so, dass er die blutigen Fingerkuppen betrachten konnte.

„Ich bin den Umgang mit einem Waschbrett wohl nicht gewohnt", murmelte sie betreten. Sie ärgerte sich über sich selbst. Jetzt hatte er nicht nur bemerkt, dass sie kein Feuer machen konnte, darüber hinaus musste er den Eindruck gewinnen, dass sie im Haushalt ganz allgemein nicht die Geschickteste war.

„Setzen Sie sich an den Tisch", brummte er. „Ich verbinde Ihnen Ihre Finger. Nicht, dass die Wunden sich entzünden." Er ließ ihre Hand los, entfachte mit wenigen Handgriffen ein Feuer im Ofen und erhob sich, um Verbandssachen aus der Schublade des Küchenschranks zu holen.

„Ihre Finger", sagte er fordernd, und ihr blieb nichts anderes übrig, als ihm ihre Hände entgegenzustrecken.

Eine Weile herrschte Schweigen zwischen den beiden. Nur Anna unterbrach die Stille mit ihrem fröhlichen, unverständlichen Selbstgespräch. „Sie werden sich bald daran gewöhnen", murmelte der Tierarzt schließlich.

„An die Verletzungen?", fragte Theresa und zuckte heftig zusammen, als der Hausherr eine Tinktur auf die Wunde goss.

Lukas zeigte ein leichtes Lächeln und schüttelte den Kopf. „Ihre Finger an die Arbeit", erklärte er und begann, die Hände zu verbinden. Dann stellte er ein kleines Glas vor sie auf den Tisch. „Reiben Sie damit Ihr Gesicht und Ihren Hals ein. Am besten gleich, bevor es zu schlimm wird."

„Was ist mit meinem Gesicht?"

„Vielleicht sollten Sie einmal in einen Spiegel schauen."

Fluchtartig verließ Theresa die Küche und lief in die Halle, in deren hinterem Teil ein bis auf den Boden reichender Spiegel hing. Erschrocken betrachtete sie ihr gerötetes Gesicht.

Sie öffnete den Tiegel und zog angewidert die Nase kraus. Den Geruch der Creme konnte sie nicht anders als ekelerregend bezeichnen.

„Was ist denn das, Herr *Tierarzt*?", rief sie. „Ist das eine Creme, die Sie Ihren Vierbeinern aufs Fell streichen?"

„Was denken Sie denn? Ich bin nun mal ein Veterinär!", klang die brummige Stimme des Mannes aus der Küche zu ihr hinaus.

Nach einem weiteren verzweifelten Blick auf ihre gerötete Gesichtsfarbe tauchte sie zwei Finger in den Tiegel und verstrich die Creme in ihrem Gesicht. Im ersten Moment glaubte sie, die braune Farbe würde auf der Haut haften bleiben, doch nach einigen Minuten bangen Beobachtens war die Creme eingezogen, und ihr Teint wirkte nur ein wenig dunkler als gewöhnlich.

Der leicht stechende Geruch allerdings blieb an ihr haften, und mit einem belustigten Lächeln stellte sie fest, dass es nun der Tierarzt sein würde, der diesen auszuhalten hatte.

„Danke", murmelte sie, als sie die Küche betrat, und verwundert bemerkte sie, dass der Hausherr dabei war, einen Teig anzurühren.

„Was gibt das?", fragte sie und gesellte sich neben ihn.

„Spätzle, Fräulein Unwissend. Wenn Ihre Finger wieder heil sind, werden Sie lernen müssen, diese selbst zuzubereiten."

„Warum müssen Sie mir immer irgendwelche seltsamen Namen geben?", empörte sich Theresa und nahm Anna, die am Boden neben ihrem Vater saß und an dessen Hosenbeinen zerrte, auf den Arm.

„Sie nennen mich auch nicht bei meinem Namen."

„Das liegt daran, dass ich Ihren Nachnamen nicht kenne und es sich wohl kaum gehört, dass ich Sie mit Ihrem Vornamen anspreche", erwiderte Theresa.

„Sie kennen meinen Namen nicht?"

„Sie haben sich mir nie vorgestellt."

„Stimmt", räumte er ein, schabte den Teig zu Ende und nahm dann den Topf von der Feuerstelle. „Als ich Sie am Seeufer fand, bot sich dazu keine Gelegenheit, und danach habe ich mir nicht weiter Gedanken darüber gemacht."

„Und wie lautet er nun?"

„Biber", erwiderte er und schüttete die Spätzle mitsamt dem kochenden Wasser in ein Sieb.

Theresa lachte glockenhell auf, und irritiert drehte sich der Mann, von einer weißen Dampfwolke umgeben, zu ihr um. „Was ist so lustig an meinem Namen?"

„Sie sind Tierarzt und heißen Biber?" Wieder lachte Theresa und Anna klatschte begeistert in ihre kleinen, pummeligen Händchen.

„Hauptsache, Sie haben Ihre Freude", knurrte Lukas Biber, wandte sich um und hievte die Schüssel mit den Spätzle auf den Tisch.

„Geben Sie Anna schon etwas davon. Ich mache für uns noch eine Soße", brummte er.

Theresa hob die Augenbrauen. Offenbar hatte ihre Fröhlichkeit ihn verärgert. Sie zuckte leicht mit den Schultern und lud einige Nudeln auf den von Herrn Biber bereitgestellten Teller. Sie würde sich von diesem griesgrämigen Mann nicht ihre gute Laune verderben lassen.

Anna, die lange geschlafen hatte, war noch sehr munter, und so durfte sie auf dem Küchenboden spielen, während die beiden Erwachsenen schweigend ihre Mahlzeit einnahmen. Nachdem auch Lukas satt war, sprang Theresa auf. Sie wollte ihm nicht auch noch den Abwasch überlassen.

„Ich spüle heute für Sie ab, damit Ihre Finger ein wenig Ruhe haben", bestimmte der Hausherr. „Das ist aber eine Ausnahme."

„Ich werde abtrocknen", entschied Theresa schnell und schob einen Topf, der bereits mit Wasser gefüllt war, auf den Herd.

„Ich bitte darum. Immerhin können Sie für Ihr Geld auch etwas tun", spottete Lukas Biber und warf ihr ein Geschirrtuch zu.

Erneut schweigend erledigten sie ihre Arbeiten, und nachdem Theresa den Tisch und den Herd gesäubert hatte, nahm sie Anna auf den Arm und drehte sich zu Lukas um.

„Ich bringe Anna zu Bett."

„Gut."

„Wollen Sie ihr nicht Gute Nacht sagen?"

„Gute Nacht, Anna."

Theresa seufzte leise auf, wandte sich, aufgebracht über seine kühle Art, um und schloss nicht eben leise hinter sich die Tür.

Nachdem Theresa ihr mehrere Gute-Nacht-Lieder vorgesungen hatte, war Anna endlich eingeschlafen. Müde verließ die junge Frau das Ankleidezimmer.

Sie wollte sich gerade entkleiden, als ihr einfiel, dass sie die Wäsche draußen auf der Leine vergessen hatte. Mit fliegendem Rock lief sie die Stufen hinunter, was ihr verstauchter Fuß mit einem heftigen Ziehen strafte. Sie ignorierte den Schmerz und verließ die Halle eilig durch die Hintertür in Richtung Garten.

Unangenehme Kälte schlug ihr entgegen. Die Wäsche, die durch die warme Frühlingssonne sicherlich schon trocken gewesen war, würde nun wohl wieder feucht und klamm sein.

Da es bereits dunkel war, tastete sie sich Schritt für Schritt auf dem Kiesweg entlang. Das Knirschen der Steine unter ihren Schuhen mischte sich mit dem leisen Rascheln der Blätter auf den Bäumen. Weit entfernt schrie ein Kauz und einer der Hunde bellte kurz auf.

Theresa blieb neben den Rosensträuchern, hinter denen sich die Wäscheleinen befanden, stehen, atmete den würzigen Geruch der feuchten Erde ein und lauschte auf die Geräusche der Nacht. Die kühle, feuchte Luft ließ sie erzittern, und das Bild eines anderen parkähnlichen Gartens, in welchem sie die fröhlich vom Himmel blinkenden Sterne beobachtet hatte, drängte sich in ihre Gedanken. Doch diese Erinnerung hatte etwas Beunruhigendes an sich.

Von hinten näherten sich ihr leise Schritte. Sie stieß einen erschrockenen Ruf aus. Ruckartig wandte sie sich um und versuchte zu fliehen. Sie kam jedoch nur wenige Schritte weit, ehe sie von der dornigen Rosenhecke aufgehalten wurde. Panische Angst bemächtigte sich ihrer, und sie glaubte, zwei dunkle Gestalten erkennen zu können, die sie packten und mit sich fortzerrten.

Kapitel 15

Thomas Wieland bog bei der Baumschule in die Große-Quer-Allee ein und entfernte sich immer weiter von der Spree. Nachdenklich schlenderte der junge Mann unter den hochwachsenden Bäumen entlang, die bereits frische grüne Blätter und eine herrliche Blütenpracht trugen. Der Himmel über Berlin, einer aufregenden und, wie es ihm schien, auch weitaus schnelllebigeren Stadt als Wien, wies ein tiefes, sattes Blau auf.

Ein Pferdeomnibus überholte ihn langsam, und eine fröhlich lachende Kinderschar winkte ihm aus diesem heraus übermütig zu, sodass auch er, obwohl in grüblerische, düstere Gedanken versunken, mit einem leichten Lächeln auf den Lippen grüßend die Hand hob.

Sein Doppelleben als Student der Musik und Agent für die Österreicher würde sich hier ungleich schwieriger gestalten als in Wien, und das lag nicht nur daran, dass er es hier nicht mehr mit einfachen Mittelsmännern oder Informanten zu tun haben würde, sondern mit hochrangigen Offizieren, Adligen und Beratern des preußischen Königs, Wilhelm I.

Sein Problem bestand in der Tatsache, dass sein neuer Vorgesetzter darauf bestanden hatte, dass er sich mit der Uniform des österreichischen Militärs ausstattete, um ihn gegebenenfalls zu offiziellen Anlässen begleiten zu können. Thomas mochte Uniformen nicht, zudem hatte er sich als ungarischer Student in der Universität eingeschrieben und gleich am ersten Tag erfahren, dass sich nicht nur ein paar Adelige unter die Studenten mischten, sondern viele der Studenten, um sich die Gebühren und die Verpflegung leisten zu können, verschiedentlich Arbeiten im und um das Königshaus und in den Herrschaftshäusern der Adeligen angenommen hatten. Was, wenn einer von ihnen ihn, den ungarischen Klavierstudenten, in einer österreichischen Militäruniform erkennen würde?

Missmutig gestimmt, kickte der junge Mann einen faustgroßen Stein weg, der in seinem Weg lag, und sah erschrocken auf, als unmittelbar darauf eine junge, weibliche Stimme leise aufschrie.

Keine vier Meter von ihm entfernt standen zwei Frauen in weiten, hellen Kleidern und mit fransenbesetzten Sonnenschirmen in den Händen. Die jüngere der beiden stand gebückt und rieb sich ihr unter der Fülle ihres Kleides kaum erkennbares Bein. Dabei blickte sie, den Kopf nur leicht anhebend, in seine Richtung. Als sie den betroffenen Gesichtsausdruck des jungen Mannes sah, schenkte sie ihm ein nachsichtiges Lächeln, das zwei Reihen wunderschöner, strahlend weißer Zähne sichtbar machte.

Thomas schluckte schwer. Er war sich sicher, noch nie eine schönere Frau gesehen zu haben.

Ihr langes blondes Haar war kunstvoll nach oben gesteckt, und doch hatte der leichte Wind, der über die Spree herangeweht kam, einige der federweichen Locken aus den Haarklammern gelöst, sodass sie sich um ihren weißen, langen und sehr schlanken Hals legten.

Thomas überwand schnell einen Anflug von Schüchternheit und ging zu den beiden Damen hinüber. „Entschuldigen Sie bitte, Fräulein. Ich hoffe, ich habe Sie nicht verletzt."

„Sie waren offensichtlich sehr in Gedanken, nicht wahr?", fragte die junge Frau mit freundlicher, klarer Stimme, während ihre Begleiterin ihn mit hochgezogenen, etwas zu buschigen Augenbrauen prüfend und abweisend musterte.

„Leider ja. Bitte entschuldigen Sie meine Unbedachtheit", erwiderte er mit seinem unverkennbaren Wiener Akzent.

„Ich habe mich eigentlich nur erschreckt", erklärte die junge Frau gutmütig.

Thomas betrachtete fasziniert ihr wunderbares Lächeln.

„Lassen Sie uns weitergehen", flüsterte die ältere Dame und deutete in Richtung Flora-Platz.

„Einen Moment bitte, Frau von Doringhausen", bat die andere, und zu Thomas' Erstaunen streckte sich ihm eine schlanke Hand entgegen, die in einem cremefarbenen Handschuh steckte. „Christine Doorn", stellte sie sich vor.

„Thomas Wieland. Sehr angenehm", erwiderte er leise und führte ihre Hand in Richtung seiner Lippen, ohne sie tatsächlich zu berühren. Nur widerwillig ließ er sie wieder los.

„Sie haben eine reizende Art zu sprechen, Herr Wieland. Darf ich Sie fragen, woher Sie kommen?"

„Ich bin Österreicher, habe jedoch auch ungarisches Blut in mir. Meine Mutter stammt aus Ungarn."

„Ungarn! Was für ein schönes Land! Ich war vor Jahren einmal dort. Diese weite, wilde Puszta mit ihren Herden von langhörnigen Rindern, den Schafen und den wunderbar feurigen Pferden hat mich fasziniert. Was tun Sie hier in Berlin, Herr Wieland?"

Thomas beobachtete, wie sie kurz seine wenig imposante Aufmachung musterte, und einen Moment lang wünschte er sich tatsächlich, bereits die Paradeuniform zu tragen, gegen die er sich kurz zuvor noch so heftig gewehrt hatte.

„Ich studiere an der Hochschule für Musik."

„Wie aufregend! Ein Musikstudent. Welches ist denn Ihr Hauptinstrument?"

„Das Klavier, Fräulein Doorn."

„Würden Sie es mich wissen lassen, wenn ich Sie einmal irgendwo spielen hören kann?", fragte die junge Frau.

Thomas warf ihr einen prüfenden Blick zu. Sie schien es tatsächlich ernst zu meinen, denn sie begann, in einem kleinen Täschchen, das sie um das Handgelenk hängen hatte, nach etwas zu suchen, und zog schließlich eine mit feiner Handschrift beschriftete Karte heraus, die sie ihm freimütig in die Hand drückte.

„Fräulein Christine, wir sollten nun wirklich weitergehen. Sie kommen zu spät zu dem Empfang", drängte die ältere Dame, die keinen Hehl daraus machte, dass die junge Frau sich ihrer Meinung nach schon viel zu lange mit diesem Unbekannten unterhielt, und es nicht für angebracht hielt, dass sie diesem auch noch ihre Karte überreichte.

„Ich möchte Sie auch gar nicht länger aufhalten, meine Damen. Entschuldigen Sie bitte nochmals meine Unbedachtheit. Und ich hoffe, Sie haben keinerlei Beschwerden."

„Nein, keineswegs, Herr Wieland", beruhigte Christine Doorn ihn. „Bei diesen Kleidern ..." Sie lachte belustigt auf und strich sich über den weit aufbauschenden Rock.

Thomas verbeugte sich leicht. „Ich wünsche Ihnen einen angenehmen Abend." Während die beiden Damen mit ihren schwingenden Röcken davonflanierten, bückte er sich und hob den Stein auf, der die ganze Zeit über zu den Füßen Christine Doorns gelegen hatte.

Kapitel 16

Lukas Biber schrak zusammen, als er den panischen Schrei hörte. Es sah so aus, als würde Theresa die Flucht vor ihm ergreifen. Sie lief jedoch direkt in die Hecken und sackte dort wie ein geschlagenes, verängstigtes Tier in sich zusammen.

Warum reagierte sie so heftig auf ihn? Fürchtete sie, er sei ihr in die Nacht hinaus gefolgt? „Fräulein Theresa?", sagte er. „Beruhigen Sie sich doch."

„Weg!", rief sie mit ängstlicher Stimme.

„Ich bin es ... Lukas Biber ... Fräulein Theresa, der Tierarzt."

„Lukas Biber?", fragte sie leise.

Langsam, da er in der Dunkelheit nicht viel sehen konnte, ging er auf sie zu und hockte sich vor ihr nieder. „Ich wollte Sie nicht erschrecken, Fräulein Theresa."

„Ich glaube, es waren nicht Sie, der mich so erschreckt hat", flüsterte sie verwirrt. „Vielmehr die Erinnerung."

„Sie haben Ihre Erinnerung wieder?" Lukas ließ sich einfach neben Theresa auf die feuchtkalte Erde fallen und betrachtete ihre dunkle Silhouette.

„Ich war in einem Garten, als diese beiden Männer kamen ... Sie packten mich und ich konnte nicht fort! Sie ließen mich einfach nicht wieder los. Ich versuchte, mich zu wehren, aber es half nichts. Sie zogen mich fort und ..." Theresa schwieg wieder, und eine Bewegung ließ ihn erahnen, dass sie die Arme über ihren Kopf legte, als versuche sie erneut, sich vor dem Zugriff dieser beiden Männer zu verstecken.

Lukas blieb bewegungslos sitzen. Er war sich unsicher, was er tun sollte, und hatte Mitleid mit dem Mädchen. Wie sehr musste die Unwissenheit über ihre Vergangenheit sie quälen! Hatte sie, wie Klara vermutete, viele Geschwister? Gab es vielleicht auch einen jungen Mann, der sie liebte? Wie alt war sie? Wie hieß sie? Lukas schüttelte all diese Gedanken ab und erhob sich. „Es ist kalt hier draußen. Kommen Sie mit hinein."

„Ich muss doch die Wäsche holen, Dr. Biber", erklärte Theresa und stand auf.

„Die habe ich doch schon längst abgehängt", brummte Lukas und nahm mit Erstaunen ein leises Lachen von ihr wahr.

„Ich bin mein Geld nicht wert, was?", fragte sie.

„Noch nicht, aber ich hoffe doch, Sie lernen noch ein wenig dazu", murmelte er mit einem schiefen Grinsen und drückte sich an ihr vorbei, um sich von den Dornen der Hecke zu entfernen. Eigentlich hätte er ihr sagen sollen, dass sie mit Anna ausgezeichnet umzugehen wusste, doch er war es einfach nicht mehr gewohnt, einer Frau Komplimente zu machen, und deshalb unterließ er es lieber.

Mit schnellen Schritten huschte das Mädchen vor ihm her zur Tür und ging eilig hinein.

„Ich muss noch mal fort", erklärte er und deutete in Richtung Gartentor.

„Jetzt noch?", fragte sie in beinahe erschrockenem Tonfall, als fürchtete sie sich, allein in dem großen Südflügel des Hauses zu sein.

Lukas, der sich nicht als Beschützer oder Gesellschafter hergeben wollte, runzelte die Stirn. „Haben Sie dagegen etwas einzuwenden?"

„Nein ... eigentlich nicht, Dr. Biber."

„Gut, schließlich muss ich nicht für Ihre Unterhaltung sorgen."

„Das wäre wohl zu viel verlangt", schoss Theresa zurück.

„Mir scheint, Sie haben sich von Ihrem Schreck schnell erholt."

„Das habe ich tatsächlich. Sie brauchen sich nicht weiter um mich zu kümmern, Dr. Biber."

„Na, wunderbar", gab er eher verwirrt als erleichtert zurück, drehte sich wortlos um und ging den Kiesweg entlang.

Als er das schmiedeeiserne Gartentor aufzog und sich umsah, war die Tür bereits geschlossen. Nachdenklich fuhr er sich mit der Hand über sein bärtiges Gesicht. Was hatte er denn erwartet? Dass sie ihm nachsah? Dass sie ihn bat, sie nach dem Schrecken nicht alleine im Haus zurückzulassen?

Irritiert, aber auch erleichtert, dass diese Bitte ausgeblieben war, schloss er das quietschende Tor hinter sich und betrachtete für einige Minuten den ruhig vor ihm liegenden, von den Sternen in sanftes Licht getauchten See.

Minuten später betrat er die Wohnstube der Riebles. Karl erhob sich sofort von seinem Sessel, um ihm ein Glas Wasser zu holen. „Wie war dein Tag?", fragte er, als er wiederkam und ihm das Wasserglas reichte.

Lukas setzte sich in einen der Sessel und beobachtete einen Moment lang Klara, die damit beschäftigt war, die zerrissene Hose ihres jüngsten Sohnes zu flicken. „Ganz gut ... bis ich nach Hause kam."

„Ist etwas vorgefallen?", erkundigte sich Klara, ohne ihre Arbeit zu unterbrechen.

„Kaum etwas. Das ist ja mein Problem. Dieses Mädchen ist eine Katastrophe!"

„Theresa?"

„Ja, Theresa."

„Was ist passiert?", forschte Klara weiter und warf Lukas einen kurzen fragenden Blick zu, ehe sie sich wieder auf ihre Arbeit konzentrierte.

„Sie hat sich beim Wäschewaschen die Finger verletzt, und die Wäsche, die sie dann schließlich fertig hatte, sah mir nicht gerade sehr sauber aus, als sie draußen auf der Wäscheleine hing. Zudem hat sie vergessen, diese wieder abzunehmen, sodass ich sie bei Einbruch der Dunkelheit selbst holen musste. Mit ihren Kochkünsten ist es auch nicht weit her. Dafür hat sie den Nachmittag mit Anna im Garten verbracht und ist dabei eingeschlafen. Immerhin hat sie sich dabei einen schönen Sonnenbrand eingehandelt."

Karl begann laut zu lachen, und als Lukas zu Klara hinüberblickte, konnte er auch in ihrem Gesicht ein breites Lächeln sehen.

„Ich habe dich seit über einem Jahr nicht mehr so viel zu einem Thema sagen hören, Lukas. Dieses Mädchen ist wunderbar!"

Lukas taxierte Klara mit drohendem Blick, was sie noch mehr zu belustigen schien, und plötzlich wurde ihm klar, dass er einem sorgfältig geplanten Komplott aufgesessen war. Klara hatte ihn geschickt dazu gebracht, das Mädchen bei sich zu behalten.

„Und Anna? Hat sie auch einen Sonnenbrand?"

„Nein. Die junge Dame war intelligent genug, dem Kind eine Haube anzuziehen und es in den Schatten des Baumes zu legen."

„Na siehst du. Mit Anna kommt sie doch zurecht." Klara amüsierte sich noch immer über ihn.

Ihr Grinsen brachte Lukas fast zur Weißglut. „Hast du sie bei mir untergebracht, damit du ein Frauenzimmer zum Tratschen und eine Belustigung hast?", fuhr er sie an.

„He!", brummte Karl.

Lukas hob entschuldigend beide Hände. Er atmete tief ein. „Ich kann jedenfalls nicht meine Arbeit verrichten und anschließend noch den ganzen Haushalt erledigen."

„Vor diesem Problem standest du gestern auch schon. Jetzt hast du zumindest jemanden, der auf Anna achtgibt", erwiderte Klara und legte die Hose beiseite.

„Sie wird es schon noch lernen", mutmaßte Karl.

Lukas zog eine gequälte Grimasse, die das Ehepaar Rieble wieder zum Lachen reizte. „Das habe ich ihr vorhin auch gesagt."

„Großartig! Das war ja regelrecht freundlich", lobte Klara und fing sich einen warnenden Blick ihres Ehemannes ein. „Schick sie morgen früh mit Anna zu mir, Lukas. Ich kann ihr ein paar Tipps und ein paar einfache Rezepte geben. Einverstanden?"

„Versucht dein schlechtes Gewissen wieder auszubügeln, was du verbrochen hast?"

„Nein. Ich möchte dich und Anna nur vor dem sicheren Hungertod bewahren", lachte sie wieder, verzog aber unmittelbar darauf das Gesicht, als ginge es ihr nicht gut.

Lukas trank sein Glas leer und erzählte dann: „Sie hatte übrigens vorhin eine erste Erinnerung."

„Sie konnte sich erinnern?" Jetzt war auch Karl wieder an dem Gespräch interessiert.

„Sie wollte im Dunkeln nach der vergessenen Wäsche sehen. Ich verließ kurz nach ihr das Haus, und als ich sie draußen sah, wollte ich ihr Bescheid sagen, dass ich noch zu euch gehe. Sie hat sich wohl erschreckt, als sie mich kommen hörte, und geriet in Panik."

„Das kann ich ihr nicht verübeln. Es gibt Leute in der Stadt, die dir nicht einmal bei Tag begegnen möchten", sagte Klara und Karl warf ihr erneut einen vorwurfsvollen Blick zu.

„Sie muss von zwei Männern aus einem Garten verschleppt worden sein."

„Wie schrecklich! Womöglich ist die Ärmste …?" Klara beendete ihre Frage nicht und senkte beschämt den Kopf.

„Dr. Städler hat sie untersucht, da er für ihre Personalien wissen musste, ob sie verheiratet ist und vielleicht Kinder hat. Das, was du befürchtest, ist nicht passiert", erwiderte Lukas leise.

Klara atmete hörbar aus und dann wieder laut ein.

Lukas, auf eine weitere angstvolle Frage wartend, runzelte besorgt die Stirn, als Klara schwieg und erneut wie unter Schmerzen das Gesicht verzog.

„Schick sie und Anna bitte morgen vorbei", sagte sie kurzatmig. „Und jetzt verschwinde."

„Du bist heute aber unhöflich, Klara", wunderte sich Karl.

„Ich mag Lukas, Karl. Aber ich muss ihn nicht bei der Geburt meines Kindes dabeihaben."

„Es geht los?" Karl sprang augenblicklich auf die Füße.

Lukas erhob sich und warf einen prüfenden Blick auf die nun leicht nach vorne gebeugt dasitzende Frau. Bei den Geburten ihrer anderen Kinder hatte es nie Komplikationen gegeben, dennoch spürte er eine tief sitzende Angst in sich aufkeimen. „Kann ich etwas tun?", fragte er mehr aus Verlegenheit als aus dem Willen, tatsächlich in der Nähe zu bleiben und zu helfen.

„Sieh du nach deinen Viechern, Tierarzt. Ich bekomme zwar Kinder wie die Karnickel, fühle mich aber noch immer wie ein menschliches Wesen."

„Ich gehe ja schon", brummte Lukas, halb entsetzt, halb verletzt, und stand auf. Er war froh, dieses Haus verlassen zu können.

Das Feuer im Kamin knackte leise vor sich hin und schuf in dem kleinen, spartanisch eingerichteten Schlafzimmer eine angenehm heimelige Atmosphäre. Theresa lächelte auf das leicht gerötete, etwas zerknittert wirkende Babygesicht hinunter und zeigte es ein weiteres Mal Anna, die in laute „Uh-uh-uh"-Rufe ausbrach und versuchte, nach den winzigen Augen zu greifen. Schnell drückte Theresa das Baby wieder an sich und bedachte es mit einem weiteren glücklichen Lächeln.

Klara lachte kurz auf. „Vergiss nicht, es ist *mein* Kind, Theresa." Theresa blickte ihre neu gewonnene Freundin vorwurfsvoll an.

„Sicher, Klara. Aber sie ist so wunderschön und so klein und schutzbedürftig."

„Das sind sie nur für kurze Zeit", lachte Klara und ließ sich das Mädchen wieder in die Arme legen.

In diesem Moment polterte Karl herein. Theresa staunte über seine vornehme Aufmachung. „Alles in Ordnung. Ich habe die Ankunft des neuen Erdenbürgers auf dem Rathaus gemeldet."

„Welchen Namen habt ihr denn gewählt?", erkundigte sich Theresa und blickte zu Klara hinüber.

„Karls Vorschläge haben wir alle wiederkäuend im Stall stehen, und da er Maria nicht wollte, haben wir uns auf Annette geeinigt."

„Sie heißt Maria", gab Karl ein wenig ungehalten zurück, hängte seinen Hut auf den Haken über seinem Nachttisch und zog sich das vornehme Jackett aus. „Ich muss in den Stall", erklärte er knapp und griff nach seiner Arbeitshose. Dann verließ er den Raum und rief: „Alles, was zwei Beine hat: Ich brauche Hilfe." Polternde Schritte auf dem Flur ließen darauf schließen, dass Lisa und Gerd ihm schon einmal vorausliefen.

Lächelnd wandte sich Klara wieder an ihre Besucherin. „Theresa, ich könnte auch etwas Hilfe gebrauchen. Wenn Marga und Helmut aus der Schule und die anderen drei aus dem Stall kommen, haben sie sicherlich einen gewaltigen Hunger. Bislang hat die jeweilige Magd von Lukas uns immer mit Essen versorgt, wenn gerade mal wieder ein kleiner Rieble angekommen war. Morgen bin ich bestimmt wieder auf den Beinen, aber heute fühle ich mich doch noch ein bisschen schwach. Meinst du …?"

„Ach Klara, ich fürchte, ich werde dir keine große Hilfe sein. Ich glaube, ich kann nicht kochen."

„Das hat Lukas gestern Abend schon angedeutet."

„Er war hier und hat sich über mich beschwert?"

„Beschwert? Er wirkte nur ein wenig verzweifelt."

Theresa war verunsichert. Noch immer wusste sie nicht, was sie dem Tierarzt am Abend als Mahlzeit zubereiten sollte, und nun erwartete ihre Freundin auch noch, dass sie für eine siebenköpfige Familie ein Essen auf den Tisch brachte.

„Mach dir keine Gedanken", versuchte Klara sie zu beruhigen. „Wir fangen mit den Kartoffeln an, Theresa. Aus Kartoffeln lassen sich unendlich viele Gerichte herstellen. Du findest sie im Vorratskeller. Neben dem Holzverhau, in dem wir die Kartoffeln aufbewahren, steht ein großer Eimer. Den füllst du bis oben – das müsste ausreichen. Du wäschst die Kartoffeln, entfernst die Wurzelansätze und schälst sie. Wenn du mir ein Tuch bringst, das ich mir über die Beine legen kann, helfe ich dir ein wenig …"

Zwei Stunden später saß die ganze Familie Rieble außer der Mutter und der jüngsten Schwester, die jedoch von Theresa und Anna vertreten wurden, um den gedeckten Mittagstisch, als es im Flur rumpelte und eine männliche Stimme ins Haus rief: „Ich bin's, ... Lukas! Ich möchte gerne das neue Nachbarskind bewundern und hätte auch nichts dagegen, etwas zu essen, bevor ich heute Abend wieder die grausige Hausmannskost meiner Magd zu mir nehmen muss."

„Ungehobelter Klotz", brummte Karl und warf Theresa einen entschuldigenden Blick zu, während die beiden Schulkinder leise vor sich hin kicherten.

„Das duftet aber lecker. Hast du das gekocht, Karl?", fragte Lukas, noch immer im Flur, und während die Rieble-Kinder noch etwas lauter kicherten, rief Anna unüberhörbar: „Papapa."

Theresa sah mit einem belustigten Lächeln zu Karl hinüber, der nun ebenfalls ein breites Grinsen zeigte und gespannt auf eine Reaktion seines Freundes wartete.

„Wenn Anna da ist, wird auch Fräulein Theresa nicht weit sein, liege ich da richtig?", ließ sich Lukas nun deutlich zurückhaltender vernehmen.

„Richtig, Herr Biber, und ich kann vielleicht nicht kochen, aber hören kann ich ausgesprochen gut", lachte Theresa und erntete erneutes Kichern von Marga und Helmut.

„Sie wollen jetzt aber nicht behaupten, *Sie* hätten diese Mahlzeit zubereitet?" Dr. Biber streckte seinen Kopf zur Tür herein.

„Zugegeben, nicht ohne die Hilfe von Klara. Aber ich fürchte, wir haben hier keinen freien Platz mehr."

„Was ist denn da unten los?", drang plötzlich Klaras Stimme zu ihnen herunter. „Komm hoch, Lukas, und sieh dir Maria an, und dann probiere Theresas Essen. Und wehe, ich höre nicht ein Wort des Lobes von dir."

Theresa hörte Lukas Biber irgendetwas Unverständliches vor sich hin murmeln, als er sich umdrehte und in Richtung Treppe ging. Sie lächelte belustigt vor sich hin.

Als Lukas nach einigen Minuten wieder im Türrahmen erschien, dabei leicht den Kopf einziehend, um diesen nicht am Querbalken zu stoßen, blickten ihn sieben Augenpaare forschend an.

„Gratuliere, Karl", murmelte er und wusch sich am Spülstein die Hände, ehe er sich zwischen Theresa und Gerd niederließ.

Der Zweijährige begann unbehaglich auf seinem Stuhl hin und her zu rutschen.

Schließlich erhob sich Theresa und nahm ihrem Arbeitgeber den gerade gefüllten Teller fort.

„Was soll das? Wie kann ich Ihre Kochkünste loben, wenn Sie mich nicht einmal kosten lassen?"

„Wir tauschen die Plätze, Dr. Biber. Sie machen dem Jungen Angst."

„Angst?"

„Sieh mal in den Spiegel", sagte Karl grinsend.

Theresa beugte sich über Lukas' Schulter und stellte ihren Teller vor ihn, anschließend tauschte sie auch das Besteck, und erst als sie beide Wassergläser in den Händen hielt, stand auch der Tierarzt endlich auf.

Da es in der Küche etwas beengt war und Dr. Biber genau zwischen Tisch und Wand stand, blieb Theresa nichts anderes übrig, als sich zwischen dem Tisch und dem großen Mann vorbeizudrücken. Täuschte sie sich oder hatte er ihr soeben den Stuhl ein wenig zurechtgerückt? Theresa blickte ihn fragend an, doch er warf ihr nur einen kurzen forschenden Blick zu, bevor er sich wieder setzte und ihr sein Glas aus der Hand nahm.

Nachdem er einige Bissen zu sich genommen hatte, hob er den Kopf und blickte irritiert in die Runde. Gerd und die vierjährige Lisa aßen in aller Seelenruhe weiter, doch Marga, Helmut, Karl und auch Theresa blickten zu ihm herüber, und die junge Frau konnte ein belustigtes Lächeln nicht verbergen, als sie die angespannte Erwartungshaltung der drei Riebles bemerkte.

„Genießbar", brummte er schließlich. Dann blickte er Theresa herausfordernd an. „Werden Sie heute Nachmittag wieder in der Sonne verbringen?"

Theresa wandte ihm langsam ihr Gesicht zu. Ein belustigtes Funkeln lag in seinen blauen Augen. „Ich habe vor, heute Nachmittag ein Brot zu backen, Dr. Biber", erwiderte sie mit einem freundlichen Lächeln, doch die Art, wie sie seinen Namen betonte, war deutlich als Herausforderung zu verstehen.

„Eine gute Gelegenheit, diese seltsamen Sommersprossen in Ihrem Gesicht, die Sie sich bei Ihrem letzten Sonnenbad geholt haben, hinter einer Mehlschicht zu verstecken", spottete er und schob sich eine weitere Gabel Bratkartoffeln mit Speck in den Mund.

„Nicht jeder hat die Möglichkeit, sich hinter einem wild wuchernden Gestrüpp im Gesicht zu verbergen, Dr. Biber." Theresa betrachtete mit Genugtuung und einem Lächeln auf den Lippen die hochgezogenen Augenbrauen und deutlich verwundert dreinblickenden Augen des Mannes neben sich und wandte sich wieder ihrer Mahlzeit zu.

Kapitel 17

Drei Wochen war Thomas Wieland nun schon in Berlin, und seit mehr als zwei Wochen lag dieser faustgroße graue Stein auf seinem Arbeitstisch in dem kleinen Zimmer, das er für einen Wucherpreis angemietet hatte. Neben diesem Stein türmten sich Notenblätter, einige Notizen und Bücher über große Komponisten.

Durch das offen stehende Fenster drang der Duft von Blüten und der herbere Geruch des Spreewassers in die Kammer. Der leichte Wind hob ein paar der Notenblätter an und trug sie spielerisch mit sich, um sie sachte auf dem Holzfußboden zu verteilen.

Thomas Wieland ignorierte das Durcheinander und knöpfte die letzten Knöpfe seiner Uniformjacke zu. Er war General Meierling als Berater und Begleiter zugeteilt worden und sollte an diesem Abend bei einem Empfang erscheinen.

Einer solchen Einladung war er bereits vor zwei Tagen nachgekommen, und da er mit seinen Eltern in Wien des Öfteren an ähnlichen Veranstaltungen teilgenommen hatte, wusste er sich angemessen und demnach unauffällig zu verhalten, was ihm ein Wort des Lobes von seinem Vorgesetzten eingebracht hatte. Nun musste er allerdings befürchten, durch diese Anerkennung und die Tatsache, dass er sich zwischen den Herzogen, Grafen und sogar dem Königspaar selbst sicher bewegen konnte, vermehrt für diese Art der Arbeit eingeteilt zu werden. Dieser Gedanke behagte ihm nicht gerade. Noch immer war er in erster Linie ein ungarischer Student, und er konnte es sich einfach nicht leisten, von irgendjemandem erkannt zu werden.

Thomas schnitt seinem Spiegelbild eine Grimasse, setzte sich die vorschriftsmäßige Kopfbedeckung auf und verließ, so schnell es ihm möglich war, das Wohnhaus, in dem sich unzählige Studenten eingemietet hatten.

Zwei Straßen weiter nahm er sich eine Mietkutsche und ließ sich bis vor das große, girlandengeschmückte Anwesen einer Familie der Hohenzollern fahren. Unzählige Landauer und Kaleschen standen entlang der Straße. Als Thomas ausgestiegen war, wandte er sich dem Haupteingang zu, neben dem bereits – in voller Paradeuniform und mit Säbel an der Seite – General Meierling auf ihn wartete.

„Sie sind spät dran, Wieland."

„So sind die Studenten", lachte Thomas und erntete einen vorwurfsvollen Blick.

„Kommen Sie. Hier gilt es allgemein als unhöflich, allzu spät zu erscheinen." Der General schritt mit aufrechtem Gang und zackigen Bewegungen an den beiden Wachen vor der großen Eingangstür vorbei. Thomas richtete sich ebenfalls kerzengerade auf und folgte ihm ins Haus, wobei er neugierig die prunkvoll mit Stuckarbeiten und Malerei verzierte Decke betrachtete.

In den folgenden zwei Stunden wurde er unzähligen Leuten vorgestellt, und er bemühte sich darum, Gesichter und Namen zu behalten, da diese für seine Arbeit von Bedeutung sein würden. Im Besonderen interessierten ihn selbstverständlich König Wilhelm I., Helmuth von Moltke, weitere hochrangige Offiziere und Otto Graf von Bismarck, der jedoch permanent in Eile zu sein schien und sich wenig Zeit nahm, mit General Meierling, dessen Adjutanten oder einem anderen österreichischen Abgesandten zu sprechen.

„Wieland?"

Thomas wandte sich dem General zu und beugte sich leicht zu ihm hinüber.

„Sie scheinen Interesse bei den weiblichen Gästen geweckt zu haben. Versuchen Sie, diese Tatsache zu nutzen. Man kommt kaum leichter in die Häuser angesehener Familien als über deren Töchter."

„Mit dem größten Vergnügen", grinste Thomas und erntete einen aufmunternden Schlag auf die Schulter.

Langsam schlenderte er mitten durch die festlich geschmückte Halle. Im Vorbeigehen nahm er von einem Diener ein Glas Sekt entgegen. Dabei betrachtete er die aus vielen unterschiedlichen Ländern stammenden Uniformen in diesem Raum. Tatsächlich schien Preußen sich mehr und mehr als Nabel des Deutschen Bundes, aber auch als äußerst gewichtige politische und militärische Machtzentrale Europas auszubilden.

Ein Orchester begann zu spielen. Thomas lehnte sich an eine der runden, breiten Säulen, die die hohe Decke trugen, und lauschte den Musikern. Es bildeten sich erste Tanzpaare, und während am Rande der Tanzfläche noch heftig diskutiert wurde, drehten sich auf dem Parkett immer mehr Paare zu einem Wiener Walzer.

Eine schmale, behandschuhte Hand legte sich auf seinen Arm, und Thomas stieß sich von der Säule ab, um sich der Dame zuzuwenden, die so ungeniert seine Aufmerksamkeit einforderte. Er blickte in zwei helle, blaue Augen und erkannte das schöne Gesicht der jungen Frau, die sich seit Tagen immer wieder in seine Gedanken einschlich.

„Für einen Musikstudenten wirken Sie sehr militärisch und für einen Halbungarn sehr österreichpatriotisch, Herr Wieland."

Überrascht, Christine Doorn hier anzutreffen, zog er die Schultern leicht nach oben.

„In welcher Funktion sind Sie hier?", erkundigte sie sich und betrachtete sein Rangabzeichen.

„Funktion, Fräulein Doorn? Ich nenne mich gerne General Meierlings ‚Mädchen für alles'."

„So, Sie arbeiten also für den unnachgiebigen, patriotischen und doch ein wenig unwichtigen Meierling?", erwiderte Christine.

Thomas zog erstaunt die Augenbrauen in die Höhe.

„Mein Vater nennt ihn so. Aber vielleicht sollten Sie Ihrem General das nicht verraten. Ich fürchte, das Verhältnis zwischen meinem Vater und Ihrem General ist nicht gerade das freundschaftlichste."

„Wer, bitte, ist denn Ihr Vater?"

„Sie sehen ihn dort drüben bei König Wilhelm und seiner Frau. General Doorn. Wir sind um fünfzehn und eine halbe Ecke herum mit den Hohenzollern verwandt."

„Mit König Wilhelm?"

„Zu ihm sind es vermutlich achtzehn Ecken. Möchten Sie, dass ich Ihnen einen Stammbaum male?"

Thomas lachte.

Seine Gesprächspartnerin fiel in sein Lachen mit ein und ignorierte das Herannahen zweier weiterer junger Frauen, die ihm offensichtlich vorgestellt werden wollten. „Tanzen Sie, Herr Wieland? Oder muss ich Sie jetzt mit einem militärischen Titel ansprechen?"

„Bitte nicht, Fräulein Doorn." Thomas bot der wunderschönen Dame seinen Arm, nickte den beiden anderen Frauen, die sie gerade in diesem Moment erreichten, höflich zu und ging mit ihr in Richtung Tanzfläche.

„Entschuldigen Sie meine Unverfrorenheit", flüsterte Fräulein

Doorn, als sie sich weit genug von den jungen Frauen entfernt hatten, "aber die beiden sind die Schwatzbasen dieser Gesellschaft. Es ist nicht leicht, ein Gespräch mit ihnen wieder zu beenden. Dabei bin ich doch so gespannt auf Ihre Erklärung zu Ihrem Doppelleben."

Thomas legte seinen Arm um die schmale Taille seiner Partnerin und führte sie auf die Tanzfläche.

"Studieren Sie nicht mehr?", erkundigte sich Christine und hob ihr Gesicht beim Tanzen so weit an, dass sie ihn direkt ansehen konnte.

Thomas lächelte ein wenig hilflos. "Auch ein Student muss leben, Fräulein Doorn. Ich habe schon in Wien gelegentlich für den einen oder anderen Offizier als Bote oder Handlanger gearbeitet. Mein Wechsel nach Berlin war nur deshalb möglich, weil ich hier die Arbeit bei General Meierling angeboten bekam."

"Weshalb Berlin, Herr Wieland? Sowohl Österreich als auch Ihre zweite Heimat Ungarn sind bekannt für ihre ausgezeichneten Musikuniversitäten und Akademien der Künste. Ganz zu schweigen von ihren großartigen Kapellmeistern, Orchestern und Komponisten."

Thomas überlegte, was er der jungen Frau anvertrauen konnte und was nicht. Er wollte sie keineswegs anlügen. Doch was durfte er preisgeben und was musste er in jedem Falle verschweigen? Immerhin war ihr Vater ein militärischer Berater bei Hofe. "Ein Grund für meinen Umzug ist ein sehr trauriger und tragischer, Fräulein Doorn", sagte er schließlich und zögerte einen Moment. "Ich weiß nicht, ob diese Geschichte hierher gehört und ob Sie sie tatsächlich hören wollen."

Der Walzer endete und Christine legte ihre Hand wieder auf seinen Arm. "Ich möchte nicht aufdringlich oder gar unhöflich erscheinen, Herr Wieland. Aber wenn Sie mir Ihre traurige Geschichte erzählen möchten, dürfen Sie wissen, dass Sie in mir eine aufmerksame und auch verschwiegene Zuhörerin haben."

Während Thomas die junge Frau an den Rand der Tanzfläche

führte, musterte er sie von der Seite. Sie machte auf ihn einen freundlichen, intelligenten und sehr reifen Eindruck, obwohl sie noch sehr jung sein musste. Mit ihren hellen Augen blickte sie ihn fragend an. Schließlich nickte er zustimmend.

„Das Schloss hat einen wunderbaren Park, Herr Wieland. Haben Sie Lust auf einen Spaziergang?"

„Schickt sich das?"

„In jedem Fall", erklärte Fräulein Doorn und nach einem Blick in ihre Augen vergaß er seine Bedenken bezüglich seines mangelnden Taktgefühls.

Während sie noch immer ihre Hand auf seinen Arm gelegt hielt, führte sie ihn zwischen einem Getränkebüfett und einigen Frauen hindurch zu den weit offen stehenden Türen, die auf eine weitläufige Terrasse führten. Über unzählige kleine Stufen konnte man in den Park gelangen. Links und rechts von der Tür standen Wachen und Thomas konnte von der erhöhten Terrasse aus im Park weitere Uniformierte entdecken.

Als sie die Stufen hinter sich gelassen hatten, nahm Christine ihre Hand von seinem Arm, was er zutiefst bedauerte. „Was ist denn nun Schreckliches geschehen, Herr Wieland, dass es Sie so weit von Ihrer Familie und Ihrem Zuhause fortzog?", fragte sie schließlich.

Thomas verschränkte die Hände hinter seinem Rücken und betrachtete den dunkler werdenden Horizont und die blassgelben Streifen, die die letzten Sonnenstrahlen an den Himmel malten. Schmerzlich zog sich sein Herz zusammen, und mit fest aufeinandergepressten Lippen beobachtete er den Flug einiger übermütiger Schwalben, die inzwischen in die kühleren Gefilde zurückgekehrt waren.

„Sie müssen es mir nicht erzählen, Herr Wieland, wenn es Sie zu sehr schmerzt."

„Es ist nicht einfach, in Worte zu fassen, was geschehen ist, Fräulein Doorn." Er machte eine kurze Pause, um dann neu anzusetzen. „Ich habe zwei jüngere Schwestern, Theresa und Marika.

Theresa ist sechzehn, Marika einundzwanzig ... Nun, vor mehr als fünf Wochen verschwand Marika plötzlich aus unserem Garten. Niemand weiß so recht, was sie am späten Abend dort im Vorgarten getan hat. Schon als Kind liebte sie es, auf den Wind in den Bäumen und die Laute der Nachttiere zu lauschen. Doch diese Vorliebe muss ihr wohl zum Verhängnis geworden sein." Thomas senkte den Kopf und betrachtete die roten Steine, die unter seinen Schritten knirschten. „Marika wurde gesucht. Mein Vater, der in seiner Eigenschaft als Botschafter als Vermittler zwischen Österreich und Ungarn tätig ist, hat sogar hohe Regierungsbeamte und Militärs eingeweiht und diese um ihre Mithilfe gebeten, doch Marika blieb verschwunden. Um es kurz zu machen, ich habe Grund zur Annahme, dass sie nach Preußen verschleppt wurde."

„Das heißt, Sie sind hier, um Ihre Schwester zu suchen?"

Thomas zog ein wenig hilflos die Schultern in die Höhe, blieb stehen und wandte sich seiner Begleiterin zu. Jetzt erst bemerkte er, dass ihnen in einigem Abstand die ältere Dame folgte, die Fräulein Doorn schon bei ihrer ersten Begegnung begleitet hatte. Er richtete seinen Blick wieder auf die junge Frau. „Ich bin hier, um zu studieren, um meinen Unterhalt als Laufbursche des Generals zu verdienen und um etwas über den Aufenthaltsort oder das Schicksal meiner Schwester zu erfahren." *Und um eine zauberhafte junge Dame kennenzulernen*, fügte er in Gedanken hinzu, während er intensiv ihr wundervoll geschnittenes Gesicht betrachtete.

„Ich werde Ihnen weder bei Ihrer Tätigkeit als Helfer des Generals noch bei Ihrer Suche nach Ihrer armen Schwester und wohl auch schwerlich bei Ihrem Studium helfen können, Herr Wieland. Aber eines kann ich tun: Ich werde dafür beten, dass Sie in allen drei Aufgaben erfolgreich sein werden – insbesondere was die Suche nach Ihrer Schwester betrifft."

Thomas nahm Christines Hand in seine und blickte sie lange nachdenklich an, während sie ihm ein leichtes, schüchtern anmutendes Lächeln schenkte. Als die ältere Dame sich ihnen mit energischem Schritt näherte, küsste er eilig ihre Hand und ließ diese dann rasch wieder los. „Wir sollten zurückgehen, Fräulein Doorn", murmelte er und richtete sich wieder auf. Er nickte der Anstandsdame, die wieder etwas mehr Abstand eingenommen hatte, beruhigend zu. Gemeinsam gingen sie zwischen den leicht im Wind schaukelnden bunten Lampions zurück in Richtung Haus.

„Ich fürchte, ich muss Sie jetzt den anderen jungen Damen überlassen", erklärte Christine Doorn schließlich und deutete in Richtung Terrasse, auf der sich eine kleine Gruppe aufgeregt wirkender junger Frauen versammelt hatte.

„Das fürchte ich auch", murmelte Thomas und bot seiner Begleitung noch einmal den Arm, um sie wenigstens noch die Stufen hinaufzugeleiten.

Kapitel 18

Stimmengewirr erfüllte die langen Gänge der Universität und auch die Klänge diverser Instrumente mischten sich diesem bei. Unzählige junge Männer und ein paar wenige Frauen bewegten sich treppauf und treppab und hasteten scheinbar plan- und ziellos durch die langen, etwas dunkel wirkenden Flure.

Christine Doorn beobachtete dieses ganze lebhafte Durcheinander und nahm begeistert die vielen ungewohnten Eindrücke in sich auf. Sie ignorierte die interessierten Blicke der männlichen Studenten und hielt sich nahe am Treppengeländer, immer darauf bedacht, Frau von Doringhausen in ihrer unmittelbaren Nähe zu haben.

„Fräulein Christine, sollten wir nicht lieber draußen auf den jungen Herrn warten?"

„Ich finde es aufregend, Frau von Doringhausen. Ich stelle mir so ein Studentenleben spannend vor."

„Sie sind eine Frau, Fräulein Christine, dazu eine junge Dame aus gutem Hause. Sie können nicht einfach an eine Universität gehen und studieren."

„Das sagte ich auch nicht. Aber haben Sie vorhin gesehen? Der junge Mann mit dem hellen Schnauzbart und dem vornehmen Jackett? War das nicht der Enkel von …" In dem Moment entdeckte sie Thomas Wieland. „Da ist er ja!" Christine blickte zu dem jungen Mann hinauf, der sich an einigen auf dem oberen Treppenabsatz stehenden Mitstudenten vorbeidrückte und sich anschickte, die Stufen hinunterzueilen. Er hatte eine Hand am Treppengeländer, während er in der anderen eine Aktentasche trug.

In dem Moment, als er den linken Fuß auf die oberste Stufe setzte, entdeckte er sie. Ein Lächeln erhellte für einen Augenblick sein Gesicht, ehe er eilig zu ihr heruntergelaufen kam.

„Was für eine angenehme Überraschung, Fräulein Doorn. Was führt Sie denn hierher?"

„Ein Musikstudent namens Wieland", lachte Christine und wandte sich auf der Stufe um, darauf bedacht, ihren weit um ihre Beine schwingenden Rock nicht zwischen die Verstrebungen des Geländers zu bringen.

„Guten Tag, Frau von Doringhausen", begrüßte Thomas auch die ältere Dame, die ihm ein freundliches Lächeln schenkte und den beiden jungen Leute die Stufen hinunter durch die Eingangshalle und hinaus auf die große Treppe folgte.

„Ich wollte gerne auf einen kleinen Markt in der Nähe des Brandenburger Tores gehen", erklärte Fräulein Doorn. „Möchten Sie mich nicht begleiten?"

„Wie könnte ich Nein sagen, nun, da Sie mich sogar abgeholt haben?", lachte Thomas, wechselte seine Tasche in die linke Hand und bot ihr seinen rechten Arm an.

Christine lächelte ihn an und hakte sich unter.

Auf der Straße angekommen, bat er sie, einen kurzen Moment auf ihn zu warten, und lief zu einem Kameraden, um diesen zu bitten, seine Unterlagen mitzunehmen.

Als Thomas zu den beiden Frauen zurückkam, beugte sich

Christine an ihm vorbei und blickte dem davoneilenden jungen Mann nach, der nun Thomas' Tasche mit sich trug. „Ein Studienkollege von Ihnen?"

„Nicht direkt. Ferdinand Cohen-Blind kam vor ein paar Tagen aus Tübingen nach Berlin. Er wohnt in derselben Pension wie ich. Ich weiß nicht, ob er vorhat, sehr lange zu bleiben. Er ist ein wenig eigentümlich." Er machte eine abweisende Handbewegung und bot Christine dann wieder seinen Arm an, den sie gerne annahm.

Gemütlich schlenderten sie zwischen den hohen, sandsteinfarbenen Gebäuden hindurch und erreichten schließlich das von breiten Säulen getragene, monumentale Brandenburger Tor. Thomas blickte zu der Quadriga und der Siegesgöttin hinauf. „Ein passendes Zeichen für dieses kriegerische Volk", murmelte er leise vor sich hin.

Christine wandte sich ihm mit gerunzelter Stirn zu. „Was meinen Sie, Herr Wieland?"

„Ihr Vater ist militärischer Berater bei König Wilhelm und Graf von Bismarck. Ich nehme an, Sie kennen die politische Lage?"

Ein trauriger, beinahe bitterer Zug legte sich um Christines volle, geschwungene Lippen. „Selbstverständlich weiß ich, worauf Sie hinauswollen. Allerdings frage ich mich, ob Ihre Uniform vor ein paar Tagen nicht doch mehr Ihrer Gesinnung entsprach, als Sie mir gegenüber zugeben wollten. Mein Vater war nicht sehr angetan, mich in der Begleitung eines Untergebenen General Meierlings zu sehen. Bismarck hat seine Bestrebungen nach einer Ausdehnung des preußischen Reiches offen kundgetan und die Österreicher setzen verständlicherweise dagegen. Und irgendwo in diesem etwas undurchsichtigen Kräftemessen und Suchen nach Vorteilen sind auch Sie involviert."

Thomas Wieland öffnete den Mund, um etwas zu sagen, doch Christine ließ ihn nicht zu Wort kommen: „Auch ich höre von den großen Reden der Politiker und Journalisten in Österreich. Sie prahlen damit, 800.000 bis 900.000 Männer ins Feld stellen zu können, sollte es zu einer kriegerischen Auseinandersetzung kommen, und wollen mit diesen die Armee der zahlenmäßig viel schwächeren Preußen erdrücken. Ich bin politisch gut genug gebildet, um zu wissen, dass die österreichische Armee aus den Kämpfen der Jahre 1848, '49 und '59 eine weitaus größere Kriegserfahrung besitzt als unsere preußische Armee. Und ihr Oberbefehlshaber Benedek ist in Europa ein bekannter Mann, während unser Feldherr Moltke ein recht unbeschriebenes Blatt ist und von einigen der preußischen Generäle nicht für fähig genug gehalten wird, eine eventuell anstehende Schlacht zu meistern."

Wieder machte ihr Begleiter Anstalten, etwas zu erwidern, und erneut brachte sie ihn durch eine schnelle Handbewegung zum Schweigen. Sie blickte ihn entschuldigend an. „Egal, was in den nächsten Wochen oder Monaten geschehen wird, was mein Vater sagt und inwieweit Sie in das österreichische Militär, dessen Spionage, Abwehr oder Planung verwickelt sind, möchte ich diesen Nachmittag in Ihrer angenehmen Begleitung und auf diesem turbulenten Markt genießen und kein weiteres Wort mehr von einem möglichen Krieg hören."

„Sind Sie jetzt fertig?", fragte Thomas Wieland. Sie konnte seine Erheiterung deutlich an seinem Gesicht ablesen. „Für eine Frau, die über ein so exzellentes Wissen verfügt wie Sie, Fräulein Doorn, besitzen Sie die wunderbare, außergewöhnliche Gabe, die Tatsachen zu verdrängen und das Leben zu genießen. Sie können sich meiner Bewunderung sicher sein. Meine Schwester Marika hat die schlechte Angewohnheit, ihre Gesprächspartner immerzu zu unterbrechen, Sie lassen mich nicht einmal mehr zu Wort kommen!"

„Entschuldigen Sie bitte mein ungehöriges Verhalten, Herr Wieland."

„Entschuldigen Sie sich bitte nicht, Fräulein Doorn. Sie waren unterhaltsam und gleichzeitig angenehm ehrlich. Ich danke Ihnen", fügte er mit einem leichten Augenzwinkern hinzu und bot ihr erneut galant den Arm.

Christine genoss den Nachmittag tatsächlich. Sie kaufte ein paar Bücher, etwas Schmuck, Stoff, einige Lebensmittel, die sie ein paar Stände weiter an zwei ärmliche Kinder verschenkte, und bedachte den alten Ziehharmonikaspieler mit ihrer Aufmerksamkeit, einem Lächeln und zwei Talern.

Langsam ging es auf den Abend zu und es wurde merklich kühler. Dennoch schlenderten sie weiter über den Markt.

Christine blickte immer wieder zu ihrem Begleiter hinüber. Obwohl sie diesen jungen Mann erst dreimal getroffen hatte, fühlte sie sich auf wundersame Weise zu ihm hingezogen, und wenn er sie mit seinen schönen dunklen Augen ansah, verursachte dies bei ihr ein aufgeregtes Flattern in der Magengegend. Sie ahnte, dass ihr Vater toben würde, wenn er wüsste, mit wem sie den Nachmittag verbracht hatte. Eine Verbindung mit diesem Mann, der bei Bällen und anderen offiziellen Anlässen eine österreichische Uniform trug, würde er nicht gutheißen. Doch es war nicht die Faszination der Rebellion in ihrem Inneren – schließlich liebte sie ihren Vater –, nein, sie mochte diesen jungen Mann wirklich und hoffte, ihn noch weiter kennenlernen zu können. „Was halten Sie davon, wenn Sie uns eine Kutsche heranwinken und erst sich und anschließend Frau von Doringhausen und mich nach Hause fahren lassen?", schlug sie schließlich vor.

„Einverstanden", stimmte Thomas zu, verbeugte sich kurz und ging davon, um einen Wagen für sie ausfindig zu machen. Sofort stand Frau von Doringhausen an ihrer Seite und ergriff sie sachte am Arm, um ihre Aufmerksamkeit einzufordern. „Fräulein Christine, ich fürchte, Ihr Vater wird sehr verärgert sein, wenn er zu Ohren bekommt, mit wem Sie den Nachmittag verbracht haben."

„Das wird er nicht, Frau von Doringhausen. Sie brauchen sich nicht zu sorgen. Seit einem Jahr bin ich immer wieder in den Straßen Berlins unterwegs, um mich um die Bedürftigen zu kümmern, und noch immer weiß mein Vater nichts davon."

„Sind Sie sich da sicher, Fräulein Christine?"

„Er würde es mir verbieten, Frau von Doringhausen", erwiderte Christine.

„Ihre Mutter hat sich in ähnlicher Weise engagiert, wie Sie es jetzt tun, und Ihr Vater hatte deshalb des Öfteren kleine Dispute mit ihr. Nach ihrem Tod sagte er einmal zu mir, dass er es bedaure, ihr nie gesagt zu haben, wie großherzig er ihre selbstlose Tätigkeit fand, und sie stattdessen immer nur getadelt zu haben, wenn auch lediglich aus der Furcht heraus, ihr könne etwas zustoßen."

„Sie kannten meine Mutter gut, nicht wahr?"

„Sie war mir eine gute Freundin, Fräulein Christine. Als sie krank wurde und klar war, dass sie sterben würde, bat sie mich darum, mich um Sie zu kümmern. Sie wünschte sich so sehr, dass Sie zu einer freundlichen, liebevollen Frau werden, die sich selbst nicht zu wichtig nimmt und ihre Mitmenschen liebt. Sie bat mich, Sie in dieser Weise zu erziehen, und ihr Hauptanliegen war, dass Sie einen vertrauensvollen Glauben an unseren Herrn Jesus geschenkt bekommen. Dafür hat sie bis zuletzt gebetet."

Christine senkte den Kopf, lauschte auf die Rufe und das Gelächter der Menschen und das Klappern der nahen Marktstände im auffrischenden Abendwind. Vergeblich versuchte sie sich das Gesicht ihrer Mutter in Erinnerung zu rufen.

Schließlich lächelte sie die ältere Frau liebevoll an. „Ich finde, Sie sind ihrer Bitte wunderbar nachgekommen, Frau von Doringhausen."

„Sie waren immer ein fröhliches, liebes, aufgewecktes und sehr intelligentes Kind und Sie zu erziehen und zu lieben fiel nicht schwer. Auch Ihr Vater liebt Sie innig, deshalb nehme ich auch an, dass er sehr wohl über Ihre Tätigkeiten in der Stadt Bescheid weiß, aber nicht denselben Fehler begehen möchte, den er bei Ihrer Mutter gemacht hat. Er hält sich zurück, wird aber für einen ausreichenden Schutz für Sie gesorgt haben, und ebendiese Tatsache beunruhigt mich ein wenig und lässt mich befürchten, dass er sehr schnell von Ihrer heutigen Begleitung erfahren wird."

Christine sah sie mit ihren großen blauen Augen an, wandte sich dann um und ließ ihren Blick die Straße entlang, über den Platz, die weiter entfernt stehenden Häuserfronten und Hauseingänge und am Markt vorbei bis zum Brandenburger Tor schweifen. Unzählige Menschen tummelten sich an diesem Frühlingsabend auf den Gehwegen und den Plätzen. Darunter konnte sich tatsächlich auch ein Bediensteter ihres Vaters befinden, jemand, der sie vielleicht nicht nur heute, sondern schon seit vielen Monaten heimlich beobachtete. Christine fröstelte und sie rieb sich mit ihren Händen über die Oberarme. Sie verstand die Sorge ihres Vaters und freute sich über die Freiheiten, die er ihr offenbar zugestand, doch die Möglichkeit, dass er einen Bewacher für sie abgestellt hatte, ohne sie darüber in Kenntnis zu setzen, und dass dieser sie unter Umständen schon seit längerer Zeit verfolgte und beobachtete, verwirrte sie und machte sie gleichzeitig auch ein wenig ärgerlich.

„Wir werden sehen", murmelte sie und lächelte Thomas Wieland entgegen, der sie mit einer kleinen, höflichen Geste aufforderte, ihm zu einer wartenden Kutsche zu folgen.

Kurze Zeit später hielt die Kutsche vor einem Mietshaus. Zwei Studenten saßen auf den Stufen zur Haustür und ließen sich die letzten wärmenden Sonnenstrahlen dieses ersten Maitages ins Gesicht scheinen.

Prüfend musterte Christine das etwas heruntergekommen wirkende graue Haus. „Was sagten Sie, was Ihr Vater in Wien macht?", fragte sie schließlich, ihren Blick wieder auf Thomas gerichtet, der sie mit einem wissenden, aber auch traurigen Lächeln bedachte.

„Er ist Botschafter, Fräulein Doorn. Im Grunde besteht seine Hauptaufgabe darin, sich um die nicht gerade einfachen Beziehungen zwischen Ungarn und Österreich zu kümmern."

Christine wurde das Gefühl nicht los, dass er noch etwas hatte hinzufügen wollen, es aber aus irgendeinem Grund unterließ. Mit

Sicherheit war sein Vater in der Lage, ihn besser unterzubringen, doch da er dies nicht tat, vermutete sie, dass es zwischen Vater und Sohn erhebliche Spannungen gab. Immerhin wusste sie nun, woher die Beziehungen zum auswärtigen Amt in Österreich gekommen waren.

„Ich bin jedenfalls sehr froh, dass Sie es den politischen Wirrnissen zum Trotz gewagt haben, nach Berlin zu reisen", sagte sie leise und schenkte ihm ein vorsichtiges Lächeln. Angespannt wartete sie auf eine Reaktion seinerseits, denn ihr war durchaus bewusst, dass ihre Worte ihm deutlich zu verstehen gaben, dass sie eine gewisse Zuneigung für ihn empfand, und Emma von Doringhausens hörbares Einatmen bestätigte dies.

„Ich ebenfalls, Fräulein Doorn", erwiderte Thomas leise, nickte ihnen zum Abschied zu und verließ den Wagen.

„Bitte, Fräulein Christine. Seien Sie vorsichtig", flüsterte Frau von Doringhausen und blickte sie eindringlich an.

„Er ist so freundlich und charmant. Von ihm droht mir keine Gefahr. Das müssten Sie inzwischen doch selbst bemerkt haben. Ich bin mir sicher, Sie mögen ihn auch."

„Das spielt keine Rolle, Fräulein Christine. Wichtig ist einzig und allein, was Ihr Vater über diesen Mann denkt, und er wird nur die österreichische Uniform sehen."

„Ich hoffe, König Wilhelm kommt zur Vernunft, bevor wir hier einen schrecklichen Bürgerkrieg durchleiden müssen."

„Otto Graf von Bismarck hat eine Vision, Fräulein Christine. Er möchte ein großes, starkes, geeintes Deutsches Reich unter der Vorherrschaft Preußens. Österreich und einige der Königreiche und Fürstentümer im Süden sind ihm dabei im Weg. Ich sehe keine Hoffnung mehr auf eine diplomatische Einigung und bei diesem Zerwürfnis geht es schon lange nicht mehr nur um die Schleswig-Holstein-Frage."

„Ich weiß, Frau von Doringhausen, ich weiß", murmelte Christine traurig und faltete ihre Hände in ihrem Schoß.

Sie warf einen Blick aus dem Fenster und glaubte, als die Kutsche losfuhr, eine breite männliche Gestalt gesehen zu haben, die vor dem Wohnhaus Thomas Wielands stand und zu einem der Fenster in der Häuserfassade hinaufblickte.

Kapitel 19

Ein heftiger Wind pfiff um das Stallgebäude. Dunkle Wolkenberge wurden vom Wind eilig vorangeschoben und wechselten sich mit dem immer wieder fröhlich hervorblickenden Blau des Abendhimmels ab.

Die zarten Halme, die sich auf einigen der bebauten Felder zeigten, duckten sich zur Erde nieder und wehrten sich tapfer gegen den zunehmenden Sturm, während das Wasser des breiten Bachlaufes, der hinter dem Bauernhof zwischen den Hügeln verschwand, unruhig aufgewirbelt wurde.

Die großen Fichten auf den bewaldeten Höhen hinter dem Gutshaus bewegten sich in einem stetigen Auf und Ab und ließen ein gleichmäßiges Rauschen hören, das nicht einmal das Pfeifen und Heulen des Windes zu übertönen vermochte.

Lukas Biber strich sich die Haarsträhnen nach hinten, die der Wind ihm ins Gesicht geweht hatte, und verschloss mit energischen Bewegungen die Stalltür. Er pfiff Cäsar und Julius zurück, da er wusste, dass sich Theresa noch immer vor ihnen fürchtete, und untersagte es ihnen, wie sonst den Hügel hinaufzujagen.

Vor dem großen Anwesen angekommen, hielt er inne und trotzte mit seiner breiten Statur dem heftigen Zerren und Schieben des Windes. Prüfend betrachtete er den abblätternden Putz des einstmals weißen Hauses, die Löcher im Dach des Haupttraktes und die langsam zerfallende Außenmauer entlang des Südflügels. Traurig schüttelte er den Kopf. Seit sein Vater verstorben war, ruhte die ganze Verantwortung für das Haus und die Landwirtschaft auf ihm. Doch reichten in Zeiten wie dieser weder die Verkäufe der erwirtschafteten Güter noch das Geld, das er als Tierarzt verdiente, aus, um das Haus sorgfältig instand setzen zu können.

Sein Bruder Markus steuerte zwar ebenfalls seinen Teil zum Erhalt des Hauses bei, doch auch die Forstwirtschaft schien in den letzten Jahren nicht eben ein gewinnbringendes Geschäft zu sein.

Lukas senkte den Kopf, pfiff erneut die herumtollenden Hunde zu sich und sperrte sie in das Gatter vor dem Haupttrakt. Schließlich wandte er sich dem Südflügel zu.

Mit einem Blick auf die vielen erleuchteten Fenster blieb er verwundert stehen. Veranstalteten Fräulein Theresa und seine Tochter Anna ein Fest, dass sie eine solche Beleuchtung im Haus benötigten? Kopfschüttelnd trat er seine Stiefel ab und öffnete die Eingangstür. Noch immer fiel es ihm schwer, sich an die Gegenwart der jungen Frau zu gewöhnen, doch immerhin hatte er sich mit ihr arrangiert. Sie sorgte für Anna, brachte den Haushalt in Ordnung, und dies inzwischen – dank Klara – schon einigermaßen akzeptabel. Abends bekam er eine warme Mahlzeit, sodass er sich nicht mehr selbst etwas zubereiten oder sich bei seinen Nachbarn einladen musste. Gelegentlich konnte er sogar mit ihr gemeinsam in der Wohnstube sitzen und sich ihre munteren Erzählungen darüber anhören, was Anna den Tag über erlebt hatte. Seinen brummigen Kommentaren darauf begegnete sie mit erstaunlich fröhlicher Gelassenheit.

Hin und wieder entdeckte er einen Anflug von Traurigkeit in ihren jungen Gesichtszügen und diesem folgte meist eine grüblerische Nachdenklichkeit. Er konnte nur ahnen, wie sehr sie unter ihrem Gedächtnisverlust litt. Gerne hätte er ihr geholfen – jedoch nicht, wie zu Beginn noch, um sie schnell wieder aus dem Haus zu haben. Auf seine Anzeige für die Stelle als Hausmagd und Kindermädchen hatte sich niemand gemeldet, und wenn er ehrlich war, wollte er weder Bettina Schaller, die ihm noch immer offen ihre Zuneigung zeigte und sicherlich gerne wieder zurück ins Gutshaus kommen würde, noch irgendeine andere fremde Frau in seiner Nähe haben. Mit Theresa kam er zurecht, auch wenn sie ihm gegenüber beunruhigend ehrlich war und bisweilen Widerworte gab – aber vielleicht war es gerade das, was sie ihm sympathisch machte. Zudem kam sie gut mit Anna zurecht und das Kind schien sie innig zu lieben.

Lukas zog sich vor der Tür die Stiefel aus, schlüpfte in bequemere Schuhe und trat in die Halle. Fröhliches Kinderlachen drang ihm aus der Küche entgegen und der Geruch von angebranntem Essen hing in der Luft. Wenig begeistert runzelte er die Stirn.

Er stellte seine Tasche auf einer Kommode ab und öffnete mit einer schnellen Bewegung die angelehnte Küchentür. Seine Küche schien vor Menschen förmlich aus allen Nähten zu platzen. Kinder sprangen herum und mittendrin in diesem lauten, wilden Durcheinander stand Theresa, Anna auf dem Arm. Mit der rechten Hand hielt sie eine Pfanne und mit gerötetem Gesicht fing sie soeben einen in die Luft geworfenen Pfannkuchen auf.

„Gefangen!", jubelte die vierjährige Lisa und klatschte begeistert in die Hände.

„Na, das will ich doch hoffen! Schließlich will ich mein Abendessen nicht vom Küchenboden kratzen", donnerte Lukas' Stimme in die fröhliche Runde hinein, und während Theresa mit einem verlegenen Lächeln die Pfanne schnell auf den Herd zurückstellte und der kleine Gerd sich ängstlich hinter ihrem Rock verkroch, blickten Helmut, Lisa und Marga ihn erschrocken an.

„Was ist hier los?", polterte Lukas und nun presste sich auch Lisa verängstigt gegen Theresas Beine.

Die junge Frau hatte Mühe, das Gleichgewicht zu halten, da Anna sich gleichzeitig nach ihrem Vater ausstreckte, um von ihm auf den Arm genommen zu werden. „Wir haben Gäste, Dr. Biber", erwiderte Theresa mit ruhiger, aber fester Stimme, aus der Lukas ein wenig Trotz herauszuhören meinte.

„Eine große Menge sehr lauter Gäste", gab er zurück und ignorierte noch immer Annas Bemühungen, zu ihm zu gelangen.

„Beim Essen werden sie leise sein, nicht wahr?" Theresa sah ein

Kind nach dem anderen bittend an. Vier Köpfe nickten zustimmend und Anna tat es ihren Freunden nach.

Lukas spürte in sich einen Anflug von Belustigung und nahm der Frau endlich seine Tochter ab. „Sie sind im Begriff, Holzkohle zu fabrizieren", sagte er grinsend und deutete mit dem Kopf auf den langsam schwarz werdenden Pfannkuchen.

„Nicht schon wieder", murmelte sie, zog die Pfanne vom Herd und warf den verkohlten Pfannkuchen in den Spülstein, in dem sich bereits die Reste eines anderen missglückten Versuchs befanden.

„Mir scheint, Sie sind ein wenig überfordert, *Fräulein Meisterköchin*", stichelte Lukas.

„Keineswegs. Wir können in wenigen Minuten essen", erwiderte Theresa und verbot sich vor den Kindern offensichtlich, mit einer ebenso spöttischen Anrede zu kontern.

„Ich esse in meinem Arbeitszimmer und –"

„Das werden Sie nicht, Dr. Biber. Wir haben Gäste und Sie als Hausherr werden anwesend sein", widersprach Theresa sofort.

„Das zu entscheiden ist noch immer meine Angelegenheit, und es sind zweifelsohne *Ihre* Gäste, die Sie –"

„Sie halten sich in *Ihrem* Haus auf und sind demzufolge *Ihre* Gäste. Sie werden bei der Abendmahlzeit dabei sein. Anschließend gehen die Kinder ohnehin nach oben in ihre Betten."

Lukas, der sich bereits halb der Tür zugewandt hatte, drehte sich ruckartig zu der jungen Frau um und runzelte die Stirn. Hatte er sie richtig verstanden? Blieben die Rieble-Kinder über Nacht im Haus? „Ich möchte Sie kurz sprechen", knurrte er, öffnete die Tür und hielt sie ihr auf.

Er bemerkte ihr Zögern, doch dann wies sie Marga an, nach dem letzten Pfannkuchen zu sehen und den Geschwistern beim Decken des Tisches zu helfen. Anschließend huschte sie eilig an ihm vorbei.

Nicht gerade leise schloss er hinter ihr die Tür und richtete sich in seiner gesamten stattlichen Größe vor ihr auf, während sie mit leicht schief gelegtem Kopf, die Hände in die Hüften gestemmt, vor ihm stand. „Was soll das?", fragte er knapp und deutete mit dem Daumen über seine Schulter in Richtung Küche.

„Sie essen hier zu Abend und verbringen die Nacht in einem der Gästezimmer."

„So weit konnte ich Ihnen bereits in der Küche folgen."

„Maria ist krank und Klara geht es auch nicht sehr gut. Ich habe die Kinder nach der Schule geholt und werde sie so lange hierbehalten, bis Klara sich wieder besser fühlt."

„Maria ist krank? Hat Karl den Doktor geholt?"

„Nein, das nicht."

„Ich gehe hinüber", entschied Lukas sofort und machte sich auf den Weg in Richtung Haupttür.

„Das Essen ist fertig. Außerdem sind Sie *Tierarzt*. Was wollen Sie dort denn schon ausrichten?"

„Ich soll Marias Pate werden, und ich habe ein Recht zu erfahren, was mit ihr ist", knurrte er, ohne sich umzudrehen, zurück.

Die Tatsache, dass sie nichts erwiderte, ließ ihn schließlich doch innehalten, und langsam wandte er sich zu seiner Haushälterin um.

Mit großen Augen blickte sie ihn an, und er kam nicht umhin, einmal mehr festzustellen, dass sie wirklich eine sehr schöne Frau war.

„Was ist?", fragte er knapp.

„Sie werden Pate?"

„Was gibt es daran auszusetzen?"

„Nichts, Dr. Biber. Allerdings frage ich mich, wie Sie den Gottesdienst in der Kirche überleben wollen, wenn Ihnen bereits vier Kinder in Ihrer Nähe zu viel sind."

„Gottesdienst?" Lukas dehnte das Wort in die Länge. Tatsächlich hatte er sich noch nicht bewusst gemacht, dass Maria in der Kirche getauft werden würde.

Theresa lachte glockenhell auf. Es war offensichtlich, dass sie sich über ihn amüsierte.

Er rieb sich mit der Hand über seinen Vollbart und nahm sich vor, bezüglich des anstehenden Gottesdienstbesuches dieser Frau gegenüber keine Schwäche mehr zu zeigen.

„Ich bin in ein paar Minuten wieder hier. Ich sehe jetzt nach Maria", brummte er und drehte sich um.

Ein halbe Stunde später betrat Lukas seine Küche und staunte über die friedlich beieinandersitzende Kinderschar.

Helmut erhob sich sofort, um seinen Platz zu räumen und neben seinen jüngeren Bruder Gerd auf die Bank zu rutschen, während Theresa sich eilig daranmachte, ihm frische Pfannkuchen zu backen.

„Wie? Ihr habt alle Pfannkuchen allein aufgegessen und keinen für mich übrig gelassen?", fragte er verwundert in die Runde. Die Kinder rutschten unruhig hin und her. Es herrschte Schweigen, und nur das Klappern eines losen Fensterladens und das Summen des Windes im Kamin erfüllte, gemeinsam mit dem Zischen des heißen Fetts in der Pfanne, die geräumige Küche. Das Feuer im Herd loderte unruhig auf, während der Wind heftig gegen das Haus drückte und einen dumpfen, lang anhaltenden Ton erzeugte.

„Ich hab Angst", flüsterte Lisa.

Lukas räusperte sich und drehte sich um. Hatte Theresa nicht endlich sein Abendessen fertig? Er hatte noch einiges in seinem Arbeitszimmer zu erledigen und hoffte, der schweigsamen Gesellschaft schnell entkommen zu können.

Theresa legte ihm einen dicken Pfannkuchen auf den Teller und schob ihm das Kompott hin. „So ein Sturm kann einem schon Angst machen, Lisa", sagte sie. Dann sah sie Lukas an. „Ihr wisst doch, dass ich erst ein paar Wochen hier bin."

Die Kinder nickten und auch Lukas blickte interessiert zu ihr auf. „Ich muss irgendwie in den kleinen See da unten gelangt sein.

Ich weiß nicht, wie. Ich konnte mich zwar ans Ufer retten, war aber vollkommen durchnässt und geschwächt und wollte am liebsten einfach liegen bleiben. Doch das wäre bei der Eiseskälte, die in dieser Nacht herrschte, tödlich gewesen. Ich hatte große Angst, doch dann kam Herr Biber und half mir, ins warme Haus zu gelangen. Und wisst ihr, warum er mich dort unten bemerkte?"

Die Kinder blickten sie weiterhin mit großen, fragenden Augen an. Die beiden großen Rieble-Kinder schüttelten den Kopf, während Lisa leise fragte: „Warum, Tante Theresa?"

Die junge Frau brachte Lukas einen weiteren Pfannkuchen. „Sie haben ja noch gar nicht gegessen", stellte sie fest.

„Erzähl bitte weiter, Tante Theresa", forderte Lisa sie gespannt auf, und Lukas beeilte sich zu essen, um sein offensichtliches Interesse an ihrer Geschichte zu verbergen.

„Der Sturm, der in dieser Nacht tobte, schlug einen losen Fensterladen laut klappernd hin und her."

„So wie jetzt?", fragte Marga, und Lisa schloss die Augen, auf den in unregelmäßigen Abständen gegen die Hauswand donnernden Holzladen lauschend.

„Richtig. So wie jetzt. Dieses Geräusch veranlasste Dr. Biber, an das betreffende Fenster zu gehen, und so sah er mich und konnte mir helfen."

„Wie wäre es mit retten?", murmelte er leise, doch die Erzählerin ignorierte ihn. „Du brauchst vor diesen Geräuschen keine Angst zu haben, Lisa. Es ist nur der Wind. Und wie du siehst, war er in meinem Fall meine Rettung."

„Dann hab ich jetzt keine Angst mehr", sagte Lisa ein wenig zögerlich, als sei sie sich noch nicht so ganz sicher, ob sie wirklich beruhigt sein konnte, doch sie rutschte wieder ein wenig von ihrer älteren Schwester fort und bedachte Theresa mit einem Blick, der zwischen Bewunderung und Dankbarkeit schwankte.

„Ich mag den Wind", erklärte Helmut, der bislang geschwiegen hatte, plötzlich. „Ich lasse gerne einen Drachen steigen, und dazu braucht man schließlich viel Wind."

„Das ist jetzt aber ein bisschen zu viel Wind dafür!", lachte Theresa und die Kinder fielen mit ein.

Lukas spürte einen leichten Stoß im Rücken, und in der richtigen Annahme, dass er damit aufgefordert wurde, nun seinerseits eine Sturm-Geschichte zu erzählen, um den Kindern ihre Furcht zu nehmen, ließ er die Gabel wieder sinken und blickte auf das müde, aber glücklich dreinblickende Gesicht seiner Tochter.

War nicht seine schlimmste Erinnerung an einen Sturm eine ausgesprochen schreckliche? Seine Frau war gestorben, als sie dieses Kind zur Welt gebracht hatte. Dieses Kind. Er betrachtete seine Tochter noch eingehender. In dieser stürmischen Nacht vor fast eineinhalb Jahren hatte er nicht nur seine Frau verloren, er hatte auch dieses kleine fröhliche Mädchen geschenkt bekommen.

Sein Blick streifte kurz Theresa, bevor er sich den Kindern zuwandte. „Ich habe auch eine Geschichte für euch. Sie liegt schon ein paar Jahre zurück. Ich war gerade von der Universität zurück und hatte begonnen, hier als Tierarzt zu arbeiten. Es wehte ein heftiger Wind – nicht ganz so schlimm wie dieser Sturm, aber doch ordentlich genug. Ich war gerade dabei, ein bisschen Papierkram zu erledigen, als es an der Tür Sturm läutete."

Marga lachte über dieses Bild, und Lukas, erleichtert, dass die Kinder offensichtlich begannen, ihre Scheu vor ihm abzulegen, lächelte das Mädchen gutmütig an. „Ich lief also zur Tür und riss sie auf", fuhr er fort. „Draußen stand ein vollkommen aufgelöster Mann, fuchtelte mit beiden Armen wild in der Luft herum, sprang wie ein Hampelmann auf und ab und rief, ich müsse sofort mitkommen, Elsa sei so weit."

Lukas machte eine Pause und hob den Kopf. Theresa, die sich inzwischen mit Anna auf dem Schoß neben die Jungen auf die Bank gesetzt hatte, lächelte ihn aufmunternd an. Einen Moment lang betrachtete er ihr freundliches Gesicht und spürte wie damals, als Anna ihn umarmt hatte, diese angenehme Wärme in sich aufsteigen.

Schnell wandte er sich wieder den Kindern zu. „Ich hole meine

Tasche, untersagte es mir in der Eile, eine Jacke überzuziehen, und lief dem Mann hinterher den Berg hinunter und auf einen abseits am Waldrand liegenden Bauernhof zu, von dem ich wusste, dass dort aus verschiedenen Kreuzungen Kühe gezüchtet wurden, die besonders viel Milch geben sollten. In der Annahme, Elsa sei eine dieser wertvollen Zuchtkühe und kalbe das erste Mal, lief ich auf den Stall zu. Doch ich wurde von dem aufgeregten Mann regelrecht am Kragen gepackt und ins Wohnhaus gezerrt, wo ich mich plötzlich im Schlafzimmer des Ehepaares wiederfand. Im Bett lag seine Frau, die dabei war, ihr erstes Kind zu bekommen."

Helmut und Marga lachten laut auf, während Lisa ihn verwundert ansah und Gerd leise murmelte: „Mama hat auch ein Kind bekommen. Aber ohne Viehdoktor!"

Die beiden Älteren lachten noch lauter und Anna klatschte begeistert in die Hände.

„‚Ich bin Tierarzt', habe ich dem Mann gesagt, worauf dieser mich ungläubig ansah. Dann drängte er mich aus dem Zimmer und putzte mich herunter, als habe ich mich aufgedrängt, bei dieser Geburt dabei zu sein. Der Bauer hatte tatsächlich angenommen, ich sei ein frisch von der Universität zurückgekehrter Humanmediziner, also ein Arzt für Menschen."

„Und was geschah dann?", wollte Helmut wissen.

„Das Kind kam und ich habe bei der Geburt geholfen. Dieses Ehepaar verließ einige Wochen später unsere Gegend wieder, wohl weil ihre Kühe mehr krank waren als Milch gaben, und ich vermute einmal, der Mann hat seiner Frau nie verraten, dass ich sie für ein Rindvieh gehalten habe."

Wieder prusteten die Kinder los.

Plötzlich sprang Theresa mit einem spitzen Aufschrei in die Höhe, drückte ihm Anna in den Arm und lief zum Herd. Sie hatte den dritten Pfannkuchen verbrennen lassen.

„Schlechte Bedienung hier", sagte Lukas grinsend in ihre Richtung und brachte damit die Kinder erneut zum Lachen. Belustigt zwinkerte er ihnen zu.

„Für zwei Pfannkuchen reicht mein Teig noch", erklärte Theresa. „Werden Sie davon satt?"

„Nie im Leben", brummte er und ihr warnender Blick ließ ihn entschuldigend die Schultern in die Höhe ziehen.

Er bekam die beiden Pfannkuchen vorgesetzt, während die Kinder sich daranmachten, den Tisch abzuräumen. Marga spülte und Helmut ergriff, wenn auch mit mürrischem Gesichtsausdruck, ein Tuch, um das Geschirr abzutrocknen. Theresa nahm Anna auf den Arm und forderte Lisa und Gerd auf, mit ihr nach oben zu kommen. Für sie war es an der Zeit, ins Bett zu gehen.

Kaum waren sie zur Tür hinaus, hörte Lukas Lisa sagen: „Das waren tolle Sturmgeschichten, Tante Theresa. Es stimmt, was Mama zu Papa sagt: Wir können froh sein, dass der Schneesturm dich gebracht hat. Du bist unser Wunder!"

Lukas runzelte die Stirn, lehnte sich auf seinem Stuhl weit zurück, um den Kindern und Theresa nachzusehen, und wandte sich dann an die beiden älteren Geschwister. „Was meint Lisa damit?"

„Sie wiederholt nur Mamas Worte", wich Helmut aus und wandte sich wieder seiner Arbeit zu.

„Mama nennt Tante Theresa ein Wunder", erklärte Marga etwas gesprächiger. „Vielleicht weil sie Sie wieder zum Lächeln gebracht hat, Dr. Biber."

Lukas griff nach seinem Wasserglas und überlegte sich erneut, was Klara im Schilde führte.

Nachdenklich sah er zu den beiden schweigsam am Spülstein arbeitenden Kindern hinüber und erinnerte sich an vergangene Tage, als die beiden noch nicht so viel Respekt vor ihm gezeigt und ihn Onkel Lukas gerufen hatten.

Müde rieb sich Lukas die Augen und blickte dann in die schwarze Nacht hinaus, die noch immer von dem Getöse des Sturmes erfüllt war. Die Kerze auf seinem Tisch flackerte leicht und malte bewegliche große Schatten an die Wände.

Er gähnte hinter vorgehaltener Hand und zog die Augenbrauen zusammen, als er seinen Magen knurren hörte. Theresa hatte entschieden zu viele Pfannkuchen verbrennen lassen, doch in Anbetracht des überraschend unterhaltsamen Abends sah er ihr das nach.

Lukas schloss das Tintenfass und legte den Füllfederhalter beiseite. Egal, wie lange er noch rechnen würde, die Kosten für das Anwesen überstiegen bei Weitem seine Einnahmen. Er musste sich noch eine Scheibe Brot holen, sonst würde er von dem ständigen Knurren seines Magens die halbe Nacht nicht schlafen können.

Gerade als Lukas sich erheben wollte, klopfte es leise an die Tür. Theresa kam herein. In der Hand hielt sie ein Tablett mit einer dampfenden Tasse Milch und zwei belegten Broten, das sie ihm mit leicht schief gelegtem Kopf entgegenhielt.

„Wie komme ich zu dieser Ehre?", fragte er verdutzt.

„Ich kann nicht schlafen, wenn ich Ihren Magen bis in mein Zimmer knurren höre", erwiderte die junge Frau mit einem schuldbewussten Lächeln. Sie stellte das Tablett auf einen der Papierstapel auf seinem Schreibtisch, nahm die Tasse jedoch vorsichtshalber herunter.

Überrascht sah Lukas sie an. Als er den Schalk in ihren Augen blitzen sah, schüttelte er leise aufseufzend den Kopf.

„Ich wollte mich dafür bedanken, dass Sie den Kindern mit Ihrer Geschichte so viel Freude gemacht haben, und mich erkundigen, wie es Maria geht."

„Maria hat einen heftigen Husten und Fieber, doch das wird Klara in den Griff bekommen."

„Dank Ihrer Tiermedizin?"

„Dank Klaras Hausmittel", brummte Lukas und warf einen hungrigen Blick auf die Brote.

„Das ist gut", flüsterte Theresa und wandte sich der Tür zu.

Lukas griff nach der Tasse und murmelte: „Sie können gut mit den Kindern umgehen."

Theresa hielt inne und drehte sich langsam um. „Es sind großartige Kinder. Da gibt es nicht viel falsch zu machen. Außerdem bin ich der Überzeugung, dass schwierige Kinder nur deshalb schwierig sind, weil sie schwierige Eltern haben."

„Ach. Und wie kommen Sie zu dieser revolutionären Erkenntnis?"

Theresa sah ihn an, dann senkte sie traurig den Blick und zog ihre schmalen Schultern leicht in die Höhe.

Lukas runzelte die Stirn. Er hatte nicht vorgehabt, sie nach diesem netten Abend an ihre verlorene Vergangenheit zu erinnern.

„Ich weiß es nicht, Dr. Biber."

„Vielleicht haben Sie ja recht. Aber wie kommt es dann, dass Anna so gut geraten ist, obwohl sie einen ziemlich kauzigen Vater hat?", lachte er.

„Sie sind nicht kauzig." Theresa stemmte aufgebracht die Hände in die Hüften. „Sie haben einfach eine schwere Zeit hinter sich. Allerdings fürchte ich, dass Sie langsam im Begriff sind, kauzig zu werden, wenn Sie sich nicht dazu entschließen, diese schwierige Zeit einmal als beendet zu erklären."

Lukas schlug mit der flachen Hand auf die Tischplatte, sodass der Teller von dem Papierstapel rutschte und auf dem Holzfußboden zersplitterte. Was ging es diese Frau an, wie lange er trauerte?

„Sie haben recht, es geht mich nichts an", sagte Theresa erstaunlich ruhig, als könne sie seine Gedanken lesen. „Aber vielleicht sollten Sie sich klarmachen, dass es irgendwann einmal zu spät für eine Veränderung sein könnte." Sie bückte sich, um die Brote und die Scherben aufzuheben.

„Lassen Sie das bitte, ich räume das nachher fort", bat er verlegen, da er inzwischen seine heftige Reaktion bedauerte.

Doch Theresa war bereits fertig und richtete sich wieder auf. „Ich möchte Sie bitten, morgen früh, wenn Sie gehen, an meine Zimmertür zu klopfen", sagte sie. „Ich muss die beiden Großen rechtzeitig zur Schule fertig machen." Damit wandte sie sich um und verließ den Raum.

Theresa räumte die Scherben und das Brot in den Müll, wischte die Arbeitsplatte sauber und überlegte sich, ob sie dem Hausherrn ein paar neue Brote richten sollte. Doch sie entschied sich dagegen. Mit schnellen Schritten ging sie auf die Tür zu und prallte mit dem Tierarzt zusammen. Erschrocken, da sie ihn weder gehört noch gesehen hatte, taumelte sie zurück, doch er hielt sie am Arm fest, damit sie nicht stürzte.

Theresa drehte sich von ihm fort, da seine unmittelbare Nähe sie verwirrte, und stemmte dann ihre Hände in die schmalen Hüften, als wolle sie die Küche gegen einen Eindringling verteidigen.

„Wo sind meine Brote?", wollte der große Mann wissen.

Theresa schnappte nach Luft. Vor einigen Stunden noch hatte sie, erfreut über seine Wandlung, seiner Geschichte gelauscht, dann war er wieder so unfreundlich wie eh und je gewesen, und während sie sich noch von der Verwirrung erholen musste, die seine Berührung in ihr ausgelöst hatte, kam er mit so einer banalen, freundlich ausgesprochenen Frage nach seinem Essen.

„Im Müll. Sie sind gespickt mit Scherben."

„Machen Sie mir keine neuen?"

„Nein. Das können Sie selbst. Wie Sie auch selbst entscheiden können, ob Sie weiterhin so unfreundlich zu Ihren Mitmenschen sein wollen oder nicht."

„Ich wollte nicht unhöflich sein, Fräulein Fuchs."

„Dann lassen Sie es bleiben."

„Das ist nicht so einfach, wenn man sich monatelang hinter dieser Unfreundlichkeit versteckt hat."

„Dann trauen Sie sich wieder aus Ihrem Versteck heraus. Niemand reißt Ihnen den Kopf ab."

„Doch. Klara. Sie hat dann niemanden mehr, auf dem sie herumhacken kann."

Theresa blickte auf die nur als dunkle Silhouette erkennbare große Gestalt vor sich und begann schallend zu lachen.

„Was erheitert Sie denn so?"

„Klara hat tatsächlich mehr zu tun und sicherlich andere Sorgen, als Sie auch noch zu erziehen, Dr. Biber. Schenken Sie ihr ein Lächeln und Sie machen sie für mindestens einen Monat glücklich."

„So einfach ist es, Klara glücklich zu machen? Vielleicht sollte ich das einmal Karl sagen."

„Es ist nicht Karl, der ihr Kummer bereitet. Sie sind es."

„Ich bereite der armen Klara Kummer?", fragte Lukas überrascht.

Theresa schüttelte verständnislos den Kopf und versuchte, sich an ihm vorbeizudrücken. Doch er griff nach ihrem Unterarm und hielt sie fest. „Wie kann ich mich angemessen bei Ihnen entschuldigen, Fräulein Fuchs?", fragte er und lockerte seinen Griff ein wenig, als sie nicht mehr gegen diesen ankämpfte.

Sie überlegte einen Augenblick, dann lächelte sie in die Dunkelheit hinein. „Ich wollte morgen früh auf den Wochenmarkt, kann aber Anna nicht zu Klara bringen. Wie wäre es, wenn Sie morgen früh auf Ihre Tochter achtgeben, bis ich wieder zurück bin?"

„Wie lange wird das –?"

„Haben Sie viele Termine?"

„Nein, das nicht, aber ich weiß nicht, wie ich die Kleine über einen längeren Zeitraum hinweg beschäftigen soll. Sie wird sich langweilen und –"

„Sie wissen nicht, was Sie mit Ihrer Tochter machen sollen?"

„Geben Sie mir einen Rat", bat er sie.

Theresa grinste ihn schelmisch an. „Selbstverständlich. Legen Sie sich keinesfalls längere Zeit mit ihr in die Sonne." Gerne hätte sie sein Gesicht gesehen, doch dies war ihr aufgrund der Dunkelheit nicht möglich.

Seine amüsiert klingende Stimme beruhigte sie. „Danke, *Fräulein Naseweis*. Allerdings habe ich nicht zu befürchten, mir einen Sonnenbrand und unzählige Sommersprossen einzuhandeln, und –"

„Sind Sie neidisch?"

„Keineswegs, obwohl ich zugeben muss, dass Ihnen diese Flecken im Gesicht gut stehen. Das bleiche Gesicht ohne die Sommersprossen verbarg Ihren Charakter. Sie sahen einfach zu wenig aufmüpfig, frech und –"

„Ich passe mich nur den Gegebenheiten an, die in diesem Haus herrschen." Theresa versuchte erneut, ihm ihren Arm zu entziehen, doch sein Griff verstärkte sich wieder, und so gab sie es schließlich auf und blieb abwartend stehen.

„Würden Sie mir einen Gefallen tun, wenn Sie in der Stadt sind? Sie könnten –"

„Moment, Dr. Biber. Sie wollten doch *mir* einen Gefallen tun."

„Können Sie mich eigentlich nicht einen längeren Satz zu Ende sprechen lassen? Hat Ihnen noch niemand gesagt, wie unhöflich es ist, anderen ständig ins Wort zu fallen?"

Theresa hielt einen Moment inne. „Doch", murmelte sie und schloss gequält die Augen. Da war jemand gewesen, der sie darauf hingewiesen hatte, dass sie eines Tages jemandem begegnen konnte, der ihr diese Unhöflichkeit nicht einfach würde durchgehen lassen. Wer war das nur gewesen? Wann war dies geschehen, und weshalb konnte sie sich an die Worte, nicht jedoch an die Situation oder gar an den Menschen erinnern, der ihr dies gesagt hatte?

Theresa versuchte, diesen kurzen Lichtblick der Erinnerung festzuhalten und ihn auszudehnen, doch es gelang ihr nicht. Ihr Kopf begann unangenehm zu schmerzen und ein leichtes Zittern bemächtigte sich ihres Körpers. Wieder fühlte sie diese Beunruhigung und die Wut darüber, dass ihr Gehirn sie einfach so im Stich ließ, in sich aufkeimen.

Eine Hand ergriff sie an ihrer linken Schulter, während die andere langsam über ihren Arm strich und sich ebenfalls schwer auf ihre rechte Schulter legte. „Sie erinnern sich?", fragte Lukas ungewohnt sanft.

Theresa hob den Kopf, konnte jedoch noch immer nur die Umrisse des Mannes vor sich erkennen. „Ja, allerdings nicht richtig. Ich glaube, es ist noch gar nicht lange her, dass mir das jemand gesagt hat. Ich bin mir nicht sicher, aber es könnte ein Mann gewesen sein."

„Ihr Vater wird es oft genug vergeblich versucht haben", bemühte er sich, sie ein wenig aufzumuntern. Theresa nickte und lächelte schwach. Das Zittern ließ merklich nach und langsam entspannte sie sich wieder.

Lukas nahm seine Hände von Theresas Schultern. „Ich muss früh am Morgen zum Bauer Huber hinüber. Ich wecke Sie dann, damit Sie Ihre Kinderschar richten können. Wenn ich zurück bin, bekommen Sie Ihren freien Vormittag."

„Danke."

„Wenn Sie morgen in der Stadt sind, dann schauen Sie doch bei unserem Wachtmeister vorbei, und erinnern Sie ihn daran, dass er weiter versucht, in Freudenstadt Erkundigungen über Sie einzuholen."

„Das werde ich tun. Und nochmals vielen Dank."

„Ich habe *Ihnen* zu danken, Fräulein Fuchs. Für die laute, lustige Gesellschaft, die verkohlten Pfannkuchen und den zertrümmerten Teller."

Theresa lächelte und drückte sich an ihm vorbei. Als sie die Stufen hinaufging und dabei noch einmal über die Schulter zurückblickte, konnte sie den neu entfachten Lichtschein in der Küche erkennen, und sie vermutete, dass sich der Hausherr wieder einmal selbst eine kleine Mahlzeit zubereitete.

Kapitel 20

Die dicken Teppiche verschluckten jeden ihrer eiligen Schritte, und so war nur das Rascheln ihres Kleides zu hören. Entlang der hohen Wände des Flurs, eingefasst in vergoldete Rahmen, hingen die Porträts unzähliger Verwandter, und die Morgensonne, die durch die Fenster fiel, zeichnete mehrere übereinanderliegende Vierecke auf die großen Bilder und deren Umgebung.

Christine mäßigte ihr Tempo und blieb vor dem Salon stehen. Sie strich die Stofflagen ihres Kleides glatt und betrat durch die offen stehende Tür den Raum, aus dem ihr angenehmer Kaffeegeruch und der Duft frisch gebackener Brötchen entgegenströmten. „Guten Morgen, Vater", rief sie fröhlich, küsste den ernst dreinblickenden Mann, der gerade die Zeitung studierte, auf die Stirn und setzte sich auf ihren Stuhl.

„Morgen, Christine", murmelte der ältere Herr und vertiefte sich augenblicklich wieder in seine Lektüre. Christine nahm sich eine Semmel, bestrich sie dick mit Butter, goss sich eine Tasse Kaffee ein, fügte Sahne hinzu und betrachtete das gewohnte morgendliche Bild ihr gegenüber: eine knapp über der Tischkante schwebende Zeitung.

„Vater?"

„Ja?"

„Kann ich mit dir sprechen?"

„Ja."

„Es geht um den Mann, mit dem du mich bei dem Ball gesehen hast."

„Ja?"

„Hörst du mir zu?"

„Ja."

Christine stellte ihre Tasse zurück auf die Untertasse und musterte die Zeitung genau. Sie hatte sich keinen Zentimeter nach unten gesenkt – ein deutliches Zeichen dafür, dass ihr Vater wenig mehr als ihre Stimme wahrgenommen hatte.

„Vater?"

„Ja?"

„Es geht um den Mann, mit dem ich auf dem Ball im Park spazieren war."

„Ja, Christine."

„Ich werde ihn heiraten."

„Ja, schön", kam die Antwort.

Die junge Frau seufzte leise auf, schüttelte schließlich lächelnd den Kopf und trank den letzten Schluck ihres Kaffees. „Ich hab dich auch sehr lieb, Vater", murmelte sie, als sie aufstand und auf den Stuhl des Mannes zuging. „Beschwere dich nicht irgendwann bei mir, ich hätte dir etwas verheimlicht, Vater. Ich habe versucht, mit dir über Thomas Wieland zu sprechen", wagte sie einen weiteren Versuch und bekam als Antwort doch wieder nur ein abwesendes „Ja" zu hören.

„Ich habe jetzt Französischunterricht, Vater", erklärte sie.

„Ja, viel Vergnügen."

Die junge Frau verließ kopfschüttelnd den Raum.

General Doorn legte sorgfältig seine Zeitung zusammen, warf sie auf den Tisch und rieb sich nachdenklich über seinen gepflegten Vollbart. Seine Augen wanderten zu dem benutzten Gedeck seiner Tochter, und ein liebevolles Lächeln legte sich auf seine Gesichtszüge, wich jedoch schnell wieder einem sorgenvollen Ausdruck. „Ich liebe dich auch, Christine", sagte er. „Ich weiß von diesem Thomas Wieland und ich werde ihn genau im Auge behalten. Doch solange er mit dir beschäftigt ist, hat er keine Zeit für andere Dinge. Du solltest dich nur nicht ernsthaft in ihn verlieben, meine Kleine. Er könnte dir wehtun. Wahrscheinlich ist er nur deshalb an dir interessiert, weil er in gewisse Kreise eingeladen werden will, um dort Neuigkeiten zu erfahren, die diesen Meierling mit Sicherheit interessieren werden. Die Geschichte mit der Hochzeit ist eine bodenlose Frechheit, aber an einem anderen Tag hätte ich dies vielleicht tatsächlich in meiner unhöflichen Unaufmerksamkeit überhört. Du wirst deiner Mutter immer ähnlicher."

Es klopfte leise an die Tür, die kurz darauf geöffnet wurde. General Doorn hob den Kopf. Emma von Doringhausen stand im Türrahmen und sah sich verwundert im Raum um. „Guten Morgen, General. Ich dachte, ich hätte Stimmen gehört, und wollte nicht einfach hereinplatzen."

„Alles in Ordnung, Frau von Doringhausen. Ich habe nur ein Selbstgespräch geführt, wie alte Narren es manchmal tun", beruhigte er sie. Seine Gesprächspartnerin lachte belustigt auf. Martin Doorn freute sich, sie vor seinem Weggehen noch zu sehen, und erhob sich, um ihr einen Stuhl zurechtzurücken.

Die Frau bedankte sich mit einem freundlichen Lächeln, setzte sich und griff nach der Kaffeekanne. „Möchten Sie auch noch einen Kaffee, General?"

Er sah zu der großen Standuhr hinüber und schüttelte bedauernd den Kopf. „Danke, ich hatte bereits drei Tassen und muss zu einer Besprechung ins Palais." Zögernd ging er in Richtung Tür und drehte sich dort noch einmal um. „Einen guten Tag wünsche ich Ihnen, Frau von Doringhausen."

„Danke, ebenso, General." Die frühere Vertraute seiner Frau lächelte ihn herzlich an und senkte dann den Kopf, um ein Tischgebet zu sprechen.

Mit Sorgenfalten auf der Stirn wandte er sich um und ging mit großen, weit ausholenden Schritten den Flur entlang. Er würde dem Mann, den er damit beauftragt hatte, seine Tochter im Auge zu behalten, noch einmal einschärfen, gut auf die beiden Frauen achtzugeben. Denn für sie bestand nun nicht mehr nur die schwer einkalkulierbare Gefahr auf den Straßen, Plätzen und Märkten, die seine Tochter besuchte, um sich ihrem sozialen Engagement zu widmen; vielleicht ging auch von diesem Thomas Wieland und dessen ehrgeizigem Vorgesetzten Meierling Gefahr für seine Tochter und deren Begleitung aus. Und auch wenn er das Mädchen ein wenig für seine Sache einspannte, so wollte er nicht, dass sie in den Trubel dieser sich zuspitzenden Situation zwischen Österreich und Preußen – und vor allem in die dunklen Machenschaften der Geheimdienste – verwickelt wurde.

Falls dieser Thomas Wieland seiner Tochter oder aber seinen politischen Interessen zu nahekam, würde er ihn in seine Schranken weisen müssen.

Kapitel 21

Der Sturm der vergangenen Nacht hatte einige Schäden hinterlassen und selbst eine der Buchen in der Nähe des Pferdestalles hatte ihre Krone eingebüßt. Einige Männer waren rund um das Gutshaus mit Aufräumarbeiten beschäftigt und verluden gerade das Holz auf einen Pferdekarren, als Theresa den Weg in Richtung Stadt einschlug.

„Herr Biber, wie weit sollen wir die Spitze kürzen?", rief einer der Arbeiter über den Platz.

Neugierig blieb Theresa stehen. Sie zog die Augenbrauen in die Höhe und legte den Kopf ein wenig auf die Seite. Lukas Bibers Bruder war ein sehr junger Mann von vielleicht 23 Jahren und hatte ein ausgesprochen gut aussehendes, markantes Gesicht, aus dem besonders die leuchtenden blauen Augen hervorstachen. Er trug einen schwarzen Schnauzer, dessen Enden er leicht nach oben gedreht hatte, und machte trotz seiner Arbeitshosen und des etwas derben Baumwollhemds einen ausgesprochen gepflegten und vornehmen Eindruck. Sie konnte sich ihn ohne Schwierigkeiten auf einem kaiserlichen Ball in Wien vorstellen.

Theresa lächelte vor sich hin, drehte sich um und schickte sich an weiterzugehen.

„Sind Sie Fräulein Theresa?"

Die junge Frau wandte sich erneut um und wartete, bis Markus Biber sie erreicht hatte.

„Herr Biber, schön, Sie kennenzulernen." Theresa streckte dem Mann ihre Rechte entgegen, der diese etwas zu fest drückte.

„Ich habe Sie bereits ein paarmal im Garten und vor dem Haus gesehen, Fräulein Theresa, aber ich war immer zu weit fort oder Sie zu beschäftigt, als dass ich mich Ihnen hätte vorstellen können."

Theresa bemerkte, wie der Mann sie ungeniert von oben bis unten musterte und dabei süffisant lächelte. Die Vorstellung, dass Markus Biber sie bereits mehrmals beobachtet hatte, bereitete ihr Unbehagen. Sie ermahnte sich, aus seinem etwas uncharmanten Verhalten keine voreiligen Schlüsse zu ziehen. Immerhin verhielt sich sein älterer Bruder weitaus unhöflicher, doch hatte dieser sie noch nie auf solch anzügliche Weise angesehen.

„Mir scheint, Sie haben heute viel zu tun, Herr Biber." Sie nahm ihren Korb in die rechte Hand, nickte Markus Biber zum Abschied zu und ging weiter den unebenen Weg den Hügel hinunter.

Als sie bei der Kirche angelangt war, verließ sie den Weg in Richtung Stadt, betrat den gemauerten Gürtel um das Gotteshaus und den Friedhof und schlenderte langsam zwischen den älteren und neueren Grabsteinen und Kreuzen hindurch. Schließlich fand sie, was sie gesucht hatte. Auf einem einfachen Grabstein standen die Worte „Marianne Biber, geb. Schaller. 1846–1865". Theresa betrachtete erschrocken die Zahlen. Lukas Bibers Frau war gerade einmal neunzehn Jahre alt gewesen, als sie gestorben war.

Das Grab war von einigen Steinplatten umgeben, zwischen denen unzählige Narzissen wuchsen, die jedoch alle bereits ihre Köpfe hängen ließen.

„Sie liebte Narzissen", sagte eine leise Stimme neben ihr.

Theresa fuhr erschrocken herum. Vor ihr stand eine ältere Frau, die eine auffällige Ähnlichkeit mit Bettina Schaller aufwies.

„Ich wollte Sie nicht erschrecken. Sie sind Fräulein Theresa, nicht wahr?"

„Das bin ich … Frau Schaller? Tut mir leid … Ich wollte gerade gehen."

„Sie stören mich nicht, Fräulein Theresa. Ich muss nur leider diese Narzissen entfernen. Sie sind nicht mehr sehr schön anzusehen."

„Ich dachte mir schon, dass Ihre Tochter Osterglocken mochte. Der ganze Garten steht voll von ihnen."

Frau Schaller lächelte und begann, mit einer mitgebrachten Schere sorgfältig die verwelkten Blüten abzuschneiden. „Wie geht es Ihnen dort oben?", erkundigte sie sich und nickte in Richtung des Gutshauses.

Theresa zog leicht die Schultern nach oben. Interessierte die Frau sich tatsächlich für ihr Ergehen? Sie kannte sie doch gar nicht. „Mir geht es gut", antwortete sie. Dann fiel ihr ein, dass Lukas immerhin ihr Schwiegersohn und Anna ihre Enkeltochter war und ihre Frage wohl darauf abzielte zu erfahren, wie es den beiden ging. „Anna ist ein liebes, wohlerzogenes Mädchen. Sie beginnt langsam zu laufen und zu sprechen", sagte sie deshalb.

„Ich sehe sie leider viel zu wenig. Marianne und Lukas waren immer ein fröhliches, kontaktfreudiges Paar, das von den Bürgern unserer Stadt sehr geschätzt wurde. Mariannes Tod hat Lukas leider sehr verändert. Ich erkenne ihn kaum noch wieder. Leider bringt er die kleine Anna nur selten zu uns in die Stadt herunter."

„Das tut mir sehr leid, Frau Schaller. Wenn Sie möchten, kann ich sie gelegentlich mit hinunternehmen. Sie kann dann bei Ihnen bleiben, solange ich einkaufe und meine Botengänge erledige."

„Das ist eine ausgezeichnete Idee, Fräulein Theresa! Wie gut, dass ich Sie hier getroffen habe", freute sich die Frau. Dann hielt sie einen Moment inne und sah Theresa ernst an. „Kommen Sie mit Lukas zurecht? Macht er Ihnen Schwierigkeiten?"

„Schwierigkeiten?" Theresa schüttelte den Kopf. „Ich bin nicht sehr empfindlich, Frau Schaller. Ich komme gut zurecht und ich weiß mit seiner schroffen Art umzugehen."

„So?", entgegnete die ältere Dame nur.

Unbehagen machte sich in Theresa breit, und sie entschloss sich, schnell zu gehen. „Ich habe noch viel zu erledigen, Frau Schaller", erklärte sie. „Es war schön, Sie getroffen zu haben. Ich werde Ihnen Anna gelegentlich vorbeibringen."

„Wird Lukas das zulassen?"

„Sie sind immerhin Annas Großmutter, Frau Schaller. Und im Allgemeinen nimmt er meine Vorschläge gelassen hin."

„Wenn Sie meinen", lautete die knappe Antwort.

Theresa verließ nachdenklich den Friedhof und setzte ihren Weg in Richtung Stadt fort.

Nach der Begegnung mit Markus Biber, die bereits eine unangenehme Unruhe in ihr ausgelöst hatte, war dieses zuerst sehr erfreuliche Zusammentreffen mit Annas Großmutter nicht weniger beunruhigend geworden. Sie hatte deren Reaktion als ausgesprochen misstrauisch empfunden. Vielleicht aber wollte die Frau einfach nur wissen, ob ihre Enkeltochter bei dem oftmals mürrischen Einzelgänger und der unbekannten Frau ohne Gedächtnis in einem halbwegs geordneten Umfeld aufwuchs.

Theresa tat sich ein wenig schwer, die Gedanken an die beiden Begegnungen beiseitezuschieben, doch das Einkaufen auf dem Markt lenkte sie ab, und als sie auch noch Klara traf, war jeder Gedanke an Markus Biber und Frau Schaller vergessen.

„Du siehst besser aus, Klara", begrüßte sie ihre Freundin. „Wie geht es dir und der kleinen Maria?"

„Ich bin so weit wiederhergestellt und Marias Fieber ist gesunken. Karl ist bei ihr, solange ich hier einkaufe. Eigentlich wollte ich ihn schicken, doch ich glaube beinahe, er ist zu schüchtern, um sich mit all diesen Frauen auseinanderzusetzen", lachte Klara und hakte sich bei Theresa unter.

„Schön, dass es Maria besser geht. Ihr zukünftiger Patenonkel war sehr besorgt."

„Das habe ich bemerkt. Er ist ja gestern Abend gleich zu uns heruntergekommen. Er wirkte leicht überfordert, sodass ich schon befürchtet habe, er wolle mich bitten, die Kinder aus seiner Gegenwart zu entfernen."

„Dr. Biber hat sich gestern Abend gut geschlagen. Hat Lisa dir nichts erzählt, als sie vorhin zurückkkam?"

„Lisa erzählt unendlich viel, und das meiste davon ist maßlos übertrieben. Sie behauptete, Lukas habe ihnen eine Geschichte über eine Kälbergeburt in einem Schlafzimmer erzählt. Sie hat eine blühende Fantasie."

„Auch wenn Lisa die Einzelheiten ein wenig durcheinandergebracht hat, die Geschichte stammt tatsächlich von Dr. Biber."

„Wirklich?"

Theresa lachte laut und fröhlich auf und ignorierte den vorwurfsvollen Blick einer älteren Dame, die in diesem Moment an ihnen vorbeiging.

„Nicht zu glauben." Klara schüttelte sichtlich verwundert den Kopf. „Da fehlen mir die Worte. Wo hast du eigentlich Anna gelassen?"

„Der bärbeißige Tierarzt kümmert sich heute Morgen um seine Tochter."

„Lukas?" Klara blieb stehen und blickte die Freundin ungläubig an. „Wie hast du das geschafft?"

„Wie ich das geschafft habe? Dr. Biber liebt seine Tochter."

„Natürlich tut er das. Aber er hat bisher nie allzu viel Zeit mit dem Kind verbracht. Also erzähl mir nicht, es sei nichts Besonderes dabei."

„Sagen wir, er war mir etwas schuldig."

„Eine ganze Menge, wenn ich so sehe, was du an diesem Mann bewirkst."

Theresa blieb nachdenklich stehen und neigte ihren Kopf ein wenig zur Seite. Dann musterte sie ihre Begleiterin und schenkte ihr ein schüchtern anmutendes, fragendes Lächeln. „Warum nennst du mich eigentlich dein Wunder? Lisa hat es mir gestern erzählt. Hat das was damit zu tun?"

„Es hat etwas mit Lukas zu tun, das gebe ich zu. Ich habe immer wieder dafür gebetet, dass Gott uns eines Tages ein Wunder schicken würde, das – wie auch immer – Lukas aus seiner Eiszeit wecken kann."

Theresa schüttelte leicht irritiert den Kopf. „Aber ich tue doch gar nichts, Klara."

„Nein, aber du brauchtest Hilfe, und er war der Einzige, der sie dir geben konnte – zumindest zu diesem Zeitpunkt. Jetzt braucht ihr euch gegenseitig, und wunderbarerweise hast du ein so dickes Fell, dass dir die Eigenheiten und Grobheiten von Lukas nicht viel anhaben können. Darüber hinaus besitzt du eine wunderbare Mischung aus gesunder Dickköpfigkeit und fröhlicher Laune ... und du magst Anna. Du tust den beiden einsamen Menschen dort auf dem Hügel sehr gut!"

Erneut lachte Theresa glockenhell auf und hakte sich wieder bei ihrer Freundin ein. „Du bist gut, Klara. Ich bekomme mit Müh und Not seine Arbeitshosen sauber, seine Hemden gebügelt und eine warme Mahlzeit am Tag auf den Tisch, und das alles auch nur dank deiner Hilfe. Ich kann noch immer den Hunden kein Futter bringen oder die vierbeinigen Patienten, die um das Haus herum einquartiert sind, versorgen. Das Haus fegen geht noch, aber nass aufwischen ist für mich ein Graus, und ich fürchte, es wird auch nicht so recht sauber dabei. Wie sollte ich ihnen also guttun?"

„Du willst mich nicht verstehen, nicht wahr, Theresa? Es ist deine Art, die ihnen guttut. Die Liebe und Aufmerksamkeit für Anna, dein Singen und Spielen. Und was Lukas angeht ... Ich weiß ja nicht, worüber ihr da oben auf dem Berg so sprecht, aber deine Anwesenheit hat ihn weicher gemacht, ein wenig freundlicher, und ich habe ihn sogar ab und an ein wenig lächeln sehen."

„Wir gehen nicht gerade sehr nett miteinander um."

„Vielleicht ist das genau das, was er im Moment braucht: jemand, der ihm nicht nach dem Mund redet, der ihm auch mal widerspricht und auf dieselbe Art und Weise seine Schroffheit und seinen Spott reflektiert."

Theresa senkte den Kopf. Nie wäre sie auf den Gedanken

gekommen, dass sie nicht nur die kleine Anna zu bemuttern und zu versorgen hatte, sondern darüber hinaus auch noch den brummigen Tierarzt. Ob Klara da nicht zu viel von ihr erwartete?

„Theresa?"

Die junge Frau hob den Kopf und sah Klara an.

„Es ist alles in Ordnung, Theresa. Du brauchst dir keine Gedanken zu machen. Ich wollte dir auch keine Angst einjagen oder dich überfordern. Du bist, so wie du bist, genau richtig für die beiden."

Theresa lächelte ein wenig gequält. „Richtig für die beiden? Und für mich?", fragte sie leise und senkte schnell wieder den Blick.

„Was meinst du? Ich verstehe deine Frage nicht."

„War ich früher auch so, wie du mich beschreibst?", fragte sie leise.

„Weshalb solltest du das denn nicht gewesen sein, Theresa?"

„Vielleicht bin ich nicht mehr ich selbst, weil ich meine Persönlichkeit gemeinsam mit meinem Namen, meiner Herkunft und meiner Erinnerung verloren habe. Vielleicht bin ich nur ein solches Gegenüber eures Tierarztes, weil er mich durch seine Art dazu gemacht hat?"

„Das fände ich nicht schlimm, Theresa. Du bist ein liebenswertes, freundliches und höfliches Mädchen – solange du nicht mit unserem Tierarzt zusammentriffst." Klara strich ihr tröstend über die Wange.

Theresa, der die Tränen in den Augen standen, zog hilflos die Schultern in die Höhe. Dann deutete sie in Richtung Gendarmerie und sagte: „Ich wollte mich erkundigen, ob es schon irgendwelche Meldungen aus Freudenstadt oder sogar aus Wien gibt. Könntest du mich begleiten?"

Kurz darauf betraten Theresa und Klara das Gebäude, das auch als Wohnhaus für den Beamten und dessen Familie diente.

Der Wachtmeister erhob sich hinter dem Schreibtisch, begrüßte Klara und warf einen prüfenden Blick auf Theresa. „Ich nehme an, Sie sind die Person, die der Tierarzt aus dem Wasser gefischt hat.

Die Beschreibung ist nicht schlecht, Fräulein. Allerdings sprach Lukas Biber von einem Mädchen. Ich nahm daher an, es handle sich um eine jüngere Person. Zudem beschrieb er Ihre Haare als dunkelbraun, was jedoch nicht ganz zutreffend zu sein scheint."

Theresa fühlte sich elend. Wie konnte sich jemand für sie interessieren, wenn ihre Beschreibung nicht korrekt war? Verzweiflung überfiel sie und ließ sie heftig erzittern. Sie fühlte sich hilflos und auch ein wenig gedemütigt, als der Mann sie erneut intensiv musterte. „Können Sie meine Beschreibung berichtigen?", fragte sie schließlich leise.

Der Mann nickte dienstbeflissen und machte sich auf einem Papier Notizen, wobei er seinen Blick zwischendurch immer wieder hob, um sie prüfend zu betrachten. „Ich werde diese neue Beschreibung unverzüglich weitergeben, Fräulein", versicherte er ihr schließlich. „Machen Sie sich keine Sorgen. Irgendjemand wird Sie doch vermissen."

„Wahrscheinlich", murmelte Theresa unsicher und spürte die Panik erneut wie ein heißes Feuer in sich aufsteigen. Wurde sie wirklich vermisst? Suchte jemand nach ihr?

Die beiden Frauen bedankten sich und standen wenig später wieder auf der staubigen Straße. Ein Fuhrwerk, das Holzkäfige mit laut gackernden Hühnern geladen hatte, rollte vorüber. Theresa blickte gedankenverloren die Straße hinunter.

„Deine Situation quält dich, nicht wahr, Theresa?"

„Ja. Es ist schrecklich, nichts über sich zu wissen. Vielleicht habe ich eine Schwester oder einen Bruder! Was ist mit meinen Eltern? Vielleicht bin ich ja sogar verheiratet! Kannst du dir das vorstellen, Klara? Ich weiß nichts von alldem."

Klara zog ein wenig hilflos die Schultern nach oben. Selbstverständlich konnte sie sich diesen Zustand nicht vorstellen. Wer konnte das schon? Klara nahm Theresas Hand und drückte sie leicht.

„Solange ich mich beschäftigt halte und mir nicht zu viel Zeit zum Grübeln gebe, geht es. Und eins weiß ich dank der vielen Stunden, in denen Dr. Biber an meinem Krankenbett aus der Bibel vorgelesen hat: Egal, wer oder was ich bin, ich bin in erster Linie Gottes Kind."

„Lukas hat …? Das ist eine Gnade Gottes! Warum auch immer unser himmlischer Vater zugelassen hat, dass du hier ohne Erinnerung angekommen bist, so hat er dir doch deinen Glauben bewahrt. Übrigens wollte ich dich fragen, ob du Taufpatin für Maria sein willst, doch der Pfarrer sagte, ohne deinen Namen und deine Konfession zu kennen, könne er dich nicht als Patin zulassen. Ich wollte die Taufe gerne ein wenig weiter hinausschieben in der Hoffnung, dass du bis dahin deine Erinnerung wiedererlangt hast, aber man weiß ja nicht …"

Theresa lächelte. Sie empfand eine Mischung aus Freude und Stolz, aber auch ein wenig Traurigkeit. Sie strich Klara beruhigend über den Oberarm. „Mach dir keine Gedanken, Klara. Wer weiß, wo ich sein werde, wenn ich erst einmal meine Erinnerung wiedererlangt habe."

„Eigentlich hoffe ich ja, dass du hierbleibst", flüsterte Klara. Dann schüttelte sie den Kopf, als wolle sie das Gesagte zurücknehmen. So wurde Theresa einer Antwort entbunden. Was sollte sie auch sagen? Es gab für sie sicherlich keine Möglichkeit, in dieser Gegend zu leben, wenn sie, wie der Tierarzt vermutete, aus Österreich oder vielleicht sogar aus einem ganz anderen Land stammte.

„Ach du liebe Güte, Theresa", rief Klara plötzlich. „Ich muss zurück. Begleitest du mich?"

„Ich sollte noch zur Zeitung. Und ich brauche ein neues Paar Schuhe."

„Wir sehen uns morgen?", rief Klara noch über die Schulter zurück, während sie sich schon zwischen den Marktständen hindurchdrückte.

„Gerne", flüsterte Theresa leise und blickte der sich eilig entfernenden Bäuerin nach.

Kurze Zeit später betrat sie die Zweigstelle der Zeitung und erkundigte sich nach Anfragen für die ausgeschriebene Stelle bei Lukas Biber. Der Redakteur blickte sie einen Moment lang prüfend an und brummte dann: „Das arme Kind. Schon wieder eine andere Betreuungsperson. Halten Sie es mit dem Kauz dort oben auch nicht mehr aus?"

„Doch. Es gibt keine Probleme", beeilte sich Theresa zu sagen. „Aber ich kann wahrscheinlich nicht allzu lange hier in der Gegend bleiben. Und dann wird Herr Biber eine neue Hausmagd brauchen."

„Es hat sich niemand gemeldet. Vermutlich hat es sich herumgesprochen, dass Biber nicht gerade ein angenehmer Arbeitgeber ist." Er lachte lauthals. Theresa unterdrückte den Impuls zu widersprechen. Zum einen stand es ihr nicht zu, ihren Arbeitgeber zu verteidigen, zum anderen hatte sie im Gutshaus tatsächlich Situationen erlebt, in denen eine Frau, die weniger auf diese Stelle angewiesen war als sie, vielleicht die Koffer gepackt hätte.

„Danke", murmelte sie schließlich, wandte sich um und drückte die Klinke nach unten. Unmittelbar vor dem Gebäude hatten sich einige Frauen versammelt, sodass sie die Tür, die nach außen aufging, nicht ganz aufdrücken konnte.

„Mein Mann sagt, sie sei kein Mädchen, sondern eine ausgesprochen gut aussehende Frau. Markus Biber hat es ihm erzählt", zischte gerade eine der Frauen.

Eine Stimme, die Theresa sofort als die von Bettina Schaller identifizieren konnte, warf ein: „Selbstverständlich ist dieses Fräulein Theresa eine erwachsene Frau."

„Eine mit guten Nerven, wie mir scheint. Wer würde es sonst in der Nähe dieses Mannes aushalten?"

„Vielleicht sind es weniger die guten Nerven als das, was er ihr ansonsten gibt", flüsterte eine andere Frau.

„Das darfst du nicht sagen, Gerlinde", sagte die erste wieder.

„Weshalb nicht? Was glaubt ihr, warum die jüngere Hausmagd nach Frau Nast nach so kurzer Zeit in fast panischer Angst geflohen ist? Sie sagte mir am Bahnhof, er habe ihr ein eindeutiges Angebot gemacht."

„Das ist nicht wahr, Gerlinde", fiel Bettina ihr ins Wort. „Diese

Frau hat sich Lukas aufgedrängt. Deshalb musste er sie fortschicken."

„Erzähl mir doch nichts, Bettina. Selbst wenn er der Mann deiner Schwester war, ist er doch auch einfach nur ein Mann und kann nicht über so einen langen Zeitraum wie ein Mönch leben, zumal er bereits verheiratet war und –"

„Halt einfach den Mund", zischte Bettina, und Theresa hörte an den sich entfernenden Schritten, dass sie die Gruppe verließ.

Theresa blickte sich Hilfe suchend um. Gab es keinen anderen Ausgang aus diesem Gebäude? Wie konnte sie nach dem, was sie hatte mit anhören müssen, jetzt dort hinausgehen?

„Bettina ist nur eifersüchtig. Sie hat doch ebenfalls versucht, sich dort oben einzunisten. Vermutlich hat sie sich Hoffnungen gemacht", fuhr die Frau, die Gerlinde genannt worden war, fort.

Theresa schloss verzweifelt die Augen. Warum konnten die Frauen nicht endlich gehen? Sie wollte von diesen Vermutungen und Verdächtigungen nichts mehr hören.

„Du erzählst eine Menge unwahren Tratsch", wurde Gerlinde von einer der anderen Frauen zurechtgewiesen.

„Ich habe doch Augen und Ohren im Kopf, Sieglinde."

„Weshalb sollte diese Frau, die jetzt als Magd da oben im Gutshaus arbeitet, – oder gar Bettina – sich ausgerechnet mit diesem bissigen, unfreundlichen Menschen einlassen? Da gibt es wirklich andere."

„Aber er ist eine gute Partie. Schau dir doch die Ländereien und das Gutshaus an", fauchte Gerlinde zurück und erntete zustimmendes Gemurmel einiger anderer Frauen.

„Die Wälder gehören Markus und der Bauernhof ist verpachtet. Die Glanzzeiten des Gutshauses sind vorbei, seit die beiden alten Bibers unter die Erde gebracht wurden", murmelte eine der anderen Frauen, drehte sich um und ging ebenfalls.

„Zeit zum Kochen", meinte auch die nächste und ging davon.

Durch den offenen Türspalt konnte Theresa nun Gerlinde erkennen und gewahrte eine nicht mehr ganz junge, dürre Frau in einem dunklen und in Falten gelegten Rock, über dem sie eine weiße Schürze trug.

Endlich gelang es ihr, die Tür zu öffnen, und mit einer Mischung aus Zorn, Hilflosigkeit und Furcht trat sie auf den hölzernen Gehweg hinaus. Eilig wollte sie an den Frauen vorbei hinunter auf die Straße gehen, doch sie wurde von einer schmalen Hand mit erstaunlich langen, dünnen Fingern am Arm ergriffen und zurückgehalten. „Sind Sie dieses Fräulein Theresa?", fragte die dürre Frau mit schriller Stimme.

Als Theresa sich umwandte, konnte sie Misstrauen und Abneigung in den Augen der Frau erkennen. „So werde ich genannt, Frau ...?"

„Sie haben Haare wie eine Hexe", zischte Gerlinde, griff in Theresas Haarknoten und riss daran. Die schweren, dicken Haare lösten sich aus der nur nachlässig aufgesteckten Frisur.

„Ich denke, dieses Zeitalter ist, Gott sei es gedankt, vorbei", presste Theresa zwischen zusammengebissenen Zähnen hervor und entzog ihren Arm dem Griff der Frau.

„Wie lange wollen Sie noch hier im Ort bleiben?"

„Ich bin gerade dabei, wieder zum Gutshaus hinaufzugehen", erwiderte Theresa, wohl wissend, dass die Frage anders gemeint war. Gleichzeitig suchte sie mit ihren Händen nach den Haarnadeln, doch sie fand nur noch drei, und da diese ohnehin nicht ausreichten, um ihre vollen Locken wieder aufzustecken, schob sie sie in ihre kleine Geldtasche.

„Wie sie spricht", wandte sich Gerlinde nun an Sieglinde, und die beiden Frauen musterten Theresa, die sich zunehmend hilflos und ängstlich fühlte, von oben bis unten.

Sie stellte ihren Einkaufskorb auf den Boden und begann mit fliegenden Fingern, ihre Haare zu einem straffen, dicken Zopf zu flechten.

Gerlinde sah sie unfreundlich an. „Wir mögen Fremde hier nicht, Fräulein Theresa, oder wie immer Sie heißen. Vielleicht sollten Sie langsam diesen Ort verlassen!"

„Sie weiß doch nicht, woher sie ist", warf die andere ein, und Theresa glaubte, so etwas wie Mitleid in ihren Worten zu hören.

„Wenn Sie mich bitte entschuldigen würden", sagte sie schließlich, nahm ihren Korb, drückte sich zwischen Gerlinde und Sieglinde hindurch und trat auf die Straße, um in Richtung Kirche davonzueilen.

Sie konnte ein anderes Mal Schuhe kaufen gehen. Vielleicht, wenn es wieder einmal regnete und keine geschwätzigen Frauen auf den Straßen unterwegs waren.

Der breite, grün schimmernde Bach plätscherte fröhlich unter der Steinbrücke hindurch und die Wasserpflanzen schlingerten in anmutigen Bewegungen hin und her. Die Sonne zauberte kleine Lichtreflexe auf die Wasseroberfläche und das frische Grün der Uferpflanzen leuchtete mit dem Gelb der Sumpfdotterblumen um die Wette.

Theresa stellte ihren Korb ab und legte die Arme über die steinerne Brüstung. Um über die Mauer hinweg auf das Wasser hinuntersehen zu können, stellte sie sich auf die Zehenspitzen. Lange Zeit stand sie da und beobachtete die Bewegungen des Wassers. Dabei flehte sie Gott an, er möge ihr doch endlich ihre Erinnerung wiedergeben.

Die Sonne schien ihr angenehm ins Gesicht, und so schloss sie genießerisch die Augen und verdrängte das ungute Gefühl, das in ihr entstanden war, als Gerlinde ihre Vorwürfe und Verdächtigungen über Lukas Biber und über sie verbreitet hatte.

Langsame Schritte näherten sich der Brücke, und als diese hinter Theresa vorbeigingen, ohne dass sie angesprochen wurde, wandte sie sich neugierig um. Eine schlanke Frau, wohl zehn Jahre älter als sie, fuhr aufgrund ihrer schnellen Bewegung erschrocken zusammen.

„Entschuldigen Sie bitte, ich wollte Sie nicht erschrecken", sagte Theresa.

Die fremde Frau lächelte. „Ich war nur so sehr in Gedanken versunken. Ich habe Sie nicht einmal bemerkt."

„Dieser Tag ist wie dafür geschaffen, sich seinen Gedanken hinzugeben, nicht wahr?", lachte Theresa und deutete mit einer Kopfbewegung zum Bach hinunter. „Sie konnten mich kaum bemerken, da ich hier bewegungslos stand und mir die Sonne ins Gesicht scheinen ließ."

„Das sieht man", lachte die Frau.

Theresa ahnte, dass ihre Sommersprossen erneut deutlich zur Geltung kamen. Die Fremde musterte sie genau.

„Sie müssen das Findelkind des Veterinärs sein."

„Findelkind?" Theresa schüttelte lächelnd den Kopf. So hatte sie noch niemand genannt.

„Was ist man denn, wenn man von jemandem im Schneesturm aufgelesen wird?", erwiderte die Frau, trat nun ebenfalls an die Brückenmauer und legte die Arme über die steinige Kante, so wie Theresa es zuvor getan hatte.

Bewundernd beobachtete Theresa ihre anmutigen Bewegungen. Sie stellte sich neben die Frau und blickte erneut auf das gurgelnde grüne Wasser hinunter. „Im Moment bin ich Hausmagd und Kindermädchen", erläuterte sie.

Aus dem Augenwinkel sah sie das belustigte Lächeln der Frau. „Die Leute in der Stadt sagen etwas anderes."

„Leute wie diese Gerlinde?"

„Sie kennen Gerlinde?" Erstaunt hob die blonde Frau die Augenbrauen, sah aber weiterhin über die Wiesen zum Wald hinüber.

„Kennen mag ein wenig übertrieben sein. Ich hörte vor ein paar Minuten, wie sie ein paar anderen Frauen Unwahrheiten über Dr. Biber und mich erzählte."

„Gerlinde ist besser als jede Zeitung. Leider ist der Wahrheitsgehalt ihrer Informationen meist sehr fragwürdig", erwiderte die Frau und bedachte sie nun mit einem kurzen Blick von der Seite.

„Da stimme ich Ihnen zu", lachte Theresa und erntete erneut ein Lächeln.

„Hannah Werner", stellte die Frau sich schließlich vor. Theresa nahm die dargebotene Hand und drückte diese fest.

„Meinen richtigen Namen kenne ich nicht, Frau Werner. Aber oben im Gutshaus nennt man mich Theresa."

„Theresa und weiter?"

„Weiter? Dr. Biber nennt mich gelegentlich Fräulein Fuchs – wegen meiner Haare."

„Fräulein Fuchs?" Hannah Werner lachte belustigt auf und berührte Theresas langen Zopf. „Der Name passt gut zu Ihnen, doch sagen Sie lieber niemandem, wer ihn Ihnen gegeben hat. Man könnte das missverstehen."

Theresa runzelte die Stirn und errötete schließlich leicht. „Er zieht mich damit nur auf, Frau Werner."

„Das wissen *Sie*, die anderen nicht. Hören Sie auf meinen Rat."

„Das werde ich. Danke", murmelte Theresa, noch immer ein wenig beschämt darüber, dass dieser spöttisch gemeinte Nachname für einen Kosenamen gehalten werden konnte.

„Wie kommen Sie da oben zurecht?"

„Im Gutshaus? Ich bin keine besonders gute Haushälterin, wenn Sie das meinen. Aber für den Tierarzt reicht es und mit seiner Tochter komme ich wunderbar aus. Das Einzige, was mir zu schaffen macht, sind die vielen Tiere da oben."

Wieder lachte Hannah Werner. „Das ist toll! Eine Magd bei einem Veterinär, die keine Tiere mag. Sie gefallen mir!"

Theresa lächelte zurück und blickte dann wieder nachdenklich auf das Wasser hinunter. Ihre Gesprächspartnerin hatte ausgesprochen schöne, gepflegte Hände. Sie war sicherlich weder eine Bäuerin noch half sie in einem der Geschäfte mit oder versorgte einen größeren Haushalt. „Sie sind so ganz anders als die anderen Frauen hier im Ort", sagte sie. „Und Sie sprechen auch ein wenig anders. Sind Sie auch nicht von hier?"

„Ich komme aus Stuttgart. Ich war dort verheiratet, und als mein

Mann nach drei Jahren starb, erging es mir ähnlich wie dem Veterinär. Ich war verzweifelt und wusste nicht, wie ich weiterleben sollte. Schließlich floh ich aus meiner vertrauten Umgebung, in der mich alles an ihn erinnerte. Das ist inzwischen zehn Jahre her. Ich zog zunächst von Stadt zu Stadt und versuchte mich in allen möglichen Berufen. Doch es ist sehr schwer, als alleinstehende Frau für eine Unterkunft, Nahrung und Kleidung zu sorgen, und schließlich landete ich halb verhungert hier."

Theresa, die sie von der Seite her neugierig musterte, konnte einen traurigen Zug um ihren Mund erkennen. Irgendetwas musste auf ihrer unruhigen Wanderschaft geschehen sein, was sie zutiefst schmerzte oder verletzt hatte.

„Deshalb fragte ich Sie zuvor, wie Sie mit Dr. Biber zurechtkommen."

„Weshalb genau?", hakte Theresa nach und erntete wieder ein belustigtes Lächeln.

„Ich kannte Dr. Biber schon, als er frisch verheiratet war. Er und seine Frau waren großherzige Menschen. Der Tod von Frau Biber hat ihm – wie der Tod meines Mannes mir – sehr zugesetzt."

„Sie kennen ihn näher?"

„Näher?" Wieder lächelte die Frau sie auf ihre eigentümliche Art an, die Theresa noch immer nicht verstand. Sie gewann mehr und mehr den Eindruck, als habe sie etwas Wesentliches in ihrer Unterhaltung herauszuhören versäumt.

„Im Gegensatz zu vielen anderen Männern dieser Stadt kenne ich ihn ausgesprochen schlecht, Fräulein Fuchs. Eigentlich hatte ich nach Frau Bibers Tod angenommen, ihn besser kennenzulernen, doch dies war nicht der Fall."

Theresa blickte nachdenklich zum Gutshaus hinauf. Seit dem Tod seiner Frau kannte wohl niemand mehr Lukas Biber sehr gut. Ausgenommen Karl und Klara Rieble.

„Und wie kommen Sie mit den anderen beiden Bewohnern dort oben klar?", fragte Hannah Werner nun völlig unerwartet.

„Mit Markus und Isolde Biber? Ich sehe sie kaum."

„Geben Sie acht auf sich, Fräulein Fuchs", murmelte Hannah Werner, lehnte sich mit dem Rücken gegen die Mauer und stützte sich mit den Ellenbogen auf dieser ab.

Theresa sah sie verwundert an. „Warum wollen Sie mich warnen?", fragte sie. „Wovor?"

„Die Frage müsste eher lauten: ‚Vor wem?', Fräulein Fuchs", erwiderte die Frau und löste sich wieder von der Mauer.

„Vor wem soll ich mich in Acht nehmen?"

„Vor Markus Biber. Er mag die hübschen jungen Frauen zu sehr."

„Wie bitte? Er ist verheiratet und seine Frau erwartet ihr erstes Kind."

„Dann passen Sie doppelt auf", lautete die seltsame Antwort. „Und seien Sie auch vorsichtig mit Isolde. Sie ist macht- und geldgierig, und sie könnte das Gefühl haben, dass Sie ihr im Weg stehen, Fräulein Fuchs."

Die Frau betonte den Namen, den Lukas Biber seinem Schützling gegeben hatte, so sehr, dass Theresa die versteckte Anspielung dieses Mal sofort verstand. Abwehrend streckte sie die Hände vor sich. „Da hat sie nichts zu befürchten! Dr. Biber ist nicht gerade ein Mann zum Verlieben."

Hannah Werner lachte auf. „Sie sind sehr ehrlich und offen, Fräulein Fuchs."

„Das waren Sie doch auch. Vielen Dank für die Warnung."

„Ich habe Sie gewarnt, weil Sie mir sehr sympathisch sind und weil Sie seit Langem die erste Frau sind, die ein paar höfliche Worte mit mir wechselt. Von allen anderen Stadtbewohnern werde ich in der Öffentlichkeit möglichst gemieden."

„Das ist ja schrecklich! Warum denn das?"

„Warum? Fräulein Fuchs, ich bin eine alleinstehende Frau in der Fremde …"

„Das bin ich auch", bemerkte Theresa.

„Sicher, aber Sie haben Freunde. Und einen – wie soll ich es nennen – Beschützer. Ich kam halb verhungert und sehr verzweifelt in diese Stadt, und ich hatte nicht viele Möglichkeiten, meinen Lebensunterhalt zu verdienen. So wurde aus der Frau eines Juristen ... eine Prostituierte."

Theresa erschrak. Wie zutiefst einsam musste diese Frau sein, hatte sie selbst doch erst wenige Minuten zuvor erlebt, wie demütigend es sein konnte, zum Tratsch anderer zu werden. Aus einer spontanen Eingebung heraus sagte sie: „Kommen Sie doch einmal zum Kaffee zu mir. Wir könnten bei diesem schönen Frühlingswetter im Garten sitzen und ein wenig plaudern, während die kleine Anna spielt."

„Sie wollen mich zum Kaffee einladen?", hakte Hannah Werner ungläubig nach.

„Warum nicht? Wir sind beide fremd in dieser Stadt. Außerdem ist so ein Nachmittag allein mit dem kleinen Mädchen oft sehr lang und ein wenig Unterhaltung würde mir gefallen. Oder möchten Sie nicht?"

„Ob ich nicht möchte? Es ist über zehn Jahre her, dass ich das letzte Mal zum Kaffee eingeladen wurde! Ich möchte sehr gerne, aber was wird Lukas Biber dazu sagen?"

„Er arbeitet viel und wird vermutlich gar nicht da sein. Außerdem ist es noch immer meine Angelegenheit, wen ich einlade."

„Aber es ist *sein* Haus."

„Und Sie sind *mein* Gast. Sagen wir morgen?"

„Gerne", lachte Hannah Werner, drehte sich schwungvoll um und schlenderte wieder in Richtung Stadt zurück.

Kapitel 22

Lukas Biber saß auf der Küchenbank, das schlafende Kind in den Armen, und beobachtete, wie Theresa ungewohnt schweigsam ihre Einkäufe aus dem Korb nahm und in die Regale und Fächer legte.

Sie wirkte nachdenklich und ein wenig betrübt. Mit einem leisen Räuspern machte er auf sich aufmerksam.

Theresa wandte den Kopf zu ihm um und fragte mit gerunzelter Stirn: „Soll ich Ihnen Anna abnehmen?"

„Nein, es geht schon. Wie war Ihr freier Vormittag?"

Sie sah ihn an, als sei es sonderbar, dass er sich nach ihrem Ausflug in die Stadt erkundigte. „Die Beschreibung, die Sie bei der Gendarmerie von mir abgegeben haben, war sehr ungenau."

„Ich habe sie am ersten Morgen nach dem Sturm abgegeben. Damals wusste ich noch nicht, dass Sie weder kochen noch ein Feuer machen können, ständig die Menschen unterbrechen, respektlos Ihrem Arbeitgeber gegenüber sind und –"

„Ich habe sie berichtigen lassen. Übrigens denke ich darüber nach, ob ich vielleicht nach Wien reisen sollte."

Der Mann hob den Kopf und bedachte sie mit einem verwunderten Blick, der allmählich immer grimmiger wurde. „Sind Sie noch ganz bei Trost? Sie können doch nicht einfach nach Wien reisen!", fuhr er sie lautstark an, sodass Anna kurz die Augen aufriss, dann aber weiterschlief.

„Vielleicht werde ich dort ja gesucht ...", verteidigte sich Theresa. Ruckartig wandte sie sich von ihm ab. Welche Möglichkeit bot sich ihr sonst, endlich ihre Familie und vor allem ihre Identität zu finden, als dorthin zu gehen, wo sie vermutlich herkam?

„Wie stellen Sie sich das vor? Wollen Sie bis Wien laufen? Wovon wollen Sie leben? Wo werden Sie in Wien wohnen? Wollen Sie in einem der Palastgärten unter einem Baum nächtigen?", brummte er, bemüht, wieder ein weniger leiser zu sprechen.

„Wenn es sein muss", gab Theresa trotzig zurück, obwohl ihr klar war, dass dieses Vorhaben kaum zu verwirklichen sein würde.

„Das ist doch ...!" Lukas stand auf und trat, die kleine Anna noch immer in den Armen, dicht hinter sie, als wolle er verhindern, dass sie sich dieser Unterhaltung entzog, indem sie einfach den Raum verließ. „Ich werde das nicht zulassen", raunte er in ihren Nacken.

Theresa zog unwillkürlich den Kopf ein wenig ein. Sie mochte es nicht, wenn er so dicht bei ihr stand, da sie sofort eine beunruhigende Angespanntheit in sich fühlte, die sie sehr durcheinanderbrachte. „Wie wollen Sie das verhindern?", lachte sie spöttisch auf.

„Immerhin bin ich Ihr Brotherr. Ich kann es Ihnen verbieten."

„Ich werde kündigen!"

„Dann werde ich Sie zu den Hunden sperren und –"

„Da werde ich schneller wieder draußen sein, als Sie sich umdrehen können."

„Das glaube ich gerne", lachte Lukas Biber.

Theresa wandte sich ruckartig zu ihm um. Sie hatte ihn noch nie laut lachen hören, denn das kurze, spöttische Auflachen, das er ihr gegenüber häufig von sich gegeben hatte, zählte nicht.

Lukas blickte sie versöhnlich an. „Ein Angebot ...", sagte er. „Ich reite für Sie nach Freudenstadt und sehe zu, dass die Angelegenheit ein wenig vorangeht. Schließlich möchte ich nicht, dass Sie –"

„... dass ich wie Hannah Werner ende?" Herausfordernd blickte sie ihn an.

Er musterte sie forschend und schüttelte schließlich mit ernstem Gesicht den Kopf. „Da lasse ich Sie ein Mal in die Stadt und Sie schließen ausgerechnet mit Frau Werner Bekanntschaft?"

„Ich habe auch noch ein paar andere Frauen aus dem Ort getroffen. Frau Schaller und eine gewisse Gerlinde, eine Sieglinde und einige andere mehr. Da war mir die angenehme und durchaus anregende Unterhaltung mit Hannah Werner weitaus lieber."

Wieder lachte Lukas kurz auf und schüttelte mit einer Mischung aus Verzweiflung und Erheiterung den Kopf. „Sie scheinen eine seltsame Anziehungskraft auf schwierige Gestalten zu besitzen."

„Es scheint fast so, Dr. Biber. Das beweist allein die Tatsache, dass ich ausgerechnet in Ihrem Haus gelandet bin." Theresa wandte sich wieder ihren Einkäufen zu.

„Das meinte ich, Fräulein Fuchs", brummte er, diesmal kein bisschen unfreundlich.

Theresa lächelte vergnügt vor sich hin. Ihr gefiel es, dass der

Tierarzt seinen beißenden Spott auch gegen sich selbst richten konnte. „Außerdem habe ich heute Morgen Ihren Bruder kennengelernt", sagte sie und schob sich zwischen den Küchenmöbeln und dem noch immer dicht hinter ihr stehenden Mann hindurch, um zwei Rollen Nähgarn auf den Tisch legen zu können.

„So", lautete der einzige Kommentar.

Verwundert drehte sich Theresa zu dem Mann um. Er hatte sich auf einen der Stühle gesetzt und drückte Anna leicht an sich, ließ Theresa dabei jedoch nicht aus den Augen. Täuschte sie sich oder lag ein Hauch von Besorgnis in seinen Augen? Sofort fielen ihr die warnenden Worte Hannah Werners ein.

Theresa zögerte einen Moment und versuchte, die beklemmende Unruhe in ihrem Inneren zu verscheuchen.

Schließlich räumte sie den Korb beiseite und griff nach dem Eimer, um aus dem Brunnen im Hof Wasser zu holen. „Möchten Sie jetzt gleich eine warme Mahlzeit oder lieber wie gewöhnlich erst abends?"

„Setzen Sie sich", forderte er sie auf, ohne ihre Frage zu beantworten.

Theresa stellte den Eimer zurück auf den Boden und setzte sich auf die äußerste Kante eines Stuhls.

„Wäre es Ihnen recht, wenn ich nach Freudenstadt reiten würde?"

„Sie würden das tatsächlich für mich tun?"

„Das würde ich tatsächlich. Ich habe nämlich die Befürchtung, dass Ihr fehlendes Erinnerungsvermögen Sie irgendwann einmal so sehr quälen wird, dass Sie tatsächlich auf eigene Faust versuchen könnten, Österreich zu erreichen."

„Mir ist vorhin nichts Besseres eingefallen", gab Theresa zu und senkte den Blick auf ihre gefaltet im Schoß liegenden Hände.

„Nichts Besseres, um mich zu ärgern?", hakte er nach und wieder konnte sie das belustigte Lächeln auf seinem bärtigen Gesicht erkennen.

„Sicher. Ich habe den ganzen Tag nichts Besseres zu tun, als mir zu überlegen, wie ich Sie am besten aufziehen kann", begehrte Theresa auf.

„Schön, dass Sie das endlich zugeben", gab er mit einem spöttischen Aufblitzen in seinen blauen Augen zurück.

Theresa atmete tief ein und aus, eine weitere Entgegnung hinunterschluckend. Immerhin hatte der Mann ihr angeboten, ihretwegen nach Freudenstadt zu reiten – wie weit auch immer das entfernt sein mochte –, und sie wollte nicht, dass er sich von diesem Vorhaben abbringen ließ, nur weil sie ihre Zunge nicht im Zaum halten konnte.

„Ich werde morgen früh losreiten. Das bedeutet allerdings, dass Sie an den beiden Tagen, an denen ich fort sein werde, nach den Tieren rund um das Haus sehen müssen."

„Nach den Tieren?" Theresa riss ihre Augen weit auf. „Ich weiß überhaupt nicht, was es da zu tun gibt, Dr. Biber."

„Das werde ich Ihnen heute Nachmittag zeigen und –"

„Aber ich kann doch nicht mit den Hunden rausgehen und wie bekomme ich diese großen Pferde auf die Koppel und vor allem wieder in den Stall hinein?"

„Die Hunde kann Helmut laufen lassen, aber –"

„Dann kann der Junge sie doch sicher auch füttern und versorgen", warf Theresa schnell ein, denn die Vorstellung, dass sie zu den großen Hunden in den Zwinger sollte, behagte ihr überhaupt nicht.

„Bis Helmut von der Schule kommt, sind die beiden Burschen so hungrig, dass sie ihn zerfleischen werden. Sie müssen sie schon morgens füttern, denn –"

„Zerfleischen?" Theresa sprang so heftig auf, dass ihr Stuhl umkippte und Anna aufwachte. Diese blinzelte mehrmals zu ihrem Vater hinauf und schob sich dann von seinem Schoß herunter, um zu Theresa zu krabbeln. Die junge Frau nahm sie schnell auf den Arm, als benötige sie jemanden, an den sie sich Schutz suchend klammern konnte.

Dr. Biber lachte belustigt auf.

Theresa blickte ihn ärgerlich an. Offenbar machte er sich einen

Spaß daraus, ihr ein wenig Angst einzujagen. „Sie sind grässlich", zischte sie ihm zu, stellte den Stuhl wieder hin, setzte sich darauf und nahm das Mädchen auf den Schoß.

„Und Sie sind unhöflich. Wenn Sie mich endlich zu Ende erklären lassen würden, wüssten Sie, dass das Versorgen der Tiere Sie keineswegs überfordern wird."

„Das bezweifle ich", flüsterte Theresa in Annas seidenweiches Haar.

„Der Schlachter bringt schon frühmorgens das Fleisch für die Tiere und legt es vor unsere Tür. Die Hunde bekommen ihr Futter immer schon sehr früh, also wird es Ihre Aufgabe sein, noch bevor Sie Anna versorgen, den beiden frisches Wasser und das Fleisch zu bringen. Und haben Sie keine Angst. Julius und Cäsar sind harmlos."

„Wie kann jemand harmlos sein, wenn er Julius oder Cäsar heißt", murmelte Theresa vor sich hin.

„Ich gehe nachher mal mit Ihnen zu den beiden, damit Sie sich aneinander gewöhnen können. Die verletzten Tiere im anderen Gatter können Sie, wenn Sie sich nicht hineinwagen, notfalls auch von außen füttern und frisches Wasser nachgeben. Die Pferde versorge ich noch, bevor ich losreite. Sie müssen nur die Tür zur Koppel hin öffnen; die Tiere gehen dann von alleine hinaus. Karl wird sie abends wieder hineintreiben und füttern. Ist das zu viel verlangt, *Fräulein Ängstlich*?"

„Eigentlich hört sich das machbar an, Dr. Biber", gab sie leise zurück.

Der Mann lächelte ihr aufmunternd zu. Zaghaft erwiderte sie das Lächeln, erhob sich dann und setzte das Mädchen auf den Holzfußboden.

„Ich bereite Ihnen rasch eine Mahlzeit und dann können Sie mir die Tiere zeigen", erklärte sie.

„Tapferes Mädchen", lachte Lukas und verließ die Küche. Theresa riss hinter ihm die Tür schwungvoll wieder auf, was den Mann dazu veranlasste, sich ruckartig zu ihr umzudrehen.

„Ist sonst noch etwas?"

„Ja, ich muss Anna für Marias Taufe ein Kleid nähen, doch das Haushaltsgeld reichte nicht mehr für einen Stoff. Kann ich eines der Kleider Ihrer Frau umnähen?"

Sie beobachtete, wie er die Augenbrauen zusammenzog und sie mit düsterem Blick musterte. Erschrocken und eine heftige Reaktion erwartend, hielt sie den Atem an. Anna kam wieder zu ihr gekrabbelt und zog sich an ihrem langen dunklen Rock auf die Beine.

„Machen Sie das", murmelte er zu Theresas Verwunderung plötzlich und bedachte seine Tochter mit einem liebevollen Blick. „Oben auf dem Dachboden steht eine Truhe. Darin finden Sie die Kleider meiner Frau. Und für sich nehmen Sie sich auch eins. Sie müssen in der Kirche ebenfalls ordentlich gekleidet sein", fügte er leise hinzu, während er sich bereits abwandte.

„Das ist nicht nötig, Dr. Biber. Ich kann –"

„Ich habe es Ihnen angeboten, also zieren Sie sich nicht", brummte er, nun wieder in seiner typischen unfreundlichen Art, drehte sich um und verließ die Küche.

„Danke", murmelte sie und machte sich daran, eine kleine Mahlzeit zu richten.

Nachdem sie und Anna gegessen hatten, ließ sie alles auf dem Tisch stehen und ging mit dem Mädchen auf den Dachboden hinauf, den sie bislang noch nie betreten hatte.

Einige mit Tüchern abgedeckte alte Möbel und leere Einmachgläser standen dort herum. Überall hingen Spinnweben und alles war mit einer dicken Staubschicht überzogen.

Theresas Blick fiel auf die Truhe in der hintersten Ecke des Dachbodens. Sie ging hinüber und öffnete sie langsam. Sorgsam packte Theresa die Kleider aus, während Anna mit Begeisterung den langen, breiten Platz zwischen den abgestellten Möbeln ausnutzte, laut brabbelnd und lachend hin und her krabbelte und dabei deutliche Spuren auf dem verschmutzten Boden hinterließ.

Verwundert betrachtete Theresa die schwarze, langärmelige Tracht und den breitrandigen, weiß gekalkten Strohhut mit den acht schwarzen, kreuzförmig angeordneten Wollkugeln darauf. Dabei lag ein Seidentuch mit Tüllschleier, das wohl unter dem Hut getragen wurde.

Da diese Tracht noch fast ungebraucht und teuer aussah, faltete sie sie sorgfältig wieder zusammen und legte sie in die Kiste zurück. Dann nahm sie ein paar einfacher gearbeitete Baumwollröcke, grau-weiß gestreifte Blusen mit kurzen Ärmeln und ein dunkles Samtmieder heraus und fand schließlich zwei ausgesprochen hübsche Seiden- und Organzakleider, die Frau Biber sicherlich nie hier auf dem Gutshof getragen hatte. Vermutlich war sie ein paarmal – vielleicht sogar mit ihrem Ehemann und den Eltern – auf dem einen oder anderen Ball, Gartenfest oder Empfang des hier im Umkreis lebenden Adels eingeladen gewesen. Für einen solchen Anlass waren diese Kleider deutlich besser geeignet als die Baumwoll- oder Leinensachen oder auch die Tracht.

Sorgsam wählte Theresa ein paar der Kleidungsstücke aus, wickelte die restlichen wieder ein und verstaute sie in der Kiste. Dabei fiel ihr Blick auf ein Paar Damenschuhe, und begeistert stellte sie fest, dass diese festen Schuhe ihr passten und weitaus besser für ein Leben hier auf dem Land geeignet waren als ihre vornehmen, schmalen und inzwischen reichlich in Mitleidenschaft gezogenen Stiefelchen.

Mit den Kleidern, den Schuhen und dem verstaubten Mädchen beladen tastete sie sich vorsichtig, Schritt für Schritt, die steile Holztreppe wieder hinunter und verschloss hinter sich sorgfältig die Tür.

Theresa stand am Gatter des Hundezwingers und betrachtete die beiden am Zaun hochspringenden, bellenden und heftig mit ihren buschigen Schwänzen wedelnden Hunde.

„Sehen Sie, sie freuen sich", erklärte Lukas Biber. „Das sieht man daran, dass sie die Ohren nach vorne gespitzt haben und mit den Schwänzen wedeln. Sie mögen ihre neue Pflegerin." Anna thronte auf den Schultern des Tierarztes und hielt sich mit beiden Händen an seinen dichten Locken fest.

„Nicht, dass die beiden glauben, ich würde das von jetzt an jeden Tag machen", erwiderte Theresa wenig überzeugt und trat einen Schritt zurück, als der dunklere der beiden Jagdhunde direkt an der Stelle, wo sie stand, gegen das Gatter sprang.

„Kommen Sie", forderte Lukas sie auf, öffnete das Gatter und rief den beiden Hunden einen strengen Befehl zu. Diese legten sich daraufhin augenblicklich hin und beobachteten ihren Herrn, während ihre Schwänze noch immer unermüdlich über den Boden fegten. „Nun kommen Sie schon. Keine Angst!", rief Lukas erneut und Theresa schob sich ängstlich an dem großen Mann vorbei durch die Öffnung in das Gatter hinein.

„Der Dunkle ist Cäsar, der Hellere Julius. Sie sind Brüder", erklärte Dr. Biber und setzte seine Tochter auf den Boden, die begeistert in die Hände klatschte und sofort auf die beiden Hunde zukrabbelte.

Theresa, die Angst um das Kind bekam, wollte sich gerade bücken, um es auf den Arm zu nehmen, als sie von Lukas am Unterarm festgehalten und daran gehindert wurde. „Warten Sie, Fräulein Theresa", flüsterte er. Als sie ihn ansah, schenkte er ihr ein beruhigendes Lächeln, und Theresa kam der Gedanke, dass es eigentlich schade war, dass dieser Bart seine Gesichtszüge so sehr versteckte.

Anna hatte Julius erreicht, und dieser streckte dem Kind seinen Kopf entgegen, um an ihm zu schnuppern. Das Mädchen lachte und patschte mit der linken Hand auf den Hundekopf, was Julius zu Theresas Erstaunen ausgesprochen gelassen hinnahm. Cäsar, der neben seinem Bruder lag, schnupperte an dem Kind, und während dieses sich auf Julius' Rücken stützte, um aufstehen zu können, stupste er mit seiner Schnauze mehrmals gegen Annas nackte Beine, die unter dem verrutschten Rock hervorblickten.

„Sie sind ganz vorsichtig mit ihr", flüsterte Theresa erstaunt.

Lukas ließ sie endlich los. „Jetzt können Sie Anna holen. Schließlich wollen wir den Hunden und ihr nicht zu viel zumuten, nicht wahr?", flüsterte er ihr zu.

Langsam ging Theresa an Julius vorbei, bis sie sich zwischen den beiden noch immer ruhig daliegenden Hunden befand und die heftig protestierende Anna hochnahm. Die Hunde sahen ihr zu und blieben liegen, bis Theresa Lukas wieder erreicht hatte und er ihr das empörte Mädchen abnahm.

„Und?", fragte Lukas leise, während er Anna wieder auf seine Schultern hob.

Theresa spürte noch immer das ängstliche Zittern in ihrem Inneren, doch sie lächelte zaghaft und erwiderte: „Gar nicht so schlimm." Wieder bedachte der Tierarzt sie mit einem Lächeln, worauf Theresa wortlos die Schultern in die Höhe zog.

Vermutlich hatte er sie durchschaut und konnte die Angst von ihrem Gesicht ablesen. Doch er sagte nichts weiter und rief die beiden Hunde, die sofort heransprangen und sich auf einen weiteren Befehl hin zu seinen Füßen niederließen. „Die Hunde sind sehr folgsam, Fräulein Fuchs. Ich sage Ihnen die richtigen Befehle. Wenn Sie die kennen, dürfte es kein Problem für Sie sein, morgen früh das Wasser auszuwechseln und den beiden das Fleisch hinzulegen, zumal sie sich ohnehin mehr auf ihr Fressen konzentrieren werden als darauf, wer es ihnen bringt."

„Gut." Theresa nickte ein wenig erleichtert und streckte vorsichtig die flache Hand aus. Als Julius mit seiner feuchten dunklen Schnauze dagegenstieß, zog sie sie jedoch schnell wieder zurück und versteckte sie hinter ihrem Rücken.

„Er mag Sie", lachte Lukas. Dann drehte er sich um und ging aus dem Gatter hinaus. „Sagen Sie ihnen, dass sie gehen sollen", wies er sie an. „Zeigen Sie mit der Hand, wo sie sich hinbegeben sollen, und rufen Sie ‚Lauf'."

„Ich weiß nicht ..."

„Sie können das, Fräulein Theresa. Immerhin kommandieren Sie mich auch den halben Tag durch die Gegend", lachte Lukas.

Theresa warf ihm einen wütenden Blick zu, was er mit einem spöttischen Lächeln und einer deutlichen Kopfbewegung in Richtung der Hunde abtat.

Theresa blickte auf die beiden Tiere. Julius gähnte mit weit aufgerissenem Maul, wobei er seine spitzen Zähne zeigte, während Cäsar sich erhob und auf seinen Herrn zuging.

Sie deutete in die hinterste Ecke des Zwingers und befahl mit zitternder Stimme, der sie nur mühsam ein wenig Autorität beimischen konnte: „Lauf!" Julius erhob sich träge, blickte sie verwundert an und trottete in die angegebene Richtung, während Cäsar noch immer unbeeindruckt in Richtung Zaun und Dr. Biber strebte. Nun stand sie genau zwischen den beiden Hunden und fühlte sich ausgesprochen unwohl dabei. „Du auch!", rief sie Cäsar nun deutlich ungehalten zu. „Bist du schwerhörig? Lauf!"

Ruckartig wandte Cäsar sich um und lief in die Ecke, in der sein Bruder schon gehorsam wartete.

Lukas Biber grinste zufrieden und hielt Theresa das Tor des Gatters auf. „Gut gemacht! Ich wusste doch, dass Sie die beiden Jungs in den Griff bekommen."

„Sie machen sich schon wieder über mich lustig."

„Ich freue mich über Ihren Erfolg", wehrte Lukas wenig überzeugend ab. „Übrigens sind das Jagdhunde, Fräulein *Fuchs*. Aber sie jagen Füchse nur, wenn ich es ihnen sage", lachte er schließlich, verschloss das Gatter und ging mit großen Schritten auf das weiter entfernt liegende Tiergehege zu.

„Unmöglicher Kerl", flüsterte Theresa, und das leise Lachen von vorne verriet ihr, dass er sie gehört hatte.

Es war einfacher, die beiden Stallhasen, die kleine Katze mit dem dick verbundenen Bein und den Sperling zu versorgen, da von diesen weitaus weniger Gefahr auszugehen schien als von den beiden Hunden, doch als Dr. Biber auf den Pferdestall zusteuerte, wurde es Theresa zunehmend mulmig. Ihr gefielen die großen, kräftigen, rot schimmernden Kaltblüter mit ihren hellen, wehenden Mähnen, doch sie waren so erschreckend groß und kräftig.

Lukas stieg über die oberste Querstange der Koppel und lockte die Pferde an, während Theresa in respektvollem Abstand vor dem Koppelzaun stehen blieb. „Wenn Sie mögen, bringe ich Ihnen das Reiten bei", schlug er vor, ohne sich nach ihr umzusehen, und seine Hand strich liebevoll über die Nüstern der großen Stute, die daraufhin laut in seine Hand schnaubte.

„Ich denke, so lange bin ich nicht mehr hier", erwiderte sie, erschrocken über diese Vorstellung.

„Wie gesagt, Sie öffnen das Tor zur Koppel, machen dann alle Boxentüren auf, und bis die Pferde hinauslaufen, haben Sie den Stall schon lange wieder verlassen", erklärte er plötzlich nüchtern und freudlos und klopfte der großen Stute kurz auf den Widerrist, bevor er sich umdrehte und mit Anna auf den Schultern über den Zaun wieder zu ihr hinüberkletterte.

„Sie sind sehr schön", sagte Theresa und deutete auf die fröhlich trabenden Tiere, deren hellblonde Mähnen von der Sonne angeleuchtet wurden und sich in schwungvollen Wellen auf und ab bewegten.

„Sie sind gewaltige Kraftpakete, selbst wenn sie im Vergleich zu anderen Kaltblütern ein wenig kleiner sind. Wir sind hier sehr stolz auf unsere Schwarzwälder", erwiderte Lukas. Er ließ Anna herunter und schickte sich an, über das kurze Wegstück zurück zum Haus zu gehen.

„Ich muss noch fort, Fräulein Theresa. Sie brauchen mit dem Abendessen nicht auf mich zu warten. Aber wenn Sie mir ein Vesper für den morgigen Tag richten würden, damit ich das nicht in aller Frühe tun muss, wäre ich Ihnen sehr dankbar. Und schließen Sie nachts das Haus ab!", wies er sie an, ehe er mit großen Schritten dem Nordflügel zustrebte.

„Habe ich etwas Falsches gesagt?", fragte Theresa leise und nahm Anna auf den Arm, die bereits wieder ihre Hände mit kleinen Steinen gefüllt hatte.

Kapitel 23

Die Sonne sandte ihre ersten zaghaften Strahlen über den weiter entfernt liegenden dunklen Nadelwald, und der Himmel zeigte sich in einem wunderschönen hellen Blau, das von hellgelben Streifen durchzogen wurde und in Richtung Osten in ein feuriges Rot überging. Über die welligen Wiesen legten sich Licht und Schatten in bizarren Mustern und das Wasser des langsam dahinfließenden Flusses glitzerte hell. Die Ziegeldächer der Häuser wurden angestrahlt und das Kreuz auf der Spitze des Kirchturmes leuchtete golden auf.

Wie angenehm frisch und klar dieser Morgen doch war und das Loblied der Vögel für ihren Schöpfer konnte nie lauter, schöner und fröhlicher gewesen sein als an diesem wunderbaren neuen Tag. Der Tau glitzerte auf den langen Grashalmen, und über den Hecken spannten sich in der hellen Morgensonne schimmernde Spinnennetze, als wollten diese die Zweige zusammenhalten.

Theresa atmete tief ein und ging, das in Papier eingehüllte Fleisch in ihren Händen, auf den Hundezwinger vor dem Hauptflügel zu. Munteres, erwartungsvolles Bellen tönte ihr entgegen und die beiden Hunde sprangen in Vorfreude auf ihr Frühstück an dem Gatter in die Höhe.

Mit einem unbehaglichen Gefühl in ihrer Magengegend legte sie das eingepackte Fleisch auf den Brunnenrand und schöpfte erst einmal einen Eimer frischen Wassers. Mit dem Eimer und dem Päckchen beladen, ging sie dann auf die wild bellenden Hunde zu und blieb etwa einen Meter vor dem Tor stehen. „Zurück!", rief sie ihnen zu, doch die Hunde ignorierten sie. „Lauf!", rief sie ein wenig lauter und deutete in die hintere Ecke des eingezäunten Geheges, aber die Hunde bellten nur noch etwas lauter und warfen sich gegen den Zaun.

Wenig erfreut betrachtete sie die beiden struppigen Jagdhunde und fragte sich, ob diese nur gehorchten, wenn Lukas Biber in der Nähe war. Was aber sollte sie nun tun? Das Fleisch konnte sie über den Zaun werfen, doch die Behälter für das Wasser befanden sich an der rückwärtigen Wand, und sie konnte unmöglich den Zugeimer des Brunnens zu den Hunden hinter das Gatter stellen.

Wütend darüber, dass sie bereits bei der ersten ihr anvertrauten Aufgabe zu scheitern drohte, trat sie mit dem Fuß gegen das Gatter, sodass das Holz bedenklich knackte und das Tor mehrmals laut in der Halterung klapperte. Unwillkürlich wichen die Hunde zurück und blickten die Frau offensichtlich verwundert an.

Erneut deutete sie nach hinten und rief, erbost über die Hunde und sich selbst: „Lauf!" Die beiden Hunde drehten sich augenblicklich um und sprangen davon.

Mit zitternden Fingern löste Theresa die Drahtschlaufe, mit der das Tor am Zaun befestigt war, und schlüpfte durch einen schmalen Spalt hindurch, um es schnell wieder hinter sich schließen zu können.

Die Hunde standen in der hintersten Ecke des Geheges und blickten mit gespitzten Ohren und heftigem Schwanzwedeln zu der jungen Frau herüber. Sie schienen sich auf das frische Wasser und das Fleisch zu freuen.

Langsam ging sie auf die beiden zu. Dann packte sie das rohe, noch blutige Fleisch aus und warf es den Hunden zu, die sich sofort gierig darüber hermachten.

Erleichtert, dass die beiden erst einmal beschäftigt waren, wandte sie sich dem Wassertrog zu, schüttete das alte Wasser aus und goss ihnen frisches nach. Mit einem letzten Blick auf die zufrieden kauenden Hunde entfernte sie sich langsam rückwärtsgehend, tastete hinter sich nach dem Tor und schlüpfte durch dieses hindurch.

Als sie sich umwandte, stand plötzlich Markus Biber vor ihr. Erschrocken ließ sie den Eimer fallen, sodass sich dessen restlicher Inhalt über ihre und seine Schuhe ergoss.

„Gut gemacht, Fräulein Theresa", spottete der junge Mann.

Theresa wusste nicht recht einzuschätzen, ob er ihren Umgang mit den Tieren oder aber das Verschütten des Wassers meinte.

„Entschuldigen Sie bitte", murmelte sie und bückte sich nach dem Eimer.

„Ich habe Sie erschreckt. Es war nicht Ihre Schuld. Sie kommen gut mit den Hunden zurecht", fügte er hinzu und blickte wenig begeistert auf die beiden noch immer fressenden Tiere.

Hannahs Worte kamen ihr in den Sinn. „Entschuldigen Sie bitte, Herr Biber. Ich habe zu tun", sagte sie leise und drückte sich vorsichtig zwischen dem Holzzaun und dem Mann hindurch.

„Seit wann überlässt Lukas das Füttern der Tiere seiner Haushälterin?", rief er hinter ihr her.

Theresa wagte nicht, stehen zu bleiben, um ihm zu antworten. Die Anwesenheit dieses selbstsicheren, unsympathischen Mannes behagte ihr nicht, und so tat sie das Einzige, was ihr einfiel: Sie flüchtete aus seiner Gegenwart.

Zielstrebig lief sie zum Brunnen, um neues Wasser zu schöpfen. Dann ging sie zum Gehege der verletzten Tiere, um auch ihnen ihr Fressen und frisches Wasser zu geben. Nachdem sie auch diese Arbeit beendet hatte, hob sie den Kopf und sah sich suchend um. Markus Biber war nicht mehr zu sehen, und während sie erleichtert die Umzäunung verließ, fragte sie sich, warum Lukas eigentlich nicht seinen Bruder gebeten hatte, nach den Tieren zu sehen. Hatte er Markus und dessen Frau gar nicht gesagt, dass er für ein oder zwei Tage fort sein würde? Es war ohnehin merkwürdig, dass sie so wenig von den beiden mitbekam. Die Brüder schienen keine allzu enge Verbindung zueinander zu haben.

Sie brachte den Eimer zurück zum Brunnen und ging langsam den steinigen Weg zu den Nebengebäuden hinunter. Vor der großen Stalltür zögerte sie einen Moment. Die Pferde waren so erschreckend groß und kräftig und sie verspürte einen gehörigen Respekt vor ihnen.

Mit dem Wissen, dass sie den Stall in jedem Fall betreten musste und es nicht besser wurde, wenn sie hier lange ausharrte, öffnete sie den schweren Holzriegel und stieß die Tür auf. Der herbe Geruch von Heu, Stroh und Dung schlug ihr entgegen und einige der fuchsfarbenen Tiere schnaubten zur Begrüßung. Energisch schob sie den Riegel der ersten Box zurück, öffnete die Tür und trat an die nächste Box. Die Tiere drängten sofort in Richtung der hinteren Stalltür, die sie jedoch vergessen hatte zu öffnen. Allerdings hatte sie Lukas Biber so verstanden, dass dazu noch immer genug Zeit sein würde. Sie ließ auch die restlichen Tiere heraus und verließ den Stall durch die Vordertür, da sie sich nicht unbedingt einen Weg durch die ungeduldig stampfenden, gewaltigen Leiber der Pferde bahnen wollte. So schob sie sich zwischen zwei Querstangen hindurch auf die Koppel und öffnete die Tür von außen, um sich dann Schutz suchend gegen die Stallwand zu drücken. Die Pferde stürmten hinaus und jagten in fliegendem Galopp über die Wiese. Die Sonne ließ ihre fuchsroten Leiber golden aufleuchten, während die dichten, langen Mähnen und Schweife nahezu weiß im Wind flatterten.

„Wunderschön", murmelte Theresa begeistert, und verwundert stellte sie fest, dass es ihr ein wenig schwerfiel, den Blick von den Pferden abzuwenden und zurück zum Haus zu gehen.

Kapitel 24

Markus Biber betrat den Nordflügel und sah sich suchend um. Aus der Küche hörte er das Klappern einiger Töpfe und leises Singen, sodass er annehmen musste, dass Elfriede, ihre Haushaltshilfe, inzwischen eingetroffen war. Demnach musste seine Frau sich oben in ihren Privaträumen oder in der Wohnstube aufhalten.

Der junge Mann öffnete die Tür zur Wohnstube, die seine Frau vornehm „Salon" nannte, und traf diese dort tatsächlich an. Mit Nadel und Faden arbeitete sie an einer Stickerei.

„Guten Morgen, Isolde."

„Morgen, Markus. Hast du heute nichts zu tun?"

„Die Arbeiter sind schon oben im Wald. Ich stoße später zu ihnen und sortiere das Holz. Weißt du, ob Lukas fort ist?"

„Fort? Wo sollte er schon sein? Bei irgendwelchen Bauern wahrscheinlich, um nach deren Vieh zu sehen."

„Ich vermute, er ist weiter weg. Seine Stute ist nicht da und diese Theresa hat die Hunde und die restlichen Tiere versorgt."

Jetzt hatte er die Aufmerksamkeit seiner Frau erlangt. „Er lässt dieses Mädchen seine Tiere füttern?"

„Ich habe es selbst gesehen."

„Das ist ungewöhnlich! Marianne hat das gelegentlich getan, aber ansonsten durfte noch niemand an die Viecher heran."

„Das hat mich auch gewundert."

Die junge Frau rieb sich vorsichtig über ihren noch nicht allzu gewölbten Bauch und ihr Gesicht nahm grimmige Züge an. „Das gefällt mir nicht, Markus. Wenn er sich nun in diese rothaarige Frau verliebt und sie heiratet …"

Markus lachte sorglos auf. „Er wird sie vielleicht benutzen, jedoch keinesfalls heiraten. Du kennst den alten Griesgram doch. Er kann niemanden sehr lange in seiner Nähe gebrauchen."

„Er hat sich in der letzten Zeit verändert, Markus. Gestern habe ich ihn bis hier herüber lachen gehört, als er sich im Hof mit diesem Rieble-Bauern unterhalten hat."

„Er hat gelacht?" Jetzt war auch der junge Mann verwundert. Nachdenklich rieb er sich über seinen gepflegten Schnurrbart.

„Wir müssen etwas unternehmen, Markus. Ich werde nicht zulassen, dass er dieses Flittchen heiratet und womöglich doch noch einen Sohn bekommt, der unserem Kind das Haus streitig macht."

„Lukas könnte auch ohne einen Sohn auf die Idee kommen, das Haus an sein Blut weiterzuvererben."

„Du meinst, er könnte mit der jahrhundertealten Tradition deiner Familie brechen, dass das Haus immer nur an den erstgeborenen männlichen Nachkommen vererbt wird?"

„Es würde ihm ähnlichsehen", murmelte Markus.

„Ich wünschte, diese Frau würde wieder gehen. Sie hat es schon erstaunlich lange in seiner Gegenwart ausgehalten."

„Wie ich beobachten konnte, verhält er sich ihr gegenüber ganz annehmbar, Isolde. Vermutlich weckt sie den Beschützerinstinkt in ihm."

„Das gefällt mir überhaupt nicht", wiederholte seine Frau, richtete sich gerade auf und blickte aus einem der Fenster auf die Felder hinaus. „Ich werde mir etwas einfallen lassen müssen", sinnierte sie.

„Ich könnte sie ein wenig erschrecken, sodass sie von alleine geht …", schlug Markus vor. Ein eigentümliches Grinsen legte sich auf sein Gesicht.

„Du lässt deine Finger von ihr!", fuhr Isolde auf und warf ihm einen wütenden Blick zu. Erstaunt über die Heftigkeit dieser Reaktion runzelte Markus die Stirn. Eigentlich ging er davon aus, dass Isolde zumindest ahnte, wie häufig es ihn hinunter in die Stadt zu Hannah Werner zog. Hatte er sich in dieser Einschätzung getäuscht? „Lukas hat schon einmal gedroht, dich aus dem Haus zu werfen, wenn du deine Finger nicht von seinen Haushaltshilfen lassen kannst. Erinnerst du dich daran?"

Markus wandte sich ab, da seine Frau die Erregung nicht sehen sollte, die diese Erinnerung und auch die Vorstellung von einem Beisammensein mit der temperamentvollen Rothaarigen in ihm hervorrief.

Wenn es seiner Frau einzig darum ging, dass Lukas ihn des Hauses verweisen könnte, so würde er nicht einmal ein schlechtes Gewissen haben müssen, wenn er sich in der kommenden Nacht über den Haupttrakt in den Südflügel begab …

Der Duft von frischem Kaffee und Gugelhupf lag in der Luft, als es an der Tür läutete. Theresa band sich die weiße Schürze ab, hängte sie an den Haken und lief zur Haupttür, um diese zu öffnen.

Vor ihr stand Hannah Werner mit einem verlegen wirkenden Lächeln und streckte ihr einen Strauß Frühlingsblumen entgegen, den sie vermutlich auf dem Weg zum Gutshaus auf den Wiesen am Wegesrand gepflückt hatte. „Das ist nichts Besonderes, aber ich war so aufgeregt und voller Vorfreude auf diesen Nachmittag, dass ich viel zu früh losging und mir noch ein wenig die Zeit vertreiben musste", erklärte Hannah und trat ein, nachdem Theresa den Strauß entgegengenommen hatte.

„Die sind sehr schön, vielen Dank, Frau Werner", lachte Theresa und ging ihr voran in die Küche zurück.

Hannah hängte ihre leichte Strickjacke an einen der Kleiderhaken und folgte ihr. „Wo ist denn die Tochter von Herrn Biber? Anna heißt sie, nicht wahr?"

„Richtig. Sie schläft noch, wird aber sicher bald aufwachen", antwortete Theresa, während sie eine gläserne Vase aus dem Küchenschrank nahm. Diese füllte sie mit Wasser und stellte die Blumen hinein. „Hier auf dem Tisch werden sie sich gut machen", befand sie und platzierte die Vase in der Mitte der Tischplatte.

„Kann ich etwas helfen, Fräulein Fuchs?"

„Bitte! Das ist mit Sicherheit nicht mein Name. Nennen Sie mich doch Theresa", lachte Theresa und reichte ihr das Tablett mit dem Geschirr.

„Gerne", erwiderte Hannah Werner und sah zu, wie Theresa den Kuchen vom Abkühlgitter auf eine Platte schob. „Dann sag du einfach Hannah zu mir."

Theresa lächelte. „Gut. Sollen wir hinausgehen?"

„Eine gute Idee. Das Wetter lockt einen geradezu, das Haus zu verlassen", erwiderte Hannah und trug das Tablett vorsichtig aus der Küche in die Halle hinaus. Theresa folgte ihr mit einem weiteren Tablett, auf dem sich der noch warme Gugelhupf, der Kaffee und ein Milchkännchen befanden.

Nachdem die beiden Frauen den Tisch im Garten gedeckt hatten, betrachtete Hannah bewundernd den von grauen Mauersteinen eingefassten Garten.

„Ein wenig verwildert, aber wunderschön. Und wenn man aus dem Tor tritt, blickt man sicher genau auf den See hinunter, nicht wahr?"

„Richtig."

„Und die wunderbaren Narzissen. Leider sind viele von ihnen schon am Verwelken."

„Dr. Bibers Frau mochte diese Blume gerne", erklärte Theresa, während sie einen Blick zum offen stehenden Fenster ihres Schlafzimmers warf. Sie hoffte, sie würde Anna hören, wenn diese aufwachte.

„Ich weiß", flüsterte Hannah kaum hörbar.

Theresa wandte sich ihr wieder zu. „Du weißt es?", fragte sie erstaunt.

„Marianne Biber war eine freundliche Frau. Sie sprach ab und an mit mir, obwohl die anderen Frauen mich mieden, und ich denke, es lag nicht nur daran, dass sie sich sicher war, dass ihr Mann kein ... Kunde von mir war."

„Diese Marianne Biber muss ein wunderbarer Mensch gewesen sein", erwiderte Theresa.

„Das war sie tatsächlich. Ich kann verstehen, dass Dr. Biber ihr nachtrauert. Dennoch denke ich, dass er nicht bis an sein Lebensende den verbitterten Witwer spielen sollte."

„Das wird er nicht", verteidigte Theresa ihn. Sie mochte nicht so recht über Lukas Biber sprechen. Bei dem Gedanken an ihn breitete sich ein beunruhigendes Gefühl in ihr aus, das sie nicht einzuordnen wusste. Vermutlich lag dies daran, dass er ihretwegen gerade einen sehr weiten Ritt unternahm, anstatt hier bei seiner Tochter und bei seiner Arbeit zu sein. Sie zwang ihre Aufmerksamkeit zu Hannah zurück. „Schenkst du bitte schon einmal ein und schneidest den Kuchen an?", bat sie diese. „Ich muss mal schnell nach Anna sehen." Mit diesen Worten huschte sie davon.

Nachdenklich ging sie die Stufen in den ersten Stock hinauf. War es tatsächlich eine so gute Idee gewesen, die Prostituierte der Stadt ins Gutshaus einzuladen? Sie fürchtete sich nicht vor dem Tratsch der Menschen in der Gegend, allerdings war dies Lukas Bibers Haus, und er würde vermutlich den Rest seines Lebens hier verbringen müssen, während sie irgendwann wieder ging. Würde es ihm gefallen, wenn er mit Hannah Werner in Zusammenhang gebracht wurde? Wie würde er reagieren, wenn er erfuhr, dass sie in seinem Haus gewesen war? Als sie ihm am Tag zuvor von ihrer Begegnung mit der jungen Frau erzählt hatte, war seine Reaktion ausgesprochen harmlos gewesen, doch da hatte sie ihm nicht erzählt, dass Hannah an diesem Nachmittag zu Gast in seinem Hause sein würde. Leise murmelte sie ein Gebet vor sich hin und bat ihren himmlischen Vater, aus diesem Nachmittag etwas Gutes erwachsen zu lassen.

Die Stunden vergingen wie im Fluge. Hannah Werner war eine angenehme Gesellschaft und Theresa genoss die Gespräche mit der jungen Frau. Und auch Anna, die der Fremden gegenüber zuerst ein wenig schüchtern gewesen war, hatte sie bald in ihr Herz geschlossen.

Die Gespräche der Frauen wurden immer tiefgehender, und schließlich wagte Theresa, eine Frage zu stellen, die sie seit dem Vortag beschäftigte: „Meinst du nicht, du könntest inzwischen eine andere Möglichkeit finden, deinen Lebensunterhalt zu verdienen?"

„Auf diese Frage habe ich gewartet", lachte Hannah, und Theresa atmete auf, erleichtert darüber, dass die neu gewonnene Freundin ihr nicht böse war.

„In letzter Zeit habe ich gelegentlich Leute bei mir untergebracht, die auf der Durchreise waren und eine oder sogar mehrere

Nächte hier verbringen wollten und eine Unterkunft suchten. Sie dachten wohl, ich betreibe eine kleine Pension, und ich fand es recht angenehm, auf diese Art zahlende Gäste im Haus zu haben. Es kommen immer mehr Menschen, vor allem aus den Städten, die ein paar Tage auf dem Land verbringen möchten, und ich habe mir schon überlegt, ob ich nicht tatsächlich eine Pension, vielleicht sogar ein kleines Gasthaus mit einem eigenen Restaurant eröffnen sollte. Aber in dieser Stadt bin ich nun einmal, was ich bin, und ich fürchte, die Frauen würden meine Gäste sehr schnell darauf hinweisen, bei wem sie untergekommen sind."

„Aber sie müssten dir doch eine Möglichkeit geben, dein Leben zu ändern."

„Wer gibt einem schon diese Chance?"

„Gott tut es", antwortete Theresa.

„Gott?" Hannah lächelte Theresa zweifelnd an und schüttelte sanft den Kopf. „Warum sollte Gott mir die Möglichkeit geben, ein neues Leben zu beginnen?"

„Weil ihm dein bisheriges vermutlich nicht sehr gefällt", erwiderte Theresa unerschrocken.

„‚Nicht gefällt' – das ist nett ausgedrückt, Theresa. Gott wird mich für das, was ich tue, verachten und vermutlich eines Tages dafür bestrafen."

„Ich denke tatsächlich, dass Gott dein Lebenswandel nicht gefällt, aber eher, weil er dir nicht guttut. Du bist ebenso sein Geschöpf wie alle anderen Menschen auch, und er wird dir vergeben und dir helfen, wenn du beginnen willst, ein anderes Leben zu leben."

„Bisher habe ich von den Frauen immer nur zu hören bekommen, wie schändlich es ist, wie ich meinen Lebensunterhalt verdiene, und dass Gott mich dafür bestrafen wird. Weißt du, Theresa, irgendwann beginnt man das zu glauben. Und sie werden mir sicher nicht die Möglichkeit geben, einen anderen Weg zu gehen."

„Diese Frauen haben unrecht, Hannah. Und sie *tun* unrecht, wenn sie dir nicht die Möglichkeit geben, dich zu ändern. Gott will dir vergeben, und das sollten sie auch. Vor allem müssten sich einige von ihnen doch wohl glücklich schätzen, wenn du deinen Beruf aufgibst und stattdessen ein kleines Gasthaus eröffnest", fügte Theresa mit einem Lächeln hinzu.

Hannah lachte fröhlich auf. „Da magst du recht haben, Theresa. Doch der Traum von einem Gasthaus …" Ihr Blick wurde traurig und sie sah an Theresa vorbei zu der sich leicht im Wind wiegenden Baumkrone der Bluteiche.

„Lass ihn nicht los, Hannah", bat Theresa leise.

Ihr Gast beugte sich ein wenig nach vorne und drückte ihr kurz die Hand, die auf der Lehne ihres Gartenstuhles lag. „Es wird Zeit, dass ich mich auf den Rückweg mache, Theresa. Hab herzlichen Dank für den schönen Nachmittag."

„Ich habe ihn auch sehr genossen. Weißt du was? Nächsten Sonntag ist die Taufe vom jüngsten Rieble-Kind. Dr. Biber ist Pate, also werden wir dort sein. Warum kommst du nicht auch?"

„Das kommt nun doch ein wenig plötzlich", lachte die hübsche Frau. „Nun, vielleicht werde ich da sein", sagte sie ausweichend, erhob sich und winkte der weiter entfernt auf dem Gras sitzenden Anna zum Abschied zu.

„Na, wen haben wir denn da?", dröhnte plötzlich eine männliche Stimme vom Gartentor zu ihnen herüber.

„Wäre ich doch nur zehn Minuten früher gegangen", flüsterte Hannah Theresa zu. Sie straffte die Schultern und ein kühler Ausdruck legte sich auf die vorher so weichen weiblichen Züge. „Guten Tag, Markus", sagte sie und ließ dem Mann somit keine Chance zu verheimlichen, dass er sie gut kannte.

Ärgerlich schüttelte der Mann den Kopf, dann wandte er sich wortlos wieder um und ging. Theresa war es, als spüre sie einen eiskalten Hauch bis zu ihr herüberwehen, und mit einem unguten Gefühl in ihrem Inneren warf sie einen besorgten Blick auf die Frau vor sich, die sich langsam wieder zu ihr umwandte.

„Es tut mir leid, dass er mich hier angetroffen hat, Theresa. Das wird Gerede geben."

„Ich habe dich eingeladen. Es braucht dir nicht leidzutun. Weder du noch ich haben uns irgendetwas vorzuwerfen."

„Ich weiß nicht, wie Dr. Biber reagieren wird, wenn er hört, dass ich hier war, doch ich ahne, was in der Stadt über dich geredet werden wird, und das tut mir leid. Für dich und für Dr. Biber."

„Ich halte nichts von derartigem Klatsch, Hannah."

„Weil du annimmst, dass du ohnehin bald nicht mehr hier sein wirst? Ich wünschte, du würdest bleiben. Bitte versprich mir eins: Schließ heute Nacht gut ab. Tu mir bitte den Gefallen, ja?"

Ein kalter Schauer lief Theresa über den Rücken, und sie fragte sich, warum sie sowohl von Dr. Biber als auch von Hannah angewiesen wurde, die Tür abzuschließen. Zum ersten Mal machte sie sich bewusst, dass sie in dieser Nacht mit Anna alleine in dem großen Südflügel sein würde, und so seltsam sie es auch fand, plötzlich fehlte ihr die beruhigende Anwesenheit Lukas Bibers.

Kapitel 25

Lukas Biber sah den Polizeibeamten an, als habe er ihn nicht richtig verstanden. Vielleicht war dies auch der Fall, denn diese breit grinsende, rundliche Gestalt vor ihm zuckte nur mit den Schultern und wandte sich dann wieder von ihm ab. „Moment", brummte Lukas und der Uniformierte drehte sich mit empörtem Blick erneut zu ihm um.

Lukas atmete tief ein und ermahnte sich, ein wenig mehr Freundlichkeit an den Tag zu legen, denn offenbar machte sein äußeres Erscheinungsbild nicht gerade einen positiven Eindruck auf den Beamten. Die Menschen in seiner Heimatstadt hatten sich inzwischen an den gereizten, brummigen Tonfall, den er nach Mariannes Tod angenommen hatte, gewöhnt und wussten, dass er eigentlich harmlos war. Doch auf andere musste seine unfreundliche

Art erschreckend oder gar abstoßend wirken, und sein durch den buschigen Bart und die längeren Locken wild wirkendes Äußeres trug sicherlich nicht dazu bei, ihn als eine angenehme Persönlichkeit auszuweisen.

Der Wachtmeister kam wieder an den Tisch heran, der den Raum in zwei Hälften teilte. „Was gibt es denn noch?", fragte er missmutig.

Lukas blickte den Mann ernst an. „Habe ich Sie richtig verstanden? Diese Meldung wurde nie nach Wien weitergegeben?"

„Sie haben mich richtig verstanden. Ich habe noch nie solch einen Blödsinn gehört und meine Kollegen auch nicht."

„Blödsinn? Es geht um eine junge, verzweifelte Frau, die ihre Erinnerung verloren hat. Sie vermutet, dass sie entführt wurde, und zweifelsohne kommt sie aus einem der besseren Häuser Österreichs. Können Sie sich vorstellen, wie es ist, wenn man in der Fremde erwacht und weder seinen Namen noch seine Herkunft kennt? Wie wäre es für Sie, wenn Sie sich nicht daran erinnern könnten, ob Sie verheiratet sind und Kinder haben, ob es irgendwo Eltern oder Geschwister gibt, die verzweifelt auf ein Lebenszeichen von Ihnen warten?"

„An den Gedanken, dass ich mich nicht mehr an meine Frau erinnere, könnte ich mich gewöhnen", lachte der Mann.

Lukas ballte die Hände zu Fäusten, versteckte diese jedoch hinter seinem Rücken und blieb scheinbar ruhig stehen. „Unser Arzt hat bestätigt, dass es solche Fälle gibt. Amnesie nennt man das. Sie können sich bei einem Mediziner in dieser Stadt gerne eine Bestätigung einholen und dann werden Sie hoffentlich die Meldung nach Wien übersenden lassen."

„Herr Biber, wir haben hier anderes zu tun, als uns mit einer Frau herumzuschlagen, der es vermutlich in Ihrem schönen Heim so gut gefällt, dass sie vorgibt, sich an nichts mehr zu erinnern", polterte der Wachtmeister und wollte sich erneut abwenden.

Lukas packte ihn am Ärmel seiner Uniform.

Ungehalten fuhr der Mann zu ihm herum. „Was wollen Sie

noch? Soll ich Sie einsperren? Wegen Belästigung eines Beamten?"

„Das dürfen Sie gerne tun. Dann habe ich vielleicht genug Zeit, Ihnen die Lage dieses Mädchens genauer zu erklären", gab Lukas mit leiser, deutlich grimmiger Stimme zurück.

„Wie ich schon sagte: Wir haben hier genug zu tun", wiederholte der Wachtmeister gereizt und riss sich von ihm los.

„Was? Hat ein frecher Schullümmel dem Lehrer Pferdemist vor die Tür geladen oder streiten sich zwei Landwirte über die Rechte an einem Wald- und Wiesenpfad?", fragte Lukas in spöttischem Tonfall.

„Sie halten mich auf", bekam er zur Antwort und Lukas beherrschte nur mühsam seinen erneut aufwallenden Ärger über die Ignoranz dieses Mannes. Er griff nach einem der Papiere und dem Bleistift, die auf dem Tisch lagen, und zog beides an sich heran. „Wie heißen Sie?", fragte er, da der Beamte es nicht einmal für nötig gehalten hatte, sich vorzustellen.

„Wozu möchten Sie das wissen?" Der Mann, gerade noch im Gehen begriffen, wandte sich ruckartig um und Lukas glaubte ein klein wenig Furcht in seinen winzigen Augen entdecken zu können.

„Ich brauche Ihren Namen und den Ihres Vorgesetzten. Zudem möchte ich gerne wissen, wo dieser sich im Moment aufhält und wo ich den Bürgermeister finden kann", erklärte Lukas scheinbar gelassen und vollführte mit dem Stift kleine kreisende Bewegungen auf dem Papier, als könne er nicht erwarten, sich entsprechende Notizen zu machen.

„Wollen Sie mir drohen?"

„Keineswegs. Ich möchte nur, dass die Suche nach den Angehörigen dieses Mädchens vorangebracht wird, und wenn Sie dazu keine Zeit haben, wende ich mich eben an eine höhere Stelle."

Der Wachtmeister musterte ihn mit wütendem Blick, zog dann ein paar zerknitterte Blätter aus einem Regalfach und knallte sie vor Lukas auf den Tisch.

„Hier ist die Meldung, die wir bekommen haben", brummte er

und setzte sich auf einen der Stühle, die Arme vor seinem Körper verschränkend.

Lukas zog die Unterlagen zu sich heran. Es handelte sich um einen per Post versandten Brief, der in kurzen Worten das Geschehen und die unzureichende Beschreibung Theresas enthielt. Diesem beigelegt war ein Telegramm, das am Vortag aufgegeben worden war, vermutlich nachdem Theresa bei ihrem Stadtwachtmeister gewesen war. Es gab keine Aktennotiz und keine Vermerke, was darauf hindeutete, dass der Brief und das Telegramm tatsächlich keinerlei Beachtung gefunden hatten.

Ärgerlich über diese Nachlässigkeit und mitleidig, da Theresa nun schon so viele Wochen vergeblich auf eine Nachricht von ihren Verwandten oder Bekannten wartete, betrachtete er die Unterlagen.

In Gedanken versunken zerknitterte er die Papiere in seinen Händen. Wie konnte er sichergehen, dass diese nicht erneut in dem Regalfach verschwinden und dort verstauben würden? Zögernd legte er die Unterlagen auf den Tisch. Er versuchte sich gegen den Gedanken zu wehren, dass die junge Frau, sobald sie etwas über ihre Herkunft erfuhr, wieder in ihr normales Leben, weit von ihm und Anna entfernt, zurückkehren würde. Verwirrt durch diese Empfindungen schob er die Papiere energisch über den Tisch und knurrte wenig freundlich: „Ich möchte sehen, wie Sie die Meldung unverzüglich weitergeben. Ich will sichergehen, dass diese Unterlagen nicht wieder einfach verschwinden."

„Was verschwindet hier einfach?", hörte er plötzlich eine ruhige, freundliche Stimme hinter sich fragen.

Der Wachtmeister sprang sofort auf die Beine und nahm eine stramme, beinahe militärische Haltung ein.

Lukas wandte sich eher langsam zu dem ranghöheren Uniformierten um.

„Was gibt es für Beschwerden?", hakte der große schlanke Mann nach und hängte seinen Hut an ein kleines Geweih, das hinter der Tür an der Wand hing.

„Nur eine unbedeutende Kleinigkeit, der ich sofort nachgehen werde", beeilte sich der andere Wachtmeister zu sagen und griff nach den Papieren, doch sein Vorgesetzter war schneller und nahm die Unterlagen an sich.

„Lukas Biber? Der Veterinär?", fragte er und musterte Lukas ein wenig verwirrt, aber mit einem freundlichen Lächeln.

„Das bin ich", erwiderte Lukas ernst und betrachtete ebenfalls die Gesichtszüge des anderen, die ihm irgendwie vertraut vorkamen.

„Mensch! Dich habe ich ja eine Ewigkeit nicht gesehen. Grüß dich, Lukas!", lachte dieser plötzlich und streckte ihm seine schmale, aber kräftige Hand entgegen.

„Entschuldigung?" Lukas schüttelte verwirrt den Kopf.

Der Oberwachtmeister gab ihm einen derben Schlag auf die Schulter. „Ich bin's, Dietrich Ernst, der Verrückte, den du in Italien aus dem Schlamassel gezogen hast", lachte sein Gegenüber.

Ein breites Lächeln legte sich auf Lukas' Gesicht. Jetzt endlich nahm er die dargebotene Hand. „Didi? Der verrückte Didi? Mensch, du bist ja was geworden!", spottete er und zeigte auf die Uniformknöpfe seines alten Freundes, die im Licht der durch die Fenster dringenden Mittagssonne hell aufleuchteten.

Der Oberwachtmeister deutete seinerseits auf Lukas' Gesicht. „Warum versteckst du dich hinter diesem Gestrüpp? Wenn ich deinen Namen nicht gelesen hätte, würde ich dich in zehn Jahren nicht erkannt haben." Er lachte. „Ich glaube, wir haben uns eine Menge zu erzählen. Was hältst du von einem anständigen Mittagessen?"

„Viel", sagte Lukas und freute sich tatsächlich darauf, mit diesem Mann, der vor einigen Jahren mehrere Wochen sein Begleiter auf einer Reise durch Italien gewesen war, eine Unterhaltung zu führen. Didi war ein angenehmer Gesellschafter, und die Tatsache, dass er weder etwas vom Tod seiner Frau noch von den schweren Monaten danach wusste, würde ihn zu einem unvoreingenommenen Gesprächspartner machen. Zudem konnte er hoffen, dass Theresas Angelegenheit nun gewissenhaft bearbeitet werden würde, denn Didi Ernst nahm die Unterlagen an sich.

Der große Mann griff nach seinem Hut und hielt seinem Freund die Tür auf. Ohne seinem Untergebenen einen weiteren Blick zu gönnen, winkte er Lukas hinaus, und so standen sie kurz darauf auf der staubigen Straße, die seltsam menschenleer war. „Die Familie meiner Frau führt ein Gasthaus, dort können wir essen und uns ungestört unterhalten", erklärte er.

Lukas band sein Pferd los und führte es neben sich her. Sie passierten das Rathaus und schlenderten an den Arkaden entlang über den großen Platz, um in eine Seitenstraße einzubiegen.

Vor dem Gasthaus versorgte er seine Stute mit Wasser, und als er wenige Minuten später den freundlichen Raum betrat, wartete dort nicht nur Didi, sondern auch ein kühles Glas Bier auf ihn.

Didi hatte schnell berichtet, wie es ihm in den letzten Jahren ergangen war, und nach der Mahlzeit forderte er Lukas auf, von sich zu erzählen. Lukas tat dies in groben Zügen und konnte sich eines aufmerksamen Zuhörers sicher sein. Zu guter Letzt berichtete er von Theresa.

„Armes Mädchen", murmelte Didi und fügte den Unterlagen einige Notizen hinzu. „Du nimmst also an, sie stammt aus einer gehobenen Gesellschaftsschicht Wiens?"

„Ihrer Sprache nach, ja. Wobei ich noch einen anderen Akzent bei ihr herauszuhören meine, den ich nicht ganz einzuordnen weiß."

„Und das bei einem Weltenbummler wie dir", lachte Didi und fügte dem Schriftstück eine weitere Anmerkung bei.

„Sie konnte weder Feuer machen noch kochen und auch alle anderen hauswirtschaftlichen Tätigkeiten schienen ihr fremd zu sein. Vor Tieren hat sie ganz offensichtlich Angst."

„Kann sie überhaupt etwas, deine Magd?", fragte Didi lachend und tippte mit dem Bleistift auf dem Papier herum, sodass sich an einer Ecke unzählige grau schimmernde Punkte bildeten.

„Sie ist sehr geschickt im Nähen von Kleidern und sie kann

wunderbar mit Kindern umgehen. Mit meiner kleinen Anna genauso wie mit den größeren Kindern meiner Nachbarin."

„Sie könnte Zofe, Kindermädchen oder sogar Hofdame in einem guten Hause Wiens gewesen sein", überlegte Didi, ohne das Tippen mit dem Stift zu unterbrechen. „Hat sie sich in der Zwischenzeit schon an irgendetwas erinnert?", erkundigte er sich schließlich.

„Sie glaubt sich zu erinnern, bei Nacht in einem Garten von zwei Männern gepackt worden zu sein. Deshalb vermuten wir eine Entführung."

Didi nickte und schrieb erneut etwas auf, ehe er Lukas wieder interessiert ansah.

Lukas grinste und fuhr sich mit der Hand über seinen Bart. „Theresa – so nennen wir sie, da ihr der Name gefiel –", begann er, hielt aber sofort wieder inne, da Didi die linke Hand hob und auch diese Information notierte.

„Weiter", sagte der Oberwachtmeister dann.

„Sie hat die unhöfliche Angewohnheit, einem immer wieder ins Wort zu fallen. Bei einer kleinen Auseinandersetzung mit ihr tadelte ich sie diesbezüglich, und sie meinte sich zu erinnern, dass dies vor nicht allzu langer Zeit schon einmal jemand zu ihr gesagt hatte."

Wieder machte sich der Uniformierte ihm gegenüber Notizen, ehe er sein Glas leerte und erneut damit begann, mit dem Stift auf die Ecke des Papiers zu klopfen. „Die Tatsache, dass ihr der Name Theresa gefiel, könnte bedeuten, dass es eine Theresa in ihrem Leben gab, die ihr sehr nahestand. Gibt es weitere Namen, an die sie sich erinnert oder die ihr gefallen?"

„Maria schien ihr ebenfalls zuzusagen. Ansonsten ist ihr Gedächtnis, was Personen oder Namen betrifft, vollkommen gelöscht."

„Armes Ding", wiederholte Didi und notierte auch diese Information.

„Sie hat den Kindern meiner Nachbarin neue Sommerkleidung genäht, und zwar ausgesprochen modische. Für unsere Verhältnisse vom Schnitt her fast ein wenig zu vornehm."

„Das könnte ein weiterer Hinweis auf eine gute Herkunft sein", nickte Didi und musterte, nachdem er erneut etwas niedergeschrieben hatte, sein Gegenüber prüfend. „Nach dem, was du mir alles über sie erzählst, wundere ich mich allerdings, dass sie dir nicht schon längst diesen furchtbaren Bart ausgeredet hat. Eine Dame aus vornehmen Kreisen …"

„Noch bin ich der Herr im Haus", brummte Lukas und erntete ein fröhliches Lachen.

„Noch?"

„Zugegeben, Didi, sie sagt, was sie denkt, und ist ausgesprochen streitbar. Sie fürchtete sich nicht einmal vor mir brummigem, unfreundlichem Zeitgenossen, der ich geworden bin, und das will schon etwas heißen."

„So ungenießbar kommst du mir gar nicht vor."

„Ich arbeite an mir."

„Du oder sie?"

„Was …?" Lukas runzelte die Stirn, überlegte einen Moment und lächelte dann. Tatsächlich schien es Theresa zu sein, die ihn wieder zum Lachen brachte, die ihn dazu verleitete, ein wenig mehr Freundlichkeit an den Tag zu legen und seiner Tochter mehr Aufmerksamkeit entgegenzubringen. Vielleicht war Didis Frage gar nicht so unberechtigt.

„Ich sehe schon: Diese Theresa hat dich im Griff", sagte der Wachtmeister laut lachend.

Lukas Biber strich sich über den dichten Bart und senkte den Kopf. Nun war ihm klar, was Klara, die über ein Jahr unermüdlich für ihn gebetet und ihn wachzurütteln versucht hatte, damit meinte, wenn sie von Theresa als ihrem Wunder sprach.

Dietrich Ernst klappte die Mappe mit den Unterlagen zu. „Ich werde das alles per Kurier nach Wien bringen lassen. Einige knappe Informationen und eine kurze Beschreibung der Dame werde ich vorab per Telegramm dorthin schicken. Es sollte mich sehr wundern, wenn nicht bald eine Reaktion käme. Übrigens solltest du versuchen herauszufinden, was für ein Akzent das ist, der sich in ihren Wiener Dialekt eingeschlichen hat. Vielleicht kommt sie ursprünglich aus Wien, lebt aber gar nicht mehr dort, sondern in Ungarn, Dänemark oder in einem anderen benachbarten Land, wobei wir Italien und Frankreich sicher ausschließen können. Einen italienischen oder französischen Akzent hättest du erkannt."

Lukas nickte und versuchte sich an die fröhliche, melodische Stimme zu erinnern und daran, wie bezaubernd Theresa manche Worte betonte. „Dänemark ist es sicher nicht, Didi. Dieser Akzent ist wohlklingend, warm und irgendwie – ich würde ihn als temperamentvoll bezeichnen."

„Ungarn?"

„Das wäre möglich", murmelte Lukas.

„Vielleicht solltest du die Frau auf eines der Feste des Adels mitnehmen, zu denen du und deine Familie früher gelegentlich eingeladen wurdet. Die Menschen dieser Gesellschaftsschicht reisen hin und wieder in Nachbarländer und sind teilweise miteinander verwandt. Vielleicht erinnert sich jemand an das Mädchen."

Lukas betrachtete seinen Freund wenig begeistert. Er hatte die Tanzveranstaltungen, die er vor Jahren mit seinen Eltern und seinem Bruder hatte besuchen müssen, nie sehr gemocht. Allerdings musste er sich eingestehen, dass Didis Vorschlag eine Möglichkeit bot, Theresa ihre Identität zurückzugeben.

„Soll ich dir oben ein Zimmer richten lassen, Lukas?"

Der Tierarzt, der ursprünglich daran gedacht hatte, für die Nacht in Freudenstadt oder einem der Dörfer, durch die er auf dem Heimweg kommen würde, zu bleiben, schüttelte spontan den Kopf. Es drängte ihn zurückzukehren. Immerhin hatte er Anna noch nie so lange allein gelassen. Ihm war nicht wohl bei dem Gedanken daran, dass Theresa und Anna die Nacht alleine im Südflügel verbringen mussten.

„Schade. Aber es war schön, dich mal wiederzusehen. Ich melde mich bei dir, sobald ich etwas erfahre, und vielleicht treffen wir uns ja bald mal wieder."

„Ich danke dir, Didi."

„Ich wünsche dir eine sichere Heimreise."

Die beiden gaben sich die Hände, und während Didi hinter dem Tresen verschwand, verließ Lukas das Haus und blinzelte in die warme Nachmittagssonne hinauf. Er band seine Stute los und schwang sich kraftvoll in den Sattel.

Als er an den mehrstöckigen Häusern vorbeiritt, einem nahen Waldstück entgegen, fühlte er erneut diesen drängenden Wunsch, so bald wie möglich zurück beim Gutshaus zu sein. Irritiert runzelte der junge Mann die Stirn. Er wusste Anna doch gut bei Theresa aufgehoben. Warum nur zog es ihn so vehement nach Hause?

Unerklärliche Ängste machten sich in ihm breit, und deshalb tat er das einzig Sinnvolle, was ihm einfiel: Er betete für eine schnelle Heimkehr und für die Sicherheit der beiden Personen in seinem Haus.

Kaum dass er die letzten Häuser hinter sich gelassen und den angenehm kühlen, dunklen Wald erreicht hatte, gab er seiner ausgeruhten Stute die Zügel frei und ließ sie laufen, zurück zu seiner Tochter – und zu Theresa.

Kapitel 26

Ein kräftiger Wind wirbelte den Straßenstaub auf und brachte die Bäume, die die Straße und das nahe Spreeufer säumten, zum Rauschen. Der Mond spiegelte sich in unruhigen Flecken auf dem Wasser wider und das entfernte Bellen eines Hundes mischte sich mit dem Knirschen der Schritte auf dem mit Kies aufgeschütteten Weg.

Die Nacht war kühler als die vergangenen, und der auffrischende Wind, der um die Ecken der herrschaftlichen Häuser strich, trug sein Übriges dazu bei, diese Kälte zu verstärken.

Thomas Wieland hatte die Hände tief in die ausgebeulten

Taschen seiner nicht mehr ganz sauberen Baumwollhose geschoben und die Schultern weit in die Höhe gezogen. Er fror, und das lag nicht nur an der plötzlich hereingebrochenen Kälte. Er hatte den Vormittag auf einer Matinee in einem der guten Häuser Berlins zugebracht. Die anwesenden jungen Damen hatten ihm deutlich gezeigt, wie interessant sie den Musikstudenten fanden, der sogar selbst ein paar Stücke am Flügel dargeboten hatte. Christine war nicht eingeladen gewesen, und schon diese Tatsache hatte eine gewisse Kälte in seinem Herzen aufkommen lassen.

Den Nachmittag über war er in seiner Funktion als Adjutant in einem großen Arbeitszimmer damit beschäftigt gewesen, sich über die Gespräche der Preußen und der anwesenden Österreicher, aber auch zweier Abgesandter Schleswigs und Holsteins Notizen zu machen und auf alle möglichen Andeutungen zu achten, die von den Personen zwischen den Zeilen versteckt wurden. Anschließend war er einem der Preußen stundenlang durch Berlin gefolgt, und das nur, um herauszufinden, dass der Mann seine Frau betrog.

Bei dem anschließenden Gespräch mit General Meierling war er aufgrund der Ergebnislosigkeit dieses Nachmittags von seinem enttäuschten Vorgesetzten wenig freundlich behandelt worden, und auf seine Frage hin, wie es um die Nachforschungen um Marika bestellt war, wurde er nur mit einer ungeduldigen Handbewegung abgespeist.

Die eiskalte Hand der Verzweiflung hatte erneut Besitz von ihm ergriffen. Wo war seine Schwester nur? Die Erkenntnis, dass sie offenbar nicht in Berlin war und dort verhört oder gefangen gehalten wurde, ließ in ihm immer mehr den Verdacht reifen, dass die beiden Preußen aus Wien sich ihrer lästigen Geisel entledigt hatten.

Während der Wind heftig an seinem Hemd zerrte und seine Haare zerzauste, bog er in Richtung Stadtmitte ein und ließ eine geschlossene Kutsche passieren.

Allmählich fragte er sich, ob es ein Fehler gewesen war, nach Berlin zu kommen. Keine Spur deutete darauf hin, dass seine

Schwester tatsächlich jemals in die Nähe Preußens gelangt war, und vielleicht wäre es doch sinnvoller gewesen, bei seiner Familie zu bleiben und in seiner Heimat zumindest nach dem Leichnam seiner Schwester zu suchen. Doch er hatte nie an einen gewaltsamen Tod Marikas glauben wollen. Hatte er sich etwas vorgemacht und damit nicht nur seine Schwester und seine Mutter alleingelassen, sondern auch noch seinen Vater so verärgert, dass der jeglichen Kontakt zu ihm abgebrochen hatte?

Als der junge Mann die Straße überquerte und auf den gepflasterten Gehweg trat, glaubte er, aus dem Augenwinkel einen Schatten entdeckt zu haben. Beunruhigt blickte er sich ein paarmal um. Wurde er verfolgt? War seine Tarnung als Student bereits aufgeflogen?

Er bog in eine kleine Seitengasse ein, als sich ihm von hinten eilige Schritte näherten. Erschrocken wandte er sich um. Im unzureichenden Licht einer entfernten Straßenlaterne entdeckte er drei breite Gestalten, die sich ihm eilig näherten. Thomas wich auf die Straßenseite aus, um die drei passieren zu lassen, doch sie folgten seiner Bewegung. Dem Studenten wurde klar, dass diese Männer nicht vorhatten, an ihm vorbeizugehen. Suchend sah er sich um. Da es in dieser engen Gasse kein Entkommen gab, wandte er sich um und blickte den dreien mehr trotzig als mutig entgegen.

Diese wurden merklich langsamer und hielten schließlich an. Einer der Männer murmelte etwas und die drei setzten sich erneut in Bewegung. Provozierend langsam und mit leicht vom Körper abstehenden, muskulösen Armen und geballten Fäusten kamen sie näher.

„Was gibt es?", rief Thomas ihnen herausfordernd entgegen.

Er bekam keine Antwort, und nach einem weiteren prüfenden Blick auf die drei muskelbepackten Männer wurde ihm bewusst, dass er keine Chance hatte, wenn sie ihn erst einmal erreicht hatten. Sie waren auf eine Schlägerei aus und er würde von ihnen zu Brei verarbeitet werden.

Seine Chance bestand lediglich in seiner nicht zu verachtenden

Schnelligkeit. Er nannte sich selbst einen Idioten, weil er überhaupt stehen geblieben war. „Na dann", murmelte er, wandte sich um und begann zu laufen. Offenbar hatte er seine Verfolger damit überrascht, denn es dauerte ein paar Augenblicke, bis er ihre schnellen Schritte hinter sich hören konnte, und während er in eine Seitengasse einbog, stellte er befriedigt und auch erleichtert fest, dass der Abstand zwischen ihm und ihnen beträchtlich angewachsen war. Die Erleichterung dauerte jedoch nur so lange an, bis er die hohe Mauer entdeckte, die sich ihm in den Weg stellte. Er war in eine Sackgasse geraten.

Mit grimmigem Gesicht wandte er sich einem der Häuser zu seiner Rechten zu und drückte die Türklinke herunter, doch wie konnte er hoffen, dass eine dieser Türen bei Nacht offen war?

Er versuchte es an ein paar weiteren Türen, hämmerte verzweifelt dagegen. In einem der Häuser ging für kurze Zeit ein Licht an, das jedoch in dem Augenblick wieder gelöscht wurde, als der erste seiner drei Verfolger ihn erreichte und mit seinen kräftigen Armen gegen die raue Hauswand drückte.

Langsam entfernten sich die Gestalten und bogen hinter der Häuserecke in die große Straße ein, um aus seinem Blickfeld zu verschwinden.

Der Sturmwind heulte noch immer zwischen den Dachfirsten hindurch, und ein einzelner in dieser Gasse stehender Baum schüttelte wild seine Krone, ein lautes Rascheln der trocken wirkenden Blätter hervorbringend. Eine zerzauste schwarz-weiße Katze huschte vorbei und schien den leise stöhnenden, am Boden liegenden Mann nicht einmal zur Kenntnis zu nehmen. Plötzlich war das laute Klackern von Pferdehufen zu hören, das zwischen den Häuserschluchten widerhallte.

Thomas hob langsam seinen schmerzenden Kopf und blickte

die enge Gasse entlang. Aber was machte er sich Hoffnungen? Wer sollte sich schon in diese abgelegene Straße verirren? Vermutlich würde er bis zum Morgen hier liegen. Doch der Reiter bog, wenn auch zögernd, in die Gasse ein und kam langsam auf ihn zugeritten.

Thomas, der sich zuerst über seine nahende Rettung freuen wollte, runzelte die Stirn und legte schließlich den schmerzenden Kopf wieder auf das feuchte Pflaster. Warum sollte dieser Mann hier hereinreiten, es sei denn, er wusste, dass hier jemand lag? Jemand, der von den eigenen Männern zusammengeschlagen worden war und dem er nun noch eine Warnung mit auf den beschwerlichen und schmerzerfüllten Weg nach Hause geben wollte?

Zumindest würde er dann wissen, wem er unangenehm auf die Füße getreten war, dachte Thomas und drehte seinen schmerzenden, blutenden Kopf so, dass er dem sich noch immer langsam und vorsichtig nähernden Reiter entgegensehen konnte.

Durch diese Bewegung wurde der Mann auf ihn aufmerksam, und schneller, als Thomas dies bei seiner Körperfülle erwartet hätte, war er aus dem Sattel. „Schöner Mist", murmelte er und tastete vorsichtig Thomas' Körper ab.

„Das denke ich auch", knurrte Thomas, um auf seinen Wachzustand aufmerksam zu machen.

Der junge Mann wandte sich ihm zu. „Was haben Sie den drei Burschen getan?"

„Nichts. Ich kenne sie nicht einmal."

„Ich kann Sie auf mein Pferd setzen und in ein Krankenhaus bringen."

„Mir fehlt so weit nichts", murmelte Thomas, der keineswegs gewillt war, sich in ein Krankenhaus bringen zu lassen.

„Zäher Kerl", brummte sein Gegenüber und half ihm, langsam aufzustehen. „Lassen Sie sich Zeit. Ihr Kopf könnte es Ihnen übel nehmen, wenn Sie sich zu schnell bewegen", empfahl der mollige Mann und stützte ihn weiterhin, während Thomas darum bemüht war, seine schmerzenden Gliedmaßen unter Kontrolle zu bekommen.

Schwer stützte sich der Verletzte auf seinen Helfer, und dieser stand geduldig still und ließ ihm die Zeit, die er brauchte, um schließlich allein stehen zu können.

„Warum sind Sie hier in die Gasse geritten?"

„Ich habe die drei Kerle breit grinsend aus der Seitenstraße kommen sehen und dachte mir, dass ich hier jemanden vorfinden würde, dem es nicht gerade gut geht."

Thomas wagte einen Schritt nach vorne, doch sofort spürte er einen rasenden Schmerz in seiner Seite, und erschrocken hielt er den Atem an.

„Ich helfe Ihnen auf mein Pferd", entschied der Mann.

Die Bestimmtheit, mit der er die Worte gesagt hatte, duldete keinen Widerspruch, und so ließ sich Thomas in den Sattel wuchten, wobei er schmerzgepeinigt die Zähne aufeinanderbiss. Sein Helfer nahm die Zügel und führte das Pferd langsam aus der Sackgasse hinaus. „Wohin darf ich Sie bringen?", fragte er, als sei er sein Kutscher, und mit einem schmerzverzerrten Grinsen nannte Thomas seine Adresse. „Ah, ein Student. Was studieren Sie?"

„Musik, Schwerpunkt Klavier."

„Dann hat jemandem Ihr Spiel gewaltig missfallen", lachte sein Begleiter und schenkte ihm dann einen entschuldigenden Blick. „Malte Heinrichs, zurzeit Leutnant in der Zweiten Preußischen Armee unter unserm Fritz."

Thomas schmunzelte trotz seiner Schmerzen. Er hatte selten einmal jemanden den preußischen Kronprinzen Friedrich Wilhelm in so respektloser Art Fritz nennen hören.

„Sie sind aus Österreich?"

„Hört man das so sehr?"

„Würde ich sonst fragen?"

„Ich bin halb Österreicher, halb Ungar", erwiderte Thomas schließlich.

Der Mann vor ihm hielt das Pferd an und betrachtete ihn interessiert. „Sie sind aber nicht Christines Thomas Wieland?"

Thomas nickte irritiert.

„Dann weiß ich auch, wer Ihnen diese Kerle auf den Hals gehetzt hat."

„Ihr Vater?", fragte Thomas.

„Bestimmt nicht. Er hat andere, wirksamere und menschenwürdigere Methoden, um Sie loszuwerden, glauben Sie mir, Herr Wieland. Außerdem ist er nicht dumm. Solange Sie sich um seine Tochter kümmern, haben Sie wenig Zeit für Ihre Tätigkeiten außerhalb des Studiums."

„Was stört General Doorn an meiner Arbeit bei Meierling?", erkundigte sich Thomas beunruhigt.

„Man munkelt, dass Meierling einige Handlanger um sich schart, die nicht immer das sind, was sie vorgeben zu sein."

„Sie sind erschreckend offen, Leutnant Heinrichs."

„Mein Fehler, ja. Vermutlich werde ich deshalb auch niemals über den Grad des Leutnants hinauskommen. Zumal ich diese angestrebte kriegerische Auseinandersetzung zwischen Preußen und Österreich nicht gutheiße."

„Es soll also wirklich eine kriegerische Auseinandersetzung geben?"

„Halten Sie mich nicht für dumm, Wieland. Und spielen Sie mir nicht den Dummen vor."

Thomas hielt es für angebracht, das brisante Gesprächsthema zu beenden. „Woher kennen Sie Christine?"

„Christine ist meine süße kleine Base, Herr Wieland."

„Noch so ein um fünfzehn Ecken verwandter Hohenzoller?", lästerte Thomas und erntete ein leises Auflachen seines Helfers.

„Genau. Und aus ebendiesem Grund muss ich Ihnen mitteilen, dass Sie aus der falschen Ecke des Deutschen Bundes stammen und Christine für Sie tabu sein sollte, Österreicher."

„Ungar", sagte Thomas in dem Versuch, sich eine kleine Chance auf die schönste und freundlichste Frau zu erhalten, die er jemals kennengelernt hatte.

„Vielleicht dann. Aber warum tragen Sie, wie mein Onkel äußerst beunruhigt erzählte, gelegentlich eine Uniform der Österreicher?"

„Halten Sie mich nicht für dumm und spielen Sie mir nicht den Dummen vor, Leutnant", erwiderte Thomas trocken und versuchte sich ein wenig bequemer hinzusetzen, was ihm aufgrund der stetig zunehmenden Schmerzen nicht gelang.

Malte Heinrichs lachte und betrachtete dann mitleidig das gequälte Gesicht seines Begleiters. „Mir macht das nichts aus, Ungar. Ich kenne Christines Vater gut und vermute deshalb, er würde Ihnen seine Tochter geben, wenn Sie ihn inständig bitten würden. Aber ich sehe da eine gewaltige dunkle Wolke über Ihrem Haupt aufziehen, und die trägt den Namen Krieg."

Thomas nickte mit grimmiger Miene und wechselte erneut das Thema: „Und wer hat mir, Ihrer Meinung nach, seine Schläger auf den Hals gehetzt?"

„Ein snobistischer Adeliger aus dem Norden, der über vierundzwanzig Ecken mit dem König verwandt ist. Er heißt Beck und Christine kann ihn nicht ausstehen."

„Ein snobistischer, nur vierundzwanzigeckiger Verwandter, den Christine nicht einmal ausstehen kann, hat mich so zurichten lassen?", wiederholte Thomas und erntete erneut das fröhliche, sympathische Lächeln von Christines Vetter.

„Ich könnte mir das durchaus vorstellen. Beck hat ein Auge auf Christine geworfen und er hat sie wohl ein- oder zweimal in Ihrer Begleitung gesehen. Er ist ein Mann, der für gewöhnlich bekommt, was er will, und dabei nicht gerade zimperlich mit seinen Widersachern umgeht."

Thomas war erleichtert, als sie endlich das Haus erreichten, in dem er sich ein Zimmer angemietet hatte. Unter Mithilfe seines Begleiters gelangte er aus dem Sattel und mit verbissenem Gesicht hielt er sich an dem schlecht verankerten Treppengeländer fest.

Prüfend betrachtete der junge Mann das Haus, um sich dann erneut Thomas zuzuwenden. „Christine sagte, dass Ihr Vater im diplomatischen Dienst sei."

Thomas zuckte leicht mit den Schultern, was ihm einen stechenden Schmerz durch den Kopf jagte.

„Dann müssen Sie ein ebenso schwarzes Schaf der Familie sein wie ich", erwiderte Malte Heinrichs und wieder schlich sich dieses Grinsen auf das rundliche Gesicht.

„Warum sind Sie eigentlich so gut informiert?"

„Ich bin Christines Lieblingsvetter – und sie hat eine ganze Menge Vettern!"

„Das glaube ich Ihnen sofort", sagte Thomas und ließ sich auf die zweitunterste Stufe fallen.

Malte band sein Pferd fest und setzte sich neben ihn.

Thomas sah ihn von der Seite an. „Was mache ich jetzt mit diesem Vierundzwanzigeckigen?"

„Nichts. Er ist ein hochrangiges Tier im Stab des Königs und setzt seine Interessen rücksichtslos durch."

„Dann sollte ich mich wohl auf weitere Prügel einstellen."

„Wollen Sie Christine weiterhin treffen?"

„Sie ist keine Frau, die man wegen ein paar geprellter Rippen und ein bisschen Kopfschmerzen einfach aufgibt, Leutnant Heinrichs."

„Das hätte mich auch schwer enttäuscht", lachte dieser und deutete mit dem Daumen über seine Schulter. „Soll ich Ihnen ins Haus helfen?"

„Ich denke, ich bleibe einfach so lange hier sitzen, bis die Schmerzen nachlassen."

„Guter Gedanke. Ich spreche solange mit Christine und ihrem Vater. Vielleicht kann er den snobistischen Adeligen ein wenig zurückpfeifen."

„Wird er das für mich tun?", erkundigte sich Thomas mit deutlichem Zweifel in der Stimme.

„Für Sie? Niemals. Aber für seine Tochter sofort. Christine kann ihn mit Leichtigkeit um den Finger wickeln und außerdem weiß er Sie gerne ein wenig abgelenkt."

„Sie verwirren mich mit Ihrer Ehrlichkeit, Heinrichs", brummte Thomas und hielt sich seinen schmerzenden Schädel.

„Dafür bin ich bekannt, Ungar. Es war interessant, Sie kennengelernt zu haben."

„Danke für Ihre Hilfe."

„Gern geschehen. Schließlich mag ich den Vierundzwanzigeckigen auch nicht." Der mollige Leutnant erhob sich und schwang sich erstaunlich behände auf den Rücken seines Pferdes. Er nickte ihm nochmals zu und Thomas hörte ihn leise lachen: „Vierundzwanzigeckiger! Das wird Christine gefallen."

Langsam schleppte sich Thomas in sein Zimmer hinauf und legte sich mitsamt seiner schmutzigen Kleidung auf sein Bett. Besorgt machte er sich klar, dass er sich von einer ganz unvermuteten Seite einen Feind geschaffen hatte, der deutlich zeigte, was er von ihm hielt. Eine Gefahr mehr in seinem derzeit ohnehin nicht gerade ruhigen Leben.

Kapitel 27

Theresa schlug die Augen auf und hielt unwillkürlich den Atem an. Irgendetwas hatte sie geweckt. Der gleichmäßige Atem Annas zeigte ihr, dass das Kind fest schlief. Die junge Frau konnte das beunruhigende Gefühl, das sich von Sekunde zu Sekunde in ihr steigerte, nicht erklären.

Draußen blies ein frischer Wind, der den Vorhang vor dem geöffneten Fenster leicht zum Tanzen brachte, und das stete, gleichmäßige Rauschen der dunklen Fichten hinter dem Gutshaus klang in dieser Nacht bedrohlich und düster. Langsam atmete die junge Frau aus. Vergeblich versuchte sie, den schnellen Rhythmus ihres Herzens zu beruhigen. Warum nur empfand sie solche Angst?

Sie drehte sich auf die rechte Seite und schrak heftig zusammen. Die Tür zum Flur stand offen und im Türrahmen stand eine männliche Gestalt.

Bewegungslos blieb die junge Frau liegen und musterte die Person. Es konnte unmöglich der Hausherr sein. Schließlich hatte er ihr gesagt, dass er zwei Tage unterwegs sein würde. Zudem war diese Gestalt ein wenig kleiner, dafür aber stämmiger. Wer also hatte sich unerlaubt Zutritt zum Haus verschafft? Sie hatte im Untergeschoss doch alle Fenster sorgfältig geschlossen und die Tür abgesperrt.

Theresa bemühte sich, leise und gleichmäßig zu atmen. Sie wollte den Eindringling nicht wissen lassen, dass sie wach war und ihn bereits entdeckt hatte. Ihr fiel Hannahs Warnung in Bezug auf Markus Biber ein. Plötzlich war sie sich sicher, dass er es war, der dort bewegungslos im Türrahmen stand. Vermutlich hatte er sich über das Haupthaus Zutritt zum Südflügel verschafft. Was aber wollte er hier? Suchte er seinen Bruder? Immerhin lag sie in dessen Schlafzimmer.

Der Mann bewegte sich, trat in das Zimmer und schloss leise die Tür hinter sich.

Theresa begann furchtsam zu zittern. Markus Biber wollte nicht zu seinem Bruder, und er wusste genau, dass sie allein war.

Während der Mann zum Fenster hinüberging und es schloss, schob sich Theresa langsam an den Rand des Bettes. Panik überfiel sie, als sich der Mann ihrem Bett näherte. Als er sich gerade auf die Kante der Matratze setzen wollte, sprang Theresa heraus und flüchtete in Richtung Nebentür. Markus Biber kam hinter ihr her und schob sich zwischen sie und die Tür. Sofort drehte Theresa sich um und wich ein paar Schritte zurück.

„Ich dachte mir schon, dass du wach bist", lachte Markus Biber verhalten. Er klang, als sei er nicht ganz nüchtern.

„Verschwinden Sie", fauchte Theresa ihn an. Sie hatte keine Ahnung, wie sie ihm entkommen sollte. Das Fenster kam nicht infrage. Sie befand sich im ersten Stock und ein Sprung hinunter konnte für sie unangenehme Folgen haben.

„Hast du dir heute Nachmittag ein paar Anregungen von der Hure geholt?", lachte Lukas' jüngerer Bruder, kam langsam näher und stellte sich vor das Fenster.

„Ich sagte, Sie sollen gehen!", stieß Theresa voller Angst hervor und machte sich bereit, über das breite Bett zu flüchten.

„Lukas hat sicher nichts dagegen, Rotschopf. Er teilt gerne mit seinem Bruder", lallte der Mann und lachte wieder, sich weiter auf sie zubewegend.

Theresa rollte sich mit einem Satz auf die Matratze und sprang auf der anderen Seite gewandt und schnell wieder auf den Boden.

Einen wütenden Fluch ausstoßend, kam Markus ihr nach, doch sie schaffte es, noch vor ihm die Tür zu erreichen. Hastig drückte sie die Klinke herunter, riss die Tür so heftig auf, dass sie dem Mann gegen den Körper donnerte, und floh in den Flur hinaus. Theresa hatte so viel Schwung, dass sie sich an der gegenüberliegenden Wand mit den Händen abstützen musste.

„Verdammtes Weibsstück", hörte sie ihn laut aufstöhnen. Schnell wirbelte sie herum und lief mit ihren nackten Füßen über den hölzernen Fußboden in Richtung Treppenhaus.

Hinter sich hörte sie Anna laut weinen und unwillkürlich blieb sie stehen. Der Lärm hatte das Mädchen geweckt. Sie konnte das Kind doch nicht alleinlassen! Doch als sie sich umdrehte, wobei ihre locker geflochtenen Haare sich lösten und wie eine wallende Mähne über ihrem Rücken ausbreiteten, konnte sie schemenhaft die männliche Gestalt erkennen, die aus dem Zimmer stürmte und ihr nachkam. Sofort drehte sie sich wieder um und rannte mit um die Beine flatterndem Nachthemd und fliegendem Haar weiter den Flur entlang und die Treppe hinunter, wobei sie in ihrer Hast beinahe gestürzt wäre.

Als sie die letzten Stufen hinuntersprang, hörte sie ihren Verfolger bereits hinter sich auf der Treppe. Theresa eilte in Richtung Haupttür, als ihr klar wurde, dass der Schlüssel für diese Tür in der Küche lag. Sie musste also zur Nebentür hinaus und versuchen, sich draußen irgendwo zu verstecken. Abrupt änderte sie ihre Laufrichtung, und während sie noch durch die Halle stürmte, erreichte ihr Verfolger ebenfalls das Ende der langen Treppe.

Theresa zitterte vor Angst. Ihr Blut rauschte in ihrem Kopf. Ihr Atem ging stoßweise und schnell. Mit hektischen Bewegungen tastete sie nach dem Türgriff. Ihre Hände fuhren über das Holz. Wo war nur der Griff? Der Schlüssel musste im Schloss stecken. Warum nur fand sie ihn nicht? Sie musste doch hinaus.

Endlich fand ihre Hand den Schlüssel. Sie blickte über die Schulter und stieß einen Schrei aus. Der Mann stand schon hinter ihr. Er wirbelte sie so heftig herum, dass sie sich nicht mehr auf den Beinen halten konnte. Mit ihrem ganzen Körper schlug sie hart auf dem Boden auf. Getrieben von ihrer panischen Angst, versuchte sie sich zur Seite zu rollen, doch sie wurde am Nachthemd festgehalten.

Sie schrie laut auf, doch niemand war da, der ihr helfen konnte. Kräftig trat sie mit beiden Beinen um sich und traf den Mann mit der Ferse an der Nase. Dieser ließ sich laut aufschreiend zurückfallen. Endlich konnte sich die verängstigte Frau von dem Körper des Mannes fortrollen, wobei ihr Nachthemd zerriss, da Markus auf dem Saum lag.

Dieses Geräusch entlockte ihrem Peiniger ein hämisches Lachen und ein wenig mühsam erhob er sich. Sein Gesicht war schmerzverzerrt.

In der Zwischenzeit hatte Theresa erneut die Nebentür erreicht. Diesmal fand sie den Schlüssel sofort. Sie drehte ihn um und riss die Tür in dem Moment auf, als Markus sie erreichte.

Die Türkante traf ihn an der Stirn und mit einem wütenden Aufbrüllen taumelte er ein paar Schritte zurück.

Theresa sprang hinaus in die Dunkelheit.

Als Markus den ersten Schmerz überwunden hatte, stürzte er hinter der vom Mond angeleuchteten weißen Gestalt mit dem wehenden Haar her.

Theresa sah keine Möglichkeit, sich innerhalb des Gartens zu verstecken, und so eilte sie dem Torbogen in der kleinen Mauer zu. Sie riss das Tor auf, nahm sich aber nicht die Zeit, es hinter sich wieder zu schließen. Mit einer Hand an der Mauer, da die Wiese hier sofort steil in Richtung See abfiel, hastete sie weiter. Sie stolperte, fing sich aber mit den Händen ab und krabbelte auf allen vieren, bis sie sich wieder gefangen hatte und in aufrechter Haltung weitereilen konnte.

Sie hörte Markus hinter sich fluchen, und als sie sich umwandte, sah sie ihn den Abhang hinunterrutschen. Offenbar war er mit zu viel Schwung durch das offen stehende Gartentor hindurchgeeilt und von dem steil abfallenden Gelände überrascht worden. Dies verschaffte ihr ein wenig Vorsprung. Schnell richtete sie ihren Blick wieder nach vorne und lief noch ein wenig schneller. Als sie den Südflügel umrundet hatte, blieb sie hilflos stehen. Wo sollte sie hin? Hier gab es nur den Hof, weiter entfernt den Nordflügel und die abfallenden Wiesen. Ihr Verfolger würde sie sehen, wenn sie zum Stall oder in Richtung Stadt lief, und sicherlich würde er sie einholen, bevor sie sehr weit gekommen war. Dasselbe galt auch für den Fußpfad in Richtung Bauernhof. Aber dieser war näher als die Stadt und dort konnte sie mit Sicherheit tatkräftige Hilfe erwarten. Vielleicht war Karl sogar schon wach und hatte seine Arbeit im Stall begonnen. In diesem Fall würde er zumindest ihre Hilferufe hören können.

Theresa begann wieder zu laufen und schrak zusammen, als sie erneut von hinten gepackt und auf den gepflasterten Boden geschleudert wurde. Sie hatte zu lange gezögert. Markus hatte sie eingeholt.

„Ich krieg dich, du Flittchen", keuchte er und wollte sich auf sie werfen. Doch wieder rollte sie sich wieselflink davon. Im Aufstehen stieß sie einen lauten, gellenden Schrei aus in der Hoffnung, Isolde würde sie hören und diesem grässlichen Tun ein Ende setzen.

Die Hunde jedenfalls reagierten sofort. Sie kamen mit großen Sätzen an das Gatter gelaufen, sprangen an diesem hinauf und bellten wütend in die Nacht hinein. Trotz ihrer panischen Angst hörte sie das laute Weinen von Anna und bemerkte das unbeherrschte Zurückzucken des Mannes vor den sich wild gegen die Holzbretter werfenden Hunden. Hatte er Angst vor ihnen? Ohne lange zu überlegen, änderte sie so plötzlich die Richtung, dass der Mann, der wieder hinter ihr hergehechtet war, ins Leere stürzte.

Sie stürmte auf das Gatter der Hunde zu und schreckte zurück, als sie die in die Höhe gezogenen Lefzen und die scharfen Reißzähne der beiden im fahlen Mondlicht erkennen konnte. Aber die Hunde waren jetzt ihre einzige Chance, und immerhin kannte sie die Befehle, die sie hoffentlich zur Ruhe bringen würden, wenn es nötig war.

Da sie den Riegel am Tor des Gatters in ihrer Panik nicht finden konnte, raffte sie ihr langes Nachthemd in die Höhe und begann, den Zaun über die Verstrebungen der Bretter zu erklimmen. Gerade als sie ein Bein darüberschwingen wollte, fühlte sie, wie sie am anderen mit festem Griff gepackt wurde.

Bitte, Gott, bitte nicht, flüsterte sie. Ihre Hände krallten sich fest in das Holz. Die Hunde sprangen zu ihr in die Höhe. Sie spürte deren Atem auf ihrem Gesicht. Lieber wollte sie von ihnen gebissen werden, als Markus Biber in die Hände zu fallen.

Erneut versuchte sie, mit dem freien Bein um sich zu treten. Doch der Mann zog an ihrem Fuß, sodass Theresa den Halt verlor und stürzte.

Die Hufe der Stute klapperten laut über die Steinbrücke, und das Murmeln des breiten Baches klang wie das leise Flüstern einer freundlichen Stimme, die ihn nach seinem langen Ritt willkommen heißen wollte. Lukas Biber lächelte, als er die dunkle Silhouette der Kirche auf dem Hügel sah, als träfe er einen alten Bekannten. Mit Zeigefinger und Daumen fuhr er sich über seine müden Augen. Dann trieb er das ebenfalls erschöpfte Tier in einen leichten Trab. Er wollte wenigstens noch ein paar Stunden schlafen, ehe ihn die Arbeit rief.

Mit seinen Gedanken war er bei Theresa. Ob sie mit den Tieren zurechtgekommen war? Das Mädchen tat ihm leid, hatte sie sich doch große Hoffnungen gemacht, dass sie in Wien gesucht und dank ihrer Beschreibung, die eigentlich längst dorthin hätte gesandt werden müssen, auch bald gefunden werden würde. Andererseits konnte er die unterschwellig in ihm aufkeimende Erleichterung darüber, dass dem nicht so war, nicht ignorieren. Er mochte Theresa sehr, das hatte er sich auf seinem Ritt eingestehen müssen, und je näher er seinem Zuhause kam und je mehr die freudige Aufregung, die er jahrelang nicht mehr gekannt hatte, in ihm wuchs, desto klarer wurde ihm, dass dieses Gefühl stärker war, als er noch einige Stunden zuvor bereit gewesen war sich einzugestehen.

Vor ihm erhob sich, vom fahlen Licht des Mondes beschienen, das Gutshaus. Erleichtert trieb er das Pferd in Richtung Stall.

Als er absteigen wollte, hörte er das wilde, drohende Bellen seiner Hunde. Irgendetwas war dort oben nicht in Ordnung.

Die Stute stieß ein ungehaltenes Grunzen aus, als sie derb angetrieben wurde. Folgsam kämpfte sie sich über die taunasse Wiese die steile Anhöhe hinauf, um mit donnernden Hufen auf den gepflasterten Vorplatz des u-förmigen Hauses zu galoppieren.

Lukas zügelte das Pferd und beobachtete, wie eine schlanke Gestalt in einem Nachthemd über den Zwingerzaun zu klettern versuchte. Eine dunkle andere Gestalt hinderte sie jedoch daran und hielt sie fest.

Der Mond trat hinter einer vom Wind weitergetriebenen Wolke hervor, und nun konnte Lukas eine dichte Flut aus wilden, rot leuchtenden Locken erkennen, die die schlanke Gestalt beinahe vollständig einzuhüllen schien und bis über das Holz des Zaunes hing.

Lukas schwang sich aus dem Sattel, und als er zu laufen begann, sah er, wie Theresa verzweifelt mit ihrem freien Bein nach dem Mann trat. Dieser zog jedoch mit einem festen Ruck an ihrem Bein und Theresa stürzte mit einem lauten Aufschrei von dem hohen Zaun herunter.

Als Lukas am Zaun ankam, gelang es ihm gerade noch, ihre Schultern zu fassen zu bekommen, sodass er sie zumindest etwas abfangen konnte. Doch ihre Beine prallten ungebremst auf den harten Boden.

„Bleiben Sie unten", zischte er ihr zu und wandte sich ihrem Angreifer zu, der in dem Handgemenge zurückgetaumelt war. Dieser drehte sich einmal um sich selbst, als habe er ihn noch nicht bemerkt und wundere sich, wohin Theresa plötzlich verschwunden war.

Im Mondlicht konnte Lukas schnell seinen Bruder erkennen, doch selbst in totaler Dunkelheit hätte er ihn für Theresas Peiniger gehalten. Er packte Markus am Hals und schob ihn erbarmungslos ein Stück vor sich her, während dieser sich vehement gegen seinen Griff zu wehren versuchte. In einiger Entfernung zu Theresa ließ er seinen Bruder so plötzlich los, dass dieser wie ein Sack Kartoffeln zu Boden fiel.

Regungslos und mit schmerzentstelltem Gesicht blieb er liegen und blickte Lukas zornig an. Wie beherzt Theresa sich gegen ihn zur Wehr gesetzt hatte, war an seiner blutenden Stirn und an seiner Nase zu sehen, die vermutlich gebrochen war.

Lukas stellte sich breitbeinig über ihn, damit er nicht einmal den Versuch wagen konnte aufzustehen. „Bist du von Sinnen?", fuhr er ihn an.

„Was regst du dich auf? Sie ist eine Hure, nicht dein Privatbesitz."

„Sie ist weder das eine noch das andere", knurrte Lukas ihn an und hoffte, Theresa habe Markus nicht gehört.

„Sie hatte Hannah Werner hier oben. Anschließend hat sie mir schöne Augen gemacht", schrie Markus ihn herausfordernd an und befühlte seine blutende Wunde.

Lukas wandte sich halb um und blickte zu der vom Mondlicht hell beschienenen weiblichen Gestalt hinüber, die noch immer zitternd vor dem Hundezwinger kauerte.

„Frag sie selbst, wenn du mir nicht glaubst", zischte Markus und richtete sich auf die Ellenbogen auf.

„Halt den Mund, Markus. Sie weiß vermutlich nicht einmal,

wovon du sprichst. Und ich kenne dich gut genug. Schon einmal musste ich dich von einer Frau trennen, und idiotischerweise habe ich damals auch noch versucht, deinen Kopf aus der Schlinge zu ziehen."

„Das ist dir auch gut gelungen", lachte der jüngere Mann.

Aufgebracht über diese leichtfertige und menschenverachtende Art, die sein Bruder an den Tag legte, stellte er ihm den rechten Schuh auf die Brust und drückte ihn wieder auf den Boden hinunter. „Du gibst mir jetzt den Schlüssel für den Haupttrakt. Und wehe, ich sehe dich noch einmal auch nur in der Nähe des Südflügels, geschweige denn in Annas oder Theresas Nähe!", donnerte er auf ihn hinunter. „Hast du mich verstanden?" Seine große, breite Gestalt wirkte bedrohlich genug, dass der jüngere der Brüder nicht mehr wagte, etwas zu erwidern, und nur zustimmend nickte. „Noch ein Fehltritt von dir oder deiner Frau und ihr beide könnt euch ein neues Zuhause suchen." Wieder nickte Markus und schließlich nahm Lukas seinen Fuß von dessen Brust.

Markus erhob sich, klopfte sich den Staub von der Hose und ging mit unsicherem Schritt davon.

Lukas ließ ihn nicht aus den Augen, bis er im Nordflügel verschwunden war. Dann drehte er sich langsam um und schritt zu Theresa hinüber. Er schickte die Hunde, die immer noch unmittelbar hinter dem Zaun auf und ab liefen, fort und ging langsam vor ihr in die Hocke. „Sind Sie in Ordnung?", fragte er leise.

„Ich weiß nicht", murmelte die junge Frau verunsichert und warf einen ängstlichen Blick in Richtung Nordflügel.

„Er ist weg."

„Dann gehen Sie schnell zu Anna hinauf", bat Theresa ihn. „Sie ist von dem Lärm wach geworden und hat laut geweint." Tränen traten ihr in die Augen.

Lukas schüttelte sachte den Kopf. Wie konnte diese Frau, nachdem, was sie in dieser Nacht durchgemacht hatte, an das Kind denken, das sicher in seinem Bett lag, selbst wenn es sich erschreckt hatte?

„Ich lasse Sie jetzt nicht allein", entschied Lukas, der sich nicht schon wieder von diesem Mädchen bevormunden lassen wollte. Zudem kannte er ihre Angst vor der Dunkelheit.

Theresa blickte ihn dankbar an und zog sich an einer der Querlatten langsam in die Höhe. Ein langer Riss zog sich vom Saum des Baumwollnachthemds bis zum Oberschenkel hinauf und legte ihre wohlgeformten, aber von Schürfwunden zerschundenen Beine frei. Kaum dass sie stand, hielt sie die Luft an und ging leicht in die Knie. Vermutlich hatte sie sich bei ihrem Sturz vom Gatter verletzt.

Lukas legte seinen Arm um ihre Hüfte und zog sie an sich, damit er sie stützen konnte, doch selbst in dieser Schonhaltung trat Theresa nicht richtig auf, und so nahm er sie einfach auf die Arme.

„Wollten Sie wirklich bei den Hunden Schutz suchen?", fragte er leise, nur damit er ein wenig abgelenkt war und nicht immerzu auf ihre zerkratzten Beine sehen musste.

„Mir schien es, als fürchte sich Ihr Bruder vor den Tieren", lautete die ebenso leise Antwort, und ihre dunklen Augen, die in dieser Nacht wie große, überreife Kirschen wirkten, sahen ihn voller Verzweiflung und Angst an.

„Das stimmt. Er mag keine Hunde, seit er als Kind von einem gebissen wurde, und sie mögen ihn nicht."

Nach einer kurzen Pause erkundigte sich Lukas: „Frau Werner war bei Ihnen?"

„Ich hatte sie zum Kaffee eingeladen. War daran irgendetwas verkehrt?", kam die noch immer leise, aber deutlich herausfordernde Antwort und Lukas registrierte auch dies mit Erleichterung. Theresa würde sich von diesem Schrecken sicherlich schnell erholen.

„Dass dieser Besuch anderen Menschen ein wenig seltsam erscheinen mag, ist Ihnen nicht in den Sinn gekommen?", fragte er vorsichtig und stellte sie sachte auf die Beine, da er den Hausschlüssel aus seinem Jackett holen musste.

Sie hielt sich am Türpfosten fest, während er aufschloss, und als er ihr die Tür aufhielt, hüpfte sie zwar behände, aber mit schmerzverzerrtem Gesicht über die Schwelle und in die Halle hinein.

Schnell verschloss er die Tür, ließ den Schlüssel von innen stecken und nahm sie ohne Vorwarnung einfach wieder auf die Arme, ihren leisen Protest großzügig überhörend. Sie war federleicht, und es machte ihm nichts aus, sie die Stufen hinaufzutragen, und wenn er ehrlich zu sich selbst war, empfand er ihre Nähe als ausgesprochen angenehm. Vor seiner Schlafzimmertür ließ er sie erneut auf den Boden hinunter und sah sie besorgt an. „Kann ich Sie alleine lassen?"

„Es geht schon. Danke für Ihre Hilfe."

„Ich stelle Ihnen heißes Wasser vor die Tür."

„Sehen Sie bitte zuerst nach Anna. Ich glaube nicht, dass ich sie aus dem Bett heben kann."

„Ich sehe nach ihr", versprach er, obwohl aus dem Ankleidezimmer kein Ton zu vernehmen war.

Theresa verschwand im Schlafzimmer, während er nebenan die Tür öffnete und eine völlig verschwitzte und leise schluchzende Anna vorfand, der er minutenlang über die weichen, nassen Haare strich und beruhigend erzählte, dass sowohl er als auch Theresa wieder da seien.

Das Schluchzen wurde leiser, und als er das Gefühl hatte, dass das Mädchen wieder fest schlief, verließ er sie, um unten in der Küche das Waschwasser für Theresa aufzusetzen.

Während er das noch nicht ganz niedergebrannte Feuer im Ofen erneut entfachte, den Wasserkessel auf die Herdplatte stellte und schließlich auf einen Stuhl sank, um zu warten, ließ er sich die Geschehnisse noch einmal durch den Kopf gehen.

Vermutlich hatte Markus durch seinen Angriff erreicht, dass Theresa schnellstens von hier fortwollte. Er und Anna würden sie verlieren, und dieser Gedanke schmerzte ihn so sehr, dass er wütend mit dem Fuß gegen den Korb mit dem Feuerholz trat. Schließlich erhob er sich mühsam, um noch einmal nach draußen zu gehen und sein Pferd, das noch immer am Hundegatter angebunden auf ihn wartete, in den Stall zu bringen.

Theresa biss die Zähne zusammen. Sie setzte sich auf die äußerste Kante des großen Bettes und blickte sich nachdenklich um. Alles wirkte so sauber und ordentlich, und doch bedeuteten diese vier Wände keinen Schutz mehr für sie. Dieser schreckliche Mann war in dieses Zimmer eingedrungen, um sie … Sie brachte diesen Gedanken nicht zu Ende.

Der Tierarzt hatte ihm gedroht und ihn deutlich aufgefordert, sich von ihr und Anna fernzuhalten, doch ob Markus sich auch daran halten würde? Wie konnte sie in diesem Haus jemals wieder ruhig schlafen, solange sie Markus Biber in der Nähe wusste, der offensichtlich – wenn sie die Worte des Tierarztes richtig gedeutet hatte – schon mal eine Frau auf ähnliche Weise belästigt hatte?

Langsam stand sie auf und ging zur Kommode. Dabei kam sie an dem großen Standspiegel vorbei. Die Öllampe warf ein unruhiges Licht auf ihr Gesicht, und traurig, aber auch ein wenig wütend betrachtete sie das verschmutzte, zerrissene Nachthemd, die Schürfwunden an ihren Beinen und Armen, die blutende Wunde an ihrem Oberarm und ihre leicht gebeugte Schonhaltung, da ihr jeder Muskel und jede Faser ihres Körpers Schmerzen bereitete. *Habe ich irgendetwas getan, was diesen Mann annehmen ließ, ich wolle, dass er herüberkommt?*, fragte sie sich und ging in Gedanken noch einmal den vergangenen Tag durch. Einzig den Besuch von Hannah Werner konnte sie sich vorwerfen lassen, doch war es nicht mehr als vermessen, sie als leichte, einladende Beute zu sehen, nur weil die Prostituierte der Stadt zu einem Kaffee bei ihr gewesen war?

Mit langsamen Bewegungen schlüpfte Theresa aus dem zerfetzten Nachthemd, das sie anschließend achtlos auf den Boden warf.

Sie wusch sich, zog sich ein frisches Nachthemd über, flocht ihre Haare neu und ließ sich auf ihrer Bettkante nieder.

Wie kam es eigentlich, dass Lukas Biber noch vor Sonnenaufgang so unvermutet aufgetaucht war? Eigentlich hatte er doch gesagt, dass er erst am Vormittag zurückkehren würde.

Theresa schloss die Augen und dankte ihrem Gott dafür, dass er den Tierarzt so viel schneller hatte zurückkehren lassen. Vorsichtig schob sie sich auf das Bett und deckte sich zu. Sie ließ die Lampe brennen und blickte an den weich geschwungenen Baldachin hinauf, um die Ereignisse der Nacht noch einmal zu überdenken. Sie war Markus entkommen, und das dank Lukas Biber. Ein Lächeln legte sich auf ihr Gesicht, als sie daran dachte, wie viel sicherer sie sich von dem Augenblick an gefühlt hatte, als er sie bei ihrem Sturz vom Zaun aufgefangen hatte.

Theresa warf sich unruhig hin und her. Schließlich schob sie sich vorsichtig aus dem Bett, hüllte sich in eine leichte Decke und humpelte unter heftigen Schmerzen in ihrem linken Bein zur Tür, um diese leise zu öffnen. Im Flur saß, die Arme vor der Brust verschränkt, den Kopf gesenkt, Lukas Biber. Er schien für den Rest der Nacht dort Wache halten zu wollen.

Unsicher, was sie tun sollte, blieb Theresa stehen. Schließlich hob der Mann langsam den Kopf und sah sie fragend an. „Kann ich etwas für Sie tun?" Seine Stimme klang freundlich und hilfsbereit, dabei aber auch besorgt und unendlich liebevoll.

„Sie sind die Nacht durchgeritten, Dr. Biber. Sie können doch unmöglich hier auf dem Stuhl schlafen!"

„Ich muss in zwei Stunden ohnehin aufstehen, Fräulein Theresa. Ich kann den Schlaf nachholen."

„Sie brauchen das nicht zu tun, Dr. Biber. Ich fühle mich wieder sicherer ... seit Sie hier sind", flüsterte Theresa.

„Ich hätte Sie und Anna nicht alleine lassen dürfen."

„Sie konnten das doch nicht ahnen. Außerdem waren Sie *meinetwegen* unterwegs."

„Allerdings wenig erfolgreich", erwiderte ihr Gegenüber und zog entschuldigend die Schultern in die Höhe.

Theresa, die ahnte, dass sie ohnehin nicht mehr würde schlafen können, trat nun ganz aus dem Zimmer hinaus und kauerte sich, die Decke eng um sich ziehend, ihm gegenüber an die Flurwand. „Was haben Sie herausgefunden?", fragte sie ungeduldig. Nach dem Erlebten heute brannte sie noch mehr darauf, endlich etwas über ihre Herkunft zu erfahren und vielleicht bald nach Hause zurückkehren zu können – fort von diesem Markus Biber.

Emotionslos berichtete Lukas Biber von seinem Tag und Theresa wurde zwischen Ärger, Verzweiflung und Hoffnung hin und her gerissen. Möglicherweise hätte sie schon längst wieder zu Hause sein und ihr Leben wiederhaben können, wenn dieser Wachtmeister in Freudenstadt die Meldung des Stadtwachtmeisters hier ernst genommen hätte.

Lange Zeit saß sie da, die kühle Wand unangenehm im Rücken, und hing ihren Gedanken nach, um diese schließlich zu einem Gebet zu formulieren. Dann erhob sie sich und stellte mit einem belustigten Lächeln fest, dass ihr Wächter mit dem Hinterkopf gegen die Wand gelehnt eingeschlafen war. Doch das störte sie nicht. Sie wusste ihn hier draußen, und sie hatte sich einem weitaus größeren Schutz anbefohlen, ihrem Vater im Himmel. Also nahm sie ihre Decke ab, legte ihm diese vorsichtig über die Beine und betrachtete die friedlich schlafende Gestalt eine Zeit lang. Er und Anna würden ihr sehr fehlen, wenn sie erst einmal wieder zu Hause war – wo auch immer dieses Zuhause war –, stellte sie mit einem traurigen Ziehen in ihrem Inneren fest.

Schließlich drehte sie sich um und betrat ihr Zimmer. Nachdem sie sich angezogen hatte, sah sie noch einmal nach Anna, um anschließend nach draußen zu gehen, um die Tiere zu versorgen.

Kapitel 28

Die Sonne versteckte sich hin und wieder hinter einer dünnen weißen Wolkenwand, doch jedes Mal, wenn sich ihre Strahlen den Weg auf die Erde hinunter bahnten, leuchtete das Gelb, Weiß und Violett der Wiesenblumen mit den frischen grünen Halmen des Grases um die Wette. Im Hintergrund rauschten die dunkelgrünen hochgewachsenen Fichten, während unzählige Singvögel ihr fröhliches Pfeifen und Singen hören ließen und auf ihre Art den Schöpfer, der diese Landschaft so wunderbar erschaffen hatte, lobten.

Das Wiehern der Pferde drang zum Haus herüber. Lukas Biber, der am offenen Fenster des kleinen Gästezimmers stand, in dem er nun seit einigen Wochen schlief, runzelte die Stirn und betrachtete die gemächlich nebeneinander über die Koppel trabenden Tiere, unter denen sich auch seine Stute befand.

Wer hatte die Tiere aus dem Stall auf die Koppel gelassen? War er so spät dran, dass sich Karl seiner Pferde hatte erbarmen müssen? Und die Hunde und anderen Kleintiere vor dem Haus schienen ebenfalls schon versorgt worden zu sein, denn sie verhielten sich ausgesprochen friedlich und unterließen ihren morgendlichen Lärm, obwohl es weit über ihre Fütterungszeit hinaus war. Er rieb sich nachdenklich über seinen dichten Vollbart und entdeckte schließlich eine schlanke Gestalt in einem grauen Leinenrock und einer gestreiften Bluse. Sie kam, mit einem Korb unter dem Arm und leicht hinkend, vom Stall den Weg herauf. Als die Sonne hinter einem weiteren dünnen Wolkenschleier hervortrat, strahlten ihre Haare in einem warmen Rotbraun auf.

Hatte Theresa die Tiere versorgt und die Pferde hinausgelassen? Die junge Frau schien sich tatsächlich mehr und mehr an das ländliche Leben zu gewöhnen, und mit einem schmerzlichen Stich durch sein Herz wurde ihm erneut klar, dass sie vermutlich nicht mehr lange bleiben würde. Selbst wenn sie Markus' Angriff vergessen und seine räumliche Nähe ignorieren konnte, so bestand immerhin die Möglichkeit, dass sein Freund Didi bald etwas über ihre Herkunft herausfand.

Lukas schloss das Fenster, wandte sich um und verließ das Zimmer. Langsam ging er die Stufen hinunter und bemerkte einen frisch arrangierten Frühlingsblumenstrauß in der Bodenvase neben der Tür. Der verschmutzte Läufer im Eingangsbereich war verschwunden und durch einen fröhlichen Flickenteppich ersetzt worden, und er zuckte zusammen, als an der breiten Wandfront plötzlich die Kuckucksuhr zu rattern begann, die er schon seit Ewigkeiten nicht mehr aufgezogen hatte, und ihm der kleine hölzerne Vogel mit etwas verzerrtem Ruf klarmachte, dass es bereits sieben Uhr war.

„Klara?", rief er fragend in die Küche hinein, doch alles blieb still.

Langsam näherte er sich einer alten Holzkommode, die seit Jahrzehnten in der Eingangshalle stand. Auf dieser lag ein grüner Stoff, der ihn ein wenig schmerzlich an Mariannes Ballkleid erinnerte. Behutsam hob er den Stoff an und hielt ein modisches, hübsches kleines Kinderkleid in den Händen, das in dieser Gegend sicherlich seinesgleichen suchte und dabei nicht einmal überladen oder übertrieben weiblich wirkte. Darunter lag, ebenfalls aus dem grünen Seidenstoff von Mariannes bestem Ballkleid, ein weiteres Kleid, das zweifelsohne für Theresa gedacht war und von den Puffärmeln bis zum Ausschnitt nur aus einem Hauch von Organza bestand. Eilig legte Lukas die beiden Stücke wieder zurück und trat einen Schritt nach rechts, um sich in dem großen Standspiegel neben der Kommode betrachten zu können. In seiner abgeschabten Arbeitshose und dem karierten Flanellhemd bot er nicht gerade ein ansehnliches Bild.

Marias Taufe stand vor der Tür, und das hieß, dass auch er sich langsam nach passender Kleidung umsehen musste. Er trat näher an den Spiegel heran und musterte sein Gesicht, das durch die langen dunklen Haare und den wilden Bart kaum zu erkennen war. Nachdenklich fuhr er sich über den Bart und drehte sich dann entschlossen um. In der Küche warteten ein gedeckter Frühstückstisch und heißer Kaffee auf ihn, und die Tatsache, dass zwei unbenutzte Teller danebenstanden, zeigte ihm, dass Anna ebenfalls noch nicht gegessen hatte und vermutlich noch schlief.

Zufrieden setzte er sich auf seinen angestammten Platz, schenkte sich Kaffee ein und griff nach dem noch warmen Brot. Hatte Klara es tatsächlich fertiggebracht, diesem Stadtmädchen das Brotbacken beizubringen?

Nachdem er gefrühstückt hatte, stellte er das benutzte Geschirr in den Spülstein, zog eine der Schubladen in der großen Kommode auf und entnahm dieser einen Tischspiegel und Rasierzeug. Sorgsam schliff er das Messer, dann seifte er sich ein, setzte sich an den Tisch und begann sich langsam und sehr vorsichtig zu rasieren.

Eine Stunde später trat er an den Zaun, hinter dem sich die Tiere befanden, die er hier pflegte, und überprüfte, ob sie ordentlich versorgt worden waren.

Aus dem Haus hörte er fröhliches Kinderlachen und dazwischen die freundliche, fröhliche Stimme Theresas. Ein Fenster im Erdgeschoss wurde geöffnet und Theresa schüttelte ein Tuch aus. Beinahe erschrocken hielt sie inne und musterte ihn verwirrt. „Kann ich Ihnen helfen?", fragte sie zögernd.

Lukas schenkte ihr ein breites Grinsen. Offenbar erkannte sie ihn nicht. „Das haben Sie doch schon. Die Tiere sind gut versorgt."

„Sie? Sind Sie das wirklich?" Theresa musterte ihn mit großen runden Augen und schüttelte ungläubig den Kopf.

Lukas nahm den Fuß vom untersten Querbalken des Zauns und ging zum Fenster hinüber.

„Sie sind ja noch ganz jung!", entfuhr es ihr plötzlich.

„Ich bin fünfundzwanzig. Was dachten Sie denn?"

„Ich weiß nicht genau", stotterte Theresa und eine leichte Röte stieg ihr in die Wangen.

„Das würde mich nun aber doch interessieren", entgegnete Lukas, stützte seine Hände auf den Fenstersims und lehnte sich ihr entgegen, was Theresa dazu veranlasste, ein wenig nach hinten auszuweichen.

„Entschuldigen Sie bitte, Dr. Biber, aber ich habe Sie für mindestens vierzig gehalten."

Lukas hob die Augenbrauen, betrachtete das runde Gesicht vor sich und konnte schließlich ein leises Lachen nicht mehr unterdrücken. „Und jetzt?"

„Was?" Theresa legte ihren Kopf ein wenig auf die Seite.

Lukas lächelte sie an. Er mochte diese Geste, die ihn an ein neugieriges Kind erinnerte. „Werden Sie mir nun mit noch weniger Respekt begegnen, Fräulein Fuchs?"

„Darauf können Sie sich verlassen! Sie könnten ja mein Bruder sein ..."

Lukas beobachtete, wie mit einem Mal das fröhliche Aufblitzen in ihren Augen verschwand und einem schmerzlichen, fragenden Ausdruck wich. Ihre schmale Hand legte sich auf ihren Mund, während sie über ihn hinweg auf den gegenüberliegenden Nordflügel blickte. Schließlich sah sie ihn nachdenklich an. „Ob ich wohl einen Bruder habe?", fragte sie, und Lukas wünschte sich, er könnte ihr diese Frage beantworten.

„Papapa?", kam Annas Stimme fordernd aus dem Hintergrund.

Theresa legte das Tuch, das sie noch immer in der Hand hielt, auf die Fensterbank, bückte sich und hob das Mädchen hoch, damit es seinen Vater sehen konnte. Das Kind starrte ihn einen Augenblick lang mit großen Augen an, begann dann zu weinen und drückte sich gegen Theresas Schulter. Dennoch konnte es seinen Blick nicht von dem veränderten Vater lassen.

Lukas hob überrascht die Augenbrauen. Damit hatte er nicht gerechnet. „Keine Angst, Anna", hörte er Theresa sagen. „Das ist dein

Papa. Vermutlich hat er sich bei einem seiner Tiere ein paar Läuse eingefangen und musste die irgendwie loswerden."

„Die Respektlosigkeit geht schon los", brummte er. „Übrigens brauche ich einen feinen Anzug zur Taufe, mit dem ich mich neben Anna und Ihnen in den Kleidern, die Sie geschneidert haben, sehen lassen kann, Fräulein Fuchs."

„Haben Sie einen Anzug da, aus dem ich etwas machen kann?"

„Meinen alten Hochzeitsanzug und einen Festanzug. Vermutlich passen beide um die Schultern und den Bauch herum nicht mehr."

„Legen Sie sie in die Küche. Ich sehe mir an, ob ich Ihnen daraus etwas Passables schneidern kann", erwiderte Theresa und trat mit der noch immer schluchzenden Anna auf dem Arm von dem Fenster zurück.

„Sie brauchen noch anständige Schuhe, Fräulein Theresa", rief er ihr nach.

„Die wollte ich vor ein paar Tagen kaufen, aber diese Gerlinde und ihre Freundinnen haben mir zuvor die Laune verdorben."

„Dann gehen wir morgen früh gemeinsam in die Stadt."

„Um die Gerüchteküche noch anzuheizen?"

„Welche Gerüchte?"

Lukas bekam keine Antwort mehr, dachte sich jedoch seinen Teil und rief, ohne zu wissen, ob Theresa ihn noch hören konnte: „Die haben Sie durch Ihren Gast gestern bereits bis aufs Äußerste ausgereizt."

Theresa trat wieder ans Fenster. „Denken Sie? Ich möchte morgen übrigens noch kurz bei Hannah Werner vorbeisehen. Sie überlegt, ob sie am Sonntag ebenfalls in den Gottesdienst kommt, und ich möchte ihr anbieten, dass wir sie abholen." Mit diesen Worten drehte sie sich wieder um und verschwand aus seinem Blickfeld.

„Wir sollen sie abholen?", rief Lukas erschrocken und schüttelte unwillig den Kopf. Was dachte sich Theresa nur dabei? Immerhin mussten er und Anna hier wohnen bleiben, während sie eines Tages wieder gehen würde. Und die Stadtbewohner sollten nicht denken, dass er Hannah Werners Tun guthieß. Er konnte es sich nicht leisten, ihr Missfallen auf sich zu ziehen. Immerhin waren sie zum größten Teil seine Kunden.

Eigentlich sollte er ja zu Karl hinunter, doch dessen Kuh würde warten müssen, bis er diese Angelegenheit mit Theresa geklärt hatte. Also betrat er das Haus und fand Theresa und Anna in der Wohnstube.

„Sie brauchen nicht mit zu Hannah zu gehen", sagte sie sofort, ohne sich nach ihm umzudrehen. „Ich kann sie alleine zum Gottesdienst abholen. Schließlich müssen Sie als Pate ohnehin schon etwas früher dort sein."

„Was haben Sie vor?"

„Hannah ist sehr einsam. Sie möchte gerne aus ihrem Leben ausbrechen, doch sie weiß nicht, wie. Sie braucht dazu Hilfe, und offenbar ist in der Stadt niemand bereit, ihr diese anzubieten."

„Aber wir beide schon?"

„Kennen Sie ihre Geschichte?"

„In etwa", murmelte Lukas und dachte an seine verstorbene Frau, die sich immer wieder und gerne mit Hannah Werner unterhalten hatte, was von der Stadtbevölkerung toleriert worden war. Aber Marianne war dafür bekannt gewesen, dass sie für jeden Menschen ein liebevolles und freundliches Wort und ein großes, vergebendes Herz hatte. Und im Gegensatz zu Theresa stammte sie aus dieser Stadt. „Sie können Hannah Werner nicht in die Kirche schleppen", sagte er entschieden, wohl wissend, dass seine Vorbehalte nicht richtig waren.

„Gottes Liebe und Gottes Vergebung stehen jedem Menschen zu. Und Hannah hat beides dringend nötig. Weshalb also sollte man ihr nicht gestatten, den Gottesdienst zu besuchen? Haben Sie noch nie einen Fehler begangen?"

„Steht das zur Diskussion?"

„Nein. Aber steht Hannah Werners Versuch, ihren Lebenswandel zu ändern und einen Weg zu finden, auf andere Weise ihren Lebensunterhalt zu verdienen, zur Diskussion?"

„Weshalb –"

„Weil es der beste Weg ist, ein neues Leben anzufangen. Gott kann sie von Schuld und Zwängen befreien und ihr ein neues Leben schenken. Wenn dann die Menschen dieser Stadt noch ein wenig mithelfen, kann es Hannah gelingen, ein Gasthaus zu eröffnen."

„Und Sie werden –"

„Ich kann nur zeigen, dass man mit dieser Frau vollkommen normal umgehen kann und dass sie eine äußerst nette und angenehme Gesellschaft ist."

„Aber ich –"

„Ich sagte schon, ich verlange nicht von Ihnen, dass Sie mir helfen. Sie brauchen sich nicht mit Hannah abzugeben."

„Können Sie mich einmal aussprechen lassen?"

„Nein", erwiderte Theresa und warf ihm einen kurzen, prüfenden Blick zu.

„Ich werde dem Pfarrer Bescheid geben, dass Sie am Sonntag die Predigt halten, *Fräulein Unbelehrbar*", brummte Lukas, wandte sich aufgebracht um und machte sich auf den Weg zu Karl und einer ruhigen, freundlichen und weniger aufregenden Dame namens Luisa, die ihm mit Sicherheit nicht ständig widersprechen und ins Wort fallen würde.

Klara lachte und ließ die Hose erneut tief in der schäumenden Waschlauge verschwinden. Ihr Gesicht war gerötet, genau wie ihre Arme. Die zurückgeschlagenen Ärmel schimmerten dunkel vor Nässe, und die Schürze, die sie sich über ihr einfaches Baumwollkleid gebunden hatte, wies ebenfalls große Wasserflecken auf. „Was hast du mit Lukas gemacht?", fragte sie und strich sich mit dem nassen Arm ein paar Haarsträhnen aus der Stirn.

„Ich? Nichts. Er hat sich nur ein wenig über mich aufgeregt."

„Und weshalb?"

Theresa zog die Schultern in die Höhe und hoffte, um eine Antwort herumzukommen. Vermutlich hielt eine hart arbeitende Frau wie Klara ebenfalls wenig von Hannah Werner. „Weil ich ihm sagte, ich habe bislang angenommen, er sei über vierzig Jahre alt", wich sie geschickt aus, um nicht den tatsächlichen Grund für Lukas' Aufregung nennen zu müssen.

Klara schob die Hose auf das Waschbrett und blickte Theresa ungläubig an. „Hast du das wirklich gedacht?"

„Ja", gab Theresa zu und zog das strahlend weiße Hemd aus dem Spülwasser. „Wie bekommst du die weißen Hemden nur so sauber?", fragte sie bewundernd.

Klara war jedoch nicht gewillt, sich ablenken zu lassen. „Hast du jetzt Angst, mit ihm alleine dort oben, nun, da du weißt, dass er kein steinalter Mann ist?", forschte sie nach.

Theresa schüttelte ihren Kopf. „Vor Dr. Biber? Nein. Eher vor seinem Bruder."

„Arme Kleine. Karl hat es mir erzählt."

„Karl?"

„Lukas bespricht beinahe alles mit Karl. Und Karl mit mir", lautete die einfache Erklärung, während Klara heftig zu schrubben begann. Dann lachte die Bäuerin wieder und strich sich mit dem Handrücken einige schweißnasse Haarsträhnen aus dem Gesicht. „Na ja, genau genommen hat Lukas es diesmal nicht mit Karl, sondern mit Luisa besprochen."

„Luisa? Wer ist denn Luisa?", fragte Theresa nach und runzelte die Stirn. Hatten die Riebles etwa eine Magd, die sie noch nicht kannte? Und war diese so sehr mit Lukas vertraut, dass er solch heikle Themen mit ihr besprach?

„Reg dich nicht auf, Kleine. Luisa ist eine unserer Kühe."

„Warum sollte ich mich aufregen?"

„Weil Lukas keine vierzig Jahre alt ist?"

„Muss ich das verstehen?"

„Wenn du das nicht verstehst, wird es Zeit." Klara tauchte das nächste Wäschestück in die Lauge und runzelte die Stirn. „Komm, Theresa. Du magst ihn doch, oder?"

„Wie war das mit Luisa?", lenkte Theresa schnell ab und hoffte, Klara würde ihre roten Wangen als Zeichen ihrer Anstrengung, nicht jedoch ihrer Aufregung deuten.

Diese lachte, warf ihr einen belustigten Seitenblick zu und erzählte: „Luisa hat ein entzündetes Euter, und während Lukas sie untersucht hat, hat er ordentlich über seine verrückte Haushälterin und ihre noch verrückteren Ideen gewettert. Karl, der ein wenig abseits beschäftigt war, meinte zuerst, er schimpfe mit ihm, weil er Luisa falsch behandelt habe, doch schließlich kam er dahinter und hat geschickt ein paar Fragen gestellt."

Theresa nahm ihre Hände aus der Lauge und trocknete sie an der Schürze ab.

Klara sah ihre Helferin ernst an. „Dein Kaffeeklatsch mit Hannah Werner war eine nette Idee, Theresa, und sie in die Kirche einzuladen ist auch schön und gut, aber du wirst dir dadurch das Leben hier sehr schwer machen."

„Ich werde nicht ewig hierbleiben."

„Nicht?" Klara warf Theresa einen Blick zu und machte sich dann wieder an die Arbeit.

„Das weißt du doch", seufzte Theresa.

„Ich weiß nur, dass du Lukas sehr guttust. Er spricht wieder mehr als nur fünf Worte am Stück, bemüht sich darum, freundlich zu sein, lacht hin und wieder ... und er hat sich rasiert!"

Theresa lachte Klara an und schüttelte den Kopf. „Es war einfach an der Zeit, dass er aufhörte zu trauern. Das liegt wohl kaum an mir. Zudem steht die Taufe an. So wie er aussah, konnte er sich kaum in der Kirche sehen lassen. Nur die Haare müssen ihm jetzt noch geschnitten werden."

„Schade. Die langen Locken passen irgendwie zu ihm. Er sieht ein bisschen aus wie ein Seeräuber."

„Er kann sich ja beinahe schon einen Zopf machen! Das gehört sich nicht."

„Du wirst ihn schon noch dazu bringen, sich die Haare schneiden zu lassen", kicherte Klara und warf ihr die nasse Hose zu.

Protestierend blickte Theresa an ihrem Kleid hinunter, das von dem Wäschestück ganz nass geworden war, und tauchte die Hose schließlich in das Spülwasser.

„Ist es dir unangenehm, wenn ich Hannah zu Marias Taufe in die Kirche mitbringe?"

„Er mag dich, Theresa. Das merkt man."

Verwirrt blickte Theresa auf und betrachtete ihre Freundin, die gebeugt vor dem Waschzuber stand und das nächste Kleidungsstück bearbeitete. Sie schüttelte protestierend den Kopf. „Er wird mich schon irgendwie mögen, sonst hätte er mich sicherlich längst aus seinem Haus geworfen. Aber du hast meine Frage nicht beantwortet."

„Es ist mehr als das, was du denkst, Theresa. Ich habe doch gesehen, wie er dich anschaut."

„Wie eine Haushaltshilfe, die unfähig ist, seine Kleider sauber zu bekommen, die zweimal in der Woche sein Essen anbrennen lässt und ihm ständig Widerworte gibt. Danke, Klara. Würdest du jetzt bitte meine Frage beantworten? Hast du etwas dagegen, wenn Hannah zur Taufe kommt?"

„Die Kirche ist für alle Menschen da, insbesondere für solche, die Gottes Vergebung suchen. Wenn sie sich traut, bring sie ruhig mit. Und ich denke, sie wird kommen. Sie ist mindestens so temperamentvoll und dickköpfig wie du!"

„Wer?", erkundigte sich eine tiefe Stimme.

Die beiden Frauen wandten sich erschrocken um. Lukas stand im Türrahmen und hinter ihm erschien auch Karl.

„Weshalb willst du das wissen, Lukas? Reicht dir eine temperamentvolle, dickköpfige Frau in deiner Nähe nicht?"

„Drei. Vergiss Anna und dich selbst nicht, Klara! Und ich möchte es wissen, damit ich um die vierte einen großen Bogen mache. Mehr vertrage ich einfach nicht."

„Wir haben von Hannah Werner gesprochen", erklärte Theresa

und blitzte den Mann mit ihren dunklen Augen herausfordernd an.

„Weshalb muss ich mich seit Stunden mit dieser Frau Werner auseinandersetzen?", brummte Lukas und blickte Theresa mit zusammengezogenen Augenbrauen an. Fasziniert sah diese in sein Gesicht. Nun, da er rasiert war, wirkte er nicht nur sehr jung, sondern es waren jegliche Gefühlsregungen deutlich auf seinem Gesicht abzulesen, und im Moment wirkte er tatsächlich ärgerlich. In dem Wissen, dass er dies bei manchen ihrer früheren Gespräche sicherlich auch gewesen war, sie dies nur nicht so deutlich hatte wahrnehmen können, legte sie den Kopf leicht zur Seite und erwiderte: „Sie setzen sich mit Frau Werner auseinander?"

Lukas runzelte die Stirn und brummte: „Hören Sie mal –"

„Das ist gut; je mehr Menschen sich hier für Frau Werner einsetzen, desto leichter wird sie es haben, ihr Leben zu ändern."

„Warum nur habe ich das Gefühl, dass dieses Mädchen mich zu manipulieren versucht?", wandte er sich an Karl, der scheinbar hilflos die Schultern in die Höhe zog und dann entgegnete: „Vermutlich, weil sie das tut?"

„Das werden wir noch sehen", murmelte Lukas und wandte sich wieder den beiden über ihre Zuber gebeugten Frauen zu. „Sie können Frau Werner zum Gottesdienst abholen", brummte er, „doch ich werde nicht dabei sein. Schließlich bin ich Pate. Sie werden Klara nicht dazu bringen, Ihre neue Freundin zum anschließenden Essen einzuladen, und Sie werden jetzt augenblicklich mit mir nach oben gehen und *meine* Wäsche waschen statt die von Karl!"

Theresa biss sich auf die Unterlippe, konnte jedoch nicht verhindern, dass ihr deutlich anzusehen war, wie viel Mühe es sie kostete, ein Lachen zu unterdrücken.

In einer verzweifelt anmutenden Geste hob der junge Mann die Arme dem Himmel entgegen, dann drehte er sich um, brummte Karl einen Abschiedsgruß zu und eilte vom Hof auf den Fußpfad zum Gutshof hinauf.

„Er gefällt mir wirklich, dieser kampflustige, lebendige Lukas. Viel zu lange war er nur traurig, unfreundlich und gleichgültig", sagte Klara.

Karl räusperte sich vernehmlich.

„Was ist los, Mann? Du weißt doch, dass er meine zweite Wahl gewesen wäre", lachte sie ihn an.

Karl drehte sich um und murmelte dabei leise vor sich hin. Doch Theresa entging das breite Grinsen nicht, das er vor seiner Frau zu verstecken versuchte.

„Ich hole Anna schnell bei Marga und gehe dann hinauf", lachte sie und trocknete sich ihre Hände an einem der ungewaschenen Hemden Karls ab. „Nicht, dass er mich vor der Taufe noch hinauswirft."

Kapitel 29

Ohne auf die mahnenden Worte Frau von Doringhausens zu hören, stürmte Christine Doorn den breiten Flur entlang, fegte mit ihrem weit schwingenden Krinolinenrock eine Spitzendecke von einer Kommode und klopfte mit der ihrem aufgebrachten Herzen entsprechenden Intensität an die Tür des Arbeitszimmers ihres Vaters.

Es dauerte nur Sekunden, bis dieser selbst öffnete und seine Tochter mit hochgezogenen Augenbrauen musterte. Ihre Haare waren ordentlich frisiert, doch ein paar helle Strähnen hatten sich aus den Haarnadeln gelöst und fielen ihr über die Stirn in das gerötete Gesicht, aus dem ihm ihre blauen Augen wütend entgegenfunkelten.

„Christine", sagte er in seiner gewohnt ruhigen Art und trat beiseite, damit sie eintreten und er die Tür hinter ihr wieder schließen konnte. Vermutlich ahnte er, dass ihm eine Auseinandersetzung mit seiner ansonsten so friedliebenden Tochter bevorstand, und wollte nicht das ganze Personal daran teilhaben lassen.

Christine ärgerte sich über diese Beherrschtheit ihres Vaters und stemmte aufgebracht die Hände in ihre schmal geschnürte Taille.

„Was führt dich zu mir?", fragte General Doorn und deutete auf einen der Stühle vor seinem gewaltigen Schreibtisch, doch seine Tochter ignorierte diese Einladung, und mit über den Boden fegendem Rock ging sie auf eines der Fenster zu, um sich mit dem Rücken gegen die Fensterbank zu lehnen. „Hast du etwas damit zu tun, Vater?"

„Womit sollte ich etwas zu tun haben, Christine?"

„Das weißt du doch genau. Tu nicht so, als wüsstest du nicht, was Thomas Wieland zugestoßen ist."

Ihr Vater nickte bedächtig und ließ sich auf dem Stuhl hinter seinem Schreibtisch nieder. „Man hat mir gesagt, er sei übel zugerichtet worden", erklärte er und ließ sie damit wissen, dass er sehr wohl über Thomas Wieland Bescheid wusste.

„Und? Hast du das veranlasst?"

„Warum sollte ich so etwas tun, Christine?", fragte General Doorn ruhig.

„Vielleicht weil er kein Preuße ist und es dennoch wagt, mit mir gesehen zu werden?"

„Habe ich dich jemals in deinem Tun oder in der Wahl deiner Gesellschaft eingeschränkt, mein Kind?"

„Nein, das hast du nicht, Vater." Christines Tonfall war nun ein wenig versöhnlicher.

„Weshalb also nimmst du an, dass ich einen deiner Bekannten auf solch brutale Weise habe zurichten lassen?"

„Dann hast du also wirklich nichts mit dieser Sache zu tun?" Christine ging auf ihn zu und hob ihre Arme, um dem General die leicht verrutschte Krawatte zurechtzuziehen.

Dieser lächelte ein wenig gequält und deutete wieder mit seiner Hand auf einen der Stühle vor seinem Schreibtisch. „Setz dich bitte, Christine."

Diesmal gehorchte die junge Frau. „Ich finde ihn sehr nett", wagte sie zu sagen. „Und er ist ein ausgezeichneter Gesellschafter", erklärte sie leise und senkte den Kopf.

„Das mag sein, Christine. Dennoch möchte ich dich bitten, dich nicht zu viel mit ihm zu beschäftigen. Ich möchte nicht, dass er dir wehtut."

„Weshalb sollte er das tun?"

„Weil er für Meierling arbeitet und die Österreicher uns offen mit Krieg drohen."

„Aber doch nur, weil Bismarck dies provoziert hat, Vater. Er hat den Fehler der Österreicher, ihre Verwaltung Holsteins nur als provisorische Regelung zu sehen, genüsslich ausgenutzt, indem er ein paar Vorfälle inszenierte, die Wien zu unklugen Maßnahmen zwangen und Preußen als Vorwand für einen Krieg dienen können. Bismarck hat in Biarritz mit Napoleon gesprochen, sich eine Allianz mit Italien gesichert und die Donaumonarchie erfuhr selbstverständlich von diesen getroffenen Abmachungen."

„Kind, du bist zu gut informiert", murmelte General Doorn, doch die junge, aufgeregte Frau ließ sich nicht beirren.

„Dieser Pakt verstößt gegen die Verpflichtung, keine Bündnisse einzugehen, die sich gegen andere Mitglieder des Deutschen Bundes richten, doch Bismarck ignoriert das großzügig. Dann bringt er alle zweifelnden Stimmen innerhalb des Deutschen Bundes zum Schweigen, indem er eine durchgreifende Reform des Bundes vorschlägt und somit allen Mitgliederstaaten ein Stimmrecht in einer Nationalversammlung schmackhaft macht."

„Du sprichst zu viel mit deinem Vetter Malte, Christine", unterbrach ihr Vater sie. „Aber ich vermute, dass genau dieser Thomas Wieland einer der Männer ist, die diese kleinen politischen Spiele durchschauen und entsprechende Informationen nach Wien weiterleiten."

„Durchschauen, Vater?"

„Ich glaube, dass er ein Mitglied des Geheimdienstes ist. Und genau deshalb fürchte ich, dass er dir eines Tages sehr wehtun wird."

„Du meinst, er sucht meine Gesellschaft nur darum, weil du militärischer Berater bei Hofe bist?"

„Ich halte es für möglich."

„Das kann ich nicht glauben."

„Christine." General Doorn erhob sich und ging um den Tisch herum zu seiner Tochter.

„Er fragt mich nie etwas über deine Arbeit. Wir sprechen nicht einmal über diese Beziehungen zwischen Preußen und Österreich. Außerdem ist er halber Ungar."

„Ich weiß, seine Mutter ist eine ungarische Gräfin. Sein Vater ist Österreicher, der im diplomatischen Dienst tätig ist. Soweit ich informiert wurde, ist die Familie sehr um die Beziehungen beider Länder bemüht, doch das ändert nichts daran, dass er selbst für Meierling arbeitet. Und offenbar wurde er genau deshalb auch von seinem Vater verstoßen."

Christine schüttelte verwirrt den Kopf und fuhr nervös mit ihren Händen über ihren Rock. „Was willst du mir damit sagen, Vater?"

Der Mann seufzte leise auf, drehte sich wieder herum und ging langsam zu den Fenstern hinüber, um in den Park hinunterzusehen.

Christine betrachtete seinen Rücken, der in der Uniform noch breiter wirkte.

„Vielleicht nutzt er dich nicht aus, Christine. Vielleicht empfindet er ja tatsächlich mehr für dich, als es für dich und ihn gut ist, denn unsere beiden Länder werden sich demnächst auf einem Schlachtfeld gegenüberstehen. Es ist nur noch eine Frage der Zeit, dann wird Thomas Wieland dein Feind sein."

„Das wird er nicht!", begehrte Christine auf und sprang auf die Füße.

Ihr Vater fuhr herum und sein strenger, tadelnder Blick ließ sie langsam zurück auf ihren Stuhl gleiten.

War es tatsächlich so? Würden Österreich und Preußen bald im Chaos eines Bruderkrieges versinken und eine solch zarte Beziehung wie ihre zu Thomas im Keim ersticken?

„Es tut mir leid, Christine. Thomas Wieland ist nicht nur ein Student, der sich sein Brot als Botenjunge für Meierling verdient. Er ist weitaus mehr. Er lässt sich von den Damen zu Matinees oder Festen einladen, wohl wissend, was für eine Wirkung er auf die jungen Mädchen hat und wie leicht es ist, über diese an die Väter und so an Informationen heranzukommen."

Christine empfand das dringende Bedürfnis, sich wie ein kleines Kind die Hände über die Ohren zu legen, um nichts mehr hören zu müssen. Denn eines war ihr inzwischen ganz klar: Sie hatte sich in Thomas Wieland verliebt.

Thomas Wieland ging langsam die Stufen des Wohnheims hinunter und trat in den warmen Sonnenschein hinaus. Brackiger Geruch stieg von der Spree zu ihm hinauf und er hörte das aufgeregte Quaken einer Ente. Die hohen Bäume entlang des Flussufers standen stoisch gelassen da, und die Weiden ließen ihre langen, biegsamen Zweige bis auf das gemächlich dahinfließende Wasser hinunterhängen, das diese mit geringem Kraftaufwand mit sich zu ziehen versuchte.

Ein paar wenige Spaziergänger flanierten auf dem schmalen Pfad am Ufer entlang, und auf dem besser befestigten Weg etwas oberhalb rollte eine Kutsche vorbei, die es offenbar sehr eilig hatte. Ein paar Kinder, die auf dem Weg spielten, mussten schnell zur Seite springen, um nicht von ihr erfasst zu werden.

Der junge Mann strich sich die Haare nach hinten und setzte sich seinen Filzhut auf. Er lächelte zu den Kindern hinüber, die der Kutsche ein paar kleine Kieselsteine nachwarfen, und wollte sich soeben in Richtung Stadtmitte umwenden, als ihn jemand bei seinem Namen rief. Schnell drehte er den Kopf und konnte die kräftige Gestalt Malte Heinrichs entdecken, der eilig auf ihn zugestürmt kam.

„Dir geht es besser?", rief er ihm entgegen. „Bist du schon wieder auf dem Weg zur Universität?"

„Guten Tag, Malte", lachte Thomas.

„Keine Zeit für Nebensächlichkeiten, Thomas. Christine schickt mich."

„Bist du neuerdings der Laufbursche für die junge Dame?"

„Könnte man meinen", schnaufte Malte. Inzwischen hatte er seinen neuen Freund erreicht. Grüßend streckte er ihm seine Rechte entgegen, die Thomas fest drückte.

„Was gibt es denn?"

„Christine möchte dich treffen. Auf dem Markt beim Brandenburger Tor. Sie hatte offenbar ein Gespräch mit ihrem Vater. Ich nehme einmal an, mein Onkel hat ihr sehr deutlich gesagt, dass er nichts von einem Halb-Ungar, Halb-Österreicher hält, der sich als Student ausgibt, aber für Meierling Informationen besonderer Art einholt. Christine sagte jedenfalls so etwas wie, dass sie nicht ausgenutzt werden wolle."

„Das musste ja irgendwann so kommen", murmelte Thomas und fühlte deutlich einen heftig stechenden Schmerz durch sein Herz jagen.

„Tut mir leid, mein Freund."

„Ist schon gut", erwiderte Thomas.

„Wenn es dir recht ist, begleite ich dich. Ich habe heute ohnehin nichts zu tun."

„Keine Vorbereitungen für den Krieg gegen die unbequemen Österreicher?", hakte Thomas mit bitterem Tonfall nach.

Malte warf ihm einen kurzen vorwurfsvollen Blick zu. Dann schüttelte er einfach den Kopf.

Der Tübinger Student Ferdinand Cohen-Blind verließ hinter ihnen das Haus und eilte grußlos an den beiden jungen Männern vorbei. Während Thomas ihm, tief in Gedanken versunken, einfach nur nachsah, scharrte Malte unruhig mit seinen beiden Füßen über den Straßenbelag. „Ein unangenehmer Zeitgenosse. Mag er keine Uniformen?"

„Er ist immer in Eile und ständig unterwegs. Mach dir keine Gedanken um ihn", sagte Thomas und wandte sich um. Eigentlich war er auf dem Weg zur Akademie gewesen, doch er wollte dieses Gespräch mit Christine, das vermutlich nicht einfach sein würde, lieber gleich hinter sich bringen.

„Irgendetwas gefällt mir an diesem Mann nicht", beharrte Malte und strich sich mit der rechten Hand über die in der Sonne aufblinkenden Uniformknöpfe seiner Jacke.

Gemeinsam gingen die beiden in Richtung Stadtmitte, und während der Soldat schwieg, hing Thomas seinen düsteren Überlegungen nach. Was erwartete ihn auf dem Markt? Was erwartete Christine von ihm?

Selbstverständlich sah auch er die Schwierigkeiten, die sich jeden Tag vehementer zwischen sie schoben, aber die hatten doch nichts mit ihnen persönlich zu tun. Doch im Grunde war ihm bewusst, dass die Politik sie zu Feinden machte. Sein Beruf machte ihn zu einem Frauenheld, und Christine war keinesfalls ein Mädchen, das sich mit einem solchen abzugeben gedachte. Ging das nicht ohnehin alles viel zu schnell? Thomas hatte nie angenommen, dass er der Typ Mann wäre, der sich innerhalb weniger Wochen verlieben würde. Was bedeuteten seine Gefühle tatsächlich? Was bedeutete er für Christine, die noch so jung war und vielleicht nicht einzuschätzen wusste, wie tief ihre Gefühle tatsächlich gingen? War es nicht einfacher, diese Beziehung zu beenden, bevor sie tatsächlich eine zu werden begann? Bis jetzt waren sie nur Bekannte, die sich gut verstanden. Sollte er sich zuerst einmal über grundlegende Tatsachen Gedanken machen, bevor er sich mit Christine traf? Was wusste ihr Vater und was hatte er ihr erzählt? Selbstverständlich waren dem General seine vielen Besuche auf den Bällen in den diversen guten Häusern dieser Stadt nicht verborgen geblieben und der Grund dahinter mochte sich ihm ebenfalls erschlossen haben. Sah er hinter seinen Besuchen die Zweckmäßigkeit eines Untergebenen General Meierlings oder den Frauenheld, der das Interesse der jungen Frauen auszunutzen verstand?

Als Thomas die Säulen des Brandenburger Tores vor sich sah, wurde er unwillkürlich ein wenig langsamer. Wieder schlichen sich die schmerzlichen Stiche in sein Herz ein, die er nicht einfach ignorieren konnte. Abrupt blieb er stehen.

Malte, der ein paar Schritte weitergegangen war, drehte sich um und kam wieder zurück. „Ich kann dir nicht helfen, Thomas. Aber du würdest sie sehr kränken, wenn du jetzt kneifen würdest. Sie wird alles aushalten und ertragen, nur das nicht. Das könnte sie nicht verstehen, und es würde nicht zu dem Bild passen, das sie sich von dir gemacht hat. Sie hat das Recht, dir einige Fragen zu stellen, denkst du nicht auch?"

„Das hat sie vermutlich. Aber ob ich die Antworten kenne?"

„Sei einfach ehrlich", schlug Malte vor.

Der Student wandte sich in Richtung der Marktstände. Er wusste, wohin seine Überlegungen ihn trieben, und missmutig stieß er mit dem Fuß gegen einen auf dem Weg liegenden Stein.

Im diesem Augenblick sah er sie. Sie stand in einem zartgrünen Kleid mit schlanker Taille und großem Hut vor den ersten Marktbuden und beobachtete das Treiben um sie herum.

Der junge Mann rieb sich über das Kinn und spürte, wie die freudige Erregung in seinem Inneren zunahm. Er atmete tief ein und aus und bat Gott um Ruhe und die richtigen Worte. Dann nickte er dem abwartenden Malte zu und gemeinsam überquerten sie den Platz.

Grau gefiederte Spatzen sprangen über das Kopfsteinpflaster und pickten munter Köstlichkeiten aus den moosigen Zwischenräumen. Das Klappern von Pferdehufen wurde lauter und hinter dem Reiter näherte sich ein Fahrzeug. Irgendwo lachten zwei Kinder, ein Fenster wurde lautstark geschlossen und das Gackern einiger Hühner hallte durch die Gasse.

Christine Doorn nahm diese Geräusche so intensiv und aufmerksam wahr wie wohl noch nie zuvor. Sie waren nicht lange auf dem Markt geblieben, sondern waren weitergeschlendert, um sich in Ruhe unterhalten zu können, und nun wusste Christine nicht einmal mehr zu sagen, wo sie sich eigentlich befanden. Doch sie vertraute darauf, dass Thomas sich zurechtfinden würde. Außerdem wusste sie um die Anwesenheit ihrer Begleiterin, die sich leise mit ihrem Cousin unterhielt, und doch hatte sie nur Augen für Thomas, der ihr nun nahe gegenüberstand und unter ihrem intensiven Blick verstummte.

Ein nahezu schüchtern anmutendes Lächeln huschte über sein Gesicht, und die Sonne, die zwischen den Häuserfronten hindurch in die schmale Gasse schien, ließ seine Haare in einem warmen Braunrot aufleuchten.

Christine trat einen Schritt näher und ihr lindgrüner Reifrock strich über seine Stiefel hinweg. Nun, nachdem Thomas endlich seine lange, verwirrende Rede unterbrochen hatte, fragte sie leise: „Was wollen Sie mir eigentlich sagen, Thomas Wieland?"

Er lächelte verwirrt auf sie hinunter. „Eigentlich nur, dass ich Sie liebe, Fräulein Doorn", flüsterte er schließlich heiser.

Christine schenkte ihm ein überraschtes Lächeln. „Warum tun Sie es dann nicht?"

„Das habe ich ja die ganze Zeit versucht", seufzte der Student und zog hilflos die Schultern nach oben.

„Ist das so schwierig?"

„Die Umstände sind schwierig, weil –"

„Das weiß ich selbst, Herr Wieland."

„Und was tun wir jetzt?"

„Ich würde sagen, wir fangen noch einmal von vorne an."

„Von vorne?" Thomas sah sie verwundert an.

Christine lachte fröhlich auf. Sie hatte bereits gehört, was sie zu hören erhofft hatte, und fühlte sich leicht, befreit und sehr glücklich. Sie trat zurück, bückte sich und hielt ihm einen Stein entgegen, den er zögernd aus ihrer Hand nahm.

Thomas musterte den Stein einen Moment verwirrt, bevor er die Anspielung auf ihr erstes Zusammentreffen verstand. Er trat wieder näher an sie heran. „Ich heiße Thomas Wieland und bin Musikstudent. Meine Mutter stammt aus Ungarn, mein Vater aus Österreich. Ich arbeite für General Meierling und bin nicht nur dessen Handlanger, sondern hauptsächlich dafür da, irgendwelche Informationen zu beschaffen, die nicht offiziell an die Bündnis-Partner weitergegeben werden. Der Hauptgrund dafür, dass ich mich dazu überreden ließ, nach Berlin zu gehen, ist, dass meine Schwester vor einiger Zeit verschwunden ist. Wahrscheinlich wurde sie von preußischen Agenten entführt. Und ..." Er machte eine kurze Pause und sah Christine eindringlich an. „Und ich habe mich in eine wunderschöne, reizende und aufregende junge Frau verliebt."

Christine fühlte einen heißen Schauer durch ihren Körper jagen, und sie wusste nicht recht, ob sie sich dafür schämen sollte, wie sehr es sie nach einer Umarmung verlangte.

Thomas warf ihr den kleinen Stein zu, den sie reaktionsschnell auffing. Dann blickte sie ihn ernst an. „Ich heiße Christine Doorn, bin um unzählige Ecken herum mit den Hohenzollern verwandt und mein Vater ist ein preußischer General und militärischer Berater König Wilhelms. Von mir gibt es nicht viel Aufregendes oder gar Geheimnisvolles zu erzählen, außer, dass ich mich in einen Musikstudenten verliebt habe. Das ist mir wichtig zu sagen, und gleichgültig, welche Probleme damit verbunden sind, ich möchte dieses Gefühl um nichts in der Welt missen."

Kapitel 30

Schweigend und mit betretenen Gesichtern verließen die beiden Männer die Räumlichkeiten des preußischen Geheimdienstes und gingen zu ihren Pferden. Sie hatten Wochen damit zugebracht, die Geisel zu suchen, die ihnen entflohen war, doch die Frau, die sie versehentlich für einen Agenten gehalten hatten, war nicht aufzufinden gewesen.

In dieser Nacht hatten sie Berlin erreicht, und nun wurden sie mit dem dringenden Auftrag, die Frau doch noch zu finden, sofort wieder in das Königreich Württemberg zurückgeschickt. Dass die Frau nichts mit ihrem geheimen Treffen zu tun hatte, war ihnen sehr bald klar geworden, doch ihre wütenden Reden, als sie sie gefesselt in eine Kutsche geschleppt hatten, hatten ihnen deutlich gemacht, dass sie zumindest politisch sehr gut informiert war und weitaus mehr über die preußisch-österreichischen Beziehungen wusste, als sie es einer jungen Frau zugetraut hätten. Zudem kannte sie ihre Gesichter, und genau dies war der Grund, weshalb sie nun ihre Suche fortsetzen mussten. Sollten sie die Frau nicht mehr finden, würde dies das Ende ihrer verheißungsvollen Karriere bedeuten.

Die beiden Männer lenkten ihre Pferde durch die belebten Straßen und ritten auf den nahen Bahnhof zu.

„Wie sollen wir das Mädchen nur finden?", knurrte schließlich der Ältere der beiden und fuhr sich mit der linken Hand über die brennenden Augen. Es war ihm zuwider, sofort wieder in den Zug steigen zu müssen. Doch was blieb ihm anderes übrig?

„Was fragst du mich?", knurrte sein Partner ungehalten und gähnte, ohne seine Hand auch nur in die Nähe des Mundes zu führen. „Wir haben seit Wochen nach diesem Frauenzimmer gesucht und keine Spur von ihr gefunden."

„Warum konntest du nicht besser auf sie aufpassen?"

„Konnte ich ahnen, dass sich dieses verrückte Ding unter die Pferde wirft, um zu entkommen?", brummte er.

Der Ältere zog die Schultern in die Höhe und spürte in seinem Rücken deutlich die Verspannungen von der langen, unbequemen Zugfahrt. „Greifen wir zu einem Trick", schlug er vor und dirigierte sein Pferd auf das große Bahnhofsgebäude zu, welches sie erst vor wenigen Stunden verlassen hatten.

„An was denkst du?"

„Das Mädchen wurde von einem der Pferde mit dem Huf getroffen. Sie kann nicht sehr weit gekommen sein. Sie muss einen Arzt aufgesucht haben oder von irgendjemand anderem gepflegt worden sein. Diese Person müssen wir zunächst einmal finden, um auf ihre Spur zu kommen."

„Und wie willst du das erreichen?"

„Über eine Zeitungsanzeige. Wir lassen die Meldung drucken, dass eine Mörderin entkommen sei, und bitten die Bevölkerung, uns Hinweise jeglicher Art zu geben. Die Menschen werden sich melden, alleine schon deshalb, weil sie befürchten müssen, in Gefahr zu sein."

„Dann musst du aus dem wilden Ding eine Furie machen."

„Das ist das kleinste Problem. Wir schreiben einfach, dass sie eine andere Frau und deren Kinder umgebracht hat und dass die Gefahr besteht, dass sie es wieder tut. Niemand wird eine potenzielle Gefahr für seine Kinder in der Nähe haben wollen."

„Die Idee ist nicht schlecht, Otto, auf jeden Fall einen Versuch wert", nickte der Jüngere zustimmend und stieg steifbeinig von seinem Pferd.

Bei den Verladerampen hatte noch immer derselbe Bahnangestellte Dienst wie wenige Stunden zuvor, und dieser wagte ein freches Grinsen, als er die beiden auf sich zukommen sah. Doch Otto Neudecker drohte ihm mit der Faust, und so kam er dem Auftrag, die Pferde in einem Transportwagen unterzubringen, unverzüglich und schweigend nach.

Bereits eine Stunde später fuhr ihr Zug ruckend und unter quietschendem und stampfendem Getöse an. Die Lokomotive stieß einen schrillen Pfiff aus und setzte sich langsam in Bewegung.

Der jüngere Agent lehnte sich zurück und blickte aus dem Fenster hinaus auf die langsam vorbeiziehenden Häuser und die sich leicht im Wind neigenden Baumspitzen. Ein junges Paar passierte eine Kreuzung. Die braunroten Haare des Mannes erinnerten ihn an das Mädchen, das er nun schon seit Wochen vergeblich zu finden versuchte. Vielleicht würde es ihnen nun gelingen; immerhin war der Plan, den Otto Neudecker sich ausgedacht hatte, durchaus Erfolg versprechend.

Doch was würden sie tun, wenn sie das Mädchen erst einmal wieder in ihrer Gewalt hatten? Es mit nach Berlin nehmen, damit es dort für sehr lange Zeit in einem der unwirtlichen Gefängnisse verschwand? War das Risiko, dieses temperamentvolle Wesen auf der langen Reise ein weiteres Mal zu verlieren, nicht zu hoch? Sein älterer Partner hatte sich schon vor Wochen dafür ausgesprochen, das Problem sofort und endgültig zu erledigen, sobald sie die junge Frau gefunden hatten. Bei dem Gedanken daran, was das tatsächlich bedeutete, lief ihm ein kalter Schauer über den Rücken.

Müde schloss er die Augen und spürte ein klein wenig Mitleid mit dem ausgesprochen hübschen und sehr energiegeladenen Mädchen in sich aufkeimen.

Kapitel 31

Die Vögel sangen fröhlich ihre Lieder, während der Mischwald leise rauschte. Der Bach plätscherte munter vor sich hin und die letzten tiefen Schläge der Kirchenglocke verhallten zwischen den grünen Hängen. Ein roter Milan stieß seinen hohen, heiser klingenden Jagdschrei aus und kreiste ein weiteres Mal über der kleinen Kirche und dem von einer Steinmauer umgebenen Friedhof.

Unter den Schuhen der beiden jungen Frauen knirschte der Kies, als diese auf das Kirchenportal zustrebten und mit beiden Händen ihre weit ausgestellten Kleider in die Höhe rafften. Sie würden ohnehin schon genug Aufmerksamkeit auf sich ziehen – allein schon durch ihre Anwesenheit. Da wollten sie die Kirche zumindest noch so rechtzeitig betreten, dass sie nicht in das Schweigen vor dem ersten Gebet hineinplatzten.

Theresa sprang leichtfüßig die beiden flachen Stufen zum weit offen stehenden Portal hinauf, während Hannah Werner immer langsamer wurde. Schließlich blieb sie auf der obersten Stufe stehen und blickte zweifelnd in das dunkel wirkende Innere des Gotteshauses hinein.

„Theresa?"

Die junge Frau wandte sich um und blickte besorgt in das ängstliche Gesicht ihrer Begleiterin. „Komm doch. Du hast nichts zu befürchten", flüsterte sie und spürte eine seltsame Angst in sich. Lag dies daran, dass auch sie sich hier fremd und unwillkommen fühlte?

„Ich weiß nicht recht, Theresa. Diese vielen Frauen mit ihren bösen Blicken. Und die Männer ..."

„Du hast ein Recht darauf, in den Gottesdienst zu gehen, wie jeder andere auch."

„Ich bin aber doch –"

„Und vor allem hast du ein Recht darauf, Gottes Vergebung zu erfahren."

„Vielleicht ist das einfacher, als die Vergebung dieser Stadtbewohner zu erlangen?"

„Das mit Sicherheit. Gott ist ein vergebender Gott. Er sieht in dein Herz und erkennt deine Aufrichtigkeit, während die Menschen nur das sehen, was sie sehen wollen."

„Ich muss aber doch nicht in die Kirche gehen, um Gottes Vergebung erfahren zu dürfen?", flüsterte Hannah unsicher.

Theresa nickte, zögerlich zustimmend.

„Dann setze ich mich hinter der Kirche in die Sonne und bete dort."

„Soll ich dich begleiten?"

„Das ist lieb von dir, Theresa. Aber Riebles Maria wird getauft und die Familie wird dir sicher einen Platz ganz vorne frei gehalten haben."

Theresa zögerte noch immer.

„Du traust dich auch nicht hinein, nicht wahr?"

„Eigentlich bin ich nicht sehr ängstlich. Aber ich bin hier fremd."

Hannah lachte leise auf und nahm Theresa fest an der Hand. „Das heißt, wir müssen uns entscheiden. Entweder setzen wir uns beide dort hinten in die Sonne und halten unsere eigene kleine Andacht, oder wir gehen gemeinsam hinein und hören uns an, was Gott durch diesen Pfarrer zu uns sagen will."

Hilflos sah Theresa ihre neue Freundin an.

„Lass uns gehen", beschloss Hannah schließlich, straffte die Schultern und trat noch vor Theresa in den kleinen Vorraum der Kirche. Dort wurde sie von einem Kirchenältesten mit gerunzelter Stirn und verkniffenem Mund begrüßt, während er Theresa mit einer Mischung aus Neugier und Vorwurf musterte und auch ihr schließlich die Hand zur Begrüßung reichte. „In der letzten Reihe gibt es noch ein paar freie Plätze", murmelte er ihnen zu.

Als sie in den hinteren Teil des Kirchenschiffes traten, sahen sich die Frauen unsicher um.

„Ich setze mich gleich hierher", flüsterte Hannah.

„Ich komme mit dir", erwiderte Theresa und ging auf die hinterste Bankreihe zu in der Hoffnung, dort möglichst unentdeckt zu bleiben. Genau in diesem Moment hörte sie von vorne eilige Kinderschritte heraneilen. Sie schaute sich um und sah Lisa auf sich zukommen. Diese trug das gute Kleid, das sie extra für diesen Anlass geschneidert hatte. Das schnelle Laufen des Kindes zog auch die Aufmerksamkeit anderer Erwachsener auf sich, deren Blicke somit unvermittelt zu Theresa hinüberwanderten. Also blieb der jungen Frau nichts anderes übrig, als ein freundliches Gesicht aufzusetzen und die vielen neugierigen Blicke über sich ergehen zu lassen, während Hannah sich eilig in die letzte Bankreihe drückte, um sich dort hinzusetzen.

Als Lisa bei Theresa ankam, nahm das Kind sie sofort an der Hand. „Komm mit nach vorne, Tante Theresa", bat das Mädchen mit seiner hohen, nicht eben leisen Stimme. „Onkel Lukas und Anna sind auch vorne und du gehörst doch zu ihnen."

Jemand räusperte sich vernehmlich und die junge Frau warf der bedauernd dreinblickenden Hannah einen verzweifelten Blick zu. Doch schon wurde sie von dem kleinen Mädchen mitgezogen. Sie waren nur noch wenige Schritte von dem großen, steinernen Altar entfernt, auf dem eine aufgeschlagene, in Gold gefasste Bibel lag, als sich eine große Gestalt in der ersten Reihe erhob und ihr auffordernd zunickte.

Lukas Bibers Mut, sich zu erheben und sie heranzubitten, tat Theresa unendlich gut, und so schenkte sie ihm ein Lächeln, das er knapp erwiderte.

Lisa setzte sich stolz neben Marga, und Theresa nahm neben der erstaunlich still sitzenden Anna Platz, um diese dann zu sich auf den Schoß zu nehmen. Lukas Biber ließ sich neben ihr nieder, und einen kleinen Moment hatte die junge Frau den Eindruck, als sei er versucht, ihr beruhigend die Hand zu drücken. Doch stattdessen rutschte er ein wenig beiseite, um zwischen ihm und ihr ein wenig mehr Abstand zu schaffen.

Der Orgelspieler begann, mit gewaltigen, kraftvollen Tönen ein Vorspiel zu intonieren, und Theresa spürte das leichte Vibrieren der Bank, auf der sie saß. Sie lauschte auf die Melodie, doch sie war ihr nicht bekannt.

Nachdenklich hob sie den Kopf und bemerkte, dass die Frauen und Männer in ihrer Reihe alle ein schwarz gebundenes Gesangbuch in ihren Händen hielten. Für einen Augenblick schloss sie die Augen und glaubte, ein in helles Wildleder gebundenes Gesangbuch vor sich zu sehen, auf dessen Vorderseite ein schmales, in Gold gefasstes Kreuz eingestanzt war.

Theresa bemühte sich darum, diese Erinnerung festzuhalten und auszuweiten, doch der Widerwille ihres Gedächtnisses ließ dies nicht zu. Sie schüttelte ihren Kopf, als wolle sie so ihre Gedanken neu ordnen, und versuchte sich wieder auf den Gottesdienst zu konzentrieren.

Als das Lied beendet war, erhob sich am anderen Ende der Bankreihe ein in einen schwarzen Talar gekleideter junger Pfarrer und schritt langsam auf den Altar zu. Blonde Strähnen hingen ihm in die Stirn und sein Anblick erinnerte Theresa ein wenig an einen frechen Lausbuben.

„Den kenne ich gar nicht", murmelte der Tierarzt in ihre Richtung.

Theresa konnte sich ein spöttisches Lächeln nicht verkneifen. „Vielleicht hatte er Angst, den Berg hinaufzugehen, um sich Ihnen vorzustellen?"

„Sicher. Der gehört höchstwahrscheinlich zu dieser Bande ungehobelter Jungs, die in den Sommerferien des Nachts in der Stadt und in der Umgebung regelmäßig ihre Streiche machen."

Theresa senkte den Kopf, um ihr Lächeln zu verstecken.

Der Pfarrer begann seinen Gottesdienst, und obwohl er sehr angenehm sprach, verlor sich Theresa irgendwann in grüblerischen Gedanken.

Wieder sah sie das Gesangbuch vor sich, das wohl ihr eigenes sein musste, und sie fragte sich, wie lange ihr Gedächtnisverlust wohl noch andauern würde, wenn sich immer nur kleine, scheinbar unwichtige Bruchstücke ihrer Vergangenheit bis in ihr Bewusstsein vorkämpften. Ihre Hände fuhren über den grünen Stoff des Kleides, das sie sich aus dem von Marianne Biber genäht hatte, und sie war sich sicher, dass diese Art von Kleidung ihr vertrauter war als die dunklen Röcke und die etwas steifen Blusen und Schürzen, die die anderen Frauen hier trugen.

Die Gemeinde begann wieder zu singen, und da sich ihr die Noten ohne Probleme erschlossen, sang sie leise mit. Dann stockte sie und hob den Kopf. Weshalb konnte sie sich an Noten und deren Klangbilder erinnern, jedoch nicht feststellen, welcher Akzent sich ihrem Wiener Dialekt beimischte? Deutete dieser nicht darauf hin, dass sie nicht in Österreich, sondern in einem anderen Land geboren worden war? Wie konnte man nur seine Muttersprache oder gar seine Familie vergessen? Traurigkeit, Furcht und ein tiefes Gefühl von Einsamkeit legten sich auf ihr Gemüt, und mit heißen Tränen in den Augen legte sie ihren Kopf auf den weichen Haarschopf von Anna, die inzwischen in ihren Armen eingeschlafen war.

Schließlich drang die Stimme des jungen Pfarrers zu ihr durch. Er sprach davon, dass sie alle eine Familie im gemeinsamen Glauben an Jesus Christus seien. Diese Worte waren für ihr Herz tröstlich und schmerzlich zugleich und eine einzelne Träne löste sich aus ihrem Augenwinkel. Theresa blieb, da sie nicht auffallen wollte, still sitzen. So suchte sich die Träne langsam einen Weg ihre Wange entlang, bis sie plötzlich von einer rauen, aber sanft geführten Hand fortgewischt wurde.

Unwillkürlich hielt Theresa den Atem an. Ihr Herz vollführte mehrere aufgeregte Sprünge und sie spürte eine Hitzewelle in sich aufsteigen. Sie senkte den Kopf, um die Röte in ihrem Gesicht zu verstecken. Als sie wieder aufblickte, hatte sich Lukas erhoben und trat mit der Familie Rieble und einer Kusine Karls, die im Nachbarort lebte, an den Taufstein heran.

Theresas Augen waren nur auf den großen, breitschultrigen Mann in dem tadellos sitzenden schwarzen Anzug gerichtet. Seine jugendlichen Gesichtszüge wirkten ruhig und konzentriert in Erwartung der nachfolgenden Handlung.

Diese fiel allerdings anders aus als geplant. Maria hielt offensichtlich nichts davon, nach der unverhofften Dusche auch noch die segnende Hand des Pfarrers auf ihrem Kopf spüren zu müssen. Sie riss beide Arme in die Höhe und stieß dabei den silbern glänzenden Krug mit dem Taufwasser um. Lisa und Klara konnten sich gerade noch mit einem beherzten Sprung zur Seite retten, doch der junge Pfarrer war viel zu konzentriert, um das nahende Unglück rechtzeitig zu bemerken, und so ergoss sich das Wasser über seinen Talar, bevor der Krug mit einem lauten Knall auf dem harten Boden aufkam. Mit stoischer Gelassenheit sprach er die Segensworte zu Ende, während Anna, vom Krach und der Unruhe geweckt, zu wimmern begann.

Karl deutete mit der Hand auf den Taufstein, und sein Sohn stellte den Krug zurück, als wolle er die Untat seiner jüngsten Schwester damit ungeschehen machen.

Während die Familie zurück an ihren Platz ging, griff der Pfarrer mit beiden Händen in seinen Talar und zog diesen auseinander, sodass der volle Schaden sichtbar wurde. Vermutlich war die Anzughose darunter ebenfalls nass.

Theresa wartete gespannt darauf, wie der Mann reagieren würde, und zu ihrem Erstaunen begann der Pfarrer fröhlich zu lachen. Verwirrt schüttelte sie den Kopf. Damit hatte sie nicht gerechnet. In ihrer Vorstellung waren die Männer der Kirche sehr erhabene, vornehme, gesetzte und würdevolle Männer und der fröhlich lachende Pfarrer passte überhaupt nicht in dieses Bild.

Zumindest ein großer Teil der Gemeinde schien ebenfalls dieser Meinung zu sein, denn während Marias Angriff auf die Würde des Pfarrers noch gelassen oder belustigt hingenommen worden war, wurde seine Heiterkeit mit lautem Murmeln quittiert.

Lukas Biber setzte sich breit grinsend neben Theresa.

„Das gefällt Ihnen jetzt wieder, nicht wahr?", raunte Theresa ihm herausfordernd zu.

Der Mann nahm ihr Anna ab, die durch die ganze Unruhe aufgewacht war. „Maria gefällt mir!", lachte er leise.

„Jetzt schon so ungehobelt wie ihr Patenonkel. Wohin soll das nur führen?"

Die Orgel begann mit dröhnenden Basstönen zu spielen und Theresa griff nach dem Gesangbuch. Da aber auch Lukas mit seiner freien Hand nach diesem langte, legte sich diese über ihre kleine, schmale Hand und wollte sie scheinbar unendlich lange Zeit nicht mehr freigeben. Schließlich zog er seine Hand doch zurück und Theresa nahm das Gesangbuch schnell an sich. Sie schlug es auf und konnte auf der ersten Seite in einer zierlichen, gestochen scharfen Schrift den Namen „Marianne Schaller" lesen.

Mit vorsichtigen Bewegungen, um nur ja keines der dünnen Blätter zu knicken, suchte sie das an der Tafel neben der Kanzel angegebene Lied, und als sie das Buch schließlich ein wenig zu Lukas hinüberstreckte, dankte er ihr ihre Achtsamkeit, die er sehr wohl beobachtet hatte, mit einem beinahe liebevoll zu nennenden Lächeln.

Die Gemeinde versammelte sich auf dem kleinen Vorplatz und dem Kiesweg vor dem Gotteshaus. Die Gottesdienstbesucher scharten sich um die Eltern des Täuflings, um ihnen zu gratulieren. Lukas Biber, als Taufpate verpflichtet, der Gratulation beizuwohnen, stand neben der Patin und wirkte ein wenig verloren inmitten des aufgeregten Trubels. Theresa lächelte ihm aufmunternd zu, als er Hilfe suchend zu ihr hinüberblickte.

Bettina Schaller forderte die Aufmerksamkeit ihres Schwagers ein, der sich schließlich längere Zeit mit ihr unterhielt. Theresa sah, wie er ein weiteres Mal zu ihr herüberschaute, jedoch schnell den Blick wieder auf die junge Frau in der typischen regionalen Tracht vor sich richtete. Seine Augenbrauen waren unwillig zusammengezogen und seine Lippen so fest aufeinandergepresst, dass sein Unmut deutlich zu erkennen war.

Schließlich nickte er und nahm ein Geschenk von ihr entgegen, das vermutlich für Maria bestimmt war. Sowohl Karl als auch die vier Rieble-Kinder hatten die Arme inzwischen voll von kleinen Aufmerksamkeiten, und so gingen die Gratulanten dazu über, ihre Präsente an die beiden Paten weiterzugeben.

Theresa wurde abgelenkt, als Hannah zu ihr kam, sich bei ihr einhängte und sie ein paar Schritte mit sich zur Kirchenmauer hinüberzog. In ihren Augen standen Tränen.

Erschrocken blickte Theresa die junge Frau an, doch als sich ein zaghaftes Lächeln auf deren Gesicht legte, atmete sie erleichtert auf.

„Was für ein wunderbarer Gottesdienst. Und der Pfarrer hat genau die Worte gefunden, die ich hören musste."

Theresa nickte ein wenig verlegen. Sie hatte von der Predigt nur sehr wenig mitbekommen, da sie ihren eigenen Gedanken nachgehangen hatte. Doch sie freute sich, dass Hannah, für die der Schritt, in die Kirche zu gehen, eine große Überwindung gewesen sein musste, so bewegt und ergriffen war.

„Ich würde gerne noch mit dem Pfarrer sprechen", sagte Hannah weiter. „Es sind so viele Fragen in mir aufgebrochen, die ich gerne beantwortet hätte."

„Er steht noch dort an der Tür und spricht mit einem Kirchenältesten."

„Ich traue mich nicht, Theresa."

„Weshalb nicht? Er scheint doch sehr freundlich zu sein."

„Darum geht es nicht. Ich möchte nicht, dass die Leute sich etwas dabei denken, wenn ich eine Unterhaltung mit ihrem Pfarrer wünsche."

Einen Augenblick lang sah Theresa Hannah verständnislos an, worauf diese sie liebevoll anlächelte und ihr über den Unterarm strich. „Danke, dass du vergessen kannst, was ich bin."

„Jetzt verstehe ich", sagte Theresa und blickte zu den kleinen Menschengruppen hinüber. Einige der Gottesdienstbesucher machten sich bereits auf den Weg in Richtung Stadt hinunter, während andere noch zusammenstanden und sich unterhielten.

„Ich vermute, der Pfarrer kann das aushalten."

„Ich möchte ihn nicht –"

„Dann begleite ich dich!", schlug Theresa kurzerhand vor und ignorierte das auffordernde Winken Margas, da sich die Familie des Täuflings und deren Gäste auf den Weg zum Bauernhof hinauf begeben wollten.

„Das kann ich dir nicht zumuten, Theresa. Du bist eingeladen und –"

„Wenn es dir wichtig ist, werde ich dich begleiten. Ich bekomme heute noch genug zu essen, selbst wenn ich das Spanferkel ausfallen lasse!", entschied Theresa unternehmungslustig und wandte sich dem Kirchenportal zu. Hannah eilte hinter ihr her.

„Ich kann auch morgen noch mit dem Pfarrer reden. Wirklich, Theresa!"

„Sie möchten ein Gespräch mit mir, Frau Werner?", fragte eine angenehme Stimme von der Tür her, und Theresa glaubte zu sehen, wie ihre Begleiterin ein wenig rot wurde.

„Es hat mich sehr gefreut, Sie heute im Gottesdienst zu sehen. Haben Sie eine Frage zu meiner Predigt, oder gibt es etwas anderes, das ich für Sie tun kann?", erkundigte er sich freundlich und winkte einem grimmig dreinblickenden Mann verabschiedend zu.

„Ich habe sehr viele Fragen, Herr Pfarrer. Und ich möchte ganz neu die Vergebung unseres Herrn empfangen, damit ich wieder dort anfangen kann, wo ich vor Jahren schon einmal stand", erläuterte Hannah mit plötzlicher Begeisterung.

Der Pfarrer nickte und wandte sich an Theresa: „Sie dürfen uns gerne begleiten, Fräulein Theresa. Immerhin haben Sie Frau Werner hierhergebracht."

Theresa nickte und schob Hannah förmlich die Stufen hinauf. Plötzlich legte sich eine schwere Hand auf ihre Schulter, und als sie sich umwandte, konnte sie in die besorgt blickenden Augen Lukas Bibers sehen. Sie nickte Hannah zu, um ihr deutlich zu machen, dass sie mit dem Pfarrer schon mal vorgehen sollte, und wandte sich dann wieder ihrem Arbeitgeber zu. „Was gibt es denn, Dr. Biber?"

„Alle warten auf Sie, Fräulein Theresa. Was haben Sie vor?"

„Frau Werner möchte gerne mit dem Pfarrer sprechen und will mich gerne dabeihaben."

„Sie sind heute auf einer Tauffeier eingeladen. Haben Sie das schon vergessen?"

„Selbstverständlich nicht. Ich werde bald nachkommen."

„Sie müssen Ihre sommersprossige Nase nicht überall hineinstecken."

„Das ist Hannah wichtig und mir auch!", fuhr Theresa ihn ungeduldig an.

„Welcher Unterschied –"

„Gehen Sie nur, Dr. Biber. Ich komme bald nach. Marga hat Anna bereits mitgenommen."

„Wenn Sie sich weiter so für Frau Werner einsetzen, werden die Leute –"

„Machen Sie sich keine Gedanken, Dr. Biber. Ich kenne den Weg", unterbrach Theresa ihn wieder, ignorierte seinen vorwurfsvollen Blick, drehte sich um und verschwand im Inneren der Kirche.

„Dieses Mädchen macht doch, was es will", hörte sie ihren Arbeitgeber noch brummen.

Lukas Biber ging mit großen Schritten über den Vorplatz und eilte den Kiesweg entlang bis zum offen stehenden Tor hinaus. Anna war von Marga mitgenommen worden, und als sich der Tierarzt dem Hügel zuwenden wollte, wurde er von einer kühlen, weichen Frauenhand am Unterarm zurückgehalten.

„Was haben die beiden Frauenzimmer mit dem armen Pfarrer vor?", erkundigte sich eine sichtlich aufgebrachte Bettina Schaller. Rote Flecken leuchteten auf ihren Wangen, ein deutliches Zeichen ihrer Erregung, und ihre Hand schloss sich noch ein wenig fester um seinen Arm. „Wie kommt diese Theresa überhaupt dazu, die Werner mit in die Kirche zu bringen?", eiferte sie sich und ihre blauen Augen funkelten Lukas voller Zorn an.

„Vielleicht solltest du die beiden persönlich fragen?", wich Lukas aus und wand mit einer ruckartigen Bewegung seinen Arm aus ihrem festen Griff.

„Ich werde mich hüten, mit einer Hure zu sprechen und mit einer Frau, die sich offenbar zu dieser hingezogen fühlt. Vielleicht solltest du diese Theresa besser schnell aus dem Haus werfen,

Lukas. Du könntest um deinen Ruf kommen und sie könnte die kleine Anna ungut beeinflussen."

„Meinem Ruf kann sie kaum mehr schaden und Anna geht es ausgesprochen gut in Fräulein Theresas Obhut", erwiderte Lukas und beherrschte sich mühsam, um nicht in seinen vormals so unfreundlichen Tonfall zurückzufallen.

„Ich bitte dich, Lukas! Theresa ist inzwischen zum Stadtgespräch geworden. Sie zeigt sich provokant offen mit der Werner, und es wird gemunkelt, dass sie vielleicht dem gleichen Beruf nachgegangen ist, bevor sie vor deine Tür geschwemmt wurde."

„Wenn ihr mit Fräulein Theresa direkt sprechen würdet, anstatt *über* sie zu tratschen, würdet ihr schnell bemerken, wie unsinnig derartige Verdächtigungen sind."

Bettina sah ihn fassungslos an. „Ist dir denn noch nie der Gedanke gekommen, dass diese Theresa dir etwas vorspielt? Vielleicht ist sie tatsächlich eine Prostituierte, die sich bei dir eingeschlichen hat und das bequeme Leben auf dem großen Gutshof genießt und womöglich noch den Gutshofbesitzer selbst für sich angeln möchte."

Lukas warf Bettina einen langen, forschenden und nicht gerade freundlichen Blick zu, doch diese sah ihn nicht einmal an, sondern blickte mit düsterer Miene zu dem in der Sonne hell aufleuchtenden Gutshaus auf dem Hügel hinauf. Er meinte, Begehrlichkeit in ihrem Blick erkennen zu können.

„Hirngespinste", knurrte er. „Sie leidet unter ihrer verlorenen Vergangenheit und dem Bewusstsein, nichts über sich, ihre Familie und ihre Herkunft zu wissen."

„Davon merkt man nicht viel."

„Vielleicht, weil sie von Natur aus ein fröhlicher Mensch ist?"

„Du bist offenbar schon blind für die Tatsachen, Lukas."

Lukas ballte seine Hände zu Fäusten und biss kräftig die Zähne zusammen, was seinem Gesicht einen noch grimmigeren Anschein gab.

„Mach die Augen auf, Lukas. Diese rothaarige Hexe spielt dir etwas vor. Sie ruiniert deinen Ruf, hat einen schlechten Einfluss auf deine Tochter und vergnügt sich da oben in deinem Gutshaus vermutlich mit allen möglichen Männern, kaum dass du aus dem Haus bist. Woher sonst sollte sie das Geld für dieses aufwendige Kleid gehabt haben, das sie heute trägt?"

„Das war Mariannes altes Ballkleid und sie hat es selbst umgenäht", knurrte Lukas sie an, wandte sich um und ließ Bettina einfach stehen.

„Du hast ihr Mariannes Ballkleid gegeben?", hörte er sie beinahe kreischen und ein zynisches Lächeln legte sich um seinen Mund. Offenbar hatte sie gehofft, dass sie dieses Kleid einmal ihr Eigen nennen konnte, wenn sie erst die neue Frau Biber war.

Aufgewühlt stapfte er mit weit ausholenden Schritten den Weg hinauf. In seinen großen Händen trug er einige kleine Päckchen, und er musste sich zwingen, diese vor aufgestauter Wut nicht zu sehr zu drücken.

Unterhalb des Pferdestalles bog er auf den Feldweg ein, der direkt zum Bauernhof hinüberführte, und wurde dort ein wenig langsamer. Er konnte unmöglich mit dieser Wut im Bauch auf dem Fest erscheinen.

Nachdenklich blieb er stehen und blickte den blumenübersäten Hügel hinunter in Richtung der weißen Kirche. Er achtete Theresa für ihren wohlgemeinten Einsatz bezüglich Hannah Werner sehr, doch unterschwellig fühlte er eine nicht definierbare Angst um sie in sich. Diese und die Tatsache, dass sie sich dort unten bei dem jungen Pfarrer befand, verursachten ihm Unbehagen, und er spürte den unwiderstehlichen Drang in sich, umzukehren und die junge Frau zu holen.

Er ließ sich am Wegrand auf der ansteigenden Wiese nieder, streckte seine Beine aus und legte die Päckchen vorsichtig neben sich in das hohe Böschungsgras. Sein Blick ruhte auf der von der Sonne hell angestrahlten Kirche.

Warum nur reagierte er so heftig auf die Anfeindungen Bettinas gegenüber Theresa? Es lag sicherlich nicht allein daran, dass er Bettinas Aufmerksamkeiten und ihren Willen, sich in sein Leben zu drängen, als unangenehm empfand. Der Grund dafür war wohl vielmehr, dass er sich mehr und mehr in diesen namenlosen Wildfang verliebte, der von der ersten Minute an, seit er ihn unten am vereisten See gefunden hatte, sein Leben vollkommen auf den Kopf gestellt hatte.

Lukas schlug die Füße übereinander, zog einige Halme aus der Erde, zerknickte sie mehrmals und zerrieb sie zwischen seinen Fingern. Er hatte Marianne auf eine tiefe, besondere Art geliebt. Sie war sein Ruhepol gewesen, wenn er erschöpft von einem langen Arbeitstag zurückgekehrt war. Sie hatte ihn liebevoll umsorgt, ihm jeden Wunsch von den Augen abgelesen und ihn verwöhnt.

Theresa war ganz anders. Sie forderte ihn heraus. Sie sagte, was sie dachte, und übersah seine Ecken und Kanten nicht einfach, sondern drängte ihn dazu, an ihnen zu arbeiten. Sie konnte ihn auf vielfältige Weise überraschen, und ihr Temperament machte sie nicht nur zu einem frei denkenden, bisweilen ungestümen Wesen, sondern bot allerhand interessante, abwechslungsreiche und auch aufregende Seiten.

Und genau deshalb faszinierte sie ihn. Sie war so ganz anders als Marianne und doch ebenso liebenswert. Doch wer war sie, die vermutlich in einem der besten Häuser Wiens aufgewachsen war? Woher kam ihr Dialekt, den einzuschätzen ihr selbst nicht gelingen wollte? Konnte er es wagen, einer solchen Frau seine Liebe zu gestehen und sie zu bitten, ihn zu heiraten?

Während die Grillen, die sich am Rand des Pfades im Gras verbargen, lauthals zirpten und von der Koppel her das kurze, tiefe Wiehern eines der Schwarzwälderpferde zu hören war, sammelte Lukas langsam die Präsente ein und erhob sich. Dabei seufzte er leise auf und blickte erneut zur Kirche hinunter. Er wünschte sich, sie würde endlich zu ihm hinaufkommen. Doch der Kiesweg lag verlassen in der hellen, warmen Maisonne.

Klara nahm Lukas die Geschenke ab, reichte ihm ein Glas Beerenbowle und schickte ihn mit einer knappen Kopfbewegung zu Karl hinüber, der bereits am anderen Ende des Hofes auf ihn wartete.

Ahnend, was sein Freund mit ihm zu bereden hatte, ging er auf diesen zu und setzte sich neben ihn auf einen der Strohballen, die später, während des Essens, als Sitzplätze für die jüngeren Kinder dienen sollten.

Das Ferkel schmorte bereits am Spieß über dem Feuer, und einige Mädchen mit hübschen Kleidern und bunten Schleifen in den Haaren standen neugierig um dieses herum, während die Jungen sich wilde Verfolgungsjagden zwischen den vielen Tischen und Stühlen lieferten.

„Es gibt ziemlich lautstarken Protest über das Verhalten deines Schützlings, Lukas."

„Das dachte ich mir schon", erwiderte der Tierarzt und stellte das Bowleglas auf den Strohballen. Mit zusammengezogenen Augenbrauen musterte er seinen Freund.

„Unsere christliche Nächstenliebe gebietet es uns, dass wir auch Frau Werner in unserer Mitte willkommen heißen. Doch es gibt viele Frauen, und vor allem einige Männer, die sich sehr ungehalten über das Eingreifen Theresas in ihre städtischen Angelegenheiten geäußert haben."

„Die Männer, die befürchten, ihre Abwechslung zu verlieren?", vermutete Lukas mit einem schrägen Grinsen.

Karl zuckte mit den Schultern.

„Theresa sagt, dass Hannah Werner gerne ein kleines Gasthaus mit einem Restaurant eröffnen möchte. Das Mädchen scheint es als seine Berufung zu sehen, sie darin zu unterstützen."

„Damit wird sie sehr alleine dastehen, Lukas. Böse Stimmen werden sagen, Hannah Werner wolle ihr Gewerbe dadurch lediglich ein wenig luxuriöser gestalten."

„Sie verdient eine Chance."

„Mit Sicherheit. Jeder verdient eine zweite Chance." Er sah seinen Freund ernst an. „Trotzdem ... sprich mit ihr."

„Danke", murmelte Lukas und nahm das Glas, um es auf einem der Tische abzustellen.

Mehr als eine Stunde später – von dem Spanferkel war inzwischen nicht mehr viel übrig – schlenderte Lukas über den Pfad und blickte ein weiteres Mal in Richtung Kirche hinunter. Auf dem Weg, der von dem Gotteshaus auf den Hügel hinaufführte, sah er eine schlanke Gestalt.

Lukas ging bedächtig den Pfad weiter. Die Person bog vor dem Stall auf den Feldweg ein und endlich konnte er das grüne Kleid und die in der Sonne rot aufleuchtenden Haare Theresas erkennen. Sie bückte sich gelegentlich, wahrscheinlich, um Blumen zu pflücken, und als sie näher kam, konnte er in ihren Armen einen gewaltigen Wiesenblumenstrauß erkennen, der in fröhlichem Weiß und Gelb bis zu ihm herüberleuchtete.

Als Theresa ihn entdeckte, glaubte er ein fröhliches Lächeln auf ihrem mit Sommersprossen übersäten Gesicht zu erkennen, und er lächelte zufrieden zurück. „Sie kommen spät!", rief er ihr entgegen.

„Es gibt Dinge, die weitaus wichtiger sind als Essen, Dr. Biber."

„Nicht, wenn man befürchten muss, dass Sie demnächst verhungern", erwiderte Lukas und tippte der jungen Frau, die inzwischen auf seiner Höhe war, leicht in die Seite.

„Ich esse genug", erwiderte Theresa knapp und winkte mit ihrer freien Hand Klara, die mit in die Hüften gestemmten Händen im Hof stand und den beiden entgegensah.

„Sie sollten sich auf eine kleine Ansprache Ihrer Gastgeberin gefasst machen."

„Keine Angst. Klara versteht mein Anliegen."

„Sie möchte aber nicht, dass Sie sich dabei in Gefahr begeben."

„Gefahr?" Theresa lachte fröhlich auf, drückte ihm den gewaltigen Strauß in die Arme, hob mit beiden Händen ihren Rock an und lief den restlichen Weg bis zum Hof, der mit bunten Fähnchen und einigen selbst gebastelten Lampions für den Abend geschmückt worden war.

Die Sonne versteckte sich bereits hinter den bewaldeten Hügeln, als ein Mann seine Geige, ein anderer ein Akkordeon und Karl seine Mundharmonika hervorzog. Klara, die inzwischen ihren Hut abgelegt hatte, klatschte begeistert in die Hände und schnappte sich den etwas verdutzten Lukas, um diesen hinter sich her auf das ebenste Stück des Hofes zu ziehen. „Der beste Tänzer im Umkreis gehört mir!", verkündete sie übermütig und lachte.

„He!", beschwerte sich Karl.

„Der beste Mundharmonikaspieler der Welt gehört mir ohnehin schon", ergänzte Klara.

Karl setzte seine Hohner an die Lippen und begann ein munteres Stück, in das das Akkordeon und die Geige schnell mit einstimmten. Helmut, der wohl das musikalische Talent seines Vaters geerbt hatte, bastelte sich in Windeseile aus zwei Kochtöpfen und zwei aufgeschichteten Hölzern einige Schlaginstrumente und begleitete das Spiel rhythmisch.

Der junge Pfarrer, der rechtzeitig zum Kaffee erschienen war, forderte Marga zum Tanz auf, die sich begeistert über die leicht unebene Tanzfläche wirbeln ließ. Theresa saß auf einem hohen Stapel Strohballen und beobachtete die tanzenden Paare. Ein fröhliches Lächeln lag auf ihrem Gesicht, und wie die anderen Zuschauer klatschte auch sie im Takt der Musik, die immer schneller und ausgelassener wurde, je mehr Stücke die vier Musiker nacheinander zum Besten gaben.

Das klägliche Weinen Marias befreite Lukas schließlich von seiner eifrigen Tanzpartnerin, und beinahe erleichtert, wie es Theresa erschien, entfernte er sich von der Tanzfläche und holte sich etwas zu trinken, während Klara mit dem Mädchen im Haus verschwand, um es zu stillen.

„Ich brauche eine Pause", lachte Karl schließlich und warf die Mundharmonika seinem Sohn zu, der das Instrument geschickt auffing. Während die beiden anderen Musiker unbeeindruckt weiterspielten, lauschte Helmut kurz und setzte dann, offenbar ohne Schwierigkeiten, ein.

Theresa war beeindruckt. Für seine zehn Jahre spielte der Junge sehr gut, wenn auch nicht immer ganz sicher, doch das störte in dieser ausgelassenen Gesellschaft niemanden.

Während die Sonne ihre letzten wärmenden Strahlen über das Hausdach gleiten ließ und sich die Schatten allmählich über dem Hof, den Stallungen und den angrenzenden Wäldern ausbreiteten, blieb das Haus auf dem Hügel noch längere Zeit von dieser angestrahlt.

Theresa blickte nachdenklich zu dem Gebäude hinauf. Viele Wochen lang war dieser etwas heruntergekommene, nicht mehr ordentlich bewirtschaftete Gutshof ein sicheres Nest für sie gewesen, und obwohl sie sich dort oben sehr wohlfühlte, sehnte sie sich danach, endlich ihre Erinnerung zurückzuerlangen.

„Worüber denken Sie nach?", fragte eine leise, tiefe Stimme von unten.

Die junge Frau schrak zusammen. Sie hatte nicht bemerkt, dass sie beobachtet worden war. Sie blickte hinunter und sah in das lächelnde Gesicht des Gutsherrn. „Ich denke an meine Familie, die möglicherweise nach mir sucht ... Aber diese trüben Gedanken gehören nicht hierher, Dr. Biber."

„Dies ist ein Familienfest. Da ist es nur verständlich, wenn Sie wehmütige Gedanken an Ihre Familie in sich hegen", erwiderte er leise.

Theresa glaubte, einen Anflug von Schmerz und Unwillen in seinem Gesicht zu erkennen. Dieser verschwand jedoch sehr schnell wieder, und noch ehe sie sich darüber Gedanken machen konnte, streckte er ihr beide Hände entgegen und sagte: „Sie werden jetzt mit mir tanzen."

„Lieber nicht, Dr. Biber. Ich kenne diese Art von Tänzen nicht."
„Woher wollen Sie das wissen?"
„Ich sitze hier jetzt schon seit fast einer Stunde und sehe den Tanzenden zu."

„Einen Wiener Walzer werden Sie sicherlich beherrschen", lachte Lukas. Er rief dem Akkordeonspieler, der sich gerade mit einem großen karierten Taschentuch den Schweiß von der Stirn wischte, zu, er solle doch bitte einen Walzer spielen, und dieser nickte zustimmend.

„Vielleicht bin ich eine miserable Tänzerin?", versuchte sie noch einmal abzuwehren, denn die Vorstellung, diesem Mann beim Tanzen so nahe zu sein, ließ ihr Herz rasen.

„Eine Tänzerin ist immer nur so gut oder schlecht wie ihr Partner. Kommen Sie schon", forderte er sie erneut auf und stieg auf die unterste Reihe der Strohballen.

Theresa, die Angst hatte, er würde sie einfach packen und herunterheben, nickte schließlich wenig begeistert, rutschte nach vorne und sprang auf die untersten Ballen hinunter, wobei für einen kurzen Augenblick ihre Schuhe, die Unterschenkel und die vielen Lagen Tüll sichtbar wurden, bevor sich der grüne Stoff des raschelnden Kleides wieder sittsam an seinen Platz zurücklegte.

Lukas schüttelte den Kopf, sprang auf das niedergetretene Gras zurück und reichte ihr seine Hand, damit sie wenigstens diese letzte Hürde gesittet wie eine Dame nehmen konnte.

Wohl aus Angst, sie würde doch noch flüchten, ließ er ihre Hand gar nicht mehr los und dirigierte sie an ein paar auf dem

Boden sitzenden, mit Murmeln spielenden Jungen vorbei auf die von Klara zur Tanzfläche erklärte Wiese zu.

Theresa blickte sich um, als suchte sie tatsächlich nach einer Fluchtmöglichkeit. „Ich sehe Anna gar nicht mehr", murmelte sie und wandte sich zu den jungen Mädchen um, die lachend an der langen Tafel beieinandersaßen.

„Sie ist bei Lisa. Es gibt demnach keinen Grund für Sie wegzulaufen, Fräulein Fuchs", raunte Lukas ihr zu, und sein Atem brachte die langen Strähnen, die sich aus ihrer Frisur gelöst hatten, zum Fliegen, sodass diese sie am Hals kitzelten.

Lukas zog sie zu den anderen Paaren auf die Tanzfläche. Widerwillig legte sie eine Hand in seine und die andere auf seine Schulter.

„Das klappt ja schon mal ganz gut", lachte Lukas leise in ihr Ohr und legte seine freie Hand in ihren Rücken.

Theresa vollführte wie von selbst die richtigen Schritte, und nach einer kurzen Weile entspannte sie sich und begann, das federleichte Gefühl zu genießen, das sie überkam, als ihr Tanzpartner sie sicher und mit festem Griff über die Tanzfläche drehte.

Als sie an den Musikern vorbeitanzten, grinste Karl, der sein Instrument vor Beginn des Walzers von seinem Sohn zurückgefordert hatte und es für einen Moment von den Lippen nahm, so breit wie selten einmal zuvor.

„Karl amüsiert sich über uns", stellte Theresa fest und blickte ihren Tanzpartner direkt an.

Der große Mann sah auf sie hinunter und zwinkerte ihr kurz zu. „Er ist nur neidisch, dass er sich hinter diesem Instrument verstecken muss, anstatt mit der besten Tänzerin im weiten Umkreis tanzen zu können", lachte Lukas.

„Ich dachte, jede Tänzerin ist nur so gut wie ihr Partner?"

„Wer hat Ihnen denn diesen Blödsinn erzählt?", lachte Lukas und drehte sie erneut schwungvoll an den Musikanten vorbei.

Ohne Pause ging der Walzer in einen weiteren über und dieser schließlich in ein weitaus schnelleres Stück, das Theresa jedoch ebenso gut zu meistern wusste. Lukas wirbelte sie an zwei Paaren vorbei, von denen das eine sie beinahe erschrocken musterte, während das andere stehen blieb und kurz in ihre Richtung klatschte, um dann ebenfalls wieder weiterzutanzen.

„Ihnen bereitet es Freude, die anderen durcheinanderzubringen, nicht wahr?", fragte sie schließlich ein wenig atemlos zu ihm hinauf.

„Bisher waren Sie es, die hier einiges durcheinandergebracht haben, Fräulein Fuchs. Vor allem mein Leben."

„Das tut mir leid. Hat es Ihnen so gefallen, wie es war?"

„Keineswegs", erwiderte Lukas. Wieder tanzten sie an den fröhlich spielenden Musikern vorbei, bei denen nun auch Klara mit Maria auf dem Arm stand.

Diesmal zwinkerte Karl ihnen zu, und Theresa wurde das Gefühl nicht los, dass die beiden Freunde eine für sie nicht verständliche Unterhaltung führten.

Plötzlich knickte Theresa mit einem Fuß auf der unebenen Grasfläche um, doch Lukas reagierte schnell. Er fing sie auf, zog sie mit einer kräftigen Bewegung in die Höhe und presste sie gegen seinen breiten Körper.

Einen Augenblick lang verschlug es ihr den Atem, doch Lukas tanzte weiter, als sei nichts geschehen, und nach ein paar Schritten, als er spürte, dass sie wieder sicher beide Beine gebrauchte, lockerte er den Griff um ihre Hüfte ein wenig.

Dennoch war der Abstand zwischen ihnen längst nicht mehr so groß wie zuvor, und irgendwann erwischte sich Theresa dabei, wie sie mit geschlossenen Augen seine beruhigende, Sicherheit ausstrahlende und angenehme Nähe genoss. Sie öffnete die Augen und hob den Kopf, um in zwei strahlend blaue Augen zu blicken, die sie intensiv musterten und deren Anziehungskraft sie sich nicht erwehren konnte.

Erst als die Musiker eine Pause einlegten, löste sie ihren Blick von seinem und trat verwirrt zwei Schritte zurück. „Danke", murmelte sie in seine Richtung, wandte sich so heftig um, dass der

Rock um ihre Beine schwang, und ging mit eiligen Schritten zurück zu den aufgeschichteten Strohballen. Dort hatten sich jedoch inzwischen einige Mädchen niedergelassen, und so ging sie an ihnen vorbei und trat an einen der Weidezäune.

Nachdenklich blickte sie über die hölzernen Verstrebungen auf die hoch stehenden Wiesenblumen und sog den herben Geruch von feuchter, fruchtbarer Erde und den harzigen Duft des nahen Waldes ein. Sie war durcheinander. Wohin sollte das alles führen? Sie hatte die Gegenwart des Tierarztes schon lange als verwirrend empfunden, doch dass sie es so sehr genossen hatte, in seinen Armen gehalten zu werden, erschreckte die junge Frau. Sie schlug die Hände vors Gesicht und schüttelte den Kopf. Schließlich senkte sie die Hände wieder, legte sie über die oberste Querstange des Zaunes, hob den Fuß und stieg auf die unterste Verstrebung. In dieser erhöhten Position blieb sie stehen und blickte in die Ferne. Sie hatte zu ihrem Gott gebetet, hatte ihm ihre verwirrenden Gefühle und ihre Ängste mitgeteilt und sich dabei eingestanden, dass sie diesen Tierarzt und seine Tochter so sehr liebte, dass es ihr eigentlich unmöglich sein würde, diese einfach wieder zu verlassen. So stritt in ihrem Innersten der Wille, ihre Vergangenheit und damit die Erinnerung an ihre Person endlich wieder zurückzuerhalten, mit dem Wunsch, für immer hier in der Nähe von Lukas Biber und Anna bleiben zu dürfen.

„Theresa?"

Die junge Frau sprang vom Zaun herunter und richtete ihr Kleid, ehe sie sich Klara zuwandte, die mit dem Baby auf dem Arm zu ihr herantrat.

„Geht es dir gut? Ist dieser Rüpel dir auf den Fuß getreten?"

Sie schüttelte den Kopf. „Ich bin einfach nur durcheinander. Und ... Dr. Biber hat sich mir gegenüber noch nie wie ein Rüpel verhalten", flüsterte Theresa und spürte, wie ihr Tränen in die Augen stiegen.

„Und genau das ist das Problem, nicht wahr, mein Mädchen?", fragte Klara, löste eine Hand unter dem Rücken des Säuglings und drückte Theresa mit dieser tröstend an sich. „Ihr seid ein schönes Paar, Theresa. Was spricht dagegen, dass ihr genau das sein werdet, wenn du deine Erinnerung wiedergefunden hast?"

„Vielleicht mein altes Leben – wer oder was auch immer ich darin gewesen bin."

„Du hast dich hier doch inzwischen wunderbar eingelebt. Ich glaube nicht, dass du eines Tages einfach verschwinden kannst, ohne eine große Lücke zu hinterlassen. Bei Anna, bei meinen Kindern, bei mir und Karl, bei Hannah ... und vor allem bei Lukas."

„Es würde mir sehr schwerfallen", stimmte Theresa leise zu und nahm das quengelnde Mädchen auf ihre Arme.

„Komm, wir wollen die Lampions anstecken. Die Kinder weigern sich nämlich, es zu tun, bevor du auch da bist."

Theresa lächelte und folgte ihrer Freundin zurück auf den Hof.

Dort angelangt, nahm Karl ihr Maria ab. Theresa stieg unter den entsetzten Blicken einiger Frauen auf einen der Tische, um eine brennende Kerze in einen Lampion zu halten und die Kerze darin zu entzünden.

Die Kinder klatschten begeistert, als der Lampion in einem sanften Rotton zu leuchten begann, und schließlich fielen auch die Erwachsenen mit ein.

Theresa blickte wehmütig von oben auf die Festgäste hinunter. Ja, diese Menschen würden ihr einen Abschied sehr schwer machen. Doch noch war es nicht so weit, und sie nahm sich vor, die ihr noch verbleibende Zeit mit ihnen zu genießen.

Kapitel 32

Das satte Grün der Wiese leuchtete mit dem zarten Rosé der Apfelblüten und dem weichen, warmen Blau des Himmels um die Wette. Gepflügte Erde, dunkelbraun, satt und auf die baldige Aussaat wartend, breitete sich links des unebenen Weges aus, während hinter einem hölzernen Weidezaun auf der Rechten ein paar träge wirkende braun-weiße Kühe der Riebles nicht einmal die Köpfe hoben, als Theresa und Lukas an ihnen vorbeischlenderten. Weiter entfernt stieß der Fichtenwald an weitere Felder und hügelige Blumenwiesen und zwischen diesen eingebettet ragte die kleine Kirche in die Höhe. Die beiden betraten die Steinbrücke über dem leise gurgelnden Fluss, und Theresa bückte sich, um einige Steine aufzuheben und sie über das Geländer in das grün schimmernde Wasser zu werfen. Ihr Begleiter runzelte die Stirn und betrachtete die vornehm zurechtgemachte junge Frau neben sich kopfschüttelnd.

„Werden Sie sich wenigstens während des Balls wie eine Dame benehmen?", fragte er.

„Das tue ich doch immer." Theresa blickte in die spöttisch aufleuchtenden Augen ihres Gesprächspartners.

„Bei der letzten Festveranstaltung haben Sie auf den Tischen getanzt", neckte Lukas sie.

„Ich habe lediglich einen Lampion entzündet", entgegnete Theresa. „Wenn Sie befürchten, sich mit mir auf diesem Tanzfest zu blamieren, weshalb haben Sie mich dann überhaupt mitgenommen?"

„Die Familie Schaller lädt einmal im Jahr zu diesem traditionellen Fest ein. Meist sind einige Adelige aus der Gegend anwesend, und ich hoffe, dass einer von ihnen Ihren Dialekt oder sogar Ihre Person einordnen kann."

Theresa strich sich über das grüne Seidenkleid und folgte dem Mann, der von der Brücke auf den Weg trat und weiter der Stadt entgegenging. Voll Zuneigung blickte sie zu Lukas hinüber, der jedoch die blühenden Obstbäume entlang des Weges betrachtete. Jetzt verstand sie, weshalb sie als Angestellte des Gutsherrn zu diesem Fest eingeladen worden war. Vielleicht hatte er sich sogar bei seinen Schwiegereltern für eine Einladung für sie eingesetzt.

„Waren Sie früher häufiger in einem der Adelshäuser in der Umgebung eingeladen?", erkundigte sich Theresa schließlich und dachte dabei an die festlichen Kleider, die sie auf dem Dachboden gefunden hatte.

„Meine Großmutter war adeliger Abstammung. Durch die Heirat mit meinem Großvater wurde sie zum schwarzen Schaf der Familie. Meine Eltern wurden dennoch recht häufig eingeladen und meine Mutter genoss die Abwechslung. Auch Markus gefielen diese Bälle. Auf einem traf er seine Frau Isolde. Ich selbst habe für diese Veranstaltungen nicht viel übrig. Da komme ich wohl mehr nach meinem Vater und Großvater." Nach einer kurzen Pause erzählte er weiter: „Marianne mochte die adeligen Kreise nicht besonders – ganz im Gegensatz zu ihrer jüngeren Schwester und ihren Eltern –, und so haben wir mit der Zeit immer seltener Einladungen zu Bällen und ähnlichen Veranstaltungen angenommen. Nach ihrem Tod sah ich dann gar keinen Grund mehr, derartige Feste zu besuchen. Mit der Zeit erhielt ich immer weniger Einladungen und schließlich kamen keine mehr." Prüfend betrachtete Theresa das Gesicht des Mannes. Früher war er oft in seine alte Bitterkeit zurückgefallen, wenn er von seiner verstorbenen Frau gesprochen hatte. Doch dieses Mal geschah dies nicht. Sie lächelte erfreut in seine Richtung, was ihn zu verwirren schien. Er zog die Augenbrauen zusammen und blickte wieder zu den Bäumen hinüber.

Kurze Zeit darauf betraten sie die um diese frühe Abendstunde ungewöhnlich ruhig wirkende Stadt. Nur aus einem Garten war das fröhliche Lachen von Kindern zu vernehmen und irgendwo gackerten ein paar Hühner. Als sie jedoch den Marktplatz passiert hatten, reihten sich mehrere vornehme Landauer am Straßenrand aneinander, und Kutscher waren damit beschäftigt, die Zugpferde mit Wasser und Futtersäcken zu versorgen.

Das große Fachwerkhaus der Schallers war mit Blumengirlanden geschmückt worden. Zögernd verharrte Theresa vor dem einladend offen stehenden Gartentor und lauschte auf die fröhlichen Stimmen, die aus dem Garten und dem Haus auf den Gehweg hinausdrangen.

„Was ist?", fragte Lukas, der bereits ein paar Schritte vorausgegangen war und sich nach ihr umgedreht hatte. Etwas hilflos zog Theresa ihre Schultern in die Höhe. Angst, nicht willkommen zu sein, stieg in ihr auf. War die Einladung nur auf Drängen von Lukas Biber ausgesprochen worden, oder wollte man ihr tatsächlich helfen, ihre Erinnerung zurückzuerlangen – vielleicht auch mit dem Hintergedanken, dass sie dann sehr schnell dieser Stadt den Rücken kehren würde?

Lukas trat nahe vor sie, und sie hob den Kopf, um ihn mit großen Augen anzusehen. Er lächelte ihr beruhigend zu und bot ihr seinen Arm. „Kommen Sie. Sie sind ein geladener Gast. Niemand wird Ihnen etwas tun."

Theresa nahm den Arm, straffte die Schultern und stieg neugierig, aber auch aufgeregt die Stufen hinauf.

Gemeinsam betraten sie den engen Flur, und Lukas führte sie zielsicher durch diesen hindurch in ein großes Wohnzimmer, dessen Flügeltüren zum Garten hin weit offen standen. In dem Salon befanden sich die Gastgeber und fünf weitere Personen in festlicher Garderobe.

„Lukas! Schön, dass ihr kommen konntet!", rief der Bürgermeister und reichte seinem Schwiegersohn die Hand. Theresa wurde von Frau Schaller freundlich begrüßt, während Bettina sie nur mit einem knappen Nicken bedachte.

Frau Schaller stellte sie den anderen Gästen vor, von denen zwei Männer sich kameradschaftlich mit Lukas zu unterhalten begannen. Es handelte sich um Brüder, mit denen Lukas bereits früher auf ähnlichen Festen zusammengetroffen war. Schließlich meinte Jakob Zöllinger, der ältere der Brüder, zu Lukas: „Meine Mutter hat es sich nicht nehmen lassen, auf das Fest der Schallers zu kommen. Als sie hörte, dass du auch anwesend sein wirst, bat sie mich, dich sofort zu ihr zu schicken, sobald du eingetroffen bist. Sie möchte sich gerne ein wenig mit dir unterhalten."

„Gerne", erwiderte der Tierarzt und trat mit Jakob Zöllinger hinaus in den mit Girlanden und Lampions verzierten Garten.

Dessen Frau Viktoria folgte mit dem anderen Paar und auch Johann Zöllinger schloss sich diesen an.

Theresa blieb mit den Schallers zurück und trat unruhig von einem Bein auf das andere. Dann entschloss sie sich, ebenfalls in den Garten hinauszugehen. Sie lächelte dem Ehepaar zu und ging an Bettina Schaller, die ihr den Rücken zugewandt hatte, vorbei. Draußen empfing sie eine angenehm warme Abendluft und der kräftige Duft einiger Fliederbüsche. Musiker in Trachten standen auf einem Holzpodest und packten ihre Instrumente aus, während zwei Handwerker noch die letzten Nägel in eine provisorisch aufgebaute hölzerne Tanzfläche klopften. Neugierig musterte sie die bereits anwesenden Gäste und stellte fest, dass sie kaum jemanden kannte. Vermutlich waren die meisten der sichtlich teuer gekleideten Besucher aus umliegenden Ortschaften oder Landsitzen angereist.

Da sie Lukas nirgends entdecken konnte, schlenderte sie an den Bäumen vorbei, passierte das Tanzpodest und betrat eine große, ebene Wiesenfläche. Dort spielten einige Kinder unter der Aufsicht ihrer Kindermädchen. Theresa lächelte zwei Frauen in dunklen Kleidern und weißen Schürzen zu, die ganz in ihrer Nähe standen. Diese nickten, hielten jedoch respektvollen Abstand zu ihr. Theresa wollte gerade hinter den beiden jungen Frauen vorbeigehen, als eine von ihnen einen der laut tobenden Jungen ergriff und ungehalten in einer fremden Sprache zu schimpfen begann. Es dauerte nur einen kleinen Augenblick, bis Theresa klar wurde, dass sie die wütenden Worte verstand, die diese Frau auf den frech grinsenden Jungen niederhageln ließ. Obwohl diese Worte nicht gerade freundlich waren, fühlte Theresa eine wohlige, angenehme Wärme durch ihr Inneres fließen. Dies war ihre Muttersprache.

„Nur gut, dass dieser kleine Kerl Sie nicht verstehen kann", lachte sie. „Er würde sicherlich dafür sorgen, dass Sie Ihre Anstellung verlieren."

Beide Kindermädchen fuhren erschrocken zu ihr herum.

„Sie sprechen Ungarisch?", fragte eine der jungen Frauen verwundert.

„Ungarisch? Ja!", erwiderte Theresa in der ihr so vertrauten Sprache und strahlte die Frauen glücklich an. „Bis vor einer Minute wusste ich das nicht mehr", erklärte sie und stiftete damit bei den beiden noch größere Verwirrung. Doch da der Kleine diese Ablenkung für sich ausnutzen wollte, nickte das ungarische Kindermädchen nur verständnislos und rannte dem Jungen hinterher, während die andere sich ebenfalls wieder der tobenden Schar zuwandte.

Kapitel 33

Die Linden wiegten sich sanft im leichten Wind, der durch die Straßen der Stadt wehte, und der Duft der blühenden Bäume und Sträucher, der von diesem mitgetragen wurde, überlagerte den leicht brackigen Geruch der Spree und des Unrates, der hier und da in den abzweigenden Seitenstraßen lag.

Christine Doorn drückte sich zwischen ein paar aufgeregt wirkenden jungen Mädchen hindurch, die kaum jünger als sie selbst sein konnten, und wartete ungeduldig, bis auch Frau von Doringhausen wieder zu ihr aufgeschlossen hatte.

Die Straße war voller gut gekleideter Männer mit Zylindern, Frauen in weit aufgebauschten, rüschenbesetzten Kleidern und Kindern, die in den Miniaturausgaben der Kleider der Erwachsenen steckten. Bellende Hunde sprangen umher und irgendwo begann eine Blaskapelle zu spielen. Einige Kinder in einfacheren Kleidern drängten sich nach vorne, während ihre Eltern im Hintergrund blieben.

Es herrschte eine Stimmung wie auf einem überfüllten Jahrmarkt. Voller Erwartung drängten die Menschen an den Straßenrand, da jeder die vorbeiparadierenden Soldaten, die Reiter und vor allem die wichtigen politischen Persönlichkeiten zu Gesicht bekommen wollte.

Christine bekam in dem Gedränge einen schwankenden Sonnenschirm ins Gesicht, und als sie dann auch noch von hinten angerempelt wurde, drehte sie sich vorsichtig um. Sie versuchte den Schuldigen ausfindig zu machen, doch alle blickten in Richtung der Musik. Niemand schien bereit zu sein, sich für den etwas derben Stoß zu entschuldigen.

„Christine!", rief Frau von Doringhausen und fasste ihren Schützling mehr Halt suchend als beschützend an der Hand.

„Dort vorne bei der Straßenlaterne wollte ich mich mit Malte und Herrn Wieland treffen. Wir haben es gleich geschafft, Frau von Doringhausen!", rief Christine der ängstlich dreinblickenden Frau über die Schulter zu.

„Wenn Ihnen nur nichts geschieht", seufzte diese kaum vernehmlich.

Christine stellte sich auf die Zehenspitzen und versuchte, über die Menschen vor sich hinwegzublicken, doch aufgrund ihrer nicht gerade imposanten Körpergröße gelang ihr das nicht. Also kämpfte sie sich weiter durch die immer dichter werdende Menschenmenge, bis sie plötzlich von einer kräftigen Hand am Arm gepackt wurde. Erschrocken versuchte sie sich zu befreien, doch unnachgiebig wurde sie zwischen zwei großen, heftig diskutierenden Männern hindurchgezogen. Ängstlich blickte sie sich um, suchte einen Weg, diesem kräftigen Griff zu entkommen, und hielt ihrerseits die Hand ihrer Begleiterin umso fester, um sie in dem Gedränge nicht zu verlieren.

Plötzlich entstand unter den Männern um sie herum ein Gerangel. Unwillkürlich duckte sich Christine, wurde jedoch, mit Frau von Doringhausen an der Hand, schnell davongewirbelt und von einem Männerkörper schützend abgeschirmt, der sie und ihre Begleiterin noch etwas weiter aus dem unruhigen Knäuel sich schlagender Männer herausdrängte.

Endlich gelang es ihr, den Kopf zu heben, und sie konnte das grimmige Gesicht von Thomas Wieland über sich erkennen, der sie jedoch nicht ansah, sondern weiterhin mit seinem Körper vorwärtsdrängte, ein bestimmtes Ziel vor Augen.

Christine sah sich um. Hinter ihrer verängstigten Begleiterin ging der uniformierte Malte und schirmte die aufgebrachte Menschenmenge von ihr ab, sodass sie die ältere Frau erleichtert loslassen konnte. So kamen sie schneller vorwärts und sie überließ sich nur zu gerne der Führung Thomas Wielands. Es machte ihr nichts aus, dass er sie praktisch mit seinem Körper vorwärtsdrängte, ihr Handgelenk noch immer nicht losließ und mit seiner freien Hand die Menschen neben ihr ein wenig beiseiteschob.

Endlich erreichten sie die Straßenlaterne, die sie als Treffpunkt ausgemacht hatten. Dahinter teilte sich die Menge ein wenig, da die gusseiserne Stange auf einem steinernen Quader stand, und genau dorthin schob Thomas sie.

Er fasste sie bei den Oberarmen und drehte sie zu sich um, um sie fest in die Arme zu schließen.

Christine, über diese plötzliche, unerwartete Umarmung zuerst erschrocken, legte schließlich ihre Hände gegen seine Brust und schloss die Augen. Sie nahm die vielen Menschen um sich herum nicht mehr wahr. Nicht einmal das lauter werdende Spielen der Blaskapelle drang zu ihr durch. Sie genoss das angenehme Gefühl, in den starken Armen des Mannes liegen zu dürfen, den sie liebte.

Schließlich schob er sie ein wenig von sich und sah sie an. „Entschuldigen Sie bitte, Fräulein Doorn. Wenn ich geahnt hätte, wie es hier zugeht, hätte ich Sie nicht hierherbestellt", beteuerte er. „Sind Sie verletzt?" Prüfend betrachtete er ihre gerötete Wange, wo sie von der Spitze des Schirms getroffen worden war, doch sie schüttelte den Kopf und wandte sich ihrer Gesellschafterin zu.

„Geht es Ihnen gut, Frau von Doringhausen?"

„Mir würde es bedeutend besser gehen, wenn ich Sie nicht hier in diesem unmöglichen Gedränge wüsste, Fräulein Christine", presste diese hervor.

„Mit dieser Menschenmenge konnte niemand rechnen", wehrte Christine ab. „Entschuldigen Sie bitte, dass ich Sie mit hierhergebracht habe."

„Ist schon gut, Fräulein Christine", nickte die Frau. Auch sie schien sich in Begleitung der beiden Männer sicher genug zu fühlen, um den Vorschlag zu unterlassen, sofort aus dieser Straße hinauszugehen.

Wieder paradierten berittene Soldaten an der winkenden Menge vorbei. Den Reitern gelang es, eine Gasse zu bilden. Dadurch kamen Christine und ihre drei Begleiter in die unerwartete Lage, plötzlich in der zweiten Reihe zu stehen. Die Kapelle marschierte vorbei und für einen Augenblick wurde die Musik ohrenbetäubend.

Christine spürte, wie Thomas' Hände sich von hinten vorsichtig an ihre Hüften legten, um sie nicht plötzlich im Gedränge zu verlieren. Einen Moment überlegte sie, ob sie ihm dies untersagen sollte, doch sie empfand diese leichte Berührung als angenehm aufregend, und so schwieg sie.

Eine hastige Bewegung links von ihr ließ sie aufsehen. Dort hatte sich ein junger, dunkelhaariger Mann mit einem Schnauzbart in die erste Reihe geschoben, die Proteste der Umstehenden ignorierend.

Christine runzelte die Stirn und wandte ihr Gesicht Thomas zu. Auch dieser hatte die Unruhe bemerkt. „Ist das nicht Ihr Mitbewohner?", rief sie ihm über das Stampfen der aufgeregten Pferde, das laute Stimmengewirr der Menschenmenge und die gleichmäßigen Schritte der Soldaten auf der Straße zu. „Dieser Student aus Tübingen?"

Seine dunklen Augen musterten sie intensiv und für einen kleinen Augenblick wurde der Druck seiner Hände an ihren Hüften stärker. Dann nickte er. „Cohen-Blind, ja. Ich frage mich, was er hier will", murmelte er und wandte den Blick wieder dem süddeutschen Studenten zu.

Plötzlich drückte Thomas sie zur Seite. „Er hat eine Pistole!", rief er. „Bring die Frauen fort", wies er Malte gehetzt an und wollte zwischen den vor ihm stehenden Menschen hindurch.

Christine griff nach seinem Hemd und bekam es gerade noch zwischen ihren Fingerspitzen zu fassen. Thomas durfte nicht auf die Straße stürmen. Wenn dieser Tübinger Student eine Waffe hatte und damit Unheil anrichten wollte, würde Thomas sich in Gefahr bringen, wenn er ungestüm auf die Straße lief. Der Stoff entglitt ihren Fingern, und als die Menge um sie herum erschrocken aufschrie und panisch zurückwich, verlor sie sowohl Malte als auch Thomas aus den Augen.

Kapitel 34

Theresa verließ den hinteren Teil des Gartens und entdeckte Bettina Schaller bei einer Gruppe neu angekommener junger Frauen. Da sie außer der Schwägerin des Tierarztes niemanden kannte, hielt sie auf diese Gruppe zu.

„Ach, da kommt ja unsere Stadtsensation", tönte ihr Bettinas Stimme entgegen.

Theresa lächelte den Frauen, die sich neugierig zu ihr umwandten, ein wenig gequält zu. Eine dieser Frauen, die kaum älter als 16 Jahre sein konnte, schenkte ihr ein so aufgesetzt freundliches Lächeln, dass Theresa es beinahe als abstoßend empfand.

Die junge Frau trat auf sie zu. „Sie sind das Fräulein, das Theresa Fuchs genannt wird?"

„Wie kommt es, dass Sie Ihr Gedächtnis so vollkommen verloren haben?", fragte eine andere Frau und verschränkte aufgeregt ihre weißen, langen Finger ineinander.

„Das weiß ich leider nicht. Vermutlich würde ich in meinen Nachforschungen und Überlegungen wesentlich größere Fortschritte erzielen, wenn ich den Grund meiner Amnesie kennen würde. Sie wurde wahrscheinlich durch einen heftigen Schlag gegen meinen Kopf hervorgerufen. Dr. Städler, der Arzt in unserer Stadt, meinte jedoch, es könne auch sein, dass mein Unterbewusstsein mich vor irgendetwas schützen möchte."

„*Unserer* Stadt? Das klingt, als hätten Sie sich bereits in Ihr Schicksal gefügt", brachte sich Bettina Schaller erneut in Erinnerung.

Theresa zuckte zusammen, als sie in die Augen der Frau sah, die sie mehr als unfreundlich musterten. Verwirrt wandte sie den Blick ab. Was hatte sie Bettina getan? Sie war nie unfreundlich oder unhöflich ihr gegenüber gewesen.

Viktoria Zöllinger, die sie zuvor so freundlich begrüßt hatte, gelang es, sich ohne viel Aufsehen zwischen Theresa und Bettina zu schieben, und sie hängte sich beinahe zu vertraulich bei der Fremden ein. „Kommen Sie, ich stelle Sie den anderen Gästen vor, die bereits eingetroffen sind."

Dankbar nickte Theresa und ließ sich in Richtung einer Gruppe älterer Damen schieben.

„Halten Sie sich von Bettina fern, Fräulein Fuchs", flüsterte Frau Zöllinger ihr zu. „Jeder hier weiß, dass sie schon ein Auge auf Lukas Biber geworfen hatte, bevor ihre Schwester ihn geheiratet hat. Jetzt sieht sie in Ihnen eine Konkurrenz."

Noch bevor Theresa der jungen Frau eine Frage stellen konnte, hatten sie die älteren Damen erreicht. Viktoria Zöllinger stellte ihnen Theresa vor.

„Meine Güte, Mädchen. Sie sind das arme Kind, von dem mein Neffe mir erzählt hat." Eine ältere Dame mit perfekt aufgesteckten grauen, dichten Haaren musterte sie mitleidig, und Theresa fragte sich, wer wohl ihr Neffe sein mochte. Vermutlich war es der Gastgeber selbst. Theresa lächelte ein wenig hilflos in die Runde.

„Entschuldigen Sie bitte meine Neugier, Fräulein Fuchs. Doch ich kann mir Ihren Zustand einfach nicht vorstellen. Wussten Sie denn gar nichts mehr, als Sie aus Ihrer Ohnmacht erwachten?"

Theresa untersagte sich ein belustigtes Lächeln. „Nein, ganz so war es nicht. Erstaunlicherweise erinnere ich mich an die derzeitige Mode und Musik, an Tanzschritte und viele andere unwichtige Dinge. Allerdings kann ich mich an nichts erinnern, was meine Person betrifft. Ich weiß nicht, wie ich heiße, woher ich komme, wer meine Familie ist oder was ich tat, bevor ich meine Erinnerung verlor. Ich kann mir nicht vorstellen, was ich hier in Württemberg wollte, denn ich spreche einen deutlichen Wiener Dialekt mit ungarischem Akzent. Das könnte bedeuten, dass ich mich zuletzt sehr lange in Wien aufgehalten habe."

„Wie schrecklich", hauchte eine andere und wurde so bleich, dass Theresa befürchten musste, die Dame fiele gleich in Ohnmacht.

Schnell fügte sie hinzu: „Selbstverständlich habe ich viele Fragen, und manches Mal quälen mich meine Unwissenheit und der Wunsch, endlich mein eigenes Leben wiederzufinden und zu meiner Familie zurückkehren zu können. Doch dank Dr. Bibers freundlichem Angebot, ihm den Haushalt zu führen und auf seine reizende kleine Tochter aufzupassen, habe ich übergangsweise ein Zuhause gefunden."

„Das ist schön, Fräulein Fuchs", freute sich die bleiche Frau nun und schenkte ihr ein zaghaftes Lächeln.

Bettina Schaller musste den beiden jungen Frauen zu dieser Gruppe gefolgt sein, denn Theresa hörte sie nun spitz sagen: „Das Problem ist nur, Fräulein Fuchs, dass eine Ihrer beiden Freundinnen eine stadtbekannte Prostituierte ist. Sie lassen dadurch an Ihren Absichten und an Ihrer Geschichte zweifeln und auf eine andere Vergangenheit schließen. Zudem belasten Sie den guten Ruf des Doktors durch Ihren Aufenthalt in seinem Haus."

„Das ist ... das ist ...", stöhnte die ältere Dame und knickte nun tatsächlich in den Knien ein. Die Tante des Bürgermeisters und eine weitere Dame griffen nach ihren Ellenbogen und führten sie zu einem Stuhl in der Nähe, während eine andere Theresa einen verächtlichen Blick zuwarf.

Theresa glaubte den Boden unter den Füßen zu verlieren. Sie war es gewohnt, sich mit den Menschen offen zu unterhalten und auch Konflikte oder Probleme auf direktem, ehrlichem Wege zu lösen, doch gegen eine solch dezent geführte Verleumdung, die ausreichend Spielraum für die Wahrheit, aber auch für abenteuerliche Auslegungen bereithielt, war sie nicht gewappnet.

„Es tut mir leid", flüsterte Viktoria und löste sich von ihrem Arm.

Theresa sah sie erschrocken an. Doch dann nickte sie ihr verstehend zu. „Gehen Sie nur zu Ihren Freundinnen zurück, Frau Zöllinger. Das ist mein Kampf, nicht Ihrer."

„Danke. Danke für Ihr Verständnis."

Theresa lächelte gequält und eine eisige Kälte schien nach ihrem Herzen zu greifen. Während die Damen sich noch immer um die ältere Frau kümmerten, ging sie langsam und mit hoch erhobenem Kopf dem Wiesengrundstück entgegen. Was sollte sie jetzt tun? Lukas Biber bitten, sie schnell von hier fortzubringen? Aber käme eine solche Flucht nicht einem Schuldeingeständnis gleich? Entschlossen, sich diesbezüglich keine Blöße zu geben und sich Lukas Biber gegenüber nichts anmerken zu lassen, verließ sie die anderen Gäste und trat zwischen den Bäumen hindurch auf die jetzt verlassen in der Abendsonne liegende Wiese.

Kapitel 35

Thomas wusste noch immer nicht, was Cohen-Blind vorhatte, doch die Tatsache, dass dieser Mann eine Waffe in den Händen hielt, ließ ihn weiter nach vorne stürmen. Zu viele Frauen und Kinder standen dort, die die Gefahr, in der sie sich befanden, noch nicht einmal bemerkt hatten.

Dann stand plötzlich Otto Graf von Bismarck dem Tübinger Studenten gegenüber, griff nach dessen Händen und versuchte, ihm die Waffe wegzunehmen. Zwei weitere Männer mit hohen

Zylindern näherten sich den beiden miteinander Ringenden. Ein Schuss löste sich, und während der grauweiße Pulverdampf für einen kleinen Augenblick die Szenerie einhüllte, gelang es dem Minister, seinem Angreifer die Waffe zu entreißen. Ein berittener Soldat und weitere Uniformierte stürmten heran.

Thomas blieb stehen, als er Blut über den Arm Graf von Bismarcks laufen sah. Dabei bemerkte er, dass der Tübinger das Durcheinander um den verletzten Minister ausnutzen und schnell wie ein Wiesel zwischen den noch immer durcheinanderlaufenden und schreienden Menschen verschwinden wollte.

Er wollte ihm nach, doch Malte stellte sich ihm in den Weg und drängte ihn mit wütendem Gesicht rückwärts auf die Menge zu. „Willst du dich ins Gefängnis oder gar an den Galgen bringen?", zischte er.

„Er flieht", entgegnete Thomas aufgeregt. Plötzlich entdeckte er Christine neben sich, und er wandte sich an Malte, der sich noch immer darum bemühte, ihn zurück in die Menschenmenge zu schieben. „Warum hast du die beiden Frauen nicht fortgebracht? Dieser Verrückte hätte genauso gut in die Menge schießen können!"

„Weil ich einen anderen Verrückten vor einer Dummheit zu bewahren versucht habe!", fuhr Malte ihn böse an. Der Freund drehte sich um, und Thomas sah, wie er zusammenzuckte. Kurz darauf tauchte hinter ihm ein preußischer General auf, der erst Malte, dann Christine und schließlich ihn mit blitzenden Augen musterte.

„Malte, was hat das zu bedeuten?"

Malte nahm eine militärisch stramme Haltung ein. „Nichts, Onkel Martin. Mein Freund hier wollte sich auf den Attentäter werfen, um ihn am Schießen zu hindern."

Thomas schluckte. Vor ihm stand Christines Vater, und wenn es für ihn schlecht lief, würde dieser ihn nun einfach wegen Mittäterschaft verhaften lassen. So konnte er mit Leichtigkeit einen Spion von Meierling und den Verehrer seines einzigen Kindes aus dem Wege schaffen.

„Ist das wahr, Herr Wieland?", wandte General Doorn sich nun direkt an ihn. Durch diese Anrede gab er Thomas deutlich zu verstehen, dass er sehr wohl wusste, wer da vor ihm stand.

Christine schob sich zwischen Thomas und ihren Vater. „Ich wollte Herrn Wieland daran hindern, Vater, da ich fürchtete, er würde in eine Sache verwickelt werden, mit der er nichts zu tun hat. Doch er ließ sich nicht aufhalten."

„Eine feste Eigenschaft dieses jungen Mannes, wie mir scheint", brummte der General und taxierte Thomas erneut mit in die Höhe gezogenen Augenbrauen.

„Ich habe wohl nicht sehr bedacht reagiert. Doch ein Querschläger hätte ausgereicht, um einen Passanten zu töten, General Doorn."

„Ihre Handlungsweise war tatsächlich nicht sehr durchdacht, aber gut gemeint. Kennen Sie den Schützen?"

Thomas wurde es heiß. Würde das preußische Militär ihm seine Unschuld an diesen Attentat auf Otto Graf von Bismarck abnehmen, wenn bekannt wurde, dass er in derselben Pension untergebracht war wie Cohen-Blind? Andererseits konnte es für ihn viel schlimmer kommen, wenn er jetzt die Unwahrheit sagte und diese Tatsache später ans Licht kam. Thomas straffte die Schultern und blickte Christines Vater mit herausfordernd blitzenden Augen an. „Ja, ich kenne Ferdinand Cohen-Blind. Er wohnt in derselben Pension wie ich."

Der preußische General musterte sein Gegenüber und nickte fast unmerklich.

Thomas war sich nicht sicher, doch er glaubte, eine Mischung aus Anerkennung und Zuneigung über die strengen Gesichtszüge des Mannes huschen zu sehen.

Der General richtete seine Aufmerksamkeit auf seine Tochter. „Geht es dir gut, Christine?", fragte er besorgt.

„Mir ist nichts geschehen. Ich habe mich nur fürchterlich erschrocken, vor allem als Herr Wieland sich nach vorne warf, um das Attentat zu verhindern."

Der General blickte wieder kurz zu Thomas hinüber, um sich dann Malte Heinrichs zuzuwenden. Mit einem belustigten Zwinkern in den Augen sagte er: „Das wird Meierling nicht gerne hören."

Christine lächelte sanft, doch Thomas war danach nicht zumute. Zu erschrocken war er über die Ereignisse, und erleichtert stellte er fest, dass Christines Vater ihm offenbar glaubte und ihm sogar Sympathien entgegenzubringen schien.

„Wo ist Frau von Doringhausen?", fragte der uniformierte Mann nun und sowohl Malte als auch Thomas und Christine blickten sich suchend um. Doch Christines Begleiterin war in der noch immer unruhig hin und her wogenden Menschenmenge nicht mehr zu sehen.

Thomas sprang auf den nahe gelegenen Sockel der Straßenlaterne und suchte intensiv die Gesichter der Menschen ab, ohne die Frau zu finden, die sich sicherlich nicht ohne Grund von ihrem Schützling entfernt haben würde. Beunruhigt sprang er wieder von dem Sockel herunter. Das plötzliche Verschwinden Marikas saß ihm zu tief in den Knochen, als dass er gelassen auf diese Situation reagieren konnte. „Ich kann mir nicht vorstellen, wo Frau von Doringhausen sein kann", murmelte er.

„Was mag mit ihr geschehen sein?", flüsterte Christine und schlug die Hände vor ihr Gesicht.

„Vielleicht hat sie uns einfach nur aus den Augen verloren und sich aus der Menge gekämpft in der Hoffnung, dass wir Christine zurück zur Kutsche bringen", erwiderte Malte.

Thomas ergriff Christine, die mit den Tränen kämpfte, am Ellenbogen. „Wir bringen Sie zu Ihrer Kutsche zurück. Sollte Frau von Doringhausen dort nicht sein, soll der Kutscher Sie nach Hause bringen. Malte und ich werden sie dann suchen!"

„Malte bringt Christine zur Kutsche. Sie und ich beginnen die Suche sofort!", donnerte General Doorns befehlsgewohnte Stimme auf die beiden herunter, und mit einem Blick in die beunruhigt aufflackernden Augen von Christines Vater wurde Thomas klar, dass ein längeres, unerklärbares Verschwinden Frau von Doringhausens eine Katastrophe für diesen Mann wäre!

Kapitel 36

Die Kapelle spielte einen schwungvollen Tanz, doch nur wenige Paare hatten sich auf die Tanzfläche gewagt. Unter ihnen befand sich Theresa mit ihrem Tanzpartner Johann Zöllinger. Das grüne Kleid, das sie trug, wirbelte wild um ihre Beine.

Lukas, der am Rand der Tanzfläche saß und sich mit Zöllingers Mutter unterhielt, beobachtete Theresa.

„Theresa ist diese bezaubernde junge Frau, mit der mein Sohn da tanzt?"

Lukas nickte nur, ließ das Paar dabei aber nicht aus den Augen. Ein wenig hatte es den Anschein, als führe die Frau statt der Mann, doch das konnte auch eine Täuschung sein. Er unterhielt sich nun schon seit über einer Stunde mit der früheren Freundin seiner Mutter, und er hatte dabei mehr von sich und seinen Gefühlen der vergangenen Monate preisgegeben, als er eigentlich vorgehabt hatte. Doch Frau Zöllinger war schon immer eine sehr mütterliche Frau gewesen und bereits als Kind und Jugendlicher hatte er immer ein vertrauensvolles Verhältnis zu der besten Freundin seiner Mutter gehabt.

„Sie macht einen sympathischen Eindruck, scheint aber auch energisch zu sein", lachte die ältere Dame, den Blick ebenfalls auf Theresa und ihren jüngsten Sohn gerichtet.

Die Musikkapelle setzte zu einem Walzer an und es wagten sich wieder neue Paare auf die Tanzfläche. Die ältere Dame legte ihre Hand auf Lukas' Arm, der auf der Lehne seines Stuhls ruhte. „Lass nicht zu, dass sie geht, Lukas Biber!", raunte sie ihm zu, stand auf und ging in Richtung des Getränkebüfetts.

Der junge Mann blickte ihr einen Augenblick lang verwirrt nach, dann sah er wieder zu Theresa hinüber. Ihre Haare leuchteten in verschiedenen Braun- und Rottönen auf, wenn sie unter den inzwischen brennenden Lampions vorbeirauschte. Lukas runzelte die Stirn, als Jakob seinen Arm noch etwas enger um ihre schmal geschnürte Taille legte und die junge Frau ein wenig näher an sich heranzog.

Er spürte einen brennenden Schmerz in seinem Inneren, und irgendetwas schien ihn auf die Tanzfläche zu ziehen, als müsse er Theresa vor diesem Mann beschützen. Es war lächerlich, und Lukas wusste das selbst, doch er konnte es nicht ertragen zu sehen, wie nahe sich die beiden nun waren. Er stand auf und ging auf die Tanzfläche zu.

Er sah, dass Theresa etwas zu ihrem Tanzpartner sagte und dieser lockerte den Griff, damit die Frau ein wenig mehr Abstand zwischen sie bringen konnte. Dabei lachte der junge Mann und schien sich über ihre Worte vielmehr zu amüsieren als zu ärgern.

Lukas nickte erleichtert, doch da er bereits einen Teil der großen Tanzfläche durchschritten hatte, wich er einem weiteren Paar aus und legte seine Hand auf die noch etwas schmalen Schultern des jungen Zöllingers. „Mach mal eine Pause, Junge", raunte er ihm zu und ließ seinem früheren Kameraden keine Möglichkeit, sich dieser Aufforderung zu widersetzen.

„Sie sind ganz schön unverschämt", sagte Theresa zu Lukas, als dieser seinen Arm um sie legte, um die richtige Tanzposition einzunehmen. „Dennoch vielen Dank. Der junge Herr hat meine Zehen allzu sehr strapaziert."

„Ebenso wie meine Geduld", erwiderte Lukas und lächelte, als Theresa ihn fragend ansah.

Zwei Tänze später bedankte sich Theresa noch einmal höflich und löste sich aus seinem Arm. Nur widerwillig ließ er sie los und führte sie an den Rand der Tanzfläche.

„Es liegt aber nicht an Ihren Zehen?", flüsterte er ihr fragend zu, sich dabei leicht zu ihr hinunterbeugend.

„Nein, vielmehr an den Blicken, die mir förmlich den Rücken durchbohren. Würden Sie mir den Gefallen tun und mit Ihrer Schwägerin tanzen, Dr. Biber? Ich befürchte, sie wird demnächst etwas aufsehenerregend Peinliches tun, wenn Sie sie nicht endlich zu einem Tanz auffordern."

„Aufsehenerregend peinlich für mich oder für Bettina?"

„Für mich!", zischte Theresa ihm zu, ehe sie sich von ihm trennte und auf einen Stuhl neben dem Büfett zustrebte, um sich dort ein wenig auszuruhen.

Lukas kam Theresas Aufforderung nach und führte die strahlende Bettina auf die Tanzfläche, als ein weiteres Musikstück angestimmt wurde.

„Wo warst du denn so lange?", fragte die junge Frau neugierig.

„Ich habe mich mit Frau Zöllinger unterhalten", erklärte er leise.

„Wenigstens bist du klug genug, mit Theresa nur ein paar Pflichttänze zu absolvieren. Dieser Johann Zöllinger konnte fast eine Stunde lang nicht von ihrer Seite weichen."

Lukas enthielt sich eines Kommentars, spürte jedoch erneut diesen Unwillen in sich aufkeimen, den er als Eifersucht einstufen musste. Schweigend setzten sie ihren Tanz fort, und da das Stück nahtlos in einen weiteren Walzer überging und sie sich inmitten der Tanzfläche befanden, behielt er seine Partnerin und führte diese nun aber geschickt an den Rand der Tanzenden heran.

„Der schlechte Ruf deiner Haushaltshilfe ist ihr bereits vorausgeeilt. Ich habe mit einigen Frauen gesprochen, die sich wenig amüsiert über ihre nicht ganz zweifelsfreie Geschichte und ihre Bekanntschaften zeigten."

Lukas schwieg auch jetzt. Er hatte seine Zweifel, dass Theresas ungewöhnliche Freundschaft und ihr Einsatzwille für Hannah Werner ohne das Zutun Bettinas bis zu diesem Tanzfest gelangt waren, und da er nicht unhöflich werden wollte und sich auch keinen weiteren Klatsch über Theresa anzuhören gedachte, hielt er es für sinnvoll, nur leicht gelangweilt zu nicken.

Die Musik endete und Lukas führte Bettina zu den Damen und

Herren am Rand. „Lass sie einfach in Ruhe, Bettina", sagte er sehr leise zu ihr, drehte sich um und ging langsamen Schrittes in Richtung Wohnhaus davon.

Der Abend ging allmählich in die Nacht über und es wurde eine weitere Mahlzeit gereicht. Lukas sah zu Theresa hinüber, die mit Viktoria Zöllinger zusammenstand und sich mit ihr unterhielt. Offenbar verstanden sich die beiden Damen sehr gut und erleichtert darüber wandte er sich Johann und Jakob zu.

Noch immer tanzten ein paar unermüdliche Paare, und als Jakob durch deutliche Blicke seiner Ehefrau darauf hingewiesen wurde, dass auch sie gerne einmal wieder tanzen würde, und Johann Bettina aufforderte, schlenderte Lukas langsam zu Theresa hinüber.

Wieder wurde ein schneller ungarischer Tanz angestimmt, und mit einem belustigten Lächeln sah Lukas, wie Theresas Rock zu schwingen begann. Offenbar vollführte sie ein paar heimliche kleine Tanzschritte. Schnell war er bei ihr und zog sie hinter sich her. Schrittsicher wirbelten die beiden zwischen den anderen Paaren hindurch. Dann sah er ihren traurig umherschweifenden Blick, und sofort wurde sein Griff um ihre Taille ein wenig fester, als müsse er sie schützend und tröstend festhalten. Fragend musterte er sie einen Augenblick. Der Tanz schien ihr nicht mehr so viel Freude zu bereiten wie zuvor und mit einer unguten Ahnung suchten seine Augen Bettina Schaller.

„Haben Sie etwas angestellt, *Fräulein Temperamentvoll*?", fragte er schließlich leise.

„Natürlich nicht. Das habe ich Ihnen doch versprochen."

„Aber?"

„Würde es Ihnen etwas ausmachen, jetzt schon das Fest zu verlassen? Ich würde gerne zurückgehen."

„Weshalb?"

„Ich erfahre hier ohnehin nichts mehr über meine Herkunft."

„Keine der Damen kennt Sie?"

„Eine meinte, ich würde einer ungarischen Gräfin ähnlich sehen, die sie vor mehr als zwanzig Jahren kennengelernt habe. Sie konnte sich aber nicht mehr an den Namen erinnern. Sie meinte, sie habe sie seitdem nicht mehr wiedergesehen und nichts mehr von ihr gehört. Vielleicht sei sie inzwischen schon verstorben."

„Oder fortgezogen? Nach Wien vielleicht?"

„Lassen Sie das, Dr. Biber. Das führt doch zu nichts", erwiderte Theresa emotionslos und wandte den Kopf ab, da sie offenbar nicht länger von ihm gemustert werden wollte.

„Gab es Probleme?"

„Muss ich mich wiederholen, damit Sie mir glauben? Ich habe heute nicht auf den Tischen getanzt."

Lukas lachte leise auf und bedachte Theresa mit einem liebevollen Blick, den diese jedoch nicht wahrnahm, da sie noch immer an ihm vorbeisah.

Offenbar hatte Bettina mehr getan als nur Gerüchte gestreut, doch das Mädchen in seinen Armen war nicht gewillt, darüber zu sprechen – wohl auch, um keinen Ärger innerhalb der Familie zu säen. Er rechnete ihr ihre Zurückhaltung hoch an und führte sie, obwohl der Tanz noch nicht zu Ende war, von der Tanzfläche hinunter. „Sie möchten wirklich schon gehen?", vergewisserte er sich noch einmal, da er nicht einsah, dass Theresa eine sich ihr bietende Möglichkeit ungenutzt verstreichen lassen sollte, nur weil Bettina sich ihr gegenüber unfreundlich benahm. Er hatte durchaus genug Einfluss, um sich schützend vor sie zu stellen und Bettina in ihre Schranken zu weisen.

Theresa jedoch nickte erschöpft und ging auf das Ehepaar Schaller zu, um sich zu verabschieden.

Kapitel 37

Thomas Wieland lenkte seine Stute nur zögernd in die dunkle Gasse hinein, in der er selbst Opfer eines Überfalls geworden war, und wünschte sich, dass der Mond ein wenig heller scheinen würde.

Die Hufe klapperten laut über das harte Kopfsteinpflaster und das Echo dieses Geräusches schien mehrmals zwischen den Häusern widerzuhallen. Irgendwo jagten sich zwei Katzen und schrien laut auf. Aus einer Gastwirtschaft, die sich in einer benachbarten Gasse befinden musste, klang leise Musik zu ihm herüber, und Thomas hörte ein paar Männer furchtbar falsch singen. Feierten sie das Überleben Otto Graf von Bismarcks? Oder bedauerten sie dieses? Er selbst wollte sich über das Attentat und darüber, was dieses für ihn bedeutete, keine Gedanken machen. Vielleicht wäre Österreich tatsächlich besser dran, wenn dieser Schuss den Minister tödlich getroffen hätte, denn man munkelte nicht umsonst, dass Bismarck mehr Entscheidungen traf als König Wilhelm selbst. Doch allein die Tatsache, dass der Attentäter aus dem südlichen Teil des Deutschen Bundes kam und somit für einen österreichischen Sympathisanten gehalten wurde, konnte für eine sofortige Kriegserklärung der Preußen an Österreich ausreichen.

Thomas wendete sein Pferd wieder und ritt zurück zur Querstraße. Einen Moment lang glaubte er einen dunklen Schatten zu sehen, doch als er in die Straße einbog, lag diese still und verlassen vor ihm.

Ein unbehagliches Gefühl stieg in ihm auf und seine Aufmerksamkeit nahm im selben Maße zu wie die Furcht vor einem weiteren Überfall. Er fragte sich, wie sie Frau von Doringhausen überhaupt finden sollten. Wenn sie wirklich hier irgendwo in den Straßen umherirrte, wäre es doch ein Leichtes für sie, sich eine Kutsche zu suchen und sich schnellstmöglich nach Hause bringen zu lassen.

Doch der junge Mann wollte nichts versäumen, da das Verschwinden von Christines Begleiterin schmerzliche Erinnerungen an die Suche nach Marika in ihm wachgerufen hatte. Erneut spürte er die Dringlichkeit, die Suche nach seiner Schwester fortzusetzen, gleichzeitig erschienen alle Bemühungen erschreckend aussichtslos. Immer wieder hatte er versucht, bei verschiedenen Stellen, vor allem über General Meierling, Informationen einzuholen, doch offenbar war seine Schwester weder in einem der Gefängnisse noch in irgendwelchen Amtsstellen, in denen sie hätte befragt werden können, aufgetaucht. Auch von den beiden Männern, die ihn damals verfolgt hatten, hatte er nichts mehr gehört, und er wusste nicht, ob ihn dies beruhigen oder vielmehr ängstigen sollte.

Thomas bog in eine weitere Seitenstraße ein. Wieder glaubte er, eine Bewegung im hinteren Teil der Gasse wahrzunehmen. Beunruhigt, aber entschlossen, sich keine Versäumnisse zu erlauben, trieb er die Stute im Schritt zwischen die eng stehenden Häuserfronten, während er Gott um ein schnelles Auffinden von Frau von Doringhausen, aber auch um Bewahrung für sich bat.

Kapitel 38

Theresa, die Lukas von ihrem Zusammentreffen mit dem ungarischen Kindermädchen berichtet hatte, zuckte zurück, als dieser plötzlich nahe neben sie trat und ihr sein Jackett über die Schultern legte. „Jetzt wird Ihnen kalt werden", wehrte sie halbherzig ab, denn sie zitterte inzwischen vor Kälte.

„Ich hätte Sie an einen Umhang erinnern sollen, Fräulein Theresa. Die Nächte sind hier in dieser Jahreszeit noch sehr kalt."

Theresa, durch seine Nähe aufgewühlt, strebte ein wenig weiter dem Wegrand zu, und schweigend passierten sie die Steinbrücke unterhalb der Kirche.

Während sie zügig den Weg hinaufgingen, betrachtete sie den ungewöhnlichen orangefarbenen Schein, der sich über den Hügeln rechts des schemenhaft zu erkennenden Gutshauses ausbreitete. Was war das für eine seltsame Himmelserscheinung, die die Dunkelheit mehr und mehr verdrängte? Als sie die Kuppe des Hügels erreichten und in Richtung Innenhof schritten, stieß Theresa plötzlich einen lauten Schrei aus.

Lukas fuhr zusammen und eilte an ihr vorbei, um zu sehen, was sie so erschreckt hatte. Entsetzt blickte er auf die Flammen, die aus dem Dach des Bauernhauses gelb und orange in den Nachthimmel züngelten.

Noch ehe Theresa reagieren konnte, begann Lukas zu rennen. Sie raffte ihr Kleid in die Höhe und lief hinter ihm her am Nordflügel vorbei und in den Pfad hinein, der zwischen den abfallenden Wiesen hindurch zu den Riebles hinunterführte.

Theresas Lungen begannen zu ziehen, doch sie wurde nicht langsamer. Panik machte sich in ihr breit. Dunkle Rauchwolken quollen in die Höhe und verschmolzen mit dem Nachthimmel. Die Sterne verdunkelten sich und verloren ihren Glanz. Theresa schrie innerlich zu Gott. Klara und Karl waren doch in dem Haus! Und ihre Kinder schliefen sicherlich auch noch. Und Anna ...

„Anna!", schrie Theresa und lief noch ein wenig schneller. Der schwere Stoff des Unterrockes schlang sich hinderlich um ihre Beine und ihr vom Korsett eingeschnürter Leib begann zu schmerzen. Doch noch mehr schmerzte die Angst um die Menschen in dem brennenden strohgedeckten Holzhaus.

Lukas Biber erreichte den Hof. Ohne zu zögern rannte er auf die Eingangstür zu. Theresa konnte im hellen Schein der Flammen sehen, als er diese aufriss. Rauch und heftig aufzüngelnde blaue Flammen schossen heraus, und der Mann taumelte, die Arme schützend vor das Gesicht nehmend, zurück.

Wieder schrie Theresa auf. Panik ließ einen eiskalten Schauer über ihren Rücken jagen. War die Familie verloren? Und Anna?

Endlich erreichte auch sie den Vorplatz. Vor ein paar Tagen hatten sie hier noch getanzt. Theresa schien es, als risse ihr eine große feurige Hand das Herz aus dem Leib.

Sie sah, wie Lukas um die Hausecke verschwand, und folgte ihm. Irgendwo schien etwas zu bersten. Mit lautem Getöse fielen Balken übereinander und Millionen von gelb glühenden Funken schossen in die Dunkelheit und vollführten einen wilden Tanz.

Theresa entdeckte das Fenster, das zu Margas und Lisas Zimmer gehörte. Eilig lief sie darauf zu. Es war einen Spalt offen und nur mit einem kleinen Haken am Rahmen befestigt. Rauch quoll ihr entgegen. Dennoch griff sie in den Spalt und suchte mit der Hand nach dem kleinen Haken.

Lukas rief ihr etwas zu, doch sie konnte seine Worte nicht verstehen. Das Fauchen, Knacken und Prasseln der Flammen und das Ächzen des Holzes verschluckten jedes andere Geräusch. Plötzlich wurde sie gepackt und mehrere Meter weit fortgetragen. „Sie bleiben vom Haus fort", schrie Lukas.

„Aber die Kinder! Und Anna!", rief Theresa verzweifelt und wehrte sich gegen seinen festen Griff. Sie hatte doch das Fenster schon fast geöffnet. Warum hatte er sie weggezogen? Sie musste doch versuchen, wenigstens Marga und die kleine Lisa zu retten.

„Hören Sie auf! Sie bleiben hier! Ich will Sie nicht auch noch verlieren!", rief er erneut, drückte sie beinahe grob auf den Boden hinunter und lief wieder in Richtung Haus. Als er vom Rauch verschluckt wurde, rappelte Theresa sich auf und eilte erneut zum Fenster hinüber. Unerträgliche Hitze schlug ihr entgegen und schwarzer, beißender Rauch quoll aus dem Fensterschlitz. Unwillkürlich hielt Theresa die Luft an und griff erneut in den Fensterspalt. Sie bekam den Haken zu fassen, doch dieser war glühend heiß. Mit verbissenem, vor Hitze glühend heißem Gesicht schaffte sie es, den Haken in die Höhe zu schlagen. Das Fenster schwang weit auf, und eine Qualmwolke, der eine heiße Flut gelber Funken folgte, hüllte die junge Frau ein.

Es hatte keinen Sinn. In diesem Zimmer konnte niemand mehr am Leben sein.

Theresa wandte sich ab. Tränen schossen ihr in die Augen und sie schnappte nach Luft. Sie wollte gerade aus der unmittelbaren

Nähe des Hauses fliehen, als es über ihr einen gewaltigen Lärm gab. Wieder wurde der Himmel von unzähligen leuchtenden und heißen Funken erhellt und ein großer Teil des Daches stürzte in sich zusammen.

Theresa warf sich nach vorne, um sich vor den herabsausenden brennenden Holztrümmern zu schützen, und verfing sich in den Falten ihres Festkleides.

Kapitel 39

Die Musik aus der Gastwirtschaft wurde lauter, und Thomas verzog gequält das Gesicht, als er die Klänge des verstimmten Klaviers vernahm. Langsam dirigierte er sein Pferd in eine kleine Auffahrt hinein, doch dort fand er nur einen übel stinkenden Betrunkenen vor. Schnell lenkte er das Tier wieder auf die Straße zurück und betrachtete die beiden Gestalten, die ihm schwankend entgegenkamen. Er ließ sie vorbeigehen, blickte ihnen einen Moment lang nach, um seine Aufmerksamkeit dann wieder nach vorne zu richten. Er passierte die düster wirkende Spelunke und bog in eine weitere Querstraße ein. Noch immer wurde er das unangenehme Gefühl in seinem Nacken nicht los.

Dann vernahm er plötzlich das Hufklappern eines weiteren Pferdes hinter sich, das sich in einem für diese dunkle Straße gefährlich schnellen Galopp näherte.

Thomas brachte sein Tier am Straßenrand zum Stehen und lauschte gebannt auf die sich eilig nähernden, laut widerhallenden Hufschläge. Musste er mit einem erneuten Angriff auf sich rechnen?

Jeder einzelne Muskel in Thomas' Körper spannte sich an, und für einen Moment fragte er sich, ob er nicht einfach seiner Stute die Fersen in die Flanken drücken und einen Fluchtversuch unternehmen sollte. Oder war seine Reaktion übertrieben und der Reiter wollte gar nichts von ihm?

Thomas zog eine Grimasse. Er mochte den Gedanken, dass er ängstlich – wie ein Hase vor dem Fuchs – floh, nicht sonderlich, andererseits wollte er nicht noch einmal das Opfer eines Schlägers oder gar eines blutrünstigen Attentäters wie Cohen-Blind werden.

Die Hufschläge waren bereits sehr nahe und an Flucht war nicht mehr zu denken. Thomas wandte den Kopf, konnte jedoch außer den Umrissen eines großen, breiten Reiters und seines Pferdes nicht viel erkennen.

Mit fliegender Mähne donnerte das Tier an ihm vorbei und der junge Mann atmete erleichtert auf. Offenbar hatte dieser Reiter einen anderen Grund, in diesem halsbrecherischen Tempo durch die engen Gassen Berlins zu jagen.

Doch er hatte sich zu früh gefreut. Es vergingen nur Sekunden, bis das Pferd erst gezügelt und anschließend gewendet wurde. Pferd und Reiter kamen zurück und bewegten sich langsam auf ihn zu.

Thomas kniff die Augen zusammen und seine Hände krallten sich fest um die Zügel. „Wer auch immer das sein mag, Herr, steh mir bei", flüsterte er und setzte sich noch ein wenig aufrechter hin.

Kapitel 40

Wieder wurde sie von starken Armen gepackt und mitgerissen. Etwas traf sie in den Rücken, und sie stöhnte leise auf, doch sofort warf sich ein schwerer, breiter Körper schützend über sie und rollte sich mit ihr von dem brennenden Inferno fort. Dann lag sie still, umgeben von versengtem Gras, den beißenden Geruch von verbranntem Holz in der Nase. Um sie herum herrschte ein unbeschreibliches Getöse. Sie fühlte sich seltsam ruhig und beschützt, und als sie es wagte, die Augen aufzuschlagen, konnte sie, vom lodernden Feuer angeleuchtet, Lukas Biber über sich entdecken. Sein Oberkörper lag halb auf ihrem, während seine rechte Hand ihr Handgelenk umfasste und es gegen die Erde drückte, als befürchte er, sie würde im nächsten Moment wieder aufspringen. Sein Gesicht war nur wenige Zentimeter von ihrem entfernt. Zornig blitzten seine Augen sie an. „Können Sie nicht ein Mal tun, was ich Ihnen sage? Sie sind schlimmer als ein kleines Kind!"

Theresa presste die Lippen fest aufeinander. Dann begann sie sich gegen seinen Griff zu wehren, doch er drückte ihre Hand und ihren Oberkörper unnachgiebig auf den Boden. „Lassen Sie mich endlich los", presste sie hervor.

„Was sollte das eben?"

„Ich wollte helfen!", fauchte Theresa ihn wütend und verzweifelt an. Tränen schossen ihr in die Augen. Gequält wandte sie den Kopf zur Seite. War alles verloren? Hatten sie ihre Freunde und Anna den gierigen Flammen überlassen müssen?

„Gut! Du hast sie gefunden!", dröhnte Karls laute Stimme auf sie herunter und endlich lockerte Lukas seinen Griff. Theresa drückte den Mann von sich fort, stand auf, so schnell es ihr Krinolinenrock zuließ, und spürte, wie ihre langen Haare sich in wilden Locken über ihren Rücken verteilten. „Sie ... Sie waren nicht im Haus?" Sie ging auf Karl zu und ergriff seine Hand, als müsse sie spüren, dass er tatsächlich am Leben war.

„Wir konnten alle entkommen, Fräulein Theresa. Klara und die Kinder sind im Stall."

„Gott sei Dank!", jubelte die Frau und umarmte impulsiv den Landwirt. Sie drehte sich um und lief mit in die Höhe gerafftem Rock in Richtung Stall. Dort hockte Marga mit der schlafenden Anna in den Armen auf einem Stapel Strohballen.

Theresa kniete sich neben den beiden nieder.

„Anna ist in Ordnung, Tante Theresa. Es geht ihr gut. Als Helmut rief, dass es brennt, habe ich sie sofort aus dem Bett geholt und bin mit ihr und Lisa über die Hintertür geflohen. Helmut kam mit Gerd nach. Nur Mama, die zusammen mit Maria als Letzte das Haus verließ, hat ein paar kleine Brandwunden."

„Gut", erwiderte Theresa einfach, drückte Marga kurz an sich und strich der rußverschmierten Anna über die Wange. Dann erhob sie sich und ging zu den beiden Jungen hinüber. Gerd lehnte an Helmuts schmaler Schulter und blinzelte sie mit tränenden Augen an. Wieder ging Theresa in die Hocke. „Es ist alles in Ordnung, Gerd. Brennt dir der Rauch noch in den Augen?"

Der Junge nickte und blinzelte erneut.

Theresa sah zu seinem Bruder hinüber. „Kannst du etwas sauberes kaltes Wasser besorgen, Helmut? Damit können wir ihm die Augen ein wenig ausspülen."

„Mach ich", erwiderte der ältere Junge knapp, schob Gerd in Theresas Arme und lief aus dem Kuhstall in die vom Feuer hell erleuchtete Nacht hinaus.

Klara kam, mit Maria im Arm und Lisa am Nachthemd hängend, aus einem dunkleren Teil des Stalles zu ihr herüber und setzte sich neben sie. Müde legte sie ihren Kopf an die Schulter ihrer Freundin.

Diese nahm ihre freie Hand und legte sie um die bebenden Schultern der Bäuerin. „Marga sagte, du hast Verbrennungen?"

„Das ist nicht weiter schlimm, Theresa. Ich wollte Maria nur erst in ein feuchtes Tuch wickeln, damit sie den Rauch nicht einatmen musste. Dabei habe ich mir wohl zu lange Zeit gelassen. Der Flur brannte bereits, als ich rauslaufen wollte."

„Es tut mir so leid, Klara. Ihr habt alles verloren."

„Wir haben uns, Theresa. Wir leben alle noch! Das ist ein großes Wunder!"

Theresa nickte und lächelte.

„Du hast weitaus mehr verloren", fügte Klara flüsternd hinzu und drückte kurz Theresas Hand, bevor sie ihre eigene wieder unter den kleinen Körper des Säuglings legte.

Helmut kam mit einem Eimer Wasser zurück und stellte ihn schweigend vor den beiden Frauen ab, ehe er sich wieder auf einen

Strohballen zurückzog, die Arme um die angewinkelten Beine legte und vor sich hin ins Leere blickte.

Theresa warf nur einen kurzen Blick auf den schweigsamen, mürrisch wirkenden Jungen und wandte sich dann Gerd zu, der wild seine noch immer tränenden Augen rieb.

Mehrmals spülte sie diese aus, obwohl Gerd sich heftig gegen diese Behandlung wehrte. Doch sie war unnachgiebig und versuchte, das Kind mit einer fröhlichen Geschichte abzulenken. Schließlich ließ sie den Zweijährigen in die Arme seiner Mutter flüchten.

Karl und Lukas sahen einen kurzen Augenblick herein und nahmen Helmut zum Helfen mit. Sie wollten das Feuer daran hindern, auf den nahe stehenden Geräteschuppen überzugreifen, da dieser unmittelbar an ein paar Bäume und an einen Kleintierstall grenzte.

Theresa blieb noch ein paar Minuten bei Klara und den Kindern, doch dann zog es auch sie hinaus.

Von dem Haus war nicht mehr viel übrig geblieben, doch noch immer schlugen heiße, helle Flammen aus den Trümmern. Das Prasseln und Knacken des Holzes war unvermindert laut und immer wieder stürzten größere Teile des Gebäudes mit lautem Getöse in sich zusammen.

Langsam, ihren verschmutzten, zerrissenen und teilweise auch versengten Rock anhebend, ging sie um das ehemalige Bauernhaus herum. Sie seufzte leise auf. Vermutlich hatte Klara recht – es war ein Wunder, dass das Ehepaar und die Kinder diesem Feuer entkommen waren. Dennoch fragte sie sich, wie es überhaupt hatte ausbrechen können.

Die junge Frau erreichte die Nebengebäude und konnte die drei Gestalten ausmachen, die mit übervollen Wassereimern gegen ein Übergreifen der Flammen ankämpften.

Unwillkürlich wandte sie sich um, lief eilig zum Stall zurück und holte von dort einen weiteren Eimer. Sie füllte ihn am Brunnen im Hof, und als sie in Richtung der Nebengebäude lief, kam ihr Lukas Biber mit zwei leeren Eimern in den Händen entgegen.

Sofort stellte er sich ihr in den Weg. „Keinen Schritt näher an das Feuer heran!"

„Natürlich!", schrie sie gegen das Tosen der Flammen an und stellte den vollen Eimer vor seine Füße. „Helmut kann mir die leeren Eimer bis hierher bringen. Ich fülle sie dann", schlug sie vor. Entschiedenheit lag in ihrem Blick. Sie wollte sich nicht wieder fortschicken lassen, denn auch sie wollte darum kämpfen, dass die Familie nicht auch noch die Gerätschaften und somit ihre Lebensgrundlage verlor.

„Gut", brummte Lukas, stellte die beiden Eimer vor Theresas Füße und machte sich eilig mit dem gefüllten davon.

Theresa und Helmut wechselten sich mit dem anstrengenden Wasserschöpfen ab, und so gelang es ihnen, die beiden Männer ausreichend mit gefüllten Wassereimern zu versorgen. Die Frau spürte bald jeden Muskel, doch sie ignorierte ihre Schmerzen, bat Gott um noch mehr Ausdauer und schuftete weiter, bis das Feuer schließlich so weit zurückgedrängt war, dass es keine Gefahr mehr für die Nebengebäude bedeutete.

In einem letzten Aufbäumen loderten die Flammen noch einmal an den noch stehenden Innenwänden hoch hinauf, ehe diese schließlich in sich zusammenstürzten, einen heißen Hauch und unzählige Funken in die Höhe werfend.

Die beiden Männer ließen sich völlig erschöpft neben dem Brunnen auf die nasse, niedergetretene Erde fallen.

Helmut setzte sich ebenfalls – jedoch einige Schritte diesseits des Brunnens – und sah mit düsterem Blick auf die rauchenden und glühenden Überreste ihres Hauses. Dann verschränkte er die Arme über seinen Knien und senkte den Kopf.

Theresa strich sich mit beiden Händen ihre Haare zurück auf den Rücken und flocht sie notdürftig zusammen. Dabei betrachtete sie den gebeugten schmalen Rücken des Jungen. Sie wusste nicht recht einzuschätzen, ob dieser einfach nur einer völligen Erschöpfung nahe war oder weinte.

Langsam ging sie zum Brunnen hinüber, zog ein letztes Mal

einen Eimer Wasser heraus, nahm den Blechbecher, der am Brunnendach hing, herunter und brachte beides den heftig atmenden, kohlschwarzen und nassen Männern, die es ihr mit einem müden Lächeln dankten.

Theresa tunkte den Becher in den Eimer und reichte ihn Karl, der gierig daraus trank und ihn ihr dann wieder zurückgab. Sie füllte den Becher neu und gab ihn auch Lukas, der ihn mit beiden Händen in Empfang nahm und dabei einen kurzen Augenblick ihre Hand berührte. Die junge Frau zuckte zusammen und ein Schauer durchlief ihren Körper. Sie fühlte sich von den Ereignissen der letzten Stunden, ihren Gefühlen und ihren Ängsten wie ein kleines, hilfloses Schiff hin und her geworfen und sehnte sich nach einem festen Halt. Doch sie konnte diesen Halt unmöglich in den Armen von Lukas Biber suchen. Immerhin würde sie diese Gegend doch bald wieder verlassen. Dennoch fühlte sie in sich eine tiefe Sehnsucht danach, tröstend und liebevoll in die Arme genommen zu werden.

Beinahe heftig entzog sie dem Tierarzt den Becher und füllte diesen erneut. Dann ging sie zu Helmut hinüber, der erschrocken in die Höhe fuhr, als Theresa sich neben ihn setzte. „Hier, trink etwas", bat sie ihn.

Helmut nahm den Becher, drehte ihn mehrmals in der Hand, um dann doch gierig das kühle Nass zu trinken.

Theresa schlang die Arme um ihre angewinkelten Beine und sah zu dem Jungen hinüber. „Das war ein großer Schreck, nicht wahr?"

„Wir haben alles verloren. Mama und Papa arbeiten schwer und jetzt ist alles kaputt."

„Ihr habt alle überlebt, Helmut."

Der Junge schwieg, drehte erneut den Becher in seinen Händen und scharrte mit den Füßen in der aufgewühlten Erde.

Das Läuten einer großen Glocke legte sich über das leiser werdende Prasseln der letzten Flammen. Theresa hob mit gerunzelter Stirn den Kopf und neigte diesen ein wenig zur Seite.

„Die Feuerwehr", lachte Helmut bitter auf, erhob sich, warf Theresa den Becher vor die Füße und verschwand in Richtung der Felder in die Nacht.

Die junge Frau schüttelte nachdenklich den Kopf und stand ebenfalls auf, um zurück zum Stall zu gehen.

Gerd und Lisa schliefen inzwischen, während Klara Maria stillte. Marga saß zusammengekauert neben ihrer Mutter und hob neugierig den Kopf, als Theresa zu ihnen herantrat.

„Das Feuer ist unter Kontrolle und man hört die Feuerglocke der Feuerwehr."

„Es ist ein weiter Weg bis hier herauf. Es wundert mich, dass sie überhaupt den Versuch unternommen haben hochzukommen."

„Irgendjemand wird den Brandgeruch bemerkt haben. Und die Menschen in der Stadt mögen euch. Selbstverständlich versuchen sie, euch zu Hilfe zu kommen."

„Ach, Theresa! Wo sollen wir jetzt nur hin?"

„Das ist doch keine Frage, Klara. Selbstverständlich werdet ihr ins Gutshaus ziehen."

„Theresa! Es geht nicht nur um eine Nacht. Lukas wird es nicht mögen, wenn die ganze Familie –"

„Klara, ich bitte dich. Ihr seid doch seine Freunde, fast so etwas wie seine Familie. Ich kann mir nicht vorstellen, dass er euch nicht aufnehmen will."

„Wir sind zu siebt und nicht gerade leise und –"

„Ich werde ihn sofort fragen."

„So wie ich dich inzwischen kenne, wirst du ihn nicht fragen, du wirst ihn vor vollendete Tatsachen stellen", lächelte Klara und schüttelte dann den Kopf.

„Selbstverständlich, sonst kommt er vielleicht noch auf die Idee, euch irgendwo in der Stadt unterzubringen. Schade, dass Hannah mit ihrem Gasthaus noch nicht so weit ist", erwiderte Theresa.

„Ein Gasthaus? Theresa! Wie sollten wir uns das denn leisten können?"

„Genau aus diesem Grund ist es die beste Lösung, wenn ihr

hoch ins Gutshaus zieht. Der Haupttrakt steht doch leer. Dort gibt es genug Platz für euch alle und der empfindliche Lukas Biber fühlt sich nicht gestört."

„Die Zimmer sind heruntergekommen und das Dach des Haupttraktes ist am Einstürzen. Da kann niemand wohnen."

„Dann wird es höchste Zeit, dass dort etwas getan wird", erwiderte Theresa kopfschüttelnd. Sie konnte nicht verstehen, dass man dieses schöne Haus auf dem Hügel so sehr vernachlässigte.

Energisch richtete sie sich auf und wandte sich um. Dabei hörte sie, wie Marga leise sagte: „Es ist schön im Gutshaus. Und jeder kann ein eigenes Zimmer haben."

„Marga, sei still", flüsterte Klara. „Wir werden wohl notgedrungen zu Onkel Lukas hinaufmüssen, aber nur so lange, bis wir eine andere Lösung gefunden haben. Es geht einfach nicht, dass wir als Familie bei ihm einfallen wie die Heuschrecken über die Ernte."

„Ihr seid doch keine Plage!", rief Theresa über die Schulter zurück und verließ den Stall.

Kapitel 41

Mitternacht war bereits vorüber, als Theresa Wieland einen Wink ihrer müde wirkenden Mutter erhielt, der ihr zu verstehen gab, dass es an der Zeit war, dieses Fest zu verlassen. Theresa seufzte und warf einen sehnsüchtigen Blick zu den sich im Kreise drehenden Tanzenden hinüber. Endlich war sie alt genug, um ebenfalls bei den abendlichen Festen und Bällen dabei zu sein, und nun hinderte sie das rätselhafte Verschwinden ihrer älteren Schwester daran, diesen Vorteil auszunutzen. Sie durfte nicht tanzen, musste früher als alle anderen Mädchen ihres Alters die Veranstaltungen verlassen und stand unter der ständigen Aufsicht ihrer Mutter – fast so, als hätten sie einen Todesfall zu beklagen.

Selbstverständlich vermisste auch sie Marika, und sie litt unter der Ungewissheit, was mit ihr geschehen sein mochte. Theresa wollte nicht wahrhaben, dass ihre Schwester vielleicht nicht mehr lebte und sie niemals erfahren würden, was in dieser Nacht vor einigen Wochen geschehen war. Ihr junges Herz sträubte sich dagegen, und so verdrängte sie diese Gedanken, so gut und so häufig ihr dies nur gelang. Bei aller Traurigkeit und Angst um ihre Schwester – sie wollte nicht auf das verzichten, was die anderen Mädchen ihrer Gesellschaft haben durften: Tanz, Theater- und Opernaufführungen. Hinzu kam dieser junge Leutnant, der ihr seit einigen Wochen immer wieder auf den verschiedenen Veranstaltungen begegnete und sie mit Getränken, kleinen Häppchen und anderen Aufmerksamkeiten versorgte. Theresa fühlte sich wohl in seiner Gegenwart, und ihr aufgeregt schlagendes Herz, wenn sie den jungen Mann auf einem der Feste entdeckte, zeigte ihr deutlich, dass sie zumindest dieses Gefühl des ersten Verliebtseins nicht würde missen müssen, wenn sie auch nicht mit dem Verehrer tanzen durfte. Ihrem Vater schien Anton Faber, der wie sein Vater militärischer Berater am Hofe war, zu gefallen. Das beruhigte sie, da sich doch immer wieder ein schlechtes Gewissen bei ihr einschleichen mochte, weil sie es wagte, sich zu verlieben, während ihre Schwester Marika als verschwunden galt.

Leutnant Faber hatte einmal angedeutet, dass er Thomas im Kriegsministerium kennengelernt habe, doch nachdem sie ihm versichert hatte, dass dieser Musikstudent sei und sicherlich nichts in einem der österreichischen Ministerien zu tun habe, hatte er sich achselzuckend für diesen Irrtum entschuldigt. Seitdem fragte sie sich allerdings, ob sie Thomas gut genug kannte, um eine heimliche politische Tätigkeit ihres Bruders tatsächlich ausschließen zu können, zumal sie sich an ein kleines Streitgespräch zwischen Thomas und Marika erinnerte, in dem es um irgendeine Beschäftigung ihres Bruders gegangen war, die Marika, die immer ein sehr enges Verhältnis zu Thomas gehabt hatte, nicht guthieß.

Anton Faber steuerte auf sie zu und Theresa verdrängte alle fragenden Grübeleien. Sie schenkte dem stattlichen, großen Mann ein fröhliches Lächeln, das dieser sofort erwiderte.

„Sind Sie mit allem versorgt, Fräulein Wieland?", erkundigte er sich, verschränkte die Hände hinter seinem Rücken und verbeugte sich leicht in Richtung ihrer Eltern, damit diese ihm erlauben konnten, sich mit ihr zu unterhalten.

Gebannt, jedoch nur aus dem Augenwinkel, beobachtete Theresa, wie ihr Vater leicht nickte, und erleichtert atmete sie tief ein und aus. „Danke, Leutnant Faber. Wie könnte es mir an etwas fehlen, wo Sie sich doch den ganzen Ball über so aufmerksam um mich gekümmert haben", erwiderte sie leise und senkte ein wenig beschämt den Blick.

„Wenn ich den Wink Ihrer Mutter richtig verstanden habe, ist dieses Vergnügen für mich für heute zu Ende, Fräulein Wieland?"

„Tut mir leid, Leutnant Faber. Aber uns zieht es nach Hause."

„Konnten Sie noch immer nichts über den Verbleib Ihrer Schwester in Erfahrung bringen?"

„Leider nein", sagte Theresa und die schreckliche Tatsache holte sie erneut ein. Tränen schimmerten in ihren Augen, als sie den freundlichen jungen Mann traurig anblickte und dieser bedauernd die Augenbrauen in die Höhe zog.

„Ich freue mich, dass Sie überhaupt hier waren, Fräulein Wieland, und hoffe, Sie bald bei einem ähnlichen Anlass wiedersehen zu dürfen."

Theresa blickte zu dem Mann mit dem ausgeprägten Wiener Dialekt hinauf und lächelte ihn an. Wieder spürte sie, wie ihr Herz aufgeregt schlug, und ihre Hände begannen unruhig mit den Falten ihres Rockes zu spielen, der im Licht der unzähligen Kerzen in zahlreichen Blaufacetten schimmerte.

„Und ich hoffe, dass Sie bald ein Lebenszeichen Ihrer Schwester erhalten, damit ich Ihr wunderschönes Lächeln einmal ungetrübt genießen kann", raunte er ihr zu, verabschiedete sich und wandte sich ab.

Theresa drehte sich ebenfalls um und raffte die Stofffülle ihres Rockes ein wenig in die Höhe, damit sie schnell zu ihrer Mutter eilen konnte, die sich bereits von der Gastgeberin verabschiedete.

Anton Faber drehte sich um und blickte der zierlichen Erscheinung nach. Er lächelte und lehnte sich mit vor der Brust verschränkten Armen gegen eine der stuckverzierten Säulen. Es verwunderte ihn ein wenig, dass Theresa Wieland nichts von der Spionagetätigkeit ihres Bruders im Dienste der Österreicher wissen sollte, doch die dunklen Augen hatten tatsächlich arglos gewirkt, und wenn man sie auf ihre verschwundene ältere Schwester ansprach, schien sie keinerlei Groll gegen den Bruder oder auch nur den Funken eines Verdachtes in sich zu tragen, dass dieser eine gewisse Mitschuld an dem spurlosen Verschwinden der jungen Frau haben mochte. Für ihn jedoch stand dies fest.

Thomas Wieland hatte sein Treffen mit den Preußen beobachtet und war entdeckt worden. Zwei der Männer hatten ihn verfolgt, und vermutlich war der junge Student so ungeschickt gewesen, seine Verfolger zu sich nach Hause zu führen. Man hatte ihm gesagt, dass die beiden älteren Geschwister von Theresa die gleichen roten Haare hatten, und so stand es für ihn außer Frage, dass die beiden Preußen sich versehentlich das Mädchen geschnappt hatten. Vermutlich hatten sie in dieser dunklen Nacht von dem Spion wenig mehr als die im Licht des Feuers aufflammenden roten Haare gesehen.

Anton Faber wusste nicht, ob Marika Wieland noch am Leben war. Immerhin war sie in eine gefährliche Angelegenheit mit hineingezogen worden, und sie konnte für die beiden Männer, die sie entführt hatten, eine Gefahr darstellen. Vielleicht aber, und darauf spekulierte Thomas Wieland wohl, war sie in die Machtzentrale des Geheimdienstes von Preußen – nach Berlin – verschleppt worden, um dort verhört oder einfach nur ins Gefängnis gesteckt zu werden.

Der junge Offizier beobachtete, wie Theresa und ihre Eltern den festlich geschmückten Ballsaal verließen, und stieß sich von der kalten, harten Säule ab. Auch er würde die Festlichkeit in wenigen Minuten verlassen, denn nach dem Abschied der Familie Wieland hatte er hier nichts mehr zu suchen.

Kapitel 42

Thomas Wieland kniff die Augen zusammen. Das weit entfernte Bellen eines aufgeregten Hundes nahm er gar nicht wahr, und auch das verstimmte Klavier und die grölenden Stimmen, die dieses begleiteten, waren nur noch eine leise Geräuschkulisse, weit entfernt von seiner Aufmerksamkeit. In Gedanken sah er Marikas lächelndes Gesicht vor sich. Er war hierhergekommen in der Hoffnung, eine Spur von ihr zu finden, doch noch immer hatte er nichts erreichen können. Stattdessen war er selbst in Gefahr geraten. Sollte er nun durch sein leichtsinniges Verhalten nicht nur Marika, sondern auch Christine im Stich lassen?

Sein Pferd schnaubte ungehalten, schlug mit dem Schweif und die Ohren zuckten aufgeregt hin und her. Thomas atmete tief ein und blickte der noch immer in Dunkelheit gehüllten Gestalt mit zusammengebissenen Zähnen entgegen.

Plötzlich fiel das Licht einer verschmutzten Türlampe der Bar auf das Gesicht des sich nahenden Reiters. Erleichtert atmete Thomas aus. Es handelte sich um den erschöpft wirkenden General Doorn.

„Endlich habe ich Sie gefunden", brummte der ältere Mann und wartete, bis Thomas sein Pferd gewendet hatte, damit sie nebeneinanderreitend die Gasse verlassen konnten.

Thomas blickte gespannt zu dem markanten Profil des Mannes hinüber.

„Wir haben Frau von Doringhausen gefunden. Sie ist inzwischen in unserem Haus und meine Tochter kümmert sich um sie."

„Das ist gut", murmelte Thomas und nickte dem Mann zu, der ihn für einen kurzen Augenblick mit seiner Aufmerksamkeit bedachte.

„Sie wurde von der panisch nach hinten drängenden Menge umgerissen und von einigen Menschen überrannt. Irgendjemand hat sie zu einem Arzt gebracht", erklärte General Doorn.

„Es geht ihr doch hoffentlich nicht schlecht?", erkundigte sich Thomas.

„Es geht ihr nicht gut, Herr Wieland. Doch alle ihre Verletzungen werden heilen", erklärte der Mann, und Thomas glaubte, Erleichterung in seiner Stimme zu hören. Diesem Mann schien viel an Frau von Doringhausen zu liegen. „Ich soll Sie von Christine grüßen, Herr Wieland. Sie bat mich, Sie zu Ihrer Pension zu begleiten. Sie fürchtete offenbar, dass Sie doch noch in Zusammenhang mit dem Attentäter gebracht werden könnten, und wollte Sie meinem Schutz anbefehlen. Ich habe übrigens erfahren, dass sich dieser Attentäter, Cohen-Blind, die Pulsadern aufgeschnitten hat."

Thomas verzog das Gesicht.

„Zwar missfällt es mir, dass Sie meine Tochter in diesen nicht ganz ungefährlichen Straßen unserer Stadt treffen, wobei ich darüber informiert bin, dass sie diese Spaziergänge bereits unternahm, bevor sie Ihnen begegnete. Aber Ihr beherzter und ausdauernder Einsatz um Frau von Doringhausen ehrt Sie."

Thomas presste die Lippen aufeinander und ließ seinen Begleiter nicht mehr aus den Augen. Verstand er ihn richtig? Bedankte er sich bei ihm für seine Hilfe und sagte ihm damit, dass er nichts gegen weitere Treffen mit seiner Tochter einzuwenden hatte? Er wusste doch selbst am besten, wie sehr die politischen Verwicklungen ihrer beiden Länder zunahmen. Konnte er tatsächlich die Gefühle seiner Tochter über seinen Patriotismus stellen – oder beides großzügig voneinander trennen? Nahm er an, dass er ohnehin bald wieder zurück nach Wien reisen würde, und hoffte darauf, dass Christine ihn dann schnell vergaß?

„General Doorn –"

Der Mann hob mit einer befehlsgewohnten Geste die Hand und drehte sich im Sattel ein wenig mehr zu ihm. „Ich bin von Christines Wahl nicht sehr begeistert, Herr Wieland, was jedoch mehr mit Ihrer Herkunft als mit Ihrer Person zu tun hat. Ich weiß nicht, wie die Zukunft von Österreich und Preußen aussieht, und befürchte einige Probleme; nicht nur für Christine und Sie, sondern auch für mich, wenn ich zulasse, dass Sie ihr den Hof machen. Aber Christine weiß sehr wohl, was sie tut, und ich hoffe, Sie wissen es auch. Wenn Sie meine Tochter verletzen, junger Mann, werden Sie Berlin nicht schnell genug verlassen können!"

Thomas verstärkte den Druck um die Zügel in seinen Händen. Mit einer solchen Offenheit hatte er nicht gerechnet und sie bereitete ihm sogar ein wenig Angst. Musste er nicht befürchten, dass dieser Mann ihn auszunutzen gedachte? War sein Angebot, Christine offiziell den Hof machen zu dürfen, tatsächlich ernst gemeint? „Das habe ich nicht vor, General Doorn", entgegnete er schließlich, noch immer ein wenig verwirrt. „Vielen Dank für Ihr Vertrauen."

„Sie haben es verdient, Herr Wieland", erwiderte der Ältere und in seinem Blick lag aufrichtige Freundlichkeit.

Die beiden Männer gaben sich die Hände, wohl wissend, dass sie hiermit zu Verbündeten geworden waren. Verbündete im Streben nach Christines Glück und im Kampf gegen die kriegerischen Wirrnisse, die auf sie zukommen und versuchen würden, die beiden jungen Menschen auseinanderzureißen.

Kapitel 43

Lukas Biber starrte Theresa einen Moment lang verwirrt an und diese bedachte ihn mit einem aufmunternden Lächeln. Der junge Tierarzt fuhr sich mit seiner rußgeschwärzten Hand durch das Gesicht und blickte an Theresa vorbei auf die rauchenden und glühenden Überreste des Wohnhauses, von denen noch immer eine unangenehme Hitze ausging.

„Gut. Dann bringen Sie Klara und die Kinder schon einmal nach oben. Wir warten hier auf die Helfer aus der Stadt und organisieren eine Brandwache."

Theresa strahlte den Mann an, der sie erneut ernst musterte und sich dann ruckartig abwandte, als habe er Angst, sie könne in seinen Augen etwas lesen, das nicht für sie bestimmt war.

Wenige Minuten später marschierte die kleine Schar durch die Dunkelheit den kaum erkennbaren, unebenen Pfad in Richtung Gutshof hinauf.

Oben angekommen, richtete Theresa vier der Gästezimmer her, sodass sich die kleinen Rieble-Kinder sofort zum Schlafen hinlegen konnten. Anschließend ging sie wieder in die Küche hinunter, um zunächst die Brandverletzungen an Klaras Armen und danach die auf Helmuts Rücken zu versorgen. Der Junge ließ die Behandlung still über sich ergehen und blickte nicht einmal auf, als sein Vater und Lukas die Küche betraten.

Schweigend setzten sich die beiden Männer an den Tisch und nahmen die Krüge mit frischem Wasser entgegen, die Klara ihnen brachte. Die Bäuerin ließ sich neben ihrem Ehemann, der tröstend den Arm um sie legte, auf der Bank nieder. Während die beiden Männer sich leise zu unterhalten begannen, beobachtete Klara ihren Sohn, und als Theresa dessen Wunden fertig versorgt hatte, schickte sie den Jungen und Marga zu Bett.

„Was hat er nur?", murmelte sie und sah Theresa fragend an, die sorgsam das Verbandsmaterial beiseitepackte.

„Er hat gerade ein Feuer überlebt und musste Männerarbeit

verrichten, die nicht ungefährlich war, Klara. Gestehe ihm doch seine Angst und seine Müdigkeit zu."

„Es ist mehr als das", flüsterte Klara und blickte Karl an, doch dieser war noch immer in eine leise Unterhaltung mit Lukas vertieft, und so wandte sie sich wieder der Freundin zu, die nachdenklich nickte.

Auch Theresa war in den letzten zwei Wochen eine Veränderung an dem Jungen aufgefallen. Er lachte wenig und zog sich immer mehr zurück. „Ich hoffe, er wird dir oder Karl bald erzählen, was ihn bewegt", erwiderte Theresa leise und versteckte ein Gähnen hinter ihrer Hand.

„Dein schönes Kleid", versuchte Klara das Gespräch auf ein anderes Thema zu lenken. „Es ist vollkommen ruiniert."

„Hauptsache, ihr seid wohlauf", flüsterte Theresa und gähnte ein weiteres Mal.

„Komm, Karl", sagte Klara an ihren Mann gewandt. „Lass uns schlafen gehen. Auf uns wartet in den nächsten Wochen viel Arbeit."

Der Landwirt nickte und erhob sich.

„Gute Nacht, Theresa", verabschiedete sich Klara und nahm die Freundin kurz in den Arm.

Theresa sah dem Ehepaar nach, bis sich die Küchentür hinter den beiden schloss.

Lange Zeit herrschte Schweigen in der Küche und nur das leise Bollern der Flammen im Herd war zu hören. Theresa ging zum Fenster, um in den beginnenden Morgen hinauszuschauen. Ein Stuhl kratzte geräuschvoll über den Holzboden und schließlich näherten sich ihr Schritte.

„Sind Sie verletzt?", fragte eine tiefe, leise Stimme hinter ihr.

Theresa wirbelte hastig herum und wich einen Schritt zurück, sodass sie den Fenstersims in ihrem Rücken spüren konnte.

Lukas Biber stand dicht vor ihr, und obwohl nur die flackernde Lampe über dem Esstisch brannte, konnte sie den intensiven Blick aus seinen blauen Augen deutlich sehen.

„Nein", flüsterte sie und blickte an ihm vorbei. Seine Nähe

beunruhigte sie, und sie wusste nicht, wie sie angemessen reagieren sollte.

„Ich sehe noch mal nach Anna", brummte er plötzlich und wandte sich ruckartig um.

Theresa hielt erschrocken den Atem an. Von dem guten weißen Hemd hingen nur noch verkohlte Fetzen über Lukas' Rücken, auf dem einige rote Fleischwunden klafften. „Aber Sie sind verletzt!", rief sie und ergriff ihn am Unterarm. Langsam drehte er sich zu ihr um.

Sie ließ ihn schnell wieder los und drückte sich noch ein wenig mehr gegen das Fensterbrett.

„Ja, dank Ihnen", zischte er. Seine freundliche Stimme von zuvor war einem vorwurfsvollen Tonfall gewichen.

„Soll ich es mir ansehen?", fragte sie mit schief gelegtem Kopf.

„Damit Sie wissen, was Sie angestellt haben?"

„Nein, um Ihnen noch ein wenig mehr wehzutun", fauchte Theresa ihn ungeduldig an und griff nach der Kiste, in welcher sie kurz zuvor das unbenutzte Verbandsmaterial verstaut hatte.

„Das würde Ihnen Freude bereiten, nicht wahr?", erwiderte Lukas und ging weiter auf die Tür zu.

„Sie bleiben! Diese Verletzungen müssen wenigstens gesäubert werden."

„Nun übertreiben Sie es nicht mit Ihrer Dankbarkeit."

„Spotten Sie nur. So lasse ich Sie nicht gehen."

„Sie möchten mich also tatsächlich noch mehr quälen?"

„Ich möchte Ihnen helfen, Sie Dickkopf."

„Das haben Sie heute schon genug getan, allerdings mit dem Erfolg, dass Sie sich und mich in Gefahr brachten."

„Ich denke nicht, dass für Sie eine Gefahr besteht, wenn ich Ihnen Ihre Wunden auswasche und verbinde."

„Glauben Sie das tatsächlich?", fragte er und trat wieder auf sie zu. Provozierend blickte er auf sie hinunter.

Theresa konnte nicht verstehen, weshalb er sich so verhielt.

Dann knöpfte er die drei obersten Knöpfe seines Hemdes auf,

zog es sich über den Kopf und tat dasselbe mit dem Unterhemd. Theresa blickte auf die muskulöse, breite Brust, auf welcher sich kurze dunkle Haare lockten, und wandte sich mit deutlicher Hitze im Gesicht der Holzkiste zu.

Jetzt verstand sie seine Anspielung, und allein die Tatsache, dass er diese bereits zuvor geäußert hatte, ließ sie erzittern. Aufgeregte, kribbelnde Schauer jagten durch ihren ganzen Körper, und sie biss sich auf die Oberlippe, als sie ein sauberes Tuch aus der Kiste bereitlegte und das noch heiße Wasser aus dem Topf in die Emailleschüssel leerte.

„Vielleicht möchten Sie sich hier auf den Stuhl setzen?", fragte sie mit mühsam beherrschter Stimme.

Lukas drehte den Stuhl um und setzte sich verkehrt herum auf diesen, sodass er die Arme über die Lehne legen konnte und ihr den verrußten, blau unterlaufenen und an manchen Stellen auch aufgeplatzten Rücken entgegenstrecken konnte.

„Damit sollten Sie morgen aber zu Dr. Städler gehen", murmelte sie, bevor sie das Tuch in das abgekochte Wasser tauchte, es abkühlen ließ und über seinem Rücken auswrang, sodass die Flüssigkeit über diesen hinunterlief und Ruß, kleine Holzsplitter, gelöste Hautpartien und Blut mit sich fortschwemmte.

„Sie ruinieren meine beste Hose", beschwerte sich Lukas mit gewohnt spöttischem Tonfall und Theresa lächelte vor sich hin.

„Da gibt es wohl nicht mehr viel zu zerstören. Weder Sie noch ich waren für einen Feuerwehreinsatz richtig gekleidet."

„In Ihrer Gegenwart bin ich permanent auf einen Einsatz vorbereitet, *Fräulein Feuerkopf*", zischte Lukas und zuckte vor Schmerz zusammen, als sie vorsichtig mit dem Tuch seinen Rücken abtupfte. Theresa, die das Tuch gerade erneut in das Wasser tauchen wollte, hielt mitten in der Bewegung inne.

„Was haben Sie gesagt?"

„Dass Sie Ihre Umgebung immerzu –"

„Das meinte ich nicht."

„Feuerkopf?", fragte er.

Theresa senkte den Arm und ließ das Tuch aus ihren Händen gleiten. Verwirrende Gedanken schossen ihr durch den Kopf, und sie glaubte eine Stimme zu hören, die sie nicht kannte. Auch diese nannte sie liebevoll und spöttisch zugleich Feuerkopf, und sie ahnte, dass damit nicht nur ihre roten Haare, sondern auch ihr Wesen beschrieben worden war.

„Haben Sie das schon einmal zu mir gesagt?"

„Nicht, dass ich wüsste", erwiderte der Mann und wandte sich halb zu ihr um. Aufmerksam musterte er sie.

Bewegungslos und mit halb geschlossenen Augen stand sie in ihrem verschmutzten und zerrissenen Kleid da und versuchte, etwas in ihrer Erinnerung zu fassen, was ihr bereits wieder entglitt. „Dann muss es jemand anders gewesen sein", murmelte sie vor sich hin und sah ihn verzweifelt an. In seinem Blick schien sich Sorge mit Wut abzuwechseln, und einen Moment lang fragte sie sich, ob der Veterinär vielleicht eifersüchtig auf die Person war, die sie früher schon mit diesem Namen tituliert hatte. „Drehen Sie sich bitte wieder um", wies sie an, wobei ihre Worte mehr wie ein Befehl denn wie eine Bitte klangen. Er zog die Augenbrauen in die Höhe und zuckte mit den Achseln, ehe er sich fügte.

Theresa säuberte und verband die Verletzungen, was ihr erneut das Blut ins Gesicht trieb. Sie war gezwungen, seinen ganzen Oberkörper mit Tüchern zu umwickeln, und seine physische Nähe wie auch die Tatsache, dass sie ihn dabei berühren musste, erzeugten in ihr eine verwirrende Unsicherheit, und so stürzte sie sich, kaum dass sie fertig war, sofort in ihre Aufräumarbeiten.

Lukas erhob sich langsam, beobachtete sie einen Moment und verließ schließlich wortlos die Küche.

Erschöpft ließ sich Theresa auf den Stuhl fallen, auf dem zuvor der Hausherr gesessen hatte, und atmete tief ein und aus. Sie musste über ihre Gefühle nachdenken und darüber beten, nahm sie sich vor. Also legte sie beide Unterarme auf den Tisch, bettete die leicht schmerzende Stirn auf diese und schlief in dieser Position bereits Sekunden später ein.

Kapitel 44

Die Kutsche hielt vor dem zweistöckigen Gebäude und das Schnauben eines Pferdes drang in das Innere des Wagens. Hannah Werner schob sich auf der Sitzbank in Richtung Tür, darauf wartend, dass der Kutscher ihr öffnete. Doch sie wartete vergeblich. Leise seufzend griff sie selbst nach dem Knauf und stieß die leichte Holztür auf. In dieser Stadt war sie nicht mehr Hannah Werner, die Witwe des angesehenen Stuttgarter Anwalts Herbert Werner, sondern die Prostituierte, die keinerlei Höflichkeiten oder Aufmerksamkeiten erwarten durfte. Sie raffte ihr zerknittertes Reisekleid zusammen und stieg aus. Dann ergriff sie ihre Tasche, die der Kutscher achtlos auf die Straße geworfen hatte, ging auf ihr Haus zu und schloss die Eingangstür auf.

Auf der Treppe fand sie zwei Briefe und einige einfache Notizzettel vor. Sie hob sie auf und klemmte sie unter ihre Achsel, während sie hinter sich sorgfältig die Tür verschloss und die Tasche die wenigen Stufen bis in ihren Flur hinaufhievte. Dort legte sie die Jacke und den Hut ab und begab sich mit ihrer Post in die kleine, hübsch eingerichtete Küche, um den Wassereimer von einem Schemel zu nehmen. Bevor sie sich frisches Wasser für einen Tee holen wollte, ging sie die Post durch.

Der eine Brief war eine weitere Absage, einer unverheirateten Frau eine größere Geldmenge zur Verfügung zu stellen. Hannah warf ihn in den Korb, in dem sie ihr Brennholz aufbewahrte.

Sie kam soeben aus Freudenstadt und auch von dort brachte sie keine besseren Nachrichten mit nach Hause. Obwohl in der großen Stadt niemand wusste, womit sie hier in den letzten Jahren ihren Lebensunterhalt bestritten hatte, fand sich kein Geldgeber, der bereit war, ihr einen größeren Betrag zu leihen. Und dies, obwohl ihr dieses Haus inzwischen gehörte und sie es als Sicherheit anbieten konnte.

Hannah betrachtete die hastig niedergeschriebenen Zeilen auf den losen Blättern. Zwei waren von jungen Männern, die sie wohl vermisst hatten. Auch diese landeten in dem Korb für das Brennmaterial. Vor ihrer Abreise hatte sie allen ehemaligen Freiern mitgeteilt, dass sie keine männlichen Besucher mehr empfangen würde. Offenbar waren die Männer der Stadt nicht gewillt, dies einfach so hinzunehmen.

Ein etwas größeres, vornehm wirkendes Briefpapier erregte ihre Aufmerksamkeit. Es stammte von Markus Biber, der anbot, ihr heimlich weitere Zahlungen zukommen zu lassen, wenn sie sich ihm nicht verwehrte. Auch dieser Brief wanderte in den Korb. Schließlich öffnete Hannah das letzte Kuvert. Sie nahm nicht an, dass es sich hierbei um die Zusage einer finanziellen Unterstützung handelte, da der Brief persönlich bei ihr abgegeben worden war. Darin beschwerte sich jemand mit deutlichen Worten darüber, dass sie den Männern dieser Stadt nicht mehr zur Verfügung stand. Hannah betrachtete nachdenklich die eindeutig weibliche Handschrift. Sie seufzte, schüttelte den Kopf und legte auch diesen Brief zu den anderen. Ob einige Frauen sich inzwischen darüber beschwerten, dass die Männer zu viel Zeit für sie hatten? Vielleicht fürchteten sie auch weitere Schwangerschaften, die das ohnehin arbeitsame Leben der Frauen zusätzlich erschweren und auch gefährden würden.

Hannahs Blick fiel auf den Wassereimer. Der tägliche Gang zum Stadtbrunnen war ihr noch nie leichtgefallen. Sie wurde in der Öffentlichkeit verachtet und verhöhnt, und obwohl sie sich dies nie hatte anmerken lassen, litt sie unter den kalten, teilweise hasserfüllten Blicken der anderen Frauen und den begehrlichen oder auch verurteilenden mancher Männer.

Seit sie an dem Tag von Maria Riebles Taufe ihr Leben in die liebenden Hände ihres himmlischen Vaters gelegt hatte und seine Vergebung hatte erfahren dürfen, hatte sie jeden Mann abgewiesen, und das sprach sich in einer so kleinen Ortschaft wie dieser schnell herum. Aber würde ihr Gang zum Brunnen nun einfacher werden? Hannah bezweifelte es. In den Köpfen der Menschen hier war sie noch immer die Prostituierte.

Hannah schloss die Augen und legte ihre Stirn auf die gefalteten Hände, die auf der Tischplatte ruhten. Sie fragte ihren Herrn, wie sie in dieser Stadt bleiben und ihren Plänen nachgehen konnte. Sollte sie nicht lieber das Haus verkaufen und versuchen, in einer anderen Gegend Fuß zu fassen?

Hannah betete und wartete, doch sie wusste nicht, was sie tun sollte. Nur eines war ihr klar: Sie würde nicht mehr in ihr vorheriges Gewerbe zurückkehren, selbst wenn ihre Pläne sich nicht verwirklichen ließen, da ihr niemand das nötige Startkapital für einen Umbau ihres Hauses bot. Dafür war sie zu froh und dankbar darüber, den Schritt in die Gegenwart Gottes getan zu haben. Irgendeinen Weg würde sie schon finden ...

Entschlossen stand Hannah auf und ergriff den Eimer. Kurz darauf hatte sie ihr Haus verlassen und ging in Richtung Marktplatz, in dessen Mitte der in Stein gefasste und mit einem Holzdach versehene Brunnen thronte.

Wie erwartet standen dort einige Frauen. Es waren Bettina Schaller, einige weitere junge Frauen in deren Alter und die dürre Gerlinde Schäble, die grundsätzlich niemanden ungeschoren davonkommen ließ.

„Guten Morgen", grüßte Hannah, was sie bislang nie getan hatte, da sie wusste, dass die anderen ohnehin keinen Wert darauf legten, und trat an den Brunnen. Sie hörte am Scharren der Schuhe im Kies und dem leisen Rascheln der Röcke, dass sich die Frauen zu ihr umdrehten. Allerdings grüßte keine von ihnen zurück, und es sprach sie auch niemand an, während sie den großen Eimer in die Tiefe fallen ließ und anschließend wieder in die Höhe zog. Sie füllte das frische, klare Wasser in ihren kleineren Behälter um, nickte den Frauen, die sie ungeniert anstarrten, zu und ging an ihnen vorbei.

„Habt ihr schon gehört, dass sie seit einiger Zeit alle Männer abweist?", sagte eine der jüngeren Frauen zu den anderen.

„Vielleicht ist sie schwanger?"

Hannah zog die Augenbrauen in die Höhe.

„Das hindert so eine doch nicht an ihrem schändlichen Treiben", zeterte Gerlinde Schäble mit ihrer durchdringenden Stimme.

Hannah untersagte es sich, sich umzudrehen und zu fragen, woher sie das denn wisse. Vielleicht wäre Theresa frech genug gewesen, diese provokante Frage zu stellen, doch sie wagte es nicht. So schlenderte sie scheinbar gelassen zurück in ihre Straße und lehnte sich schließlich zitternd gegen die hinter ihr zufallende Eingangstür. „Das habe ich mir selbst zuzuschreiben", murmelte sie und trug den Eimer bis in die Küche. „Ob sie eines Tages wohl vergeben und vergessen können?", fragte sie laut und warf einen Blick auf die alte Bibel, die sie nach ihrem Besuch der Taufe wieder hervorgeholt hatte. In all den Jahren zuvor hatte sie es nicht einmal gewagt, sie anzusehen, geschweige denn, sie zu berühren. Ihre Schuld war ihr einfach zu bewusst gewesen. „Was war ich doch für eine Närrin", flüsterte sie weiter und machte sich daran, sich eine Kanne Tee zuzubereiten.

Auf dem Marktplatz hatte sich Frau Schäble inzwischen in Rage geredet und Bettina betrachtete das rot angelaufene Gesicht ihrer Nachbarin nachdenklich. Ob die Frau ahnte, dass ihr Ehemann ein häufiger Gast bei Hannah Werner gewesen war? Bettina konnte sich dies durchaus vorstellen. Die junge Frau zuckte mit den Achseln und ließ Gerlinde Schäble schimpfen. Hannah Werner hatte sie nie gestört, obwohl sie sogar einmal vermutet hatte, ihr Vater sei der Frau auch nicht ganz unbekannt. Doch da sie noch unverheiratet war, war sie selbst nie in die Verlegenheit gekommen, sich über diese Frau Gedanken machen zu müssen. Lukas Bibers Reaktion in Bezug auf Hannah Werner ließ sie jedoch vermuten, dass dieser die Dienste dieser Frau sehr wohl in Anspruch genommen hatte. Ihn konnte sie dafür nicht verachten; immerhin lebte er allein und diese Frau war eine Verführerin. Doch sie war damit zu ihrer Feindin geworden und mit ihr auch diese Theresa, die sich ungeniert im Haus ihres Schwagers bewegte und offenbar eine Freundschaft zu dieser Prostituierten pflegte.

Dass Theresa früher tatsächlich selbst diesem Beruf nachgegangen war, bezweifelte Bettina, auch wenn sie selbst auf dem Tanzfest so etwas angedeutet hatte. Dafür wirkte das Mädchen zu wohlerzogen, zu naiv und zu jung. Doch sie würde sich hüten, dies hier laut auszusprechen. Vielmehr konnte es ihr nützlich sein, wenn Lukas' Haushälterin in diesen Verdacht geriet und es somit unmöglich wurde, dass er sie heiratete. Zudem hoffte sie, dass ein solch schlechter Ruf die Frau dazu veranlassen würde, endlich wieder zu gehen.

Sie blickte in die Runde. „Ist euch eigentlich noch nie der Gedanke gekommen, dass Hannah Werner sich deshalb zur Ruhe setzen will, weil sie schon eine Nachfolgerin im Auge hat, die sie für sich arbeiten lassen will?", warf sie plötzlich in die Diskussion ein.

Mehrere aufgeregte Augenpaare blickten sie erst nachdenklich, dann erschrocken, teilweise sogar sensationslüstern an.

„Du meinst diese Theresa Fuchs?"

„Möglich wäre es doch", sagte Bettina mit einem leichten Schulterzucken.

„Deshalb will die Werner ihr Haus umbauen! Das wird kein Gasthaus, sondern ein Freudenhaus!", stieß Gerlinde Schäble mit spitzer Stimme aus und griff sich mit beiden Händen an den Kopf.

„Die Werner will ihr Haus umbauen? Wie kommst du denn darauf?", fragte eine der umstehenden Frauen dazwischen.

„Von der Sieglinde, und die weiß es von der Rieble-Klara."

„Dagegen werden wir etwas unternehmen!", murmelte eine von Bettinas Freundinnen und stieß dieser derb mit dem Ellenbogen in die Seite. „Du wirst mit deinem Vater sprechen. Der Bürgermeister muss einschreiten, bevor die Sitten und die Moral in unserer Stadt vollkommen verfallen."

„Und wir Frauen werden uns diese Weibsbilder einmal vornehmen und ihnen deutlich machen, was wir von ihnen halten", drohte Gerlinde und ballte ihre hageren Hände zu Fäusten.

KAPITEL 45

Theresa betrat schwungvoll die warme Küche, in der Klara mit gerötetem Kopf und weit hochgekrempelten Ärmeln stand und kräftig in einem Topf rührte, aus welchem sich heißer Dampf der Decke entgegenwand.

„Dafür, dass du einen Großteil der Nacht nicht geschlafen und die restlichen Stunden bis zum Morgen auf diesem Küchenstuhl verbracht hast, wirkst du ausgesprochen munter", meinte Klara, die kurz aufsah und schließlich mit ihrer Hand auf einen weiteren Topf deutete, aus dem bereits geschälte Kartoffeln hell hervorschimmerten.

„Du machst mich überflüssig, Klara", lachte die junge Frau. „Das ist nicht gut. Wenn Dr. Biber das bemerkt, wird er mich entlassen."

„Das wird er sicher nicht. Das werde ich schon verhindern. Wir brauchen dich für unsere Kinder – und für Lukas", erwiderte Klara und warf ihr einen langen, nachdenklichen Blick zu.

Theresa, erschrocken darüber, dass Klara womöglich das Durcheinander, das der Tierarzt in ihrem Gefühlsleben verursachte, erahnen konnte, starrte die Bäuerin mit weit aufgerissenen, entsetzten Augen an. Diese sah jedoch nicht mehr von ihrer Tätigkeit auf.

Theresa senkte traurig den Kopf und nahm die erste Kartoffel aus dem Topf, um sie zu würfeln. Es war schwer, ihre Wünsche, ihre quälenden Zweifel, die immer wiederkehrenden Ängste und ihre Unwissenheit miteinander zu verbinden. Sie wusste doch nicht, wer sie war. Wie konnte sie dann hoffen, dass dieser Mann sie lieben und vielleicht sogar heiraten würde? Wer sagte ihr, dass es nicht irgendwo einen anderen Mann gab, zu dem sie gehörte und der verzweifelt nach ihr suchte? Wer sonst würde sie mit einem Spitznamen wie Feuerkopf bedenken?

Sie wusste schon jetzt, dass sie Anna, Klara und ihre Familie, Hannah Werner, diese wunderschöne, friedliche Landschaft, dieses große, wenn auch ein wenig heruntergekommene Haus und auch Lukas Biber schrecklich vermissen würde, sollte sie endlich heimkehren können.

Was vermisste sie im Moment? Eine Familie? Ein Leben, von dem sie kaum mehr als ein paar wenige Bruchstücke in Erinnerung hatte? Wie sollte sie jemals ihre beiden vollkommen voneinander getrennten Leben wieder zueinanderbringen können? Würde dies nicht unendlich schwer werden, wenn sie sich auch noch gestattete, Lukas zu lieben und von ihm geliebt zu werden?

„Was ist mir dir?", hörte sie Klara plötzlich leise fragen und hob den Kopf. Ihre Freundin stand mit in die Hüften gestemmten Händen vor dem Herd und musterte sie vermutlich schon längere Zeit.

„Bei mir ist so viel durcheinander, Klara. Allmählich beschleicht mich die Angst, dass ich vielleicht mein ganzes Leben in dieser vergangenheitslosen Welt zubringen muss – ohne jemals zu erfahren, wer oder was ich bin."

„Dr. Städler sagte doch, es könne dauern. Verliere nicht die Zuversicht, Theresa."

Die junge Frau lächelte, senkte den Kopf und begann mit ihrer Arbeit.

Klara schob einen schweren Deckel auf den Topf und setzte sich neben sie auf die Bank. Sie nahm ebenfalls eine Kartoffel in die Hand und begann, diese zu schneiden. „Es ist dir vielleicht ein wenig peinlich, Theresa. Aber ich denke, ich sollte dir ein paar Dinge sagen, die dich vielleicht in gewisser Hinsicht beruhigen können", begann Klara leise.

Theresa blickte wieder auf.

Klara warf die gewürfelten Kartoffelstücke in eine Schale und griff nach der nächsten Knolle. Ohne ihre Arbeit zu unterbrechen, erklärte sie: „Dr. Städler hat dich damals bei seinem ersten Besuch auf dem Gutshof gründlich untersucht, um möglichst viele Informationen über dich zu erhalten, die hilfreich sein könnten. Er sagte, es sei sicher, dass du weder Kinder geboren hast noch verheiratet bist, verstehst du?"

Theresa hielt den Atem an, nickte und nahm eine weitere Kartoffel aus dem Topf.

„Es gibt demnach keinen Ehemann, der auf mich wartet, und keine Kinder, die mich vermissen. Das ist schon einmal gut. Ihr Leid wäre schrecklich, wenn sie nicht wüssten, wo ich abgeblieben bin." Theresa schnitt die Kartoffel und hob dann den Kopf. Dennoch war es möglich, dass sie zumindest verliebt gewesen war und der junge Mann in ähnlicher Weise unter ihrem Verschwinden litt, wie es wohl ein Ehemann tun würde.

Die Küchentür wurde aufgestoßen und Lukas betrat in seiner verschmutzten Arbeitshose, einem Flanellhemd und auf Strümpfen die Küche. „Das riecht verlockend", lachte er und grinste Klara an, während er Theresa nur einen kurzen Blick zuwarf. „Du solltest Fräulein Fuchs das Kochen nicht ganz abnehmen, Klara. Sie könnte das bisschen, was sie inzwischen gelernt hat, sofort wieder vergessen."

„Dann werden Sie sich eben wieder von Ihren eigenen Pfannkuchen ernähren müssen", presste Theresa zwischen zusammengebissenen Zähnen hervor, ohne selbst zu wissen, ob sie nur verwirrt oder diesmal tatsächlich wütend auf den Tierarzt war. Sie kannte doch seine spöttische Ader inzwischen gut genug, um seine Sticheleien nicht ernst zu nehmen. Doch Klaras Worte zuvor und die Tatsache, dass sie sich mehr und mehr in diesen Mann zu verlieben begann, obwohl sie dies eigentlich nicht sollte, ließen sie aufbrausender reagieren, als es ihr eigentlich zumute war. Ein wenig beschämt verließ sie die Küche und ahnte, dass Lukas und Klara ihr nachsahen.

Sie hörte seine tiefe Stimme fragen: „Habe ich etwas Falsches gesagt?"

„Ach, Lukas. Sie ist verwirrt und leidet unter ihrem Zustand. Alles, was wir sagen, kann sie falsch verstehen."

„Dann werde ich mich wohl entschuldigen müssen", seufzte er, und Theresa beeilte sich, schnell die Treppen hinaufzustürmen. Sie würde es nicht ertragen können, wenn sich Lukas Biber nun auch noch bei ihr dafür entschuldigte, dass sie unfreundlich auf seine von ihr sonst mit Leichtigkeit zurückgegebenen Frechheiten reagiert hatte.

Fröhliche Kinderstimmen drangen durch das offene Fenster aus dem Garten in das Arbeitszimmer herein. Lukas legte seinen Griffel beiseite und lauschte auf das Lachen und Rufen. Sein Blick wanderte zu der gerahmten Fotografie von Marianne hinüber. Ein wenig wehmütig lächelte er das Bild an. Marianne hatte sich immer viele Kinder gewünscht.

Jemand klatschte in die Hände, und dann war Theresas Stimme zu hören, die die ausgelassenen Kinder ein wenig zur Ruhe ermahnte. Die Fröhlichkeit in ihrer Stimme ließ sie kein bisschen streng erscheinen, und doch reagierten Anna und die Rieble-Kinder auf ihre Aufforderung, und Lukas lächelte anerkennend vor sich hin.

Wieder sah er auf die Fotografie und runzelte leicht die Stirn. Es war nicht einfach, das Gefühl der Liebe zu Marianne allmählich in den Hintergrund treten und daraus das angenehme Gefühl wunderschöner Erinnerungen werden zu lassen und gleichzeitig diese stürmische Verliebtheit zu spüren, die er für das rothaarige, temperamentvolle Mädchen empfand, das ihn und sein Leben in den letzten Wochen vollkommen auf den Kopf gestellt hatte. Zum einen fühlte er sich Marianne gegenüber ein wenig schuldig, zum anderen wusste er nicht, ob seine Liebe zu Theresa jemals erwidert werden würde und wie lange sie ihm überhaupt noch blieb.

Mit hochgezogenen Augenbrauen wandte er sich wieder seinen Papieren zu und sofort verfinsterte sich sein Blick. Das Abbrennen des Bauernhauses hatte seine ohnehin schon schwierige finanzielle Situation nicht gerade verbessert. Die Landwirtschaft brachte zwar Erträge ein, doch auch mit seinem eigenen Einkommen und dem bisschen, was sein Bruder ihm für das Haus zuschoss, würde er den Gutshof wohl nicht mehr lange halten können.

Lukas stützte sein Kinn in die linke Hand und begann erneut, lange Zahlenreihen in verschiedene Listen zu schreiben und zu addieren, während sich der Zeiger auf der Wanduhr in großen Schritten weiterbewegte. Ungehalten schüttelte er den Kopf. Gleichgültig, wie oft er alles durchrechnete, es kam nichts anderes dabei heraus, als dass er und Anna, ebenso wie Markus und Isolde, sich wohl sehr bald nach einem anderen, kleineren Zuhause würden umsehen müssen.

Als Lukas wieder von seinen Papieren aufsah, war es draußen leise geworden. Vermutlich saßen die jüngeren Kinder bereits bei der Abendmahlzeit und die älteren halfen ihrem Vater unten im Stall. Er erhob sich seufzend und trat an das offene Fenster. Da sein Büro ein Eckzimmer war, konnte er von dort aus sowohl in den Hof als auch über die Stadt und den Garten bis zum See hinunterblicken.

Im Garten bewegten sich zwei Frauengestalten langsam zwischen den Rosensträuchern hindurch und schienen in ein sehr vertrauliches Gespräch vertieft zu sein. Lukas öffnete den Flügel ganz und beugte sich ein wenig hinaus. Im Schein der Spätnachmittagsonne konnte er Theresas Haar rot aufleuchten sehen. Die Haare der anderen Frau waren unter einer Haube verborgen. Verwundert stellte er fest, dass es sich bei dieser Person um Hannah Werner handelte.

Er runzelte die Stirn. Hannah Werner und Theresa sahen sich in letzter Zeit immer häufiger. Eigentlich gab es gegen diese Treffen wenig einzuwenden, wären da nicht die Leute aus der Stadt, die ihre eigenen Theorien zu entwickeln begannen, was die Freundschaft der beiden jungen Frauen betraf. Zwar hatte er gehört, dass Hannah seit ihrem ersten Gottesdienstbesuch alle Männer davonjagte, die an ihrer Hintertür klopften, und auch ihr äußeres Erscheinungsbild deutete auf eine Wandlung der Frau hin, doch diese mochte in ihrem Herzen und vor Gott vollzogen worden sein, nicht jedoch in den Gedanken und Ansichten der Menschen im Tal. Aus diesem Grund waren ihre Pläne bezüglich eines Gasthauses mit Restaurant wohl auch zum Scheitern verurteilt.

Das Lachen der beiden jungen Frauen riss ihn aus seinen Gedanken, und er wich ein wenig vom Fenster zurück, als sie in seine Richtung kamen. Er wollte nicht entdeckt werden.

In diesem Moment klopfte es kurz an die Tür und Lisa stürmte herein. „Was gibt es denn?", fragte Lukas und wandte sich dem kleinen Mädchen zu, das ihn mit einem fröhlichen Lächeln ansah und nachdenklich die Kinderstirn in kleine Falten legte.

Lisas Hände spielten ein wenig aufgeregt mit ihrem grauen Rock, da sie sich offenbar der Wichtigkeit der ihr übertragenen Aufgabe sehr bewusst war und alles richtig machen wollte. „Es ist ein Mann unten an der Tür. Du sollst schnell kommen. Sein Pferd hat sich verletzt."

„Weißt du, ob er das Pferd mitgebracht hat?"

„Es steht in seinem Stall. Er ist auf einem anderen Pferd da. Auf einem ganz schönen!", ergänzte Lisa mit einem Strahlen in den Augen.

„Vielen Dank, Lisa. Würdest du mir helfen, meine Ausrüstung hinunterzutragen?"

Lisa nickte begeistert und nahm eine Tasche mit Operationsinstrumenten entgegen, die sie stolz die Stufen hinuntertrug, um sie ihm an der Tür wieder zu überreichen.

„Sagst du deiner Mama und Tante Theresa, dass ich nochmals fortmusste?"

„Das mache ich, Onkel Lukas!", strahlte Lisa und drehte sich sofort um, um auch diesen Auftrag pflichtbewusst zu erfüllen.

Ein Kaufmann aus der Nachbargemeinde stand vor der Tür und

spielte ungeduldig mit den Zügeln seines Pferdes. „Grüß Gott, Lukas", sagte er. „Tut mir leid, dass ich dich noch mal bemühen muss, nachdem du erst heute Morgen bei uns warst."

„Was ist denn passiert?", erkundigte sich Lukas, während er in Richtung Stall ging, um dort sein Pferd zu satteln.

Der Mann folgte ihm und berichtete, dass eine seiner besten Zuchtstuten beim Sprung über ein Hindernis gestürzt war. Dabei fluchte er auf seinen Sohn, der das Tier so wild geritten hatte.

Lukas nickte und hievte den Sattel auf den Rücken seiner Stute, zog den Sattelgurt fest und befestigte seine unverzichtbare Tasche daran.

Lukas sattelte seine Stute ab, rieb sie trocken, gab ihr Futter und frisches Wasser und stieg dann langsam den letzten steilen Wegabschnitt zum Gutshaus hinauf.

Die Sonne war bereits hinter den bewaldeten Höhenzügen verschwunden und tauchte den Himmel in ein warmes Orange. Die Luft, vom Surren der Insekten erfüllt, war noch immer angenehm warm. Deshalb verwunderte es ihn auch nicht, Karl im Hof auf einer der Bänke anzutreffen, wo er das Zuggeschirr seiner Ochsen einfettete.

„Na?", grüßte dieser.

Lukas stellte die Tasche auf den Boden und ließ sich neben seinem Freund nieder.

„Du warst lange fort."

„Der Sohn vom Kriebler hat eine der besten Stuten seines Vaters zum Krüppel geritten."

„Konntest du noch etwas tun?"

„Nachdem er mich zwei Stunden daran gehindert und mich gebeten hat, dies und das zu versuchen, habe ich sie erschossen", brummte Lukas und streckte die Beine weit von sich.

„Das gibt Ärger für den Sohnemann", mutmaßte Karl und setzte seine Arbeit mit gleichmäßigen Bewegungen fort.

„Was ist mit deinem? Ist er langsam wieder der Alte?"

„Helmut? Brummig und unfreundlich. Aber mit brummigen und unfreundlichen Gesellen kenne ich mich ja mittlerweile aus", murmelte Karl und warf ihm einen kurzen, vielsagenden Seitenblick zu, der Lukas zu einem schiefen Grinsen veranlasste. „Du solltest vielleicht besser reingehen, Lukas. Klara hat dir dein Essen auf dem Tisch stehen lassen und ich kenne meine Frau – sie wird es irgendwann erbarmungslos forträumen, weil sie die Küche am Abend sauber haben will. Außerdem hat dieser rothaarige Wirbelwind nach dir gefragt!"

„Das hört sich beides bedrohlich an", scherzte Lukas, gab seinem Freund einen Schlag auf die breite Schulter, griff nach seiner Arzttasche und ging auf den Haupteingang zu.

Der junge Mann wusch sich, zog sich um und setzte sich an den noch für ihn gedeckten Abendbrottisch. Beim Essen blätterte er in der Zeitung und vertiefte sich in einen Artikel über die bevorstehende Mobilmachung Österreichs und der südlichen Staaten des Deutschen Bundes.

Die Küchentür klapperte, doch Lukas hob nur grüßend die Hand, da er sich weder beim Essen noch beim Lesen stören lassen wollte.

Jemand räusperte sich leise.

Lukas hob zwar die Augenbrauen, sah jedoch noch immer nicht auf. Er fragte sich, wie die Politiker und Diplomaten einen Krieg verhindern wollten, wenn bereits im Vorfeld so heftig über Mobilmachung, geplante Truppenstärke und Strategien verhandelt wurde.

„Dr. Biber?"

„Ja?", sagte er abwesend.

„Dr. Biber, Anna möchte Ihnen gerne etwas zeigen."

„Sofort, Fräulein Theresa." Lukas blätterte auf die nächste Seite um, einen weiteren großen Bissen von seinem Brot nehmend. Er kaute genüsslich und hatte die Anwesenheit seiner Haushälterin und seiner Tochter schon wieder vergessen.

„Würden Sie bitte einmal hersehen?" Theresas Stimme klang inzwischen deutlich ungehalten.

Lukas hob kurz den Kopf, nickte ihr zu und suchte mit den Augen wieder die Zeile, in der er soeben unterbrochen worden war.

„Was auch immer Interessantes in Ihrem Artikel stehen mag, Ihre Tochter sollte Ihnen mehr Aufmerksamkeit wert sein. Würden Sie jetzt bitte hersehen, damit ich Anna dann zu Bett bringen kann?"

„Sie kann es mir auch morgen zeigen. Ich komme gleich noch hoch und sage ihr Gute Nacht."

„Nein! Sie werden jetzt sofort die Zeitung beiseitelegen und hierhersehen!", befahl Theresa.

Mit einem missbilligenden Stirnrunzeln sah er endlich auf und betrachtete die junge Frau in der Tür, die Anna auf dem Arm hielt. „Können Sie einen müden, hart arbeitenden Mann nicht einmal in Ruhe das Abendessen einnehmen lassen?"

„Sie können meinetwegen weiteressen, aber Sie sehen sich jetzt an, was Anna gelernt hat", erwiderte Theresa unbeeindruckt.

Lukas atmete tief ein, lehnte sich auf der Bank zurück und betrachtete seine Tochter, die ihm mit müden Augen entgegenblickte. „Das Kind gehört ins Bett, Fräulein Fuchs!", brummte er und angelte mit der rechten Hand nach einer weiteren Scheibe Brot.

„Nun schenken Sie dem Mädchen doch fünf Sekunden Ihrer Aufmerksamkeit, dazu werden Sie doch wohl noch imstande sein."

„Wie Sie sehen, tue ich das bereits."

„Mit wenig Begeisterung, wie mir scheint."

„Mit so viel Begeisterung, wie ich sie am Abend eines anstrengenden Tages noch aufbringen kann."

„Sie waren heute doch kaum unterwegs, Dr. Biber", widersprach Theresa erneut.

Lukas schüttelte leicht den Kopf, konnte jedoch nur mühsam ein Lächeln unterdrücken. Wie konnte das Mädchen auch ahnen, dass der leidige Papierkram und das Jonglieren mit Zahlen ihn wesentlich mehr anstrengte als lange Ritte und die Arbeit mit den Tieren.

„Nun, *Fräulein Unnachgiebig*, Sie und Anna haben meine ungeteilte Aufmerksamkeit."

Theresa stellte das Mädchen auf seine nackten Füße und flüsterte ihm etwas zu. Anna kicherte, löste ihre Hände aus denen der Frau und tappte mit unsicheren Schritten und leicht schwankendem Gang auf ihn zu.

„He!" Lukas rutschte auf der Bank nach vorne und breitete seine Arme aus. „Das ist ja großartig!", rief er dem Mädchen zu, das mit weit auseinandergesetzten, staksigen Schritten und mit einem fröhlichen, stolzen Lächeln weiter auf den Vater zuging, um sich schließlich in dessen Arme fallen zu lassen.

„Na, sehen Sie! Das war es doch wert, einmal fünf Sekunden den Blick von dieser Zeitung zu nehmen, nicht wahr?"

„Sicher", lachte Lukas und setzte Anna auf seinen Schoß. Das Mädchen klatschte begeistert in seine kleinen Händchen und strahlte Theresa an, die sich an den Küchenschrank lehnte und die beiden beobachtete.

Lukas sah zu ihr hinüber und erkannte die Zuneigung, mit der sie das Kind ansah. Ein wenig beneidete er seine Tochter um die Möglichkeit, den ganzen Tag mit Theresa zusammen zu sein, mit ihr zu lachen und von ihr in den Arm genommen zu werden.

Er suchte ihren Blick, versuchte zu ergründen, ob sie ihn nicht mit ebensolcher Zuneigung betrachten konnte, doch als sie seinen Blick bemerkte, nickte sie nur kurz, stieß sich von dem Schrank ab und kam langsam auf ihn und seine Tochter zu. „Jetzt wird es aber Zeit fürs Bett, Anna", sagte sie leise und streckte dem Kind die Arme entgegen.

Anna löste sich von ihm, streckte ihrerseits die Arme aus und Theresa nahm sie hoch.

„Gute Nacht, Anna", murmelte Lukas und lächelte, als das Kind ihm zuwinkte, wobei es seine kleinen Finger beugte und streckte.

Theresa verschwand eilig aus der Küche. Er hörte sie singen und

Anna begeistert auflachen und traurig schob er sich wieder auf die Bank zurück. Weshalb mussten die Umstände so schwierig sein, und weshalb musste die Zukunft unweigerlich eine Trennung von der fröhlichen, temperamentvollen jungen Frau mit sich bringen? Lukas schloss die Augen und versuchte zu beten, was ihm aufgrund seines desolaten Gefühlszustandes zuerst sehr schwerfiel. Immer wieder schoben sich Begebenheiten und Erinnerungen mit Theresa in seine Gedanken und wollten ihn ablenken. Schließlich gestand er sich ein, dass seine Gefühle für die junge Frau zu stark waren, um sie einfach zu verdrängen oder weiterhin als Schwärmerei abzutun, und als er dies auch vor seinem Gott eingestand, konnte er seine Gedanken, Gefühle und Überlegungen endlich in ein halbwegs geordnet formuliertes Gebet packen.

Kapitel 46

Thomas sah noch einmal prüfend an sich herunter. Er trug zwar seinen besten Anzug, doch auch dieser vermochte nicht zu verheimlichen, dass er kein vermögender Student war. Schließlich zog er die Schultern leicht in die Höhe. Sowohl Christine als auch ihr Vater wussten, was er war, und würden ihn aufgrund seiner mangelhaften Kleidung kaum des Hauses verweisen. Zudem zogen sie es sicherlich vor, ihren Gast in etwas weniger festlichen Privatkleidung statt in der Uniform eines Österreichers zu begrüßen. Immerhin war die offizielle Einladung der Doorns bereits überraschend genug für ihn gewesen.

Eine Angestellte führte ihn den langen Flur entlang und öffnete die große geschnitzte Tür zum Esszimmer. An einem festlich gedeckten Tisch, der von funkelnden Kronleuchtern und unzähligen Tischkerzen beleuchtet wurde, saßen bereits Christine, Malte und der General.

Die beiden Männer erhoben sich, während die junge Frau Thomas mit einem strahlenden Lächeln bedachte und dann schnell den Kopf senkte.

„Herr Wieland, schön, dass Sie unserer Einladung nachkommen konnten." General Doorn streckte ihm seine Rechte entgegen und schüttelte seine Hand.

Malte folgte dessen Beispiel und zwinkerte ihm verschwörerisch zu. „Ich sagte dir doch, wenn mein Onkel erst einmal davon überzeugt ist, dass du ein großartiger Mann bist, und Christine ihn dazu bringen kann, dich als zukünftigen Schwiegersohn zu sehen, wird er alles dafür tun, seine Tochter glücklich zu machen", flüsterte er ihm zu. „Diese Einladung könnte ihm einige Schwierigkeiten einbringen, sollte irgendjemand in den politischen oder militärischen Kreisen vermuten, dass es mehr war als ein weiteres Prüfen deiner Person."

„Ist es das nicht?"

„Doch, aber auf anderer Ebene, als viele vermuten werden."

Thomas nickte und ging zu Christine hinüber, um diese mit der gebotenen Zurückhaltung zu begrüßen.

Nach der Mahlzeit wechselte man in den Salon hinüber, und dort gestattete ihm General Doorn, dass er gemeinsam mit Christine auf einer Couch Platz nehmen durfte. Es entwickelte sich ein entspanntes Gespräch, bei dem Thomas aus freundlichem Interesse heraus unzählige Fragen gestellt wurden, die er so ausführlich wie möglich beantwortete.

Schließlich kam der General auf seine Schwester Marika zu sprechen: „Ich habe mich umgehört, Herr Wieland. Ich würde Ihnen gerne sagen, dass Ihre Schwester hier ist, doch es gibt keine Marika Wieland oder überhaupt eine Frau, die Ihrer Beschreibung ähnlich ist."

Thomas schüttelte traurig den Kopf. „Danke, General Doorn, dass Sie sich die Mühe gemacht haben, mir bei meiner Suche nach Marika zu helfen."

„Ich habe einige meiner Freunde beim Militär angeschrieben,

die sich in anderen Gegenden aufhalten. Sie werden ihre dortigen Gefängnisse nach Ihrer Schwester absuchen. Ob ich jedoch etwas für sie tun kann, falls sie dort irgendwo auftauchen sollte, wage ich zu bezweifeln, Herr Wieland."

„Es würde schon ausreichen, wenn meine Familie und ich endlich wüssten, was mit ihr geschehen ist, und wir ihr ein wenig Hilfe zukommen lassen könnten, bis sich alles geklärt hat."

„Oder bis Sie sich an ihrer statt der preußischen Militärjustiz übergeben?"

Thomas warf der erschrocken zusammenzuckenden Christine einen kurzen, ernsten Blick zu und wandte sich wieder an den aufmerksamen General. „Oder das", bestätigte er leise.

„Ich fürchte, wir werden nicht mehr sehr viel Zeit haben, nach deiner Schwester zu suchen, bevor du diese Gegend wieder verlassen musst", warf Malte ein.

„Da hast du wahrscheinlich recht", murmelte Thomas.

„Bismarck hat die etwas unglückliche Zustimmung Österreichs zur Verwaltung Holsteins und das mir unverständliche Beharren darauf, dass es eine provisorische Regelung sei, zu Preußens Gunsten auszunutzen gewusst", sagte Malte und warf Thomas einen Blick zu, der ihn wohl um Entschuldigung bitten sollte.

„Du meinst, dieser Fehler der österreichischen Regierung hat es ihm ermöglicht, einige Zwischenfälle zu inszenieren, von denen er sich eine Einleitung unkluger Maßnahmen durch Österreich erhofft, die ihm als Vorwand dienen können, einen Krieg zu erklären?"

„Sie sind gut informiert, junger Mann", brummte General Doorn.

„Gleichzeitig hat sich unser Ministerpräsident mit Napoleon in Biarritz getroffen und sich mit ihm geeinigt, im Falle eines innerdeutschen Krieges und einer erfolgreichen Annexion der Gebiete für Frankreichs Neutralität einige territoriale Entschädigungen am Rhein zu leisten", fügte Christine hinzu.

„Ihre Tochter ist ebenfalls sehr gut informiert, General Doorn", wandte sich Thomas mit leicht scherzendem Tonfall an Christines Vater.

General Doorns Augen funkelten belustigt.

„Ob sie auch schon weiß, dass Bismarck im April die Allianz mit Italien verstärkt hat und dass bei Ausbruch eines Krieges innerhalb dreier Monate Italien an preußischer Seite kämpfen und dafür mit dem österreichischen Venezien entschädigt werden würde?"

„Ich weiß sogar, sehr geehrter Herr Wieland, dass diese Absprache gegen die Verpflichtung innerhalb des Deutschen Bundes verstößt, keine Bündnisse zu schließen, die sich gegen andere Mitglieder dieses Bundes richten."

„Wunderbar, Fräulein Doorn, dann wird Ihnen auch klar sein, dass dieser Bundesbruch für Österreich Grund genug sein könnte, Preußen den Krieg zu erklären?"

„Sprechen die Menschen in Österreich deshalb so großartig davon, wie leicht sie zu siegen gedenken?" Christine blitzte Thomas herausfordernd an, doch dann wurde ihr Blick wieder sanfter.

„Sie sollten Ihre Besprechungen in einer geheimeren Atmosphäre abhalten, General Doorn", murmelte Thomas.

„Ich glaube es einfach nicht. Ich sitze hier mit einem preußischen General, einem österreichisch-ungarischen Studenten, der verdächtigt wird, für den österreichischen Nachrichtendienst zu arbeiten, bin selbst preußischer Leutnant und muss mir von einer jungen Dame anhören, wie die Pläne der Preußen und Österreicher für die nächsten Wochen aussehen werden." Malte schüttelte langsam den Kopf.

General Doorn begann schallend zu lachen, seine Tochter und Malte fielen in diesen Fröhlichkeitsausbruch mit ein, und schließlich lächelte auch Thomas, der zuerst ein wenig unsicher in die heiteren Gesichter geblickt hatte.

„Vielleicht sollten wir uns darauf einigen, in dieser Runde politische Themen zu meiden?", schlug er leise vor.

„Darf ich Ihre Worte so deuten, dass Sie sich gerne wieder von Christine und mir einladen lassen würden?"

„Das dürfen Sie, General Doorn."

„Solange es die politischen und militärischen Gegebenheiten noch zulassen, sind Sie ein gern gesehener Gast in diesem Haus, Herr Wieland. Aber ich denke, wir sollten auf Ihren Vorschlag, politische Themen zu meiden, eingehen."

Thomas nickte und lächelte Christine glücklich zu. Eine Hürde, die er befürchtet hatte niemals überwinden zu können, war an diesem Tage aus dem Weg geräumt worden, und das hatte er, so seltsam es auch sein mochte, dem Attentat auf Graf von Bismarck zu verdanken. Nachdenklich senkte er den Blick. Er dankte Gott im Stillen dafür, wie er aus schrecklichen Begebenheiten immer auch etwas Gutes erwachsen lassen konnte.

Es klopfte leise an der Tür und wenige Sekunden später stand ein imposanter Mann in der Galauniform der Preußen im Türrahmen. Er nickte Christine mit breitem Lächeln zu, doch als er Thomas Wieland neben ihr entdeckte, wurden seine Augen klein, und ein hässlicher, wütender Zug legte sich um seinen Mund.

Thomas runzelte die Stirn und betrachtete die junge Frau neben sich, die wenig Begeisterung über das Erscheinen dieses Gastes zeigte.

Kapitel 47

Die Musiker stimmten ein weiteres Stück an, und die Frauen in ihren durch die Krinolinen weit aufgebauschten Kleidern bewegten sich mit ihren Tanzpartnern, die zumeist Uniformen trugen, in wunderbarer Gleichmäßigkeit und Anmut über den mit dunklen und hellen Marmorplatten ausgelegten Tanzboden. Der Duft von Parfüm und Tabak lag in der Luft und mischte sich mit dem der weißen Fliedersträuße, die entlang der mit großen Gemälden geschmückten Wände in grandiosen Arrangements aufgestellt worden waren.

Fröhliches Gelächter drang aus der einen Ecke herüber, während in der anderen einige Uniformierte und Zivilisten lautstark miteinander diskutierten. Von irgendwo klang der glockenhelle Ton aneinanderschlagender Sektkelche herüber. Theresa Wieland schloss für einen Augenblick die Augen, um die vielfältigen Geräusche bewusst in sich aufzunehmen.

„Geht es Ihnen nicht gut, Fräulein Wieland?", fragte eine männliche, inzwischen sehr vertraute Stimme.

Erschrocken riss sie ihre dunklen Augen weit auf. „Doch, ausgezeichnet, Leutnant Faber", stotterte sie und bot dem Mann ihre Hand, die dieser in die seine nahm und zu einem Handkuss an seinen Mund führte.

„Es freut mich sehr, Sie heute Abend hier anzutreffen, Fräulein Wieland, zumal ich Ihnen etwas Wichtiges mitzuteilen habe."

Theresa spürte deutlich ihren eigenen Herzschlag. Sie lächelte den jungen Uniformierten so unverbindlich wie möglich an, konnte ihre Aufregung jedoch kaum verbergen. Wollte er andeuten, dass er bereit war, mit ihrem Vater über eine Heirat mit ihr zu sprechen? Ging möglicherweise ein wunderschöner Traum in Erfüllung – nach dem Albtraum um das Verschwinden ihrer Schwester und dem plötzlichen Abschied von Thomas?

„Würden Sie mich auf den Balkon hinausbegleiten, Fräulein Wieland?"

Theresa fühlte das angenehme aufgeregte Ziehen in ihrer Magengegend. Am liebsten hätte sie lauthals zugestimmt. Doch sie musterte, wie ihre Mutter es sie gelehrt hatte, zuerst den vorgeschlagenen ruhigeren Platz. Er war vom Ballsaal aus einsichtig – es war also nichts Verwerfliches daran, sich dorthin zurückzuziehen –, dennoch bot er eine ruhige, durch den milden Mondschein sogar romantische Kulisse für ein Gespräch mit dem jungen Mann, der ihr Herz im Sturm erobert hatte. „Gerne, Leutnant Faber", flüsterte sie. Dabei konnte sie die Aufregung in ihrer Stimme nur mühsam unterdrücken.

Der Mann bot ihr seinen Arm und sie legte ihre Hand auf diesen. Gemeinsam verließen sie den überhitzten Saal und traten hinaus auf den Balkon.

Theresa sog die frische, klare Nachtluft dieses Maiabends tief in sich ein. Sie wollte sich immer an den Geruch dieses kühlen Abends, an die halbrunde Sichel des milchig wirkenden Mondes, an die langsam an diesem vorüberziehenden Wolkenfetzen, die leise Musik und das Gelächter der Gäste im Hintergrund und die Weinranken um die verschnörkelten Holzgitter der Balkonbrüstung erinnern können. Denn dieser Augenblick würde so einmalig und wunderschön sein wie kein anderer zuvor und wohl auch kein anderer danach.

„Fräulein Wieland?"

„Ja?" Theresa löste ihre Hand von seinem Arm, um sich ihm ganz zuwenden zu können. Aufrecht stand sie vor ihm, faltete die Hände vor ihrem dunkelrot schimmernden Reifrock zusammen und wartete auf das, was sie sich seit Wochen so sehr wünschte.

Der Leutnant musterte sie und runzelte die Stirn. Dann schüttelte er leicht den Kopf und wandte sich von ihr ab. Er legte seine Hände auf die Brüstung und blickte in den parkähnlichen Garten hinab. „Ich muss Ihnen leider mitteilen, dass ich versetzt werde, Fräulein Wieland."

Theresa atmete tief ein und senkte schnell den Kopf. Niemand – vor allem nicht der Leutnant – sollte die bittere Enttäuschung sehen können, die sie wie eine eiskalte Woge überflutete. Tränen schossen ihr in die Augen und sie schimpfte sich eine dumme Gans. Hatte sie ernsthaft gehofft, dass ihre Träume wahr werden würden? Äußerlich ruhig blieb sie stehen, wandte sich ebenfalls der Balkonbrüstung zu und begann einige Blätter des wilden Weines, der sich an der Hauswand und der Brüstung entlanghangelte, abzuzupfen und hinunterzuwerfen. Sie schloss die Augen und betete im Stillen zu ihrem himmlischen Vater, um ihn um seinen Beistand zu bitten.

Eine schwere Hand legte sich auf ihren Unterarm und ruhte dort für einen kurzen Augenblick, bis sie langsam wieder zurückgezogen wurde. „Ich gehe nur sehr ungern, Fräulein Wieland, da ich hoffte, Ihnen mit Erlaubnis Ihres Vaters den Hof machen zu dürfen. Doch das Militär ruft und ich muss diesem Ruf folgen. Aber ich hoffe, bald wieder zu Ihnen zurückkehren zu können."

Theresa hob langsam die Augenlider, wandte dem jungen Mann den Kopf zu und genierte sich plötzlich nicht mehr, ihm ihre Tränen zu zeigen.

Ein kurzes Lächeln war die Reaktion Anton Fabers, ehe er sich ruckartig abwandte und in den Ballsaal hineinsah. „Mein einziger Trost ist, dass ich Sie hier in Sicherheit weiß und vielleicht darauf hoffen darf, dass Sie auf mich warten werden, Fräulein Wieland. Ein Weiteres ist, dass ich hoffe, in Berlin Ihren Bruder zu treffen. Vielleicht kann ich ihm bei seinen Nachforschungen bezüglich des Verschwindens Ihrer Schwester Marika zur Seite stehen."

„Sie gehen nach Berlin?"

„Ich bin General Meierling zugewiesen worden. Es gibt ein paar undichte Stellen in unserem Außenministerium, und ich soll den Mann, der im Verdacht steht, für die Gegenseite zu arbeiten, beobachten und notfalls der Militärpolizei übergeben."

Theresa schüttelte irritiert den Kopf. Sie verstand nicht viel von diesen politischen und militärischen Wirrnissen, in die das Kaiserreich Österreich gerade hineinzuschlittern begann. Doch sie war erleichtert, dass Leutnant Faber ihr indirekt doch seine Zuneigung bekundete und sogar ihrem Bruder helfen wollte, Marika zu finden, auch wenn sie nicht verstand, warum die beiden Männer davon ausgingen, dass diese ausgerechnet in Berlin sein sollte.

„Ich bin heute nur deshalb auf diesen Ball gekommen, um Sie zu sprechen. Ich wollte mich von Ihnen persönlich verabschieden und Sie um Erlaubnis bitten, nach meiner Rückkehr mit Ihrem Vater sprechen zu dürfen."

Theresa atmete tief ein. So schrecklich sie das Fortgehen Anton Fabers fand, so sehr freute sie sich über seine letzten Worte.

Wieder senkte sie den Kopf, beobachtete den Leutnant jedoch aus dem Augenwinkel und erwiderte mit heftig schlagendem

Herzen: „Das dürfen Sie gerne tun. Also bitte: Kommen Sie schnell und gesund wieder, Leutnant Faber."

Anton Faber verbeugte sich zum Abschied und ließ Theresa Wieland allein auf dem Balkon zurück.

Anton Faber verließ den Ballsaal und verabschiedete sich vom Sohn des Hausherrn, den er mehr zufällig in der Eingangshalle traf.

„Das war aber ein kurzer Besuch, Anton."

„Ich muss noch heute Nacht abreisen, Konstantin. Ich hatte nur etwas zu erledigen."

„Ah, die junge Wieland! Ein hübsches Ding. Schade nur, dass sie beinahe wie in Trauer ist."

Leutnant Faber nickte, um einer Entgegnung zu entkommen, entbot einen militärischen Gruß und eilte die Stufen zur Haustür hinunter, die ihm von zwei Dienern weit geöffnet wurde. Auf der Treppe verharrte er einen Augenblick und suchte mit den Augen die lange Auffahrt nach seiner Kutsche ab.

Als er über den unter seinen Stiefeln knirschenden Kiesweg ging, fragte er sich, wie die junge Frau es wohl aufnehmen würde, wenn sie erfuhr, dass ihr Bruder der Mann war, auf den er von General Meierling angesetzt worden war. Offenbar hatte sich der junge Wieland mit einem preußischen Mädchen eingelassen, dessen Vater ein hochrangiger militärischer Berater König Wilhelms war. Das konnte dem österreichischen Außenministerium und den Militärs nicht gefallen …

Kapitel 48

Die imposante, bedrohlich wirkende Erscheinung wurde Thomas als Götz Beck vorgestellt. Aus Maltes und Christines Erklärungen wusste er, dass er ein weiterer weitläufiger Verwandter der Hohenzollern war, und zwar genau derjenige, der gerne eine Verbindung mit dem Hause Doorn eingehen wollte und ihm höchstwahrscheinlich die Schläger in der dunklen Gasse auf den Hals gehetzt hatte.

„Es verwundert mich doch sehr, Martin, einen Gast bei dir anzutreffen, der einen Wiener Akzent zu sprechen scheint", kritisierte der Offizier geradeheraus. Thomas ballte in Erwartung eines unangenehmen Gesprächs die Hände zu Fäusten. Dabei traf ihn der warnende Blick Maltes, der um sein Temperament wusste. Thomas nickte ihm zu. Er würde willentlich keine weitere Begegnung mit den schlaggewaltigen Freunden von Beck provozieren.

„Herr Wieland stammt aus Ungarn, Götz", erwiderte General Doorn gelassen und nickte seinem Gast kurz zu. „Er hat einige Jahre in Wien verbracht, studiert nun aber hier in Berlin Musik." Er wandte sich an Thomas. „Möchten Sie uns Ihr Können nicht einmal vorführen?"

Thomas nickte zustimmend. Vermutlich hatte Christines Vater nicht vorgehabt, seinen Gast an den im Hintergrund stehenden Flügel zu bitten, doch fand er es wohl angebracht, die Lage durch ein wenig Musik wieder zu entspannen.

Thomas räumte nur widerwillig seinen Platz neben Christine, den Götz Beck sofort unaufgefordert einnahm, und trat an den schwarzen, glänzenden Flügel. Langsam ließ er sich auf dem Klavierhocker nieder, klappte den Tastaturdeckel auf und begann zu spielen. Er bemühte sich, ausschließlich Werke deutscher Komponisten zum Besten zu geben, abschließend spielte er jedoch einen feurigen ungarischen Tanz, der ihm den begeisterten Beifall Christines einbrachte.

„Sie scheinen tatsächlich ein begabter Musikstudent zu sein, Herr Wieland", brummte Götz Beck.

„Warum auch nicht?", erwiderte Thomas.

Christine sah ihn mit einem belustigten Zwinkern an, und Thomas setzte sich in einen noch freien Sessel, der unangenehm weit von der Dame seines Herzens entfernt stand.

Götz Beck zog General Doorn in eine leise Unterhaltung, und nachdem sich Malte, Christine und Thomas eine Zeit lang unterhalten hatten, beschloss Thomas, das Feld zu räumen.

Er verabschiedete sich von seinem Freund, von Christine, dem General und schließlich auch von Götz Beck. Dieser musterte ihn mit zusammengezogenen Augenbrauen und nickte ihm militärisch knapp zu, als habe der Offizier einen einfachen Untergebenen entlassen. In Thomas wallte einen kurzen Moment Protest auf, doch schon schob Malte ihn in den Flur hinaus.

„Auf den hätten wir verzichten können", murmelte der Leutnant leise.

Thomas bedachte ihn mit einem dankbaren Blick. „Lass es gut sein, Malte. Der Abend ist für mich ausgesprochen gut gelaufen und vielleicht kann der General tatsächlich noch etwas über den Verbleib Marikas herausfinden. Einen besseren Helfer konnte ich nicht finden."

„Lass das nicht Christine hören. Sie könnte annehmen, du hättest ihre Gegenwart nur gesucht, weil du an ihren Vater heranwolltest."

„Diese Thematik kam schon einmal auf, Malte, doch da ging es um militärische und politische Informationen. Damals schickte Christine dich wie einen Laufburschen, um mich zu einem klärenden Gespräch zu holen. Du erinnerst dich sicher?"

„Du bist einfach in zu viele ungute Begebenheiten verwickelt, Thomas. Und ich fürchte, dein Zusammentreffen mit Cousin Beck ist da nicht gerade förderlich. Du könntest eine weitere Front um dich her eröffnet haben."

„Solange ich einen preußischen General, einen preußischen Leutnant und eine preußische Herzdame an meiner Seite habe, fürchte ich keinen Mehrfrontenkampf."

„Vielleicht solltest du das aber", murmelte Malte und sah so besorgt und bekümmert aus, dass Thomas ihm aufmunternd auf die kräftige Schulter klopfte.

„Danke für alles."

„Wofür?"

„Für deine Mithilfe bezüglich des Generals. Nie hätte ich gedacht, auch nur den Hauch einer Chance zu haben, Christine offiziell den Hof machen zu dürfen."

„Ich habe nicht sehr viel dazu beigetragen, Thomas. Du bist ein freundlicher, ehrlicher Mensch, der vielleicht einer falschen Berufung nachgeht, doch das mag man deiner unwissenden, temperamentvollen Jugend nachsehen." Er grinste. „Christine jedoch kann nicht nur sehr liebreizend und einnehmend sein, sondern auch sehr bestimmt und fordernd – natürlich in einer sehr angenehmen und umschmeichelnden Art, der General Doorn nur wenig entgegenzusetzen hat."

„Die weibliche Art der Kriegsführung?"

Malte lachte und reichte ihm zum Abschied die Hand, da sie die große Eingangstür erreicht hatten. „Eine sehr erfolgreiche Art der Kriegsführung, wenn du mich fragst", prustete er und hielt sich mit der linken Hand seinen nicht gerade schlanken Bauch.

Kapitel 49

Theresa wischte sich mit dem Ärmel den Schweiß von der Stirn und lächelte dem frisch gebadeten Gerd zu. Sie gab ihm einen leichten Klaps auf den Po und schickte ihn zu seiner Mutter, da sie auch noch Anna und Lisa baden musste.

Verwundert sah sie sich um. Sie hatte die beiden Mädchen mit der Anweisung, sich möglichst leise zu verhalten, im Flur spielen lassen, doch nun war von ihnen nichts zu sehen. Theresa runzelte die Stirn und suchte in den verschiedenen Zimmern nach den beiden. Doch außer dem kleinen Lederball, mit dem die beiden Mädchen gespielt hatten, konnte sie nichts finden.

„Anna? Lisa?", rief sie halblaut durch den Flur, in dem es wegen der geschlossenen Zimmertüren sehr dunkel war.

Schwere Schritte auf der Treppe sagten der jungen Frau, dass sich Lukas Biber auf dem Weg zu ihr hinauf befand, und sie ging ihm entgegen. Vielleicht hatte er die beiden unternehmungslustigen Mädchen ja unten angetroffen.

„Sie sehen aus, als hätten Sie selbst ein Bad genommen, statt die Kinder zu waschen", lachte der junge Mann und wandte sich der Tür zu, hinter der sich sein großer Arbeitsraum befand.

„Da sehen Sie einmal, was für eine Schwerstarbeit es sein kann, ein paar Kinder zu versorgen."

„Möchten Sie eine Gehaltserhöhung?", fragte er spöttisch und griff nach der Türklinke.

„Danke für das nette Angebot", entgegnete sie schnell und schenkte ihm ein belustigtes Lächeln. „Haben Sie Anna und Lisa gesehen?", fragte sie schließlich.

„Tut mir leid, nein."

„Ich gehe sie suchen. Vielleicht sind sie bei Marga", beeilte sich Theresa zu sagen, drehte sich ruckartig um, sodass der graue Rock um ihre Beine wirbelte, und eilte den Flur mit schnellen Schritten wieder hinunter. Sie hörte, wie Dr. Biber die Tür seines Arbeitszimmers öffnete und einen entrüsteten Ruf ausstieß. Sofort bremste sie mit beiden Händen an einem Türrahmen ihren Schwung ab, wirbelte erneut herum und eilte den Flur wieder in Richtung Treppenhaus zurück.

Eine donnernde Stimme schlug ihr entgegen und schickte ihr einen erschrockenen, kalten Schauer über den Rücken. Sie hatte den Hausherrn früher des Öfteren mürrisch und unfreundlich, jedoch noch nie so wütend erlebt.

Gerade als sie den Türrahmen erreicht hatte und einen Fuß über die gut zehn Zentimeter hohe Schwelle setzen wollte, flitzte Lisa an ihr vorbei. Das Mädchen schien nur ein Ziel zu haben: die schützenden und tröstenden Arme seiner Mutter.

In dem Wissen, dass diese sich um ihr aufgelöstes, erschrockenes Mädchen kümmern würde, betrat Theresa den Arbeitsraum und blickte entsetzt auf das darin herrschende Chaos. Der dunkle Holzboden war mit Papieren übersät, und dazwischen lag ein umgeworfenes Tintenfass, aus dem dunkle Flüssigkeit über die Papiere lief und einen hässlichen Fleck auf dem Holzboden zeichnete. Die kleine Anna stand vor dem Sekretär, bleich, zitternd und mit furchtsam um ihren Körper geschlungenen Armen, und blickte zu ihrem wütenden Vater hinauf. Theresa gewann den Eindruck, als wünsche auch sie sich, wie ihre Freundin irgendwohin verschwinden zu können. Als das Kind sie entdeckte, schossen ihm augenblicklich Tränen in die Augen. Es lief mit wackeligen Schritten an seinem Vater vorbei und warf sich auf Theresa, die rechtzeitig in die Hocke ging, um das Kind aufzufangen.

Der Tierarzt wandte sich zu seiner Tochter um und schimpfte weiter auf sie ein, während diese sich noch enger an ihr Kindermädchen drückte.

Theresa spürte das heftige, ängstliche Zittern des Kindes, nahm es auf den Arm und erhob sich, während Lukas Bibers Stimme weiterhin laut durch den Raum hallte. „Sind Sie jetzt fertig?", fragte sie scheinbar ruhig, aber so laut, dass der Mann innehielt.

„Fertig? Noch lange nicht! Sehen Sie sich an, was die beiden Gören hier angerichtet haben."

„Sie haben Unordnung gemacht und ein paar Schriftstücke zerrissen, die sich sicher ersetzen lassen. Um die hässlichen Flecken werde ich mich kümmern, Dr. Biber", erwiderte Theresa kühl und wandte sich der Tür zu.

„So einfach ist das nicht, Fräulein Theresa!", donnerte seine Stimme hinter ihr her.

Sie blieb unter dem Türrahmen stehen. „Doch, so einfach wird das sein. Es gibt keinen Grund, die beiden Mädchen derart zu verängstigen, Dr. Biber."

„Keinen Grund? Stundenlang habe ich an diesen Aufzeichnungen gesessen."

„Das tut mir sehr leid. Aber das rechtfertigt noch immer nicht Ihre Lautstärke und die harten Worte, die Sie soeben diesen beiden kleinen Mädchen entgegengeschleudert haben."

„Ich kann das nicht durchgehen lassen!"

„Dann schimpfen Sie gefälligst mit mir. Immerhin habe ich die beiden Mädchen sich selbst überlassen, anstatt auf sie achtzugeben."

Der Mann hob die Augenbrauen.

Theresa blickte ihn nur verständnislos an und drückte das Kind noch ein wenig fester an sich. „Ich bringe Anna jetzt zu Bett, danach können Sie mir Ihre Grobheiten dafür, dass ich Anna der Aufsicht eines vierjährigen Mädchens überlassen habe, das damit einfach überfordert sein musste, an den Kopf werfen."

„Wie soll ich Sie zurechtweisen, wenn Sie mir alle Argumente vorwegnehmen?", brummte Dr. Biber auf einmal sehr leise und wandte sich ab.

Theresa musterte den breiten Rücken des Mannes, den gesenkten Kopf und seine unruhig mit einem auf dem Tisch liegenden Buch spielende rechte Hand. Seine Haltung drückte Nachdenklichkeit und Verzweiflung aus. „Ich bringe jetzt Anna zu Bett", murmelte sie, erschrocken über ihre aufgewühlte Gefühlslage und das schmerzliche Ziehen in ihrem Inneren.

„Tun Sie das", erwiderte der junge Mann und bückte sich, um ein paar noch unbefleckte und nicht zerrissene Blätter aufzuheben.

„Wollen Sie sie nicht noch einmal in den Arm nehmen und ihr eine gute Nacht wünschen?", forderte Theresa ihn leise auf.

Lukas Biber atmete hörbar ein, ehe er sich langsam zu ihr umdrehte.

Erschrocken hob sie die Augenbrauen, als sie in das Gesicht von Annas Vater blickte. Irgendetwas schien sie warnen zu wollen, schnell die Flucht zu ergreifen, und als er mit großen, raumgreifenden Schritten auf sie zukam, wusste sie auch, warum: Er sah so aus, als wolle er nicht nur seine Tochter umarmen. Theresa streckte ihm das Kind mit ausgestreckten Armen entgegen, damit sie ihn auf Abstand halten konnte.

Der junge Mann nahm seine Tochter entgegen, und Theresa zog eilig ihre Arme zurück, ohne jedoch vermeiden zu können, dass er ihre Finger berührte. Ein verwirrendes Kribbeln jagte durch ihren Körper, und sie suchte sich einen Halt, indem sie sich mit dem Rücken gegen den gewaltigen dunklen Türrahmen lehnte.

Anna sah mit tränenüberströmtem Gesicht verunsichert zu ihrem Vater hinauf, der schließlich ein weißes Taschentuch hervorzog und ihr das Gesicht trocknete. Dann setzte er sich auf seinen Stuhl, nahm das Kind auf seinen Schoß und sprach so leise mit ihm, dass Theresa nur einige Bruchstücke verstehen konnte.

Schließlich kuschelte sich Anna an ihn und kämpfte sichtbar gegen den Schlaf an.

Lukas Biber erhob sich wieder und brachte Theresa das Mädchen an die Tür, wo sie es von ihm entgegennahm. „Warum denn nicht gleich so?", fragte sie herausfordernd.

„Es kann nicht in jedem Menschen ein so sanftmütiges und ruhiges Wesen stecken wie in Ihnen", spottete er, drehte sich um und begann erneut, einzelne Papiere aufzuheben.

Theresa sah ihm noch einen Moment zu und ging dann, um das fast schon schlafende Mädchen ungebadet zu Bett zu bringen.

Mit heftigem Schwung schleuderte Lukas Biber die zerstörten Berechnungen und Aufzeichnungen auf die Arbeitsplatte des Schreibtisches, wo sie sich fächerförmig verteilten. Er setzte sich auf den leicht knarrenden Holzstuhl, stützte die Ellbogen auf die Tischplatte und vergrub den Kopf in seinen Händen. Er hatte Stunden mit dieser ungeliebten Aufgabe verbracht und nun waren die meisten der Auflistungen unbrauchbar. Seufzend hob er den Kopf und sah die Fotografie von Marianne. Mit einer langsamen Bewegung seines Armes zog er den Rahmen ein wenig näher an sich heran und betrachtete das Bild seiner verstorbenen Frau. Die Sehnsucht nach ihr, die Leere, die sie hinterlassen hatte, war schon lange nicht mehr so schmerzlich wie zu Anfang, und das Unverständnis und die Wut, die ihn immer wieder überkommen hatten, wenn er an ihren plötzlichen Tod dachte, waren vollkommen verschwunden. Dennoch wünschte er sich gerade jetzt, ihre ruhige, freundliche und fürsorgliche Stimme hören zu können.

Sie würde ihm einen Kaffee bringen und ihn dazu ermutigen, sich wieder an die Arbeit zu machen. Er stellte die Fotografie zurück und hob den Kopf. Im Türrahmen stand Theresa und sah ihn mit leicht zur Seite geneigtem Kopf an. Als sie sah, dass er sie bemerkt hatte, drehte sie sich wortlos um und verschwand.

Lukas schüttelte den Kopf, stellte das verschmutzte, leere Tintenfässchen auf eines seiner Notizpapiere und begann, die anderen Blätter zu sortieren.

Kurze Zeit später kam Theresa zurück. Sie trug einen Putzeimer in der linken Hand, aus welchem weißlicher Dunst in die Höhe stieg, der deutlich machte, dass das Wasser sehr heiß war. In der anderen Hand hielt sie eine große braune Tontasse und auch dort deutete eine schmale, sich um sich selbst drehende Rauchfahne auf einen heißen Inhalt hin.

Vorsichtig reichte die junge Frau ihm den frisch aufgebrühten Kaffee über den Tisch, und er konnte der Versuchung nicht widerstehen, ein weiteres Mal ihre schlanken Finger zu berühren. Theresa senkte schnell den Blick und griff in die heiße Waschlauge hinein, um ein Tuch und eine kleine Bürste aus dieser herauszuholen.

„Ist das Wasser nicht zu heiß?", fragte er erschrocken, als er ihre nassen, geröteten Hände sah, mit denen sie begann, die Spuren der Tinte von seinem Schreibtisch zu schrubben.

„Man gewöhnt sich daran", antwortete sie knapp, ohne dass sie dabei aufsah.

Lukas lächelte und setzte seine Arbeit fort, doch es fiel ihm schwer, sich zu konzentrieren, und immer wieder wanderte sein Blick zu der auf dem Boden knienden Theresa, die mit der Bürste heftig die Holzdielen bearbeitete. Inzwischen war ihre schmale Gestalt mit der sich langsam auflösenden Frisur, dem feuchten Rocksaum und den weit zurückgekrempelten Blusenärmeln von einem weißlichen Dunst umgeben. Der bereits gereinigte Boden glänzte feucht, doch die schwarze Tinte war verschwunden.

„Sie machen das sehr gut", sagte er in ihre Richtung.

Theresa richtete ihren Oberkörper auf, blieb jedoch auf den Knien und wandte sich zu ihm um. Mit dem Unterarm wischte sie sich eine vorwitzige Haarsträhne aus der Stirn. „Heißt das, ich habe eine Belohnung verdient?"

„Dafür, dass Sie die Mädchen unbeaufsichtigt in mein Zimmer haben eindringen lassen?"

„Für diese Schufterei. Ich könnte auch sagen, Sie sollen einfach einen Teppich darüberlegen", erwiderte sie und richtete sich ein wenig mehr auf. „Was machen Sie da eigentlich?"

„Ich versuche den Schaden, den Ihre Schützlinge angerichtet haben, zu begrenzen." Mit diesen Worten blickte er wieder auf seine Papiere hinunter.

„Dass man bei diesem unleserlichen Gekrakel viel Schaden anrichten konnte, wage ich zu bezweifeln."

Er hörte ihre Stimme dicht neben sich und erstaunt wandte er den Kopf. Theresa hatte sich hinter seinen Stuhl gestellt und blickte über seine Schulter. „Jetzt werden Sie auch noch unverschämt."

„Was ist das denn?" Theresa griff an seinem rechten Arm vorbei und nahm eines der obenauf liegenden Blätter an sich. Lukas blieb ruhig sitzen. Er genoss ihre Nähe und die Tatsache, dass sie sich tatsächlich für seine Angelegenheiten zu interessieren schien. Er atmete den Duft von Theresas Blütenseife ein, der sich jedoch im Moment in etwas grotesker Art und Weise mit dem der Schmierseife mischte.

Einige Momente lang herrschte Stille im Raum.

Schließlich legte sie das Blatt wieder vor ihn und kniete sich aufrecht neben seinem Stuhl auf den Boden. Verwundert sah er auf sie hinab, doch ihre Augen hingen konzentriert an seinen langen Zahlenreihen. „Dieses Haus kostet Unmengen", stellte sie leise fest, und ihre Finger, die vom heißen Wasser immer noch gerötet waren, glitten über eine weitere Zahlenkolonne hinweg. „Sie sollten sich nicht so oft mit Kartoffeln und Hühnern bezahlen lassen", lachte sie und drehte seine Auflistung um.

Lukas beobachtete sie fasziniert. Konnte es sein, dass diese junge Frau nur anhand dieser Zahlen erkennen konnte, um welche Posten es sich hierbei handelte?

„Ihr Bruder übrigens auch nicht", fügte sie hinzu. „Die Forstwirtschaft scheint ja so gut wie gar nichts einzubringen."

„Sie machen Witze. Markus würde sich mit Kartoffeln und Hühnern nicht abspeisen lassen."

Die junge Frau veränderte ihre Position und blickte ihn betreten an. „Vielleicht sollte ich besser meine Arbeit fortsetzen", murmelte sie schließlich und erhob sich.

Lukas ergriff sie am Ellenbogen und hinderte sie dadurch, sich zu entfernen. „Sie haben einen Blick für Zahlen?"

„Ich denke schon." Verunsichert schaute sie auf seine Hand, die noch immer ihren Ellenbogen umfing.

„Was also ist hier nicht in Ordnung?"

„Die Schrift?", versuchte sie sich aus der für sie offenbar unangenehmen Lage zu befreien.

„Es hat etwas mit den Zahlen über den Gewinn der Forstwirtschaft zu tun, nicht wahr?"

„Er ist zwar Ihr Bruder, Dr. Biber. Dennoch sollten Sie ihm vielleicht nicht blind vertrauen", gab sie vorsichtig zu bedenken.

Er ließ sie los, zumal sie sich immer vehementer gegen seinen Griff zur Wehr setzte. Dann stand er auf und schob einen zweiten Stuhl neben seinen.

„Setzen Sie sich bitte", forderte er sie auf und sie gehorchte tatsächlich. Er nahm das Blatt, das sie soeben durchgesehen hatte, legte es direkt vor sich und schob ihr die anderen Blätter hinüber. „Sie können hier versuchen, den von den Mädchen angerichteten Schaden wiedergutzumachen."

„Und die restliche Tinte?" Theresa deutete mit der Hand auf den verbliebenen dunklen Fleck auf dem Holz.

„Da lege ich einen Teppich drüber."

Lukas nahm einen Glasgriffel und begann, die Zahlen durchzusehen, die sein Bruder ihm als Einnahmen für den letzten Monat genannt hatte und anhand derer er gewisse Abzüge für das Haus berechnen konnte.

Obwohl er sich zu konzentrieren versuchte, spürte er die unmittelbare Nähe der jungen Frau und empfand diese als angenehm, aber auch ungeheuer aufregend.

Sie murmelte leise vor sich hin und addierte einige Zahlen auf einem Notizblatt zusammen, die sie dann sorgfältig auf ein frisches Blatt Papier übertrug. Er selbst rechnete im Kopf, und nachdem er sich eingearbeitet hatte, vergaß er auch für einige Minuten die Anwesenheit Theresas. Irgendwann hob er den Kopf und ballte seine Hände zu Fäusten. Wütend schob er das Papier in die Mitte des Tisches und lehnte sich auf seinem knarrenden Stuhl zurück, die Beine weit unter den Tisch streckend. „Warum macht er das?", fragte er leise und zuckte zusammen, als er tatsächlich eine Antwort erhielt.

„Weil Sie seine Angaben anscheinend nie kontrolliert haben."

„Wie konnte ich das übersehen? Es kann gar nicht sein, dass er diese Baumbestände zu solchen Preisen verschachert. Von dem Geld könnte er weder seine Haushälterin noch den aufwendigen Lebenswandel seiner Frau bezahlen."

„Es tut mir sehr leid, Dr. Biber", sagte Theresa.

Er blickte in ihre besorgten dunklen Augen. „Es braucht Ihnen nicht leid zu tun, dass Sie mich auf diese Missstände hingewiesen haben, Fräulein Theresa. Ich bin Ihnen vielmehr dankbar."

„Das wird diesem Anwesen aber wohl auch nicht mehr helfen", seufzte sie und schob ihm die Unterlagen entgegen. Er betrachtete die akkurat und sehr leserlich aufgelisteten Zahlenreihen und nickte. Selbst wenn Theresa mit ihrer schönen, geschwungenen Handschrift die Einnahmen den Ausgaben gegenüberstellte, änderte sich nichts an den Tatsachen. Er würde den Gutshof bald aufgeben müssen. „Zu teures, totes Kapital", sagte er traurig.

Theresa nickte nachdenklich. Ihr Blick ging an ihm vorbei zum Fenster, vor dem es inzwischen dunkel geworden war. Nachdenklich drehte sie eine aus ihrer Frisur gelöste Haarsträhne um ihren Zeigefinger. „Vielleicht …", begann sie, stockte dann, schüttelte den Kopf und nahm sich die nächsten tintenbespritzten Blätter vor, um die Zahlen darauf auf frisches Papier zu übertragen.

„Was wollten Sie sagen?"

„Nichts von Bedeutung", winkte sie ab und sah dabei nicht einmal auf. Die Feder huschte kratzend über das Papier.

Lukas hob die Augenbrauen und stand auf. Er ging zum Fenster hinüber und blickte in die Dunkelheit hinaus. Sein Blick ging an dem langsam verfallenden Haupthaus vorbei zum Nordflügel hinüber, wo hinter zwei Fenstern noch Licht brannte. Dann drehte er sich wieder um und trat hinter sie. „Sie wollten etwas sagen, Fräulein Theresa."

„Nein", erwiderte sie.

„Doch. Und es würde mich interessieren, was es war", beharrte Lukas.

„Ich …" Theresa erhob sich und schob sich zwischen dem Tisch und ihm hindurch, sorgfältig darauf bedacht, ihm nicht zu nahe zu kommen. Dann trat sie an das Fenster und blickte in den Hof hinunter.

„Warum nutzen Sie das Haupthaus nicht? Sie hätten es zumindest vermieten können."

„Wer möchte schon in ein so großes Gebäude ziehen?"

Theresa nickte, und Lukas befürchtete, dass sie damit ihre Überlegungen abschließen würde, obwohl er ahnte, dass weitaus mehr hinter diesen stecken musste. Als sie weitersprach, glaubte er jedoch, sie habe tatsächlich das Thema gewechselt. „Hannah Werner bekommt keinen Kredit, Dr. Biber. Niemand möchte einer alleinstehenden Frau eine größere Summe Geld leihen, obwohl sie ihr Haus als Sicherheit anbieten kann."

„Selbst wenn ich wollte, Fräulein Theresa, könnte ich ihr kein Geld leihen. Sie haben doch gesehen, wie meine finanzielle Lage ist."

Theresa drehte sich um und lächelte ihn kurz an, ehe sie sich gegen die Fensterbank lehnte und die Hände vor ihrer blauen Schürze faltete. „Würden Sie ihr helfen, wenn Sie könnten?"

„Das ist eine sehr hypothetische Frage."

„Keineswegs. Bekomme ich bitte eine Antwort?"

Lukas hob die Augenbrauen und betrachtete nachdenklich das hübsche Gesicht seiner Gesprächspartnerin. Er bewunderte sie für ihren Einsatz für Hannah Werner. Für Theresa schien es ganz selbstverständlich, dass eine Frau ihr Leben der Liebe Gottes übergeben konnte und dann wie umgewandelt war und die Möglichkeit geboten bekommen sollte, vollkommen von vorne anzufangen. Er verstand ihr Anliegen, doch konnte er sie darin wirklich unterstützen? Wollte er irgendetwas mit Hannah Werner zu tun haben? Er kannte ihre traurige Vergangenheit, da Marianne ihm davon erzählt hatte. Nachdenklich rieb er sich mit einer Hand den Nacken. Marianne hatte sich auf andere, ruhigere Art für Hannah Werner eingesetzt, indem sie diese mit ihrer Aufmerksamkeit bedacht und mit ihr gesprochen hatte, obwohl die Prostituierte von den anderen Frauen gemieden wurde.

Theresa stieß sich von der Fensterbank ab und ging ein paar Schritte auf ihn zu. In geringer Entfernung blieb sie stehen und blickte ihn mit ihren dunklen, nun wieder herausfordernd blitzenden Augen intensiv an. „Hannah hat in einer Notsituation eine Entscheidung getroffen, die falsch war, Dr. Biber. Aber sie ist eine junge, einsame Frau mit Wünschen, Träumen und Hoffnungen. Sie betet jeden Tag für diese Stadt und dafür, dass sie von den Menschen hier Vergebung erfahren darf." Theresa unterstrich ihre Worte durch deutliche Gesten und schob sich dabei mehrmals die ihr ins Gesicht fallenden Haarsträhnen zurück. „Hannah hat keine andere Möglichkeit, als sich irgendwie alleine weiter durch das Leben zu schlagen. Sollten wir ihr nicht helfen, dies auf eine gute, gottgefällige Art zu tun, indem wir sie unterstützen?" Theresas drängende Stimme war ein wenig lauter geworden und sie streckte ihm bittend beide Hände entgegen.

„Sie handeln und argumentieren, als ginge es um Frau Werners Leben", sagte Lukas.

„Es *geht* um ihr Leben!", stieß Theresa hervor.

Lukas zog die Augenbrauen in die Höhe. Theresa hatte recht. Es ging um Frau Werners Leben, denn sollte sie mit ihren Plänen scheitern, würde sie sich wohl nicht mehr lange über Wasser halten können. „Was soll ich denn –"

„*Sie* können einen Kredit bekommen! Niemand würde Ihnen das Geld verweigern."

„Aber wenn ich das Gutshaus als Sicherheit –"

„Nicht das Gutshaus. Hannahs Haus!"

„Wie soll denn das –"

„Hannah kann das Haus Ihnen überschreiben und Sie bekommen den Kredit."

Lukas ergriff die vor Tatendrang sprühende Theresa an den Schultern, um sie zu zwingen, endlich einmal wieder stillzustehen und ihn anzusehen. Er sah in ihr aufgeregtes Gesicht und atmete tief ein und aus. Es tat ihm leid, auch für Hannah, dass er Theresa in ihrer Begeisterung bremsen musste. „Ist Ihnen oder Ihrer Freundin noch nie der Gedanke gekommen, dass die Stadtbevölkerung in dem Umbau des Wohnhauses einen anderen Sinn sehen könnte?"

Theresa wurde rot und sie senkte betroffen den Blick. Doch sie fing sich sehr schnell wieder und sah ihn herausfordernd an. „Wir werden sie vom Gegenteil überzeugen."

„Wann? Wie lange wird das dauern? Wie viele potenzielle Gäste werden vertrieben werden, weil sie über die Vergangenheit der Gastwirtin aufgeklärt werden?"

„So ... so gemein wird niemand sein. Die Leute in der Stadt werden doch bald erkennen, dass Hannah sich verändert hat. Sie müssen es jetzt schon bemerkt haben!"

„Ja! Sie vermuten, Ihre Freundin sei schwanger! Ich habe es gehört, als ich beim Kriebler war, um nach seiner Zuchtstute zu sehen."

„Was?" Theresa machte vor Entsetzen einen großen Schritt zurück, sodass er sie loslassen musste. Betreten blickte sie ihn an und schüttelte dann langsam den Kopf.

Lukas hätte sie am liebsten tröstend in die Arme geschlossen, doch da er dies nicht wagen konnte, drehte er sich abrupt um und ließ sich schwer auf seinen Stuhl zurückfallen.

„Und dabei hat sie sich so sehr gewünscht, dass die Leute ...", flüsterte Theresa enttäuscht.

Eilige Schritte auf dem Holzboden ließen Lukas aufsehen.

Sie wirbelte um den Schreibtisch herum und baute sich mit in die Hüften gestützten Händen vor ihm auf. „Hannah wird vielleicht dort unten in ihrem Haus niemals ihren Traum verwirklichen können – aber hier oben schon."

Lukas runzelte die Stirn und musterte die aufgeregte Erscheinung vor sich. Dann schüttelte er langsam den Kopf. „Sie wollen mir doch nicht erklären, dass ich nach Ihnen und den Riebles nun auch noch Hannah Werner und eine Horde Erholungssuchender und Restaurantbesucher hier aufnehmen und um mich herum dulden soll?"

Theresa blickte ihn resigniert an. Dann stützte sie die Hände auf seinen Schreibtisch und beugte sich ein wenig zu ihm hinüber. Ihre Augen blitzten temperamentvoll auf. „Das ist eine Möglichkeit, Ihr Hauptgebäude vor dem weiteren Verfall zu schützen, es dauerhaft instand zu setzen und durch die Mieteinnahmen genug Geld hereinzubekommen, um hier weiter wohnen zu können!"

Lukas erhob sich, stützte sich ebenfalls mit den Handflächen auf der Schreibplatte ab und kam so ihrem Gesicht mit dem seinen sehr nahe. „Damit sind die Vorurteile und der schlechte Leumund von Frau Werner noch immer nicht aus der Welt, geschweige denn aus dieser Stadt geschafft, *Fräulein Verbohrtheit.*"

„Welche Gäste sollten sich schon in der Stadt nach dem Gasthaus erkundigen, wenn es bereits von Weitem zu sehen ist, *Herr Pessimist?*"

„Es reichen die Worte eines Kutschers und das ehrenhafte Ehepaar mit den wohlerzogenen Kindern wird wieder zurück zum nächsten Bahnhof kutschiert."

„Weshalb können Sie einen Gedanken, der sowohl Ihnen als auch Hannah helfen könnte, nicht einmal länger als eine Minute durchdenken?"

„Vermutlich, weil Sie mir bessere Argumente liefern müssen, die mich glauben lassen könnten, dass diese Idee von einem Gasthaus hier oben funktionieren könnte."

„Hier in der Gegend fehlt ein größeres Gasthaus, und Hannah musste schon öfter Leute abweisen, die eine Übernachtungsmöglichkeit suchten, weil sie nicht genug Platz hatte. Die Landschaft hier ist bezaubernd und eignet sich hervorragend, um erholungsbedürftige Menschen aus einer Großstadt zur Ruhe kommen zu lassen. Dieses Gutshaus hat eine große Küche und so viele leere Zimmer, die alle verkommen, weil sie nicht genutzt werden. Die Entfernung zur Stadt ist groß genug, dass Hannah sich dem Einfluss dieser engstirnigen, verbohrten Gerlindes und Sieglindes entziehen könnte, und außerdem beten Hannah und ich intensiv dafür, dass ihre Pläne verwirklicht werden können!"

Lukas seufzte, beugte sich noch ein wenig näher zu Theresa hinüber und sah ihr tief in die Augen. „Ihrem letzten Argument habe ich wenig entgegenzusetzen, Fräulein Fuchs", gab er zu.

„Wenn das vielleicht ein wenig leiser gehen würde ...", sagte eine deutlich müde Stimme aus dem Flur und die beiden richteten sich hastig auf. Klara tauchte im Türrahmen auf und blickte zuerst Lukas, dann Theresa an. Ein eigentümliches Lächeln erschien auf ihrem Gesicht.

Lukas verdrehte die Augen. Er ahnte, was die Frau seines besten

Freundes gerade dachte. Aber vielleicht hatte Klara recht – vielleicht hätte es nur noch einige Sekunden gedauert, bis er es gewagt hätte, Theresa zu küssen.

„Worüber streitet ihr denn?", erkundigte sich Klara und lehnte sich mit dem Rücken gegen den Türrahmen.

„Streiten, Klara? Streiten tue ich ausschließlich mit dir. Mit Fräulein Theresa diskutiere ich."

„Das glaube ich dir gerne", spottete die Bäuerin und blickte nun Theresa an.

Diese lief zu ihrer Freundin hinüber und erzählte ihr aufgeregt von ihrer Idee.

Während Klara versuchte, den Erläuterungen zu folgen, war ihr Blick auf Lukas gerichtet. Der zog in einem Anflug von Verzweiflung entschuldigend die Schultern in die Höhe, was sie zu einem Lächeln veranlasste.

„Was denkst du?", fragte Theresa mit der ihr eigenen schwungvollen Begeisterung schließlich ihre Freundin und warf Lukas einen triumphierenden Blick zu, als wisse sie bereits, dass Klara ihr einfach nur zustimmen konnte.

Klara löste sich vom Türrahmen, ging zum Schreibtisch hinüber, wobei sie einen großen Bogen um den verbliebenen Tintenfleck auf dem Boden machte, und setzte sich auf den Stuhl an der Breitseite des Schreibtisches. „Ich wollte nie etwas mit Frau Werner zu tun haben, Theresa. Obwohl sie mir leidtat, habe ich ihren Lebenswandel verachtet. Es ist nicht so, dass ich dachte, ich sei was Besseres als sie, denn ich weiß sehr wohl um meine Schwächen und Fehler, aber ich konnte nicht verstehen, wie du dich mit ihr anfreunden konntest. Ich habe nicht verstanden, weshalb du dich so sehr für sie eingesetzt hast, bis mir vor einigen Tagen etwas in der Bibel auffiel. Ich las die Geschichte, wie Saulus zu Paulus wurde. Als Paulus als neugeborener Christ von Damaskus nach Jerusalem zurückkehrte, wurde er dort von der urchristlichen Gemeinde verständlicherweise mit sehr viel Misstrauen, Angst und Vorurteilen empfangen. Immerhin hatte er öffentlich die Steinigung des Stephanus befürwortet und sich vom Hohepriester eine Vollmacht ausstellen lassen, dass er als Gesandter in jede jüdische Gemeinde reisen konnte, um die Christen zu verfolgen und zu inhaftieren." Prüfend sah Klara zu Theresa hinüber, und diese nickte ihr schweigend zu, um der Freundin zu bedeuten, dass sie diese neutestamentliche Erzählung kannte.

Klara fuhr fort: „Paulus wollte nun in Jerusalem von seinem neu gefundenen Glauben erzählen und suchte selbstverständlich den Kontakt zu den ersten Christen dort, also zu genau den Menschen, die er zuvor gedemütigt und verfolgt hatte und sogar hatte töten lassen."

„Wie auch hier im Falle von Frau Werner brauchten die Menschen damals länger, um ihre Vorurteile und ihr Misstrauen abzubauen", fiel Theresa Klara ins Wort, und wieder konnte Lukas diesen triumphierenden Blick in ihren Augen erkennen, als sie ihn nun ansah. „Es dauerte länger, aber es gelang, Dr. Biber."

Lukas nickte nur.

„Es gelang vor allem deshalb, weil da ein Mann war, der es riskierte, sich mit Paulus abzugeben, und ihn von seiner neuen Seite kennenlernte. Dieser Mann, Barnabas, baute eine Brücke zwischen der verängstigten Gemeinde in Jerusalem und dem veränderten Paulus."

Lukas blickte auf Theresa, die noch immer neben dem Türrahmen stand. Sie hatte den Kopf gesenkt, und ihre Hände spielten mit ihrer weißen Schürze, während ihr ihre rot schimmernden Locken wild über die Schultern und ins Gesicht fielen.

„Theresa macht es richtig, Lukas. Wenn Frau Werner nach einem so furchtbaren Lebenswandel, wie sie ihn führte, zu unserem Herrn zurückfinden konnte und seine Vergebung erfahren hat – und das glauben wir doch alle –, müssen wir ihr die Möglichkeit geben, sich in unsere Gemeinschaft einzufügen. Sie braucht einen oder mehrere Menschen, die ihr helfen, wieder Fuß zu fassen und eine Brücke zu den anderen Stadtbewohnern zu bauen."

Lukas nickte Klara zu. Er hatte schon lange verstanden, worauf sie hinauswollte.

„Sie gehen doch kein finanzielles Risiko ein, Dr. Biber", wandte sich nun auch Theresa wieder an ihn und ging ein paar Schritte auf den Schreibtisch zu. „Der Kredit, den Sie für Hannah aufnehmen müssten, darf nur nicht den Wert der Sicherheit übersteigen, die sie Ihnen durch ihr Haus bieten kann."

„Das wird zur Renovierung und zur Einrichtung eines Gasthauses jedoch nicht ausreichen, Fräulein Fuchs."

„Selbstverständlich nicht. Sie und Ihr Bruder müssen natürlich auch etwas zum Erhalt Ihres Haupthauses beitragen. Sobald Hannah dann Gewinne erwirtschaftet, wird davon auch für Sie etwas abfallen."

„Zur Rückzahlung des Kredites", lachte Lukas und schüttelte den Kopf.

„Zuerst schon, doch dann wird das Haus nicht mehr nur Unsummen verschlingen, denn es ist renoviert und wird genutzt!" Theresa stemmte die Hände in die Hüften und blinzelte ihn gegen den hellen Schein der Lampe herausfordernd an.

„Und wenn Ihr Plan nicht funktioniert, Fräulein Fuchs?"

„Dann haben Sie Hannahs Haus und ein Gutshaus, das Sie weitaus besser verkaufen können als jetzt, weil es in einem wesentlich besseren Zustand sein wird."

Lukas erhob sich und trat wieder an das Fenster heran. Die Lichter im Nordflügel waren gelöscht worden, und so konnte er in der Dunkelheit kaum mehr als ein paar grobe Umrisse erkennen.

„Sprich mit Karl, Lukas. Und mit dem Juristen Müller aus der Nachbargemeinde", schlug Klara vor und erhob sich langsam. „So, ich muss jetzt unbedingt schlafen", murmelte sie, drückte Theresa kurz den Arm und tappte mit ihren nackten Füßen zur Tür. Im Türrahmen drehte sie sich noch einmal um. „Jetzt könnt ihr weiterdiskutieren, aber bitte ein bisschen leiser", sagte sie, zwinkerte Lukas zu und verschwand im dunklen Flur.

Theresa kam um den Arbeitstisch herum und zog den Stuhl, auf dem wenige Minuten zuvor noch Klara gesessen hatte, neben seinen. „Ich schreibe jetzt die restlichen Aufzeichnungen ins Reine, damit Sie sie morgen mit zu diesem Müller nehmen können", erklärte sie und nahm die Feder zur Hand.

„Moment, wer sagt denn, dass ich dorthin gehen werde?"

„Klara?" Theresa sah ihn frech an, zuckte kurz mit den Schultern und machte sich erneut an die Arbeit.

„Und was ist, wenn ich es nicht tue?"

„Dann überlegen Sie schon einmal, welchen Teppich Sie über diesen Tintenfleck legen, denn ein Käufer könnte ihn ausgesprochen abschreckend finden!"

Lukas verkniff sich ein Auflachen und zog einige weiße Blätter zu sich heran. Noch immer hielt er Theresas Idee für nicht durchführbar, und die Vorstellung, dass er das Haus vielleicht mit noch mehr Personen würde teilen müssen, behagte ihm nicht sonderlich. Doch da ihm seit Monaten keine andere Lösung eingefallen war, was er mit dem langsam verfallenden Haupthaus machen könnte, wollte er zumindest einmal über ihren Vorschlag nachdenken und vorläufige Berechnungen anstellen.

Theresas Feder kratzte über das Papier, während sie ein Blatt nach dem anderen abschrieb, und als er ein Lächeln in ihrem Gesicht entdeckte, warf er seinen Bleistift auf den Tisch. „Weshalb lächeln Sie so triumphierend?"

„Ich lächle nicht triumphierend, Dr. Biber. Ich habe *fröhlich* gelächelt."

„Das werde ich noch besser beurteilen können, immerhin habe ich es gesehen und –"

„Und es ist *mein* Lächeln!", widersprach Theresa energisch, ohne ihre Arbeit zu unterbrechen.

„So", murmelte Lukas, legte seine Hand unter ihr Kinn und zwang sie mit sanfter Gewalt, ihm ihr Gesicht zuzuwenden. Wieder lächelte die junge Frau. „So", wiederholte er und betrachtete ihr hübsches Gesicht mit den fröhlichen Sommersprossen auf der Nase. Seine Hand lag noch immer an ihrem Kinn. Ihr Gesicht war nur wenige Zentimeter von seinem entfernt, und er fragte sich, was wohl geschehen würde, wenn er sie nun küsste.

Langsam verblasste das Lächeln auf Theresas Gesicht und wich erschrockenem Ernst. Der junge Mann ließ sie los und wandte sich ruckartig ab. Nein, er durfte sie nicht küssen. Theresas Leben war genug durcheinandergeraten, da konnte er sie nicht in weitere Gefühlskonflikte stürzen.

Es dauerte geraume Zeit, bis Theresa wieder zu schreiben begann.

Lukas zeichnete unkonzentriert Kreise auf seine Papiere und lauschte dem Rascheln der Blätter und dem leisen Kratzen der Feder, und er beobachtete, wie sie immer wieder mit ihrer linken Hand, mit der sie auch schrieb, sehr nahe an seinem Arm vorbeigriff, um die Feder in das verdreckte, beinahe leere Tintenfässchen zu tunken.

Die Nacht schritt voran. Der Veterinär wurde immer müder, doch er wollte Theresa nicht allein am Tisch sitzen lassen. Ob er sie nicht bitten sollte aufzuhören? Doch seit er sich dazu entschieden hatte, seinem Wunsch, sie zu küssen, nicht nachzukommen, hatten sie kein Wort miteinander gewechselt.

Die Atmosphäre war nicht unangenehm. Theresa arbeitete, und er tat zumindest so, und dies war ein guter Grund, sich nicht durch weitere Unterhaltungen – oder gar kleinere Streitereien – ablenken zu lassen. Deshalb wollte er diese arbeitsame Stille nicht stören und stand schließlich ohne eine Erklärung auf. Langsam verließ er den Raum und stieg die Stufen in das Erdgeschoss hinunter.

Er entfachte die Glut im Herd, kochte Wasser auf und bereitete einen Kaffee. Als er mit zwei Tassen in den Händen über die Türschwelle stieg, hob Theresa kurz den Kopf. Sie schenkte ihm ein dankbares Lächeln, das er gerne erwiderte. Er stellte die beiden Tassen auf den Tisch und machte sich nun ein wenig aufmerksamer daran, Theresas Vorschlag zu prüfen.

Kapitel 50

Thomas warf ein paar Steine in die schnell dahinfließende Spree und schüttelte den Kopf.

Die Sonne spiegelte sich in Tausenden Lichtpunkten auf der Wasseroberfläche, und das Wasser rauschte und gluckste gegen die Uferböschung, während die Trauerweiden leise im Wind flüsterten.

„Du musst den General verstehen, Thomas. Die Zeiten sind sehr unruhig. Wenn er jetzt einer Ehe zwischen dir und Christine zustimmt, muss er befürchten, dass er sie für sehr lange Zeit verlieren wird, weil du sie nach Österreich oder nach Ungarn bringen wirst."

„Ich verstehe ihn ja, Malte! Aber versteht er mich auch? Wenn ich sie nicht schnell heirate und mit mir nehme, werde ich sie vielleicht für immer verlieren!"

„Das weiß er auch, Thomas. Doch noch sitzt er am längeren Hebel."

Thomas winkte wütend ab und griff nach weiteren Steinen, die er den anderen folgen ließ. „So eine vertrackte Situation!", brummte er.

„Du meinst diesen größenwahnsinnigen Bismarck?"

„Das sagst du, Leutnant Heinrichs aus dem Kronprinzen-Korps?", spottete Thomas und sein Gesprächspartner sah sich erschrocken um. „Wir denken doch beide dasselbe, nicht wahr?", hakte Thomas nach. „Der amerikanische Bürgerkrieg hat vier Jahre gedauert. Was, wenn uns hier dasselbe passiert? Ich möchte nicht vier Jahre lang in Österreich sitzen und Angst um Christine haben."

„Sie wird viel eher Angst um dich haben müssen, Thomas. Sollte dieser Krieg tatsächlich so lange andauern, wird er auch ähnliche Verluste fordern wie der in Amerika, und das bedeutet, dass alle jungen Männer zum Kriegsdienst eingezogen werden. Und ihr Spione werdet hinter den feindlichen Linien eure Aufklärung zu tätigen haben, was weitaus gefährlicher ist, als von den Töchtern der preußischen Aristokratie zu Matinees und Bällen eingeladen zu werden."

„Halt den Mund!", zischte Thomas. Nun war es an ihm, sich erschrocken umzublicken. Doch an diesem frühen Morgen waren entlang des Spreeufers kaum Passanten unterwegs. Also taxierte er wieder seinen Freund. „Diese politischen Auseinandersetzungen nehmen doch jetzt schon ähnliche Formen an wie in den Vereinigten Staaten, Malte. Ich werde nicht mehr sehr lange hierbleiben können. Das heißt, ich breche mein Studium ab, verliere dich als Freund, werde von Christine getrennt und kann nicht weiter nach Marika forschen. Freunde werden zu Feinden."

Malte seufzte und zog seine mächtigen Schultern in die Höhe. „Du wirst Preußen ohne Christine verlassen müssen und – machen wir uns doch nichts vor, Thomas – wir werden Feinde sein!"

In Thomas' Innerstem protestierte alles gegen diese Vorstellung, doch er sah ein, dass es nichts brachte, wenn er sich dagegen sträubte. Die Tatsachen sahen nun einmal so aus. Er erhob sich langsam und blickte hinter sich zu der Häuserfront hinüber. Dabei entdeckte er einen müßig an einer Laterne lehnenden jungen Mann, der ihm sehr vertraut erschien.

Thomas runzelte die Stirn und beschattete mit einer Hand seine Augen. Durch diese Bewegung schien er den Mann an der Laterne auf sich aufmerksam gemacht zu haben, denn dieser wandte sich ab und schlenderte die Straße hinunter. Thomas war sich sicher, dass er und Malte von diesem Mann beobachtet worden waren. Und er hatte ihn sofort erkannt. Es war der österreichische Agent, den er einmal bei einem kurzen Spaziergang mit Marika gesehen und den er im Wald bei seinem heimlichen Treffen mit dem preußischen Offizier gestört hatte. Anton Faber hatte ihn vor nahezu drei Monaten, als er flüchten musste, nicht persönlich verfolgt, doch er hatte etwas damit zu tun, dass Marika verschwunden war, da war Thomas sich ganz sicher. Aber warum war er in Berlin? Warum beobachtete er ihn?

„Was ist los?", brachte sich Malte in Erinnerung.

„Hast du diesen Mann gesehen?"

„Nein. Ich habe niemanden gesehen. Was ist denn?"

Thomas, der nicht annahm, dass er Anton Faber noch würde auffinden können, selbst wenn er ihm jetzt hinterherlief, ließ sich zurück auf die Uferböschung fallen und berichtete seinem Freund.

Dieser runzelte die Stirn und warf nun seinerseits ein paar Steine in den stetig dahinfließenden Strom. „Thomas, das gefällt mir alles nicht. Allmählich fürchte ich um dein Leben, und das nicht nur wegen deiner Spionagetätigkeit hier und der Tatsache, dass Götz Beck gegen dich Stimmung macht und Christine ein wenig unter Druck zu setzen versucht, sondern auch wegen dieses Wieners, der weiß, was und wer du bist und weshalb du dich unter anderem in Berlin aufhältst."

Thomas fühlte eine kalte Hand nach seinem Herzen greifen. Egal, wie ernst die Lage für ihn tatsächlich aussah – dies alles würde bedeuten, dass er Christine früher verlassen musste, als er bislang angenommen hatte, und dieser Gedanke behagte ihm ganz und gar nicht. „Ich werde bleiben, solange es mir möglich ist!", entschied Thomas laut.

Malte nickte mit wenig begeisterter Miene. „Das hatte ich befürchtet!"

Kapitel 51

„Ich möchte, dass du gehst, Thomas!", rief Christine Doorn und drehte sich hastig zu dem jungen Mann um.

„Christine!" Thomas ging auf sie zu und ergriff ihre beiden Hände, doch sie entzog sie ihm sofort wieder und wandte sich so hastig von ihm ab, dass der Reif ihres Rockes gegen seine Beine schlug. „Bitte, Christine", sagte er, erschrocken über ihre heftige

Reaktion, und warf einen Hilfe suchenden Blick zu der im Sessel sitzenden Frau von Doringhausen. Diese sah ihn mitleidig an und senkte dann wieder den Blick auf ihre Zeitung. Sie wollte sich nicht in die hitzige Diskussion des jungen Paares einmischen.

„Warum sollte ich jetzt schon Berlin verlassen? Es sprechen zwar alle vom Krieg, aber damit gibt es doch noch keine Schlachten oder gar Tote. Wir werden ohnehin viel zu früh getrennt werden. Wie kann ich dann jetzt schon gehen, solange noch alles ruhig ist und wir hier noch geduldet werden?"

„Weil dieser Meierling auch schon packt."

„Ich bin nur ein einfacher Student. Meine Sachen sind schnell gepackt!"

„Mach dich nicht lustig über mich, Thomas", fuhr Christine ihn erneut ungewohnt heftig an.

Der junge Mann zog hilflos mit weit zur Seite ausgebreiteten Armen die Schultern in die Höhe. „Du willst mich also fortschicken?"

„Wollen? Nein! Ich möchte, dass du in meiner Nähe bleibst. Ich möchte dich heiraten und mit dir zusammen sein! Aber die Umstände erlauben es nicht. Und ich will nicht eines Tages deine Leiche in irgendeiner Gasse Berlins finden."

„Der Krieg ist weniger gefährlich als dein vierundzwanzigeckiger Verehrer", lachte Thomas und fing sich einen bösen Blick ein.

„Ein Grund mehr für dich, vorerst die Stadt zu verlassen. Vater möchte in diesen Tagen mit Götz sprechen und ihm endlich klarmachen, dass er auf mich nicht hoffen kann. Vielleicht werden sich seine Enttäuschung und sein gedemütigter männlicher Stolz mit viel Aggression gegen dich richten."

„Vielleicht nimmt er es leichter hin, als es dir lieb ist", scherzte Thomas, und wieder traf ihn dieser strafende, vorwurfsvolle Blick.

„Ob du jetzt oder nächste Woche gehst – wo ist der Unterschied?", versuchte es Christine erneut. Diesmal klang ihre Stimme leise, ängstlich und bittend.

Thomas ging wieder auf sie zu und ergriff sie an den Oberarmen. „Der Unterschied liegt darin, dass ich ein paar weitere Tage in deiner Nähe sein darf, Christine."

„Es werden nur ein paar wenige Tage mehr sein, an denen wir uns nicht sehen." Christine blickte ihn flehentlich an, und doch konnte er in ihren Augen lesen, wie gerne sie ihn gebeten hätte, sie niemals zu verlassen.

„Ein paar Tage mehr von sechs Monaten? Von zwei Jahren? Von vier Jahren?", hakte er unbarmherzig nach.

Christine senkte mit einem leisen Aufseufzen den Kopf. „Es ist so schrecklich", flüsterte sie und wagte es, ihre Stirn gegen seine Brust zu lehnen.

„Diese Zeit mit dir ist die beste meines bisherigen Lebens, Christine. Ich möchte keine Sekunde in deiner Gegenwart missen, selbst wenn die äußeren Umstände dramatisch sind", flüsterte er ihr zu und hauchte einen Kuss in ihr herrlich duftendes helles Haar.

„Aber du bist hier nicht mehr sicher."

„Es gab noch keine Repressalien gegen uns Studenten aus dem Süden. Das Militär beschäftigt sich inzwischen kaum noch mit mir, vermutlich weil die Karten ohnehin offen auf dem Tisch liegen. Und dein Vater wird ein paar klärende Worte für deinen vierundzwanzigeckigen Verwandten finden."

Christine hob den Kopf und sah ihn unter Tränen an. Ein heftiger Schmerz fuhr durch Thomas' Herz. Er wollte die junge Frau in seine Arme ziehen und nie wieder loslassen, doch ein prüfender Seitenblick auf die scheinbar unaufmerksame Emma von Doringhausen genügte als Ermahnung.

„Was sollen wir nur tun, Thomas?"

„Ich möchte noch bleiben, Christine. Dein Vater hat von einem seiner Militärfreunde, an den er bezüglich Marika geschrieben hat, noch keine Antwort erhalten. Ich hoffe noch immer ..." Thomas presste die Lippen aufeinander und spürte den kräftigen Druck von Christines Hand auf seinem Arm. „Und ich möchte, solange es geht, in deiner Nähe bleiben. Ich werde eingehen wie eine Pflanze ohne Wasser, wenn ich zu lange von dir getrennt bin."

Die junge Frau nickte schließlich langsam. „Können wir uns darauf einigen, dass wir Vater und Malte bitten, deinen Abreisetermin festzulegen? Sie wissen, wie die Lage steht, und haben sowohl dich als auch mich gerne genug, um die Situation, in der wir uns befinden, richtig einschätzen zu können."

„Das ist ein guter Gedanke", erwiderte Thomas.

„Du musst leider gehen", sagte Christine mit einem Blick auf die Wanduhr. „Meine Freundinnen werden in ein paar Minuten zum Kaffee eintreffen. Du verstehst sicher, dass Vater jegliche Gerüchte bezüglich unserer Verbindung in diesen Zeiten möglichst lange unterdrückt halten möchte."

„Selbstverständlich, Christine. Und er hat vollkommen recht damit."

Thomas verabschiedete sich von Frau von Doringhausen, die ihm ein freundliches Lächeln schenkte, und ließ sich von Christine selbst bis zur Eingangstür begleiten.

„Ich liebe dich", flüsterte sie ihm zu.

Er hielt lange ihre Hand, dann erwiderte er: „Ich liebe dich auch, wunderschöne Feindin."

Mit großen Schritten eilte er die Auffahrt hinunter und wurde von dem freundlichen älteren Pförtner hinausgelassen. Er war gerade einhundert Meter von dem gusseisernen Tor entfernt, als die erste Kutsche die Straße herunterrollte und bei den Doorns um Einlass ersuchte.

Thomas blieb stehen und blickte noch einmal auf das große gelbe Stadthaus zurück. Er fragte sich, wie Christine wohl reagieren würde, wenn sie von Anton Faber wüsste, dem verräterischen Agenten aus Wien, der ihn seit ungewisser Zeit zu verfolgen schien und auch jetzt wieder aus einer Seitenstraße trat und ihm nachging.

Kapitel 52

Der Duft der Holunderblüten lag schwer in der für einen Maitag heißen Luft, die von keinem Windhauch in Bewegung gebracht wurde. Selbst die gewaltigen dunklen Fichten des Waldes, der das Gutshaus und das Tal mit der kleinen Stadt vollständig umschloss, ließen an diesem Tag ihr immerwährendes Rauschen nicht hören. Die Hunde lagen heftig hechelnd und mit weit heraushängender Zunge in ihrem Zwinger und auch von den anderen Tieren war kaum ein Laut zu hören.

Theresa wischte sich mit einem weißen Taschentuch den Schweiß von der Stirn und stellte den Eimer zurück neben den Brunnen. Vom Nordflügel her näherte sich Isolde Biber, und ihr war schon von Weitem anzusehen, dass sie sich unwohl fühlte. Dies mochte an der Hitze, vielleicht aber auch an der Schwangerschaft liegen, denn sie klagte noch immer über Schwindelanfälle und Übelkeit.

Theresa, die mit Anna zurück zum Haus gehen wollte, blieb stehen und wartete, bis die werdende Mutter den Brunnen erreicht hatte. „Hat Ihre Haushälterin heute frei?", erkundigte sie sich und wurde mit einem Nicken bedacht. „Dann lassen Sie mich das Wasser holen und tragen, Frau Biber", bot sie an und zog einen weiteren Eimer voll Wasser herauf, das sie in den Behälter umleerte, den die Frau mitgebracht hatte. Anschließend hob sie ihn auf, ergriff mit der anderen Hand die ebenfalls schwitzende, unleidige Anna und nickte der verwunderten Frau aufmunternd zu.

„Danke", murmelte diese und folgte Theresa bis zu ihrer Haupttür. Dort erklärte sie, Theresa könne den Eimer abstellen, im Inneren des kühlen Hauses würde es ihr gut genug gehen.

Theresa zuckte leicht mit den Schultern und stellte den Eimer in den Eingangsbereich, einen prüfenden Blick auf die wertvollen Kirschbaummöbel und den kostbaren Teppich am Fuße der großen Treppe werfend.

„Tante Theresa! Tante Theresa! Die Jungen aus der Stadt prügeln sich mit Helmut!", rief plötzlich eine sich überschlagende Kinderstimme.

Theresa drehte sich um und sah Lisa, die mit fliegenden Zöpfen und hochrotem Gesicht über den Hof gelaufen kam. „Wo?", rief Theresa erschrocken und ließ Anna los.

„Unten am See. Helmut war schwimmen, als die Jungen kamen!", weinte Lisa und warf sich gegen den Rock der jungen Frau.

„Könnten Sie bitte ...?", fragte Theresa an Isolde Biber gewandt und schob mit der einen Hand die quengelnde Anna, mit der anderen die weinende Lisa auf die Frau zu. Theresa glaubte, ein unwilliges Nicken gesehen zu haben, drehte sich um, raffte Rock und Schürze weit in die Höhe und begann zu laufen. Sie eilte aus dem Innenhof, begleitet vom Bellen der Hunde, umrundete den Nordflügel und lief an der Außenmauer des Gartens entlang, bis sie auf den See hinuntersehen konnte. Dort hörte sie bereits die aufgeregten Rufe, und schließlich sah sie vier Jungen, die Helmut mit Händen und Füßen traktierten.

„Hört sofort auf!", rief sie laut den Hügel hinunter, doch keiner der Jungen reagierte. Vielleicht hatten sie sie nicht gehört, doch Theresa nahm vielmehr an, dass sie ihre Stimme ignorieren wollten.

Eilig lief sie weiter und rutschte schließlich, sich mit den Händen im Gras abstützend, das letzte Stück den Hügel hinunter. Erneut stieß sie einen warnenden Ruf aus und lief über die kurze Wiese auf den Uferstreifen zu. Einer der Jungen, die alle deutlich älter waren als Helmut, richtete sich auf und sah ihr entgegen. Das freche Grinsen auf seinem Gesicht erschreckte Theresa, und sie wünschte sich, sie hätte sich die Zeit genommen, Julius und Cäsar mit hinunterzunehmen. Sie wusste zwar nicht, ob die beiden Hunde ihr gehorcht hätten, doch in die Flucht geschlagen hätten sie die vier Burschen in jedem Falle.

Als Theresa die Gruppe endlich erreicht hatte, ergriff sie beherzt einen der Schläger am Arm, um ihn von seinem Opfer, das zusammengerollt auf der Wiese lag, fortzuziehen.

„Was soll das? Lasst ihn in Ruhe! Schämt ihr euch nicht?", fuhr sie den Jungen an, der wenig beeindruckt die Hände in die Hosentaschen schob und fragend auf die drei anderen blickte, die zumindest aufgehört hatten, weiter auf Helmut einzuschlagen.

Theresa sah auf den Jungen hinunter und erschrak. Seine Nase blutete, die Augen waren zugeschwollen und er hatte Schürfwunden an Armen, Beinen und am Hals. Zudem war seine Kleidung völlig zerrissen.

„Was will die denn?", fragte einer der Jungen und trat ein weiteres Mal mit dem Schuh in Helmuts Seite.

Wütend sprang Theresa zu dem Jungen hinüber und baute sich vor ihm auf, wobei sie erschrocken feststellen musste, dass der Bursche sie um beinahe einen Kopf überragte. „Was fällt euch ein? Der Junge ist jünger als ihr und ihr seid zu viert. Findet ihr das nicht feige?", fauchte sie und bemühte sich vergeblich, ein wenig ruhiger zu werden.

„Der glaubt, er sei was Besseres, seit er oben auf dem Hügel wohnt!", rief ein anderer.

„Das wird ein Nachspiel haben", sagte Theresa energisch und ging vor Helmut in die Hocke.

„Will die uns drohen?", lachte der große Junge wieder.

Theresa wandte den Kopf, um den Jungen wütend anzublitzen. „Du bist nicht nur feige und grob, sondern auch noch respektlos und unverschämt einem Erwachsenen gegenüber. Vielleicht solltest du –"

„Respektlos und unverschämt? Ihnen gegenüber? Was sind Sie schon? Doch auch nur eine Hure wie die Werner."

Theresa versuchte, ihre Wut hinunterzuschlucken. Der Junge sprach nur aus, was er in der Stadt zu hören bekam. Sie konnte ihm für diese Unverschämtheit keine Schuld geben, wohl aber für die Schläge, die er dem wesentlich jüngeren Helmut zugefügt hatte. „Denk, was du willst, Junge. Aber in Zukunft lässt du Helmut in Ruhe. Er –"

„Hört euch die an, Freunde! Ob sie mit ihm auch schon im Bett war?"

Theresas Schlag traf den Jungen so plötzlich, dass ihm keine Möglichkeit zum Ausweichen blieb. Während einer seiner Kameraden auflachte, griff der Gedemütigte an seine gerötete Wange und taxierte Theresa mit unverhohlener Wut im Blick.

„He!", tönte da eine tiefe, unverkennbar wütende Stimme den Hügel hinunter.

Die Jungen stoben davon, als sie Karl Rieble auf sich zukommen sahen.

„Bei dir alles in Ordnung?", fragte Karl an Theresa gerichtet, als er bei ihnen angelangt war, kniete sich jedoch, ohne sie anzusehen, rasch neben seinen Sohn.

„Mir geht es gut, Karl", erwiderte Theresa und rieb sich ihre schmerzende Hand.

Der Mann sah seinen Sohn ernst an. „Was hast du mit denen zu tun?"

Helmut gab keine Antwort. Stattdessen versuchte der Junge, sich erst auf die Knie und dann auf die Füße zu hieven. Die junge Frau konnte an seinem Gesichtsausdruck erkennen, welche Schmerzen ihm die Anstrengung bereitete. Eilig ging sie zu ihm hinüber und ergriff den Jungen an den Armen, um ihn ein wenig zu stützen. „Bleib doch liegen, wenn die Schmerzen zu stark sind, Helmut. Vielleicht haben die Burschen dich schlimmer verletzt, als man sehen kann?"

„Es geht schon, Tante Theresa. Du warst ja schnell hier."

„Lisa hat mich geholt."

Helmut nickte und fuhr sich mit der Hand tastend über seine Nase.

„Komm, rauf mit dir. Dann kann deine Mutter nach dir sehen", brummte Karl und legte seinen gewaltigen Arm um die Hüfte des Jungen.

„Es geht schon, Papa", erwiderte dieser, ließ sich aber dennoch den steilen Hügel hinauf zum Haus helfen, wo ihnen Klara bereits aufgeregt entgegengelaufen kam. „Mein Gott! Was haben die mit dir gemacht?", stieß sie hervor und Theresa konnte die Tränen in den

Augen der Mutter schimmern sehen. Die Bauersfrau drängte ihren Mann beiseite und legte nun ihrerseits einen Arm um Helmut.

„Hast du sie geärgert?", wollte Karl wissen, doch Helmut schüttelte einfach nur den Kopf und ließ sich von seiner Mutter über den Gartenweg ins Haus bringen.

„Ich verstehe den Jungen nicht", murmelte Karl und wandte sich mit fragendem Blick Theresa zu.

„Du weißt selbst, wie schnell Raufereien unter Jungen entstehen", sagte sie.

„Ja, Theresa. Und dieser junge Huber ist als wilder, aufmüpfiger Kerl bekannt", nickte Karl. Theresa konnte die schnelle, schwäbisch ausgesprochene Antwort nur erahnen, zumal sich Karl wieder von ihr abgewandt hatte.

Die junge Frau beeilte sich, durch die Hintertür das Haus zu betreten. Sie hörte Anna, Lisa und Gerd in der Wohnstube. Vermutlich hatte Isolde die beiden Kinder bei Klara abgegeben. Sie brauchte die Mädchen demnach nicht erst noch zu holen, sondern konnte in den ersten Stock hinaufgehen und Klara helfen, ihren verletzten Sohn zu versorgen.

Das Zimmer der Jungen stand offen, und Theresa klopfte kräftig an den Türrahmen, bevor sie eintrat. Helmut lag auf dem Bett. Er hatte nur noch seine Unterwäsche an, sodass Theresa sofort die großen Blutergüsse und Schürfwunden auf seinem Oberkörper und an Armen und Beinen sah.

„Ich hole frisches Wasser", murmelte Klara ungewohnt leise, nahm die Schüssel mit dem schmutzigen und vom Blut rot verfärbten Wasser und verließ das Zimmer.

Theresa kniete sich neben das Bett und sah auf den Jungen hinunter, der den Blick stur auf die Zimmerdecke gerichtet hielt. „Willst du mir vielleicht sagen, warum die Jungen auf dich eingeprügelt haben?", fragte sie vorsichtig.

„Ich habe mich gewehrt!"

„Sicher hast du das, aber offenbar mit wenig Erfolg. Immerhin waren sie dir zahlenmäßig und auch körperlich weit überlegen."

„Vielleicht", lautete die knappe Antwort und noch immer starrte der Junge die weiße, stuckverzierte Decke an.

„Hast du in der Schule damit geprahlt, dass du im Gutshaus wohnen darfst?"

„Nein!" Helmut drehte hastig seinen Kopf und warf ihr einen wütenden Blick zu.

„Denkst du, Marga hat so etwas gesagt?"

„Sie ist ein Mädchen!", lautete die wenig aussagekräftige Antwort des Jungen, und Theresa zog sich einen Stuhl heran, auf welchem sie sich niederließ.

„Du denkst, sie könnte begeistert von ihrem neuen Zuhause gesprochen haben, weil ihr das schöne Haus so gefällt?"

„Weiß nicht!" Der Junge hielt kurz inne. „Besser, sie verprügeln mich als sie", murmelte er schließlich und schloss seine Augen.

„In einer Prügelei eine Lösung zu suchen ist nicht gerade intelligent", erwiderte Theresa.

„Der Huber prügelt aber besser, als er denkt", merkte Helmut an und ein kleines Lächeln huschte über sein Gesicht. „Dass du ihn geschlagen hast ... Ich glaube, das hat sich – außer seinem Vater vielleicht – noch nie jemand getraut."

„Das war ebenfalls nicht sehr intelligent."

„Du hast ihn meinetwegen geschlagen, nicht wahr?"

„Es war ein Reflex", wehrte Theresa ab und drückte dem Jungen kurz die Hand.

Die beiden schwiegen eine Weile. Warum Klara nicht mit dem Wasser zurückkam? Ob sie Theresa absichtlich mit ihrem Sohn so lange alleine ließ? Hoffte sie, sie würde Zugang zu dem verschlossenen Jungen finden? Theresa senkte den Kopf. Sie betete für den Jungen und dafür, dass er Heilung erfahren durfte – äußerlich wie innerlich.

„Tante Theresa?"

„Ja?"

„Wird mein Vater zu den Eltern der anderen Jungen gehen?"

„Das ist anzunehmen."

Wieder schwieg der Junge eine Zeit lang. Dann sagte er: „Ich will das aber nicht."

„Und weshalb?"

„Das ist meine Angelegenheit. Ich möchte nicht, dass Papa sich einmischt." Helmut wollte sich aufrichten, doch sein schmerzender Körper hinderte ihn daran.

„Gibt es schon länger Probleme mit den Großen?"

„Der Huber macht immer Probleme", erklärte Helmut und wandte den Kopf der Wand zu, als wolle er nicht weitersprechen.

Theresa betrachtete die schmale Gestalt auf dem Bett und schüttelte mitleidig den Kopf. War Helmut schon öfter Opfer irgendwelcher Angriffe geworden?

„Du solltest mit deinem Vater darüber sprechen, Helmut."

„Kannst du das nicht tun, Tante Theresa?"

„Was ich tun kann, ist, ihn anzusprechen und ihn zu bitten, sich Zeit für dich zu nehmen."

„Mal sehen", murmelte der Junge und hielt weiterhin sein Gesicht von der jungen Frau abgewandt.

Theresa seufzte leise auf, drückte ihm erneut die Hand und erhob sich. Bislang hatte sie angenommen, seine zurückgezogene, teilweise unfreundliche Art habe etwas mit dem Brand des Bauernhauses zu tun, aber offenbar hatte sie sich geirrt.

„Ist Onkel Lukas wieder hier?"

„Nein. Er ist früh in den Nachbarort geritten und wollte anschließend noch bei den Zuchtstuten vom Bauern Bächle vorbeisehen." Theresa hörte Klaras Schritte auf dem Holzboden des Flures.

„Möchtest du gerne mit Dr. Biber sprechen, Helmut?"

„Wenn er Zeit hat ..."

„Ich werde es ihm ausrichten", versprach Theresa und machte der geschäftig wirkenden Mutter, die gerade das Zimmer betrat, Platz.

Nachdem Theresa den Kindern ein kleines Abendessen zubereitet hatte, nahm sie sie mit hinauf, wusch sie und zog sie um. Die junge Frau betete mit ihnen, um anschließend Anna in ihr kleines Bett und Lisa und Gerd in deren Betten in einem der großen Gästezimmer zu bringen.

Lisa, die eine ungewöhnlich rote Gesichtsfarbe hatte, schlief beinahe augenblicklich ein. Theresa strich ihr die vom Waschen noch feuchten Haarsträhnen aus dem Gesicht und fragte sich, ob das Kind heute womöglich zu lange in der Sonne gewesen war, die für diese Jahreszeit ungewöhnlich heiß vom Himmel heruntergebrannt hatte. Sie würde Klara bitten, noch einmal nach Lisa zu sehen, dachte sie, während sie den Flur entlang auf ihr Schlafzimmer zuging.

Plötzlich vernahm sie leises Weinen. Schnell betrat sie Lukas' ehemaliges Schlafzimmer und eilte von dort durch die Verbindungstür in die Ankleidekammer, wo Anna verschwitzt in ihrem Bett lag, sich krümmte und halbblau vor sich hin schluchzte.

Auch sie hatte eine seltsam rote Gesichtsfarbe, und als Theresa das Mädchen berührte, zuckte es zurück und rollte sich wie eine Katze zusammen, wobei sich sein kleines Gesicht schmerzhaft verzerrte.

„Was ist mit dir?", fragte Theresa leise und hob das Mädchen wieder aus dem Kinderbett heraus.

„Aua, au!", jammerte Anna und wand sich in Theresas Armen.

Theresa kniff die Augen zusammen. Der Puls des Mädchens hämmerte heftig, und die Windel, die sie ihm gerade eben erst angelegt hatte, war bereits nass und schwer.

Kaum hatte sie das Mädchen auf die Kommode gelegt, um die Windel zu wechseln, als dieses anfing zu würgen und sich schließlich erbrach.

„Du bist krank", raunte Theresa dem Kind erschrocken zu, bemühte sich jedoch, ihre Stimme ruhig zu halten.

Anna weinte noch mehr, ließ sich nur widerstrebend die nasse Windel wechseln und krümmte sich dann wieder heftig zusammen.

„Bauchschmerzen hast du, nicht wahr?", flüsterte Theresa, wusch das Kind, zog ihm ein frisches Nachthemd an und nahm es dann auf den Arm. Eilig verließ sie die Kammer und strebte den Räumen am Ende des Flurs zu. Dort rief sie leise nach Klara.

Die junge Mutter kam aus Helmuts Zimmer und blickte erschrocken auf das gerötete Gesicht des kleinen Mädchens, das zwar leise, aber ununterbrochen vor sich hin jammerte. „Was ist mit Anna?"

„Ich weiß nicht, Klara. Sie scheint Bauchkrämpfe zu haben und sie hat sich gerade erbrochen. Sieh dir ihren roten Kopf an! Lisa hatte vorhin auch so einen roten Kopf. Schau bitte einmal nach ihr!", bat Theresa.

Klara eilte schnell zwei Zimmer weiter zu ihrer Tochter.

„Karl!", hörte Theresa sie schließlich rufen. Klaras erschrockener, um Hilfe flehender Ruf machte ihr klar, dass es auch Lisa nicht gut ging.

Klaras Ehemann kam aus einem weiteren Zimmer im hinteren Bereich des Flures. Er war auf Socken, trug nur ein Unterhemd und die Hosenträger hingen ihm links und rechts an den Schenkeln bis beinahe zu den Knien hinunter. Ohne auf Theresa zu achten, ging er an ihr vorbei und trat in das Zimmer ein. Seine tiefe Stimme drang zu Theresa hinaus, als er mit Klara sprach. Schließlich trat er wieder in den Flur, kam auf sie zu und musterte Anna. „Beide Mädchen sind krank?", fragte er.

„Ja, Karl."

„Vielleicht haben sie etwas Verdorbenes gegessen. Ich muss noch mal runter in den Stall. Wenn die beiden nicht aufhören, sich zu übergeben, schickt ihr Marga hinunter. Ich hole dann Dr. Städler", erklärte Karl und ging zurück in das Gästezimmer, das er und Klara seit dem Brand bewohnten.

Anna würgte erneut, und noch ehe Theresa reagieren konnte, erbrach sie sich ein weiteres Mal.

„Bring Anna zu Bett, Theresa!", rief Klara in den Flur hinaus. „Marga kann das sauber machen. Lass das Kind möglichst nicht mehr alleine, ja?"

„Marga kann nachher bei Anna bleiben und ich putze!", rief Theresa, doch die älteste Tochter der Riebles trat aus ihrem Zimmer heraus und schüttelte energisch ihren Kopf.

„Mama soll bei Lisa und du bei Anna bleiben, Tante Theresa. Die Kleinen brauchen euch. Ich sehe nach Helmut und putze das weg", erklärte sie mit leiser Stimme.

„Vielen Dank, Marga", flüsterte Theresa und eilte auf ihr Zimmer zu, während das Mädchen in ihren Armen erneut zu jammern begann und sich hin und her warf.

Immer und immer wieder erbrachen die beiden Kinder, weinten und krümmten sich unter heftigen Bauchkrämpfen. Lisa urinierte mehrmals unkontrolliert in ihr Bett und Theresa musste bei Anna ein weiteres Mal die Windel wechseln.

Schließlich kam Marga in Theresas Schlafzimmer und warf einen beunruhigten Blick auf Anna. „Lisa geht es sehr schlecht. Ihr Puls rast und sie atmet sehr schwer. Sie erbricht ständig, obwohl ihr Magen längst leer ist. Mama möchte, dass ich Papa zu Dr. Städler schicke."

„Tu das", rief Theresa, denn in diesem Moment würgte Anna erneut, und der kleine Körper wurde von einem heftigen Krampf geschüttelt.

„Ich bete für sie", stieß Marga unter Tränen hervor, wandte sich um und lief so schnell aus dem Zimmer, dass der hellgraue Rock wie eine Fahne hinter ihr herflatterte.

Theresa nickte. Nichts anderes tat sie seit über zwei Stunden und doch wich zunehmend die Kraft aus Annas kleinem Körper. Auch sie fürchtete um das Leben der beiden Mädchen.

Die Stute hielt von alleine vor der Stalltür an und ein müder, gebeugt im Sattel sitzender Lukas Biber hob den Kopf und betrachtete verwundert die weit offen stehende Tür. Sowohl er als auch das

Reittier zuckten zurück, als ein großer Schatten aus dem dunklen Inneren heraustrat.

„Lukas?"

„Was machst du so spät noch hier?", erkundigte sich der Tierarzt bei Karl und stemmte sich schwerfällig aus dem Sattel.

„Ich musste Dr. Städler holen, Lukas. Lisa und Anna geht es sehr schlecht."

Lukas Bibers Kopf fuhr in die Höhe. Jegliche Müdigkeit war vergessen und er spürte einen heißen Schauer durch seinen Körper fließen. „Was ...?", rief er aufgeregt und unfähig, einen ganzen Satz zustande zu bringen.

„Sie haben Magenkrämpfe und erbrechen fortwährend."

„Das haben Kinder schon mal", sagte Lukas und runzelte die Stirn. Übertrieb Karl nicht ein wenig mit seiner Sorge?

„Irgendetwas scheint ihren ganzen Körper durcheinandergebracht zu haben", fügte Karl hinzu. „Dr. Städler ist oben, Lukas. Geh du hinauf. Du verstehst besser, was er zu sagen hat", murmelte Karl und schob ihn mit einer Hand in Richtung Weg, während er ihm mit der anderen die Zügel abnahm.

Lukas zögerte zunächst, dann aber begann er zu laufen und stürmte schließlich polternd in das Haus. Er sprang die Stufen hinauf und bog nach der letzten Stufe in den unbeleuchteten Flur ein. Sehr unsanft stieß er mit einer ihm entgegenkommenden Person zusammen. Die Tür zu seinem früheren Schlafzimmer stand offen, und so konnte er im in den Flur fallenden Lichtschein die bleichen, leidenden Züge in Theresas Gesicht erkennen. Sofort ergriff er die junge Frau an beiden Schultern und konnte sich nur schwer zurückhalten, sie leicht zu schütteln, um zu erfahren, wie es seiner Tochter ging. „Was sagt Dr. Städler?", fragte er drängend.

„Eine Vergiftung!", stieß die junge Frau hervor. Verzweiflung und Angst lagen in ihren weit aufgerissenen dunklen Augen, die ihn Hilfe suchend anblickten.

„Eine Vergiftung?" Lukas schüttelte irritiert den Kopf, blickte auf den schmalen Lichtstreifen, der auf die dunklen, ausgetretenen

Bodenbretter fiel, und konnte sich doch nicht überwinden, in das Zimmer hineinzugehen.

„Es tut mir so leid, Dr. Biber. Vielleicht war das Abendessen verdorben. Vielleicht war die Milch nicht mehr gut. Ich hätte sie prüfen sollen oder …" Theresa brachte ihren Satz nicht zu Ende, da sie laut aufschluchzte und den Kopf senkte, während ihre Schultern unter seinen Händen heftig zu beben begannen.

Lukas zog die verstörte Frau in seine Arme und drückte sie fest an sich. „Beruhigen Sie sich, Fräulein Theresa! Niemandem geht es von verdorbener Milch so schlecht. Sie trifft keine Schuld", flüsterte er in ihr Haar. Gequält schloss er die Augen. Er durfte Anna nicht verlieren. Nicht auch noch Anna.

Einen kurzen Augenblick standen sie schweigend da, dann löste sich Theresa aus seinen Armen. Er ließ sie sofort los und blickte prüfend auf sie hinunter.

„Ich soll Tee zubereiten, Dr. Biber", murmelte sie, deutete mit ihrer linken Hand in Richtung des Lichtscheines, wohl um ihn aufzufordern, endlich zu seiner Tochter und dem Arzt zu gehen, und schob sich zwischen ihm und dem gebogenen Treppengeländer hindurch, um mit fliegendem Rock die Stufen hinunterzulaufen.

Lukas ballte die Hände zu Fäusten, ging den Flur entlang und blieb schließlich vor der Schlafzimmertür stehen.

„Lukas, bist du das?", drang Dr. Städlers Stimme zu ihm heraus, und nun hatte er es doch eilig, an Theresas Bett zu kommen, in das Anna mittlerweile gelegt worden war. Das Mädchen sah in dem großen Bett erschreckend klein, verletzlich und verloren aus. Dr. Städler saß auf der Bettkante.

„Wie sieht es aus?"

„Typische Vergiftungserscheinungen, Lukas. Bauchschmerzen, Übelkeit, Erbrechen. Beide Mädchen lassen vermehrt Wasser. Ich vermute Atropa belladonna oder Convallaria majalis. Um sicherzugehen, dass es wirklich eins von beidem war, sollten wir im Hof suchen, ob wir irgendwelche Hinweise finden."

„Die Gefahrenzeit für die Tollkirsche beginnt erst im Juli. Demnach müsste ich nach Maiglöckchen suchen?"

„Nimm Rieble mit. Vier Augen sehen mehr als zwei", meinte der Arzt. „Deine Magd soll literweise Fenchel- oder Schafgarbentee kochen. Die Mädchen müssen trinken, bis sie nicht mehr können."

„Sie werden also wieder gesund?"

„Das hoffen wir doch, Lukas", antwortete der Arzt, und Lukas, der sich damit nicht zufriedengeben wollte, warf einen verzweifelten Blick auf die wirren dunklen Haare seiner Tochter.

„Sucht alles genau ab, damit wir Gewissheit haben und anderes ausschließen können", brummte der Arzt und machte sich auf den Weg zurück zu Lisa. Marga schob sich an Lukas vorbei und nahm den Platz des Arztes ein.

Lukas registrierte es mit Dankbarkeit, wandte sich um und stürmte den Flur entlang und die Stufen wieder hinunter. Zuerst polterte er in die Küche und griff nach zwei Petroleumlampen. Während er mit einem Holzspan aus dem wild flackernden Herdfeuer die Lampen ansteckte, wandte er sich an die schweigsame Theresa, die dabei war, einige Kräuter zusammenzusuchen: „Sie brauchen viel Tee, Fräulein Theresa. Vermutlich haben sie Maiglöckchen gegessen."

„Aber sie waren doch die ganze Zeit unter Aufsicht!", rief Theresa verzweifelt und schlug beide Hände vor ihr Gesicht.

„Dazu reichen einige wenige unbeobachtete Sekunden", versuchte Lukas sie zu beruhigen und wusste doch, dass es ihm nicht gelingen würde.

„Ich sollte die Pflanzen finden, um sicherzugehen, dass es wirklich Maiglöckchen waren. Wo könnten die beiden denn einen Augenblick lang unbeobachtet gewesen sein?"

„Ich weiß es nicht, Dr. Biber. Als Lisa mich geholt hat, habe ich sie und Anna in der Obhut von Frau Biber gelassen, die die Kinder dann zu Klara gebracht hat. Die beiden waren zu keinem Zeitpunkt alleine."

„Wo waren Sie, als Sie sie verließen?"

„Im Hof. Ich hatte Frau Biber geholfen, ihren Wassereimer bis vor die Tür des Nordflügels zu tragen. Dort war ich mit Anna, als Lisa kam und mich holte."

„Dann fange ich am Nordflügel an zu suchen", erklärte Lukas, darum bemüht, seine Stimme ruhig zu halten. Es würde der aufgewühlten Frau wenig nützen, wenn sie auch an ihm seine Panik spüren würde.

Eilig lief er in die Halle und trat durch die noch offen stehende Tür in den Hof hinaus. Karl kam ihm mit großen Schritten entgegen und Lukas drückte ihm den Henkel einer der wild hin und her schwingenden Lampen in die Hand. „Wir müssen nach Maiglöckchen suchen, Karl. Such du die verwilderten Blumenrabatten am Südflügel ab, ich sehe nach Isoldes Pflanzen", stieß der Tierarzt hervor und lief an den aufgeregt bellenden Hunden vorbei hinüber zum vollkommen im Dunkeln liegenden Nordflügel.

Langsam ging er, die Lampe hochhaltend, an den sorgsam gepflegten Pflanzenreihen entlang und musterte mit seinen übermüdeten Augen das Beet. Schließlich, zwischen Stiefmütterchen, halb verblühten Küchenschellen und Margeriten versteckt, konnte er einige abgerissene Blätter entdecken, und als er in die Hocke ging und die groß gewachsenen Margeritenstängel beiseiteschob, sah er die spärlichen Überreste einiger kräftig duftenden Maiglöckchenblüten.

„Ich hab sie!", rief er laut über den Hof hinweg und erhielt als erste Reaktion ein leises Echo seiner Worte.

Karl kam angelaufen und schob die Margeriten beiseite. „Wie konnten die beiden sie ausgerechnet hier finden?", brummte er.

„Sie leben in einer anderen Größendimension als wir, Karl", antwortete Lukas. Er schlug seinem Freund auf den Oberarm und nickte auffordernd in Richtung Südflügel. „Zumindest wissen wir jetzt, womit die Mädchen sich vergiftet haben."

Sie betraten den Südflügel und eilten durch die Halle. Karl rief über die Schulter zurück: „Ich sehe noch mal nach Helmut. Der Junge kommt gerade ein wenig zu kurz."

„Was ist mit ihm?", rief Lukas dem auf der Treppe voraneilenden Freund hinterher.

„Das erzähle ich dir später. Sieh du jetzt erst einmal nach den beiden Mädchen."

Lukas sprang die letzten Stufen hinauf und sah Karl gerade noch in Helmuts Zimmer verschwinden. Eilig betrat er sein ehemaliges Schlafzimmer, das inzwischen von Theresa bewohnt wurde, und fand diese vor dem Bett kniend vor. Die unruhige, verschwitzte Anna lag halb auf dem Bett, halb in den Armen der jungen Frau und krümmte sich noch immer vor Schmerzen.

Gequält schloss Lukas die Augen. Es war schrecklich, sein kleines Mädchen solche Schmerzen erleiden zu sehen.

„Karl sagte, ihr habt abgerissene Maiglöckchen gefunden?", hörte er plötzlich die Stimme des Arztes von hinten.

„Im Blumenbeet vor dem Nordflügel, Dr. Städler", bestätigte Lukas und trat beiseite, damit der Arzt das Zimmer betreten konnte.

Theresa wandte den Kopf und blickte Lukas fragend mit ihren verweinten Augen an.

Er ließ sich auf der Bettkante nieder, und während Dr. Städler dem Mädchen seine Medizin einflößte, nahm er Theresas Hände in die seinen und wartete, bis sie zu ihm aufsah. „Sie mögen ja eine miserable Köchin sein, Fräulein Theresa, aber hierfür können Sie nichts. Die Mädchen haben ein paar Maiglöckchenblüten gegessen."

Theresa nickte und entzog ihm ihre Hände, um sie wieder auf den nun ruhig liegenden Körper seiner Tochter zu legen.

Lukas beobachtete, wie sie dem Kind liebevoll und beruhigend über den Bauch streichelte, und konnte sich des Gedankens nicht erwehren, dass Theresa eine wunderbare Mutter für Anna abgeben würde.

„Mehr kann ich nicht tun, Lukas", hörte er den Arzt sagen. „Die Mädchen sind ansonsten gesund und stark. Ihre Körper kämpfen gegen das Gift an. Alles, was ihr jetzt für sie tun könnt, ist, ihnen so viel wie möglich von diesem Tee einzuflößen und für sie zu beten."

Lukas betrachtete die kleine Gestalt in Theresas Armen und spürte eine eisige Kälte in sich. Hier hatte auch seine Frau Marianne gelegen und trotz seiner inbrünstigen Gebete war sie gestorben. Sollte ihm dasselbe noch einmal passieren? Würde er wieder einen geliebten Menschen verlieren? Was hatte Gott mit Anna – und mit ihm – vor?

Der junge Tierarzt bekam nicht einmal mit, dass Dr. Städler sich verabschiedete. Zusammengesunken kauerte er vor dem großen Bett, betete und hoffte.

Schließlich war er zu erschöpft, um zu beten. Die Stunden vergingen nur langsam, und während Theresa inzwischen in das Bett geklettert war, um sich neben Anna zu legen und sie fest in ihren Armen zu halten, hockte er noch immer auf dem Boden und spürte seine Beine nicht mehr.

Langsam und leise erhob er sich, doch Theresa und auch Anna wandten ihm sofort ihre Gesichter zu. Sie waren beide wach.

„Papa?", murmelte die Kleine erschreckend schwach und leise und Lukas beugte sich über die Frau hinüber und strich seiner Tochter mehrmals über die Wange.

„Ich bin gleich wieder bei dir", flüsterte er ihr zu und verließ langsam das Zimmer. Auch in Lisas Zimmer brannte noch Licht, und als er auf die offen stehende Tür zuging, hörte er, dass das Mädchen sich noch immer übergab. Offenbar ging es Karls und Klaras Tochter noch wesentlich schlechter als Anna.

Lukas betrat den Raum, in dem er schlief, seit Theresa im Haus war, nahm die Traubibel vom Nachttisch und ging mit dieser zurück in sein ehemaliges Schlafzimmer. Dort holte er sich einen Stuhl und stellte ihn unter den Türrahmen.

Leise begann er, aus den Psalmen vorzulesen, in der Hoffnung, dass nicht nur Theresa und Anna, Karl und Klara, sondern auch Gott diese alten Gebete hören würde.

Isolde Biber stand in ihrem dunklen Zimmer am Fenster und beobachtete die schwankende Wagenlampe des Einsitzers, mit dem Dr. Städler langsam den Hügel hinunter zurück in Richtung Stadt fuhr.

Die vielen hell erleuchteten Zimmer, die vorbeihuschenden schwarzen Schatten und die Anwesenheit des Arztes ließen darauf schließen, dass die weißen, zierlichen und so wunderhübsch anzusehenden und hinreißend duftenden Blüten ihre zerstörerische Wirkung gezeigt hatten.

Mit beiden Händen strich sie sich über ihren leicht gewölbten Leib und lächelte in die Dunkelheit hinaus. Ihr Sohn musste der einzige in dieser Familie bleiben, denn nur dann war gewährleistet, dass das Gutshaus mit seinen Liegenschaften, seiner Landwirtschaft und den gewaltigen Waldflächen in ihren Besitz übergehen würde. Lange Zeit hatte sie angenommen, sie würden das langsam verfallende Gebäude über einen Dritten für sich erstehen können, zumal Lukas Biber nie auf den Gedanken gekommen war, die Zahlen zu überprüfen, die sein Bruder ihm in seinem monatlichen Rechenschaftsbericht angab. Vermutlich hatte er keine Ahnung, wie viel Geld sie und Markus inzwischen besaßen.

Doch nun war diese Theresa Fuchs aufgetaucht, von der Lukas und auch Frau Rieble vermuteten, dass sie aus einer bessergestellten Familie Wiens stammte. Vielleicht hatte sie das Geld, für Lukas das Haus und die dazugehörenden Grundstücke zu retten, sollte sie ihn heiraten. Und dann würde die Chance, dass zumindest ihr Sohn einmal das wunderbare Anwesen erben würde, erheblich schrumpfen. Die Gefahr, dass Theresa und Lukas weitere Kinder und somit einen direkten Erben bekommen würden, war einfach zu groß. Theresa war für Anna verantwortlich, und wenn das Kind eine Vergiftung erlitt, würde dies unweigerlich auf das Kindermädchen zurückfallen. Lukas liebte Anna – das Einzige, was ihm von Marianne geblieben war – und er würde diesen rothaarigen, eigensinnigen Eindringling endlich aus dem Hause verbannen.

Zufrieden drehte sie sich um, entledigte sich ihres Morgenmantels und legte sich in ihr Bett. Sehr schnell war sie eingeschlafen.

Theresa wachte auf, als jemand fürsorglich eine Decke über sie zog und deren Enden unter ihre Schulterblätter schob, damit sie nicht verrutschte. Sie blinzelte und wandte den Kopf. Lukas Biber nickte ihr zu und setzte sich zurück auf einen Stuhl, den er unmittelbar neben das Bett gestellt hatte.

„Wie spät ist es?", fragte die junge Frau leise und blickte prüfend auf das Mädchen hinunter, das eingekuschelt in ihren Armen lag.

„Fünf Uhr morgens, Fräulein Theresa."

„Es geht ihr viel besser, nicht wahr?"

„Sie schläft schon seit zwei Stunden. Ich denke, sie hat das Schlimmste überstanden."

„Gott sei Dank!", seufzte Theresa und küsste das Mädchen auf die wirren Haare. „Wie geht es Lisa?", flüsterte sie und drehte den Kopf so, dass sie den Vater des Kindes wieder ansehen konnte.

„Sie ist sehr geschwächt, schläft jetzt aber auch. Ich vermute, sie wird sich ebenfalls wieder erholen."

Erleichtert seufzte Theresa auf. Dann wurde ihr bewusst, dass Lukas Biber ihr beim Schlafen zugesehen haben musste. Erschrocken über die Vertrautheit, mit der er sie zugedeckt hatte, und über die Tatsache, dass er es offenbar für selbstverständlich hielt, sich in demselben Raum aufzuhalten, in dem sie schlief, presste sie die Lippen aufeinander. Es wurde langsam Zeit, dass sie ihre Erinnerung zurückerlangte. Sie musste sehr bald schon dieses Haus verlassen, bevor sie sich auf etwas einließ, was sie, Lukas Biber und vielleicht andere Personen, an die sie sich nicht erinnern konnte, in Schwierigkeiten, Gewissensnöte oder gar Leid stürzen würde.

„Bleiben Sie bei Anna, Fräulein Theresa. Ich werde heute die Tiere versorgen und das Frühstück richten."

„Sie hatten noch weniger Schlaf als ich, Dr. Biber."

„Ich werde dann den Rest des Tages verschlafen."

„Dabei wollte ich doch dringend erfahren, wie Ihr Gespräch mit dem Notar verlaufen ist."

„Für Sie und Hannah Werner erfreulich, Fräulein Theresa."

Theresa lächelte über den gespielt verzweifelten Ton in seiner Stimme.

„Ich danke Ihnen für alles, was Sie Anna an Hilfe und Zuneigung haben zukommen lassen, Fräulein Theresa."

„Und an fehlender Aufmerksamkeit?", murmelte sie.

Er saß noch immer auf dem Stuhl, den Rücken gegen die gerade Lehne gedrückt und die Beine weit von sich gestreckt. Er wirkte erschöpft und doch bedachte er sie mit einem aufmunternden Lächeln. „Die Maiglöckchen befanden sich in Isoldes Blumengarten. Vermutlich haben die beiden sich über die Blüten hergemacht, als Sie davongingen und Isolde Ihnen nachsah. Es genügen zwei Handgriffe, um eine Reihe Blüten abzureißen und sie sich in den Mund zu schieben."

„Bei Anna kann ich mir das ja vorstellen. Aber Lisa ist beinahe fünf Jahre alt. Sie sollte aus dem Alter heraus sein, in dem sich Kinder alles Mögliche in den Mund schieben."

„Vielleicht haben sie gespielt und das Essen der Blüten gehörte zu ihrem Spiel. Wer weiß schon, was in diesen Kinderköpfen vor sich geht? Vermutlich wird sich Lisa selbst nicht einmal daran erinnern können."

„Das tröstet mich nicht, Dr. Biber. Ich trage die Verantwortung für Anna und so etwas sollte nicht geschehen."

„Sie sind zu hart mit sich, Fräulein Theresa. Niemand erwartet von Ihnen, dass Sie einer quirligen Einjährigen auf Schritt und Tritt folgen und sie ununterbrochen im Blick behalten. Selbst das Zerstören meiner Unterlagen, welches erheblich mehr Zeitaufwand und Energie erfordert haben muss als das schnelle In-den-Mund-Schieben einiger kleiner Blüten, habe ich Ihnen nicht als Ihren Fehler vorgeworfen. Es genügt das Zusammentreffen zweier oder mehrerer unglücklicher Umstände und die Katastrophe ist da!"

„Diesmal ist es gut ausgegangen", seufzte Theresa und drückte den warmen, entspannt in ihren Armen liegenden Körper vorsichtig an sich. Sie empfand eine so große Liebe für das kleine Mädchen, dass sie sich einfach nicht vorstellen mochte, was alles hätte geschehen können!

„Sie sind ein großartiges Kindermädchen, Fräulein Theresa. Über Ihre hauswirtschaftlichen Fähigkeiten lässt sich zwar noch immer streiten, aber –"

„Übrigens war es letzte Nacht ein guter Einfall, aus der Bibel vorzulesen, Dr. Biber", beeilte sich Theresa zu sagen, um das Thema zu wechseln.

„Weil Sie dabei so wunderbar einschlafen konnten?"

„Sie wissen genau, dass ich etwas anderes damit sagen wollte. Allerdings stimmt es: Sie haben eine angenehme, beruhigende Stimme. Sie sollten jeden Abend aus der Bibel vorlesen."

„Abgemacht. Aber jetzt muss ich nach den Tieren sehen. Heute Abend habe ich einen Termin mit meinem Bruder und tags darauf werde ich wohl Hannah Werner einen Besuch abstatten müssen."

„Ich danke Ihnen."

„Das ist auch das Mindeste. Immerhin bin ich gerade dabei, mir von Ihnen mein schönes, ruhiges Zuhause rauben zu lassen."

„Das sehen Sie jetzt aber falsch. Ich versuche, Ihnen Ihr Zuhause zu erhalten."

„Schön, dass Ihnen nie die Argumente auszugehen scheinen. Diese Gabe werden Sie noch benötigen, wenn der Proteststurm der Stadtbevölkerung über Hannah Werner, Sie und wohl auch über mich hereinbrechen wird", erwiderte er deutlich besorgt.

„Da muss ich Sie enttäuschen, Dr. Biber. Zu diesem Zeitpunkt hoffe ich bereits wieder bei meiner Familie zu sein."

Lukas Biber erhob sich und bedachte Theresa mit einem Blick, den sie weder deuten konnte noch wollte.

Er duckte sich, als er unter dem Türrahmen hindurchging, und drehte sich nochmals zu ihr um. Dabei murmelte er, für Theresa kaum verständlich: „Wir werden sehen."

Kapitel 53

Vor vier Tagen hatte Malte Heinrichs Berlin in Richtung Süden verlassen und sich herzlich von Thomas verabschiedet, nicht ohne ihm mitzuteilen, dass sowohl er als auch Christines Vater eine möglichst sofortige Abreise des Österreichers für ausgesprochen angebracht hielten. General Meierling und sein Mitarbeiterstab hatten Berlin bereits verlassen.

Napoleon III. hatte inzwischen sowohl mit Österreich als auch mit Preußen verhandelt, und als er eine internationale Konferenz zur Beratung der problematischen deutschen Frage in die Wege hatte leiten wollen, hatten die Bedingungen und Einwände Österreichs ein solches Treffen verhindert.

Österreich hatte seine Kriegsvorbereitungen vor Preußen getroffen und die Schleswig-Holstein-Frage vor den Deutschen Bundestag gebracht. Bismarck hatte diesen etwas fragwürdigen Schritt genutzt und ihn eine Verletzung der Konventionen von Bad Gastein genannt. Die Preußen waren schließlich in Holstein einmarschiert.

Am 14. Juni hatte der Bundestag dem Antrag der österreichischen Regierung zugestimmt, militärische Maßnahmen gegen Preußen einzuleiten, was König Wilhelm als Kriegserklärung aufgefasst hatte. Der Deutsche Bund war aufgelöst worden und beide Seiten hatten ihre Truppen an die Front geworfen.

Zu diesem Zeitpunkt befand sich Thomas noch immer im Herzen Preußens, und es fiel ihm schwer zuzugeben, dass er sich ausgesprochen unwohl fühlte. Die Briefe, die General Doorn an seine Militärfreunde geschrieben hatte, hatten keine Aufklärung bezüglich des Aufenthaltsortes von Marika gebracht, doch noch immer hielt Thomas krampfhaft an der Hoffnung fest, hier in Berlin etwas über seine verschollene Schwester zu erfahren. Eine leise Stimme in seinem Inneren mahnte ihn zwar, endlich einzusehen, dass sie vermutlich gar nicht mehr am Leben war, doch irgendetwas in ihm sträubte sich dagegen, dieser Stimme Glauben zu schenken.

Thomas bog in den Kurfürstendamm in Richtung Landwehr-Kanal ein und betrachtete den grauen, wolkenverhangenen Himmel über der großen Stadt. Es begann zu regnen, und der junge Mann fragte sich, ob dies womöglich Gottes Tränen der Trauer darüber waren, dass ein Bruderkrieg entfacht war, der unzählige junge Soldaten und wohl auch einige Zivilisten das Leben kosten würde.

Er wandte sich suchend um. Seit zwei Tagen hatte er Anton Faber nicht mehr in seiner Nähe gesehen, und er musste annehmen, dass dieser mit den österreichischen Beamten und den Militärs die Stadt verlassen hatte. Ein wenig stieß ihm dies bitter auf. Die Anwesenheit des Mannes, der unmittelbar mit dem Verschwinden Marikas zu tun hatte, hatte in ihm die Hoffnung aufrechterhalten, dass die junge Frau noch am Leben war. Gerade als er sich entschlossen hatte, den Wiener abzupassen und ihn zur Rede zu stellen, war dieser verschwunden.

Thomas runzelte die Stirn, als er vier Schatten bemerkte, die ihm nun anstelle des einen zu folgen schienen. Unruhe breitete sich in ihm aus, und während er sein Tempo beschleunigte, fragte er sich, ob er nicht doch einen Fehler begangen hatte, indem er in Berlin geblieben war. Bislang hatte er ausschließlich politische Meinungen und Pläne an die Österreicher weitergegeben, doch nun, da der Krieg an seinem Beginn stand, fürchteten die Gegner wohl, dass er militärische Geheiminformationen sammeln und an den Generalstab von Kaiser Franz Joseph übermitteln würde.

Hatten die Preußen zuvor aus Höflichkeit und um den Schein zu wahren die österreichischen Gesandten in ihrer Mitte geduldet, so konnte dieser Zustand im Kriegsfalle augenblicklich in sich zusammenfallen. Der preußischen Universität war er als Österreicher schon vor einer Woche verwiesen worden.

Thomas bog um eine Hausecke in die Kurfüstenstraße ein und warf erneut einen Blick zurück. Noch immer wurde er verfolgt, und die vier Gestalten gaben sich nur wenig Mühe, dies heimlich zu tun.

Der junge Mann begann zu laufen. Er wollte ein wenig mehr Abstand zwischen sich und die Männer bringen, solange das Haus den Blick auf ihn verdeckte. Handelte es sich bei den Kerlen wieder um ein paar Schläger, die von Götz Beck beauftragt worden waren, um ihm erneut einen Denkzettel zu verpassen? Dann würde er wohl mit einer weiteren ausgesprochen schmerzhaften Prügelstrafe davonkommen. Waren es jedoch von der preußischen Regierung gedungene Männer, musste er damit rechnen, demnächst in einem Militärgefängnis zu landen.

Thomas bog in die Keithstraße ein. Hier hoffte er, in den verwinkelten Gärten untertauchen und seinen Verfolgern entkommen zu können. Sollte ihm das gelingen, würde er endlich den Weg in Richtung Heimat antreten müssen. Es war unverantwortlich, auch Christine und ihrem Vater gegenüber, sich weiterhin in Berlin aufzuhalten.

Wieder sah er sich um, entdeckte in einiger Entfernung seine Verfolger und schob sich eilig zwischen zwei auseinanderklaffenden Mauerteilen hindurch in einen Garten. Er durchquerte diesen zügig, trat auf die Wichmannstraße und schließlich wieder zurück auf den Kurfürstendamm. Zufrieden wandte er sich um, um sich auf den Weg zu seiner Pension zu machen ... und fand sich Anton Faber gegenüber, der in seiner Rechten eine Schusswaffe hielt.

Kapitel 54

Bienen summten fröhlich vor sich hin und tanzten von einer Blüte zur anderen, als könnten sie sich für keine von ihnen entscheiden.

Die Pflanzen in dem ungepflegten Vorgarten des Südflügels wucherten wild in die Höhe und leuchteten in den verschiedensten Farben mit dem Grün der Eichen um die Wette. Vögel zwitscherten munter ihre Lieder, und das Zirpen der Grillen, das von der Wiese und den nahen Feldern herübergeweht wurde, mischte sich mit dem Rascheln der hoch oben am Baum vom leichten Wind bewegten Blätter und dem unaufhörlichen Rauschen der großen dunklen Fichten auf den umliegenden Hügeln.

Theresa lächelte die verwundert dreinblickende Klara begeistert an und schob ihr Beutestück, ein schweres schwarzes Fahrrad, über das Pflaster auf die Freundin zu.

„Sieh mal, was ich gefunden habe!", lachte die junge Frau und strich sich ein paar Haarsträhnen aus dem Gesicht.

„Lukas' Fahrrad! Wo hast du denn das her?"

„Aus dem hinteren Teil der Sattelkammer."

„Und was hast du damit vor?"

„Ich möchte gern damit fahren", meinte Theresa und schüttelte den Kopf. Was sollte sie sonst mit dem Fahrrad wollen?

„Kannst du denn Rad fahren?"

„Das möchte ich ja gerade herausfinden, Klara."

„Deine Versuche herauszufinden, was du in deiner rätselhaften Vergangenheit konntest und was nicht, nehmen immer seltsamere und gefährlichere Formen an."

„Du übertreibst, Klara", lachte Theresa.

„Darf ich dich daran erinnern, dass du dir letzte Woche die Knie aufgeschürft hast, als du den Reifen schneller als die Kinder über den Hof treiben wolltest? Oder dass Marga dich gerade noch davon abhalten konnte, dich im See zu weit hinauszuwagen, bevor du bemerkt hast, dass du offenbar gar nicht schwimmen kannst?"

„Und was soll an diesem Fahrrad gefährlich sein?", fragte Theresa.

„Vielleicht bist du es, die es gefährlich macht?", rief eine belustigt klingende weibliche Stimme aus einem der Fenster des Haupttraktes, und Theresa beschattete ihre Augen mit der rechten Hand, um Hannah Werner ausmachen zu können.

Diese stand an einem der verschmutzten Fenster im ersten Stock. Sie hatte ein blaues Kopftuch umgebunden, das, ebenso wie ihr Gesicht, mit weißen Farbspritzern übersät war.

„Viel gefährlicher als du, wenn du wieder einmal von einer Leiter auf mich herunterstürzt, kann dieses Rad mit mir im Sattel nicht sein!", spottete Theresa und winkte der Freundin zu.

Hannah drohte ihr spielerisch mit einem Pinsel und wandte sich wieder in den Raum hinein, um sich weiter ihren Renovierungsarbeiten zu widmen.

„Der Pfarrer hilft ihr heute wieder", merkte Klara an und deutete mit einer Kopfbewegung auf das abseits angebundene Pferd.

„Das ist doch schön, Klara. Hannah kann jede Unterstützung brauchen, die sie bekommen kann. Und wenn der Pfarrer als gutes Beispiel vorangeht, werden sicher auch bald einige andere Stadtbewohner nachfolgen."

„Ehrlich gesagt vermute ich bei dem jungen Pfarrer eine andere Motivation als reine Nächstenliebe", flüsterte Klara und warf einen prüfenden Blick auf Marga, die sie jedoch nicht gehört hatte.

„Warum auch nicht? Hannah ist eine nette, intelligente, gut aussehende und mittlerweile auch ehrenhafte Frau."

„So denkt aber nicht jeder. Ihre häufigen Begegnungen könnten dem Ruf des Pfarrers schaden."

„Um seinen Ruf scheint er sich wenig Sorgen zu machen."

„Ebenso wenig wie du und Lukas?"

„Viel wichtiger ist doch, dass sowohl der Pfarrer als auch wir hier oben mit gutem Beispiel vorangehen und dass Hannah eine Möglichkeit bekommt, ihr Leben zu verändern. Dann werden sicher irgendwann auch die Menschen in der Stadt ihr Verhalten ändern." Theresa raffte ihren Rock zusammen, damit sie ein Bein über die recht hohe Stange zwischen dem Lenker und dem Sattel heben konnte. „Und das geschieht auch schon, Klara. Die Frau vom Bauern Huber spricht gelegentlich auf dem Markt mit mir, und sie hat angeboten, dass sie Hannah, wenn sie erst mal ihren Gasthof eröffnet hat, Lebensmittel von ihrem Hof liefert."

„Selbstverständlich spricht die Frau vom Huber mit dir. Seit du ihren Jungen verprügelt hast, hat der ein wenig mehr Respekt vor uns Frauen und benimmt sich seiner Mutter gegenüber wieder ein wenig höflicher und freundlicher."

„Verprügelt! Karl hat wohl maßlos übertrieben."

„Ich kenne den Bauern Huber, und ich weiß, dass sein Sprössling ebenso ein Schrank ist wie er selbst. Dem Jungen eine so satte Ohrfeige zu verpassen, dass er Tage später noch eine rote Wange hat, ist meines Erachtens entweder bewunderungswürdig mutig oder bodenlos dumm!"

„Ich tendiere zu Letzterem, Klara", drang eine männliche Stimme zu ihnen herüber. Die beiden Frauen fuhren erschrocken herum und sahen Lukas Biber auf sich zukommen. „Außerdem hat Huber expandiert", erklärte der Tierarzt. „Er wird froh sein, seine Ernte verkaufen zu können, und dabei ist es ihm gleichgültig, woher er sein Geld bekommt."

„Müssen Sie mir meine Hoffnungen darauf, dass die Leute in der Stadt sich vielleicht doch noch ändern, zunichtemachen?", murmelte Theresa und stellte sich auf ihre Zehenspitzen, doch es gelang ihr nicht, auf den hohen Sattel zu steigen.

Lukas ging ein Mal um sein altes Fahrrad und die junge Frau herum. Schließlich stellte er seine Tasche auf die Bank unter der Eiche, auf der Klara saß und den Salat putzte, und trat hinter Theresa. Ohne Vorwarnung legte er seine Hände an ihre Hüfte und hob sie einfach auf den Sattel hinauf, der quietschend nachgab.

Erschrocken krampften sich Theresas Finger um die Lenkstange, und mit den Füßen suchte sie die Pedale, an die sie kaum heranreichte.

„Schon genug Aufregung?"

„Niemals!", lachte Theresa übermütig und ihre Augen sprühten vor Begeisterung

Klara schüttelte den Kopf. „Klag du mir nachher nicht über irgendwelche Schmerzen, Theresa", schalt sie ihre Freundin und hielt mit einer Hand Anna zurück, die in die Speichen des Hinterrades greifen wollte.

„Fräulein Fuchs bemüht sich darum, ein paar Schrammen abzubekommen, damit sie sich nachher vor dem Kartoffelschälen drücken kann", foppte Lukas sie und Klara winkte lachend ab.

„Papa! Ich!", brachte sich Anna in Erinnerung.

„Du darfst nachher Rad fahren, Anna", versprach ihr Vater.

Marga zog das Mädchen auf ihren Schoß. „Ich auch?", fragte sie und Lukas nickte ihr lächelnd zu.

„Sind Sie bereit?", fragte er, und ohne auf eine Antwort zu warten, begann er, das Rad vor sich herzuschieben. Theresa vollführte ein paar unkontrollierte Bewegungen mit den Händen, was das Rad bedenklich zum Schlingern brachte, doch nach wenigen Metern hatte sie das Gefährt im Griff und lachte begeistert auf, als Lukas sie immer schneller anschob.

„Das macht Spaß!", rief sie Klara und den Kindern über die Schulter zu.

„Soll ich loslassen?", fragte Lukas ein wenig außer Atem und Theresa nickte einmal knapp. Doch als er seine Hände von dem Gestänge nahm, begann sie so heftig zu wackeln, dass er schnell wieder zupackte. „Das müssen Sie wohl noch üben", lachte er und schob sie wieder etwas schneller an.

Theresa, die es nicht wagte, eine enge Kurve zu beschreiben, lenkte das Fahrrad entlang der Frontseite des Nordflügels auf den schmalen Fußweg. Sie umrundeten diesen Teil des großen Hauses und steuerten auf der Rückseite des Haupttraktes an einigen Bäumen und Ziersträuchern vorbei, denen sie sorgfältig auswich. Auf der nun beginnenden Rasenfläche holperte das Rad heftig und Lukas wurde unwillkürlich etwas langsamer.

Plötzlich rutschte das Vorderrad in eine Vertiefung der Wiese. Theresa schlug es den Lenker aus der Hand und sie kippte seitlich weg. Zwei starke Arme versuchten sie zu halten, doch der Schwung war einfach zu groß, und so fielen Theresa und Lukas nebeneinander ins Gras, während das Fahrrad auf ihren Beinen landete. Theresa blieb bewegungslos auf dem Rücken liegen und hielt die Augen geschlossen. Schließlich öffnete sie sie, sah in den blauen Himmel hinauf und begann fröhlich zu lachen.

Lukas stützte sich auf den linken Ellenbogen, auf dessen Unterarm Theresas Kopf lag, und wandte sich der jungen Frau zu. Er grinste und drückte mit den Beinen das Fahrrad beiseite. Doch er blieb liegen, da er es genoss, Theresa in seinen Armen zu halten. Er beobachtete sie, wie sie weiterhin fröhlich in den wolkenlosen Himmel hineinlachte und schließlich den Kopf zu ihm wandte. Ihre dunklen Augen blitzten übermütig und das Lächeln auf ihren Lippen konnte er nicht anders als bezaubernd nennen. Der Sturz hatte ihre Frisur vollends aufgelöst, und so mischten sich ihre langen rotbraunen Haare mit den grünen Halmen des Grases, das ihr Gesicht einrahmte.

Lukas wurde ernst. Vor etwas mehr als vier Wochen hatte er Theresa kurz in den Armen gehalten, als sie über Annas und Lisas Vergiftung so verzweifelt gewesen war. Seit damals sehnte er sich noch vehementer danach, sie wieder in den Arm nehmen und endlich einmal küssen zu dürfen. Der Wunsch wurde in ihm übermächtig, und so schob er sich ein wenig näher an sie heran und stützte seine rechte Hand neben ihrem linken Ellenbogen in das weiche Gras.

Das Lächeln auf ihren Lippen verblasste langsam. Lukas sah in ihre dunklen Augen, beugte sich ein wenig weiter hinunter und küsste sie sachte auf den Mund. Plötzlich fühlte Lukas sich mit erstaunlicher Heftigkeit und Kraft beiseitegestoßen. Erschrocken wich er zurück und die junge Frau sprang hastig auf die Beine. Sie raffte ihren Rock und die Schürze in die Höhe und begann in Richtung Südflügel zu laufen.

Lukas sprang ebenfalls auf. „Theresa!", rief er ihr nach und zu seiner eigenen Verwunderung wirbelte die junge Frau herum. Die langen, wilden Locken fielen um ihren schlanken Körper bis zu den Hüften hinunter und wurden vom leichten Wind spielerisch durcheinandergewirbelt. Sie stampfte wie ein zorniges Kind mit dem Fuß auf und hatte beide Hände zu Fäusten geballt.

„Theresa? Ich heiße nicht Theresa!", rief sie wütend und ging wieder ein paar Schritte auf ihn zu.

„Theresa ...", setzte er erneut an und näherte sich ihr, während sie schon von Weitem abwehrend die Hände gegen ihn ausstreckte.

„Wollen Sie es nicht verstehen? Ich weiß nicht, wer ich bin! Wie wollen Sie es dann wissen? Was wissen Sie schon von mir?"

„Dass du ein liebenswertes, temperamentvolles und wundervolles Mädchen bist, dass du –"

„Mädchen? Ich bin mindestens zwanzig Jahre alt. Sie wissen gar nichts über mich! Das alles hier ist nicht in Ordnung. Vielleicht gibt es irgendwo einen Mann, der auf mich wartet! Vielleicht bin ich das, was die Leute in der Stadt von mir denken! Vielleicht bin ich auch eine Verbrecherin – ein durch und durch böser Mensch!"

„Das ist Unsinn, Theresa, und das weißt du auch! Beruhige dich. Wir können doch darüber sprechen. Wir –"

„Es gibt nichts zu besprechen. Nichts! Da ich nichts weiß und ein Nichts bin!"

„Hör endlich auf, mich ständig zu unterbrechen!", brummte Lukas und machte einen weiteren Schritt auf die verzweifelte Frau zu. Sie strahlte eine ungeheure Energie aus, die ihn ein wenig um sie fürchten ließ.

„Ich bin unhöflich und frech und habe mein Temperament nicht im Griff. Wie kommen Sie da auf die Idee, dass ich aus gutem Hause stammen könnte? Nur wegen der Kleider, die ich trug? Vielleicht habe ich sie gestohlen? Was also wissen Sie? Was wollen Sie sagen?" Energisch drehte sie sich um und ging davon.

Lukas blieb zurück mit einem Schmerz in seinem Inneren, der

ihn zu zerreißen drohte. Er war verwirrt, besorgt und hilflos. Mit tief in den Hosentaschen vergrabenen Händen sah er der schmalen Gestalt nach, bis sie um die Ecke des Südflügels gebogen und aus seinem Blickwinkel verschwunden war.

Schließlich hob er das Fahrrad auf und schob es langsam zurück auf den Hof. Anna kam ihm begeistert entgegengelaufen. Er nahm seine Tochter auf den Arm, setzte sie auf den Sattel und schob sie zu Klara hinüber, die ihre Hände tatenlos im Schoß ruhen ließ und ihn intensiv musterte.

„Was ist passiert?", fragte sie einfach.

„Ich habe einen Fehler gemacht."

„Ach, Lukas!", seufzte Klara, blickte ihn traurig an und wandte sich wieder ihren Kartoffeln zu.

Kapitel 55

„Wer sind die vier, Wieland?", fragte Anton Faber ausgesprochen gelassen und deutete ihm mit einer Hand an, schnell näher zu kommen.

Thomas musterte den Mann, doch da dieser eine Waffe in der Hand hatte, hielt er es für angebracht, seiner Aufforderung Folge zu leisten.

„Zwei Häuser weiter gibt es einen Durchgang in eine weitere Nebenstraße. Wenn wir schnell genug sind, können sie nicht sehen, wohin wir verschwinden!", erklärte der Mann mit seinem starken Wiener Akzent und begann zu laufen.

Thomas folgte ihm verwirrt.

Die beiden hasteten durch die dunkle Straße und bogen in den von Leutnant Faber genannten Durchgang ein. Während Thomas sich keuchend gegen eine kalte Hauswand lehnte, ging der in Zivil gekleidete Faber wieder vorsichtig bis an die Straßenecke und sah nach, ob von den vier Männern noch etwas zu sehen war. Schließlich kam er zurück und wies mit einem Kopfnicken in Richtung einer Nebenstraße, die nur wenige Hundert Meter von ihnen entfernt zu sehen war. „Sie scheinen ständig verfolgt zu werden, Wieland."

„Was wollen Sie?", knurrte Thomas und schloss sich dem Mann an, der die Waffe wieder sorgfältig eingesteckt hatte und nun beinahe gemütlich die schmale Gasse entlangging.

„Von Ihnen? Ihretwegen musste ich Wien und eine bezaubernde junge Dame verlassen und mich tage- und nächtelang in diesen Straßen herumschlagen. Und Ihretwegen bin ich noch immer hier, obwohl ich längst wie Meierling und all die anderen zurück im schönen, beschaulichen Wien sein sollte."

„Meierling?" Thomas musterte seinen Begleiter verwundert.

„In unserem Beruf muss man immer misstrauisch sein, Wieland. Als ich in Wien als Doppelagent eingesetzt wurde, um Informationen von den Preußen zu erlangen und falsche Informationen an diese weiterzugeben, wurden Sie mir auf die Fersen geschickt. Ich wurde überprüft, und Sie legten Ihr Reifezeugnis ab, ohne dass wir voneinander wussten oder über die jeweilige Tätigkeit des anderen informiert wurden. Dass dabei Ihre Schwester unter die Räder kam, war nicht eingeplant, und ich habe bei unserem Vorgesetzten dafür gesorgt, dass Sie freie Hand erhielten, nach ihr zu forschen."

„Dann verdanke ich es Ihnen, dass ich nach Berlin geschickt wurde?", hakte Thomas nach, der die Informationen erst einmal sacken lassen musste.

„Sowohl unser Vorgesetzter in Wien als auch ich waren entsetzt, als uns klar wurde, dass das Verschwinden Fräulein Marikas mit unserem Einsatz im Wienerwald zu tun hatte. Ihre Versetzung nach Preußen war eine logische Folge als Angebot für Sie, sich hier nach den beiden Verfolgern und vor allem nach Ihrer Schwester umsehen zu können."

„Leider ohne Erfolg", murmelte Thomas.

Die beiden Männer bogen wieder in die Keithstraße ein. Von den Verfolgern war nichts mehr zu hören oder zu sehen.

Thomas schüttelte den Kopf. Sollte dieser Mann, den er mehrmals bei heimlichen Gesprächen mit preußischen Offizieren beobachtet hatte, tatsächlich ein Verbündeter sein? „Weshalb sind Sie hier?", wollte er von ihm wissen.

„Wir haben erfahren, dass Sie eine Beziehung zu einer jungen Dame begonnen haben, deren Vater nicht gerade ein unbeschriebenes Blatt im preußischen Militärwesen ist. Das Resultat war, dass nun die Rollen getauscht wurden. Ich wurde geschickt, um Sie im Auge zu behalten."

„Da sind Sie, wie es aussieht, nicht der Einzige, Faber", schmunzelte Thomas und entspannte sich ein wenig.

„Wer sind diese vier Männer, die Sie verfolgt haben?"

„Ich vermute, es handelt sich um Schläger, die Götz Beck angeheuert hat."

„Beck? Er war auffällig häufig bei General Doorn."

„Ein entfernter Verwandter und Verehrer von dessen Tochter."

Anton Faber nickte verstehend und deutete in eine weitere Seitenstraße hinein. Thomas folgte ihm. Er ahnte, wohin Faber ihn führen wollte.

„Unser Vorgesetzter in Wien hat mich beauftragt, Sie nach Hause zu holen. Es wird zu gefährlich hier."

„Und weshalb sind wir auf dem Weg zum Haus der Doorns?"

„Ich wollte Ihnen noch die Möglichkeit geben, sich zu verabschieden, Wieland."

Thomas schwieg. Christine wusste nicht, dass er noch in Berlin war. Er hatte sich, wie ausgemacht, an dem Tag von ihr verabschiedet, an dem ihr Vater und Malte ihn darum gebeten hatten, Preußen zu verlassen. Nachdenklich blies er kurz die Wangen auf. Hatten Christine und er überhaupt eine Chance – nun, da der Krieg begonnen hatte und sie nicht wussten, wie lange dieser sie trennen würde?

„Ich muss Ihnen noch etwas Wichtiges mitteilen", riss ihn Anton

Faber plötzlich aus seinen düsteren Überlegungen. „Den Grund, weshalb ich mich – trotz der unbehaglichen Situation und der Schwierigkeiten, die wir haben werden, unbeschadet und sicher in den Süden zu gelangen – bereit erklärt habe, Sie hier herauszuholen."

Thomas blieb stehen und musterte sein Gegenüber. Ein Kribbeln breitete sich in seinem Inneren aus und unwillkürlich verschränkte er die Hände hinter seinem Rücken und ballte diese zu Fäusten. Hatte der Wiener schlechte Nachrichten für ihn? War etwas mit seiner Familie in Wien?

„Einer unserer Mitarbeiter in Stuttgart ist auf die beiden Männer gestoßen, die damals meinen Informanten begleitet und Sie verfolgt haben."

„Marika!", stöhnte Thomas und trat einen Schritt auf Anton Faber zu. Sein Herz schlug aufgeregt.

Der Wiener nickte, griff nach Thomas' Unterarm und zog den jungen Mann in den Schatten eines großen Gebäudes.

„Die beiden suchen Ihre Schwester, Wieland."

„Sie …?" Thomas hob die Augenbrauen und schüttelte irritiert den Kopf. „Was soll das heißen, sie suchen sie?"

„Viel konnte unser Kollege nicht in Erfahrung bringen. Alles, was er weiß, ist, dass die beiden durch ihren preußischen Akzent aufgefallen sind, als sie sich intensiv nach einer jungen Frau mit dunklen Augen und rotbraunen Haaren erkundigt haben, die bereits seit mehreren Wochen vermisst wird."

„Ich verstehe das nicht", murmelte Thomas und schüttelte ein weiteres Mal heftig den Kopf.

„Ich habe Ihre Schwester als ausgesprochen temperamentvoll in Erinnerung. Könnte es nicht sein, dass sie sich befreien und den Männern entkommen konnte?"

Thomas schloss die Augen und sah Marika mit ihren wild funkelnden Augen und dem herausfordernden Blick vor sich. Ja, sie war eine Kämpferin. Unwillkürlich schlich sich ein Lächeln auf sein Gesicht.

„Fräulein Marika ist eine bezaubernde junge Dame, Wieland. Ich hoffe sehr, dass sie den beiden entkommen konnte!"

Thomas runzelte die Stirn. „Nehmen wir an, Sie haben recht mit Ihrer Vermutung. Warum hat sich Marika dann nie bei ihrer Familie gemeldet?"

„Aus Angst, entdeckt zu werden? Aus Furcht, Ihrer Familie – im Besonderen Ihnen – könnte etwas zustoßen?"

Thomas nickte langsam. „Marika ist intelligent. Sie weiß sehr viel von meiner geheimen Tätigkeit und wird sich den Rest zusammengereimt haben. Vielleicht haben die beiden Entführer auch einiges von sich selbst preisgegeben. Aber dennoch: Sie muss doch wissen, dass wir uns furchtbare Sorgen um sie machen. Sie würde uns nicht freiwillig im Ungewissen lassen."

„Diese ganze unsägliche Geschichte tut mir sehr leid, Wieland", sagte Anton Faber leise.

Thomas musterte das bärtige Gesicht seines Gegenübers. In dessen Augen spiegelte sich tiefes Mitgefühl. „Stuttgart?", überlegte der Student laut und wandte sich wieder zum Gehen, jedoch in die entgegengesetzte Richtung.

Anton Faber zögerte und kam ihm dann mit schnellen Schritten nach. „Was ist mit Fräulein Doorn?"

„Ich habe mich schon vor ein paar Tagen von ihr verabschiedet. Sie weiß nicht, dass ich noch immer in Berlin bin."

„Gut. Dann sehen wir zu, dass wir schnellstens diese Stadt verlassen. Es wird noch schwer genug werden, zwischen den sich verschiebenden Truppenteilen in Richtung Süden voranzukommen."

„Stuttgart", murmelte Thomas erneut und blickte seinen Begleiter fragend an.

Dieser nickte ihm zu und streckte ihm seine rechte Hand entgegen. „Ich heiße Anton. Sehen wir zu, dass wir deine Schwester finden, Thomas, bevor die beiden Preußen sie wieder in die Hände bekommen!"

Kapitel 56

Die Abendsonne stand knapp über den Wipfeln des bewaldeten Hügelkammes und warf ihre letzten Sonnenstrahlen schräg über das Land. Die noch niedrig stehende Gerste wurde in ein warmes goldenes Licht getaucht und bildete einen herrlichen Kontrast zu den grünen Wiesen und dem dunklen, nahezu schwarz wirkenden Grün der Nadelbäume. Der Himmel leuchtete in strahlendem Blau, wenngleich sich oberhalb des Waldes die ersten violetten und orangefarbenen Streifen zu bilden begannen, die sich immer weiter über den Himmel ausbreiteten, als habe ein Künstler Farbe über seine Leinwand gegossen.

Theresa schritt den mit Kieselsteinen ausgelegten Fahrweg hinunter und hielt den Blick auf die Kirche gerichtet, die sich stolz auf dem kleineren Hügel erhob. Ihre Augen blickten traurig und glanzlos, und obwohl sie voller Unruhe und Angst war, ging sie ausgesprochen langsam. Sie brauchte diese Zeit, bevor sie in der Stadt bei Hannah Werner ankam, um ihre Gefühle und die Verwirrung in ihrem Inneren vor ihren Herrn Jesus Christus zu bringen. Das Gebet tat ihr gut. Sie spürte die Gegenwart Gottes deutlicher als jemals zuvor in den vergangenen, turbulenten Wochen. Sie war kein Niemand. Gleichgültig, was andere – oder sie selbst – über sie dachten, sie war Gottes Kind, sein Geschöpf und deshalb wertvoll und unendlich geliebt. Ihr Leben – wie durcheinander es auch geraten war – hatte einen Sinn und lief auf ein Ziel hinaus: das ewige Leben mit ihrem himmlischen Vater. „Das weiß ich sicher. Vielleicht ist das das Einzige, was ich wirklich sicher wissen sollte", murmelte sie vor sich hin und schüttelte nachdenklich den Kopf. „Hilf mir, Herr", betete sie und betrat die Brücke.

In diesem Moment entdeckte sie eine Frau, die ihr in großer Eile entgegenkam, denn sie hatte den Rock weit in die Höhe gerafft und lief mehr, als dass sie ging. Es war Bettina Schaller, die Schwägerin von Lukas Biber.

Bettinas Schuhe klapperten über die Platten der steinernen

Brücke, während Theresa langsamer ging und die Frau, die mit gesenktem Kopf auf sie zukam, musterte. Ob sie auf dem Weg hinauf zu Dr. Biber war? Wollte sie ein weiteres Mal versuchen, ihn für sich zu gewinnen? Und wenn dem so war, sollte sie ihr dann nicht – zumindest gedanklich – alles Gute dafür wünschen? Vielleicht wäre eine Verbindung zwischen Bettina Schaller und dem Tierarzt das Beste für alle Beteiligten. Doch alles in Theresa sträubte sich gegen diesen Gedanken, und ein heftiger Stich durch ihr Herz machte ihr klar, dass sie nicht einmal wollte, dass Bettina Schaller auch nur in die Nähe des Mannes und seiner Tochter kam. Dafür liebte sie die beiden zu sehr. Warum aber stieß sie ihn dann von sich? Hatte sie es vorhin nicht genossen, von ihm umarmt und geküsst zu werden?

Doch vielleicht hatte sie ja schon zuvor in den Armen eines Mannes gelegen und war von diesem geküsst worden? Sie wusste es einfach nicht. Wie also konnte sie Lukas Biber lieben, wenn ihr Herz vielleicht schon einem anderen gehörte?

In diesem Moment blickte Bettina Schaller auf und entdeckte sie. Unwillkürlich hielt sie inne und wich an die steinerne Brüstung zurück.

Theresa blickte in die weit aufgerissenen Augen der jungen Frau und konnte Angst in diesen entdecken. Verwirrt blieb sie stehen.

„Verschwinden Sie!", fauchte Bettina sie an und drückte sich, mit dem Rücken an der Steinwand entlangrutschend, langsam an ihr vorbei.

„Habe ich Ihnen etwas getan?", fragte Theresa.

„So weit will ich es gar nicht erst kommen lassen", lautete die leise Antwort, ehe Bettina weitereilte. Dabei sah sich die Tochter des Bürgermeisters jedoch mehrmals nach ihr um.

Irritiert schüttelte Theresa den Kopf, blickte Bettina, die tatsächlich den steilen Weg zum Gutshaus hinauf ging, eine Zeit lang nach und nahm schließlich ihren Weg in die Stadt hinunter wieder auf. Nach einigen Minuten erreichte sie die ersten Häuser, und sie nickte grüßend den Menschen zu, die sich auf der Straße mit

Nachbarn unterhielten oder auf einer Holzbank vor dem Haus die letzten angenehmen Sonnenstrahlen dieses warmen Tages genossen. Von einigen wurde sie zurückgegrüßt, manche ignorierten sie jedoch. Theresa atmete tief ein, straffte die Schultern und ging weiter. Sie blieb freundlich, untersagte sich jedoch, darüber nachzudenken, was die Leute wohl über sie dachten.

Auf dem Marktplatz in der Nähe des Brunnens saßen einige Halbwüchsige herum, unter ihnen auch die vier, mit denen sie sich wenige Wochen zuvor am See angelegt hatte. Einer von ihnen grinste sie frech an, während sich der Sohn von Bauer Huber einfach wegdrehte.

Theresa ging mit gemischten Gefühlen an ihnen vorüber. Ob sie sich in dem Jungen einen Feind geschaffen hatte? Vielleicht sollte sie hinübergehen und sich bei ihm entschuldigen? Zögernd blieb sie stehen und wandte sich zu den jungen Burschen um. Einige von ihnen sahen in ihre Richtung, der Huber-Junge aber ging gerade mit zweien seiner Freunde davon. Nachlaufen wollte sie ihm nicht, und so nahm sie sich vor, auf eine andere Gelegenheit zu warten, um sich zu entschuldigen.

Wenig später hatte sie Hannahs Haus erreicht. Sie klingelte, und während die Glocke durch das Haus hallte, schlug die Kirchturmuhr achtmal.

Hannah öffnete und schenkte ihr ein fröhliches Lächeln. „Theresa! Das ist nett, dass du mich mal wieder besuchst. Wir sehen uns zwar jeden Tag oben am Gutshaus, doch da sind wir immer zu beschäftigt, um ein wenig zu plaudern. Komm herein!"

Theresa drückte sich an ihrer Freundin vorbei, stieg die schmalen Stufen hinauf und betrat die Küche des Hauses. Dort setzte sie sich unaufgefordert auf einen Stuhl und blickte Hannah entgegen, die die Tür hinter sich schloss und sich ihr gegenübersetzte.

Theresa begann unruhig mit einer Ecke der Tischdecke zu spielen. Nun, da sie Hannah gegenübersaß, wusste sie nicht mehr so recht, wie sie ihre Fragen vorbringen sollte, und senkte den Kopf.

„Ist etwas geschehen?", erkundigte sich Hannah schließlich leise.

Theresa nickte und begann, eine lose Haarsträhne um ihren linken Zeigefinger zu drehen. Langsam hob sie den Blick und sah Hannah bittend an. Konnte sie ihr nicht ein wenig helfen? Was sollte sie sagen? Warum war sie eigentlich hier heruntergekommen? Wollte sie bei Hannah um einen Platz zum Schlafen bitten?

„Es hat aber nichts mit deiner Erinnerung zu tun, oder?"

Nun schüttelte Theresa den Kopf und ließ die Haarsträhne los, die sich fröhlich von alleine aufkringelte und ihr ins Gesicht tanzte.

„Lukas Biber?", vermutete Hannah weiter.

Diesmal nickte Theresa wieder und warf der Freundin einen scheuen Blick zu.

Diese ergriff ihre rechte Hand, die untätig auf dem Tisch gelegen hatte.

„Er hat mich geküsst", flüsterte Theresa schließlich.

Hannah nickte und lächelte ihre Freundin an. Sie schien ihren Worten keine größere Bedeutung beizumessen. Es verwunderte sie nicht einmal. Sah sie denn nicht die Gewissensnot, in der sie sich deshalb befand? „Du sagst gar nichts", begehrte Theresa schließlich auf.

Hannah lachte. „Was soll ich denn sagen, Theresa? Damit hatte ich schon lange gerechnet."

„Tatsächlich?" Theresa schüttelte irritiert den Kopf.

„Mädchen, ihr zwei schleicht umeinander herum wie ... wie die Katze um den heißen Brei."

Theresa lächelte. „Ist das so offensichtlich?"

„Offensichtlich? Nun ja, bei euch beiden weiß man nicht so recht, woran man ist."

„Das weiß ich ja nicht einmal selbst."

„Nun weißt du es! Lukas Biber ist jedenfalls kein Mann, der leichtfertig eine Frau umarmt und küsst."

„Aber ist es richtig, Hannah? Ich weiß doch nicht einmal, wer ich bin."

„Aber *er* weiß, *wie* du bist. Das genügt ihm, um sich in dich zu verlieben – zu Recht, wie ich finde."

Theresa sprang so heftig auf, dass ihr Stuhl beinahe nach hinten gekippt wäre. „Aber ist es richtig, Hannah?"

„Was sollte dagegensprechen?"

„Vieles!"

„Was?", bohrte Hannah nach, die harsche Reaktion ihres Gastes ignorierend.

„Was ist, wenn ich in meinem vorherigen Leben einen Mann geliebt habe? Ich kann doch nicht zwei Männer auf einmal lieben! Ich werde einem von ihnen wehtun! Wie sollte ich mich entscheiden?"

Hannah hob die Hand und ergriff, ohne aufzustehen, die aufgeregte junge Frau fest am Unterarm. „Theresa! Denkst du tatsächlich, Gott würde zulassen, dass du dich in Dr. Biber verliebst, wenn es da einen anderen Mann in deinem Leben geben würde, zu dem du zurückkehren solltest? Warum auch immer dir dies geschehen musste, welchen Grund es auch haben mag, dass du dein Gedächtnis verloren hast, so hat doch immer noch Gott seine Hand in dem Geschehen. Willst du nicht darauf vertrauen, dass er keine Fehler macht?"

„Gott nicht, aber vielleicht ich und Dr. Biber?"

„Jemanden zu lieben und geliebt zu werden ist kein Fehler, Theresa. Es ist ein Geschenk."

„Aber ich habe Angst, dass –"

In diesem Moment wurde wild an die Eingangstür geklopft und gleichzeitig Sturm geläutet. Beide Frauen fuhren erschrocken zusammen.

„Nicht schon wieder", stöhnte Hannah.

Theresa runzelte die Stirn. „Was ist denn los?"

„Die Frauen haben den Bürgermeister eingeschaltet. Er soll verhindern, dass ich dieses Haus in ein Gasthaus umbaue. Offenbar befürchten sie, ich wolle mein früheres Gewerbe nur noch erweitern."

„Aber du baust es doch gar nicht um."

„Das weiß hier unten nur noch niemand. Außer Pfarrer Strähle.

Und jetzt kommen immer wieder Stadtbewohner hierher und fordern eine Erklärung. Nicht selten sind sie recht unverschämt."

Theresa verzog das Gesicht. Ob Lukas Biber recht behalten sollte? Würde Hannahs Traum von einem eigenen Gasthaus an der Missgunst und der geringen Vergebungsbereitschaft der Stadtbevölkerung scheitern? Und sie hatte Lukas auch noch dazu überredet, sich auf einen Handel mit Hannah einzulassen, für den er einen gewaltigen Kredit aufgenommen hatte.

Das Klopfen und Klingeln wurde dringlicher, und so drehte sich Theresa um, stieg, gefolgt von Hannah, die Stufen hinunter und öffnete.

Eine verhärmt aussehende, noch nicht sehr alte Frau drückte sich durch den Türspalt und schloss hinter sich die Tür. „Sie müssen verschwinden, Fräulein Theresa", flüsterte ihr die unbekannte Frau ohne lange Umschweife zu und drängte sie die Stufen hinauf in den kleinen Flur.

„Wer sind Sie?", fragte Theresa und sah hilflos zu Hannah, die im Türrahmen zur Küche stand und die Hände in die Seiten gestemmt hatte.

„Ich bin Emma Huber, Fräulein. Ich bin die Frau vom Bauern Huber."

„Warum soll Theresa verschwinden?", fragte Hannah.

„Draußen haben sich ein paar Bürger zusammengerottet, die Ihnen nichts Gutes wollen."

„Aber warum?", hauchte Theresa erschrocken. In diesem Moment meinte sie, Stimmen von der Straße her zu hören.

„Man betrachtet Sie hier schon länger mit Misstrauen. Und eben habe ich gesehen, wie Fräulein Schaller und Frau Biber eine Zeitung herumzeigten und riefen, man solle Sie aus der Stadt werfen! Das Ganze machte mir Angst."

Theresa nickte. Ihr ging es nicht anders. Was wollten die Menschen dort draußen von ihr? Sie hatte doch niemandem etwas getan. Warum war die Menschenmenge nur so aufgebracht? Wieder warf sie einen Hilfe suchenden Blick zu ihrer Freundin.

Diese taxierte die Bauersfrau. „Warum warnen Sie Theresa?", fragte sie misstrauisch.

Theresa riss die Augen weit auf. Wollte Frau Huber sie mit ihrer Warnung möglicherweise nur hinaus ins Freie locken?

„Seit Fräulein Fuchs meinen Joachim zurechtgewiesen und sich gegen ihn zur Wehr gesetzt hat, benimmt er sich mir gegenüber wenigstens ein bisschen respektvoller und anständiger!", erläuterte die Frau hastig.

Wieder wurde kräftig gegen die Tür geklopft. Die drei Frauen fuhren herum und Frau Huber schlug erschrocken beide Hände vor ihr Gesicht.

„Schnell, Theresa! Bevor sie auch an der Hintertür sind!", stieß Hannah hervor und schob die junge Frau in die Wohnstube und von dort aus zu der Tür, die in den Hinterhof führte. „Sie gehen besser auch schnell, Frau Huber!", rief Hannah der älteren Frau über die Schulter zu und dirigierte Theresa an den Schultern über den Hof und von dort aus in einen schmalen Pfad zwischen zwei Häuseranbauten der Nachbarschaft, der in einen gepflegten, hübsch angelegten Garten führte. „Hier hindurch und dann links auf den kleinen Fußpfad. Von dort aus gelangst du an vielen Gärten vorbei zum Stadtrand. Wenn du da bist, wirst du schon die Kirche sehen."

Theresa nickte, spürte den festen Druck von Hannahs Händen auf ihren Schultern, ehe sie von dieser beinahe grob nach vorne gestoßen wurde.

Ohne nachzudenken, begann Theresa zu laufen. Sie huschte durch den ihr unbekannten Garten, der nur von einer niedrigen Mauer eingerahmt war, über die sie mit Leichtigkeit springen konnte, und gelangte auf den von Hannah beschriebenen Pfad. Dieser führte zwischen vielen links und rechts des Pfades angelegten Gärten hindurch, die jeweils zu einem Haus gehörten. Die Gärten lagen verlassen da. Waren die Stadtbewohner alle vor Hannahs Haus versammelt?

Theresa blieb abrupt stehen und wirbelte herum. Wie konnte sie

Hannah in dieser Situation alleinlassen? Die wütende Meute stand direkt vor ihrem Haus und würde vielleicht nicht davor zurückschrecken, der stadtbekannten Prostituierten etwas anzutun.

Theresa lief den Pfad wieder zurück, den sie kurz zuvor erst heraufgerannt war. Sie war noch nicht weit gekommen, als sie vor sich mehrere Frauen sah, die mit in die Höhe gerafften Röcken und lautem Rufen auf sie zugelaufen kamen.

„Da ist sie!", hörte sie eine von ihnen rufen, ehe sie sich erneut umdrehte und flüchtete. Sie konnte nur hoffen, dass Hannah und Frau Huber unbeschadet aus dieser schrecklichen Situation herauskamen. Sie jedenfalls musste sich jetzt erst einmal ein Versteck suchen. Doch wo sollte sie eines finden? Diese Menschen kannten ihre Stadt viel besser als sie. Ob sie zur Kirche hinauf flüchten sollte? Würden die Frauen, die ihr folgten, es wagen, sie in der Kirche anzugreifen? Was wollten sie überhaupt von ihr?

Theresa wandte den Kopf. Noch immer befanden sich die Frauen hinter ihr und schienen sogar näher gekommen zu sein. Sie lief weiter und versuchte, mehr Abstand zwischen sich und ihre Verfolgerinnen zu bringen. Mit einem grässlichen Ziehen in der Lunge kämpfte sie sich den leicht ansteigenden Pfad hinauf, bis sie das letzte Haus am Stadtrand passiert hatte. Sie warf einen Hilfe suchenden Blick auf die Kirche und betete, dass sie diese vor den Frauen erreichen würde.

Mit schnellen Schritten und flatternden Unterröcken lief sie heftig keuchend über die Wiese durch das kniehohe Gras den Hügel hinauf. Als sie es wagte, ängstlich über die Schulter zurückzublicken, konnte sie hinter sich fünf Frauen und rechts von sich, auf dem Weg, der zur Kirche hinaufführte, vier weitere Personen sehen, die ihre Verfolgung aufgenommen hatten.

Sie versuchte, noch schneller zu laufen, bis sie schließlich an die Mauer gelangte, die die Kirche und den Friedhof umgab. Schwer atmend, mit zitternden Beinen und schmerzhaften Seitenstichen stützte sie beide Hände gegen die kalten grauen Mauersteine und sah sich um. Es gab nur den Eingang vorne am Weg, und bis sie diesen erreicht hatte, würden die vier Personen, die sich ihr vom regulären Weg aus näherten, ebenfalls dort eingetroffen sein.

Theresa stieß sich ab, raffte erneut ihren grauen Rock und lief an der Mauer entlang. Es war nicht einfach, sich schnell fortzubewegen, da die Wiese zur Seite steil abfiel, und mehr als ein Mal rutschte ihr ein Bein weg, und sie drohte den Hügel ein Stück weit hinunterzugleiten. Immer weiter lief sie an der Mauer entlang, bis diese abrupt endete. Dahinter dehnte sich ein noch niedrig stehendes Maisfeld aus.

Gehetzt rannte sie durch die Anpflanzung hindurch und näherte sich so dem direkt angrenzenden Wald.

Theresa taumelte die letzten Meter zwischen dem Feld und dem Wald über die unebene Wiese und blieb dann orientierungslos stehen. Sie beugte sich weit nach vorne, stützte die Hände oberhalb der Knie auf die Oberschenkel und atmete heftig ein und aus. Ihr ganzer Körper schmerzte und sie war vollkommen nass geschwitzt. Mit dem linken Unterarm strich sie sich den Schweiß von der Stirn und warf einen Blick zurück in Richtung Kirche. Ihre Hoffnung, dass die Verfolgerinnen inzwischen aufgegeben hatten, wurde enttäuscht. Zwar waren einige der Frauen deutlich zurückgefallen, doch noch immer war ihr eine kleine Gruppe dicht auf den Fersen.

„Hilf mir, Herr", flehte sie ein weiteres Mal, ehe sie sich durch einige Sträucher und dichtes Unterholz in den Wald hinein drückte. Um sie herum erhoben sich gewaltige Fichten in die Höhe, die ein lautes Rauschen von sich gaben. Wieder lief sie los, zwischen den schlanken Stämmen hindurch über den weichen, mit trockenen braunen Tannennadeln übersäten Boden.

Aufgeregte Stimmen und das Knacken des Unterholzes hinter ihr verrieten, dass ihre Verfolgerinnen sich nicht einmal durch das dichte Unterholz und den großen Wald von ihrem Vorhaben abbringen ließen. Also raffte sie erneut den Rock und jagte zwischen den Baumstämmen hindurch, leicht gebückt und mit zusammengekniffenen Augen, um diese vor den tiefer hängenden Ästen zu schützen, den Hügel hinauf. So gelangte sie irgendwann an einen von Pferdehufen ausgetretenen Waldweg, von dem sie annahm, dass er sie zurück zum Gutshaus bringen würde. Zitternd blieb sie stehen und lauschte in den Wald hinein. Außer dem Knacken der Äste und dem Rauschen der Nadelbäume war nichts mehr zu hören. Der rote Schein am abendlichen Himmel verblasste zunehmend. Die Sonne war verschwunden und die Dämmerung breitete sich aus.

Theresa lief schon lange nicht mehr. Sie war viel zu erschöpft, und sie fragte sich langsam, ob sie sich in der Richtung getäuscht hatte. Panik erfasste sie. Unsicher blieb sie stehen und drehte sich einmal um ihre eigene Achse. Vielleicht war sie tatsächlich ein typisches Stadtkind, das nicht gelernt hatte, sich in einem Wald zu orientieren und zurück nach Hause zu finden.

Nach Hause?

Leise seufzte sie auf. Sie hatte kein Zuhause. Vielleicht wollte Lukas Biber ihr eines bieten, aber konnte sie sich darauf einlassen?

Die junge Frau ließ sich erschöpft auf den etwas höher stehenden, mit Gras bewachsenen Mittelstreifen des Weges fallen und vergrub ihr Gesicht in ihren Händen. Erneut flehte sie ihren Gott um Hilfe an.

Als sie den Kopf wieder hob, war es um sie herum Nacht geworden. Die hohen dunklen Fichten hoben sich kaum noch vom Himmel ab und das Rauschen schien lauter, das Knacken der Zweige intensiver geworden zu sein. Die Grillen zirpten lauter als jemals zuvor und aus jedem Gebüsch schien ein Geräusch zu kommen. Ein Tier huschte über den Weg und Theresa sprang erschrocken auf. Ob es hier Füchse gab? Oder gar Wildschweine und Wölfe?

Ein heftiges Zittern überfiel sie und eilig nahm sie ihren Weg wieder auf. Sie wanderte immer weiter in den Wald hinein ... und entfernte sich Meter für Meter mehr vom Gutshaus.

Der Kuckuck in der Halle schickte seinen Ruf in die Nacht hinein und Lukas Bibers Faust donnerte laut auf den Küchentisch. „Dieses leichtsinnige Mädchen!", schimpfte er und sprang auf die Füße.

Klara zuckte erschrocken zusammen und warf dem Mann, der wie ein gefangenes Wildtier im Gehege auf und ab ging, einen mitleidigen Blick zu. Lukas schien vor Angst und Sorge um Theresa außer sich zu sein, da sie ungewöhnlich lange ausblieb, ohne Bescheid gesagt zu haben, wohin sie gehen wollte. „Was hast du heute Nachmittag mit ihr gemacht?", fragte sie unvermittelt.

„Was?" Lukas drehte sich zu ihr um und taxierte sie mit unruhigem Blick.

„Du hast gesagt, du hättest einen Fehler gemacht."

„Das habe ich nicht."

„Das hast du zu mir gesagt."

„Ja, das habe ich gesagt." Sein Gesichtsausdruck wurde sanfter. „Aber eigentlich war es kein Fehler, sie zu küssen, sondern das einzig Vernünftige, was ich tun konnte."

Klara lächelte. „Stimmt." Offenbar hatte Theresa mehr Eindruck auf Lukas gemacht, als sie zu hoffen gewagt hatte.

„Aber ist das ein Grund, einfach so zu verschwinden?"

„Nein", gab Klara zu und rieb sich ihre müden Augen. Unruhe breitete sich in ihr aus. Hatte Theresa ihnen für immer den Rücken zugekehrt? Wollte sie die Gegend verlassen und sich nun doch alleine nach Wien durchschlagen? Ihr musste doch klar sein, dass dies für eine alleinstehende Frau ohnehin schon sehr gefährlich wäre, in dieser angespannten politischen Situation, in der sich der gesamte deutschsprachige Raum befand, jedoch noch viel mehr.

Die Haupttür schlug laut ins Schloss und sofort sprang auch Klara auf.

Lukas war zuerst in der Eingangshalle, und als Klara diese erreichte, sah sie ihren Mann, der vornübergebeugt vor dem Tierarzt stand und sich bemühte, zu Atem zu kommen. „Sattle dein Pferd, Lukas", keuchte er. „Wir müssen sie suchen."

„Was ist passiert?", rief Klara aufgeregt und drängte sich an Lukas' breiter Gestalt vorbei.

„Frau Werner hat mir Beunruhigendes erzählt. Theresa war bei ihr, als plötzlich ein schreiender Mob vor ihrer Tür auftauchte und nach ihr verlangte. Das Mädchen ist durch die Gärten geflüchtet. Später stieß Frau Werner auf dem Marktplatz auf eine Gruppe von Frauen, die Fräulein Theresa anscheinend verfolgt, aber verloren hatten. Sie hat es schließlich geschafft, diesen Zeitungsartikel zu ergattern."

Lukas riss Karl das Papier aus der Hand und überflog die Zeilen. Anschließend zerknüllte er es, ließ es fallen und eilte auf die Tür zu. „Wir nehmen die Hunde mit!", rief er Karl zu, der ein wenig hilflos vor seiner Frau stehen geblieben war.

„Isolde Biber war auch dabei, Klara. Ich habe sie auf ihrem Heimweg überholt. Theresa ist in den Wald geflohen, und diese schreckliche Frau rief mir nach, dass sie sich wünsche, dass sie dort niemals wieder herausfinde."

„O mein Gott!", entfuhr es Klara und sie presste ihre Fäuste gegen die Lippen. Sie war entsetzt über den Hass, den Isolde offenbar gegen Theresa hegte, aber auch über die Tatsache, dass Lukas Karls Worte noch gehört haben musste.

Der Tierarzt stand einen Moment bewegungslos im Türrahmen, dann drehte er sich langsam wieder nach dem Ehepaar um. Unbändiger Zorn lag in seinen Augen. „Lass uns reiten, Karl", forderte er seinen Freund mit leiser, gefährlich ruhiger Stimme auf.

Karl drückte kurz ihre Hand, ehe er Lukas folgte.

„Bringt sie uns wieder, Karl!", rief sie ihm verzweifelt nach und zuckte zusammen, als die Tür laut ins Schloss fiel.

Minutenlang stand sie einfach nur da und starrte auf die Tür. Sie hörte das aufgeregte Bellen der Hunde und das Wiehern eines Pferdes. Dann wurde es wieder still um das Haus. Klara zitterte und betete. Sie befahl Theresa, die alleine irgendwo dort draußen in diesem großen, dunklen Wald unterwegs war, dem Schutz Gottes an. Anschließend bückte sie sich, hob den zerknüllten Zeitungsartikel auf und ging zurück in die Küche.

Langsam ließ sie sich auf der Bank nieder, schob ihre Tasse mit dem kalt gewordenen Kaffee beiseite und legte das Papier auf die Tischplatte. Sie glättete es mit ihren Fingern und begann zu lesen.

Ungläubig kniff sie die Augen zusammen und las erneut, was da stand. Entsetzt und zutiefst verwirrt las sie den Artikel ein drittes Mal, ehe sie ihn wütend in den Korb mit Brennholz neben dem Ofen warf.

Die Polizei bat die Bevölkerung um Mithilfe bei der Suche nach einer vor einigen Wochen entflohenen Strafgefangenen. Die Frau habe eine Bekannte und deren beiden kleine Söhne ermordet und sei irgendwo im Königtum Württemberg auf der Flucht. Beschrieben wurde diese Flüchtige als zierliche, schlanke Frau mit dunklen Augen, roten Haaren und Wiener Akzent.

Die Pferde jagten über die Wiese. Erdklumpen flogen unter den Hufen auf und die Hunde bellten immer wieder. Schließlich erreichten die beiden Reiter den Wald und zügelten die Tiere. Der Weg war uneben und in der Dunkelheit kaum zu erkennen.

Lukas hob den Kopf und betrachtete den beinahe wolkenfreien Himmel. Zumindest würde ihnen der Mond ein wenig Licht spenden. „Wir reiten gemeinsam bis zur ersten Abzweigung", entschied er. „Dort trennen wir uns. Du nimmst Cäsar mit, Julius bleibt bei mir."

„Wie lange suchen wir?"

„Bis wir sie gefunden haben", presste Lukas zwischen zusammengebissenen Zähnen hervor. Er wollte seine Stute wieder antreiben, doch eine schwere Hand auf seinem Arm hielt ihn zurück.

„Wir brauchen eine klare Absprache, Lukas", warnte Karl.

Lukas, der nur widerwillig wartete, nickte ergeben. „Wir suchen bis Sonnenaufgang. Wenn wir sie bis dahin nicht gefunden haben, reiten wir zurück."

„Einverstanden. Gott beschütze dich, Lukas." Karl lenkte sein Pferd in den Wald und trieb es trotz der Finsternis um ihn herum in einen leichten Galopp.

Lukas folgte ihm, und ohne ein weiteres Wort miteinander zu sprechen, bog Karl, gefolgt von Cäsar, vor ihm in einen abwärtsführenden Weg ein, während er weiter geradeaus ritt.

Julius hielt sich in gebührendem Abstand zu den Hufen des Pferdes, doch da er ohne Probleme folgen konnte, behielt Lukas die recht schnelle Gangart bei. Der Wald schloss sich hinter ihm und die Dunkelheit wurde vollkommen. Ein Kauz ließ mehrmals seinen klagenden Ruf hören und das Zirpen der Grillen wurde lauter.

Lukas' Muskeln waren angespannt. Er suchte mit seinem Blick den Weg und das nahe Unterholz ab, lauschte auf alle Geräusche der Nacht, die zwischen den Bäumen widerhallten, und fragte sich, wie es Theresa wohl erging. Die Angst, die sie in dieser Nacht auszuhalten hatte, musste schrecklich für sie sein. Warum hatten diese Frauen sie nur gejagt? Sie konnten doch nicht wirklich annehmen, Theresa sei die Mörderin, von der in der Zeitung berichtet wurde. Sahen sie denn nicht ihr gutes Herz, die Liebe in ihren Augen?

Andererseits sprach einiges dafür, dass Theresa die gesuchte Frau war. Immerhin waren in dem Artikel ein paar markante Merkmale genannt worden, die auf das Mädchen zutrafen.

Lukas fragte sich, ob Theresa wusste, weshalb die Frauen sie verfolgt hatten. Nahm sie nun selbst an, sie sei die gesuchte Mörderin? Seine Angst um die geliebte Frau steigerte sich bis zur Panik. War sie womöglich absichtlich in den Wald hineingelaufen? Brachte sie sich bewusst in Gefahr, weil sie sich einredete, sie habe es nicht verdient weiterzuleben?

„Theresa!", rief er laut und voll schmerzlicher Verzweiflung in die Dunkelheit hinein. Die einzige Antwort war ein leises Echo und das Bellen von Julius.

Das Licht des Mondes drang allmählich zwischen den Baumwipfeln hindurch und zeichnete unstete, hin und her schwankende Schatten und Lichtreflexe auf den finsteren Weg. Theresa blieb stehen und blinzelte zu dem Himmelslicht hinauf. Schließlich senkte sie den Kopf, schlang die Arme um ihren vor Kälte und Furcht zitternden Leib und schleppte sich Schritt um Schritt weiter.

Eine ganze Weile zuvor war ihr bewusst geworden, dass sie in die falsche Richtung gegangen war, da sie das Gutshaus auf dem Hügel schon längst hätte erreicht haben müssen. Unschlüssig war sie umgekehrt, und nach einiger Zeit war sie an eine Wegkreuzung gelangt, die ihr auf dem Hinweg nicht aufgefallen war. In der Hoffnung, denselben Weg zurückzugehen, den sie auch gekommen war, entschied sie sich für den rechten Pfad.

Voller Zweifel über die Richtigkeit dieser Entscheidung stapfte sie weiter. Es knackte laut im Unterholz und heiße Angstwellen durchliefen ihren Körper. Sie zitterte, fror und schwitzte zugleich. Wie sollte sie hier jemals wieder herausfinden?

Zitternd blieb sie stehen. Kühle und unangenehm feuchte Luft kroch in ihre Kleidung. Sollte sie bis zur Kreuzung zurückgehen und doch noch den anderen Weg einschlagen? Aber sie konnte doch nicht immerzu hin- und herlaufen. Irgendwohin mussten diese Waldwege doch führen.

Theresa ließ sich auf ihre Knie fallen. Sie war zu erschöpft, um weiterzugehen, und zu verunsichert, um eine Entscheidung zu treffen. Tränen der Angst und Verzweiflung rollten ihr über die Wangen, als sie ein seltsames Geräusch vernahm.

Es klang wie ein aufgeregtes, schnelles Atmen. Voller Panik riss sie die Augen auf. Ein großes, sehr schnelles Tier näherte sich ihr hechelnd. Ein Wolf?

Theresa zwang sich auf ihre heftig zitternden Beine. Völlig außer sich vor Angst sah sie sich um. Ob sie auf einen Baum klettern konnte? Aber es war zu spät.

Das Tier blieb wenige Meter vor ihr stehen.

Trotz ihrer Angst war ihr sofort klar, dass dieses einem Wolf sehr ähnlich sah, jedoch keiner war.

Es folgte ein kurzes, erfreutes Bellen und Julius lief schwanzwedelnd auf sie zu. Hinter ihm tauchte ein Reiter aus der Dunkelheit auf.

„Julius!", flüsterte Theresa, ergriff den Hund am Halsband und ließ sich wieder auf die Knie sinken. Tränen liefen ihr ungehindert die Wangen hinunter, und als der Reiter sein Pferd vor ihr zum Stehen brachte, konnte sie auch Lukas Biber erkennen. Alle Angst und Verzweiflung fielen von ihr ab und sie fühlte sich plötzlich unendlich erleichtert und sicher.

Lukas brachte seine Stute zum Stehen und blickte auf die zerzauste und verschmutzte Gestalt hinunter. „Danke, Herr!", flüsterte er und schwang sich aus dem Sattel. Es drängte ihn danach, zu ihr zu eilen und sie fest in die Arme zu schließen, doch er wagte es nicht. Also ging er langsam auf sie zu und hockte sich vor ihr auf den Waldboden. Er schob den Hund beiseite und sah sie an. „Sind Sie verletzt?", fragte er und blickte auf die Kratzer an ihren Armen.

„Nein. Nur erschöpft. Und unendlich erleichtert."

„Können Sie aufstehen?"

Die junge Frau nickte und erhob sich. Unsicher sah sie ihn an, und wieder konnte er nur mühsam den Drang unterdrücken, sie in seine Arme zu ziehen.

„Kommen Sie", sagte er knapp, ging voraus zu seinem Pferd und hielt ihr den Steigbügel hin.

Theresa sah ihn entsetzt an und schüttelte hilflos den Kopf. „Ich soll auf das Pferd?"

Lukas runzelte leicht die Stirn. „Wollen Sie noch weiter laufen?", spottete er schließlich, mehr um seine aufgewühlten Gefühle zu überspielen, als um sie zu ärgern.

„Ich nehme an, dass ich nicht reiten kann", erwiderte sie und klang schon wieder ein wenig kämpferisch.

„Ich reite", erklärte er und forderte sie mit einer Kopfbewegung auf, endlich näher zu treten.

„Dann muss ich wohl laufen!", verstand sie ihn absichtlich falsch und ging mit müden Schritten an ihm und dem Pferd vorbei.

„Das ist die falsche Richtung", brummte er und beobachtete, wie sie sich umwandte und wieder an ihm und dem Pferd vorbeitaumelte. „Nun seien Sie doch nicht so ein furchtbarer Dickschädel und lassen Sie sich von mir auf das Pferd helfen."

Langsam entfernte sie sich von ihm und er schüttelte irritiert den Kopf. Julius lief der jungen Frau nach und gesellte sich an ihre Seite. Sie legte ihre Hand auf den Kopf des Hundes, und ohne sich zu Lukas umzudrehen, verschwand sie hinter einer Wegbiegung.

„Was tue ich hier eigentlich?", fragte der junge Mann sich leise, hievte sich in den Sattel und setzte mit einem breiten Grinsen das Pferd in Bewegung. Theresa schien es besser zu gehen, als er befürchtet hatte.

Im leichten Galopp näherte er sich ihr von hinten und lenkte das Pferd direkt neben sie. Er beugte sich hinunter, ergriff die erschrockene Frau unter den Armen und zog sie, ihren Protest ignorierend, vor sich in den Sattel. Ihre Beine lagen über seinem rechten Oberschenkel, und mit dem linken Arm stützte er ihren

Rücken, während er sie mit dem rechten ein wenig gegen seine Brust drückte, um sie festhalten zu können.

Zufrieden stellte er fest, dass sie sich nicht weiter gegen ihn wehrte, vermutlich aus Angst, sie könnte das Pferd erschrecken. Schweigend lenkte er die Stute durch den finsteren, von unzähligen Geräuschen und Lauten durchdrungenen Wald.

Nun, da er die junge Frau gefunden hatte und die Sorge und Anspannung von ihm abfielen, bemerkte er die kühle Feuchtigkeit, die sich auf ihre Kleider gelegt hatte. Er spürte ihr leichtes Zittern, und ohne das Pferd anzuhalten, zog er sich seine Jacke aus und legte sie über Theresas Beine. Diese sah dankbar zu ihm hinauf und zog die Jacke fester um ihren Oberkörper.

Er nickte ihr zu und wagte es, sie ein wenig näher an sich heranzuziehen. So hatte sie es bequemer und er fühlte die angenehme Wärme ihrer Nähe. „Diese Frauen, Fräulein Theresa –", begann er zögernd.

„Ich weiß nicht genau, was sie von mir wollten."

Lukas nickte und schwieg. Bedeutete das, dass sie von dem Zeitungsartikel nichts erfahren hatte? Er entschied, ihr vorerst nichts von der Anzeige zu erzählen. Immerhin war ihr Leben schon genug aus den Fugen geraten.

„Wissen Sie, ob sie Hannah etwas getan haben?", wollte Theresa wissen. „Die Leute wirkten alle sehr aufgebracht!"

„Karl hat Frau Werner in der Stadt getroffen. Er hat nichts davon gesagt, dass es ihr nicht gut ginge. Die Frauen waren wohl Ihretwegen gekommen."

Er spürte, wie sie nickte und sich mit einer Hand die losen Haarsträhnen aus dem Gesicht schob.

Es verging einige Zeit, ehe Theresa sich wieder aufrichtete und ihm ihr Gesicht zuwandte. Der junge Mann zügelte die Stute und blickte fragend auf sie hinunter.

„Danke, dass Sie nach mir gesucht haben, Dr. Biber."

Lukas sah sie an. Auf ihrem verschmutzten Gesicht waren helle Tränenspuren zu erkennen und die rotbraunen Locken rahmten ihr rundliches Gesicht wie ein Vorhang ein. Die Sehnsucht danach, sie noch einmal zu küssen, nahm beständig zu. Er schloss seine linke Hand fest um die Zügel und biss kräftig die Zähne aufeinander, doch es gelang ihm nicht, seinen Blick von ihren Augen zu lösen. „Wussten Sie nicht, dass ich jede Nacht unterwegs bin, um irgendwelche verirrten Mädchen aus Schneestürmen, brennenden Häusern und Wäldern zu retten?"

Sie lächelte ihn an. „Es tut mir leid, Dr. Biber. Ich habe Ihr Leben gehörig durcheinandergebracht."

„Wie wenig schrecklich ich das finde, dürften Sie seit heute Nachmittag ja wissen", erwiderte er leise und betrachtete fasziniert das Glitzern, das in ihre Augen zurückkehrt war.

Sie hob ihre rechte Hand zu einer abwehrenden Geste. „Bitte sagen Sie so etwas nicht, Dr. Biber."

Lukas verstand sie und nickte einfach, wenngleich sein Herz in Millionen kleiner Stücke zu zerspringen drohte. Aber er würde ihrer Bitte nachkommen und sie nicht wieder auf seine Gefühle für sie ansprechen – zumindest so lange, bis sie ihm signalisierte, dass sie bereit dazu war, diese zu erwidern.

Theresa rutschte aus dem Sattel und ließ sich in Klaras Arme gleiten, die sie weinend auffing und wie ein kleines Kind hin und her wiegte.

Lukas nickte der Bauersfrau zu, schwang sich müde aus dem Sattel und brachte den Hund zurück in den Zwinger. Anschließend holte er sein Gewehr, das er in einem Schrank hinter der Haupttür aufbewahrte, trat wieder hinaus auf den Hof und gab einen Schuss in die Luft ab, der Karl signalisieren sollte, dass er zurückkommen konnte. Sorgfältig lud er nach, schoss ein zweites und kurz darauf ein drittes Mal, ehe er das Gewehr zurückstellte und die beiden Frauen an sich vorbei eintreten ließ.

„Wie lange wird Karl brauchen, bis er wieder hier ist?"

„Je nachdem, wie tief er in den Wald hineingeritten ist, kann es lange dauern, Klara. Soll ich ihm entgegenreiten?"

„Das hat doch keinen Sinn. Du weißt ja nicht, wo er ist."

„Dann reite ich jetzt in die Stadt hinunter", erklärte er und ging zurück zu seinem Pferd, das noch immer im Hof auf ihn wartete.

Eilige Schritte folgten ihm und er wurde heftig am Arm zurückgezogen. Langsam wandte er sich um.

Theresa stand mit in die Höhe gezogenen Augenbrauen und in die Hüfte gestemmten Händen vor ihm. „Was haben Sie vor?", fragte sie fordernd.

„Muss ich Ihnen über jeden meiner Schritte Rechenschaft ablegen, Fräulein Fuchs?"

„Wenn es mich betrifft, schon!"

„Wenn es Sie betrifft? Nehmen Sie sich da nicht etwas zu wichtig?" Er wandte sich wieder zu seiner Stute um und wurde erneut am Arm zurückgehalten. Lukas blieb reglos stehen, ohne sich jedoch zu ihr umzudrehen.

„Bitte, Dr. Biber. Lassen Sie die Frauen. Es ist nichts geschehen und alles würde nur noch schlimmer werden."

„Ich werde meinem Schwiegervater einen Besuch abstatten."

„Dr. Biber –"

Theresa wurde von Klara beinahe gewaltsam von ihm fortgezogen.

Während Lukas sich in den Sattel schwang, hörte er diese beruhigend auf das Mädchen einreden: „Lass ihn, Theresa."

„Aber er soll nicht zu den Schallers –"

„Diese Frauen haben das Kindermädchen seiner Tochter angegriffen. Er hat ein Recht darauf, dagegen vorzugehen, Theresa."

„Es ist aber doch nichts passiert."

„Weil du schneller warst als sie und weil Lukas dich gefunden hat. Diese Wälder sind riesig und nicht ungefährlich. Ich wäre beinahe gestorben vor Angst um dich ..."

Lukas trieb das Pferd an und mit donnernden Hufen verließ er den Innenhof des Gutshauses.

Lukas stand vor der Haustür des Bürgermeisters und läutete trotz der späten Stunde Sturm. Zu seinem Erstaunen wurde ihm schon nach wenigen Momenten geöffnet und vor ihm stand Bettina, noch vollkommen bekleidet und mit verweinten Augen.

„Lukas! Ist Fräulein Theresa wieder da? Habt ihr sie gefunden?", rief sie aufgeregt und wäre beinahe die Stufen hinuntergestürzt, wenn Lukas sie nicht aufgefangen hätte.

Schnell ließ er sie wieder los und trat zwei Stufen hinunter, um die Schwester seiner verstorbenen Frau mit misstrauisch zusammengezogenen Augenbrauen zu mustern. „Ich habe sie gefunden", erklärte er knapp.

„Geht es ihr gut? Ist sie unverletzt?"

Lukas runzelte verwirrt die Stirn. Wollte Bettina sich mit ihren Tränen und vorgetäuschter Anteilnahme unbehelligt aus dieser Angelegenheit herauswinden? „Ihr fehlt nichts", antwortete er.

„Bin ich froh", hauchte sie und faltete die Hände vor ihrem Kleid zusammen.

„Was sollte das, Bettina?"

„Das habe ich nicht gewollt, Lukas. Ich wollte das nicht!", beteuerte sie mit Tränen in den Augen.

„Was wolltest du dann? Warum warst du bei Isolde und was hat es mit diesem Zeitungsartikel auf sich?"

„Es tut mir so leid, Lukas", wimmerte sie und senkte den Kopf.

„Entschuldige dich nicht bei mir, sondern bei Frau Werner und bei Fräulein Theresa", brummte er und lehnte sich mit dem Rücken gegen das hölzerne Treppengeländer. Er würde warten, bis Bettina ihm erklären konnte, was sie dazu getrieben hatte, mit diesem Artikel zu Isolde zu gehen und einen Aufstand zu inszenieren.

„Es ist nur so, dass mir dieser Artikel Angst gemacht hat. Ich traue dieser Theresa einfach nicht. Diese ganze Sache mit ihrem Gedächtnisverlust ... Isolde lebt mit ihr dort oben auf dem Hügel, deshalb wollte ich sie fragen, ob Theresa die Gesuchte sein könnte. Sie hat mir das mit der Vergiftung der Mädchen erzählt und mich gedrängt, dass wir sie unbedingt sofort zur Rede stellen müssten. Also sind wir hinunter in die Stadt gegangen. Isolde hat das Ganze einigen anderen Frauen erzählt, und diese begannen dann ein großes Geschrei. Als Theresa flüchtete, verfolgten wir sie. Sie sollte nicht entkommen können und vielleicht den Kindern dort oben im Gutshaus noch etwas antun. Aber als Isolde rief, dass früher so rothaarige Hexen wie Theresa verbrannt worden seien und dass man mit ihr das Gleiche machen sollte, war es mir zu viel. Ich ließ Theresa und die anderen weiterlaufen. Ein paar der Frauen blieben mit mir zurück."

„Aber ihr konntet die anderen nicht aufhalten?"

„Wir dachten, das sei nicht nötig. Fräulein Theresa hatte einen großen Vorsprung und lief in den Wald. Als Karl aber später am Abend kam und sagte, dass ..." Bettina wurde wie von einem inneren Krampf geschüttelt und schwieg betroffen.

Lukas musterte sie. Ihre Worte und ihr Bedauern schienen ebenso echt zu sein wie ihre Aussage, dass sie Fräulein Theresa nicht mochte und ihr nicht glaubte. Zudem fiel ihm ein, dass Marianne ihm erzählt hatte, dass ihre Schwester als Elfjährige eine ganze schreckliche Nacht in den Wäldern hatte verbringen müssen, da sie sich beim Spielen verlaufen hatte. Vielleicht kam daher ihr plötzliches Mitgefühl und ihre Sorge um Theresa.

„Was wirst du jetzt tun?", fragte Bettina plötzlich zaghaft und blickte ihn fragend und ängstlich zugleich an.

„Das kommt ein wenig auf dich, Isolde und die anderen Beteiligten an, Bettina."

Die junge Frau nickte. Sie hielt ihren Blick auf ihre Füße gerichtet. Dann sah sie wieder auf und fragte: „Ist sie die Verbrecherin, die von der Polizei gesucht wird?"

„Was meinst du?"

Bettina senkte erneut betreten den Kopf, hob jedoch gleichzeitig die Schultern leicht an und sagte: „Sie könnte es doch sein ..."

„Der äußerlichen Beschreibung nach schon, aber ihr Wesen spricht dagegen."

„Ich kenne sie doch kaum."

„Dann solltest du dich bemühen, sie ein wenig besser kennenzulernen."

„Ist es das, was du von mir willst?"

Lukas seufzte und richtete seinen Blick nach oben. Im zweiten Stock wurde ein Fenster erleuchtet. „Ich erwarte von dir überhaupt nichts, Bettina. Aber vielleicht solltest du einmal auf dein Gewissen hören."

„Ja", antwortete Bettina leise. „Ich werde sie besuchen und mich bei ihr entschuldigen." Sie hielt einen Moment lang inne und fügte dann hinzu: „Aber nicht bei der Werner."

„Du wirst Theresa nichts von diesem Zeitungsartikel erzählen, Bettina. Sie ist durch ihre Amnesie durcheinander genug."

„Wirst du sie heiraten?"

Lukas runzelte die Stirn über diese sehr direkte Frage und zog den Fuß, mit dem er eine Stufe höher stand als mit dem anderen, zurück. „Das geht dich nichts an", erwiderte er barsch und nickte Bettinas Vater zu, der nun mit einem dunkelblauen Morgenmantel bekleidet hinter der Frau erschien.

„Wie soll ich das verstehen?", donnerte er auf die beiden hinunter und blickte Lukas wütend an.

„Ich muss mit dir reden", entgegnete Lukas und ignorierte den bittenden Blick Bettinas. „Es geht um Fräulein Theresa und Hannah Werner." Lukas drückte sich an der schweigend dastehenden Bettina vorbei ins Haus.

„Hat das nicht Zeit bis morgen?", brummte sein Schwiegervater, doch es blieb ihm nichts anderes übrig, als dem jungen Mann in seine Wohnstube zu folgen.

Kapitel 57

Obwohl es in Strömen regnete und Malte seine Soldaten über unbefestigte, schlammige Pfade führen musste, zog er die Feldpost hervor, die der Postreiter ihm kurz zuvor überreicht hatte. Er betrachtete einen Moment lang die Absendeanschrift, warf einen prüfenden Blick auf die marschierenden Männer zurück und entschloss sich dann, den Brief zu öffnen. Vielleicht hatte sein Onkel Nachrichten von Christine oder von Thomas?

Nach den üblichen Begrüßungsfloskeln erstattete General Doorn, wie er es in den vergangenen Wochen immer wieder getan hatte, einen knappen Bericht über die militärische Lage, in die auch er als kleines Rad im Getriebe mit eingebunden war. Die Österreicher hatten ihre große Armee zweiteilen müssen, da die Italiener in diesem Krieg interveniert hatten. Diese waren jedoch am 24. Juni bei Custoza geschlagen worden, und somit standen die österreichischen Truppen nun doch vollständig für die böhmische Front bereit.

General Doorn war im Hinblick auf diese Nachricht jedoch sehr gelassen, da die mangelnden Schienenverbindungen Österreichs das Unterfangen ausgesprochen schwierig machten und der Feind starke Besatzungstruppen für das unruhige Ungarn benötigte. Zudem musste in Österreichs Militärbürokratie eine erschreckende Unordnung herrschen. General Doorn lobte dagegen Preußens hoch entwickeltes, gut ausgebautes Schienennetz, das es ihrem Stabschef Helmuth von Moltke ermöglichte, seine Truppen schnell und zur richtigen Zeit von einem Frontabschnitt zum anderen zu verlegen.

Malte Heinrichs blinzelte gegen den Regen an und zog seine Taschenuhr hervor. Es war bereits nach 13:00 Uhr an diesem 3. Juli 1866. Vor mehr als sechs Stunden hatten sie die Nachricht erhalten, dass sich die preußischen Truppen zwischen den beiden böhmischen Dörfern Sadowa und Königgrätz sammelten, da das preußische Hauptquartier am Vorabend von den Stellungen der Österreicher und Sachsen unterrichtet worden war. Es ergingen Befehle an alle Armeen, und so hatte auf den Höhen von Chulm die Schlacht von Königgrätz begonnen, der auch sie entgegenzogen. Offenbar leisteten die Österreicher und Sachsen erbitterten und erfolgreichen Widerstand, und Meldereiter überbrachten der Zweiten Preußischen Armee die Nachricht, dass sie den beiden anderen Armeen schnell zu Hilfe eilen müsste.

Der junge Leutnant steckte den Brief zurück in seine Uniformtasche und nahm die Zügel wieder auf.

„Ob sie alle ihre Truppen bereits auf das Schlachtfeld geworfen haben?", keuchte einer der Soldaten neben ihm.

Malte blickte von seinem Pferd auf den Infanteristen hinunter, der sich mühsam über die aufgeweichte Erde schleppte.

„Sie sehen den Sieg schon vor sich. Vielleicht ahnen sie, dass wir im Anmarsch sind, und wägen den Verschleiß weiterer Truppen sorgfältig ab."

„Dabei sind sie lausige Kämpfer, diese Österreicher."

„Das stimmt nicht. Es wird vielmehr an diesen Stabsoffizieren in ihren schneeweißen Waffenröcken und den goldbetressten Zweispitzen mit den albernen hellgrünen Federbüschen auf dem Kopf liegen, dass die Armeen noch immer in der alten Stoßtechnik und mit ihren noch älteren Vorderladern kämpfen."

Der Soldat tätschelte mit der Hand beinahe liebevoll den Lauf seines Zündnadelgewehrs, eines praktischen, mehrschüssigen Hinterladers.

Wieder jagte ein Meldereiter an ihnen vorbei, und Malte nickte dem Soldaten zu, der sich eilig wieder in die Formation einfügte und sich durch den Matsch vorankämpfte.

Der Leutnant wendete sein Pferd und traf kurz darauf mit weiteren Offizieren und dem Kurier zusammen.

„Generalstabschef Moltke hat die Erste Preußische Armee frontal angreifen lassen. Die Preußische Elbarmee versucht inzwischen, den linken Flügel von Benedeks Truppen zu umgehen." Der Kurier atmete heftig und stoßartig, ebenso wie sein schaumbedecktes Pferd. „Die Zweite Preußische Armee hat den Befehl, den rechten

Flügel des österreichischen Heeres anzugreifen. Die Streitmacht soll eingekesselt und vernichtet werden. Soeben hat die Erste Gardedivision Chulm erreicht. Der Ort scheint unzureichend gedeckt, da die Österreicher vormittags die Siebte Infanteriedivision beim Swiepwald angegriffen haben und dort von uns stark dezimiert wurden, ehe sie zurückweichen konnten. Die Elbarmee hat ebenfalls große Landgewinne gemacht. Wir haben sie in der Zange." Wieder musste der Meldereiter eine kurze Pause machen, um zu Atem zu kommen. Er schlug sich mit der flachen Hand gegen den heftig pumpenden Brustkorb. „Die Zange ist nahezu perfekt. Hier sind die weiteren Befehle von Generalstabschef Moltke, meine Herren!" Der von Lehm und Pulverrückständen überzogene Mann reichte seinem Vorgesetzten den schriftlichen Befehl und stieg vom Pferd, um sich für seinen Rückweg ein frisches geben zu lassen.

Leutnant Heinrichs las die Anordnungen durch und jagte zurück zu seinem Regiment, um dieses erneut zu mehr Eile anzutreiben.

Stunden später fand sich Malte Heinrichs hinter einer Verschanzung wieder und koordinierte seine Untergebenen. Er war verdreckt, verschwitzt und blutete an der linken Schulter, da er von einem Querschläger getroffen worden war. Doch der Schmerz war auszuhalten, und so blieb er bei seinen Männern, die ihm dies hoch anrechneten.

Obwohl ihre Gegner inzwischen einsehen mussten, dass sie sich in einer aussichtslosen Lage befanden, da nun auch die Zweite Preußische Armee mit ihren 97.000 Mann an der Front eingetroffen war und die Zange, die diese drei Armeen bildeten, sie zu zermalmen drohte, schickten die österreichischen Offiziere noch immer ihre Soldaten in sinnlose Bajonettangriffe.

„Idioten", brummte Malte und betrachtete die tief gestaffelten

Kolonnen, die von Trommelschlag begleitet und mit flatternden Fahnen ein weiteres Mal heranrückten.

Der Pulverdampf in der Luft machte das Atmen schwer, und jede Bewegung war eine Qual, da pfundweise Schlamm und Erde an ihren Uniformen und Stiefeln hingen. Und so lagen sie in ihren Verschanzungen und ließen die feindlichen Soldaten ein weiteres Mal bis auf 300 Schritte oder sogar näher herankommen.

Malte schätzte den Abstand ein, warf einen prüfenden Blick zum nächstpostierten Leutnant, der ihm zunickte, und wieder befahl er seinen Männern, das Feuer auf die hilflosen Gegner zu eröffnen.

Die feindlichen Soldaten fielen neben- und übereinander in den Matsch und furchtbare Todesschreie erfüllten neben den Schüssen und Kanonenschlägen die Luft.

„Nachladen!", schrie Malte und erhob sich ein wenig.

Die wenigen noch stehenden Österreicher und Sachsen flohen zurück, und dies hieß es zu nutzen. Er trieb seine Männer auf die Beine, und wieder nahmen sie eine gewaltige Fläche ein, ehe sie sich neue Schutzwälle suchten, um einen weiteren sinnlos erscheinenden Bajonettangriff der Gegner abzuwarten. So näherten sich die Spitzen der Preußischen Elbarmee und der Zweiten Armee einander bis auf etwa zwei Kilometer.

Der Kampf dauerte an. Die geschlagenen süddeutschen Truppen zogen sich über die Elbe und in Richtung der Festung Königgrätz zurück, was ihnen nur durch den heldenmütigen Abwehrkampf der österreichischen Kanoniere und Kavalleristen gelang.

Das Überschwemmungsgebiet, das einen natürlichen Schutzwall für Königgrätz darstellte, wurde in dieser Nacht für Hunderte von Soldaten zum Verhängnis. Die sich zurückziehenden Männer verloren in der Dunkelheit die Orientierung und in manchen Verbänden brach Panik aus. Viele ertranken, andere wurden im Gedränge von Pferden, Kanonen und Fuhrwerken zu Tode getrampelt oder überfahren.

Leutnant Malte Heinrichs bekam von diesen schrecklichen

Geschehnissen nichts mit. Der anhaltende Kanonendonner betäubte seine Ohren, und einen Moment erlaubte er es sich, in Gedanken zurück in das für ihn so friedlich, beschaulich und still erscheinende Berlin zu gehen. Er lächelte, dachte an seine Kusine Christine und ihren Musikstudenten, der ihm ein guter Freund geworden war, und betete, dass dieser Berlin inzwischen tatsächlich verlassen hatte und sich in Sicherheit befand.

In diesem Moment explodierte genau vor dem Leutnant und seinen Soldaten ein schweres Geschoss, dessen warnendes Pfeifen er nicht einmal wahrgenommen hatte.

Kapitel 58

Seit Tagen schon regnete es, und die Kinder wurden immer unleidiger, da sie nicht nach draußen konnten und sich langweilten. Also entschloss sich Theresa, mit Anna, Lisa und Gerd in der Halle zu spielen. Die drei Kinder liefen lachend um die junge Frau herum, tobten und erfüllten das Haus mit Leben.

Theresa fühlte sich wohl. Bettina Schaller hatte sich einen Tag nach dem Vorfall in der Stadt bei ihr entschuldigt. Zwar hatte Theresa nach wie vor nicht den Eindruck, an ihr eine Freundin zu haben, doch immerhin war Fräulein Schaller seitdem freundlicher und höflicher zu ihr, und in der Kirche hatte sie sich sogar einmal neben sie gesetzt, als wolle sie auch den anderen Stadtbewohnern zeigen, dass sie bereit war, die fremde Frau zu akzeptieren.

Auch Hannah Werner wurde in Ruhe gelassen. In der Stadt war inzwischen bekannt geworden, dass nicht ihr Haus, sondern der seit Langem leer stehende Haupttrakt des Gutshauses zum Gasthaus umgebaut wurde, und da der Bürgermeister selbst diese Neuerung bekannt gemacht hatte, wagte zumindest niemand, öffentlich dagegen vorzugehen.

Frau Huber, die immerhin die Ehefrau eines der angesehensten Landwirte dieser Gegend war, stellte sich mit erstaunlichem Eigenwillen auf die Seite von Hannah und Theresa und überraschte damit nicht nur ihren Ehemann und ihre Söhne.

Isolde und Markus Biber befanden sich auf einer längeren Reise. Ihre Haushälterin versorgte den Nordflügel, während ein vertrauenswürdiger Arbeiter die Holzarbeiten beaufsichtigte. So hatte sie weder von Markus Biber noch von dessen unfreundlicher Frau irgendwelche Anfeindungen zu erwarten.

Theresa wurde aus ihren Gedanken gerissen, als Lisa lachend auf sie zugelaufen kam. Sie fing das Kind auf und wirbelte es herum. Lachend stellte sie das Mädchen auf die Füße zurück. Dabei bemerkte sie Helmut, der langsam die Stufen aus dem ersten Stock herunterkam. Der Junge wirkte erschreckend bleich, und seine Augen starrten glanzlos geradeaus, als er die kleine Gruppe passierte und das Haus durch die Haupttür verließ.

Theresa seufzte und schlug sich dann mit der flachen Hand vor die Stirn. „Spielt einen Augenblick alleine weiter", sagte sie zu den Kindern. „Ich bin in der Wohnstube."

„Ja, Tante Theresa", rief Lisa und nahm Anna an den Händen, um mit ihr im Kreis zu tanzen.

Mit großen Schritten betrat die junge Frau das Wohnzimmer. Lukas Biber, der mit einer Zeitung entspannt im Sessel saß, hob fragend den Kopf. „Was ist zu Bruch gegangen?", fragte er mit spöttischem Unterton in der Stimme.

Theresa schüttelte lächelnd den Kopf. „Mein Gedächtnis", gab sie spontan zurück, bereute dies jedoch sofort. Dieser Tag war viel zu schön, um ihn mit düsteren Grübeleien und schmerzlichen Versuchen, ihre Vergangenheit zurückzuholen, zu verderben. Sie sah den Hausherrn ernst an. „Erinnern Sie sich an den Tag, als Helmut von den großen Jungen verprügelt wurde?", fragte sie.

„Mhm", murmelte Lukas, faltete die Zeitung zusammen und deutete mit der Hand auf das ihm gegenüberstehende Sofa, um ihr zu verstehen zu geben, dass sie sich setzen solle.

Theresa schüttelte jedoch den Kopf und ging zu einem der Fenster hinüber, um in den wild wuchernden, aber deshalb besonders reizvollen Garten des Südflügels hinauszublicken. Regentropfen klopften gegen die Scheibe und hinterließen schmale Spuren auf dem Glas. „Ich habe an jenem Abend versucht, Helmut dazu zu bewegen, mit jemandem über seine Probleme zu sprechen. Das wollte er jedoch nicht – zumindest nicht mit seinen Eltern oder mit mir. Er bat mich, Sie darauf anzusprechen. Über der Aufregung um die Erkrankung der Mädchen habe ich das nur vollkommen vergessen."

Lukas schnitt eine Grimasse. „Das ist aber doch schon mindestens sechs Wochen her."

Theresa zog entschuldigend die Schultern nach oben und neigte den Kopf zur Seite. „Ich weiß."

„Wissen Sie, wo der Junge gerade ist?"

„Unten im Stall, vermute ich."

„Dann werde ich ihm wohl beim Melken helfen", entgegnete Lukas, erhob sich ein wenig schwerfällig aus dem Sessel und verließ das Zimmer.

„Kinder, ein bisschen mehr Ruhe, bitte", hörte sie Klaras laute Stimme aus der Küche. Sie lief in die Halle, um den beiden Mädchen und dem kleinen Jungen ein leiseres Spiel zu erklären, ehe sie zu ihrer Freundin in die Küche trat.

Maria lag auf einer Decke, die Klara am Boden für sie ausgebreitet hatte, und quengelte vor sich hin. Theresa nahm das Mädchen hoch und setzte sich auf die Küchenbank.

„Musste Lukas noch mal weg?", fragte Klara über die Schulter hinweg.

„Er hilft Helmut im Stall und möchte dabei mal mit ihm sprechen."

„Das haben wir schon so oft versucht."

„Vielleicht ist es für Helmut einfacher, ein Gespräch von Mann zu Mann zu führen – einem anderen als seinem Vater."

Klara nickte und trocknete ihre nassen Hände an ihrer Schürze ab, ehe sie sich neben Theresa und Maria auf die Bank setzte. „Helmut bewundert Lukas – seit der wieder Lukas ist. Er schwärmt geradezu von ihm. Neulich erst sagte er, er wolle auch Tierarzt werden."

„Beten wir dafür, dass die beiden ein gutes Gespräch führen können."

„Ja", seufzte Klara und faltete sofort die Hände.

An diesem Abend wurde es sehr schnell dunkel. Noch immer fiel der Regen unaufhörlich vom Himmel herab, und Karl, dankbar für die Feuchtigkeit nach dem sehr trockenen Frühling, zog sich früh zum Schlafen zurück. Er wusste, dass Helmut und Lukas sich um die Kühe kümmerten.

Theresa und Klara brachten die Kinder ebenfalls in ihre Betten und begannen gemeinsam mit dem Abwasch. Während Theresa eine Tasse abtrocknete, betrachtete sie die beiden Gedecke, die noch unbenutzt auf dem Tisch standen. „Die beiden haben aber viel zu bereden."

„Ich weiß auch nicht, ob es ein gutes oder ein schlechtes Zeichen ist, dass die zwei so lange da draußen im Stall sitzen", erwiderte Klara und tauchte die restlichen Teller in das nur noch lauwarme Spülwasser. „Das Feuer ist ausgegangen, Theresa. Könntest du es bitte noch einmal neu entfachen? Mit dem kalten Wasser bekomme ich die Töpfe und Pfannen nicht mehr sauber."

Theresa nickte und holte aus dem Korb neben dem Ofen einige Holzscheite und alte Zeitungen. Dabei fiel ihr ein kleiner, sorgsam ausgeschnittener Zeitungsartikel in die Hände, der offenbar einmal zerknüllt und dann wieder glatt gestrichen worden war. Das weckte ihre Neugier und sie begann zu lesen.

Panik stieg in ihr auf. Von einer rothaarigen Frau mit Wiener Akzent war die Rede, die drei Menschen, darunter zwei Kinder, umgebracht haben sollte und nun auf der Flucht war. Die Holzscheite rutschten ihr aus der Hand und fielen rumpelnd zu Boden.

„Na, hoppla", war alles, was Klara sagte, die sich jedoch nicht bei ihrer Arbeit stören ließ.

Noch einmal las Theresa die Meldung durch und begann heftig zu zittern. War sie die gesuchte Person? War sie eine gemeine Mörderin? Weshalb lag der Artikel ausgeschnitten im Korb für das Brennmaterial? Wer hatte ihn so sorgfältig herausgetrennt, wer gelesen und wer fortgeworfen? Die junge Frau hob den Kopf und musterte Klaras Rücken. Wusste sie von dieser Anzeige? Schockiert schüttelte Theresa den Kopf. Dabei schob sie den Zeitungsausschnitt in ihre Schürzentasche.

In diesem Moment sprang die Tür auf und Helmut erschien im Türrahmen. Er hatte verquollene Augen und zerzaustes Haar. Doch in seinem Blick lag ein Funkeln, das Theresa seit Langem bei ihm vermisst hatte.

„Da bist du ja", sagte Klara und drehte sich zu ihrem Sohn um. Dieser lächelte schwach, schob sich auf seinen Platz und sah betreten auf seinen leeren Teller. „Entschuldige bitte, dass ich so spät zum Essen komme, Mama", flüsterte er.

Klara zog erstaunt die Augenbrauen in die Höhe. „War Lukas bei dir?"

„Er hat mir geholfen."

„Bei den Kühen?"

Er nickte und sah seine Mutter ernst an. „Ich muss mit dir reden. Mit dir und Papa."

Klara warf Theresa einen erleichterten Blick zu.

„Papa schläft aber schon."

„Dann rede ich heute mit dir und morgen mit Papa", schlug Helmut vor, und Theresa hatte das Gefühl, dass der Junge erleichtert darüber war, die Begegnung mit seinem Vater noch ein wenig hinausschieben zu können.

Klara zog den Topf vom Herd, ließ die verschmutzten Töpfe stehen und setzte sich zu ihrem Sohn.

„Onkel Lukas hat mit mir gesprochen, Mama."

Klara nickte und blickte ihren Sohn voller Zuneigung an.

„Entschuldigt bitte, aber wo ist Dr. Biber jetzt, Helmut?", unterbrach Theresa leise.

„Ich weiß nicht, Tante Theresa. Der Pfarrer war mit dem Wagen da, um Frau Werner in die Stadt zu bringen, und als die beiden losfuhren, bat Frau Werner Onkel Lukas, demnächst einmal nach einem Loch im Dach des Haupthauses zu sehen. Mir war kalt, und deshalb bin ich schon ins Haus gegangen, während die drei noch miteinander geredet haben."

„Wie lange bist du schon im Haus?"

Der Junge zog die Schultern weit nach oben. „Ich hab mich umgezogen und gewaschen und war noch eine Weile in meinem Zimmer."

„Ich lass euch beide jetzt mal alleine", erwiderte Theresa, verließ die Küche und schloss leise die Tür hinter sich.

Was auch immer Helmut und Lukas miteinander besprochen hatten, es schien eine fest gemauerte Wand in dem Jungen zum Einstürzen gebracht zu haben. Die junge Frau nahm eine brennende Lampe von einer Kommode und ging zur Tür, wobei ihr Blick auf die Garderobe fiel. Die Jacke und die Stiefel des Hausherrn fehlten noch. Theresa öffnete die Haupttür und blickte hinaus. Von einer Kutsche war nichts zu sehen, doch hinter einem der Fenster direkt unter dem Dach des Hauptes brannte Licht. Ob Lukas sofort nach dem Loch im Dach hatte sehen wollen? Vermutlich war es sinnvoll, ein Loch bei Regenwetter zu suchen, da es auf diese Weise schnell gefunden werden konnte.

Theresa stellte die Lampe auf das kleine Schuhregal, nahm sich Klaras Cape und lief, in dieses eingehüllt, über den Innenhof. Der Regen prasselte mit ungeahnter Wucht auf sie hernieder. So war sie erleichtert, das Portal des Hauptes unverschlossen zu finden und sich in das trockene Innere retten zu können.

Gleich neben der großen, schweren Eingangstür legte sie das tropfende Cape auf den Fliesenboden.

Mit unsicheren Schritten trat sie in die dunkle Eingangshalle und tastete sich vorsichtig bis zu einem Tisch vor, auf dem üblicherweise eine Petroleumlampe stand. Sie fand die Lampe und daneben eine Packung Streichhölzer und schnell hatte sie die Flamme entzündet. Nasse, große Fußspuren auf dem staubigen Steinboden wiesen ihr den Weg zur Treppe.

Theresa schritt die Stufen hinauf.

Es roch nach Farbe, Holzstaub und noch immer ein wenig nach modriger Feuchtigkeit, doch dieser Geruch würde sicher bald verschwunden sein, wenn die Arbeiten erst einmal abgeschlossen waren.

Oben angekommen, war von Dr. Biber nichts zu sehen und auch Fußspuren gab es hier oben in den bereits vollkommen fertiggestellten und gereinigten Räumen nicht mehr. „Dr. Biber?", fragte sie leise und drehte sich einmal um ihre eigene Achse. Erlaubte er sich einen Scherz mit ihr und würde sie gleich erschrecken? „Dr. Biber? Wenn Sie nicht schnell kommen, isst Helmut Ihnen Ihr Abendessen weg."

„Wenn *Sie* nicht schnell kommen, werde ich wohl nie wieder etwas essen", hörte sie eine gepresste Stimme über ihrem Kopf sagen.

Verwirrt blickte sie nach oben. Sie konnte die Beine des Mannes erkennen, die durch ein Loch in der Decke in das Treppenhaus hineinhingen.

Theresa hielt den Atem an. An jeder anderen Stelle hätte sich der Tierarzt einfach hinunter in eines der Zimmer fallen lassen können, doch hier hing er genau über dem sich im Kreis windenden Treppenhaus und würde senkrecht zwischen den Geländern bis hinunter ins Erdgeschoss stürzen.

„Bewegen Sie sich nicht!", rief sie zu ihm hinauf und erhielt ein unwilliges Brummen zur Antwort. Suchend blickte sie sich um. Einige Meter weiter, neben dem Aufgang zum Dachboden, lagen noch ein paar lange, etwa zwanzig Zentimeter breite Holzlatten. Wenn sie eine von diesen auf den offenbar gefährlich brüchigen Dachboden schaffen und vor die Bruchstelle legte, konnte sie sich sicher sein, nicht ebenfalls einzubrechen, wenn sie versuchte, Dr. Biber aus dem Loch zu ziehen.

Theresa, die nicht wusste, wie lange die Kräfte des Mannes noch reichen würden, eilte hinüber und ergriff eines der Bretter. Sie stöhnte leise auf. Das Holz war schwer und sperrig. Stück für Stück zog sie die Holzlatte auf die Bühnentür zu, als sie ein lautes Bersten vernahm.

Erschrocken aufschreiend ließ sie das Holz fallen. War es zu spät? Voller Angst stürmte sie wieder zum Treppenhaus zurück.

Kapitel 59

Ein heller Schimmer am dunklen Himmel verriet den Mond, der sich hinter gewaltigen Wolkenbergen versteckte, die vom trägen Wind nur langsam vorangetrieben wurden. Die Nacht war hereingebrochen und angenehm kühle Luft ließ die beiden einsamen Reiter nach dem sehr heißen Tag tief durchatmen.

Thomas Wieland rieb sich mit der Hand über seine müden Augen und lenkte sein Pferd in ein Waldstück hinein.

Der andere Reiter, der eine Weile hinter ihm geblieben war, schloss schließlich wieder zu ihm auf. „Was denkst du?", fragte er leise.

Thomas' Augen suchten den Waldweg ab. „Das sind nur Spuren von landwirtschaftlichen Fuhrwerken, wenn du mich fragst."

„Keine Soldaten?"

Thomas schüttelte den Kopf, spürte jedoch einen Hauch von Unsicherheit in sich. Seit sie bei Tauberbischofsheim zwischen die Reihen eines preußischen Heeres geraten waren, das mit voller Wucht die Badener und Württemberger angriff, steckte der Schrecken des Krieges in ihm. Er wusste, dass Prinz Alexander von Hessen sein Achtes Bundeskorps zurückgezogen hatte, doch über weitere Truppenteile, die hier irgendwo stationiert waren, um Stuttgart vor Angriffen zu schützen, hatte er keine Informationen gehabt.

Zwar kämpfte das Königreich Württemberg gemeinsam mit dem österreichischen Kaiserreich, wie auch die Königreiche Sachsen, Bayern und Hannover, die Großherzogtümer Hessen-Darmstadt und Baden, die Herzogtümer Sachsen-Meiningen und Nassau, das Kurfürstentum Hessen-Kassel, das Fürstentum Reuß und die Freie Reichsstadt Frankfurt, doch der Verlauf der Fronten, die sie hatten passieren und umgehen müssen, verriet den beiden Männern, dass das Königreich Preußen im Verbund mit seinen Großherzogtümern, Herzogtümern, Fürstentümern und freien Reichsstädten aus dem Norden gewaltig im Vormarsch war.

Anton Faber lenkte sein Pferd vor das von Thomas und übernahm die Führung, während der Student sich ein wenig tiefer in den Sattel sinken ließ und versuchte, zumindest kurz die Augen zu schließen. Irgendwann schreckte der junge Mann in die Höhe. Sein Pferd stand still. Er schob sich seinen Hut weiter in den Nacken und führte sein Reittier neben das des reglos im Sattel sitzenden Wieners. In dem Tal, das sich vor ihnen ausbreitete, konnte er im Schein des inzwischen hellen Mondes eine gewaltige Parkanlage, Kirchtürme und mehrere größere Häuser ausmachen. „Stuttgart?", fragte er leise und spürte ein nervöses Ziehen in seiner Brust. Waren sie den beiden Preußen, die nach seiner Schwester suchten, bereits sehr nahe?

„Bewaldete Höhenzüge rundum, der Neckar ... Ich würde sagen, das ist Stuttgart."

„Wo fangen wir an?"

„Lass uns zuerst zur Universität reiten. Da bekommen wir eine Mahlzeit und bestimmt auch Informationen. Studenten sind in der Regel viel auf öffentlichen Plätzen unterwegs und schnappen mit Sicherheit alles auf, was ungewöhnlich ist oder aufregende Abwechslung verspricht."

„So sieht also das Studentenleben aus", lachte Anton, dem die

Erleichterung, zumindest ein vorläufiges Ziel erreicht zu haben, deutlich anzusehen war.

Vorsichtig dirigierten die beiden ihre Pferde den ausgefahrenen, steilen Weg zwischen den Rebstöcken hinunter und innerhalb kürzester Zeit klapperten die Hufe der beiden Tiere durch die Straßen der schlafenden Stadt.

Zeitgleich ritten zwei andere Männer auf ihren Pferden aus den Straßen Stuttgarts hinaus in die bewaldeten Höhenzüge, um sich in Richtung Schwarzwald zu begeben. Der Ältere der beiden hatte ein breites Grinsen auf dem Gesicht. Er war erleichtert, endlich eine Spur von der rothaarigen Frau gefunden zu haben. Zumindest ließ der Brief, den er an diesem Nachmittag erhalten hatte, darauf hoffen, dass es sich um die Frau handelte, die sie suchten.

Der Jüngere, der sich seit Kriegsausbruch hier im Süden sehr unwohl gefühlt hatte, zumal er einen deutlich norddeutschen Dialekt sprach, spornte sein Reittier an, um mit seinem Partner Schritt halten zu können. „Ich habe nicht ein bisschen von dem verstanden, was dieser Mann von der Zeitung dir erklärt hat", rief er seinem älteren Partner zu.

Dieser schenkte ihm ein breites Grinsen. „Ich auch nicht. Aber das macht nichts. Der Brief von dieser Frau Biber ist deutlich genug."

„Und wenn sie sich irrt?"

Otto Neudecker zog die Schultern nach oben und klopfte sich siegessicher auf die Brusttasche seines Jacketts, in der sich der Brief befand. „Die Beschreibung passt ebenso wie der Zeitpunkt, zu dem die junge Frau, die offenbar ihr Gedächtnis verloren hat, in diesem Ort aufgetaucht ist."

„Wie kann jemand sein Gedächtnis verlieren? Sie weiß nicht einmal mehr, was mit ihr geschehen ist?"

„Vermutlich nicht. Das würde auch erklären, warum sie nie zu ihren Eltern nach Wien zurückgekehrt ist."

Max Jungmann nickte, um unmittelbar darauf wieder verständnislos den Kopf zu schütteln. „Wie geht das nur?"

„Ich bin kein Arzt. Du hast doch gesehen, dass sie von einem Huf getroffen wurde, als sie sich unter den Pferden hindurchwälzte. Vermutlich war der Schlag zu hart", lachte Neudecker wieder und tippte mit seinem Zeigefinger gegen seine Stirn.

„Ist sie für uns überhaupt noch gefährlich? Sie wird sich dann doch sicherlich nicht daran erinnern, dass wir sie verschleppt haben oder wer wir sind."

„Wir können das Risiko nicht eingehen, dass ihr Gedächtnis irgendwann zurückkommt. Dann könnte sie unsere ganze Tarnung auffliegen lassen und uns verraten." Otto Neudecker schien nicht weiter über die Angelegenheit diskutieren zu wollen und konzentrierte sich auf den im Wald nur undeutlich zu erkennenden Pfad.

Der jüngere Mann lenkte sein Pferd hinter das seines Vorgesetzten und blickte mit gerunzelter Stirn und zusammengezogenen Augenbrauen auf die Hinterbeine des Pferdes vor ihm. Der Krieg war inzwischen in vollem Gange. Was konnte dieses Mädchen, das seiner Meinung nach ohnehin nicht viele Informationen hatte – vielleicht tatsächlich nur ihre Gesichter kannte –, ihnen schon anhaben? Natürlich war er froh über die gut bezahlte und abwechslungsreiche Tätigkeit beim preußischen Nachrichtendienst und er wollte diese in jedem Falle weiter ausführen können. Doch selbst wenn das rothaarige Mädchen sich eines Tages an die Entführung erinnern würde, würde der Krieg höchstwahrscheinlich schon längst vorbei sein. Hatte sie dann überhaupt noch ein Interesse daran, sie zu entlarven? Was sollte es ihr bringen? Sie würde dazu bei einigen wichtigen Militärs und Beamten vorsprechen müssen und stand dabei in Gefahr, nicht ernst genommen zu werden. Der Mann atmete tief ein und schüttelte den Kopf. Er hatte den deutlichen Befehl seines Vorgesetzten gehört. Sie sollten diese

Frau finden und jede Gefahr ihrer Enttarnung aus dem Weg schaffen. Was dies bedeutete, missfiel ihm in zunehmendem Maße.

Kapitel 60

Theresa zitterte vor Angst, Lukas Biber könne abgestürzt sein. Vorsichtig näherte sie sich dem Treppengeländer.

„Ich bin noch hier", rief ihr eine grimmige Stimme von oben entgegen und erleichtert schloss sie für einen kurzen Moment die Augen. Er war nicht herabgestürzt. Prüfend lehnte sie sich mit dem Oberkörper über das Geländer. Das Loch war um einiges breiter geworden und Lukas Bibers Situation hatte sich deutlich verschlechtert. Er hing jetzt nur noch mit dem Oberkörper über einem zerbrechlich wirkenden Balken. „Ich beeile mich!", rief Theresa und wirbelte herum.

Sie musste eine andere, schnellere Lösung finden. Suchend blickte sie sich um und ergriff anstelle des langen, schweren Brettes ein kürzeres, breiteres, aber deutlich leichteres Holzstück, das ein wenig an eine einfach gezimmerte Schranktür erinnerte. Dieses hinter sich herziehend, bewegte sie sich zurück zum Treppenhaus.

Die Beine des Tierarztes waren etwa zwei Meter vom Treppengeländer entfernt, das hier oben wie eine Galerie um das Treppenhaus herumführte.

Theresa legte das eine Ende ihres Brettes auf den Handlauf des Geländers und schob es dann bis zur anderen Seite hinüber. So baute sie eine Art Brücke über den drohenden dunklen Abgrund hinweg.

„Was machen Sie denn da?", hörte sie die tiefe Stimme des Mannes rufen.

Zufrieden mit ihrem Werk blickte Theresa hinauf und erwiderte: „Zur Abwechslung rette *ich* einmal *Ihr* Leben."

„Dann sollten Sie sich ein wenig beeilen."

„Sie können jetzt loslassen", rief sie und spürte ihr Herz heftig klopfen. Wie nahe war Lukas Biber dem Tod gewesen! Vermutlich hätte er es nicht mehr sehr lange dort oben aushalten können. „Lassen Sie los", rief sie erneut. „Ich denke, meine Konstruktion hält mehr aus, wenn Sie kontrolliert darauf landen, als wenn Sie darauf stürzen."

„Welche Konstruktion?"

„Vertrauen Sie mir einfach!", rief Theresa. Wie lange wollte der Mann noch dort oben an diesem morschen Balken hängen und mit ihr diskutieren?

„Ihnen?"

Theresa hielt den Atem an und ihre Hand tastete nach dem zerknüllten Zeitungsartikel in ihrer Schürzentasche. Kannte er ihn etwa? Hielt er sie für diese Mörderin? Nahm er an, sie würde ihn nun einfach in die Tiefe stürzen lassen?

Ein heftiger Schmerz durchfuhr ihr Herz und eine Mischung aus Wut und Verzweiflung ließ ihr die Tränen in die Augen schießen. Sie würde vieles ertragen können, nicht jedoch, dass dieser Mann, den sie von ganzem Herzen liebte, sie für eine Mörderin hielt. Oder war sie das vielleicht sogar?

„Sind Sie noch da?"

„Was denken Sie denn? Glauben Sie, ich will mir dieses Schauspiel entgehen lassen?"

„Was haben Sie da unten –?"

„Nun springen Sie schon. Ich habe ein Brett über das Geländer gelegt. Etwas Besseres konnte ich in der Eile nicht finden."

„Warum sind Sie so –?"

„Sie haben mir gerade zu verstehen gegeben, dass Sie mir nicht vertrauen. Warum sollte ich höflich Ihnen gegenüber sein?"

„Seit wann legen Sie jedes meiner Worte auf die –?"

„Wollen Sie nun gerettet werden oder soll ich das Brett wieder wegräumen?"

„Ich bin nicht gerade leicht. Wird es mich halten?"

„Soll ich mich mal daraufstellen?"

„Lassen Sie das bleiben!", drang seine aufgebrachte Stimme herunter, und Sekunden später donnerten seine Füße laut auf das Holzbrett über dem Geländer, das zwar heftig zitterte, aber seinem Gewicht standhielt. Eilig balancierte er über das Brett zum Geländer und sprang auf den rettenden Treppenabsatz. Dort blieb er erst einmal hocken und erholte sich von dem Schrecken. Schließlich blickte er sie an und meinte: „Ich wusste, dass ich Ihnen nicht trauen kann. Würde ich nur ein Gramm mehr wiegen, wäre ich mitsamt dem Brett in die Tiefe gestürzt."

„Mit oder ohne das Brett – wo ist der Unterschied?", fragte sie ihn und ihre braunen Augen blitzten ihn herausfordernd und doch voller Schmerz an.

„Was ist los mit Ihnen, *Fräulein Aufgebracht*?", fragte er, nachdem er sie längere Zeit intensiv gemustert hatte.

Theresa schwieg.

Lukas Biber stand auf, zog das Brett von dem Geländer und lehnte es an die Wand. Dann setzte er sich auf die oberste Treppenstufe und streckte die Beine weit von sich.

Theresa, erleichtert, dass dem Mann nichts geschehen war, setzte sich einfach neben ihn und bemühte sich, ihre zitternden Hände zu verstecken. Es wäre schrecklich für Anna gewesen, nach der Mutter auch noch den Vater zu verlieren. Und für sie? Wieder schloss sie die Augen und lehnte sich seitlich an die Wand.

„Tut mir leid, wenn ich Sie erschreckt habe, Fräulein Theresa."

„Das haben Sie tatsächlich."

„Und darüber sind Sie so wütend?"

Theresa kniff die Augen zusammen und presste ihre zu Fäusten geballten Hände gegeneinander. „Weshalb vertrauen Sie mir nicht?"

„Vielleicht weil Sie schwer durchschaubar sind?"

„Weil ich nicht weiß, wer oder was ich bin?"

„Das macht mir nichts aus. Das sollten Sie inzwischen doch wissen, Fräulein Theresa." Lukas musterte sie, soweit es ihm bei der unzureichenden Beleuchtung möglich war. „In meiner Erleichterung über Ihre Anwesenheit und Ihre tatkräftige Hilfe habe ich Sie nur wieder einmal ein wenig aufgezogen. Das sollten Sie doch inzwischen gewohnt sein."

Theresa nickte leicht, fuhr mit der Hand in die Schürzentasche und streckte dem Mann, ohne ihn anzusehen, den zerknüllten Zeitungsausschnitt entgegen.

Lukas nahm ihn aus ihrer Hand und berührte dabei sanft ihre Finger.

Sie zuckte zurück. Dennoch beruhigte sie seine Berührung. Er lebte noch. Ihre Neugierde hatte sie noch rechtzeitig hier herübergeschickt. Neugierde, die Gott ihr ins Herz gelegt hatte.

Lukas Biber hielt das zusammengeknüllte Stück Papier in seiner Hand, ohne es genauer anzusehen. Offenbar kannte er den Inhalt der Anzeige schon.

„Ich hatte gehofft, das würde Ihnen erspart bleiben", sagte er leise und schloss das Zeitungsstück in seiner Faust ein.

„Sie haben das vorhin also nicht wegen des Artikels gesagt?"

„Fräulein Theresa, Sie sind ganz bestimmt keine Mörderin! Lassen Sie sich das weder von diesem Stückchen Papier noch von irgendwelchen Menschen einreden!"

„Ich habe solche Angst", flüsterte Theresa und drehte ihr Gesicht der Wand zu. Lukas Biber rutschte ein Stück näher an sie heran. Er schien seinen Arm tröstend um sie legen zu wollen, untersagte es sich aber im letzten Moment.

Theresa presste die Lippen aufeinander. Wie wohl ihr jetzt eine liebevolle, tröstende Umarmung getan hätte! Und es war ihr nicht gleichgültig, ob diese nun von Hannah, Klara oder Lukas Biber kam. Es wäre besonders schön gewesen, sich in den Armen dieses Mannes geborgen und geliebt zu fühlen.

„Lassen Sie nicht zu, dass dieser Artikel Ihren schrecklichen Zustand noch verschlimmert, Fräulein Theresa. Sie quälen sich genug. Hannah Werner, Klara, Karl und ich, die wir Sie besser kennen als alle anderen in dieser Stadt – keiner von uns würde glauben, dass Sie eine Mörderin sind. Und Didi Ernst, der Wachtmeister aus Freudenstadt, hat sich nicht gemeldet, obwohl auch er mit Sicherheit diese Suchanzeige gesehen hat und die Geschichte Ihres plötzlichen Auftauchens kennt. Selbst er scheint keinen Zusammenhang zwischen Ihnen und der Frau in dem Artikel zu sehen."

„Was geschieht, wenn jemand anders auf diese Anzeige reagiert?"

„Wer sollte das tun?"

„Ich bitte Sie, Dr. Biber!" Theresa fuhr herum und blitzte den Mann an. „Ich nehme an, dass dieser Artikel der Grund für die Verfolgungsjagd war, die mich damals in den Wald geführt hat."

„Danach hatte ich ein sehr ernstes Gespräch mit dem Bürgermeister. Er hat dafür gesorgt, dass sich die Leute in der Stadt Ihnen gegenüber angemessen verhalten."

Theresa blickte den Mann neben sich verwundert an. Die Petroleumlampe verbreitete ein unstetes Licht, und so konnte sie ihn nur undeutlich erkennen. Offenbar hatte er es sich nicht nehmen lassen, sich für sie einzusetzen.

Lukas erhob sich und bot ihr seine Hand. Er zog sie in die Höhe, ließ sie jedoch schnell wieder los. „Wie war das mit dem Abendessen?", fragte er und machte sich auf den Weg nach unten.

KAPITEL 61

Die Tür der Zeitungsredaktion schlug heftig gegen die Wand, und eine ältere Dame sprang erschrocken beiseite, wobei sich ihr schwarzer Rock so unglücklich um ihre Beine wickelte, dass sie beinahe gestürzt wäre. Sie überschüttete Thomas mit einem Schwall wütender Worte, was dieser einfach über sich ergehen ließ, da er ihren starken Dialekt ohnehin nicht verstand.

Anton Faber sprang auf die Beine und trat seinem aufgeregten

Partner entgegen, der ihm beinahe wütend die Zügel aus den Händen riss und sich eilig auf den Rücken seiner Stute schwang. Anton tat es ihm nach und lenkte sein Reittier neben das des sichtlich aufgebrachten jungen Mannes.

„Es stimmt", meinte Thomas aufgeregt. „Die Antwort auf diese Anzeige wurde von zwei Männern abgeholt, die hochdeutsch sprachen und deshalb unangenehm auffielen."

„Diese Anzeige war eine taktische Meisterleistung der Preußen. Bei wem auch immer sich deine Schwester in den vergangenen Monaten aufgehalten hat – die Person wird sich aus Angst auf diese schreckliche Annonce gemeldet haben und dankbar sein, wenn Marika aus ihrem Umfeld entfernt wird."

Thomas nickte und lenkte das Pferd in die Büchsenstraße, die sie vom Zentrum der Stadt und dem im vorigen Jahrhundert erbauten, neueren Stuttgarter Schloss wegführte.

„Wie viel Vorsprung haben sie?" Anton Faber wollte weitere Details erfahren.

„Wenn sie sofort losgeritten sind, einen ganzen Tag", antwortete Thomas und schüttelte gequält den Kopf. Wie sollten sie diese Zeit jemals aufholen können?

„Deine Idee mit den Studenten war großartig, Thomas. Sie wussten von dieser seltsamen Suchanzeige und dass sich die beiden Männer zuvor schon nach deiner Schwester erkundigt hatten. Ohne sie wäre der Abstand noch wesentlich größer geworden."

Thomas nickte, wenn er in den Worten seines Kameraden auch wenig Trost finden konnte. Selbst wenn die beiden Preußen nicht sofort losgeritten waren, hatten sie mit Sicherheit einen Vorsprung von mehreren Stunden.

„Gut auch, dass sich der junge Mann von der Anzeigenannahme an den Absendeort erinnern konnte, der auf dem Brief angegeben war."

Wieder nickte Thomas nur. Vielleicht sollte er nicht so schwarzsehen? Allein die Tatsache, dass sich die beiden Spione auf die Suche nach Marika gemacht hatten, musste bedeuteten, dass diese noch am Leben war. Außerdem wusste er jetzt, wo sie sich aufhielt, und hatte zumindest den Hauch einer Chance, sie rechtzeitig zu finden. Ob sie noch immer in dieser Kleinstadt war? Immerhin hatte jemand auf diese gefälschte Suchanzeige in der Zeitung reagiert und nahm daher an, dass die bei ihnen in der Nähe wohnende Frau eine Verbrecherin war. Vielleicht hatte man Marika inzwischen inhaftiert. Oder man hatte sie davongejagt. Es war müßig, sich Gedanken darüber zu machen, welche der beiden Möglichkeiten die unangenehmere für die junge Frau wäre.

Die beiden Männer ritten durch die Gassen und über die Plätze der württembergischen Hauptstadt und gelangten schließlich in eine Straße, die stetig anstieg. Sie ließen die Stadt, die zwischen unzähligen Weinbergen eingebettet lag, hinter sich, ritten an ein paar vereinzelten Häusern und Bauernhöfen vorbei und tauchten schließlich in eine der weitläufigen Waldflächen ein.

„Wir hätten uns nach Truppenverschiebungen erkundigen sollen", rief Anton seinem Partner von hinten zu.

Thomas drehte sich im Sattel nach ihm um. „Wenn sie so nahe an Stuttgart herangekommen wären, hätten wir etwas davon bemerkt, Anton. Lass uns schneller reiten. Es sieht nach Regen aus."

„Einverstanden", lautete die Antwort und die beiden jungen Männer trieben ihre Pferde in einen schnellen Galopp.

Thomas schätzte, dass sie bis Freudenstadt einige Tage brauchen würden, je nachdem, wie heftig die sich ankündigenden Regenfälle sein würden. Aber egal, wie lange sie tatsächlich für diese Wegstrecke benötigen würden – die Frage war doch, ob es ihnen gelang, vor den beiden Agenten dort anzukommen und Marika zu finden.

Kapitel 62

Hoch oben am wolkenverhangenen, grauen Himmel kreiste ein Bussard und ließ seinen heiseren, hohen Schrei über der Hügellandschaft erschallen. Der Geruch von feuchter Erde lag schwer in der Luft.

Die langen Grashalme kitzelten Theresa an den Beinen, als sie, in beiden Händen je eine schwere Milchkanne tragend, den Fußpfad in Richtung Gutshaus hinaufging. Sie war auf Klaras Rat hin barfuß unterwegs, da sie in dem mehrere Zentimeter tiefen Schlamm mit Schuhen nur schwer hätte gehen können. So versanken ihre Füße bis über die Knöchel im Morast. Schmatzend nur gab der aufgewühlte, nasse Boden ihre Füße wieder her und jeder Schritt schien ein wenig schwerer zu werden. Theresa blieb stehen und warf ihrer Freundin, die an diesem Tag ausgesprochen wortkarg war, über die Schulter hinweg einen fragenden Blick zu. Klaras Miene wirkte geradezu verbissen, und Theresa konnte sich nicht vorstellen, dass dies von der Anstrengung kommen konnte, denn Klara war diese schwere körperliche Betätigung in jedem Falle mehr gewohnt als sie.

Entschlossen drehte sie sich um und stellte die beiden Milchkannen auf der erhöhten Böschung des Pfades ab. „Was ist los mit dir?", rief sie gegen das Rauschen des Regens an.

Klara hob den Kopf und runzelte die Stirn, wobei sie die in der nassen Wiese stehenden Milchkannen betrachtete. Sie zuckte mit ihren runden, kräftigen Schultern und stellte ihre Milchkannen neben die von Theresa. „Helmut hat mir gestern Abend erzählt, was ihn in den letzten Wochen so sehr gequält hat." Sie hielt kurz inne und strich sich ein paar nasse Haarsträhnen aus dem Gesicht. Dann sah sie ihre Freundin ernst an und sagte: „Helmut hat unser Haus angezündet, Theresa!"

Theresa holte tief Luft. „Klara! Aber doch nicht absichtlich?", stieß sie entsetzt hervor.

Klara schüttelte ebenso entsetzt über diese Vorstellung den

Kopf. „Nein! Die großen Jungen aus der Stadt haben ihn wohl schon seit Monaten geärgert."

„Meinetwegen?", fragte Theresa leise.

Klara zuckte mit den Schultern. „Nicht nur, Theresa. Es hat schon angefangen, bevor du hier aufgetaucht bist. Jedenfalls wollten sie ihn zu einigen Streichen zwingen, doch Helmut hat sich standhaft geweigert. Irgendwann konnte er das wohl nicht mehr, zumal sie begonnen hatten, auch Marga zu ärgern. Also ließ er sich auf eine ihrer Mutproben ein, weil er hoffte, dass die Jungen ihn und seine Schwester dann in Ruhe lassen würden."

„Was sollte er tun?", fragte Theresa leise und ignorierte den immer stärker werdenden Regen, der auf sie niederprasselte.

„Er sollte in unserer Wohnstube eine Zigarette rauchen. Es ging darum, Karl und mich herauszufordern. Huber und seine Freunde standen vor dem Fenster und kontrollierten, ob er tatsächlich die ganze Zigarette rauchen und nicht etwa mogeln würde. Helmut ist es dann schlecht geworden, und er sagte mir, er habe die fast abgebrannte Zigarette in den Kamin geworfen, ehe er aus dem Raum rannte."

Theresa schürzte die Lippen und nickte verstehend. „Vermutlich landete die Zigarette *vor* dem Kamin."

Klara nickte. „Vor dem Kamin lag oft eine Decke, auf der die Kinder gerne spielten. Sie wird Feuer gefangen haben."

„Weshalb aber haben die Burschen später Helmut am See unten verprügelt?"

„Sie haben Marga und ihn einige Zeit in Ruhe gelassen, aber dann fing die Hänselei wieder an. Der junge Huber muss vor allem Marga schlimm zugesetzt haben, und so hat Helmut ihm gedroht, die Geschichte mit der Zigarette zu erzählen und ihm somit zumindest eine Teilschuld an dem Feuer zuzuschieben. Ich habe heute Morgen Karl alles erzählt. Er war sehr wütend und hat den armen Jungen ordentlich verdroschen. Er sagte ihm, er sei in erster Linie enttäuscht, weil Helmut nie etwas gesagt hat und auch Marga verboten hat, zu Hause etwas von den Hänseleien zu erzählen.

Zudem ist er wütend, weil er jetzt wie ein Bittsteller bei Lukas wohnen muss. Auch wenn er sein bester Freund ist, so ist er doch auch sein Verpächter. Karl fühlt sich gedemütigt, weil er seiner Familie kein eigenes Zuhause bieten kann." Die Tränen auf Klaras Wangen mischten sich mit den Regentropfen.

Theresa nahm ihre Freundin fest in die Arme. „Ärgern die Jungen die beiden noch immer?", flüsterte sie.

„Nein. Es ist, wie die Frau vom Bauern Huber gesagt hat. Deine Ohrfeige scheint ihrem Jungen etwas Vernunft beigebracht zu haben. Vielleicht hat er aber auch einfach nur Angst vor deinem überschäumenden Temperament, wenn dir zu Ohren kommen sollte, dass er Marga und Helmut weiterhin triezt."

„Und ich wollte mich noch bei ihm entschuldigen", murmelte Theresa.

Klara löste sich von ihr. „Lass das schön bleiben. Sonst könnte er diesen heilsamen Schock wieder vergessen", begehrte sie auf.

Theresa konnte ein belustigtes Auflachen nicht unterdrücken. „Jedenfalls hat sich jetzt einiges geklärt, und ich glaube, Helmut wird die Tracht Prügel wegstecken."

„Du hast recht, Theresa", erwiderte Klara und doch schwang in ihrer Stimme noch immer ein wenig Trauer mit.

Theresa lächelte ihr aufmunternd zu, ergriff erneut die Henkel ihrer beiden Milchkannen und die beiden Frauen setzten ihren Weg fort.

Vollkommen durchnässt erreichten sie schließlich den Innenhof und die Haupttür des Südflügels. Dort wuschen sie ihre verschlammten Füße und Beine in einem bereitstehenden Zuber, lösten die Bänder, mit denen sie ihre Kleider und Schürzen hochgerafft hatten, und betraten das Haus.

Lukas Biber stand – ebenfalls völlig durchnässt – in der Halle und musterte die beiden Frauen mit hochgezogenen Augenbrauen. „Euch scheint dieser Regen zu gefallen! Habt ihr noch nicht genug Wäsche?", lachte er und schüttelte amüsiert über das Aussehen der beiden den Kopf.

Theresa zog die verschmutzte, nasse Schürze aus und wickelte sie zu einem Knäuel zusammen. „Ach, hat man es Ihnen noch nicht gesagt?", fragte sie mit unschuldigem Lächeln und warf dem verdutzten Mann die tropfende Schürze zu, die dieser geschickt auffing.

„Was hat man mir nicht gesagt?", fragte er misstrauisch und blickte zu Klara, die ebenfalls ihre Schürze löste, diese jedoch in ihren Händen behielt und damit die Milchkannen zu säubern begann.

„Wir Frauen haben beschlossen, dass wir mit dem Haushalt, der Arbeit im Stall und bei den Tieren, der Zubereitung der Mahlzeiten, der Kinderbetreuung und den weiten Einkaufsgängen so sehr eingespannt sind, dass die Männer ab sofort für die Wäsche zuständig sind."

„Eingespannt", brauste Lukas auf und schleuderte das tropfende Bündel zu seiner Besitzerin zurück. „Ich hänge die halbe Nacht in einem Loch fest, bin gerade wieder halbwegs erholt und trocken, da muss ich in den strömenden Regen hinaus und sieben Kilometer bis zu einem Hof reiten, auf dem ein streunender Hund mehrere Schafe gerissen hat, und kaum komme ich müde, frierend und halb verhungert zurück, stelle ich fest, dass keine Mahlzeit auf dem Tisch steht und die Frauen in diesem Haus uns Männern den Krieg erklären."

„Krieg haben wir genug", brummte Klara und nahm ihre beiden Kannen wieder auf. „Gib dich einfach geschlagen und du hast deinen Frieden", rief sie Lukas über die Schulter hinweg zu, zwinkerte zu Theresa hinüber und verschwand in der Küche, um das überfällige Frühstück zu richten.

„Sie üben nicht unbedingt einen guten Einfluss auf sie aus, Fräulein Fuchs", lachte Lukas und stapfte langsam die Stufen in den ersten Stock hinauf, eine breite nasse Spur hinterlassend.

Kapitel 63

Die beiden Reiter trafen, wie sie es sich erhofft hatten, trotz des schlechten Wetters und der frühen Stunde einige Frauen beim Stadtbrunnen an.

Der Jüngere von ihnen trat heran und räusperte sich leise. „Guten Tag, die Damen", sagte er und wurde aufgrund des ungewohnten Grußes und des norddeutschen Akzentes mit hochgezogenen Augenbrauen begutachtet.

Schließlich wandte sich eine ausgesprochen dürre Dame an ihn und erwiderte mit lauter Stimme, als fürchte sie, er könne sie wegen des Regens nicht verstehen: „Grüß Gott, der Herr. Kann ich Ihnen helfen?"

Der junge Mann zog eine Grimasse und hoffte, sie richtig verstanden zu haben, denn sie gab sich keinerlei Mühe, ihre Worte in ein halbwegs verständliches Deutsch zu verpacken. „Wir suchen eine junge Frau …"

„Ha! Sie sind von der Polizei und wollen Theresa holen! Hat sich also doch jemand getraut, sich der Anordnung des Bürgermeisters zu widersetzen, und hat sie angezeigt? Ist sie also wirklich die Mörderin?"

Da sie einen ernst zu nehmenden Hinweis auf den Verbleib des rothaarigen Mädchens erhalten hatten, hatten die beiden Männer ihre Taktik geändert, und so schüttelte der Mann den Kopf und erwiderte scheinbar irritiert: „Mörderin? Theresa? Nein, gute Frau. Wir sind von einer Familie aus Wien beauftragt worden, ihre verschwundene Tochter zu suchen. Sie verschwand im April auf mysteriöse Weise, und wir hörten, dass hier eine Frau lebt, auf die ihre Beschreibung passt."

„Klein, zierlich, rothaarig, eigenwillig?", fragte die Frau in einer so schnellen Abfolge, dass der Mann – nun tatsächlich verwirrt – den Kopf schüttelte.

„Bitte, können Sie ein wenig langsamer sprechen?", wagte er zu fragen und erntete einen missbilligenden Blick.

Eine sehr junge, gut gekleidete Frau trat vor und legte den Stiel ihres Regenschirmes über ihre linke Schulter, um ihn besser betrachten zu können. „Wir nennen diese Frau, die übrigens kein Erinnerungsvermögen an ihre Vergangenheit besitzt, Theresa. Sie hat braunrote, sehr lange Haare, ein rundliches, jung wirkendes Gesicht, braune Augen, ist schlank und ein wenig kleiner als ich. Die junge Frau tauchte hier im April während eines Schneesturmes auf."

„Das könnte sie sein!", sagte der Mann, erfreut darüber, dass er endlich auf jemanden getroffen war, der sich zumindest halbwegs so ausdrücken konnte, dass er es verstand. Andererseits begann sich das unruhige Ziehen in seinem Inneren, das er bezüglich ihres Auftrages bereits seit Tagen verspürte, vehementer bemerkbar zu machen. Eine unschuldige junge Frau einfach so zu „beseitigen" ... Irgendwie hoffte er noch immer, dass diese Frau nicht die Gesuchte war und sie unverrichteter Dinge weiterreiten würden.

„Warte mal, Bettina", mischte sich die andere Frau wieder ein und baute sich vor den beiden Männern auf. „Und Sie sind nicht von der Polizei?"

„Nein!", erwiderte Otto Neudecker, wohl wissend, worauf diese Frau hinauswollte. Auch Max Jungmann schüttelte den Kopf. Als sie erfahren hatten, dass die rothaarige Frau sich nicht an ihre Vergangenheit erinnern konnte, hatten sie beschlossen, auf einem anderen Weg ihr Ziel zu erreichen. Vermutlich würde es einfacher sein, einer verwirrten Frau ein baldiges Wiedersehen mit ihrer Familie in Aussicht zu stellen, als sie mit Gewalt mitschleppen zu müssen.

Die jüngere Dame wandte sich wieder an ihn. „Sie wird also von ihrer Familie gesucht? Ich hoffe, es ist Theresa. Sie wird sehr froh sein, endlich etwas über sich zu erfahren und nach Hause zurückkehren zu können", erklärte sie und deutete dann mit der Hand die gerade verlaufende Hauptstraße entlang. „Folgen Sie nur immer dieser Straße. Hinter dem Ortsende geht ein schmalerer

Weg ab, der Sie an der Kirche vorbei auf den Hügel hinaufführt. Dort oben im Gutshaus, im Südflügel, werden Sie sie finden."

„Ich danke Ihnen", murmelte der Mann und wandte sich, gefolgt von seinem Partner, ab.

„Die beiden wollen nur kein Aufsehen erregen!", hörte er die ältere Frau wieder vor sich hin brummen.

„Lass doch, Gerlinde", meinte eine andere.

Die beiden Männer bestiegen ihre Pferde, die tropfnass und mit hängenden Köpfen ein wenig abseits angebunden standen.

„Gut gemacht! Du wirst sehen, es ist einfacher, das Mädchen zu bekommen, wenn wir vorgeben, sie nach Hause statt in ein Gefängnis zu bringen."

„Wenn du meinst", murmelte Max Jungmann und ließ sich erschöpft in den Sattel fallen. „Es hat sich nur eine einzige Person auf unsere Anzeige hin gemeldet, obwohl sie wahrscheinlich in der ganzen Stadt bekannt ist. Wenn ich die Alte vorhin richtig verstanden habe, steht sie unter besonderem Schutz. Wir sollten in jedem Fall vorsichtig sein."

„Ja, ja", erwiderte der Ältere und lenkte sein Tier an dem Brunnen auf dem Markplatz vorbei, beobachtet von den unter ihren Schirmen beieinanderstehenden Frauen.

„Lass uns sehen, ob sie sich an uns erinnert. Und wenn nicht, lassen wir sie, wo sie ist", schlug Jungmann schließlich vor.

„Blödsinn. Wir erledigen das jetzt und vergessen dann das Ganze!"

Kapitel 64

Lukas Biber nahm den Sattel vom Rücken seines Pferdes und wuchtete ihn über den obersten Querbalken der Box. Helmut, der ihn wieder bei einem seiner Besuche begleitet hatte, versorgte beide Stuten mit Futter, und so begann Lukas, das nasse und verschmutzte Pferd zu putzen.

„Hörst du das, Onkel Lukas?", fragte Helmut plötzlich. „Da kommen Pferde!"

Lukas hielt inne und lauschte. Der Regen prasselte lautstark auf das Holzdach des Stalles, doch meinte auch er die langsamen, schweren Tritte müder Pferde vernehmen zu können.

„Vielleicht kommen dein Bruder und deine Schwägerin von ihrer Reise zurück", vermutete Helmut und schloss den Riegel der Pferdebox.

„Ich höre keine Kutsche. Es sind Reiter."

„Hoffentlich nicht schon wieder jemand, der dich braucht, Onkel Lukas. Die letzten beiden Tage und heute Nacht warst du beinahe ununterbrochen unterwegs."

„Und du mit mir!", lachte Lukas, stieß dem Jungen scherzhaft in die Seite und ging mit großen Schritten auf die halb offen stehende Stalltür zu.

Tatsächlich passierten zwei in dunkle Umhänge gehüllte Reiter den Stall. Ihr Ziel konnte nur das Gutshaus sein.

Lukas blies die Wangen auf. Er hatte tatsächlich keine Lust, einen weiteren längeren Ritt zu irgendeinem verletzten Tier zu unternehmen. Doch er konnte es sich nicht leisten, potenzielle Kunden zu verprellen. „Komm, oben warten sie bestimmt mit dem Frühstück auf dich!", rief er Helmut zu, der die Stallgasse verließ und die Tür schloss, während Lukas mit müden Schritten den Weg hinaufging.

Als er den Hof betrat, sah er, dass die Pferde an einem der Bäume angebunden worden waren, und Pfarrer Strähle, der wieder einmal da war, um bei den Renovierungsarbeiten im Haupthaus zu helfen, hatte den beiden die Tür geöffnet. Hastig winkte der Geistliche ihn herbei und so begann Lukas doch zu laufen und trat schnell zu den drei Männern heran.

„Lukas, stell dir vor", begann der Pfarrer zu erzählen, „diese beiden sind wegen Theresa hier!"

Lukas hielt inne. Unwillkürlich ballte er die Hände zu Fäusten und schob diese tief in seine Hosentaschen. Eine eiskalte Hand schien nach seinem Herz zu greifen. Ihm war es gleichgültig, ob die beiden auf die Suchanzeige der Polizei hin gekommen oder von Theresas Familie geschickt worden waren. In beiden Fällen würde das für ihn bedeuten, dass sie ihn verließ. Er wandte sich den beiden Fremden zu. „Biber", stellte er sich mit kalter Stimme vor.

„Neudecker. Das ist mein Kollege Jungmann", erwiderte der Ältere der beiden und trat unaufgefordert hinter Lukas in das Haus ein.

Klara und Hannah kamen aus der Küche und blickten neugierig in den Eingangsbereich. „Du hast Gäste, Lukas? Bring sie nur herein. Ich habe genug zu essen für alle!", rief Klara und wollte wieder in der Küche verschwinden.

„Wo ist Theresa?", brummte Lukas sie an.

Es war sein Tonfall, der Klara sofort innehalten und sich langsam zu ihm umdrehen ließ. Sie blickte von ihm zu den beiden Fremden und dann wieder zu Lukas hinüber. „Oben. Sie legt die beiden Kleinen zum Mittagschlaf hin", erwiderte sie.

„Kommen Sie bitte", wandte sich Lukas an die beiden Männer, die ihm folgten. „Klara, kannst du uns bitte einen heißen Kaffee in die Wohnstube bringen?", rief er noch über die Schulter. Er hatte keine Eile, Theresa über die Anwesenheit dieser Männer zu informieren.

Die beiden setzten sich jeweils in einen Sessel, während er sich im Stuhl vor dem Sekretär niederließ. „Was führt Sie hierher?", fragte Lukas schließlich und bemühte sich vergeblich, sein wild klopfendes Herz zu beruhigen. Nervös tippte er mit den Fingern seiner rechten Hand auf der Stuhllehne herum. Misstrauisch musterte er die verschmutzten, nassen und ungepflegt wirkenden Gestalten. Nur mühsam konnte er ihnen zugutehalten, dass sie vermutlich schon seit Tagen in diesem Regen durch die Gegend ritten.

„Eine junge Dame, die von ihrer Familie in Wien schmerzlich vermisst wird. Ihr Name ist Sophie Wiesenauer. Wir haben wochenlang nach ihr gesucht und hoffen, sie endlich hier gefunden haben."

„Sophie Wiesenauer?", wiederholte Lukas langsam. Er musterte die Männer intensiv. „Sie selbst stammen nicht aus Wien?"

„Nein. Wir wurden angeheuert, bevor dieser Krieg ausbrach. Die letzten Wochen haben uns unsere Suche nach Fräulein Wiesenauer nicht gerade erleichtert."

Lukas nickte. Die Bevölkerung hier im Südwesten war zwar Personen aus dem Norden gegenüber nicht gerade feindlich eingestellt, doch zumindest eine gehörige Portion Misstrauen würde diesen beiden doch entgegengebracht worden sein. „Sie kennen die Gesuchte persönlich?"

„Flüchtig, Herr Biber", erwiderte Neudecker, während Jungmann nervös auf seinem Sessel hin und her rutschte und sich augenscheinlich sehr unwohl fühlte.

„Und wie kommt die junge Frau von Wien hierher in den Schwarzwald?" Lukas taxierte den jüngeren der beiden Männer, doch wieder war es Otto Neudecker, der ihm antwortete.

„Das ist uns auch ein Rätsel. Wir vermuten, sie wurde verschleppt."

„Aus welchem Grund sollte sie entführt worden sein?"

„Die Eltern sind nicht eben unbedeutende Leute in Wien, Herr Biber. Sie haben sehr viel Einfluss und Geld", erwiderte Neudecker und beugte sich dabei ein wenig zu ihm hinüber, als müsse diese Information vertraulich behandelt werden.

Lukas musterte den Mann und zuckte schließlich mit den Schultern.

„Letztendlich wird uns nur Fräulein Wiesenauer selbst die ganze Geschichte ihrer Odyssee erklären können", meinte der ältere Mann und klatschte in die Hände, eine deutliche Aufforderung, dass die junge Frau endlich geholt werden sollte.

„Warten Sie bitte einen Moment!", sagte Lukas zögernd mit einem weiteren forschenden Blick auf Herrn Jungmann, der jedoch mit ernstem Gesicht zu einem der Fenster hinausblickte.

Lukas verließ die Wohnstube und fand in der Halle die beiden Frauen, Karl und den Pfarrer vor. Das Lärmen und Lachen aus der Küche verriet ihm, dass die drei Rieble-Kinder alleine aßen.

„Was ist?"

„Ich gehe Theresa holen."

Karl nickte ihm mit ernstem Gesicht zu.

„Es ist gut für Theresa, dass ihre Familie sie endlich gefunden hat", murmelte Hannah, und doch konnte Lukas eine Spur von Trauer in ihren Augen entdecken. Sie alle würden Theresa vermissen, wenn sie sie verließ. Doch ihm schien es bereits jetzt, als kehre die schwere Düsternis zurück, die nach dem Tod Mariannes in seinem Leben Einzug gehalten hatte und die allein Theresa mit ihrem frechen, sonnigen Gemüt hatte vertreiben können.

Langsam, sich am Geländer festhaltend, als fürchtete er zu stürzen, ging er die Stufen hinauf und hörte schon bald die klare Stimme Theresas, die Anna ein Lied vorsang. Er wartete vor der Tür des Ankleidezimmers, bis sie geendet hatte, dann klopfte er leise an, und Sekunden später öffnete sich die Tür. Am liebsten hätte er sie in diesem Moment fest in die Arme geschlossen und sie gebeten, ihn nicht zu verlassen.

Theresa schloss die Tür hinter sich und hob den Kopf. Mit ihren dunklen Augen blickte sie ihn fragend an.

Der junge Mann verschränkte die Hände hinter seinem Rücken. „Sophie Wiesenauer?"

Theresa hob die Augenbrauen und neigte den Kopf leicht zur Seite. „Wie bitte?"

„Das ist Ihr Name."

„Sophie Wiesenauer?" Theresa sprach den Namen langsam aus. „Woher wissen Sie das?"

Er ergriff ihre Oberarme. „Ist es so?"

„Das weiß ich nicht! Aber wie kommen Sie auf diesen Namen?", sagte sie und ihre Augen funkelten beinahe wild.

„Unten sitzen zwei Männer, die sagen, dass sie im Auftrag Ihrer Familie nach Ihnen suchen."

„Endlich!", rief Theresa, riss sich von ihm los, wirbelte herum und lief, den Rock in die Höhe gerafft, auf die Treppe zu.

„Theresa!", rief er ihr nach, doch entweder hörte sie ihn nicht oder sie ignorierte seinen verzweifelten Ruf. Heißer Schmerz erfüllte ihn und durch dieses schreckliche Gefühl der Ohnmacht und der Einsamkeit hindurch hörte er Anna nach Theresa rufen. Er betrat das abgedunkelte Zimmer und fand seine Tochter in ihrem Bett stehend vor.

„Theresa kommt gleich wieder. Ich bleibe solange bei dir", flüsterte er und sah zu, wie Anna sich zufrieden wieder hinlegte. Er setzte sich auf den Stuhl, der neben dem Bett stand, beugte sich über das Gitter des Bettes und legte seine große Hand auf den Kopf seiner Tochter. „Ich *hoffe*, dass sie gleich wiederkommt", murmelte er und schloss die Augen. Leise flehte er Gott um Hilfe an.

Kapitel 65

Die dunklen Fichten bildeten mit den Tannen, Kiefern und vereinzelten Laubbäumen ein dichtes Dach, dem es jedoch nicht mehr gelang, den Waldweg auch nur annähernd trocken zu halten. Die Hufe der beiden vollkommen erschöpften Pferde sanken tief in den morastigen Boden ein und jedes Herausziehen brachte ein schmatzendes Geräusch hervor. Vogelstimmen waren nur verhalten zu hören, und eine unangenehme, feuchte Kälte erfasste die beiden Reiter, während der Geruch von nasser Erde und harzigem Holz schwer in der Luft lag.

Thomas Wieland rieb sich mit seiner Hand die Regentropfen, die schwer und groß von den Nadelbäumen fielen, aus dem Gesicht und blinzelte. Er wandte sich zu seinem Begleiter um, doch dieser hing vornübergebeugt im Sattel und schien erstaunlicherweise, dem nassen Wetter und den unruhigen Bewegungen des Pferdes zum Trotz, schlafen zu können. Er drehte sich wieder nach vorne und seufzte leise auf. Sie waren beinahe Tag und Nacht geritten und schienen doch kaum vorwärtszukommen. Seit Stunden ritten sie nun schon durch diesen dichten Wald. Farne, niedrig wachsende Waldblumen auf schön gelegenen Lichtungen und einige fröhlich vor sich hin gurgelnde Bachläufe durchzogen den stetig ansteigenden und wieder abfallenden Wald und sein Pilzreichtum war erstaunlich. Doch Thomas sah dies alles nicht. Er sehnte sich danach, endlich wieder ein paar Bauernhäuser oder ein Dorf zu erblicken. Sein einziger Trost war, dass auch die beiden Männer, die sie verfolgten und die sie zu überholen, zumindest jedoch einzuholen hofften, nicht wesentlich schneller vorankommen würden als sie.

Plötzlich lichtete sich vor ihm der Wald und er stand auf einer Anhöhe oberhalb einer kleinen Stadt. Dunkle Wolken schoben sich langsam über den Himmel und hüllten die kleine Kirche ein, die jenseits der Stadt erhöht auf einem Hügel stand. Oberhalb davon, eingerahmt von einem Fichtenwald, entdeckte er ein größeres Gebäude, das sich fast vollständig hinter den dunklen Wolken versteckte, als sollte es vor ihm verborgen bleiben. Erleichtert über den Anblick, da sie dringend einmal wieder nach dem Weg fragen mussten, schwang sich Thomas aus dem Sattel. Allerdings würde es nicht einfach sein, auf diesem schlechten Pfad den steilen Abhang hinunterzukommen, denn auch dieser war vollkommen aufgeweicht und schlammig.

Anton Faber, dessen Pferd ebenfalls stehen geblieben war, setzte sich im Sattel auf und musterte die im Tal liegende, trostlos wirkende Stadt. „Gönn uns und den Pferden eine kleine Pause, Wieland", brummte er übel gelaunt.

„Steig ab", erwiderte Thomas und ließ sich einfach auf die nasse Wiese am Waldrand fallen. Er war ohnehin durchnässt und viel schmutziger konnte er auch nicht mehr werden. Seufzend schlang er seine Arme um die angewinkelten Beine, legte den Kopf auf die Knie und hoffte, wenigstens eine Stunde schlafen zu können.

Kapitel 66

Lukas wusste nicht, wie lange er dort am Bett des schlafenden Mädchens gesessen hatte. Er war ruhiger geworden und zu dem Schluss gekommen, dass es für Theresa besser war, wenn sie zu ihrer Familie zurückkehren konnte. Wie sehr hatten sie doch all die verzweifelten Fragen zu ihrer Vergangenheit gequält. Selbstverständlich würde sie in den nächsten Tagen nach Wien abreisen, doch das musste nicht bedeuten, dass sie nicht auch wieder zurückkommen konnte.

Jemand klopfte vorsichtig an die Tür. Lukas stand auf und öffnete. Vor ihm stand Klara, die ihn mitleidig musterte und leise erklärte: „Theresa möchte sich verabschieden, Lukas."

„Was?"

Klara zog entschuldigend die Schultern in die Höhe. „Sie ist sehr aufgeregt und möchte schnell nach Hause."

„Das hat doch auch noch Zeit bis morgen."

„Für sie offenbar nicht. Sie quält sich. Noch immer ist ihre Erinnerung nicht zurückgekehrt. Sie kann nicht einmal mit ihrem eigenen Namen etwas anfangen."

„Sie kann doch nicht einfach gehen."

„Doch, sie kann, Lukas."

„Sie kann nicht ohne weibliche Begleitung reisen."

„Die beiden Herren wollen unterwegs jemanden als Begleitung für sie suchen."

„Man kann ihrer Familie ein Telegramm schicken. Das wird diese beruhigen und Theresa ebenfalls, sodass sie Zeit bis morgen früh hat."

„Auch ein Telegramm wollen sie von unterwegs abschicken. Lukas, Theresa wird gehen!"

„Dickkopf!", knurrte er und schob sich an Klara vorbei in den Flur hinaus.

„Ich wecke Anna und nehme sie mit hinunter", flüsterte Klara hinter ihm.

Lukas drehte sich langsam zu der Frau seines Freundes um. Eine einzelne Träne bahnte sich ihren Weg über deren gebräunte Wange. Lukas nickte ihr zu, vergrub den Schmerz, den er selbst empfand, tief in seinem Inneren und stapfte mit festen, großen Schritten den Flur entlang. Je schneller er diesen Abschied hinter sich brachte, desto schneller würde wieder Normalität in sein Leben einkehren.

Theresa stand in der Halle und sprach leise mit Marga. Auch dieser kullerten Tränen über die Wangen und Lisa hing an den Rockfalten der jungen Frau.

Als er sich näherte, nahm Marga die Kleine an der Hand, strich Theresa nochmals über den Arm und verschwand mit ihrer Schwester in der Küche. Bevor sich die Tür hinter den beiden schloss, konnte Lukas am Tisch den gebeugt dasitzenden Karl, Hannah, den Pfarrer und Helmut entdecken.

„Sie haben es ja ganz schön eilig, diesem Haus den Rücken zuzukehren", brummte Lukas und baute sich vor der jungen Frau auf, die ihn mit traurigen dunklen Augen musterte.

„Ich habe Ihre Gastfreundschaft schon zu lange in Anspruch genommen, Dr. Biber."

„Sie waren kein Gast. Sie haben bei mir gearbeitet."

Vom Hof war das Knirschen von Rädern zu vernehmen, die über den Kiesweg rollten. Offenbar hatten es auch die beiden Männer so eilig, die junge Frau zu ihrer Familie zurückzubringen, dass sie in der Zwischenzeit eine Mietkutsche besorgt hatten.

Auf der Treppe waren Schritte zu hören. Klara kam mit Anna herunter. Lukas biss die Zähne aufeinander und machte einen Schritt auf die junge Frau zu. „Was werden Sie tun, wenn Sie bei Ihrer Familie sind, Sophie Wiesenauer?" Der Name ging ihm nur schwer über die Lippen. Er schien so gar nicht zu dieser temperamentvollen Frau zu passen, aber das lag wohl daran, dass sie für ihn immer Theresa gewesen war.

„Ich möchte meine Familie und mein Umfeld dort neu kennenlernen und vielleicht kehrt dann auch meine Erinnerung wieder zurück", erklärte die junge Frau und unterstrich die mit begeisterter Vorfreude hervorgebrachten Worte mit lebhaften Bewegungen ihrer Hände. Wieder trat dieses wunderbare, lebendige Glitzern in ihre Augen, das Lukas fasziniert beobachtete, bis ihm bewusst wurde, dass sie schweigend voreinanderstanden und sich in die Augen sahen.

„Theresa ..."

„Ich komme wieder!", flüsterte sie und für einen kurzen Moment ergriff sie seine Hand und drückte sie. Dann drehte sie sich schnell um und nahm die verschlafene Anna aus Klaras Arm. Die junge Frau wandte sich ab, und dennoch hatte Lukas gesehen, wie ihre Augen sich mit Tränen gefüllt hatten.

Theresa ging auf die Treppe zu, setzte sich auf die unterste Stufe und sprach leise mit dem Kind, das vertrauensvoll einen Arm um ihren Nacken gelegt hatte und sich an sie kuschelte. Schließlich stellte sie das Mädchen auf seine Beine und gab ihm eine Anweisung. Anna nickte und eilte dann zu ihrem Vater hinüber. Lukas hob sie hoch, drehte sich um und ging, sosehr ihn dies auch schmerzte, ohne sich umzusehen zur Küche hinüber. Er ergriff die Türklinke, stöhnte wie unter Schmerzen auf und wandte sich dann doch noch einmal um. Klara stand in der offenen Eingangstür und sah vermutlich zu, wie Theresa die eilig herbeigeschaffte Kutsche bestieg.

Kapitel 67

Thomas Wieland hob den Kopf und verzog das Gesicht. Große Regentropfen fielen auf seinen Kopf und liefen ihm in den Kragen hinein. Kälte breitete sich in seinem Körper aus und ließ ihn erzittern. Ein ziehender Schmerz, gepaart mit einer unangenehmen Steifheit, hatte von seinem Nacken bis zu den Schulterblättern hinunter von ihm Besitz ergriffen. Langsam erhob er sich und stieß Anton Faber mit der Stiefelspitze leicht in die Seite, der daraufhin erschrocken zusammenzuckte.

„Ich bin eingeschlafen", murmelte der junge Mann und blinzelte gegen den Regen an.

Thomas zog seine Taschenuhr hervor und betrachtete kritisch die weit vorangeeilten Zeiger. „Irgendwann mussten wir ja einmal etwas Schlaf bekommen!", sagte er, doch sein Begleiter schüttelte unwillig den Kopf.

„Nicht so knapp vor dem Ziel!", stöhnte Anton Faber, zog den Sattelgurt fest und schwang sich auf sein Reittier. „Da unten wird man uns sagen können, wie weit es noch bis zu der Stadt ist, in der deine Schwester leben soll."

Thomas nickte. Er rieb seiner Stute, die noch immer erschöpft den Kopf hängen ließ, über den Hals, stieg jedoch nicht auf. „Komm runter von deinem hohen Ross, Faber. Das hier wird eine Rutschpartie!", warnte er seinen Freund, der mit seinem Pferd schon ein Stück näher an die Hügelkuppe herangeritten war.

Der Wiener blickte den Abhang hinab, nickte schließlich und stieg wieder ab.

Vorsichtig arbeiteten sie sich den Hügel hinunter. Unten angekommen, bestiegen sie ihre Tiere und ritten eilig in Richtung der kleinen Stadt.

Thomas Wielands Gesicht hatte, seit sie das hölzerne Ortsschild passiert hatten, einen grimmigen Zug angenommen. Wie hatte er auch ahnen können, dass sie so kurz vor dem Ziel gewesen waren?! Keine Minute Pause hätte er sich gegönnt. Doch er und Anton Faber hatten stattdessen mehrere Stunden geschlafen und dadurch kostbare Zeit verloren! Die Straßen und Plätze waren wie ausgestorben, und nur vereinzelter Lichterschein hinter Fenstern und das kaum sichtbare Kräuseln von Rauch aus den Schornsteinen der Häuser verriet ihnen, dass diese Stadt tatsächlich Menschen beherbergte.

Thomas' innere Unruhe wuchs. Hier irgendwo konnte Marika sein. Er musste nur schnell jemanden finden, den er nach ihr fragen konnte. Waren die beiden Preußen schon vor ihnen hier gewesen? Konnten sie schneller gewesen sein als er und Anton Faber? Immerhin waren sie doch beinahe ohne Pausen geritten. „Bitte, Herr, bitte", murmelte er vor sich hin, während er mit den Augen hektisch jede Seitengasse, jeden Vorgarten und jedes Fenster absuchte.

Nach wenigen Minuten erreichten sie den Marktplatz. Auch dieser lag verlassen vor ihnen. Verzweifelt ließ Thomas die Stute einmal im Kreis herumgehen. Es half nichts. Er würde an irgendeiner Tür klopfen müssen in der Hoffnung, dass er diese in seinem heruntergekommenen Zustand nicht sofort vor der Nase zugeschlagen bekam.

Er steuerte auf eines der größeren, gut gepflegten Häuser zu, als er das schrille Quietschen eines Gartentors vernahm. Schnell wandte er den Kopf in die Richtung, aus der das Geräusch kam, und sah einen älteren Herrn, der unter einem schwarzen Schirm Schutz suchte und in der anderen Hand eine dunkelbraune, abgenutzte Tasche trug.

Thomas riss sein Pferd herum, das mit den Hinterhufen über das nasse Pflaster rutschte und mit einem kurzen Schnauben gegen die rüde Behandlung protestierte.

Der ältere Herr hob den Kopf und wandte sich schließlich zu ihm um. „Brauchen Sie Hilfe, junger Mann?", rief er ihm entgegen.

„Ja!", rief Thomas zurück und schwang sich behände aus dem Sattel, um zu dem Mann hinüberzulaufen. „Mein Name ist Thomas Wieland. Ich bin auf der Suche nach meiner Schwester, die im April vor unserem Haus in Wien entführt wurde. Sie heißt Marika Wieland. Ich vermute, sie hält sich hier irgendwo auf."

Der ältere Herr nahm seine Brille ab und musterte ihn genau.

Dann nickte er und ein fröhliches Lächeln legte sich auf seine gutmütigen Gesichtszüge. „Marika Wieland heißt die temperamentvolle Dame also!"

„Sie kennen sie? Sie ist hier?" Thomas riss sich vor Freude seinen Hut vom Kopf.

„Eindeutig Ihre Schwester", murmelte der Mann mit einem Blick auf seine Haare. „Sie leidet unter Amnesie, Herr Wieland. Ich bin Arzt. Man hat mich geholt, als Ihre Schwester gefunden wurde. Wir nennen sie hier übrigens Theresa. Sie finden sie dort oben im Gutshaus. Sie müssen nur noch den Hügel hinauf."

„Amnesie?"

„Gedächtnisverlust, junger Mann. Aber Ihr Anblick wird vermutlich heilsam für sie sein!"

Thomas nickte. Er wollte sich bedanken, jubeln und gleichzeitig Freudensprünge machen, doch er brachte keinen Ton heraus, drehte nur seinen Filzhut zwischen seinen Händen hin und her und wandte sich schließlich ab.

„Danke!", rief Anton Faber an seiner Stelle und warf seinem Kameraden die Zügel seiner Stute zu.

„Reiten Sie nur hinauf! Sie müssen zum Südflügel!", lachte der Arzt, winkte ihnen zu und versteckte sich wieder unter seinem schwarzen Regenschirm.

Die Pferdehufe donnerten über das Kopfsteinpflaster des Marktplatzes hinweg und in gefährlich schnellem Galopp jagten die beiden jungen Männer durch die Hauptstraße in Richtung Kirche.

Kapitel 68

Lukas Biber verließ das Hundegatter, als zwei Reiter in halsbrecherischem Tempo auf den Hof des Gutshauses galoppierten und nur knapp vor ihm ihre Pferde zügelten.

Missbilligend blickte er auf die schäumenden, vollkommen erschöpften Tiere, ehe er den Kopf hob und einen der beiden Reiter musterte. Dieser war von oben bis unten nass und schmutzverkrustet und hatte deutliche Ringe unter den Augen. Lukas' Blick ging zu dem zweiten Reiter und erschrocken wich er einen Schritt zurück.

Nasse rotbraune Haare schauten unter dem weit nach hinten geschobenen Hut hervor. Sofort sah er Theresa vor sich. Ihre temperamentvollen, fast wild funkelnden Augen blickten ihn aus dem Männergesicht an, und auch das mit Sommersprossen übersäte Gesicht, das jedoch von einem Bart eingerahmt war, wies eine nicht zu verkennende Ähnlichkeit mit der jungen Frau auf, die ihn erst vor wenigen Stunden verlassen hatte. „Wer sind Sie?", fuhr er den jungen Mann ungewollt barsch an, und dieser schwang sich eilig aus dem Sattel. Das Pferd trat einen Schritt beiseite.

„Mein Name ist Thomas Wieland. Ich suche meine Schwester! Marika Wieland. Sie nennen sie wohl Theresa!"

„Marika Wieland", flüsterte Lukas und senkte den Kopf. Dann hob er ihn ruckartig. „Und wer waren dann die beiden Männer, die sie mitgenommen haben?"

Thomas Wieland schrie auf, packte ihn an seiner Jacke und schüttelte ihn mehrmals, obwohl Lukas bei Weitem größer und auch kräftiger war.

„Sie haben sie schon? Wann?", brüllte er ihn an.

Die Panik in den Augen des Mannes ließ Lukas einen eiskalten Schauer der Verzweiflung durch den Körper rieseln. „Vor mehr als fünf Stunden. Sie sagten, sie kämen im Auftrag von Theresas Familie – Wiesenauer – und wollten sie nach Wien zurückbringen."

„Sie werden sie umbringen!", stieß Theresas Bruder hervor, wandte sich um und griff nach den Zügeln seines Pferdes.

Lukas hielt sich nicht mit weiteren Fragen auf, obwohl er nicht mehr verstand, als dass Theresa sich in Lebensgefahr befand. Doch dieses Wissen allein genügte.

„Gehen Sie hinein und lassen Sie Klara ein Vesper für uns richten!", wies er den zweiten Reiter an, der nickte und eilig von seinem zitternden Pferd stieg. Dann wandte er sich an Thomas Wieland. „Kommen Sie mit, wir holen die Schwarzwälder. Die kommen in diesem Morast besser voran als ein Reitpferd und in jedem Fall besser als jede Kutsche!"

Thomas folgte ihm sofort mit den beiden Pferden. Lukas lief voraus, riss die Stalltür auf und griff nach den Halftern. Schnell hatte er diese drei Schwarzwälder-Stuten angelegt. Er führte sie gerade in die Stallgasse, als Theresas Bruder mit den erschöpften Pferden ankam. „Lassen Sie die Tiere hier in der Stallgasse. Ich schicke den Sohn meines Pächters herunter. Der wird sie versorgen!", ordnete er an, drückte dem Mann den Führstrick eines Pferdes in die Hand und verließ mit den beiden anderen Kaltblütern den Stall.

„Haben die keine Zäume und keinen Sattel?", hörte er den Mann hinter sich fragen.

Lukas schüttelte den Kopf. „Das sind Kaltblüter, Gespann- und Zugpferde!"

„Sie haben doch auch Reittiere."

„Das hier sind Kraftpakete mit Ausdauer. Zudem trittsicher in den aufgeweichten Pfaden, auf denen wir reiten werden!", erklärte er ein wenig ungeduldig.

Schnell hatten sie das Haus erreicht und die großen, schweren Hufe donnerten über das Kopfsteinpflaster. Ihr Echo hallte zwischen den beiden Wohnflügeln mehrfach wider.

Der zweite Mann kam aus dem Haus und lief auf sie zu, einen gefüllten Beutel über der Schulter. Auch Karl, Klara und Hannah traten in den strömenden Regen hinaus.

„Klara, schick bitte Helmut in den Stall", rief Lukas, während er sich auf den breiten Rücken der Stute stemmte. „Er muss die Pferde der beiden versorgen."

„Bring sie uns wieder, Lukas! Bitte, bring sie wieder nach Hause!", flehte Klara und ergriff seinen linken Stiefel. Wieder liefen ihr die Tränen über das Gesicht und vermischten sich mit den Regentropfen.

Lukas beugte sich hinunter und flüsterte mit grimmigem Ernst:

„Ich bringe sie wieder nach Hause!" Dann wendete er das schwerfällige Tier und trieb es vorsichtig über das nasse Pflaster auf den Weg in Richtung Stadt.

Absolute Dunkelheit umgab die drei Reiter. Noch immer schob der Wind gigantische dunkle Wolkenberge über den ohnehin nachtschwarzen Himmel und verhinderte dadurch, dass der Mond sein Licht zwischen die dicht stehenden hochgewachsenen Bäume werfen konnte. Es war unangenehm kühl und feucht und die Luft roch nach durchnässter Erde und Harz.

Lukas zügelte sein Pferd und ließ es in einen eher gemächlichen Schritt fallen. Sofort schloss Thomas Wieland zu ihm auf. „Marika kann sich also an gar nichts erinnern?"

„Sie hat keine Erinnerung an ihre Person und ihre Herkunft. Sie konnte auch nicht sagen, wie sie hierher in den Schwarzwald gelangt ist", erwiderte Lukas.

„Dann weiß sie nicht, wem sie sich da anvertraut hat!"

„Nein", knurrte Lukas und fühlte unbändige Wut in sich aufsteigen. Warum hatte er nicht darauf bestanden, dass sie zumindest den nächsten Tag abwartete? Warum nur hatte er nicht näher nachgefragt und einen Beweis dafür verlangt, dass diese beiden Männer tatsächlich im Auftrag von Theresas Eltern gekommen waren?

Lukas schüttelte den Kopf. Es hatte keinen Anlass für Misstrauen gegeben und er hatte Theresa nicht im Weg stehen wollen. Immerhin hatte sie sich so sehr darüber gefreut, zu ihrer Familie zurückkehren zu können. Er sah zu Thomas Wieland hinüber. „Wer sind die beiden? Weshalb wollen sie ... Marika töten?"

„Die Männer sind Agenten, Herr Biber. Sie gehören dem preußischen Geheimdienst an und waren in Wien, um einen von uns eingeschleusten Doppelagenten zu treffen. Ich war zu ihrer Beobachtung eingesetzt, wurde jedoch ertappt und von den beiden verfolgt. Mein Fluchtweg führte mich an unserem Wiener Wohnsitz vorbei. Marika muss sich im Vorgarten befunden haben, und die beiden hielten sie für den, den sie verfolgten, und entführten sie."

„Sie sehen sich sehr ähnlich!", bestätigte Lukas und bedauerte, im Moment nur die Umrisse des Reiters neben sich erkennen zu können.

Ein Ausruf hinter ihnen ließ Lukas innehalten, und er wandte sich dem Begleiter Thomas Wielands zu, von dem er außer dem Namen noch nicht sehr viel wusste.

„Wir sind so langsam geworden, Herr Biber."

„Dieser Wegabschnitt ist sehr schlecht, vor allem bei der Dunkelheit und dieser Nässe. Aber wir sind auf einer Abkürzung, die uns mehrere Stunden ersparen wird, zumal die Entführer mit der Kutsche auf den schlecht befestigten Wegen nur sehr langsam vorankommen werden."

„Woher wollen Sie wissen, wohin sie fahren? Sie werden wohl kaum den Weg in Richtung Wien einschlagen."

„Es gibt nicht sehr viele Möglichkeiten, Herr Faber. Wir leben hier abseits der häufiger genutzten Verkehrswege. Die wenigsten Straßen sind mit einem Fahrzeug passierbar." Lukas wandte sich wieder nach vorne, prüfte, wie weit sie inzwischen gekommen waren, und verlagerte sein Gewicht ein wenig nach hinten. Auch er war es nicht gewohnt, ohne Sattel sehr weite Strecken auf einem Pferd zurückzulegen. „Dann ist sie also tatsächlich aus einem dunklen Garten entführt worden", setzte er das begonnene Gespräch fort.

„Daran konnte sie sich erinnern?"

„Es gab immer wieder kurze Momente, in denen sie sich bruchstückhaft an Ereignisse aus ihrer Vergangenheit erinnern konnte. Doch es fiel ihr sehr schwer, diese einzuordnen. Immerhin verfügt Ihre Schwester über ausgesprochen viel Fantasie und Temperament."

„Das ist allerdings wahr", merkte Thomas Wieland an.

Lukas konnte viel Zuneigung aus diesen Worten heraushören.

„Haben Sie sie gelegentlich Feuerkopf genannt?", fragte er schließlich spontan.

Der Reiter neben ihm lachte kurz auf. „Daran hat sie sich erinnert?"

„Vage, nachdem ich sie einmal so nannte."

„Sie?"

Eine Weile ritten die beiden Männer schweigend nebeneinanderher.

„Entschuldigen Sie meine Direktheit, Herr Biber. Aber ich würde Sie gerne etwas fragen. Lieben Sie meine Schwester?"

Lukas zögerte einen Moment. Dann erwiderte er: „Das tue ich, Herr Wieland. Und deshalb brennt mir auch die Frage im Herzen, ob es in Wien vielleicht einen anderen Mann gibt."

Wieder hörte er dieses kurze Lachen, ehe ihm jemand mit einer beinahe kameradschaftlichen Geste auf die rechte Schulter schlug. „Es gibt niemanden, Herr Biber. Selbstverständlich gab es immer wieder junge Männer, die sich für sie interessierten, seit sie mit sechzehn Jahren in die Gesellschaft eingeführt wurde. Doch es gelang ihr immer, diese erfolgreich abzuwimmeln. Fragen Sie mich aber nicht, weshalb!"

„Erzählen Sie mir noch mehr über Marika?"

„Sollten wir uns nicht lieber ein bisschen beeilen?", fragte Thomas ungeduldig zurück.

„Dieses unwegsame Waldstück ist noch gut drei Kilometer lang. Wir sollten nicht das Risiko eingehen, dass die Tiere sich verletzen. Sobald wir auf den nächsten befestigten Weg kommen, können wir die Pferde ordentlich laufen lassen."

Kapitel 69

Unzählige Kerzen waren entzündet worden und zauberten ein warmes, unstetes Licht auf das Blütenmeer, das, auf verschiedene Schalen und Vasen verteilt, den Raum fast vollständig zu beherrschen schien. Kühler Wind brachte die leichten Vorhänge zum Flattern, sodass es fast so aussah, als wollten sie traurig winkend Abschied von dem Toten nehmen, der vor wenigen Minuten mitten in der Nacht in das Haus der Doorns gebracht worden war.

Christine Doorn strich mit fahrigen Bewegungen über ihr schwarzes Seidenkleid und hielt sich ein besticktes Taschentuch an ihre Augen. Unendlicher Schmerz und großes Leid lagen auf ihrem jungen Herzen, als solle dieses erdrückt werden und alle Lebensfreude für immer ersticken.

Die Tür zum Flur öffnete sich und die junge Frau hob den Kopf. General Doorn trat ein, Frau von Doringhausen an der Hand haltend. Christine hatte noch nie gesehen, dass die beiden so offen zu ihren Gefühlen standen, doch sie konnte sich nicht einmal darüber freuen. Zu tief saß der Schock über die Nachricht von Maltes Tod und zu deutlich stand ihr diese schreckliche Tatsache durch den schmucklosen, einfachen Sarg vor Augen.

„Papa!", rief sie, sprang auf die Füße und flog ihrem Vater förmlich entgegen, der Frau von Doringhausens Hand losließ und sie mit seinen kräftigen Armen auffing.

„Es tut mir so leid, meine Kleine!", flüsterte er immer wieder in ihr hellblondes Haar, und Christine glaubte zu spüren, dass er zitterte. Auch er trauerte über den Verlust des aufgeweckten, fröhlichen Malte. Christine ließ ihren Tränen freien Lauf. Als ihr Vater sie losließ, wandte sie den Kopf und blickte auf den braunen Sarg, als müsse sie sich vergewissern, dass dieser tatsächlich dort stand und sie sich nicht in einem schrecklichen Albtraum befand.

Emma von Doringhausen ergriff ihre Hand und drückte diese fest. „Sein Tod ist ein schrecklicher Verlust für uns alle."

„Und Thomas weiß es noch nicht einmal!", stöhnte Christine

auf. Der Gedanke an den geliebten Mann, von dem sie seit Wochen nichts gehört hatte, ließ sie erneut in Tränen ausbrechen. „Hast du etwas in Erfahrung bringen können, Vater?" Mit ihrem tränennassen Gesicht blickte sie flehend zu dem breitschultrigen Mann hinüber, der an den Sarg herangetreten war und seine rechte Hand auf den Adler der Flagge gelegt hatte, die über den Sargdeckel gebreitet worden war.

„Nein, Christine. Es gibt noch immer keine privaten Verbindungen in den Süden. Aber werte es doch als gutes Zeichen, dass wir über die offiziellen Wege nichts von ihm gehört haben."

Christine nickte tapfer, obwohl sie keinesfalls so empfinden konnte. Dieser Krieg hatte ihr Malte geraubt, und sie wusste Thomas irgendwo zwischen den Fronten, unterwegs in Richtung Wien. Vermutlich forschte er noch immer nach seiner verschwundenen Schwester, was nicht unbedingt ein ungefährliches Unterfangen war, denn immerhin war sie von zwei für den preußischen Nachrichtendienst arbeitenden Männern entführt worden. „Ich habe Angst um ihn", flüsterte sie und blickte mit weit aufgerissenen Augen auf den Sarg. Malte war mit wenig Begeisterung in diesen Krieg gezogen. Es war seine Pflicht gewesen, zu gehorchen und seine Männer erfolgreich in die Schlachten zu führen. Nun war er tot. In diesem braunen Holzkasten lagen seine Überreste, die morgen beerdigt werden sollten. Sein junges Leben war zu Ende, noch ehe es recht begonnen hatte. Malte hatte bei ihrer Hochzeit Trauzeuge sein und unbedingt der Patenonkel ihres ersten Kindes werden wollen. Er hatte selbst lieben und geliebt werden wollen und wäre sicherlich ein wunderbarer Ehemann und Vater geworden. Doch nun würde er all das nie erleben. Irgendein tödliches Geschoss, abgefeuert von einem österreichischen Artilleristen, hatte seinem Leben ein Ende gesetzt.

Christine biss sich auf die Oberlippe. Tiefe Traurigkeit, Schmerz, Hilflosigkeit und Wut überfielen sie und sie schloss die Augen. Wieder liefen ihr die Tränen die Wangen hinunter, und sie zitterte so heftig, dass Emma von Doringhausen zu ihr herüberkam, einen

Arm um sie legte und mit ihr zur Chaiselongue ging. „Weine nur, Christine", sagte die ältere Frau und nahm sie fest in die Arme. „Die Zeit der Trauer muss sein."

Christine konnte nicht mehr an sich halten. Sie schluchzte laut auf und ihr Körper wurde von einem Weinkrampf geschüttelt.

„Er hat an unseren Herrn Jesus Christus geglaubt, Christine. Er ist jetzt bei ihm in einer Welt ohne Hass, Neid, Gier, Schmerz, Tränen und Krieg. Und dort werden wir ihn eines Tages wiedersehen. Das ist unser Trost, mein Kind. Unser Trost und unser Ziel, auf das wir zuleben sollen. Wir sind geschaffen für die Ewigkeit. Für eine Ewigkeit in der wunderbaren, sicheren und friedlichen Gegenwart unseres Gottes. Malte hat dieses Ziel schon erreicht."

Die junge Frau nickte mehrmals. Sie wusste, dass Emma recht hatte. Doch im Moment wollte ihr dieses Wissen und der Glaube daran nur wenig Trost schenken. Sie schluckte schwer und löste sich aus den Armen ihrer zukünftigen Stiefmutter. „Aber was ist, wenn ich auch Thomas nicht wiedersehe? Was ist, wenn auch ihm etwas auf seinem langen Weg geschehen ist?"

„Wir können nichts tun, als für ihn zu beten und ihn dem Schutz Gottes anzubefehlen."

„Haben wir das nicht auch für Malte getan?"

„Doch, das haben wir. Ich weiß nicht, warum es Gott gefallen hat, ihn von dieser Erde zu nehmen. Doch ich weiß, dass Jesus sich schützend vor ihn stellen wird, wenn es darum geht zu entscheiden, wo Malte die Ewigkeit verbringen wird. Der Schutz unseres Herrn geht weiter und manches Mal eben auch andere Wege als die, die wir uns wünschen."

„Das ist alles so schwierig, Emma."

„Niemand hat jemals behauptet, dass Glauben einfach ist. Doch unser Herr Jesus Christus hat für uns gebetet, dass unser Glaube nicht aufhöre. Darauf verlasse dich!"

„Aber ich trage so große Angst um Thomas in mir. Gerade so, als stünde er in diesem Moment einer schrecklichen Gefahr gegenüber. Ich spüre sie, als ob sie mich und nicht ihn betreffen würde!"

Emma von Doringhausen sah sie an, dann nickte sie verstehend und legte ihre Hände über die gefalteten Hände Christines. „Dann bete, mein Kind. Bete für deinen Thomas!"

Kapitel 70

Die junge Frau zog sich die Decke ein wenig fester um ihre Schultern. Seit geraumer Zeit versuchte sie vergeblich, ein wenig Schlaf zu finden, doch die Fahrt in der schlecht gefederten Kutsche war ausgesprochen unbequem. Zudem war sie viel zu aufgeregt, um schlafen zu können. Vorfreude auf ein baldiges Wiedersehen mit ihrer Familie wechselte sich mit der Angst vor diesem ab, denn noch immer war ihre Erinnerung nicht wiedergekehrt, und sogar ihr eigener Name, Sophie Wiesenauer, erschien ihr schrecklich fremd. Zu gerne hätte sie mit einem der beiden Männer gesprochen, die ihre Familie für die Suche nach ihr engagiert hatte. Sie hatte so viele Fragen, die sie ihnen stellen wollte, um mehr über ihre Familie zu erfahren, doch der Jüngere der beiden, dessen Pferd hinter der Kutsche angebunden war, saß auf dem Kutschbock, während der Ältere ihnen immer wieder ein Stück vorausritt. Sie vermutete, dass dieser die Befahrbarkeit der Straße prüfte.

Die verschiedensten Gefühle trieben sie um und mit erstaunlicher Vehemenz und Schnelligkeit wechselten sich fröhliche Erwartung und hoffnungsvolle Aufgeregtheit mit beinahe panischer Angst ab. Was, wenn sie nicht die Richtige war? Hatten die Männer sie nicht nur flüchtig in Wien kennengelernt? Konnten sie sich womöglich irren? Warum sagte ihr der Name Sophie Wiesenauer nichts? Hatte sie nicht gehofft, ihr Gedächtnis zurückzuerlangen, wenn sie erst einmal etwas über sich erfuhr? Was, wenn ihr selbst im Kreise ihrer Familie die Erinnerung an die Jahre vor ihrem Aufenthalt im Schwarzwald versagt blieb?

Sie schloss die Augen, legte ihre zitternden Hände in ihren Schoß und rief Gott um Hilfe an. Sie bat ihn, ihr ihre Erinnerung wiederzugeben. Sie flehte Gott aber auch an, ihr die Kraft zu geben, eine weitere Enttäuschung auszuhalten, sollte ihr dringendster Wunsch, das Ende ihrer Amnesie, nicht in Erfüllung gehen.

Langsam öffnete sie die Augen wieder. Ein heller Schein breitete sich über dem östlichen Himmel aus und kündigte den neuen Tag an.

Plötzlich endeten rechter Hand der dunkle Wald und dessen undurchdringliches Unterholz. Theresa hielt gebannt den Atem an. Sie befanden sich hoch oben auf einem Berghang. Unterhalb, eingebettet zwischen weiteren dicht bewaldeten kleineren und in der Ferne immer größer werdenden Hügelkämmen, lag eine Stadt, deren spitz zulaufende Dächer in dunklen und hellen Brauntönen zu ihr hinaufzublicken schienen.

Die junge Frau betrachtete zwei in den Himmel ragende Kirchtürme und beobachtete, als die Kutsche einen kleinen Halbkreis beschrieb, da sie offensichtlich eine Rast einlegen wollten, wie die ersten goldenen Sonnenstrahlen die beiden weiß gestrichenen Türme hell aufleuchten ließen.

Die Kutsche kam mit einem unsanften Ruck zum Stehen. Die junge Frau wartete nicht, bis einer der Männer ihr die Tür öffnete. Sie tat dies selbst, raffte ihren Rock in die Höhe und sprang hinunter.

„Bleiben Sie doch drin", rief der Reiter unfreundlich.

Erschrocken wandte sie ihm den Kopf zu. Hatte sie ihn mit ihrem Sprung aus der Kutsche erschreckt? Fürchtete er, sie könne ausgleiten und sich verletzen? Sie wollte auf ihn zugehen, da bemerkte sie, dass sie sich nur wenige Meter von einem steil abfallenden, felsigen Berghang entfernt befand. Vorsichtig wich sie einen Schritt zurück und betrachtete kritisch die Kante, hinter welcher es vermutlich steil bergab ging. „Entschuldigen Sie bitte, Herr Neudecker. Ich ahnte nicht, wie gefährlich es hier ist!", rief sie zu dem

Reiter hinüber, der sich aber offenbar nicht angesprochen fühlte. Der Mann reagierte nicht, sondern stieg wortlos ab und band sein Pferd an einem Holunderstrauch fest.

„Lass Fräulein Wiesenauer sich ein wenig die Beine vertreten, Otto!", rief Jungmann, der vom Kutschbock sprang und ihr einen eigentümlichen Blick zuwarf.

Täuschte sie sich oder versuchte er, sie vor irgendetwas zu warnen? Aber wovor? Immerhin hatte sie die Gefährlichkeit dieses Rastplatzes bereits erkannt und sie würde sich von dem Abgrund fernhalten. „Ich gehe ein paar Schritte", sagte sie an den Jüngeren gerichtet, da sie sich dringend einmal erleichtern musste. Sie umrundete das Fahrzeug und trat zurück auf den schlammigen Weg. Nachdenklich drehte sie sich nach den beiden Männern um, die, kaum dass sie sich ein Stück weit entfernt hatte, in eine hitzige Diskussion verfallen waren.

Misstrauisch beobachtete sie ihre Begleiter und fragte sich, was die beiden wohl für Dispute auszutragen hatten.

Einige Minuten später trat die junge Frau wieder auf dem felsigen Platz an die Kutsche heran. Verwundert sah sie, dass das Pferd von Herrn Jungmann vom Fahrzeug losgebunden und neben dem anderen Reittier festgemacht worden war. Sollte nun Herr Neudecker die Kutsche fahren? Weshalb aber stand sein Pferd dann noch immer abseits und war nicht an der Kutsche befestigt worden? Hieß das, dass sie eine längere Rast einlegen würden?

Mit gerunzelter Stirn betrachtete sie die beiden Reittiere. Es hatte ihr nichts ausgemacht, nur in Begleitung zweier männlicher Personen unterwegs zu sein, solange der eine von ihnen ritt und der andere auf dem Kutschbock saß. Doch es widerstrebte ihr zutiefst, mit diesen Männern eine längere Rast an diesem sehr einsam gelegenen Ort machen zu müssen.

Langsam umrundete sie die Kutsche und besah sich die Zugtiere. Es waren zwei Schwarzwälder, die höchstwahrscheinlich im Dorf ausgeliehen oder gekauft worden waren. Von Lukas Biber hatte sie gelernt, dass diese starken Pferde auf jedem Untergrund sicher gehen konnten, und sie sahen keineswegs so aus, als seien sie zu erschöpft, um sofort weiterzukönnen.

In diesem Moment kickte Jungmann einen großen losen Stein über die abfallende Kante hinweg. Zwei dunkle Vögel, nur als flüchtige Schatten zu erkennen, stoben wie aus dem Nichts in die Höhe, und die beiden Pferde wieherten erschrocken auf, wichen zurück und zerrten an ihren Zügeln.

Als befürchte sie, von den Tieren überrannt und von den kräftigen Hufen getroffen zu werden, hob Theresa beide Arme schützend über den Kopf. Dabei riss sie ihre Augen weit auf. Sie kannte diese Angst. Sie hatte sie schon einmal erlebt. Damals war es tiefe Nacht und eiskalt gewesen. Hilfe suchend hob sie den Kopf und erkannte die beiden Männer, die dort am Abgrund standen. Es waren dieselben, die sie damals aus dem Garten ihres Elternhauses in Wien entführt hatten.

Die ersten Sonnenstrahlen ließen Licht und Schatten in schneller Abfolge über die drei Reiter tanzen, die in hoher Geschwindigkeit den Waldpfad entlanggaloppierten. Die schweren Hufe donnerten über den aufgeweichten Boden und Schmutzklumpen spritzten meterweit unter diesen hervor. Das vom nächtlichen Regen noch nasse Fell der Tiere leuchtete rotbraun auf, während ihre Mähnen und Schweife wie weiße Fahnen im Wind flatterten.

Lukas Biber, gequält von Angst und der Frage, ob sie die Kutsche noch rechtzeitig würden einholen können, lenkte sein Tier in einen abzweigenden Weg, und innerhalb von Minuten lichtete sich der Wald. Die großen dunkelgrünen Fichten wichen einem mit seinen hellen Blättern fröhlich wirkenden Mischwald. Hoch stehende Maisfelder rahmten sie ein, und der Pfad wurde breiter, wenn auch deutlich unebener, und so zügelte er die heftig atmende Stute in den Trab.

Das Maisfeld zu ihrer linken Seite endete und ging in einen Kartoffelacker über. Dahinter konnte man einen Stall und ein mit Stroh gedecktes, aus dunklem Holz erbautes Wohnhaus entdecken. Auf dieses hielt der junge Mann zu und passierte dabei eine gut befestigte Landstraße, die direkt an dem Bauernhof vorüberführte. „Wartet hier!", rief er seinen beiden erschöpften Begleitern über die Schulter hinweg zu und lenkte seine Stute bis an die Stallung heran. Die tiefen Rufe einiger Milchkühe tönten ihm entgegen, und kurz darauf trat ein alter, weißhaariger Landwirt aus dem Stall, der ihm einen prüfenden Blick zuwarf und schließlich seine großen, noch immer vor Kraft strotzenden Hände an einem schmutzigen, einstmals weißen Baumwolltuch abrieb. „Ich kenne Sie", sagte er. „Sie haben bei der Ausstellung vor zwei Jahren geholfen, mir diesen wild gewordenen Bullen vom Leib zu halten! Biber, nicht?"

„Morgen, Pross."

„Ist das nicht ein bisschen unbequem für einen Spazierritt?" Der Bauer deutete auf die ungesattelte Kaltblutstute.

„Wir suchen eine Kutsche. Ein altes, schwarzes, viersitziges Coupé, das von zwei Schwarzwälder gezogen wird."

„Die kam vor einer Stunde hier vorbei. Ich hab mich noch gefragt, wo die Männer hinwollten. Sie nahmen jedenfalls nicht die Straße nach Herrenalb."

„Wohin sind sie gefahren?" Lukas biss die Zähne aufeinander. Dass die beiden Männer offenbar von der gut befahrbaren Landstraße abgebogen waren, behagte ihm überhaupt nicht.

„Rauf auf den Dobel." Der Alte deutete mit dem Daumen über seine Schulter auf den bewaldeten Berg, dessen Anstieg hinter den Ländereien seines Bauernhofes begann.

Lukas unterdrückte nur mühsam einen Fluch, nickte dem Mann zu, riss die mit einem ungehaltenen Schnauben protestierende Stute herum und hielt nicht einmal neben den müde auf den Pferden hängenden Männern an.

Es dauerte geraume Zeit, bis Thomas Wieland und Anton Faber

ihn wieder eingeholt hatten. Sofort schob sich Marikas Bruder neben Lukas.

Dieser wartete seine Frage gar nicht erst ab. „Sie sind rauf auf den Berg", erklärte er. „Dort gibt es mehrere Stellen, an denen eine Kutsche *versehentlich* in einen Abgrund stürzen könnte, vor allem bei dieser Nässe!"

„Wie lange werden wir bis nach oben brauchen?"

„Etwa eine Stunde."

Thomas Wieland trieb seine Stute energisch an, die erschrocken ein paar schnellere Sätze nach vorne machte, und so erreichte er vor Lukas den Wald und den hier bereits sehr steilen Anstieg auf den Dobel hinauf.

Marika senkte die Arme. Die Furcht vor den unruhigen Pferden war verflogen. Ihre Erinnerung war vollkommen zurückgekehrt und damit auch die Angst vor den beiden Männern, die schon einmal versucht hatten, sich ihrer zu entledigen. Damals hatte sie sich vor die Kutsche geworfen in dem Wissen, dass die Tiere nicht willentlich auf ein für sie unbekanntes Hindernis treten würden, und hatte sich unter diesen hindurchrollen wollen, um den beiden entkommen zu können. Sie hatte den Schlag gegen ihren Hinterkopf kaum gespürt, hatte sich aufgerappelt und war in ein kleines Waldstück geflohen.

Es musste ein Geschenk Gottes gewesen sein, dass in dem Moment, als sie an anderer Stelle wieder aus dem Wald gelaufen war, ein Fuhrwerk vorbeigekommen war, auf dessen Pritsche sie sich hatte werfen können. Anschließend war sie zu Fuß weitergeflohen. Tagelang hatte sie nicht gewusst, warum und wohin sie unterwegs war. In ihrer Hilflosigkeit und einer verschwommenen Erinnerung daran, dass sie sich verstecken musste, hatte sie irgendwann ein älteres Ehepaar gebeten, sie in ihrer Kutsche mitzunehmen. Die beiden lebten in Singen und hatten sie dort mit dem Rat, nach Stuttgart zu fahren, weil ihr in der Hauptstadt vielleicht am schnellsten geholfen werden konnte, in eine Überlandkutsche gesetzt, die sie bis nach Oberndorf gebracht hatte.

Von Oberndorf aus war sie von einem Bauern auf seinem Lastkarren mitgenommen worden. Schließlich war sie erneut zu Fuß weitergewandert, immer in der Hoffnung, irgendetwas Vertrautes zu entdecken, und war dann in einen schrecklichen Schneesturm geraten. Von diesem Zeitpunkt an schien ihr Gedächtnis sie vollständig im Stich gelassen zu haben. Selbst jetzt erinnerte sie sich an diese Nacht nur noch bruchstückhaft, obwohl ihr Gedächtnis ansonsten wiederhergestellt war. Sie wusste, dass sie von einem herunterstürzenden Ast erneut am Hinterkopf getroffen worden war, was ihre Schmerzen so unerträglich gemacht hatte, dass sie gewillt gewesen war, in der eisigen Kälte einfach aufzugeben. Dann hatte sie hoch oben auf einem Hügel ein Licht entdeckt ...

Marika zitterte, als spüre sie diese schreckliche Kälte erneut in sich aufsteigen. Angst erfasste sie. Es stand außer Frage, warum die beiden sie hier heraufgebracht hatten.

Langsam wich Marika zurück. Schritt für Schritt ging sie rückwärts und versuchte sich von den beiden Männern und dem gefährlich steilen Abhang zu entfernen, um ein weiteres Mal die Flucht in einen ihr völlig unbekannten, dunklen, großen Wald antreten zu können. Doch ihre Chance, diese Flucht zu überleben, war weitaus größer als die, einen Sturz in den Abgrund zu überstehen.

„Sie haut ab!", hörte Marika plötzlich einen der Männer rufen. Sie wandte sich um, raffte den Rock und lief auf den jenseits des Weges steil ansteigenden Wald zu. Doch sie kam nicht sehr weit. Innerhalb kürzester Zeit hörte sie eilige Schritte hinter sich. Sie begann den Abhang auf allen vieren hinaufzuklettern, wurde aber fest an beiden Unterschenkeln gepackt und wieder heruntergezogen. Ein heftiger Schlag traf sie an der linken Wange. Fast gleichzeitig wurde ihr rechter Arm derb nach hinten auf den Rücken gedreht und unter einem schmerzlichen Aufstöhnen ging sie in die Knie.

„Ich hab sie, Max!", rief der Ältere.

Jungmann kam herangeeilt. Marika glaubte, Mitleid in seinem Blick zu entdecken, was sie ein wenig Hoffnung schöpfen ließ. Dieser Mann schien es nicht unbedingt auf ihren Tod abgesehen zu haben. Doch wenn der Entschluss des Älteren feststand, blieb dann dem Jüngeren eine andere Möglichkeit, als dem Beispiel seines Partners zu folgen?

Marika begann trotz der Schmerzen in ihrem Arm, sich zu wehren. Sie widersetzte sich dem Druck, mit dem sie unaufhörlich an dem Fahrzeug vorbei und auf den Abgrund zugeschoben wurde. Ein einzelner Hilfeschrei kam über ihre Lippen. Otto Neudecker lachte.

Sie hatte keine Chance.

Ihre Gedanken wirbelten durcheinander. Kurz sah sie ihre Eltern, ihre Schwester Theresa und auch Thomas vor sich. Dann waren da Anna und Lukas ...

Noch einmal stemmte sie sich gegen den Druck des Mannes, der sie fest im Griff hatte. Dabei betete sie zu Gott – erst leise keuchend, dann immer lauter. Täuschte sie sich oder zögerte der Mann, der sie über die Klippe schieben wollte? Tatsächlich hielt er einen Moment lang inne. Doch sehr schnell wurde sie erneut in einen unbarmherzigen Griff genommen. Verzweifelt versuchte sie sich mit den Füßen gegen das Gestein zu stemmen, doch sie waren nur noch wenige Schritte vom Abgrund entfernt ...

In scharfem Tempo ritten sie den sich am Hang entlangwindenden Weg hinauf und eine eisige Kälte hatte von Lukas Besitz ergriffen. Eine innere Stimme betete im gleichen Rhythmus wie sein heftig schlagendes Herz zwei Worte: *Hilf ihr!*

Der Weg schien keine Ende zu nehmen und mit jeder weiteren Wegbiegung stieg seine Verzweiflung. Der Vorsprung der Kutsche war so erschreckend groß. Eine Stunde. Sie würden zu spät kommen. Marika würde sterben.

Alles in ihm bäumte sich gegen diese Vorstellung auf. Er wollte nicht schon wieder einen geliebten Menschen verlieren, deshalb musste er sich einfach an die Hoffnung klammern, dass Gott ihm nicht auch noch diese Liebe wegnehmen würde. „Hilf ihr!", murmelte er nun hörbar.

Sein Kopf fuhr in die Höhe, als er plötzlich ein vertrautes Geräusch vernahm.

„Ein Reiter!", rief Anton Faber von hinten, und Lukas blickte zwischen einigen Stämmen hindurch nach oben, wo der Weg nach einer weiteren Biegung, die ein paar Meter vor ihnen lag, weiterverlief. In bei dem aufgeweichten Untergrund und dem schmalen Weg mit den engen Kurven lebensgefährlichem Galopp jagte ihnen ein Pferd entgegen.

„Marika!", schrie Thomas hinter ihm auf. Dann sah auch Lukas die langen Locken, die wie eine im Wind flatternde Fahne rot zwischen den Stämmen hindurchleuchteten. Marika hatte es offenbar ein weiteres Mal geschafft, ihren Entführern zu entkommen.

„Wir müssen das Tier hier abfangen und in die Enge treiben!", rief Lukas.

Anton Faber postierte sich mit seinem Pferd auf der Seite des abfallenden, von Bäumen gesäumten Abgrundes, und während Thomas Wieland sein Pferd leicht schräg in den Weg stellte, versperrte Lukas mit seinem den Weg vollständig.

Das Tier, auf dem die junge Frau saß, donnerte, seine Geschwindigkeit kaum verlangsamend, durch die Kurve und kam schnell auf sie zu. Marika hing im Sattel und krallte sich mit beiden Händen an der Mähne des Tieres fest. Das Pferd schnaubte, stemmte die Vorderhufe in den weichen Boden und warf nervös den Kopf in die Höhe. Für das Tier gab es hier kein Weiterkommen, und so bremste es ab und rutschte ein paar Meter auf allen vieren über den matschigen Waldboden auf Anton Faber zu, der sein Pferd zwingen musste, stehen zu bleiben. Kurz vor dem Wiener, und somit auch knapp vor dem gefährlichen Abgrund, fand das Tier wieder Halt, drehte sich, rammte mit der Flanke Thomas Wielands Stute, die einen gefährlich großen Satz zur Seite machte, und rutschte dann auf Lukas zu.

Er hob sein linkes Bein an, auf einen heftigen Zusammenstoß gefasst. Doch das Tier hatte inzwischen so viel Geschwindigkeit verloren, dass es ausscheren konnte und in einem erfolglosen Manöver versuchte, den Weg die Böschung hinauf zwischen die Bäume zu nehmen.

Lukas beugte sich auf die Seite und zog die aufschreiende Marika zu sich.

Zuerst wehrte sie sich gegen seinen Griff, doch Lukas zog sie etwas näher an sich heran und hielt sie eisern fest. „Ich habe Sie, *Fräulein Amazone!*", raunte er ihr zu und sofort endete ihr Widerstand.

Unter wirren, ihr ins Gesicht fallenden langen roten Locken blickte sie ihn mit ihren dunklen Augen erst verwundert und dann erleichtert an. Ein kleines, beinahe schüchtern anmutendes Lächeln, das so gar nicht zu der temperamentvollen Frau passen mochte, huschte über ihr Gesicht. „Ich heiße Marika", flüsterte sie.

„Ich weiß!", nickte Lukas.

In diesem Moment lenkte Thomas Wieland sein Pferd neben das des Tierarztes. „Marika! Geht es dir gut?"

„Tommy!", rief sie, wand sich aus Lukas' Griff und sprang mit raschelndem Rock und fliegenden Haaren zu Boden.

Ihr Bruder stieg nicht ab. Er musterte sie kurz und fragte dann: „Wo sind die Männer?"

„Sie haben miteinander gerungen. Ich glaube, der jüngere wollte nicht, dass ..." Marika hielt inne und legte hastig die Hand auf ihren Mund.

Lukas sprang ab, um sie von hinten an den Schultern zu ergreifen.

„Herr Neudecker ist über die Klippe gestürzt. Wo Herr Jungmann jetzt ist, weiß ich nicht", erklärte Marika und wandte den Kopf zu ihm. Der Schrecken der vergangenen Minuten war ihr deutlich vom Gesicht abzulesen.

Lukas drehte sie einfach um und schloss sie fest in seine Arme.

Sofort wehrte sie sich vehement gegen diese Umarmung und blickte sich zu ihrem Bruder um, der sein Pferd bereits weiter den Berg hinauftrieb.

„Thomas!", rief sie ihm nach, und Lukas gewann den Eindruck, als wolle sie ihm hinterherlaufen. Sie überlegte es sich jedoch anders und wandte sich wieder an Lukas. „Bitte, Dr. Biber. Reiten Sie ihm nach. Nicht, dass ihm etwas geschieht oder er etwas Unüberlegtes tut. Er darf nicht –"

„Bleiben Sie bei Fräulein Wieland!", wies Lukas Anton Faber an und jetzt erst schien die junge Frau die Anwesenheit des dritten Mannes wahrzunehmen.

Lukas sprang zurück auf den ungesattelten Rücken der Stute und trieb diese sofort in einen schnellen Galopp.

Die Sonne stand hoch am Himmel und spendete eine angenehme Wärme. Der nasse Waldboden dampfte und dem herben Geruch von nasser Erde und harzigem Holz mischte sich ein deutlich fauliger bei. Marika stand neben der Kutsche, ihre Hand in die ihres Bruders gelegt, und betrachtete die friedlich wirkende Stadt am Fuße des Hügels.

Max Jungmann war verschwunden und die beiden anderen Männer waren mit dem zerschmetterten Leichnam von Otto Neudecker auf dem Weg nach Herrenalb.

Marika und Thomas hatten sich viel zu erzählen, und es galt zu entscheiden, in welche Richtung sie ihren Weg fortsetzen sollten.

„Warum sollte ich wieder zum Gutshaus zurück, Thomas? Ich

habe mich doch schon von allen verabschiedet. Ein weiterer Abschied würde mir nur unendlich schwerfallen."

„Was ist mit Biber?"

„Was soll mit ihm sein? Ich kann mich hier ebenso gut ein weiteres Mal verabschieden wie in seinem Haus."

„Der arme Kerl. Wird es ihm ebenso ergehen wie den anderen, die du in ihre Schranken gewiesen hast?"

„Wie bitte?"

„Marika, dieser Mann liebt dich."

„Woher willst du das wissen?"

„Er hat es mir gesagt, und ich habe gesehen, mit welcher Verzweiflung er versucht hat, dein Leben zu retten."

„Einmal mehr", seufzte die junge Frau und lachte dann fröhlich auf. „Zumindest diesmal bin ich ihm zuvorgekommen."

„Was also wird aus ihm?"

„Er wird zu seinem Gutshaus und zu seiner Tochter zurückkehren und ich zu meiner Familie."

„Und das ist alles?"

Marika senkte den Kopf. Es fiel ihr nicht leicht, ihrem Bruder gegenüber zuzugeben, dass sie selbst nicht so recht wusste, was sie eigentlich tun sollte. Es zog sie vehement nach Hause, doch sie verspürte auch den dringenden Wunsch, bei der Familie Rieble, bei Hannah und vor allem bei Anna und Lukas Biber zu bleiben.

„Gut, ich bringe dich nach Hause. Aber zuvor wirst du ein Gespräch mit Dr. Biber –"

„Aber Thomas. So einfach geht das nicht."

„Weshalb sollte –"

„Unsere Situation war sehr schwierig."

„Jetzt ist sie geklärt. Ihr solltet miteinander besprechen, was –"

„Ich kann mich doch nicht einfach vor ihn hinstellen und ihm sagen, dass ich ihn liebe und dass ich gerne bei ihm bleiben möchte und doch gehen muss."

„Er wird dich schon verstehen. Allerdings frage ich mich, ob er wirklich der Richtige für dich ist, da er dir noch immer nicht diese unhöfliche Eigenart abgewöhnen konnte, andere immerzu zu unterbrechen."

In diesem Augenblick tauchten die beiden Reiter am Rand der kleinen Lichtung auf und Thomas warf seiner Schwester einen auffordernden Blick zu.

Marika atmete tief ein. Sollte sie tatsächlich das Gespräch mit Lukas Biber suchen, nun, da sie endlich ihre Identität wiedergefunden hatte? Wollte sie das denn?

Langsam hob sie den Kopf und blickte den Reitern entgegen. Anton Faber zügelte sein Pferd neben Thomas, der den beiden entgegengegangen war, doch der Tierarzt ritt bis zu ihr heran. Er hievte sich vom Rücken des kräftigen Tieres, das direkt vor Marika stehen blieb.

„Dr. Biber", begann Marika, „wir werden diese Kutsche nehmen und sofort unseren Weg nach Wien fortsetzen."

Er trat nahe an sie heran. Sie streckte ihm ihre rechte Hand entgegen, die er gelassen in seine nahm und nicht mehr losließ. „Ist das alles, was Sie zu sagen haben?", wollte er wissen.

„Verabschiedet hatte ich mich doch schon", murmelte Marika und fühlte sich vollkommen hilflos. Da sie dieses Gefühl überhaupt nicht mochte, straffte sie ihre Schultern und blickte ihr Gegenüber herausfordernd an, was diesen zu einem traurigen Lächeln veranlasste. Marika biss sich auf die Unterlippe. Die Traurigkeit in seinem Blick schmerzte sie sehr. Sie wollte ihn glücklich und fröhlich sehen.

„Sie wissen, dass ich Sie liebe, Marika Wieland", sagte er geradeheraus.

Marika hielt den Atem an. Das wundervolle Gefühl unbändiger Freude und die Sehnsucht, von ihm in die Arme genommen und nie wieder losgelassen zu werden, stiegen in ihr auf. Schließlich nickte sie. „Das weiß ich, Dr. Biber. Und ich werde wiederkommen", flüsterte sie.

Lukas drückte kurz ihre Hand. „Das Telegramm an Ihre Eltern ist abgeschickt, Fräulein Wieland. Sie warten sicherlich sehnlichst auf Sie und Ihren Bruder. Der Herr beschütze Sie." Er wandte sich ab und ging zu den beiden Männern hinüber.

Die drei sprachen eine ganze Weile miteinander. Der Tierarzt schien ihnen den Weg zu erklären und dann lachte er plötzlich. Thomas und Anton Faber fielen in dieses Lachen mit ein, um sich anschließend mit Handschlag zu verabschieden, obwohl sie zumindest den Berg hinunter noch denselben Weg haben würden.

Thomas brachte Marika zur Kutsche und sah sie dabei mit vorwurfsvoller Miene an. „Ich habe mich von Christine anders verabschiedet."

„Soweit ich es deinen knappen Worten entnehmen konnte, seid ihr inzwischen immerhin auch schon verlobt!", gab Marika beinahe bissig zurück und unterließ es, seine Hilfe beim Einsteigen in Anspruch zu nehmen. Allerdings beugte sie sich noch einmal zu ihm hinaus und flüsterte versöhnlich: „Ich freue mich schon jetzt darauf, deine zukünftige Frau kennenzulernen."

„Das wird noch unendlich lange dauern", seufzte Thomas und schloss die Tür, um sich auf den Kutschbock zu schwingen.

Marika betrachtete nachdenklich ihre Hand, die Lukas in seiner gehalten hatte, während das Fahrzeug sich vorsichtig und langsam den Berg hinunterbewegte.

Bevor sich ihre Wege trennten, lenkte Lukas Biber sein Pferd neben die Tür der Kutsche, deren Fenster geöffnet war, und legte seine Hand auf das dunkle Holz. „Ich nehme das als ein Versprechen!", raunte er ihr zu und klopfte kurz mit der flachen Hand gegen die Innenseite der Tür, ehe er mit den beiden reiterlosen Pferden am Führstrick einen anderen Weg einschlug.

KAPITEL 71

Da Napoleon vergeblich auf ein Aufreiben der beiden kriegerischen Parteien gehofft hatte, hatte er am 4. Juli von den Österreichern die Provinz Venezien entgegengenommen, konnte als Gegenleistung jedoch nur seine Vermittlerdienste für einen Frieden anbieten. Am 13. Juli hatte die Elbarmee Hollabrunn erreicht, das nur 45 Kilometer vor Wien lag.

Ende Juli hatten die Österreicher dann mit den Preußen in Nikolsburg einen Präliminarfrieden geschlossen, der im Frieden von Prag Ende August bestätigt worden war und offiziell den deutsch-österreichischen Krieg beendet hatte. Lukas Biber verfolgte diese Entwicklungen weniger aufmerksam als noch in den Wochen zuvor. Seine Gedanken kreisten vielmehr um die junge Frau, die so unvermutet in sein Leben getreten war und es ebenso schnell wieder verlassen hatte.

Die Sonne schien für einen Septembertag ungewöhnlich heiß vom Himmel herunter. Die Bäume standen vollkommen still, kein noch so kleiner Windhauch bewegte einen Zweig oder brachte ein Blatt zum Rascheln, und jeder Schritt des müde wirkenden Pferdes, das sich den Weg auf den Hügel hinaufschleppte, wirbelte kleine, trockene Staubwolken auf.

Lukas Biber stemmte sich aus dem Sattel und kam hart auf dem festgetretenen Platz vor dem Stall auf. Mit dem Ärmel seines hochgekrempelten Hemdes wischte er sich den Schweiß von der Stirn und brachte damit seine Haare dazu, wild nach allen Richtungen abzustehen. Der Tierarzt führte die Stute in den Stall, sattelte sie ab und rieb sie trocken, während sie gierig Wasser aus dem Eimer trank, den er ihr bereitgestellt hatte. Er ließ sie nicht mehr auf die Koppel zu den anderen Tieren, sondern brachte sie sofort in ihre Box. Anschließend nahm er seine Tasche und ein Päckchen aus der Satteltasche und marschierte langsam und mit hängenden Schultern das letzte Wegstück hinauf bis zu seinem Haus.

Anna, Gerd und Lisa spielten im Hof, während Isolde vor ihrer

Eingangstür kehrte und dabei so viel Staub aufwirbelte, dass sie nur noch als grauer Schatten zu erkennen war. Klara und Marga saßen auf der Bank unter der Eiche und putzten das Gemüse für die Abendmahlzeit. „Was machst du für ein Gesicht, Lukas? Ist etwas geschehen?", rief Klara ihm zu.

„Ich soll dich von der Huberin grüßen. Joachim wird dieses Schuljahr nicht mehr zum Unterricht kommen. Huber hat nochmals erweitert und braucht den Jungen bei der Arbeit."

Klara nickte und warf Marga einen Seitenblick zu, die kurz den Kopf hob und sichtlich erleichtert aussah. Offenbar hatte sie schon befürchtet, ab Schuljahresbeginn wieder den spöttischen Bemerkungen des Jungen ausgesetzt zu sein.

„Deshalb schaust du aber nicht so besorgt aus", hakte Klara unbarmherzig nach.

Lukas kam zu ihr herüber und setzte sich seufzend neben sie. „Ich habe die Zeitungen von gestern und heute geholt."

„Und?"

„In Wien ist die Cholera ausgebrochen."

„Eine Epidemie?"

„Es gab schon unzählige Tote", bestätigte Lukas und fuhr sich mit einer Hand über das Gesicht und durch die Haare.

„Warum ist sie nicht schon längst zurückgekommen?", flüsterte Marga, legte ihr Messer beiseite und stand auf. Lisa und Anna hatten sich in Richtung Nordflügel entfernt, und sie wollte die beiden holen, da Isolde es nicht gerne sah, wenn die Kinder bei ihren sorgsam gepflegten Blumenrabatten spielten.

„Weshalb hast du sie einfach gehen lassen?", brummte Klara.

Lukas schüttelte verzweifelt den Kopf. Wie oft hatte er sich diese Frage in den vergangenen Wochen selbst gestellt? „Was hätte ich tun sollen?"

„Sie heiraten."

„Sie musste zu ihrer Familie und zu ihrem Leben nach Wien zurückkehren. Das hätte sie auch dann getan, wenn ich um ihre Hand angehalten hätte."

„Aber wir hätten die Gewissheit, dass sie wiederkommt."

„Sie hat es mir versprochen."

„Prima!", bemerkte Klara trocken und zog eine Zwiebel aus ihrem Korb, um sie zu schälen. „Diese Cholera – vielleicht sind die Wielands ja gerade in Ungarn?", murmelte sie schließlich und sah Lukas ängstlich an.

Dieser stand nachdenklich auf. Angst breitete sich in ihm aus. Er hatte Marika vor dem Erfrieren und den herabstürzenden Dachbalken gerettet und aus dem Wald zurückgeholt. Er hatte zumindest versucht, sie vor den beiden Entführern zu retten, und hatte ihr helfen können, als sie auf einem Pferd geflohen war. Doch jetzt war er unendlich weit von ihr entfernt und hatte keine Ahnung, wo sie sich befand, wie es ihr ging und wann – oder ob – sie wiederkommen würde. Er konnte ihr nicht helfen, wenn sie tatsächlich an Cholera erkrankt war, und diese Hilflosigkeit quälte ihn zusätzlich.

„Soll ich nach Wien reiten?", fragte er schließlich.

„Bist du verrückt? Dort grassiert die Cholera. Und du hast immerhin eine Tochter, für die du die Verantwortung trägst", begehrte Klara auf.

Erneut fuhr sich Lukas mit beiden Händen über das Gesicht. Langsam ging er in Richtung Nordflügel davon, denn Marga tat sich erkennbar schwer, die beiden Mädchen von dort fortzulocken. Sie hatte Anna auf dem Arm, doch ihre jüngere Schwester, die wohl nicht einsah, dass sie auf sie hören sollte, entzog sich ihrem Griff und flitzte schnell wie der Wind zurück zu den Blumen.

Lukas runzelte die Stirn, als das Mädchen einige Pflanzen aus der Erde riss, und lief eilig zu dem Kind hinüber. Wie er befürchtet hatte, waren es die vertrockneten Überreste der Maiglöckchen und einiger anderer niedrig wachsender Pflanzen, die hier den Sommer über geblüht hatten.

Ärgerlich darüber, dass Isolde die Maiglöckchen nicht entfernt hatte, zumal sie so im nächsten Jahr erneut wachsen würden, nahm er Lisa die abgerissenen Stiele und vertrockneten Blätter schnell aus der Hand.

„Nichts gelernt, junge Dame? Du darfst hier keine Blumen ausreißen!"

„Doch, Onkel Lukas! Frau Biber hat es uns erlaubt."

„Schwindel mich bitte nicht an, Lisa! Frau Biber würde dir das nicht erlauben. Sie möchte keine Kinder an ihren Blumen haben", rügte Lukas das Kind.

Trotzig zog die Fünfjährige einen Schmollmund, stampfte mit dem linken Fuß auf die Pflastersteine und stemmte die Hände in die Hüften. „Sie hat es uns wohl erlaubt!", ereiferte sie sich und wollte das verdorrte Grün zurückfordern. „Sie hat uns die weißen Glöckchen gezeigt. Und wir durften daran riechen!", erzählte das Kind weiter und funkelte den groß gewachsenen Mann vor sich herausfordernd an.

„Lukas?" Klara war herangetreten, wohl durch die laute, protestierende Stimme ihrer Tochter angelockt. Sie war bleich geworden, und ihre Augen, zuvor noch ängstlich, zeigten eine nur mühsam unterdrückte Wut. „Lukas? Was hat das zu bedeuten?"

„Das frage ich mich auch", murmelte der Tierarzt und warf einen prüfenden Blick auf die nahe Hausfront. Sagte das Mädchen tatsächlich die Wahrheit? Entsetzt schüttelte er den Kopf. Musste er annehmen, dass seine Schwägerin die Mädchen bewusst in Gefahr gebracht hatte, indem sie sie auf die Giftpflanze aufmerksam gemacht und sie ermuntert hatte, diese zu berühren?

Klara nahm ihre Tochter an beiden Schultern und drehte sie zu sich um. Sie ging in die Hocke, damit sie sich auf Augenhöhe befanden, und fragte eindringlich: „Sagst du die Wahrheit, Lisa?"

„Ja, Mama. Tante Theresa hat gesagt, dass man nicht lügen darf."

„Nimm die Kinder mit rein!", brummte Lukas, wandte sich um und ging zielstrebig auf die zum Lüften offen stehende Eingangstür des Nordflügels zu.

„Lukas!"

Er blieb stehen und drehte sich langsam noch einmal zu Klara um.

Die Frau seines Freundes sah ihn mit weit aufgerissenen Augen an, dann kam sie auf ihn zu und ergriff ihn am linken Unterarm.

„Bitte. Tu nichts Unüberlegtes!", hauchte sie und verstärkte den Griff um seinem Arm.

„Nichts Unüberlegtes? Ich tue, was ich schon längst hätte tun sollen! Als Markus Marika belästigte, als wir die finanziellen Betrügereien bemerkten, als Isolde gegen Marika intrigierte und damit zumindest eine Teilschuld an ihrer Flucht in den Wald trug, die sie das Leben hätte kosten können. Es würde mich nicht wundern, wenn sie es war, die sich auf die von den beiden Geheimagenten aufgesetzte Suchanzeige gemeldet hat."

„Lukas! Bete, bevor du da hineingehst", empfahl Klara mit ruhiger Stimme.

Lukas zögerte. Klara hatte recht. Er sollte keine schwerwiegende Entscheidung treffen, ohne Gott zuvor um Rat und Hilfe gebeten zu haben. Er nickte, wandte sich erneut um und setzte sich erst einmal auf die große steinerne Schwelle, die in den kleinen Vorraum des Nordflügels führte.

Keine halbe Stunde später betrat er mit düsterer Miene die Küche des Südflügels, ließ sich schwer auf die Bank fallen und ignorierte zunächst einmal das Glas Wasser, das Klara ihm zuschob.

Karl, der schon ungewöhnlich früh im Haus war – vermutlich weil Klara ihn verständigt hatte –, setzte sich ihm gegenüber, legte seine gefalteten Hände auf die Tischplatte und schwieg.

„Er ist doch mein Bruder, Karl", murmelte Lukas schließlich und fühlte tiefen Schmerz in sich aufkeimen. Als Kinder hatten sie gemeinsam in diesem Haus gelebt, gespielt, sich geprügelt und wieder versöhnt. Sie hatten gemeinsam bei ihrem Großvater reiten gelernt, und er hatte Markus damals geholfen, als der Jagdhund sich in ihm verbissen hatte.

Wann nur hatten ihre Wege sich getrennt? In der Zeit, als ihre

Eltern starben und sie sehr früh die Verantwortung für sich selbst, aber auch für dieses Haus und die dazugehörenden Ländereien übernehmen mussten? Als sie begannen, sich für das andere Geschlecht zu interessieren, und Lukas die beinahe ungezügelten Streifzüge seines Bruders nicht mitgemacht, diese vielmehr kritisiert hatte? Als Marianne hier und Isolde im Nordflügel eingezogen war und es sich sehr schnell herausgestellt hatte, dass die beiden Frauen nicht nur grundlegend verschieden waren, sondern auch wenig Sympathie füreinander empfanden?

Lukas presste die Lippen aufeinander, stützte die Ellbogen auf die Tischplatte und legte seinen Kopf in seine Handflächen. „Ich habe ihn und Isolde aus dem Haus geworfen", erklärte er schließlich, hob den Kopf und blickte sein Gegenüber an.

Karl nickte nur, und Lukas fragte sich, ob er zu schockiert über seine Entscheidung war, um ihm zu antworten, oder ob er sie einfach stillschweigend guthieß.

„Das wird Isolde freuen! Sie bearbeitet deinen Bruder schon seit geraumer Zeit, weil sie nach Freudenstadt ziehen will. Sie hat dort wohl ein Anwesen gesehen, das ihr gefällt. Allerdings werden sie es mit dem unberechtigt vor dir zurückgehaltenen Geld kaufen."

„Sollen sie", murmelte Lukas und setzte sich wieder aufrecht hin. Er hatte die ausstehenden Summen nie eingefordert und war froh, dass er seinen Bruder zumindest nicht mittellos aus dem Haus werfen würde, das er von seinem Vater vererbt bekommen hatte.

„Und die Forstwirtschaft?", fragte Karl nach.

„Ich werde einen vertrauenswürdigen Mann finden, der sich darum kümmert", antwortete Lukas und griff nach dem Wasserglas.

„Wann werden sie abreisen?"

„Innerhalb der nächsten zwei Wochen."

„Gut, dann kann Theresa ja beruhigt zurückkommen." Klara rieb sich die Hände an einem Handtuch ab und holte die Teller aus dem Wandschrank.

„Marika", berichtigte ihr Mann leise und erntete einen vorwurfsvollen Blick.

„Ich weiß. Deshalb hat ihr auch der Name Maria so gefallen."

„Und Theresa heißt ihre Schwester!", murmelte Lukas.

Durch das offen stehende Fenster war das dumpfe Grollen eines sich nähernden Gewitters zu vernehmen.

„Sie fehlt überall!", murmelte Karl.

Lukas sah ihn direkt an. „Ja", erwiderte er nur.

„Dann hoffen wir weiter, dass sie mit irgendeinem dieser Gewitterstürme, bei denen du stundenlang an den Fenstern stehst, wieder hierhergeweht wird."

„Du hast das bemerkt?"

„Du sehnst jeden Sturm herbei und gehst dann von einem Zimmer zum anderen und schaust aus den Fenstern."

„Ist es verrückt zu vermuten, dass sie ausgerechnet bei einem Sturm zurückkommt?"

„Nein, bei Marika wohl nicht", lachte Karl leise und nahm die Teller, um sie auf dem Tisch zu verteilen.

Kapitel 72

„Nun zeig schon her!", rief Marika und versuchte ein weiteres Mal, das Kuvert zu ergattern, das ihr Bruder seit einigen Stunden ununterbrochen mit sich herumtrug. Der Brief hatte seinen Weg von Berlin bis nach Wien gefunden, und die weibliche Handschrift verriet der jungen Frau, von wem er stammen musste.

„*Lány****, bitte! Du benimmst dich wie ein neugieriges kleines Kind."

„Ich *bin* neugierig, Mama!", lachte Marika und warf ihrem Bruder einen gespielt wütenden Blick zu.

„Sieh dich an, Marika! Dein Kleid ist ganz zerknittert und schon

---

*** Ungarisch für Mädchen

wieder fallen die ersten Strähnen aus deiner Frisur. Und gleich wird Anton hier sein!", schalt Theresa ihre ältere Schwester und strich sich über ihren weit geschnittenen, dunkelblau schimmernden Satinrock.

„Herr Faber hat ohnehin nur Augen für dich. Selbst wenn ich grüne Haare hätte, würde er das nicht einmal bemerken", lachte Marika und näherte sich wieder Thomas, der jedoch auf der Hut war und den Brief in die Tasche seines Jacketts steckte.

„Marika!" Die Mutter hob die dunklen, schön geschwungenen Augenbrauen.

Marika entschuldigte sich leise. Dabei bemerkte sie, wie Thomas mit der Hand hinter seinem Rücken auf die Tür zur Terrasse zeigte, und so wandte sie sich dieser zu und verließ den Salon.

Ihr Bruder folgte ihr, setzte sich neben sie auf die weiße Holzbank und sagte: „Sie betet noch immer, dass ich dich bald finden werde. Offenbar hat sie weder mein Telegramm noch meinen Brief bekommen."

„Oder eure Briefe haben sich überschnitten", tröstete Marika den wehmütig in die Ferne blickenden Bruder.

„Und sie schreibt kein Wort von Malte. Vielleicht sind auch Briefe von ihr nicht bis zu mir durchgekommen."

„Was schreibt sie denn?"

„Frau von Doringhausen und ihr Vater haben einen Tag nach Kriegsende geheiratet."

„Du bist sicher traurig, nicht dort gewesen zu sein."

Thomas lachte bitter auf und erhob sich, ehe er die neuesten Nachrichten aus Christines Brief an sie weitergab. „Otto von Bismarck hat, wie auch Christines Vater, dafür gekämpft, dass das preußische Oberkommando nicht große österreichische Gebiete annektierte und in einem Triumphmarsch in Wien einzog, als sich der Sieg abzeichnete. Der Ministerpräsident bemühte sich, den Krieg nicht unnötig hinauszuzögern und die Intervention anderer Mächte zu verhindern. Außerdem wollte er erreichen, dass die Österreicher keine unnötigen Strafen zu zahlen haben, damit diese nicht eines Tages künftigen Bündnissen oder gar Freundschaften im Wege stehen."

„Das macht mir diesen Bismarck ja beinahe sympathisch", murmelte Marika und freute sich vor allem für ihren Bruder, dass die Beziehungen zwischen dem immer größer werdenden Preußen und Österreich-Ungarn nicht zusätzlich erschwert werden sollten. Denn dies hätte unweigerlich auch für ihn und seine Verlobte Schwierigkeiten nach sich ziehen können.

„Was geschieht mit Württemberg und den anderen südlichen Fürstentümern und Königreichen, die auf der Seite Österreichs gekämpft haben?"

„Geplant ist wohl, dass diese einige Zahlungen zu leisten haben. Doch eine Annexion ist nicht vorgesehen. Ich vermute dahinter eine ähnliche Politik wie mit Österreich: Bismarck lässt vorerst den süddeutschen Staaten ihre Unabhängigkeit, in der Hoffnung, mit ihnen Bündnisse eingehen zu können. Sein Ziel wird jedoch weiterhin sein, all diese Länder mit den Gebieten Preußens zu verbinden."

Marika nickte und fragte sich, ob dies bedeutete, dass weitere Kriege bevorstanden. Wenn dem so war, würde sie dann jemals ihr Versprechen halten und in den Schwarzwald zurückkehren können?

„Du vermisst ihn?", fragte Thomas leise und setzte sich wieder neben sie auf die Holzbank.

Marika lächelte ihn an und streckte, wenig schicklich, die Beine weit von sich, sodass diese unter dem Seidenkleid und den vielen Unterröcken hervorschauten. „Das Leben im Gutshaus war ein ganz anderes als hier."

„Du bist gelangweilt, Marika. Du hast deine Erzieherstelle verloren, darfst aufgrund der Cholera nicht in die Stadt, Vater hat einen Sekretär eingestellt, der ihm bei seinen Abrechnungen hilft, was du bislang immer gemacht hast, und –"

„Ich vermisse ihn und Anna entsetzlich, Thomas. Ich fürchte, ich liebe ihn!"

Thomas lachte schallend auf, umarmte sie kurz und zog sie an einer Hand hoch. „Komm, kleine Schwester. Jetzt sehen wir zu, dass Theresa ihren Hochzeitstermin bekommt, und dann wird es Zeit, dass wir eine lange Reise unternehmen und –"

„Wenn du auch nur ein Wort zu Mama oder Papa sagst, wirst du mich kennenlernen!", drohte Marika und entzog ihm ihre Hand. Tatsächlich hatte sie ein wenig Angst davor, dem doch recht standesbewussten Vater von ihrer Liebe zu Lukas Biber zu erzählen. Allerdings hatte Franz Wieland – nachdem Thomas seinen Weggang nach Berlin endlich begründen konnte – erklärt, dass er sich niemals mehr gegen eines seiner Kinder stellen wolle.

Thomas ließ sie noch immer nicht in Ruhe. „Wenn du es nicht tust –"

„Ich werde es tun! Wenn Theresa, Mama und Papa endlich mit einem Hochzeitstermin für Theresa und Anton zufrieden sind. Und egal, was sie sagen, ich werde gemeinsam mit dir Wien verlassen!"

„Feuerkopf!", lachte Thomas und schob sie in den Salon.

Kapitel 73

Ein leichter, kühler Wind brachte die Grashalme in Bewegung und raubte den Bäumen die bunt verfärbten Blätter. Dabei mischte sich das laute Brausen der majestätischen Fichten mit dem trockenen Rascheln des braunen Laubes.

Lukas Biber strich der Schwarzwälder Stute über das Bein, damit diese den Huf anhob, sodass der Tierarzt ihn genauer untersuchen konnte. Er war seit Tagen unruhig und immer wieder mit dem Gedanken beschäftigt, sich ein Pferd zu nehmen und nach Wien zu reiten. Beunruhigende Nachrichten aus der österreichischen Residenzstadt hatten das Gutshaus erreicht. Man sprach von weit über tausend Toten in Wien und etwa viertausend Choleraopfern in der näheren Umgebung.

„Siehst du, Onkel Lukas? Hier im Huf steckt etwas. Es sieht aus wie eine Scherbe." Helmuts Stimme riss den jungen Mann aus seinen trüben Gedanken.

„Du hast recht, Junge. Aber wie kommt die bloß auf die Koppel?", murmelte Lukas, nahm die Zange und zog die Scherbe mit einem kräftigen Ruck heraus. Der gewaltige Huf zuckte zur Seite, doch Lukas hielt das Bein des Tieres eisern fest, während Helmut versuchte, die protestierend schnaubende Stute zu beruhigen. Blut rann über Lukas' Hand, und er benötigte einige Tücher, ehe er die Wunde so weit sauber hatte, dass er einen Verband anlegen konnte. Schließlich richtete er sich wieder auf, putzte sich die Hände an einem Tuch ab und fuhr dem Tier durch die lange helle Mähne. „Das war's für heute."

„Wer kommt denn da?" Helmut deutete mit einer knappen Kopfbewegung den Hügel hinunter.

Lukas drehte sich um. Zwei Kutschen, vorne und hinten von je zwei Reitern flankiert, arbeiteten sich den Weg hinauf. Der junge Mann runzelte die Stirn, legte den rechten Arm über den breiten Rücken der Stute und lehnte sich gegen das Tier. „Meine Güte, was für ein Hofstaat!", murmelte er und schüttelte den Kopf.

„Denkst du, das ist Tante Marika?", fragte Helmut.

Sofort stand Lukas gerade. „Marika?" Er sah den Jungen irritiert an.

„Du sagtest doch, sie käme aus reichem Hause."

„Meine Zeit! Natürlich!", stieß Lukas atemlos hervor und drückte dem nun breit grinsenden Jungen das verschmutzte Tuch in die Hände. Mit großen Sprüngen eilte er über die Wiese zum Haus hinauf, wobei er das Gefühl hatte, dass sein Herz noch weitaus größere Sprünge vollführte. Dies musste einfach Marika sein! Innerlich jubelnd kam er zeitgleich mit der ersten Kutsche auf der Anhöhe an. Dort blieb er stehen und versuchte, mehr als nur seinen Atem zur Ruhe zu bringen.

Einer der Reiter sprang aus seinem Sattel und öffnete die Tür der ersten Kutsche. Eine schmale Hand in weißem Handschuh legte sich auf den livrierten Arm des Reiters, und eine Unmenge von dunkelgrün schimmerndem Stoff bauschte sich auf, ehe eine schlanke, zierliche Gestalt fast schon aus der Kutsche hüpfte, anstatt der Kleidung entsprechend gesittet auszusteigen. Die Sonne zauberte rote Lichtreflexe auf die unzähligen nach oben drapierten Locken, und sofort wurde der jungen Frau ein zum Kleid passender Sonnenschirm hinausgereicht, den diese jedoch ungeöffnet in der Hand behielt.

Lukas trat ein paar Schritte auf die Kutschen zu, blieb dann aber stehen, um Marika anschauen zu können, ohne dass sie ihn sah. Sie schloss ihre Augen, als wolle sie intensiv auf das Rauschen der Bäume lauschen. Ein fröhliches Lächeln brachte ihr Gesicht zum Strahlen, und schließlich wandte sie sich um, damit sie das Haus betrachten konnte.

„Theresa ... Marika!", war Klaras Stimme laut über den Platz zu hören und Sekunden später lagen sich die beiden Frauen in den Armen.

Lukas hob die Augenbrauen. Marika in ihrem sichtlich teuren, aufwendigen Kleid und Klara mit ihrem Arbeitskleid und der Küchenschürze boten ein beinahe bizarres Bild. Dann blickte er an sich hinunter. Seine Stiefel waren verschmutzt, seine Hose nicht weniger, und das Hemd, das auf einer Seite über den Hosenbund hing, wies ebenfalls deutliche Spuren auf. Seine Hände waren dreckig und die Haare vom Wind zerzaust.

Wieder blickte er zu den Kutschen hinüber. Inzwischen waren zwei weitere Damen und zwei Männer ausgestiegen. Vermutlich handelte es sich um Theresa, Marikas Schwester, und ihre Mutter. Er erkannte den ebenfalls vornehm gekleideten Thomas und der Mann neben ihm konnte nur sein Vater sein.

Jetzt hatte Thomas ihn entdeckt. Der Musikstudent schlenderte zu ihm hinüber und streckte ihm wortlos seine Rechte entgegen. Lukas besah sich seine, grinste und schlug ein.

„Tut mir leid, dass wir dich so überfallen, aber Marika wollte es so."

„Ihr großer Auftritt?", fragte Lukas belustigt und beobachtete, wie die Frauen in ihren langen, wallenden Röcken Klara in den Südflügel folgten.

„Genau. Sie meinte vorhin, nur der Sturmwind würde fehlen", lachte Thomas. „Komm, ich stelle dich meiner Familie vor, bevor sie dein Haus auf den Kopf gestellt haben."

„Dazu genügt deine Schwester."

Lukas, der einen Moment lang überlegte, ob er durch den Hintereingang ins Haus eilen sollte, um sich zuerst einmal umzuziehen, zuckte schließlich mit den Schultern und nickte. „Am besten, ich bringe das schnell hinter mich."

Thomas lachte fröhlich auf, und gemeinsam, als würden sie sich schon seit Jahren kennen, schlenderten die beiden jungen Männer auf die Haupttür des Südflügels zu.

Lukas begrüßte Marikas Eltern und ihre Schwester. Marika selbst war schon nicht mehr in der Halle, sondern mit Klara zum Nordflügel hinübergegangen.

„Hannah wohnt jetzt also hier im Haupthaus?", fragte Marika, die die Hand ihrer Freundin nicht mehr losließ und den inzwischen fertiggestellten Wohnbereich betrachtete.

„Ja, allerdings nicht mehr lange. Sie will ihren Pfarrer heiraten, und der ist in Richtung Tübingen versetzt worden."

„Ich freue mich für Hannah", sagte Marika, „aber was wird dann aus dem Gasthaus?"

„Lukas sucht jemanden, der es übernehmen will." Klara hielt ihr die Verbindungstür zum Nordflügel auf.

„Und Karl, du und die Kinder, ihr wohnt jetzt hier im Nordflügel?"

„Seit Kurzem. Lukas hat seinen Bruder endgültig aus dem Haus geworfen. Aber die Einzelheiten erzähle ich dir später."

„Sicher!", nickte Marika, die das Gefühl nicht loswurde, dass sich hier seit ihrem Weggang unendlich viel verändert hatte. Dann hörte sie Lisa lachen und innerhalb weniger Sekunden war sie von sechs Kindern umringt. Anna, die sie zuerst sehr schüchtern betrachtet hatte, wollte nicht mehr von ihrem Schoß herunter, und so trug Marika das Kind schließlich zurück in das Haupthaus.

„Großartig ist es hier geworden! Richtig gemütlich."

„Einfach, im Vergleich zu dem, was du gewohnt sein musst."

„Schöner!", flüsterte Marika und fühlte tief in ihrem Herzen, dass dies der Wahrheit entsprach.

„Was wirst du jetzt tun, Marika?"

„Das liegt nicht nur an mir", erwiderte die junge Frau und fühlte eine freudige Aufgeregtheit, aber auch ein wenig Angst in sich aufsteigen. Wie und wo ihr Leben weitergehen sollte, hing vor allem von Lukas Biber ab.

„Dann solltest du das mit ihm klären." Klara deutete mit der Hand hinaus, und Marika stellte sich neben sie ans Fenster, um auf einem abfallenden Wiesenstück sowohl ihren Bruder als auch Lukas Biber zu entdecken, die sich offenbar angeregt miteinander unterhielten.

Bevor Marika reagieren konnte, hatte Klara ihr die leise protestierende Anna aus dem Arm genommen und sich wortlos umgewandt.

„Jetzt gleich?", flüsterte sie erschrocken und fühlte, wie die Aufregung in ihr wuchs.

„Wann sonst?"

Die junge Frau beobachtete, wie Klara und Anna durch die Verbindungstür in den Südflügel verschwanden, und warf erneut einen Blick aus dem Fenster. Die beiden Männer hatten sich inzwischen auf der abschüssigen Wiese niedergelassen.

Langsam stieg sie die Stufen hinunter, durchschritt die große Eingangshalle und verließ durch die Terrassentür das Haus. Sie ging über die mit Herbstblumen geschmückte Wiese und näherte sich langsam den beiden Männern, die ihr den Rücken zugewandt hatten. Ihre Schritte wurden sehr schnell gehört. Die beiden drehten sich um und erhoben sich.

Thomas schlug Lukas Biber freundschaftlich auf die Schulter und kam dann auf seine Schwester zu, während der Tierarzt bewegungslos stehen blieb. „Quäle den armen Kerl nicht so, Feuerkopf", flüsterte Thomas der jungen Frau zu.

„Verschwinde einfach!"

„Wenn das Mama wieder gehört hätte."

„Hat sie ihn schon kennengelernt?"

„Außer dir hat er schon mit allen Wielands gesprochen. Mama ist hingerissen von seinem Charme." Thomas grinste seine Schwester breit an.

„Er ist ein knurriger, brummiger und ausgesprochen unfreundlicher –"

Thomas küsste sie auf die Stirn und murmelte im Fortgehen: „Dann passt er ja zu dir."

Marika drehte sich zu Thomas um, als dieser an ihr vorbeigegangen war, doch er winkte ihr nur über die Schulter hinweg zu und ging mit großen Schritten den Abhang hinauf, um kurz darauf aus ihrem Blickfeld zu verschwinden.

Marika konnte es nicht länger hinauszögern, mit Lukas Biber zu reden.

Der junge Tierarzt saß wieder im Gras, hatte ihr den Rücken zugewandt und blickte über die abgeernteten Felder in das bewaldete Tal hinunter.

Langsam näherte sich Marika ihm. Sie ging um ihn herum und blieb vor seinen Füßen stehen.

Lukas erhob sich höflich und schenkte ihr ein freundliches Lächeln. „Und?", sagte er und verschränkte die Hände hinter seinem Rücken.

Marika lächelte und plötzlich war all ihre Nervosität verschwunden. Sie liebte diesen Mann, und er hatte ihr bereits vor Wochen gestanden, dass auch er sie liebte. Weshalb sollte nun etwas zwischen ihnen stehen? Was oder wer sollte sie daran hindern, einander ihre Liebe zu gestehen? „Ich wollte mich erkundigen, ob die Stelle als Haushaltshilfe und Kindermädchen noch frei ist."

„Tut mir leid. Die ist nicht mehr zu vergeben", erwiderte Lukas ernst und seine blauen Augen blickten sie forschend an.

Marika erstarrte. Was war geschehen? War sie zu lange fortgeblieben? Hatte Lukas Biber in der Zeit ihrer Abwesenheit erkannt, dass er sie nicht tief genug liebte? Liebte er die einfache Theresa, nicht jedoch Marika, die junge Frau aus reichem Hause? Oder war womöglich eine andere Frau in sein Leben getreten?

„Aber die Stelle als Ehefrau und Mutter ist noch frei."

Marika lachte glockenhell auf. Schnell trat sie einen Schritt auf ihn zu. Da sie auf der abschüssigen Wiese unterhalb von ihm stand, musste sie noch weiter zu ihm aufsehen als gewöhnlich. „Dann nehme ich die!"

„Willst du mich heiraten, Marika Wieland?"

„Ja! Das möchte ich sehr gerne."

„Vielen Dank, dass du mich hast ausreden lassen!", lachte Lukas und machte nun seinerseits einen Schritt auf sie zu.

„Ich liebe dich, Lukas."

„Ich liebe dich, Marika."

Wieder lachte die junge Frau auf und warf sich nach vorne. Zwar konnte Lukas sie auffangen, doch dabei verlor er die Balance, und die beiden fielen rücklings in die Wiese, wo sie eng umschlungen liegen blieben und sich tief in die Augen sahen.

„Ich hatte solche Angst, du würdest nicht wiederkommen. Und dann die Cholera –"

„Ich hatte doch versprochen, dass ich wiederkomme."

„Du trotzt sogar Epidemien, nicht wahr?"

„Für dich – natürlich!"

„Dir ist schon klar, dass wir gleich in den nächsten Tagen heiraten werden – solange deine Familie noch hier ist?"

„Ich möchte nichts anderes."

„Aber der Saal im Haupthaus ist noch nicht fertig."

„Der ist ohnehin zu klein. Wir feiern im Freien. So wie bei Marias Taufe."

„Zu klein? Hast du vor, den ganzen kaiserlichen Hof von Österreich und den Adel Ungarns einzuladen?"

„Nein, aber wir werden die ganze Stadt einladen."

„Die Stadt? Mit allen Hubers, Sieglindes und Gerlindes?"

„Gerade mit denen."

„Du willst dich mit ihnen gutstellen?"

„Ich brauche ihre Hilfe."

„Wofür?"

„In dieser Stadt gibt es viele Menschen, denen es sehr gut geht, aber auch reichlich Familien und Ältere, die sehr arm sind, und außerdem sehr einsame Menschen. Ich brauche das Verständnis und die Unterstützung der Hubers und Gerlindes, um diesen Menschen helfen zu können."

Lukas lehnte sich ein Stück zurück, ohne sie jedoch loszulassen, und betrachtete ihr strahlendes Lächeln, die funkelnden Augen und die fröhlichen Sommersprossen auf ihrer Nase. „Du hast dir also schon ein neues Ziel gesetzt, nachdem Hannah nun versorgt und glücklich ist und die Rieble-Kinder wieder fröhlich zur Schule gehen?"

Marika zuckte mit den Schultern und nickte.

Lukas zog sie ganz nahe an sich heran. „Gerade deshalb liebe ich dich so!", flüsterte er und küsste sie.

Marika löste sich aus seinem Arm und sprang mit flinken Bewegungen auf die Füße. Auffordernd streckte sie dem jungen Mann beide Hände entgegen und rief lachend: „Komm schon, wir müssen es sofort den anderen erzählen!"

Lukas lächelte und erhob sich deutlich langsamer. Sein Blick glitt über die bewaldeten, in unterschiedlichen Blautönen schimmernden und von einem herbstlichen, milchigen Licht umgebenen Hügelkämme hinweg, ehe er sich der Frau an seiner Seite zuwandte.

Während über ihnen ein Bussard seine großen Kreise zog und die Grillen lauthals ihr hohes Lied sangen, das vom vertrauten Rauschen der Fichten begleitet wurde, schlenderten sie Hand in Hand in Richtung Gutshof.

Wer bin ich? Einsames Fragen treibt mit mir Spott.
Wer ich auch bin – du kennst mich, dein bin ich, o Gott!

Aus: Wer bin ich? Von Dietrich Bonhoeffer